L'Autre Rive

Lauréat du Prix Renaudot en 1982 pour *la Faculté des songes* et du Goncourt de la Nouvelle en 2005 pour *Singe savant tabassé par deux clowns*, Georges-Olivier Châteaureynaud fouille et exhume l'inattendu en toute chose comme un magicien dans un cabinet de curiosités. D'où cette écriture d'une puissance parfois lunaire qu'Edgar Allan Poe n'eût pas désavouée. *L'Autre Rive* a été couronné par le Grand Prix de l'Imaginaire.

« Georges-Olivier Châteaureynaud a réussi son chef-d'œuvre : une imagination débordante, une cascade de rebondissements, d'intrigues qui s'entremêlent, un humour en permanence décalé, une éblouissante maîtrise de la langue, une véritable jouissance à bâtir une fiction d'autant plus crédible qu'elle prend les apparences d'une parabole sur notre condition, sur notre monde et ses travers. »

JEAN-CLAUDE PERRIER, *Le Figaro*

Du même auteur chez Zulma

LE JARDIN DANS L'ÎLE

SINGE SAVANT TABASSÉ PAR DEUX CLOWNS

GEORGES-OLIVIER CHÂTEAUREYNAUD

L'AUTRE RIVE

Roman

ZULMA
18, rue du Dragon
Paris VIe

Ce projet a bénéficié d'un soutien de la Région Normandie,
de la Drac et du Centre national du livre
au titre du FADEL Normandie.

Couverture : David Pearson.

Si vous désirez en savoir davantage
sur Zulma ou sur *L'Autre Rive*
n'hésitez pas à nous écrire
ou à consulter notre site.
www.zulma.fr

Z

Là est la limite et – ce point est certain –
où s'arrête ce qui existe.

TACITE

Il est un point sur lequel je dirai la vérité, c'est que je raconte des mensonges. Ainsi je pense pouvoir éviter que mes lecteurs ne me condamnent, si j'avoue moi-même que je ne dis pas la vérité. J'écris donc sur des choses que je n'ai jamais vues et que personne ne m'a racontées, des choses qui n'existent pas du tout et qui ne sauraient commencer d'exister. Aussi mes lecteurs doivent-ils ne leur ajouter aucune créance.

LUCIEN DE SAMOSATE

Vitrier !

JEAN COCTEAU

I

Le temps absout toutes les vanités. À l'époque de sa splendeur, la villa Jacaranda avait dû paraître bien prétentieuse, avec ses clochetons, ses fenêtres en ogive, et ce mini-donjon crénelé dont Benoît avait honte, à présent, après s'en être enorgueilli enfant. Cependant, à des yeux étrangers, la bâtisse hier risible n'était plus qu'attendrissante. Sa vulgarité était tombée en écailles avec la peinture des boiseries extérieures, en plaques avec l'enduit qui maquillait en pierres de taille les parpaings du prétendu donjon. Benoît avait grandi entre ces murs, mais très tôt, dès l'âge de raison, il avait eu le sentiment que ce n'était pas une vraie maison, encore moins une maison de rêve : juste un rêve de maison. Le rêve de *demeure* d'un parvenu, le manoir bas de gamme d'un petit-bourgeois gentilhomme.

Le portrait en pied du bâtisseur ornait le salon écarlate, qualifié de grand salon dans les conversations courantes. Il y en avait en principe deux autres, le petit salon mauve et le petit salon bouton-d'or. Aux origines, le premier avait servi d'ouvroir à Madame, et le second de fumoir à Monsieur. Le salon mauve faisait à présent office de vulgaire débarras. Quant au salon bouton-d'or, l'actuelle maîtresse des lieux lui avait réservé un usage moins banal… Dans le grand salon tendu d'un reps soie et coton écarlate, empoussiéré et passé, il était loisible aux visiteurs d'admirer dans sa gloire le fondateur d'une dynastie bientôt tournée court. Il avait le cheveu couleur de houille grasse et le teint olivâtre comme tous les Jacaranda dont les images, en photo ou en peinture, étaient accrochées aux murs de la villa. Originaire de Lima, il avait fait fortune aux beaux jours du guano. Benoît avait souvent contemplé son effigie aux lèvres lippues et aux yeux globuleux éclairés d'une lueur de triomphe sans doute motivée par une hausse du cours de la fiente d'oiseau. Vêtu d'un pantalon pied-de-coq, d'un gilet et d'une redingote noirs, caressant d'une main potelée un gros livre posé sur une sellette de sculpteur, deux doigts de l'autre main glissés dans le gousset du gilet, l'homme respirait l'estime de soi et la paix de l'âme. Benoît ne pouvait le contempler sans se féliciter de n'être pas de son sang, de ne lui ressembler en rien. Il n'était pas un Jacaranda, et de cette chance il rendait grâce au ciel. Non sans remords, car pour l'amour de sa mère adoptive, Louise Jacaranda, il se reprochait la répulsion que lui inspirait l'origine excrémentielle de la fortune familiale – d'ailleurs à présent dissipée. Ce sentiment de culpabilité n'était pourtant qu'un inconfort supplémentaire, peut-être le plus bénin de tous, puisqu'il payait le soulagement de n'être pas l'arrière-petit-fils du Péruvien malodorant. Chaque fois qu'il passait sous son portrait, Benoît reniflait d'une narine prudente. Bien entendu le portrait ne sentait rien, sinon la vieille peinture et la poussière sous laquelle Louise laissait s'ensevelir toute chose. Il y avait eu des bonnes, jadis, pour s'occuper du ménage. Benoît enfant avait connu la dernière. Louise l'avait congédiée par manque d'argent. Le magot du grand-père au guano était épuisé. D'autre part, les bizarreries et surtout les ongles noirs de Louise, point rédhibitoire chez une chirurgienne, avaient fini par lasser le directeur de l'hôpital d'Écorcheville. Elle avait un temps conservé une clientèle privée, composée pour l'essentiel de jeunes femmes en difficulté. Puis la libéralisation de l'avortement l'avait encore repoussée d'une case sur le jeu de l'oie social. De faiseuse d'anges elle était devenue embaumeuse et taxidermiste, branches dans lesquelles l'activité n'est guère soutenue. Elle travaillait désormais à façon, naturalisant à la demande toute dépouille d'animal ou d'être humain. Elle empaillait chiens et chats de compagnie, par-ci par-là un sanglier, un renard, un faisan, un tétras qu'un chasseur estimait digne de mémoire, parfois aussi les créatures beaucoup moins ordinaires que lui apportaient les employés de la brigade des berges ou ceux des services sanitaires. D'aventure, comme aujourd'hui, c'était sur un être humain qu'elle exerçait son talent incontestable. N'avait-elle pas, dix-sept ans auparavant, embaumé de ses mains son propre enfant mort en bas âge ? Et l'on ne pouvait nier qu'il fît encore bonne figure, après tant d'années, sous la châsse vitrée où elle le conservait, sur la crédence d'acajou du grand salon écarlate, dans sa grenouillère brodée, avec ses yeux d'un bleu incongru chez un descendant du Péruvien. Elle les avait commandés à Leonello Guardicci, le verrier d'art. Nul, hormis elle, ne pouvait se vanter de savoir à quoi ressemblait le père de l'enfant. Cherchant dans sa mémoire l'exacte couleur des yeux de l'étranger de passage qui l'avait séduite et engrossée, elle avait hésité longtemps devant un nuancier. Une épaisse couche de poussière recouvrait à présent la châsse comme tout le reste. Benoît devait l'essuyer du bout des doigts, pour ouvrir dans le toit de la petite maison de verre une étroite lucarne par laquelle il dévisageait celui que Louise affectait d'appeler « ton frère ». L'idée d'avoir vraiment pour frère cet angelot naturalisé horrifiait Benoît. Il lui fallait, chaque fois que Louise parlait ainsi, se répéter qu'il n'en était rien, puisqu'elle n'était pas sa mère. Il n'avait rien à voir avec les hôtes du grand salon rouge, qu'il s'agît de l'aïeul liménien ou du mômignard momifié. Il ne tenait aux Jacaranda que par des liens juridiques. Louise l'avait adopté, élevé, nourri et même choyé, à sa manière. Pourtant, plus que son fils, il se considérait comme une de ses *relations* – la plus proche, certes ! Elle en avait peu d'autres, à part les Vieilles Toupies… Après la mort de son enfant et sa dégringolade sociale, elle s'était insensiblement coupée du monde, et presque de l'humanité. Beaucoup l'estimaient folle. Benoît ne croyait pas qu'elle le fût vraiment. En tout cas il y avait du pour et du contre. Louise s'était organisée pour durer, pour survivre à la perte de l'angelot au prix d'un bricolage mental périlleux, dont l'adoption de Benoît constituait un des éléments. Malgré son jeune âge, il comprenait cela d'instinct. Ils n'en avaient jamais parlé. Louise parlait peu. C'était cela aussi qui la retranchait de tout. Même avec les Vieilles Toupies, la plupart du temps elle se contentait de les écouter en hochant la tête ou en émettant de petits claquements de langue approbateurs, de discrètes interjections, des *ça*, des *ben tiens*, des *tu penses !* La conversation n'en souffrait guère, ses amies étant aussi bavardes l'une que l'autre, Lenya Orbison avec ses souvenirs de tournages et Cindy Christie avec ses histoires de coucheries.

Il n'y avait pas d'homme dans la vie de Louise. Benoît s'étonnait déjà qu'il ait pu y en avoir un jadis. Louise n'était pas belle. Un pruneau. Trapue-lippue, avec une incisive mal plantée en haut, qui faisait rebiquer la lèvre supérieure. L'œil batracien. Une

Jacaranda, quoi ! Si peu féminine. Si négligée : ces ongles, mon Dieu ! Mais enfin, il avait bien fallu qu'un homme s'intéressât un instant à elle pour que l'angelot pût naître et qu'elle le perdît. L'identité du père était un secret enfoui dans la mémoire de Louise, c'est-à-dire au fond d'un abîme dont en principe rien ne remontait jamais. C'était tout juste si elle avait informé Benoît du nom de sa mère naturelle. Encore avait-il dû la tanner. « Qu'est-ce que ça peut bien te faire, se défendait-elle, puisque tu m'as ? » Enfin, un jour, excédée par son insistance, elle avait lâché le morceau. « Lola Balbo ! Oui, Lola Balbo, la tragédienne, c'est elle, ta mère. Tu es content maintenant ? De le savoir, ça va te faire une belle jambe ! » Quel âge avait-il, quand il avait enfin appris ça ? Douze ans, treize ans, par là… Plus jeune il n'aurait pas su qui était Lola Balbo. Les enfants ne lisent pas les journaux, ils vivent sur une planète qui ne va pas plus loin que le bout de la rue. Lola était célèbre. Si célèbre qu'il n'y avait pas cru tout d'abord. Lola Balbo, sa mère ! C'était comme d'apprendre qu'on était le fils de Sarah Bernhardt. Sûrement, Louise s'était fichue de lui. Mais il eut beau recommencer à la harceler, elle n'en démordit pas. « C'est elle ta mère, je te dis ! Et d'abord tu lui ressembles, on ne peut pas s'y tromper. Attends que je retrouve ce magazine de l'autre semaine qui parlait d'elle, avec plein de photos… » Elle n'arrivait pas à mettre la main dessus. Il cherchait avec elle, il s'énervait, au bord des larmes à présent, il retournait tout. Louise était le désordre incarné, la maison un capharnaüm. Cette interview, ces photos devenaient plus importantes que n'importe quoi au monde. Rien à faire. Le magazine demeurait introuvable. Il avait dû servir à envelopper des fanes de légumes ou les viscères de la dernière bestiole empaillée, il avait filé aux ordures. Du coup Louise aussi s'énervait, ce qui se traduisait par une inhabituelle volubilité. « Tu me crois pas ? Et pourquoi je te mentirais ? Tu es son fils, voilà tout. Qu'est-ce que ça a d'étonnant ? Ça n'est pas un exploit, ni une faute, d'être le fils de qui que ce soit : on n'y est pour rien ! » Benoît la suivait à travers le chaos qu'elle avait instauré autour d'elle, autour d'eux, soulevant ceci ou cela, des fois que le magazine se fût trouvé en dessous, mettant obstinément sa parole en doute, exigeant une preuve. Elle se frappa le front. Une preuve ? La preuve ? Bien sûr, tout de suite ! L'acte officiel, rien de moins ! Signé, authentifié par un cachet de l'état civil, indubitable, irréfutable. Il lui foutrait peut-être enfin la paix, après ça ? Restait à retrouver l'acte ; ça prit encore du temps. Quand, enfin tombée sur le bon tiroir, elle eut exhumé le document d'un fouillis de chapelets d'ivoire ou de corozo, d'articles d'hygiène jamais utilisés et de rallonges électriques à l'ancienne, bakélite et cordon gainé de tissu, elle se retourna vers Benoît et le lui mit sous le nez. « Là ! Regarde ! Lis, lis donc ! » Mais comme il ne savait où chercher la mention décisive, ce fut elle qui la lut à haute voix : « … *Je, soussignée Louise Jacaranda, déclare adopter l'enfant Benoît Brisé, fils de Soizic Brisé, née Soizic Esteral, dite Lola Balbo…* Là ! Tu me crois, maintenant ? Ta mère naturelle n'avait pas encore divorcé d'Antoine Brisé, le beau balayeur municipal qui t'a donné son nom ; ça n'a pas traîné, de toute façon… »

Lola les avait plaqués le même jour, Benoît et Antoine. Le divorce avait été prononcé plus tard. Elle était encore inconnue, mais elle avait déjà trouvé son nom de scène, et on lui avait proposé de partir en tournée. C'était une ambitieuse. Pour saisir la chance aux cheveux, elle avait tout envoyé balader, le fils, le mari, hop, par-dessus bord les poids morts, laissez-moi vivre ! Elle se voyait un destin. Ces gens-là sont terribles, ceux qui croient en avoir un. Ils sont prêts à tout sacrifier pour lui obéir. Elle ne s'était pas trompée, il y avait bien une étoile qui brillait là-haut pour elle, la preuve, sa carrière, la gloire, ses photos partout, les admirateurs, les amants, l'argent, les toilettes, les limousines, les grands hôtels, les fleurs, les parfums, les bijoux... Elle ne devait rien regretter, même pas son balayeur qui était beau comme un dieu. Elle l'avait épousé sur un coup de tête. N'importe quelle femme en aurait fait autant. Antoine Brisé, quand elles le croisaient dans sa combinaison bleue à bandes jaune fluo, en train de pousser les feuilles mortes avec son balai pneumatique, elles en avaient la chair de poule tellement il était beau. C'était étrange, qu'il y eût sur terre des gens beaux comme ça, c'était à se demander ce que ça signifiait... Franchement, Lola était moins belle que lui. Elle avait autre chose, bien sûr, son talent se lisait sur sa figure. Tandis que sur sa figure à lui, on ne lisait que sa beauté, et rien d'autre. *Rien !* Heureusement qu'on ne l'avait pas attendu pour inventer le balai de crin, on ramasserait encore la poussière avec les doigts.

Louise s'était tue, étonnée d'avoir parlé aussi longtemps et avec autant de véhémence. Elle reprit, radoucie : « Pour ton père, ton vrai père, je ne sais pas. Personne ne sait, même pas Lola, si ça se trouve. Il est peut-être célèbre, lui aussi ? Imagine : un grand sportif, un homme politique, un savant... Avec ses chromosomes à elle et ses chromosomes à lui réunis, ça te ferait une hérédité prometteuse, peut-être même que tu aurais un destin ! Allons, va jouer, à présent, j'ai du travail. »

Ce jour-là, elle avait un cygne à traiter. Commande de la mairie ; c'était le grand cygne mâle de la pièce d'eau de l'hôtel de ville. Le maire, Superbe Propinquor, aimait à se détendre en lui jetant des morceaux de pain au lait qu'il n'achetait que dans ce but. Quand l'oiseau avait été trouvé mort un matin, il avait ordonné qu'il fût naturalisé. Louise avait abandonné l'animal sur la paillasse du laboratoire pour chercher l'article introuvable et l'acte d'adoption. C'était son premier cygne, et il lui donnait du souci. Ce plumage qu'il fallait garder immaculé, ce long cou qu'elle allait devoir armer, pour lui rendre son dessin harmonieux…

— Mais Brisé, insista Benoît, le balayeur, mon beau-père, quoi, le mari de ma mère, il sait peut-être ?

— Mon pauvre, il a quitté Écorcheville il y a longtemps. Après leur divorce, il s'est mis à boire. Il titubait en chassant les feuilles avec son appareil, il n'arrivait plus à les entasser proprement, au contraire il les éparpillait, ça tournait au gag, de loin on aurait dit qu'elles faisaient exprès de lui échapper. Elles s'égaillaient comme un petit troupeau indocile, et lui il s'énervait, il les insultait. En voyant ça, les gens s'arrêtaient pour rigoler. On a fini par le renvoyer. Il a traîné encore un temps en ville, et puis il a disparu. Mais laisse-moi tranquille, j'ai mon cygne à finir.

Le maire avait été satisfait du travail de Louise. Le cygne trônait dans son bureau, sous une spacieuse cloche de verre. Depuis lors, chaque fois qu'il avait besoin d'un taxidermiste, à titre officiel ou privé, Superbe Propinquor recourait à Louise. Il l'avait ainsi chargée de traiter le girafon du jardin zoologique mort d'un refroidissement et le vieil âne du mail, le chéri des petits enfants d'Écorcheville, quand il avait rendu son âme tendre. Il lui avait également donné à empailler diverses pièces de gibier à poil et à fourrure, et aussi Pinpin, le lapin blanc de sa petite-fille Bételgeuse, que sa sœur jumelle Alcyone avait étranglé par pure méchanceté. Deux jours plus tard Bételgeuse avait vengé Pinpin en lançant Dodo, la tortue d'Alcyone, depuis un balcon du palais Propinquor. La bête avait éclaté en touchant le sol. Là, avec la meilleure volonté du monde, Louise n'aurait rien pu faire. Flattée de la confiance que lui marquait ce grand personnage, mais aussi consciente que les travaux effectués pour le compte du maire constituaient une part non négligeable de son chiffre d'affaires, Louise s'en acquittait toujours avec le plus grand zèle. Elle en fut récompensée quand, cinq ans après l'épisode du cygne, l'édile lui confia le soin d'embaumer son propre frère, Aimé Propinquor.

II

Louise avait réceptionné le corps la veille. Elle s'attaquait tout juste à sa tâche à l'instant où Benoît, encore à moitié endormi, la rejoignit dans la pièce qu'elle appelait son laboratoire, et qui n'était autre que le ci-devant salon bouton-d'or. Il y avait, près de l'entrée, une petite table sur laquelle il aimait poser son plateau et prendre son petit déjeuner, moins pour jouir de la conversation de Louise que pour le simple plaisir d'être près d'elle, de la regarder, absorbée et somme toute heureuse, s'activer sur le patient du moment. Par une remontée d'humour carabin, c'est ainsi qu'elle désignait les dépouilles qu'on lui livrait. Quelle sorte de chirurgien avait-elle été naguère ? Brillante technicienne, se plaisait à penser Benoît à la vue des animaux par elle empaillés, qui avaient l'air plus vivants que nature… et désastreuse hygiéniste, ajoutait-il en regardant ses mains. Il ne savait rien de très précis sur le renvoi de Louise de l'hôpital, sinon que leur malpropreté en avait été le prétexte. Y avait-il eu mort d'hommes, de femmes, d'enfants peut-être ? Avait-elle distraitement ensemencé de germes fatals les brèches qu'elle ouvrait dans les corps ? Mystère. Un de plus, songeait-il. Il lui semblait avancer depuis sa naissance dans un brouillard de secrets. C'est bien simple, autour de lui tout ou presque était secret ! Longtemps secrète, l'identité de sa mère naturelle, et toujours secrète celle de son père… La liste ne s'arrêtait pas là. Mystérieuse en partie, l'ascendance de Lola Balbo, née Esteral, ce qui n'était pas rien, mais de père inconnu elle aussi. On hésitait à voir en elle soit une Bussettin du côté de la cuisse, soit une bâtarde Propinquor. Dans ce dernier cas, Benoît lui-même aurait eu dans les veines du sang Propinquor – autant dire du sang royal, tant cette famille illustre régnait sur la cité à travers la personne de son chef, le bien prénommé Superbe, première fortune et premier magistrat d'Écorcheville ! L'une et l'autre hypothèse touchant à la filiation de Lola Balbo auraient également expliqué la soudaineté de sa réussite et la longévité de sa carrière. La petite théâtreuse de vingt ans, encombrée d'un époux balayeur et d'un lardon contre-productif, s'était bien vite envolée vers la gloire. Quel que fût son talent, selon certains il devait y avoir du piston là-derrière. De plus riches et de plus influents que les Esteral, on ne connaissait que les Bussettin et les Propinquor. Aucun des trois clans n'aurait laissé un des siens, même de la main gauche, végéter longtemps dans des emplois obscurs, à la scène comme à la ville. L'hiver dernier, Bella, la mère de Cambouis Bussettin, une évaporée qui jouait à l'antiquaire, avait failli aller en prison à force d'exposer dans son magasin des objets et des meubles de provenance douteuse. C'était Bogue, le parrain de Benoît, qui les lui procurait. Bella était née Mordor. Par une jolie coïncidence, des séances d'UV bihebdomadaires lui conféraient une peau mordorée des plus appétissantes… Le réseau Bussettin avait donné à plein pour lui venir en aide, bien qu'elle ne fût qu'une pièce rapportée. Bogue était pour l'heure sous les verrous, tandis qu'elle, à bon droit soupçonnée de complicité de recel, flânochait en paix dans sa boutique. Et son mari, Erwin ? Nul ne croyait, même pas lui, qu'il dût sa situation à ses capacités. Mais c'était un Bussettin, branche cadette, néanmoins sacré. On lui avait déniché un bureau directorial chez Roublard et Captieux, banque d'affaires contrôlée en sous-main par le patriarche Honoré Bussettin. Le sous-directeur s'appuyait tout le travail, lui laissant le soin de prononcer les petits discours à l'occasion des Noëls des enfants du personnel et de porter les toasts lors des départs en retraite. Benoît tenait tout cela de Cambouis lui-même. Cambouis, alias Alexandre ou Sacha Bussettin, était à la fois le membre le plus jeune et le plus brillant de la petite bande d'amis de Benoît. C'était à se demander comment des buses comme Erwin et Bella avaient pu enfanter ce phénix. Cependant il ressemblait trait pour trait à Erwin, à cela près qu'on aurait en vain cherché dans les yeux du père la flamme d'intelligence qui brillait dans ceux du fils. À quinze ans, Cambouis professait à l'égard de ses parents un mépris navré. Il ne parlait jamais d'eux autrement qu'en les appelant « mon con-de-père » et « ma conne-de-mère ». Quiconque les connaissait tant soit peu souscrivait à ce jugement. Ils fleuraient la bêtise comme d'autres l'eau de Cologne en sortant de la salle de bains.

La vue du long corps blanc de vieillard qui reposait sur la table d'opération ce matin-là confirma le sentiment dont Benoît ne pouvait se défaire : le secret était la matière même dont se constituait Écorcheville. Les pierres, les briques, les tuiles et les plaques d'ardoise, les boiseries, le fer forgé des grilles qui gardaient les hôtels particuliers, le cuivre des plaques scellées à l'entrée des beaux immeubles, mais aussi le béton lépreux, les rampes d'escalier et les rambardes de balcons en ferraille rouillée des zones suburbaines, tout n'était en réalité qu'une concentration, une concrétion de secrets vieillis et durcis. Le transi avait nom Aimé Propinquor, et si l'un des racontars les plus souvent colportés à propos de la Balbo était vrai, Benoît avait sous les yeux le cadavre de son propre grand-père maternel.

L'adolescent posa le plateau supportant son verre de café-chicorée et ses gâteaux secs sur la table ad hoc, et s'avança dans la pièce pour la tournée des baisers. Sa mère adoptive n'était pas seule. En dépit de l'heure, les Vieilles Toupies l'avaient déjà rejointe pour une de ces matinées de potins qui éclairaient leur existence. Benoît avait l'impression de les avoir toujours connues. Elles n'avaient pourtant dû entrer dans la vie de Louise, et donc dans la sienne, qu'une décennie plus tôt. Auparavant, Tatie Cindy vivait ses ultimes années de noce, brûlant de ses derniers feux dans les mauvais lieux d'Écorcheville, dont elle avait été la reine. De son vrai nom Ginette Morcif, Cindy Christie n'avait plus l'air que d'une gentille mémé-bonbons replète et souriante, mais elle avait longtemps fait claquer le fouet du plaisir sur l'échine de ses concitoyens, et aussi, chuchotait-on, de quelques-unes de ses concitoyennes. Sur les turpitudes des uns et des autres, elle se flattait d'en savoir long. Elle parlait quelquefois d'écrire ses mémoires. Elle allait tout déballer, tout faire sauter. Écorcheville n'avait pas volé son nom. « Pour savoir ce que c'est que les hommes, et ce que c'est que cette ville, il faut aller tout au fond des bas-fonds… Vous ne supporteriez même pas d'entendre ce que j'ai vu ! » lançait-elle à ses commères. Celles-ci, qui avaient exploré chacune à sa façon d'autres abîmes, l'écoutaient avec placidité. Louise hochait doucement la tête en murmurant : « Eh oui, pour sûr ! » Tata Lenya fermait un instant ses yeux d'un bleu si pur que Benoît n'avait jamais pu les contempler sans en être décontenancé, sans se sentir tout à coup malpropre et poisseux. Était-ce le contraste entre ces yeux de petite fille et le visage ravagé dans lequel ils étaient comme incrustés, qui produisait cet effet ? Benoît n'avait vu de Lenya Orbison jeune que des photos ; on ne projetait plus ses films. De l'aveu même de l'intéressée, ils n'étaient plus regardables. Elle ne s'en souciait guère. « La péronnelle aux joues lisses qui joue dans mes films, ce n'est plus moi, disait-elle. C'était avant, vous comprenez ? Avant… » *Avant l'éclair*, avait expliqué Louise à Benoît. Lenya avait été foudroyée, un soir d'orage, pendant une randonnée en montagne. Gravement commotionnée, des brûlures au visage et sur le corps, des mois d'hôpital, la morphine, la carrière foutue, la jeune première devenue vieille sorcière, la dépression nerveuse inévitable… Elle avait survécu, elle était juste un peu folle. Les jours d'orage, elle faisait exprès de sortir, elle allait marcher sous la pluie, ou bien elle se postait délibérément sous un arbre isolé, non pour s'abriter, mais au contraire parce qu'elle avait toujours entendu proclamer que rien n'était plus dangereux. Elle voulait que l'éclair la reprenne, pour de bon cette fois. Elle ne disait pas ça par dégoût de sa vie, qui n'était pas trop désagréable à présent que le temps des opérations à répétition et des souffrances était révolu. C'était autre chose : elle parlait de l'éclair comme d'un amant, de la foudre comme d'un grand bonheur qui s'était abattu sur elle. Quand elle racontait ça, sa voix tremblait, ses yeux si bleus s'écarquillaient, elle se tordait les mains. Elle avait vraiment l'air d'une piquée, dans ces instants-là. Louise, à la dérobée, adressait des petits signes à Benoît. Elle se frappait la tempe de l'index, elle lui faisait les gros yeux, comme quoi il ne fallait pas croire Lenya, et surtout ne pas l'imiter, ne pas aller défier l'éclair, attirer la foudre sur soi.

Telles étaient les amies de Louise. À Benoît, elles servaient de famille. Il les nommait en lui-même les Vieilles Toupies, et quand il s'adressait à elles il les appelait Tatie Cindy, Tata Lenya. À présent qu'il était grand, bien sûr, leur sollicitude l'agaçait. Comme Louise, elles étaient à la fois rassurantes et inquiétantes. Louise avec sa légende et ses ongles noirs, ses instruments effrayants et les relents de formol et de crasse mêlés qui flottaient autour d'elle, Cindy avec son parfum de cocotte, ses baisers enveloppants et ses confidences d'une obscénité stupéfiante, Lenya qui sentait la lavande dont ses yeux avaient la couleur, à croire que c'étaient eux qui l'exhalaient, avec sa peau livide, tendue sur les os de son visage comme un masque trop étroitement ajusté… Quelles drôles de fées elles faisaient, quelle bizarre triade tutélaire elles formaient !

Cindy lui ébouriffa les cheveux d'une main tavelée. Il rentra la tête dans les épaules. Cependant il n'était pas question de se soustraire aux démonstrations d'affection qu'elle accompagnait volontiers de considérations embarrassantes. « Bonjour, mon Benoît ! Il a bien dormi, mon Benoît ? Oh, il a des petits yeux ce matin... Tu n'as pas trop tiré sur l'élastique, au moins ? Ce n'est pas que ça rende sourd... Mon Dieu, qu'est-ce que les médecins ont pu raconter comme bêtises ! On ne voit pas pourquoi ça rendrait sourd, hein ? Les oreilles n'ont rien à voir là-dedans. Non, ne t'inquiète pas pour ça... Je dis : ne t'inquiète pas ! » hurla-t-elle tout à coup en plaçant ses mains en porte-voix. Puis, enchantée de sa plaisanterie, elle éclata d'un rire haut perché, attira l'adolescent contre sa poitrine considérable et promena des lèvres humides sur son front et ses joues. Il émergea de ses bras à demi suffoqué par le patchouli dont elle s'aspergeait. Après cette étreinte presque cannibale, le baiser léger de Tata Lenya lui fut comme un baume réparateur. Cindy par gourmandise et Lenya parce qu'elle était consciente du peu d'attrait de sa peau rechapée, les deux femmes l'embrassaient plus qu'elles ne le laissaient les embrasser. Louise, pour sa part, attendait une réciprocité complète. Elle lui tendait l'une après l'autre ses joues brunes aux rides comme surpiquées de crasse. Quand, du bout des lèvres, il avait déposé sur chacune un baiser, elle l'embrassait deux fois à son tour. À l'inverse de ceux de Benoît, toujours un peu rechignés à cause du formol et du reste, les baisers de Louise étaient généreux. Ce n'étaient pas des baisers distraits, mais des baisers voulus, pensés. Ce jour-là elle les lui donna un peu de côté, pour ne pas le tacher parce que son tablier était souillé et qu'elle tenait à la main un crochet d'embaumeur à l'extrémité duquel pendouillait un fragment de matière cervicale qu'elle venait d'extraire du crâne d'Aimé Propinquor par une incision à la nuque. « Si tu n'as pas classe aujourd'hui tu peux rester, lui dit-elle quand le rite matinal fut accompli. C'est le moment ou jamais d'apprendre l'anatomie… » Il avait classe en principe ce jour-là, mais il ne mettait plus guère les pieds au lycée. Louise le saurait bien assez tôt. Elle s'en serait rendu compte d'elle-même, si elle avait pris garde au temps qu'il passait dans la serre-atelier avec Cambouis et Onagre, ou tout seul dans la cave à jouer sa musique. Elle n'avait rien remarqué ; elle vivait dans un rêve, ou peut-être dans un cauchemar. Quand elle avait un patient à traiter, une dépouille à sauver de la corruption, elle s'affairait tout au long du jour sans penser à rien d'autre. Sinon elle s'enfermait dans sa chambre, où Benoît n'avait jamais pénétré. Elle n'en sortait qu'à de longs intervalles, à n'importe quelle heure du jour ou de la nuit, pour grappiller quelque chose à la cuisine. Les Vieilles Toupies leur faisaient des courses. Louise demandait parfois à Benoît s'il avait eu des notes. S'il en avait eu et s'il s'en souvenait, il les donnait en omettant les mauvaises, sinon il inventait en se contentant d'une moyenne prudente. En réalité il ne fichait rien, ne rendait plus les devoirs et séchait les compositions depuis des mois. « Je n'ai pas classe, répondit-il. Onagre et Cambouis vont passer. La voiture est prête, on ira faire un tour… » Elle eut une moue déçue. Elle aurait aimé qu'il assistât à l'embaumement, mais elle n'avait aucune chance de le retenir si une virée était programmée. Pourtant elle aurait été fière de lui montrer de bout en bout comment elle procédait. C'était un spectacle parfois éprouvant, mais à dix-sept ans il pouvait tout voir. Elle oubliait qu'au fil du temps d'autres cadavres humains étaient passés sur la table de fer où reposait aujourd'hui Aimé Propinquor, et qu'elle ne s'était guère souciée de lui en épargner la vue. À plusieurs reprises, petit enfant ou garçonnet, poussant la porte du laboratoire, il était tombé sur un gisant dont l'abdomen ouvert embaumait encore le vin de palme dont Louise l'avait lavé après en avoir retiré les viscères. Chaque fois que possible, elle traitait les corps humains par la méthode égyptienne. Celle-ci était lente. Suivant les prescriptions d'Hérodote, il convenait après l'avoir vidé de laisser le corps sécher quarante jours sur un lit de natron sec avant de substituer à sa bourre provisoire une sciure mêlée de la même substance. Alors seulement, Louise bouchait à la cire les narines, l'anus et l'incision abdominale, avant d'enduire le gisant de résine et de l'emmailloter enfin de bandelettes. Encore fallait-il que ce type d'embaumement convînt au client. C'était rare. On préférait aujourd'hui des procédés plus modernes, aboutissant à des résultats moins typés, plus faciles à exposer.

— Tu es sûr que tu ne veux pas regarder ? insista Louise. Cela t'aiderait peut-être pour une prochaine composition de sciences naturelles ou d'histoire ancienne…

— Allons, chérie, pourquoi veux-tu qu'il s'intéresse à l'anatomie d'un vieux bonhomme ? intervint Tatie Cindy. Il s'agirait d'une belle jeune femme, je parie qu'il ne se ferait pas prier pour tout observer en détail, mais là, vraiment, il n'y a pas de quoi passionner un garçon de son âge…

— Cindy, à certains moments tu exagères ! protesta Tata Lenya. Tu profères des énormités, je te jure !

— Des énormités, moi ? Qu'est-ce que j'ai dit d'énorme ? S'il avait à choisir entre une leçon d'anatomie basée sur ce macchabée affublé d'une vieille bistouquette toute fripée et une autre qui aurait pour support une jeune et jolie morte aux *labiæ* pimpantes, je suis sûre qu'il n'hésiterait pas un quart de seconde. C'est pas vrai, mon Benoît ?

— Tu ne vois pas que tu le gênes ? Laisse-le donc déjeuner tranquille !

Aucune des Vieilles Toupies ne songea qu'il pouvait être aussi gênant pour Benoît de prendre son petit déjeuner dans la pièce où sa mère était en train de vider de son contenu la boîte crânienne de son grand-père supposé. De fait, cela ne l'était pas. Ou pour mieux dire, cela ne l'était pas plus que le reste. Le long pantin blafard ne dérangeait pas l'adolescent, au sens où il l'eût effrayé ou dégoûté. Il l'intriguait, en revanche, au point de lui faire oublier son café-chicorée et les biscuits qu'il y écrasait chaque matin de façon à obtenir une bouillie d'aspect vomitif. Songeur, il tournait autour de la table et du cadavre. Celui-ci reposait pour l'instant sur le ventre. Sa stature imposante était bien celle d'un Propinquor. Benoît avait eu parfois l'occasion de le croiser en ville. À l'image de Superbe, Aimé était un colosse. Un colosse un peu moins colossal que son frère, comme si la prééminence de ce dernier avait dû se lire aussi dans leurs volumes respectifs. Peu d'années les séparaient, et Superbe était l'aîné. Était-ce la mort, le négligé de la mort, l'espèce de fatigue absolue qui était tombée sur ses épaules, qui vieillissaient le cadet ? Était-ce la débauche qui l'avait flétri ainsi ? Aimé Propinquor était connu pour être un bringueur, un queutard fini, dont les javas défrayaient depuis toujours la chronique écorchevillaise. Sa haute silhouette passait et repassait dans les récits de Tatie Cindy qui faisaient de lui l'Ulysse d'une Odyssée bambocharde. Dans sa position présente on ne voyait pas son torse ni son visage, mais ses mollets, ses cuisses, les muscles de son dos et de ses bras ramenés contre ses flancs, accusaient une vieillesse à laquelle Benoît ne se serait pas attendu. Ou bien, sous le drap coûteux de ses costumes taillés sur mesure, la chair de M. le maire n'avait-elle rien à envier à cette quasi-charogne ? Concentré, Benoît étudiait le cadavre, et s'efforçait en vain de retirer de cet examen quelque lueur. Mais il n'avait pas besoin de discerner les traits du mort pour savoir qu'il ne lui ressemblait guère. Louise le lui avait dit avec raison cinq ans auparavant, et ça crevait les yeux, sur les affiches annonçant presque chaque année le passage de Lola à Écorcheville pour une représentation à l'Empyrée, c'était à elle qu'il ressemblait. Or Lola ressemblait à sa mère, une Esteral ! Par voie de conséquence, Benoît avait le type Esteral : des yeux marron en amande remontant vers les tempes, une mâchoire prognathe et des cheveux auburn, tandis que la famille du maire arborait le plus souvent des yeux clairs et ronds, un menton normal et des cheveux châtains tirant sur le blond. Certes, alors que les Esteral étaient plutôt râblés, Benoît avait la jambe et le buste longs, ce qui constituait un trait Propinquor… Cependant son gabarit n'était pas tel qu'on pût en inférer indubitablement son appartenance à cette lignée de géants. Le garçon se mordit les lèvres. Toujours le mystère, l'opacité du monde protégée par le principe d'incertitude qui paraissait régir la vie dans cette maudite cité au bord du Styx où le destin l'avait fait naître ! Est-ce qu'il existait quelque part une vérité, quelque chose qu'on pût tenir pour sûr et certain, ou bien n'y avait-il jamais eu rien de tel ? Le monde était-il de roc ou de fumée ? Aurait-il enfin, cette année, le courage d'affronter Lola ? Il ne l'avait vue, il n'avait entendu sa voix que depuis la salle, trop jeune encore pour rien comprendre aux mots terribles, malédictions, menaces, lamentations, qu'elle proférait sur la scène de l'Empyrée. La première fois il était venu seul, en cachette de Louise, par une délicatesse instinctive, comme si, en venant contempler sa mère naturelle, il l'avait trahie. Sans doute avait-il mieux valu que Louise ne le vît pas suer et trembler, recroquevillé sur la peluche grenat de son siège, en attendant l'apparition de Lola. D'ailleurs cette fois-là, pour *Antigone*, il n'était pas resté jusqu'au bout. Lola jouait en force ; elle n'aimait que les rôles paroxystiques. Soudain pris de peur devant cette mère-énergumène devenue sœur tragique, ce monstre sacré roulant les yeux, s'époumonant, tendant le poing au ciel, Benoît s'était enfui en pleine représentation. L'année suivante elle avait donné *Phèdre*. Il avait tenu bon sous ses imprécations, cette fois. Suffoqué par sa présence sur scène, par sa présence au monde, il écoutait à peine les mots de la pièce. Seules comptaient leur intensité, la fantastique énergie dont Lola les chargeait. Mercredi prochain, elle jouerait *Médée*. Il avait acheté son billet dès l'ouverture des locations.

III

La voix de Louise tira Benoît de sa méditation.

— Tu tombes à pic, Benoît, tu vas m'aider à le retourner. L'intérieur du crâne doit être impeccablement nettoyé, sinon… Or il y a des recoins qu'on ne peut atteindre que par la voie nasale. Ne t'inquiète pas, il ne basculera pas, il est raide comme un fagot.

— *Rigor mortis*, laissa tomber Tatie Cindy avec solennité, avant de retrouver son ton de gouaille habituel. Bah, de son vivant il était déjà raide plus souvent qu'à son tour ! Je blaguais sa bistouquette fripée, tout à l'heure, mais il faut être honnête : c'était un sacré bourrin ! Je me rappelle une fois...

— Plus tard, dit Louise, tu nous déconcentres. Il va falloir coordonner nos efforts, Benoît. Le patient est rigide, mais lourd comme un âne... Toi tu le prends par les épaules, moi par les genoux, et hop, à mon signal on soulève d'un coup et on retourne d'un bloc.

Benoît appliqua ses mains ouvertes sur les épaules du cadavre. C'était froid comme de la pierre, et pourtant encore relativement élastique sous les doigts. Quelque chose comme du marbre mou.

— Agrippe-le bien, tu n'as pas idée comme c'est lourd, reprit Louise.

Benoît obéit. En étreignant cette chair morte, il songea qu'il n'approcherait peut-être jamais plus près de la vérité qu'il cherchait. Même si Aimé Propinquor était son grand-père, hypothèse au demeurant toute gratuite, ne reposant que sur des on-dit, le mystère demeurait entier quant à l'identité de son père. Il se pouvait que Lola Balbo fût née des amours furtives d'Aimé le débauché et de la hautaine, de la minérale Madeleine Esteral. Mais vingt ans plus tard, de quelle semence, prodiguée avec tout autant de discrétion et d'insouciance, était issu Benoît Brisé ?

— Prêt ?

Ses mains se crispèrent sur les épaules glacées.

— Prêt !

— On y va !

Dans un double han de déterreurs de souche, ils arrachèrent le corps de son lit d'inox et le retournèrent d'un mouvement synchronisé.

— Là ! Voilà ! approuva Louise.

La serviette qui recouvrait les fesses d'Aimé avait glissé durant la manœuvre. Le corps, nu comme un ver, était à présent exposé sur le dos.

— Hein ? Quand je vous disais, la bistouquette : réduite à rien ! triompha Tatie Cindy.

Louise haussa les épaules et jeta la serviette sur le ventre du mort. Le regard de Benoît se fixa sur les blessures du thorax. Aimé Propinquor était mort par balles. Six balles très exactement, leurs impacts groupés sur le côté gauche de la poitrine : un suicide parfait, une réussite éclatante, la preuve de l'efficacité des machines implantées en plusieurs points d'Écorcheville. Les essais préalables à l'installation des machines *in situ* avaient été conduits par l'inventeur en personne, l'ingénieur et architecte Benito Guardicci, un des frères de Leonello, le verrier. Le troisième Guardicci, Guido, le journaliste, les avait longuement analysés dans ses articles. Ils avaient démontré que le chiffre de douze balles, les fameuses, les sacramentelles douze balles dans la peau des pelotons d'exécution classiques, était inadapté dans le contexte d'un environnement urbain. L'appareil était basé sur le principe du photomaton et visait à n'occuper sur la voie publique qu'un espace restreint. Dans l'esprit de son concepteur, sa vocation était celle d'un équipement d'usage courant, non d'un pôle d'attraction susceptible d'engorger la circulation des piétons. Il fallait aussi compter qu'une configuration offrant douze automates-fusilleurs, treize avec l'automate-officier chargé de donner le coup de grâce, et donc treize bouches à feu, aurait compliqué la machinerie et augmenté son prix de revient et ses frais d'entretien. On s'était donc rabattu sur un modèle à six fusils, avec un menu proposant une option à trois fusils, bien entendu moins chère, dans un souci de justice sociale. N'était-il pas naturel de permettre aux budgets modestes d'accéder eux aussi à ce mode d'autolyse moderne ? L'automate-officier était lui-même débrayable à volonté, ce qui réduisait d'autant le coût de la séquence. Un an après la mise en service, les statistiques permettaient d'observer que le gros de la clientèle s'en tenait à la formule à six balles. Seuls les plus démunis se contentaient de trois. Fort de cette constatation, Benito Guardicci envisageait d'introduire malgré tout la formule à douze balles, assortie d'un tarif plus élevé, dans les beaux quartiers d'Écorcheville. Justice n'est pas nivellement ; une clientèle aisée peut se montrer exigeante et réclamer un traitement VIP jusqu'à son dernier souffle. Une autre leçon tirée de la première année d'exercice était que le coup de grâce – payant – était souvent considéré comme superflu par les petites gens, étant donné la précision radicale de la salve lâchée par le peloton mécanique. A-t-on jamais vu personne survivre à six, ou même à trois balles en plein cœur, selon la formule retenue par l'utilisateur ? Ou bien, avec une naïveté enfantine, s'imaginait-on que ce projectile, le dernier, celui qu'on recevait en principe après avoir perdu conscience, *faisait mal*, sous prétexte qu'il était tiré à bout portant ? En tout cas, pour beaucoup l'argent du coup de grâce était de l'argent gâché, et l'on s'épargnait volontiers cette dépense. Aimé Propinquor lui-même s'en était dispensé. Avarice ? Sûrement pas ! Cet homme-là avait donné tout au long de sa vie l'image d'une prodigalité sans bornes. Ce n'était pas à l'instant du trépas qu'il allait s'amender. Coquetterie, plutôt, chez lui. Si le corps était décati, le visage était demeuré beau jusque dans la vieillesse et la mort. Quand on les croisait en ville, le mot « patricien » montait à la bouche, que ce fût à la vue de Superbe ou à celle d'Aimé. Celui-ci était loin d'avoir mérité un tel titre, évocateur d'une haute conception de sa famille et de soi-même, et dans les meilleurs des cas, de vertus civiques et politiques. Il n'avait guère donné là-dedans, et même il faisait profession de s'en moquer. Patricien de la bamboula, aristocrate de la faridon, ça oui, avec ce mélange de morgue et d'élégance qu'on appelle la *classe*, et un visage qui lui valait toutes les indulgences. Sans doute s'était-il refusé à abîmer ce beau masque, peut-être dans la vague idée qu'il pourrait encore s'avérer utile ? En théorie la machine de Benito Guardicci était parfaite. Un ingénieux dispositif commandait le pointage des armes et permettait à chacun d'ajuster leur tir convergent en fonction de sa taille et de sa corpulence. Une fois le prix encaissé par le biais d'un écran tactile et d'un banal monnayeur, de minces arceaux de fer se refermaient d'eux-mêmes sur l'autocondamné pour l'immobiliser et le maintenir dans la bonne position. Pour ce qui était de l'escamotage du corps à la fin du processus, une trappe s'ouvrait derrière le poteau, celui-ci pivotait sur lui-même et s'inclinait vers l'avant tandis que les arceaux rentraient dans leurs logements. Le cadavre libéré tombait dans une bière provisoire qui coulissait ensuite dans une morgue à barillet. Une équipe municipale passait soir et matin à bord d'un fourgon sanitaire pour la vider, la nettoyer, approvisionner le peloton en munitions et emporter les corps. Tout cela fonctionnait de la façon la plus satisfaisante. Cependant l'imperfection inhérente aux œuvres humaines s'exprimait dans une infime part d'impondérable. Suivant la tension nerveuse et musculaire du sujet à la seconde où la salve le foudroyait, il arrivait qu'en s'effondrant il tournât plus ou moins la tête, ou qu'il la renfonçât plus ou moins dans ses épaules. Véhiculé sur un petit chariot guidé par un rail, l'automate-officier reconnaissable à son épaulette et à son pistolet glissait jusqu'à la hauteur du moribond présumé. C'est à ce stade que les calculs de l'inventeur et l'étalonnage si minutieusement étudié par lui pouvaient être pris en défaut par le facteur aléatoire du degré de réactivité du sujet à la commotion provoquée par les balles. Le coup de grâce, si cette option avait été choisie, pouvait alors aussi bien atteindre la tempe, comme il est de tradition, que frapper en pleine figure, de biais ou de face, fracassant le front ou le menton, crevant un œil ou arrachant le nez à moitié. De tels dérapages n'étaient pas du goût des familles, auxquelles le défunt était rapporté dans un état déplorable. Le bruit de cet inconvénient s'était répandu, contribuant sans doute à la désaffection qui touchait le coup de grâce, puisqu'on était sûr de recevoir son content de mitraille sans avoir besoin d'en user. Tous ces détails, Benoît les tenait de Louise, à qui rien de ce qui avait trait à la mort n'était étranger. Leonello Guardicci, qui lui fournissait les yeux de verre destinés aux créatures qu'elle naturalisait, ne tarissait pas sur l'invention de son frère.

Donc, le profil de médaille d'Aimé Propinquor était intact, l'usure et l'empâtement dus à l'âge mis à part. Nul projectile n'avait fracassé son crâne. Sur ses joues, ses favoris neigeux bouclaient comme hier. Sa bouche ourlée semblait prête à lancer le compliment ou l'invite galante. Louise n'avait pas eu le temps de l'énucléer. Ses paupières closes abritaient encore ses yeux dont toutes les femmes de la ville, honnêtes ou non, se rappelaient l'éclat rieur et caressant.

— Qu'est-ce qui a bien pu l'amener à glisser des pièces dans la machine de l'Italien ? s'interrogea Tatie Cindy à haute voix. Un homme comme lui, finir comme ça, en pauvre bougre fatigué de la vie ! Fatigué, lui ? Je l'ai vu à l'œuvre. Il n'en avait jamais assez, il crevait les femmes sous lui comme un cavalier des juments, même pas comme un cavalier, comme un cocher, ou plutôt comme un aurige, deux, trois bêtes en même temps, des fois quatre, tout un quadrige d'amour qu'il conduisait avec maestria. Un surhomme ! Et le voilà, nu, blanc et froid sur le billard de Louise, un pauvre petit oiseau d'homme. Quelle misère que la chair ! Décidément, il avait rendez-vous avec les Guardicci : il devra sa mort à l'ingéniosité de Benito, les yeux de sa momie à l'art de Leonello...

— Et à la plume de Guido sa nécrologie dans le journal ! compléta Tata Lenya avec un petit rire.

Les frères Guardicci étaient les fils d'un immigré italien arrivé quarante ans plus tôt à Écorcheville. Ils avaient mené leur barque dans des directions divergentes, et réussi de façon très inégale. Leonello, l'artiste, n'avait pas le sens du commerce et végétait malgré un talent reconnu par tous. Guido s'était hissé à la direction d'un des deux quotidiens locaux. Envieux, venimeux, mais peureux, on pouvait être sûr qu'il aurait à cœur de tresser lui-même, au mort d'aujourd'hui, la couronne de lauriers que méritait le frère du principal actionnaire de son journal, car Superbe avait de l'argent partout. Le troisième Guardicci, Benito, l'homme des pelotons d'auto-exécution, était monté beaucoup plus haut qu'un rez-de-chaussée de presse ou un atelier d'artiste. Ingénieur à succès, architecte en renom, il nourrissait encore d'autres projets grandioses. Il avait la confiance du maire. Allait-il la conserver après le suicide d'Aimé ? Que pensait Superbe Propinquor de ces engins, à présent qu'un de ses proches y avait eu recours ? En même temps que le corps, livré directement par le fourgon d'entretien des machines, Louise avait reçu hier soir les instructions, non du maire, mais de son éminence grise. Aranelle, le secrétaire général de la mairie, était entré à l'hôtel de ville vingt ans auparavant comme grouillot. Se rendant indispensable, il s'était hissé en deux décennies aux plus hautes responsabilités non électives de la cité. De l'avenir des fusilleurs automatiques, de l'éventuel retournement du maire à leur sujet, il n'avait soufflé mot. Il avait seulement spécifié ce qu'on attendait de Louise : un embaumement à l'égyptienne, du plus haut standing, avec natron de toute première qualité, bandelettes de lin vierge, et cetera… Le corps d'Aimé serait conservé dans un sarcophage de pierre au sein du mausolée Propinquor, qui écrasait de sa masse d'inspiration gothico-byzantine le cimetière d'Écorcheville.

— Au fait, Benoît, M. Aranelle veut te voir, dit Louise tout en introduisant avec délicatesse dans la narine droite du cadavre un long instrument à tige souple s'achevant en une étroite spatule de fer à l'extrémité recourbée.

L'adolescent s'étonna. Qu'est-ce qu'un personnage aussi important que le secrétaire général pouvait bien lui vouloir ? Comme il exprimait cette interrogation à haute voix, Tata Lenya émit l'hypothèse que ce désir fût en relation avec les liens d'amitié qu'il entretenait avec Onagre, le petit-fils du maire.

— C'est bien vu, approuva Tatie Cindy. Tout le monde sait qu'il se fait du souci pour l'avenir, depuis la mort de son fils. Et qui ne s'en ferait à sa place, avec des petits-enfants pareils ? Onagre n'a rien dans le crâne, qu'un peu de fumée d'échappement flottant au-dessus d'une flaque d'huile de vidange, comme dit si bien le commissaire Dupassé, avec qui j'ai conservé les meilleures relations… Quant à ses sœurs, Alcyone et Bételgeuse, elles sont tarées. Dupassé me disait l'autre jour qu'entre leurs excentricités et les accidents d'autos d'Onagre, il passait presque tout son temps à étouffer des affaires mettant en cause les rejetons Propinquor.

Benoît se rembrunit. Il n'aimait pas qu'on dise du mal de ses amis, fût-ce le mal le mieux fondé. Il ne fréquentait guère Alcyone et Bételgeuse Propinquor, la demoiselle parme et la demoiselle citron, comme on les appelait, effectivement connues pour être des demi-folles vicieuses et cruelles. En revanche leur frère aîné, Onagre, faisait partie de la petite bande qu'il formait avec Cambouis et Fille-de-Personne.

— Onagre est passionné de courses automobiles, c'est vrai, mais ce n'est pas une raison pour le mépriser ! s'insurgea-t-il.

Tatie Cindy agita ses mains grassouillettes en un geste apaisant.

— Qui a dit que je le méprisais ? Onagre Propinquor a dix-neuf ans et il est destiné à hériter de la plus grosse fortune d'Écorcheville. Il sait tout juste écrire son nom et ne pense qu'à rouler aussi vite que possible sur la corniche. S'il se tue un jour, on n'aura qu'à graver *Tut-tut-vroum-vroum* sur sa pierre tombale, et tout sera dit.

— Allons, Cindy, ne sois pas mauvaise langue. Onagre est un brave garçon. Il a toujours un mot gentil quand il vient à la maison, et même une fois il m'a offert des fleurs ! protesta Louise qui voyait la moutarde monter au nez de son fils adoptif. Cela dit, Lenya a sans doute raison, ce doit être à propos de lui que M. Aranelle désire te parler, Benoît. À moins que…

— À moins que ? demanda Tata Lenya.

— Non, rien ! dit Louise en haussant les épaules.

— Comme c'est agaçant, cette façon que tu as de commencer à dire les choses et puis d'y renoncer et de laisser tes interlocuteurs sur leur faim ! Allons, vide ton sac : à moins que quoi ?

— Mais non, rien, je vous dis ! J'ai failli penser que… Mais non, finalement, rien.

Tata Lenya eut une moue excédée et leva les yeux au ciel.

— Je devine, moi ! ricana Tatie Cindy.

— Quoi ? Quoi ? Qu'est-ce que tu devines, dis-le ! implora Tata Lenya.

— À moins que… À moins que… minauda Tatie Cindy. À moins qu'Aranelle, c'est-à-dire Superbe, parce qu'Aranelle, hein, ce n'est jamais que la Voix de son Maître… À moins que Superbe ne s'intéresse vraiment à Benoît !

— Mais pourq… Ah, je vois ! Tu veux dire…

Troublée, Tata Lenya regardait alternativement Louise et Cindy, non sans lancer de temps à autre un regard presque effrayé en direction de Benoît.

— Eh ben oui ! reprit Cindy. Benoît est peut-être le petit-fils d'Aimé, si celui-ci est bien le père de Lola. En foi de quoi Benoît serait le petit-neveu de Superbe, le petit-cousin d'Onagre et de Bételgeuse et d'Alcyone par-dessus le marché. Or, souvenez-vous que les Propinquor ont le sens de la famille.

— Superbe aurait tout de même attendu dix-sept ans pour s'en souvenir, objecta Tata Lenya.

— Qui sait ? Louise vit depuis des années et des années des travaux qu'il lui commande ou lui fait commander par la ville… Je me trompe, Louise ?

Que la remarque de Tatie Cindy la contrariât ou que l'extirpation d'un bout de matière cervicale récalcitrant par le sinus droit du gisant exigeât toute son attention, Louise secoua la tête sans répondre.

— Ah ça ! Benoît pourrait bien avoir un avenir, si les Propinquor s'en mêlaient, observa Tata Lenya.

Benoît se rebiffa. Un avenir ? Comme s'il n'était pas capable de s'en faire un lui-même ! Comme s'il attendait après eux ! Il avait sa musique : ce serait ça ou rien.

— Bien sûr, mon chéri, bien sûr, plaida Tata Lenya. Mais si les Propinquor te donnaient un petit coup de pouce, tout irait plus vite. Regarde ta mère... Du jour au lendemain elle est partie en tournée, elle a joué dans le monde entier, elle est devenue une vedette.

IV

— Et elle n'aurait jamais réussi sans l'appui de sa famille ? Elle n'a eu du succès que parce que les Esteral l'ont voulu, son talent comptait pour du beurre, c'est ce que tu crois ?

— Non, non, bien sûr que non, dit Tata Lenya. Mais ils lui ont permis de l'exercer. Regarde, moi, ma carrière... Il a bien fallu que quelqu'un finance mes films ! C'est comme ta musique : si tu continues à jouer seul dans ta cave, tu n'es pas près de réussir...

Louise gronda Tata Lenya du regard. La dernière audition de Benoît remontait à deux jours. Il s'était rendu avec sa lyre à l'adresse indiquée sur une annonce dans un journal de jeunes. On ne l'avait pas pris. Pourtant c'était un orchestre de garçons de son âge, et sa lyre était électrique. Mais au bout de deux minutes ils lui avaient dit que ce n'était pas le son qu'ils cherchaient. Il y en avait même qui se foutaient de lui. Benoît l'avait raconté à Louise avec des larmes dans les yeux. Tata Lenya comprit qu'elle remuait le fer dans la plaie. Elle voulut tempérer son propos. Il ne lui en laissa pas le temps :

— Je me prépare ! J'apprends ! Il y a bien un moment où on apprend, non ? Et puis je ne joue pas la musique de tout le monde… Il y a des gens qui n'y comprennent rien, c'est normal, c'est la musique de demain.

— Mais bien sûr, mon chéri, bien sûr ! acquiesça Tata Lenya. Moi aussi, quand j'ai joué dans *La Tubéreuse*, la critique n'a rien compris. Il faut s'en moquer et continuer. J'ai tourné *Le Marbre et la Brume*, et tout le monde a applaudi, c'est comme ça, les sensibilités évoluent…

Elles évoluaient si bien que tous ses films étaient à présent traités à égalité, c'est-à-dire oubliés, à peine mentionnés en notes en bas de page dans les histoires du cinéma les plus exhaustives.

— Nous parlons dans le vide, dit Louise. Pour l'instant nous n'avons aucune idée de ce que M. Aranelle veut à Benoît. Benoît, promets-moi que tu iras le voir, ne serait-ce que par politesse… Et aussi parce que les commandes de M. le maire passent par lui, en effet.

Benoît se détourna et revint à la table sur laquelle refroidissait son café-chicorée. Il n'irait pas voir Aranelle. Lui, se rendre à l'hôtel de ville, demander à l'accueil le bureau de M. le secrétaire général, se perdre au long d'immensités désertes et sonores, escaliers et couloirs peints en gris administratif, balisés de lettres et de chiffres contradictoires et trompeurs, sous les hautes voûtes du monde réel auquel il se sentait si étranger ? Jamais de la vie ! Et encore, se perdre, errer, ce ne serait rien à côté de l'épreuve qu'il devrait affronter s'il finissait, comme c'était malgré tout probable, par atteindre le bureau d'Aranelle. Il faudrait frapper à la porte, attendre qu'une voix sèche lui intimât d'entrer... Il faudrait ouvrir, franchir le seuil, refermer la porte derrière soi, se présenter, s'expliquer. S'expliquer, alors qu'il ne demandait rien à personne ! Et il faudrait ensuite, et là c'était le pire, apprendre ce qu'on avait à lui dire, qui concernait peut-être Onagre, ou peut-être lui-même, et dans ce cas, qu'est-ce que ça pouvait bien être, au nom du ciel ? Non, mille fois non, il n'irait pas, c'était réglé. Il prit place devant le plateau, s'empara d'une poignée de gâteaux secs qu'il broya dans sa lavasse tiède à l'aide d'une petite cuiller.

— Mon Dieu, comment peux-tu avaler ça ? s'écria Tatie Cindy en considérant la mixture d'un œil dégoûté.

— Tout ce qu'il y a dedans est comestible, répondit-il sans lever la tête.

— Peut-être, mais le mélange n'est pas ragoûtant. Tu te vois bâfrer ça devant une femme, au matin d'une nuit d'ivresse ? Heureusement, quelqu'un t'apprendra un de ces jours le raffinement des petits déjeuners d'amoureux : les toasts, les petits pains grillés qu'on se tartine mutuellement de beurre avec délicatesse avant d'y déposer une fine couche de miel ou de confiture, tout ça entrecoupé de bécots et de léchouillis... Je me souviens, tiens, Aimé beurrait les rôties à la perfection ! murmura-t-elle en lançant un regard attendri au mort dont Louise, afin de se faciliter la tâche, avait pris le parti d'agrandir la narine en cours au moyen d'un minuscule écarteur gynécologique pour fillettes. Voyez comme le monde est injuste : toute sa vie, cet homme-là a été considéré comme un bon à rien... Mais au lit il avait tous les talents, toutes les délicatesses. Croyez-moi, sa mort sonne le glas d'une époque. Après lui, il n'y aura plus de noceurs distingués : rien que des rustauds qui vous baiseront en chaussettes et en T-shirt, peut-être même en gardant la casquette !

La sonnette électrique du portail grelotta un instant.

— Ce sont tes amis, je suppose, dit Louise.

Benoît se leva et courut à la fenêtre écarter le rideau plein jour qu'en réalité on aurait pu qualifier de crépusculaire tant la poussière accumulée l'avait opacifié. Derrière la grille rouillée, au bout de l'allée dont le tracé gommé par les feuilles mortes ne se distinguait plus qu'à raison des traces de pneus des voitures volées par Onagre, il chercha des yeux les silhouettes dissymétriques de ses acolytes. En bon Propinquor, Onagre était très grand. Sur sa haute et droite charpente, sa musculature gardait encore un peu de la gracilité de l'adolescence, mais il ne faisait guère de doute qu'il tournerait sous peu d'années au colosse, comme de règle dans sa famille. Cambouis pour sa part était plutôt petit, même pour un Bussettin. Pourtant une grâce le nimbait qui manquerait toujours à l'autre. Qu'il marchât, qu'il courût, ou même qu'il se tînt immobile, il avait toujours l'air de danser. Benoît éprouvait pour chacun d'eux autant d'amitié, mais s'il n'enviait rien à Onagre il enviait beaucoup à Cambouis. Cette élégance gestuelle, par exemple, car il avait le sentiment d'en être dépourvu pour sa part, et il lui semblait qu'elle n'entrait pas pour rien dans la séduction qu'exerçait Cambouis sur Fille-de-Personne…

Pour l'heure, Cambouis se présentait seul à la grille. Il était venu en vélomoteur, un antique et pittoresque Solex, faussement déglingué, qu'il s'attachait à maintenir dans un parfait état mécanique sous des airs d'épave. Il n'aurait eu qu'un mot à dire pour obtenir de ses parents qui l'adoraient et exauçaient tous ses caprices le scooter ou la moto de son choix, mais il était attaché à cet engin qui apportait une touche bohème à son look.

En se séparant la veille, les garçons étaient convenus de se retrouver tous les trois chez Louise, avant de passer prendre Fille-de-Personne en voiture devant l'orphelinat. Onagre avait-il eu un empêchement, ou bien était-il simplement en retard, comme il lui arrivait souvent ? La notion d'horaire lui était à peu près étrangère. En sa qualité de fou du volant, il se sentait surtout concerné par celle de *moyenne horaire*. Quoi qu'il en soit, en l'absence d'Onagre, Cambouis ne se gênait pas pour conduire, bien qu'on pût lire sur son visage qu'il était loin d'avoir atteint l'âge légal.

— Elle est bien belle, la nouvelle voiture d'Onagre, s'écria Tata Lenya. Je l'ai vue, l'autre jour, en passant devant l'atelier. Mais je préférais son ancienne couleur. Pourquoi a-t-il tenu à la repeindre ? Elle était comme neuve ! Et tu ne trouves pas qu'il en change un peu trop souvent ? Bah ! Puisque son grand-père paye…

Tatie Cindy eut une moue devant tant de candeur. Superbe avait cessé de payer les voitures de son petit-fils après que le moteur de la troisième eut fondu. Depuis, Onagre les volait. L'ancienne serre où le Péruvien avait naguère choyé des orchidées était devenue un atelier où les voitures étaient cachées, maquillées et gonflées en vue de rodéos nocturnes sur la corniche. Mécanicien prodige, petit Mozart de la clé à pipe et du pistolet à peinture, Cambouis était le thaumaturge de ces métamorphoses. La maison de Louise, sise à bonne distance du centre, au milieu d'un parc aux arbres jamais élagués et aux massifs jamais taillés, constituait la planque idéale. Les véhicules sortaient méconnaissables des mains de Cambouis pour connaître entre celles d'Onagre une vie brève. Benoît aurait aimé partager la passion de ses amis, mais il devait admettre qu'il avait horreur de la mécanique dans la même mesure où elle avait horreur de lui. Il ne pouvait soulever un capot de voiture sans s'écorcher un doigt, alors démonter un moteur ! Il se consolait en se disant que ses mains à lui servaient à autre chose. Elles étaient faites pour caresser la lyre. La caresser ou la brutaliser, car il ne se bornait pas aux cantilènes. L'adjonction d'un micro twinblade Joe Barden lui permettait de tirer de ce frêle instrument des sonorités telluriques. Un temps, il avait rêvé de convertir Cambouis et Onagre, et même Fille-de-Personne à sa religion. Il s'était vu fonder un groupe avec eux. Il aurait tenu la lyre et chanté, bien sûr, tandis que Fille-de-Personne aurait joué des claviers, Onagre de la batterie et Cambouis de la basse, ou le contraire… Aucun des trois intéressés n'avait jamais manifesté un réel intérêt pour ce projet, mais Benoît s'était complu durant quelques semaines à fantasmer là-dessus. Quand il avait enfin compris qu'il n'avait aucune chance d'attirer ses amis dans son rêve, il s'était mis à chercher d'autres partenaires, à regret et en vain, car nul ne le prenait au sérieux avec sa lyre électrique.

D'un regard suppliant lancé à Tatie Cindy, il avait obtenu qu'elle gardât pour elle ce qu'elle savait, via son vieil ami le commissaire Dupassé, des vols de voitures d'Onagre. Ouvrir les yeux de Tata Lenya et de Louise n'aurait entraîné qu'ennuis et complications. Ou bien Louise était-elle au courant, et feignait-elle de tout ignorer pour se les épargner, justement ? Des mystères auxquels Benoît se heurtait de toutes parts, Louise elle-même n'était pas le moindre. Peut-être, à laisser les choses courir comme ça, risquait-on d'être un jour accusé de recel, mais Dupassé veillerait à écraser ce coup-là comme les autres. Les frasques attribuées par la rumeur publique aux jumelles Propinquor dépassaient en gravité les écarts de leur grand frère, et ni la police, ni la justice, ni la presse ne voyaient rien à y redire. Sous toutes les latitudes, même et surtout sous l'imprécise latitude d'Écorcheville, il faut bien que jeunesse dorée se passe. Superbe dédommageait les propriétaires des véhicules volés ou emboutis, Dupassé faisait les gros yeux aux victimes récalcitrantes, tout finissait toujours par s'arranger.

Benoît laissa retomber le rideau grisâtre, qui sentait à la fois la poussière, le formol et le natron.

— Onagre, les bagnoles, c'est son plaisir, lança-t-il à Louise. Qui est-ce que ça gêne ?

Elle aurait pu lui rétorquer que ça la gênait, elle, qu'on eût transformé la serre en garage. Le dallage Art déco était sans doute ruiné à jamais, entre les carreaux brisés par la pose des crics, les taches de peinture et les baquets d'huile de vidange répandus. Elle n'y songea pas. Sa maison était un grand corps qu'elle laissait vieillir sans plus s'en occuper que du sien. De toute façon, elle n'aurait pu subvenir à un entretien soigneux de la prétentieuse bâtisse. D'autres se le seraient reproché, se seraient usées au travail pour gagner de quoi refaire la toiture, les peintures, les gouttières, l'huisserie, l'électricité, la plomberie… Tout était vétuste, tout allait à vau-l'eau. Par chance, une profonde indifférence protégeait Louise. Il n'y avait que pour Benoît qu'elle était capable de s'inquiéter. Encore cette sollicitude ne s'attachait-elle qu'à le savoir en bonne santé. Entre Cambouis, Onagre et Fille-de-Personne, n'importe quelle mère un peu attentive aurait jugé ses fréquentations désastreuses.

Pas elle. Onagre et Cambouis trouvaient grâce à ses yeux parce qu'ils avaient reçu une excellente éducation, et Fille-de-Personne parce qu'à l'évidence elle n'en avait reçu aucune.

Cambouis comme Onagre sonnaient toujours par un reste de soumission aux convenances, mais ils n'attendaient plus qu'on vînt leur ouvrir. La clé du portail était perdue depuis longtemps, pour entrer il suffisait de pousser la grille. Benoît entendit son cri d'oiseau au gosier rouillé. Pour rejoindre plus vite son ami, il décida de renoncer au brouet qui commençait à se solidifier comme un mortier à prise rapide, car il avait écrabouillé trop de gâteaux dans le café-chicorée. Louise le rappela sur le pas de la porte.

— Benoît ! Tu ne déjeunes pas ? Ce n'est pas bon, de ne rien avoir dans le ventre...

— Bah, ça vaut peut-être mieux que d'y déverser cette cochonnerie ! plaisanta Tatie Cindy.

— Prends au moins un fruit, implora Louise. Il y a des poires dans le compotier.

— D'accord, une poire, promit-il distraitement.

Dans un soupir, Louise se pencha à nouveau sur le cadavre. Cette partie du travail n'était pas la plus plaisante. Elle requérait beaucoup de minutie. Il fallait extraire morceau par morceau la totalité de la masse cervicale, en empruntant des voies étroites. Cette procédure malaisée était devenue pour elle une routine. Cependant quand il s'agissait d'un être humain, elle ne pouvait s'empêcher de penser qu'avec chaque bribe de cervelle, c'était un peu de la mémoire du mort qu'elle arrachait : des images, des odeurs, des sensations, des sons, des mots... Dans le fragment de matière grisâtre, d'une consistance à mi-chemin entre ris de veau et fond d'artichaut, qu'elle venait de retirer du crâne d'Aimé Propinquor et qu'elle déposait dans une cuvette en plastique, s'étaient peut-être inscrites autrefois les perceptions liées à ses amours avec Cindy Christie. Ou bien c'était la voix de sa mère lui chantant sa berceuse favorite soixante-dix ans auparavant. Ou bien quoi ? Le goût des Beurré Hardy ou des reines-claudes, une phrase qui l'avait frappé dans un livre, un reliquat de déclinaison latine, la couleur de la lumière à travers les rideaux d'une sieste, une vision des eaux sombres du Styx, un soir, depuis une fenêtre du palais Propinquor... Tout, rien, n'importe quoi ! Tout s'était enfui, bien sûr, tout s'était évaporé, ne restait qu'une substance désormais inerte, vouée aux flammes de la chaudière. Parmi les rares clients qui réclamaient à Louise une momification à l'ancienne, plus rares encore étaient ceux qui entendaient conserver les viscères, dûment traités, dans les traditionnels vases canopes. Nulle étincelle n'habitait plus le cerveau d'Aimé, et pourtant c'était là que tout s'était passé. Rien, songeait Louise, n'avait eu lieu que là. Quelque part dans cette marne de neurones, gisaient le vent dans les feuilles de ses étés, le gel pinçant de ses hivers, les caresses de ses maîtresses innombrables, les jouissances qu'il avait poursuivies avec une même obstination tout au long de sa vie, les sacrifices qu'il avait consentis sans regret pour les atteindre. Elle eut une pensée pour le nourrisson qui reposait sur la crédence du grand salon sous le regard fier du Péruvien. Il était mort si jeune qu'il n'avait connu du monde qu'une esquisse, des images sans légende : les traits de maman sans le mot maman, la suspension au plafond de la nurserie, sans les mots suspension, plafond, nurserie, les frondaisons mouvantes des arbres du jardin sans les mots frondaisons, arbres, jardin. Un univers tout en énigmes. Elle se secoua, raffermit sa prise sur la spatule. Dix-sept ans déjà, et il ne se passait pas de jour sans qu'elle pensât à lui. On l'avait blâmée, à l'époque, d'avoir naturalisé son enfant mort. Des amis s'étaient éloignés, d'autres avaient tenté de la dissuader de le garder chez elle, de l'exhiber à ses visiteurs et de l'avoir elle-même sous les yeux à tout instant. On jugeait ça malsain. Malsain ! Qu'est-ce qui pouvait être plus malsain pour elle que la disparition de cette relique ? Elle n'eût fait qu'entériner, que sceller la mort de son enfant. De toute façon, ç'avait été plus fort qu'elle. Une voix venue du tréfonds lui avait ordonné de le conserver auprès d'elle, de ne pas le laisser aller où vont les corps morts, dans les ténèbres d'un caveau, ou dans la fumée du crématorium. L'aubaine de Benoît, son abandon par Lola, son adoption arrangée par l'entremise d'un providentiel avocat payé par Dieu sait qui, n'y avaient rien changé. Le petit mort trônait depuis dix-sept ans au cœur de la maison. Benoît l'avait toujours connu. Plusieurs fois, enfant, il avait tenté d'ouvrir la châsse pour le voir de plus près, toucher ses joues, tâter ses doigts... Mais la châsse était scellée et mastiquée avec soin de manière à en garantir l'intégrité et à interdire l'intrusion de tout insecte ou micro-organisme. En grandissant Benoît avait abandonné l'idée. C'était Fille-de-Personne, qui, en l'absence de Louise, avait failli forcer la cage de verre à l'aide d'un scalpel qui traînait là, prétextant qu'elle voulait jouer avec la drôle de poupée. Ou bien s'amusait-elle à faire marcher Benoît ? Toujours est-il qu'il s'était jeté sur elle et lui avait arraché le bistouri, sous les lazzis des compères Cambouis et Onagre. Ce jour-là, Benoît avait compris qu'entre Louise, la folie de Louise, et lui-même, un pacte s'était scellé sans qu'il y prît garde. Ils faisaient et feraient à jamais cause commune autour de la relique. Malgré lui, au fil d'une enfance vécue comme un sommeil, le descendant du Péruvien était devenu son frère, un frère sous globe à qui il devait protection, dont il devait préserver de toute atteinte la bulle-sanctuaire empoussiérée.

V

— Soyez prudents en voiture ! lui lança encore Louise.

Elle avait peur. Elle le savait, les enfants meurent. Elle aurait eu encore plus peur, si elle avait su qu'Onagre n'était pas là et que Cambouis, à peine âgé de quinze ans, allait prendre le volant. Elle aurait eu tort. Cambouis conduisait comme il faisait tout, même les bêtises, c'est-à-dire avec autant de prudence que d'intelligence, tandis qu'Onagre, qui avait l'âge requis, n'était ni plus ni moins qu'un chauffard irresponsable. Il avait décroché son permis de conduire grâce à la complaisance d'une marraine de Cambouis qui possédait l'auto-école. D'ailleurs ce n'était pas difficile, à Écorcheville presque tout ce qui n'appartenait pas à un Propinquor appartenait à un Bussettin, ou, moins souvent, à un Esteral.

— Oui-oui ! répondit Benoît depuis le couloir.

La peur de Louise était un des plus lourds handicaps qu'il eût à surmonter, un boulet qu'il traînait depuis toujours. Sans doute, si elle l'avait pu, Louise aurait-elle pris les devants contre le malheur, et auraitelle enchâssé son fils adoptif comme l'autre, mais vivant. Échapper à cet amour et à cette anxiété était une question de survie. Benoît y était à peu près parvenu. Il s'en était en apparence affranchi, mais en les intériorisant. Sa liberté lui coûtait plus cher qu'aux autres. Tout ce qu'il faisait d'un peu audacieux, il avait le sentiment de le faire deux fois : une fois dans le but concret d'accomplir quelque chose, et une fois contre Louise.

Comme il traversait la cuisine-capharnaüm, il rafla dans le compotier quatre poires qu'il posa sur la console de l'entrée le temps d'enfiler des chaussures et d'endosser un faux blouson d'aviateur. Les deux poires destinées à Onagre et à Cambouis ne serviraient qu'à justifier celle qu'il comptait offrir à Fille-de-Personne. Il le savait, c'était là prêter le flanc à une malignité toujours en éveil. Il allait procurer à l'adolescente une occasion de le rembarrer, en balançant la poire par-dessus son épaule, ou en la prétendant véreuse, ou simplement en les considérant, le fruit et lui, d'un air de pitié et de mépris. Pourtant il fourra les quatre poires dans les amples poches de son blouson, et dévala le perron, dont la largeur disproportionnée par rapport à celle de la façade dénonçait encore l'immodestie naïve du vice-roi du guano.

Benoît rejoignit Cambouis comme celui-ci n'était plus qu'à quelques mètres de l'atelier. Les deux garçons se saluèrent. Pourquoi Benoît avait-il choisi Cambouis et Onagre pour ses meilleurs amis ? Ou bien était-ce eux qui l'avaient choisi ? Il ne pouvait croire que le hasard eût à voir dans l'affaire. Ils lui étaient trop nécessaires, comme consubstantiels à lui-même. Fille-de-Personne, c'était autre chose. Fille-de-Personne existait en dehors de lui, presque dans une autre dimension. Elle était l'altérité, une altérité séduisante, et souvent aussi, vu son caractère, une hostilité fascinante, qu'il désespérait de désarmer. Auprès d'elle, il ne se sentait jamais en sécurité. Elle griffait et mordait par la parole aussi. Parfois il se demandait si ce n'était pas cela qu'il aimait en elle.

Mais non, par-delà les épines dont elle se hérissait si volontiers, il aimait celle qui ne le blesserait plus, le jour où elle lui rendrait son amour.

— Salut, petit père !

— Salut, Toi !

C'était Onagre qui, le premier jour, avait eu l'idée de l'appeler Toi. Cambouis s'y était vite mis. À présent ils l'appelaient le plus souvent Benoît, mais par moments ils y revenaient, ne s'adressant plus à lui qu'ainsi durant quelques heures. Ce n'était pas mal trouvé, et d'autant plus remarquable qu'Onagre avait peu d'idées. Mais si l'on regardait bien, il était possible qu'il n'y eût mis aucune intention particulière au départ, ni cette majuscule fantôme que Cambouis s'était aussitôt plu à faire sonner. C'était le jour de la rentrée au lycée Mathieu-Chain, deux ans plus tôt. Benoît, renvoyé à la fin de l'année scolaire précédente d'un lycée moins reluisant, découvrait la cour plantée de marronniers et le corps de bâtiment en brique rougeâtre drapée de lierre du vénérable bahut. Il n'aurait su mettre un nom sur aucun visage, et nul ne connaissait le sien, alors que tout le monde autour de lui se tombait dans les bras et se congratulait. Fils et filles de notables, la majorité des élèves de Mathieu-Chain avaient dans le passé fréquenté les mêmes petites écoles et les mêmes collèges. S'il s'en tenait aux apparences, Benoît devait son inscription au hasard. Un hasard qu'il devinait un peu forcé. Il n'était sans doute pas dans les habitudes du proviseur de Mathieu-Chain de recueillir les élèves renvoyés d'établissements moins huppés. Les Vieilles Toupies n'avaient pas manqué de s'interroger là-dessus, et déjà de subodorer une intervention d'un clan ou d'un autre en faveur du présumé *enfant secret*. Ce soupçon n'était pas si absurde. Le motif du renvoi de Benoît le classait parmi la pègre lycéenne en attendant mieux, et faisait de lui un réprouvé qu'en principe aucun lycée ne se souciait d'intégrer. Il était censé avoir agressé un professeur aveugle. *Aveugle!* Rien de plus ignoble, bien sûr. La vérité l'était moins que l'accusation brute ne portait à le croire. Il y avait eu chahut, et au cours de ce chahut une godasse lancée à travers la classe par Benoît avait atterri sur le visage congestionné du malheureux pédagogue errant impuissant au milieu du charivari. Le nom de Benoît (« Mais t'es con, Benoît, ou quoi ? ») avait jailli de la bouche de la propriétaire de la chaussure : la victime tenait le coupable. La peine de mort par écartèlement eût-elle été en vigueur dans l'établissement, Benoît n'y eût pas coupé. Rien de ce qu'il aurait pu dire pour sa défense n'aurait eu de poids face à ce mot de plomb : *aveugle!* En admettant qu'il n'eût pas visé l'infirme, il l'avait tout de même chahuté, et cette ignominie méritait à elle seule la peine maximale. On ne s'attarda pas à considérer qu'à l'instant fatal la classe presque entière chahutait. Un conseil de discipline unanime exclut Benoît. Son admission à Mathieu-Chain était si étonnante après ça que lors du tout premier cours, son professeur principal le désigna à l'attention de ses camarades en le qualifiant de « repris de justice ». Puis il l'avertit qu'il n'était pas aveugle pour sa part, et que s'il s'avisait de se frotter à lui il trouverait à qui parler. Cet avertissement sibyllin valut au nouveau venu une popularité au demeurant éphémère, car le repris de justice ne défraya la chronique du lycée par aucune récidive spectaculaire. Il lui valut en tout cas la curiosité initiale d'Onagre, et cet « Eh, Toi ! » inaugural de leur amitié, lors de la récréation qui suivit la philippique. Dans cette classe où tout le monde connaissait tout le monde, le nom de

Benoît Brisé ne disait rien à personne, et Onagre ne l'avait pas saisi au vol. Aussi adressa-t-il à l'inconnu cette apostrophe désinvolte. Benoît, Cambouis et Onagre étaient dans la même classe. Cambouis avait quinze ans aujourd'hui, et donc treize à l'époque de leur rencontre. Onagre, dix-sept alors, dix-neuf à présent. Les deux ans d'avance de Cambouis compensaient les deux redoublements d'ores et déjà homologués par Onagre. Benoît, plus par chance que par application, avait juste l'âge congru en classe terminale. Il voyait arriver l'examen comme la brebis voit se profiler l'ombre du loup : tétanisé. Il se ferait étendre, c'était écrit dans le ciel, personne n'y pouvait rien, lui-même moins que tout autre. Cambouis comptait pour sa part qu'avec un peu de chance il obtiendrait son bac l'année où Onagre raterait le sien pour la première fois. Cette perspective n'effrayait pas Onagre. Pour lui les études étaient une farce, et pas seulement les études. La vie dans son ensemble était une farce, une grosse blague que quelqu'un leur faisait, à eux les jeunes. Qui, quelqu'un ? Boufre ! Quelqu'un, quoi ! Un vieux con, notre Vieux Con qui êtes aux cieux... Onagre n'était pas du genre à développer sa conception du monde. Il fallait s'en foutre et se poiler, et basta ! Le nouveau avait dû appliquer ce programme à sa façon, pour mériter un tel discours de bienvenue de la part du prof. « Eh, Toi, qu'est-ce que t'as foutu pour qu'ils t'aiment à ce point ? » Sur le moment Benoît avait éludé. Plus tard seulement, quand ils s'étaient mieux connus, il avait lâché son secret, cette espèce de moitié d'erreur judiciaire. Mais même s'il avait vraiment visé l'aveugle, ça n'aurait pas décoiffé ses nouveaux amis. Avec eux deux, il était tombé sur des mal-pensants, sur les rebelles d'Écorcheville. Pas punks pour autant. Ils fuyaient d'instinct les étiquettes, les drapeaux, la *signalisation*. Pour eux le punk était encore un jobard qui brandissait un étendard. Les piercings, les tatouages, en plus d'être antihygiénique c'était naïf, c'était ballot. Ne rien laisser paraître, au contraire. Rester illisible, évoluer à fleur d'eau, presque indétectable, comme le crocodile qui guette de ses belles prunelles fendues la proie batifolant sur la berge du fleuve.

Avec Benoît, ils s'étaient fascinés réciproquement. Benoît les avait bluffés avec son passé criminel imprécis, son frère sous verre, sa génitrice grande comédienne et mère indigne, sa mère adoptive genre sorcière, chirurgienne déchue, ex-faiseuse d'anges reconvertie en embaumeuse égyptienne (la légende noire de Louise Jacaranda...). Il avait aussi, comme atout, la maison du Péruvien située dans un éloignement propice du centre-ville, avec sa serre désaffectée qu'on allait bientôt transformer en garage clandestin. Les deux autres avaient pour eux leur nom, l'argent familial qui coulait entre leurs doigts, la manière d'être qui allait avec. Il n'aurait pas fallu les réduire à cela. La fée mécanicienne n'était pas la seule à s'être penchée sur le berceau de Cambouis. S'il avait travaillé tant soit peu, il aurait été tête de classe. Il ne fichait rien et figurait quand même parmi les quatre ou cinq premiers. Et puis il avait cette grâce de danseur immobile, une sorte de lumière qui le nimbait. Onagre, c'était son je-m'en-foutisme qui séduisait. Il semblait invulnérable, opposant à tout embarras un optimisme hilare. Pas un danseur, lui : un sauteur, un peu canaille, entre fruit sec et planche pourrie, mais si sympathique ! Les autos comblaient sa jeune existence. On ne voyait guère contre quoi il pourrait les troquer en vieillissant, si son amour de la vitesse lui en laissait le temps.

Donc ils s'étaient trouvés, les trois, les deux princes et le presque pauvre. La quatrième mousquetaire apparut l'hiver suivant, une nuit de dérive à travers la ville. Ils cherchaient du shit. Il était plus que tard. Il faisait un froid terrible. Tous les dealers étaient sous la couette. Les rues n'avaient jamais été aussi désertes. Ils se distrayaient à jouer avec cette hypothèse, une épidémie foudroyante avait fauché tout le monde, ils restaient les seuls vivants dans la ville, quand surgit devant eux, au bord du Styx, une petite fille à l'air pas sage du tout. S'ils étaient des rebelles, elle était une desperado, une desperada, une forcenée. Ils l'avaient déjà entraperçue, rôdant ici ou là dans sa minijupe moutarde, un pull vert étriqué sous son blouson en vinyle noir pailleté, une silhouette qui flattait l'œil avec ses jambes longues mais pas trop, fichées dans des godillots d'aspect militaire qui lui donnaient de l'assise. On leur avait parlé d'elle avec des mines mi-figue, mi-raisin. Elle se faisait appeler Fille-de-Personne, était la petite sœur d'un type qui se faisait appeler Krux, le délinquant juvénile numéro un, la terreur en titre d'Écorcheville d'après Tatie Cindy qui tenait ça de Dupassé. Si on voulait que ce type vous casse la tête, on n'avait qu'à s'en prendre à sa sœur. Mais même sans attendre son frère, avec Fille-de-Personne il valait mieux passer au large. Elle jouait du cutter, disait-on. D'autres disaient du tournevis. Le fait est que cette nuit-là, maquillée joues blêmes et nez rouge par la bise, seule sur la berge à deux heures du matin, la ville entière aveugle et sourde à tout meurtre ou viol éventuel, ce n'était pas de peur qu'elle grelottait, mais de froid. Ils lui demandèrent si elle savait où trouver du haschisch. Elle répondit « Bien sûr, dans ma culotte ». De son côté, elle était en quête d'un toit. Onagre ne disposait pas encore de l'immense grenier du palais Propinquor que son grand-père allait bientôt faire aménager pour lui. Cambouis devait compter avec l'indiscrète curiosité de ses cons-de-parents. Benoît était libre d'héberger dans le donjon bidon de la villa Jacaranda autant d'amis et d'amies qu'il voulait, Louise s'en apercevait à peine. La nuit s'acheva là-bas. Fille-de-Personne roulait les joints à la perfection, et son afghan était de première qualité. Sur le coup de quatre heures du matin, Onagre devint un peu trop entreprenant. Il éprouva le premier qu'elle griffait aussi à merveille. Quand Benoît eut réparti ses couvertures, ses draps et son couvre-lit, l'atmosphère largement cannabisée de sa chambre devenue dortoir d'anges ne tarda pas à retentir de quatre souffles synchrones. Fille-de-Personne squatta chez Benoît trois nuits de suite, toujours en tout bien tout honneur, avant d'aller zoner ailleurs. Elle devait revenir souvent, au fil de ses galères. L'alliance avec le trio était conclue. Depuis plus d'un an maintenant, elle était leur égérie. Elle menait une vie vagabonde, entre ses fugues et ses retours périodiques à l'orphelinat dont, en théorie, elle était encore pensionnaire. La villa péruvienne n'était qu'un de ses points de chute. Elle apparaissait et disparaissait sans donner d'explications. Krux lui-même passait des semaines sans nouvelles de sa sœur. Depuis leur enfance, il s'était formé de son rôle de grand frère une conception à la fois poétique et rudimentaire : celle du génie qui surgit quand on l'appelle au secours. Il cognait qui elle voulait, et le reste du temps semblait se soucier d'elle comme d'une guigne. De lui aussi on avait fait la connaissance. Un caïd de cour d'orphelinat lâché dans la nature à sa majorité. Un regard perçant, sous des arcades sourcilières en mâchicoulis, entaillées par les coups. Des maxillaires qui se gonflaient d'inquiétante façon quand il était contrarié. Un nez cassé de longue date. Une bouche qui découvrait peu les dents en parlant. Une morphologie de bison : les épaules et l'encolure l'emportant de beaucoup sur le râble, les jambes un peu courtes, maigres, nerveuses, piaffantes. On aurait dit que le mot *Danger* était tatoué en rouge sang sur son front. C'était la bête noire du commissaire Dupassé, qui voyait en lui « l'ongle incarné de l'humanité », toujours d'après Tatie Cindy. Tata Lenya se récriait : « Allons, allons ! Ton commissaire se laisse entraîner par son goût de la formule… Ne dramatisons pas, ce n'est sans doute qu'un malheureux orphelin, au bout du compte. » Tatie Cindy secouait la tête et prenait une fois de plus le ciel à témoin de l'ingénuité de sa commère. « Nous en reparlerons quand il t'aura violée ! » Tata Lenya haussait les épaules. « Il lui faudrait bien du vice, à ce gamin, pour violer un pauvre épouvantail à moineaux comme moi ! » Tatie Cindy s'obstinait à peindre Krux en monstre de perversité. « Du vice il en a, ne t'inquiète pas, il en a sûrement assez pour ça ! Dupassé est très préoccupé. Avec l'accord du maire il a imposé le black-out aux journaux, pour ne pas inquiéter la population, mais depuis que Krux a atteint sa majorité et qu'il a quitté l'orphelinat, il se passe des choses… » Quelles choses ? Tatie Cindy n'en avait pas dit plus, ce qui laissait entendre qu'elle ne savait rien de précis, sans quoi elle se serait fait un plaisir de stupéfier Tata Lenya. Cependant elle n'avait pas menti. Le vieux Dupassé était à la tête des services de police depuis des décennies. Il connaissait les potentialités criminelles de sa ville comme un ânier est familier des humeurs de son âne. Depuis près d'un an, des méfaits insolites étaient commis. Il ne s'agissait pas de crimes exorbitants… *Pas encore*, anticipait Dupassé. Ce n'était pour l'instant que des actes dénotant une malveillance sournoise, inventive. L'épisode inaugural avait horrifié les amis des bêtes et ceux des belles-lettres, les premiers notablement plus nombreux que les seconds, à Écorcheville comme partout. Quelqu'un avait ceint d'un intestin en putréfaction les reins de la statue de Mathieu Chain. Celle-ci ornait la place sur laquelle s'ouvrait le portail du lycée du même nom. Plaisanterie de potache, avait d'abord pensé le commissaire. La jeunesse écorchevillaise avait déjà, par le passé, attenté à plusieurs reprises à la dignité de l'effigie de la principale gloire littéraire locale. Ainsi, on avait affublé le romancier d'un godemiché en provenance directe du seul sex-shop de la ville, ce qui avait simplifié l'enquête. Le coupable n'était autre qu'Onagre Propinquor, alors âgé de douze ans. Le commissaire avait rendu ses conclusions au maire en privé, avant d'étouffer l'affaire comme il convenait. En d'autres occasions, la statue avait été peinturlurée de couleurs diverses, ou bien, dans la main qu'elle tendait en un geste à vrai dire énigmatique vers le ciel presque toujours gris d'Écorcheville, des petits malins avaient calé tantôt un poireau, tantôt un mirliton, tantôt un thermomètre médical. Le mauvais goût était patent, mais le sacrilège véniel. Le coup de la tripaille, en apparence de la même inspiration, était en réalité autrement grave. L'intestin n'était pas celui d'un mouton, comme on l'avait cru au premier abord, mais d'un chien. Et ce chien, avait très vite flairé Dupassé, avait toutes chances d'être celui d'Honoré Bussettin, Titan, volumineux dogue de Naples dont la disparition quelques jours auparavant avait été attribuée à une fugue amoureuse. Le gabarit du chien, la qualité du maître, la morbidité du geste, tout concourait à distinguer l'événement du tout-venant des profanations. Pour se procurer les entrailles de Titan, il avait fallu soit le découvrir mort, soit le tuer. Or le molosse était en parfaite santé la dernière fois qu'il avait été aperçu. Le chef du clan Bussettin, hors de lui, révulsé, versa des larmes de rage en écoutant Dupassé. Il voulut attribuer au forfait une cause politique. Il était le grand, l'unique challenger de Superbe Propinquor dans la course à la magistrature municipale. Il ne doutait pas qu'on eût projeté de l'atteindre à travers son chien et de le déstabiliser, à l'approche d'élections qui devaient selon lui amener la fin de la mainmise des Propinquor sur la ville... Dupassé s'empressa d'écarter cette hypothèse. Jamais Superbe Propinquor n'aurait agi ainsi. Il était même impensable qu'il eût laissé des membres de son comité de réélection commettre un tel acte. N'aimait-il pas les animaux au point d'avoir fait empailler par Louise Jacaranda le cygne qu'il nourrissait de pain au lait ? Non, le maire n'était pour rien dans cette horreur. Honoré Bussettin avait fini par en convenir. Il est à noter que le reste de la dépouille de Titan demeura introuvable. Sans doute l'avait-on jetée dans les eaux du Styx. Celui-ci, comme la mémoire de Louise, ne rendait jamais rien de ce qu'on lui livrait. Lovée dans une boucle du fleuve, face à l'Érèbe qu'on croyait parfois distinguer par beau temps, bas sur l'horizon, Écorcheville n'avait pourtant rien d'un port fluvial. Elle ne comportait aucun embarcadère, pas même un ponton. La seule embarcation qu'on y connût était une barcasse noire aux extrémités relevées lui donnant des airs de gondole, au dire de ceux qui prétendaient l'avoir vue. Ils n'étaient guère nombreux. Les témoignages n'émanaient que de noctambules et de fêtards dont la réputation n'encourageait pas à leur faire confiance. Reste qu'ils juraient l'avoir vue, toujours aux petites heures, toujours au même endroit, à proximité du débouché du grand collecteur des égouts. Une silhouette encapuchonnée, drapée dans un long manteau, noir lui aussi, se tenait non loin de l'esquif, adossée à la maçonnerie du collecteur, tel un passeur attendant un client. Mais pour où l'emmener ?

VI

Sur les eaux limoneuses du Styx, à cette heure comme à n'importe quelle autre du jour ou de la nuit, nulle promenade, nulle excursion ! Ni plaisance ni pêche. Un désert d'eau qu'on aurait pu croire stérile, si de temps en temps des créatures jaillies de ses plis ne s'étaient échouées sur l'une ou l'autre des étroites et malodorantes grèves de sable noir qui le bordaient. La plupart d'entre elles, quand elles étaient trouvées mortes, aboutissaient entre les mains de Louise qui les naturalisait si leur état le permettait encore. Elles étaient ensuite conservées dans un hangar fermé au public, en attendant la construction du grand musée de tératologie dont Superbe Propinquor projetait de doter la ville. Or ces créatures, ces bêtes, ces êtres, quel que fût le nom qui leur convînt le mieux, n'étaient pas toujours recueillis par des employés des services municipaux. Il arrivait que de simples particuliers les découvrent, et quand ils étaient vivants certains n'hésitaient pas à en tirer profit en les vendant à Mme Occlo. La montreuse de monstres les exposait dans ses aquariums. Quand ils mouraient, le maire faisait saisir les cadavres qui étaient alors livrés à Louise. Superbe aurait pu, certes, interdire de façon catégorique la possession et l'exhibition publique de toute créature en provenance du fleuve, sous peine d'amendes qui auraient ruiné la rentabilité d'une telle attraction. Cependant, tant que le musée de tératologie n'était pas édifié, il fallait bien permettre à la curiosité de la population de s'assouvir au moins en partie. D'autre part Mme Occlo avait une nombreuse parentèle. Le maire, dans son éternelle rivalité politique avec Honoré Bussettin, n'entendait pas s'aliéner cet électorat. Il fermait donc les yeux et laissait Mme Occlo gagner sa vie. Depuis la veille, des affiches placardées dans toute la ville annonçaient l'exposition, par la vieille maquerelle des horreurs, d'un nouvel arrivage de phénomènes collectés sur la berge du Styx. Friands de monstruosités et de spectacles morbides, les adolescents avaient projeté d'aller admirer les bestioles avant qu'elles crèvent, ce qu'elles faisaient en général au bout de quelques semaines. On ne connaissait qu'une exception à cette fragilité. Ligée, la sirène, constituait depuis des années l'essentiel du fonds de commerce de Mme Occlo. Derrière les parois de verre qui la protégeaient, sa vénusté avait enflammé l'imagination des mâles d'Écorcheville. Tout un temps, il avait fallu poster chaque nuit un vigile armé devant l'aquarium, pour dissuader les exaltés et autres érotomanes bons nageurs de tenter de s'introduire nuitamment auprès d'elle. Mais Ligée vieillissait. Il n'était plus nécessaire de monter la garde. Les visiteurs devenaient rares et ne la dévoraient plus des yeux comme avant. Passé le premier instant de curiosité, ceux qui la découvraient détournaient le regard.

Après l'affaire du chien et l'outrage infligé à la mémoire d'un des plus illustres enfants d'Écorcheville, auteur peu lu mais obligatoirement évoqué sous les préaux d'école le jour de la distribution des prix, d'autres méfaits avaient suivi. Ç'avait été d'abord une série de graffiti injurieux et d'invectives à l'adresse du maire, inscrits à la craie pour commencer, puis bombés, puis gravés sur le tuffeau dans lequel étaient bâtis nombre d'édifices de la vieille ville. À mesure qu'on les effaçait, leur auteur s'ingéniait à les rendre impérissables. Il n'y parvint pas, car la gravité des accusations avait conduit la municipalité à accroître les moyens à la disposition du service de nettoiement. On lessiva, on décapa, on ponça et on réenduisit les murs, on aurait abattu les bâtiments plutôt que de laisser l'ignominie s'y étaler. La vie politique est partout la même. Écorcheville n'avait rien à envier à d'autres cités en matière d'inscriptions diffamatoires à l'égard de tel ou tel candidat à un mandat électif. Par le passé, à l'approche de chaque scrutin, Superbe s'était vu taxé de diverses malversations, de péculat, de concussion, de délits d'initié, d'abus de pouvoir et de biens sociaux. Il balayait tout ça du revers de la main, expliquant avec une franchise qui plaisait qu'il était beaucoup trop riche et beaucoup trop intelligent pour se risquer à ces pratiques périlleuses pour tout un chacun et trop peu rémunératrices pour lui. « La compétence et l'honnêteté paient plus ! Je suis un élu, je suis aussi un homme d'affaires… » tonnait-il depuis la tribune, lors des réunions publiques. « Savez-vous combien j'ai gagné l'an dernier ? Je vais vous le dire… » Il brandissait sa feuille d'impôts, claironnait les chiffres, détaillait les rubriques, invitait tout un chacun à vérifier, mettait dans sa poche l'électeur séduit par l'idée de voter pour un malin intègre. On était loin de cette routine, avec les nouveaux graffiti. Ils tapaient plus fort, plus bas, portaient la calomnie sur un terrain où une boutade, un défi crâne, ne suffisaient plus à se disculper. *Le mair baise les orfelines des petis oisaux*, proclamait la toute première inscription murale. Simple obscénité machinale, émanant d'un quasi-analphabète probablement pris de boisson, presque sans intention blessante, sans visée vraiment personnelle, pensa-t-on pour commencer. L'énergumène aurait aussi bien pu accuser le pape à la place de Superbe. La répétition, la multiplication d'attaques du même ordre, toutes dirigées contre ce dernier, et leur déclinaison thématique, prouvèrent bientôt qu'on n'avait pas affaire à un geste d'humeur ou à un caprice imbécile, mais à une véritable volonté de nuire. Au fil des jours, une floraison nauséeuse couvrit les façades. *Le mair, salop, tu nique les petits fille… Le maire se fais susser par les petis oisos… Le mair : pédofile d'enfants… Le mair, maudi, tu paira pour les petits oisault…* L'orthographe du scripteur le situait a priori dans la plus basse des classes sociales, dans un lumpen-proletariat cantonné, presque parqué dans une zone déshéritée, en bordure de la ville. Aucun bruit semblable n'avait couru auparavant sur le compte de Superbe. Il avait eu dans sa jeunesse une vie amoureuse raisonnablement agitée, mais sans excès mémorables, comparée à celle de son frère Aimé en tout cas. Les initiés lui avaient connu quelques liaisons ensuite, alors même qu'il était marié. Nul ne lui en avait tenu grief, pas même son épouse. Mauthilde Propinquor, née Esteral, soit dit entre parenthèses, estimait avec pertinence qu'on ne pouvait attendre une fidélité inébranlable d'un homme doté d'un pareil charisme et occupant une telle position. Un meneur d'hommes est forcément un tombeur de femmes, « quelque part », et les tentations, les sollicitations même, étaient trop nombreuses pour qu'un mâle de cette sorte résistât à toutes. Mais d'histoires de petites filles, point ! Les liens du maire avec l'orphelinat des Petits-Oiseaux étaient tout institutionnels. Puisque l'établissement dépendait de la municipalité, Superbe s'y rendait trois fois l'an. La première pour étudier le budget avec la directrice, la seconde à Noël pour une distribution de jouets sous un grand sapin en contreplaqué vert sombre, scarifié de guirlandes jaunâtres peintes par des mains enfantines, la troisième pour la remise des prix à la fin de l'année scolaire. Le maire prononçait du haut de l'estrade dressée dans le réfectoire une allocution évoquant au passage l'inévitable Mathieu Chain, car celui-ci avait écrit quelques pages senties sur les Petits-Oiseaux en sa qualité d'orphelin honoraire, comme il s'était lui-même qualifié dans un de ses livres. Puis Superbe embrassait un à un les gamins et les gamines qui passaient devant lui, les bras chargés des cadeaux qu'ils venaient de pêcher au hasard au pied du sapin, ou des livres récompensant leur application. Nul n'avait encore insinué qu'il cajolait trop longtemps les gamines. Il y en avait pourtant de grandettes qui auraient pu, qui avaient dû éveiller parfois chez certains des pensées déplacées. Toujours est-il que festivités et embrassades se déroulaient en public et en pleine lumière, que le maire ne s'y attardait pas plus que nécessaire, et que rien dans sa conduite n'avait jamais laissé prise au soupçon.

Ce bourgeonnement malsain avait duré quatre semaines. En concertation avec le secrétaire général Aranelle, qui assurait la liaison avec un Superbe pour une fois embarrassé, voire presque inquiet, le commissaire Dupassé s'était occupé de l'affaire personnellement. Rondes de police incessantes, contrôles d'identité, fouilles, voitures banalisées en planque chaque nuit aux endroits stratégiques, chasseurs isolés, faux noctambules prenant en filature tout individu suspect… Aux premières lueurs de l'aube, des camionnettes de la voirie parcouraient les rues encore désertes pour repérer et effacer ou masquer à temps les allégations infamantes que l'imprécateur parvenait encore à griffonner sur un pan de mur ou au bas d'une affiche publicitaire. L'homme faisait preuve d'une extraordinaire adresse pour échapper à la vigilance des îlotiers et recommencer chaque nuit à salir l'honneur du maire. Dupassé restait confiant, sur le fond. Si ça continuait, une nuit ou une autre on finirait par alpaguer le salopard, sans doute un minable qui nourrissait une haine de troglodyte social à l'égard d'un homme public flamboyant. Les espoirs du commissaire furent trompés. Après une partie de cache-cache longue d'un mois, le salopard, le minable supposé, prit ceux qui le traquaient à contre-pied en agissant de la seule façon intelligente en pareille circonstance. Il cessa de jouer, laissant les patrouilleurs arpenter le bitume, les vigiles battre la semelle sous un porche, les inspecteurs en planque s'écœurer de café tiédasse et de fumée de cigarettes dans leurs voitures glaciales. Au bout d'une semaine, on souffla tout de même. Le gars s'était lassé. Deux semaines passèrent encore, et on oublia. Ces choses-là s'oublient vite, sauf dans la caboche d'un vieux policier qui a fait vertu d'un pessimisme ancré en lui par l'expérience. Tout semblait redevenu normal, mais Dupassé n'oubliait pas, lui, qu'une volonté mauvaise hantait sans doute encore Écorcheville, tapie quelque part, dans un taudis ou dans une roulotte de la zone, dans une HLM aux cages d'escalier puantes, dans une chambre d'hôtel infestée de vermine. Car Dupassé voyait le coupable en cancrelat, en blatte de fond de poubelle. Orphelinats, prisons, hospices : telles sont les décharges où la société jette les déchets humains qu'elle produit. Le calomniateur surgissait de là, pariait Dupassé, et il y retournerait sans doute un jour. Grandir à l'orphelinat, vieillir pour partie en prison, mourir à l'hospice constituait un destin cohérent. S'il ne s'en dissimulait pas l'injustice, le commissaire ne se jugeait pas responsable de cet état de choses. Il se savait en revanche responsable du maintien de l'ordre public. Malgré le peu d'estime qu'il nourrissait à l'égard de l'espèce humaine dans sa généralité, il croyait à l'innocence du maire, au moins jusqu'à plus ample informé. En attendant, il avait dressé une liste de calomniateurs plausibles sur laquelle figuraient une demi-douzaine de noms. Devant tel ou tel d'entre eux, quand une pensée de traverse ou un nouvel indice venaient à éveiller ses soupçons, il traçait un petit bâton. Le nom de Krux figurait sur cette liste en bonne place, et s'agrémentait d'un nombre respectable de petits bâtons. À dire vrai, Krux lui était devenu suspect, pas encore des actes qui défrayaient aujourd'hui la chronique, bien sûr, mais suspect dans l'absolu, dès la première fois qu'il l'avait aperçu, douze ans plus tôt, la boule à zéro et les genoux couronnés, en culotte courte et blouse noire à liseré rouge, dans la cour des Petits-Oiseaux. Krux avait alors sept ans et tordait le bras d'un galapiat du même âge, mais plus frêle, qui pleurait comme un veau. S'arrêtant un instant, Dupassé les avait séparés de deux sèches petites tapes sur la nuque. Krux s'était retourné vers lui. Le policier frotté de longtemps à des criminels adultes avait frémi de la noirceur de son regard. Son cœur avait battu plus fort. C'était comme si, depuis l'aube de sa carrière, il avait attendu cette rencontre : un suspect-né. « Toi, fais attention à toi, on t'aura à l'œil, mon bonhomme ! » avait-il lancé au tortionnaire tandis que la victime s'esbignait sans demander son reste, un bras raide et une épaule plus haute que l'autre. Pensif, tout en poursuivant son chemin en direction du bureau de la directrice, Dupassé avait eu le sentiment que c'était une espèce de pacte qu'ils venaient de conclure là, le chenapan et lui. Ils étaient tombés en méfiance et haine l'un de l'autre comme, dit-on, il arrive qu'on tombe amoureux, soudain et pour toujours.

— Onagre n'est pas avec toi ? demanda Benoît.

Cambouis avait garé son engin dans un coin de la serre. Il avait ôté les gros gants de moto qu'il portait en Solex, alors qu'il roulait invariablement tête nue au mépris de la loi comme des adjurations de ses parents. À présent, il cherchait au fond d'une sacoche les mitaines de sportsman, fil et pécari, qu'il ne manquait jamais d'enfiler pour conduire une voiture.

— Il nous attend chez lui, répondit-il.

— Ça va nous faire un détour, protesta Benoî. Il aurait pu nous rejoindre directement, d'autant qu'il faut passer prendre F.-de-P. à l'orphelinat…

Entre eux, c'était ainsi que les garçons appelaient Fille-de-Personne. Devant elle ils n'auraient pas osé. Fille-de-Personne et Fille-de-Pute, les initiales étaient les mêmes. Mais c'était juste une blague. F.-de-P. n'était pas la fille d'une putain. Elle n'était pas non plus la fille de n'importe qui, Dieu sait !

Toujours pensionnaire des Petits-Oiseaux, en principe, mais éternelle fugueuse, elle y retournait encore parfois entre deux vadrouilles. La direction impuissante tolérait ses allées et venues en attendant sa levée d'écrou définitive.

Cambouis secoua la tête.

— Non, non… Elle nous attend chez Onagre. Elle

a dormi là-bas.

Benoît sentit son cœur se pincer de jalousie. En quel honneur Fille-de-Personne avait-elle dormi chez Onagre ? Il eut beau se dire qu'Onagre n'avait aucune chance avec elle, qu'elle l'avait déjà éconduit, le pincement au cœur persista. Il se reprit : allons, c'était Cambouis le vrai rival. Certes, il n'y avait rien – rien de patent – entre Fille-de-Personne et Cambouis. Et d'abord, elle ne se laissait serrer de près par personne. Chacun en avait fait l'expérience. Une privauté, un geste de trop, ou moins encore, un mot, un regard qui lui déplaisait, et sa petite main aux ongles acérés, aiguisés exprès, partait comme une patte de chat et vous balafrait. Cambouis y avait droit comme les autres. Pourtant, dans les coups de griffe qu'elle lui lançait, Benoît croyait déceler du jeu, et presque une promesse. Il lui plaisait, c'était sûr, et cela n'avait rien d'étonnant. Il était gracieux. Il était intelligent. Il parvenait à être élégant malgré les mains noires, les ongles sempiternellement incrustés de cambouis que lui valait son amour de la mécanique. Même une loubarde ne pouvait qu'être sensible à cette conjonction d'attraits en un seul être. La situation des parents de Cambouis, son père banquier, sa mère antiquaire, n'entrait pour rien là-dedans. Fille-de-Personne n'était pas intéressée. Elle était le désintérêt même. *S'en foutre et se poiler*. Elle se fichait de l'argent comme de tout. Sans qu'on connût la provenance du sien, vol, deal ou prostitution occasionnelle, elle n'en manquait jamais. Et s'il s'était agi d'*espérances*, aucun adolescent en ville n'en cumulait autant qu'Onagre, qu'elle traitait à peine mieux que Benoît. Non, il en était persuadé et s'en désolait, Fille-de-Personne avait le béguin pour Cambouis. Si elle le cachait c'était par une pudeur de sauvage.

— Chez Onagre… Tu crois qu'il l'aurait grimpée ? hasarda-t-il, autant pour se rassurer que pour tester son ami.

Cambouis haussa les épaules et gonfla les joues comme quelqu'un qui entend proférer une absurdité.

— Tu plaisantes ? Elle est barbelée. Il faudrait une armure, pour la grimper.

— Mais si des fois, ça ne te ferait rien, toi ?

— Si des fois quoi ?

— S'il la grimpait quand même.

— Je dirais chapeau : rude grimpeur !

Sur ces mots, Cambouis découvrit enfin ses mitaines au fond de la sacoche du Solex, et les brandit d'un air triomphant.

— Et toi, qu'est-ce que ça te ferait ?

Le regard de Cambouis brillait d'une lueur ironique. Benoît se sentit percé à jour. C'était agaçant, cette supériorité en tout domaine. Le gosse était plus fin que lui, en plus du reste.

— Moi ? Pareil que toi. Je dirais chapeau…

Cambouis prit son temps pour enfiler ses mitaines, dont il fit cliquer avec soin les boutons-pressions.

— J'ai pris des poires, dit Benoît. T'en veux une ?

— Merci, jamais de poires en conduisant, dit Cambouis. Mais tout à l'heure, volontiers…

Il referma la sacoche, contourna le Solex et se dirigea vers la voiture. Celle-ci était une Vorax Imperial, magnifique dans sa livrée cuisse-de-nymphe flambant neuve. Cambouis s'ingéniait à concocter des teintes rares, pour chacune des voitures volées qu'il repeignait pour Onagre. Ces carrosseries raffinées faisaient long feu entre les pattes du bousilleur, mais l'artiste n'en avait cure. « C'est comme la grande cuisine, disait-il : il ne faut pas chercher à savoir ce qu'il en reste le lendemain du banquet ! »

VII

Écorcheville, ou l'ultime bout du monde. Au-delà, il n'y avait plus que l'Au-delà ; rien d'étonnant à ce que les visiteurs ne s'y bousculent pas. Les rives du Styx, celle-ci et l'autre, on les verrait bien assez tôt.

En elle-même, la cité n'était pourtant pas sans charme. Celui du demi-sommeil, par exemple. L'animation de tel ou tel quartier à certaines heures n'était qu'un trompe-l'œil. Écorcheville se donnait à peu de frais des airs d'agglomération trépidante où se pressent des foules attelées à la tâche de vivre, déterminées à s'en acquitter rondement. Alors oui, banquiers en complet-armure, commerçants aiguisés, boursicoteurs aux aguets, promoteurs, agioteurs et prêteurs sur gages, notaires, huissiers, agents du fisc, sur la scène du centre-ville une troupe donnait sans relâche la tragi-comédie de l'argent. Les premiers rôles appartenaient aux familles dominantes, les Propinquor, les Bussettin, les Esteral, ces derniers en déclin depuis quelques décennies, mais toujours représentés au sein des conseils d'administration. Les origines des grandes fortunes écorchevillaises baignaient dans une pénombre que nul historien ne se souciait de dissiper. De quoi avait-on pu trafiquer sur cette rive, des siècles, et même des millénaires auparavant ? Qu'est-ce qui avait payé les palais édifiés au bord du fleuve, leurs boiseries et leurs tentures, les trésors artistiques qu'ils renfermaient, les soieries et les bijoux dont s'étaient parées, génération après génération, les épouses et les maîtresses des notables ? Des bénéfices de quel négoce ou de quelle industrie étaient issus les coûteux véhicules stationnés devant les grilles des hôtels particuliers – avant-hier carrosses, hier tilburys et victorias, aujourd'hui limousines ou roadsters ? Écorcheville ne comptait aucune manufacture d'importance. On n'y fabriquait, on n'y transformait à peu près rien. Le long du fleuve, ni quais ni docks. Pour y charger, y décharger, pour y stocker quoi ? L'entrepôt de la gare suffisait au médiocre mouvement des marchandises. La ville était si peu étendue, en réalité, qu'on la traversait à pied en une heure dans sa plus grande longueur, et en moitié moins de temps depuis le bord de l'eau jusqu'au pied de la montagnette sous laquelle elle était blottie. Les maraîchers et les petits éleveurs de l'arrière-pays pourvoyaient à l'approvisionnement local, mais leur production n'aurait pu s'exporter. Quant au fleuve infranchissable, il ne recelait que des monstres. On avait tenté naguère d'en extraire du sable. Il s'était révélé impropre à tout usage. Le ciment qu'on en tirait s'effritait, se désagrégeait. Des immeubles s'étaient effondrés, tuant leurs occupants. On s'était plus tard efforcé d'exploiter la marne dont se constituait ailleurs le lit du Styx. Au lieu d'amender les terres pauvres comme on l'avait un temps espéré, elle avait achevé de les stériliser... Cependant la richesse ancestrale de la cité, dont on ne pouvait ignorer les traces omniprésentes, provenait bien de quelque source ? La situation géographique d'Écorcheville face à l'Érèbe ne laissait de place qu'à une hypothèse. D'autres cités avaient dû leur prospérité à la traite des corps. Il fallait qu'Écorcheville eût bâti la sienne sur celle des âmes, seule denrée qui y eût jamais transité, immatérielle matière première, matière dernière dont elle avait eu longtemps le monopole. Les reliquats d'une antique fortune semblable à une moraine immémoriale défrayaient le présent. La cité n'était plus qu'une place financière, une Suisse des confins où l'or naissait de lui-même. Mais tel le sang pulsé par les battements d'un cœur trop vieux, il n'irriguait et n'animait que le quartier des affaires. Là, les grandes familles rivales avaient élevé des tours mégalomanes, outrecuidantes, qui répondaient plus à la volonté d'affirmer leur prééminence qu'à une vraie nécessité commerciale. Comme les pyramides d'Égypte, il y en avait trois principales. La tour Propinquor l'emportait sur les deux autres. Ses quatre-vingt-six étages de verre opaque et d'acier teinté qui prenait des allures de bronze antique aux rayons du soleil couchant n'auraient pas été indignes de Manhattan ou de La Défense. Si la tour Bussettin faisait encore figure honorable avec ses soixante étages et son revêtement argenté en forme d'écailles de poisson, la tour Esteral trahissait le déclin de la famille dont elle était censée exalter la puissance. Tout Écorcheville se gaussait de cette taupinière de quarante étages en béton brut de décoffrage, style faussement chic et vraiment fauché. Les Esteral, disait-on, étaient partis pour bâtir beaucoup plus haut, mais l'argent avait manqué. Ils avaient dû en rabattre sur leurs ambitions initiales, d'où cette esthétique fruste et cette silhouette courtaude. Au reste, les trois tours dissimulaient en leurs flancs la même réalité triviale. Les bureaux innombrables, les salles de conférences, les salons modulables à l'infini destinés à accueillir conventions et séminaires, excédaient de beaucoup les besoins réels. Seuls les vingt-trois premiers étages de la tour Propinquor étaient occupés – encore les simples employés y jouissaient-ils de bureaux de cadres, les cadres de bureaux de chefs de département, les chefs de département de véritables suites, où certains logeaient pour de bon avec leur famille. Le bureau que Superbe s'était fait aménager à l'origine, et où il ne mettait jamais les pieds, occupait la totalité du quatre-vingt-sixième étage. Il y avait parfois organisé des raouts, mais la plupart du temps, le silence et la poussière régnaient à partir du vingt-quatrième. Des vigiles patrouillaient au long de ces étendues lugubres. Il en allait de même dans la tour Bussettin où la présence humaine ne dépassait pas le quatorzième étage. Dans la tour Esteral, c'était encore pire : les trois premiers niveaux seulement étaient occupés, et des squatteurs colonisaient les hauteurs, mal surveillées par des gardiens sous-payés.

À deux rues du quartier des affaires dont la vie tenait ainsi du simulacre, on ne percevait plus rien de son animation. Le film de la vie passait au ralenti. Quelque chose grippait sournoisement dans la dynamique des êtres. On aurait dit que les passants marquaient le pas, gagnés par une indolence surnaturelle. La corde à sauter d'une fillette décrivait dans l'air des ellipses d'une mollesse insolite, tandis qu'elle-même, à chaque saut, semblait rester en l'air un peu trop longtemps avant de retomber dans un claquement de sandales inexplicablement assourdi, comme si elle n'obéissait qu'à regret et avec un imperceptible retard aux lois de la pesanteur. Bien sûr, les Écorchevillais de naissance n'en avaient pas conscience. Cette espèce de langueur n'apparaissait qu'aux étrangers, surtout dans les premiers temps de leur arrivée, car, vite acclimatés ou contaminés, ils n'y prenaient bientôt plus garde.

Ils étaient rares, on l'a dit. Si rares qu'Onagre, dans sa fringale de belles voitures, devait parfois attendre des mois qu'il s'en présentât une digne d'être volée. Il avait beau jouir de la protection d'une police municipale aux ordres, un accord passé avec son grand-père lui interdisait de s'attaquer à sa propre caste. C'est qu'il ne tapait que dans le haut du haut de gamme. Or les Écorchevillais possesseurs de telles autos n'étaient pas si nombreux. Presque tous appartenaient au cercle des parents de Superbe, de ses alliés politiques, de ses relations d'affaires ou de club, au moins de ses interlocuteurs ou de ses concurrents. Dans ce dernier cas il était encore plus ennuyeux pour lui d'intervenir en faveur d'Onagre, dont nul n'ignorait la passion automobile et les débordements qu'elle entraînait. Quand il avait dû apaiser la fureur d'Honoré Bussettin, son vieil ennemi, après qu'Onagre lui eut barboté sa voiture, une splendide Jaguarondi Paroxys, le maire avait passé à son petit-fils un savon mémorable. Encore un coup de ce genre, et il laisserait faire la justice. Depuis longtemps il la retenait par sa laisse comme un molosse qui s'étrangle à moitié. Onagre n'avait pas pris la peine de nier, ni celle de feindre le repentir. La Jaguarondi d'Honoré, il s'en pourléchait encore les babines. Chipée feuille morte et repeinte incarnadin par Cambouis, le propre petit-neveu du propriétaire, elle avait fini sur un talus, bonne pour la casse après deux tonneaux. Onagre en conservait un souvenir ébloui. Bon sang, quelle bagnole ! Superbe ne nourrissait aucune illusion sur la capacité de résipiscence de son seul héritier mâle. Puisqu'on ne lui payait plus de voitures, Onagre en volerait tant qu'il aurait deux bras et deux pieds pour les conduire. Et il les casserait comme il avait cassé toutes celles, offertes ou volées, qui lui étaient déjà passées entre les pattes. Ce jour-là cependant, devant l'exaspération du patriarche, l'adolescent avait accepté à demi-mot de transiger. Il ne renoncerait certes pas à son vice, mais il le passerait sur des voitures appartenant à des étrangers. Superbe accepta le marché en bougonnant pour sauver la face. Ce n'était tout de même pas sorcier d'examiner la plaque d'immatriculation d'une auto avant de la piquer ! Depuis, chacun s'en était tenu aux termes de la transaction. À la condition qu'Onagre épargnât les voitures des notables locaux, Dupassé chapitré par Superbe classait sans suite les plaintes concernant les vols de véhicules et les rodéos qui s'ensuivaient. Les assurances payaient. Après tout elles étaient là pour ça.

Benoît trouvait Cambouis très ennuyeux, quand il parlait moteurs. Les histoires d'alésage, les taux de compression, quelle barbe ! De son côté, Cambouis jouissait comme un obsédé sexuel expliquant par le menu les arrangements successifs d'une partie carrée. Il aimait prononcer les mots de la mécanique comme l'érotomane se plaît à prononcer ceux du sexe. Il s'en barbouillait et s'en grisait. Il ne s'était pas contenté de repeindre la Vorax Imperial. Il l'avait sondée et auscultée pour en cerner les particularités techniques, il l'avait révisée à fond et en avait même amélioré les réglages. On n'avait encore jamais vu de Vorax à Écorcheville. C'était la première, ce serait peut-être la dernière. Il était difficile d'imaginer un vol moins discret. Une rarissime Vorax Imperial bleu d'azur fait son apparition en ville un beau matin. Elle disparaît dans la nuit, volée sur le parking du Grand Hôtel des Mânes où est descendu son propriétaire. Une autre Vorax, du même modèle exactement, mais couleur cuisse-de-nymphe, surgit du néant huit jours plus tard. Le premier agent de police à l'apercevoir ne pouvait manquer de donner l'alerte. Il s'en empressa selon les modalités particulières imposées par le commissaire Dupassé dès qu'un rejeton à problèmes d'un des clans dominants était concerné. Cambouis, alias Sacha, alias Alexandre Bussettin, n'était pas moins connu des services de police qu'Onagre ou ses sœurs ou, à l'autre extrémité de l'échelle sociale, que Krux. Mais la consigne était d'appréhender Krux toute affaire cessante s'il était surpris en train de traverser en dehors des clous ou de chouraver un paquet de chewing-gums. En revanche si un Propinquor ou un Bussettin se trouvait impliqué dans quoi que ce soit d'anormal, il convenait d'en rendre compte sur-le-champ à la hiérarchie, mais sans intervenir tant que la sécurité de l'intéressé n'était pas menacée. Dupassé s'en débrouillerait avec le secrétaire général Aranelle, voire avec le maire en personne. Depuis peu, le nom et la photo de Benoît Brisé s'étaient ajoutés au trombinoscope des personnalités à tenir ainsi à l'œil. Aussi ce matin-là, Cambouis et Benoît n'eurent pas roulé cinq minutes en leur splendide équipage qu'ils étaient déjà repérés et signalés à qui de droit. Dans son grand bureau à portes capitonnées et gros coffre-fort noir de détenteur des secrets, Dupassé hocha la tête. La Vorax avait refait surface. Bon, bon... Le jeune Sacha Bussettin au volant, bon... Benoît Brisé à côté de lui, bon... On ne lui apprenait rien, sinon la teinte choisie pour maquiller de façon toute formelle l'objet du délit. Dès le premier instant, à l'annonce du vol, il n'avait pas douté de l'identité des coupables. Il lança aussitôt une voiture banalisée sur la piste de la Vorax, et renouvela ses instructions : suivre, observer, l'informer de tout incident, rien d'autre. Un quart d'heure plus tard, un nouveau coup de téléphone lui annonçait que la Vorax avait traversé le cœur de la ville à une allure tout à fait modérée, et en observant à la lettre les règles de la circulation. Elle avait ensuite longé le Styx en empruntant la voie sur berge et le tunnel aménagé en bordure du palais Propinquor, avant de s'engouffrer dans la descente d'accès au parking aménagé sous le bâtiment.

Un ensemble de souterrains et d'hypogées divers

dont il n'existait aucun plan cohérent, galeries, boyaux, cryptes, catacombes, chapelles, citernes, caves, anciens cachots et oubliettes, minait les soubassements du palais. Ce dédale constituait l'héritage d'un passé qu'on préférait laisser dans l'ombre. Superbe opposait une sourde résistance aux demandes des passionnés d'histoire et d'archéologie locales désireux de l'explorer et d'en établir le relevé. En raison de la proximité et de l'infiltration probable des eaux du fleuve, de sombres légendes couraient sur ces profondeurs. Pour Superbe, aussi malsaines qu'elles pussent être, elles se confondaient en quelque manière avec son âme. Il n'entendait laisser personne les violer. Il n'était pas pour autant indifférent aux exigences de l'époque, puisqu'il avait fait un parking de la principale, ou du moins de la plus accessible des cryptes. Si les habitués des lieux n'y prenaient plus garde, les visiteurs occasionnels, en descendant de voiture, ne manquaient pas de s'étonner. Qu'on imagine un immense parking gothique flamboyant, avec des piliers de vraie pierre cantonnés de colonnes, des chapiteaux à crochets, des voûtes en croisée d'ogives. L'œil, malgré lui, cherchait la précieuse polychromie d'un vitrail et ne découvrait que le prosaïsme des barres de néon. Décontenancé par le bruit de ses propres pas, qui résonnaient autrement qu'on ne s'y attendait sur les dalles insonorisées par un épais enduit plastique, on suivait un chemin fléché jusqu'à un ascenseur d'aluminium brossé.

Benoît n'en était plus à s'extasier là-dessus. Tout cela lui paraissait naturel depuis qu'il fréquentait Onagre et Cambouis, lui-même de longue date familier du palais. Encore Benoît n'en connaissait-il qu'une infime partie. Il arrivait toujours avec l'un ou l'autre de ses amis, en voiture, par le parking, et il empruntait invariablement cet ascenseur qui le menait droit à l'appartement personnel d'Onagre, sous les combles de l'énorme édifice.

Chaque face de celui-ci comportait, à ce niveau, un œil-de-bœuf de grande dimension. Onagre jouissait de là-haut d'une vue imprenable sur la ville, dans tous les azimuts. Au nord, elle était saisissante, plutôt que magnifique. Si l'on était en effet saisi, au spectacle du fleuve roulant avec lenteur ses flots brunâtres sous un ciel volontiers mélodramatique, cette émotion se teintait bientôt d'une tristesse qui pouvait aller jusqu'à l'effroi chez les natures les plus sensibles. Onagre, par chance, ne comptait pas parmi elles. Avait-il seulement conscience que le trait sombre qu'on avait parfois l'illusion de distinguer sur l'horizon depuis son belvédère, c'était le rivage du pays des morts ? Aucun navire en aucun temps n'avait réussi à atteindre cette côte pourtant si proche en apparence. Tous ceux qui l'avaient tenté s'étaient abîmés corps et biens. De même, les montgolfières montées par d'intrépides marquis emperruqués, les aéroplanes crachotants des émules de Blériot, les avions modernes à hélice ou à réaction, les planeurs, les deltaplanes, les ULM qui s'étaient tour à tour élancés au-dessus du Styx dans l'espoir d'atteindre l'Érèbe n'étaient jamais revenus. On supposait, puisqu'on en était réduit à ça, qu'un puissant phénomène électromagnétique déréglait les instruments de navigation, ou perturbait le fonctionnement des moteurs… Encore cette hypothèse, bien vague, ne rendait-elle pas compte de la perte des voiliers et des barques, ni des aérostats… Mais de ces disparitions inexplicables et de l'irritant mystère qu'elles recouvraient, Onagre se fichait royalement. Sa réflexion tenait de celle du chaton qui s'intéresse à peu de choses, sorti du bouchon qu'il poursuit ou de la ficelle qu'on agite sous son nez. Aussi la joie d'Onagre était-elle hors d'atteinte. Chaque aube le trouvait aussi innocent, émerveillé du nouveau jour qui commençait et qu'il allait s'employer à remplir comme les précédents de fun, d'éclate et de teuf, de meufs, de virées en bagnole, de pétarades et de crissements de pneus, d'accélérations dingues et de coups de patins fumants. Et tard dans la nuit il finirait par s'endormir un sourire aux lèvres, comme un ange étourdi qu'il était, satisfait du plaisir accompli.

Si à son réveil il choisissait de se poster, à l'opposé du fleuve, devant l'œil-de-bœuf de la façade sud, les hauteurs du site s'offraient à sa vue par-delà les quartiers populaires du pied de la montagne. Un amphithéâtre rocheux s'étageait du fleuve jusqu'à la corniche qui constituait le théâtre habituel de ses exploits automobiles. Des villas aux volets presque toujours clos, accrochées aux redans les plus propices, ponctuaient de la blancheur de leur marbre la terre de Sienne mêlée de vert foncé de la pente. Il arrivait que les contrevents s'ouvrent, que des silhouettes apparaissent sur les terrasses jonchées des feuilles mortes de plusieurs automnes. Qui vivait là, où plutôt qui y vivait si peu ? Des Écorchevillais expatriés. On les comprenait sans peine. Vivre ici, à Écorcheville, était-ce vivre au plein sens du mot ? Ils revenaient malgré tout, à de longs intervalles, laissant s'écouler quatre ans, cinq ans, parfois plus entre deux retours. Pendant ce temps ils goûtaient ailleurs les saveurs dont ils estimaient que la vie manquait ici.

À l'ouest, en retrait du Centre d'Affaires et de ses tours, on apercevait Sainte-Agathe, la cathédrale désaffectée où Mme Occlo exhibait ses monstres. Sainte-Agathe, qu'on appelait aussi *l'église rouillée*, était vieille d'un siècle bientôt. L'évêque *in partibus* d'Écorcheville en avait confié la conception à un obscur élève de Gustave Eiffel. Le disciple, féru des matériaux et de l'esthétique chers à son maître, avait édifié une mante religieuse de métal, toute barbelée de ressauts sous un clocher aux allures de derrick, dans le ventre de laquelle les fidèles ne s'étaient résolus qu'avec répugnance à accomplir leurs dévotions. Trop peu nombreux pour assurer par leurs dons l'entretien coûteux d'un édifice qui exigeait d'être souvent repeint en raison des brouillards corrosifs montant chaque soir du Styx, ils l'avaient laissé se dégrader. Un siècle après sa construction, Sainte-Agathe tombait en limaille. Ses flancs s'effritaient en écailles rubigineuses. Par fort vent, tout le grand squelette vibrait. Boulons et écrous rongés par le temps, rivets délogés, des osselets de fer s'abattaient des hauteurs. Des particules de rouille pulvérulente pleuvaient sur les visiteurs du zoo et sur les créatures exposées. L'évêque avait-il voué une sincère dévotion à sainte Agathe, « vierge noble d'esprit et très belle de corps, honorant Dieu à tout moment » comme dit Jacques de Voragine, ou bien avait-il livré par ce choix quelque penchant secret ? Il y a de la Justine, dans la figure de la vierge de Catane martyrisée par le gouverneur de Sicile. Quintien, en la livrant à la courtisane Aphrodisie et à ses neuf filles débauchées pour la détourner de ses vœux, et, comme elle s'y tient, en lui faisant arracher les seins, se conduit en parfait sadique. Un des vitraux de la cathédrale, fidèle à l'iconographie classique, représentait la sainte portant ses seins sur un plateau et attirait les piétés salaces des collégiens d'Écorcheville.

À l'est se dressait l'orphelinat où Fille-de-Personne et son frère avaient grandi. Benoît était comme happé à chacune de ses visites chez Onagre par le point de vue qui s'ouvrait de ce côté. Il n'avait jamais contemplé sans angoisse les murs gris dont s'entourait cet établissement aux allures de citadelle et le vrai donjon, autrement imposant que celui de la villa Jacaranda, qui le coiffait. Orphelinat, maison de redressement, prison, bagne, pour une imagination juvénile c'est tout comme. La haute bâtisse sinistre lui rappelait le sort auquel il avait échappé. Sa vraie place aurait été là-haut, aux Petits-Oiseaux, plutôt que dans la villa du Péruvien. Si Louise ne l'avait pas recueilli, il y aurait sans doute échoué. Plus tard, quand il avait fait la connaissance de Fille-de-Personne, elle l'avait fasciné pour cela aussi. Elle venait de là-haut. Ils auraient pu s'y côtoyer, s'il avait vécu son vrai destin. Mais quel était-il ? Est-ce qu'on avait comme ça un « vrai destin » qu'on épousait ou non, qu'on attrapait ou qu'on ratait comme un train, et d'autres destins de raccroc, de moins en moins nécessaires, de moins en moins légitimes, sur lesquels on se rabattait, dans lesquels on dégringolait toujours plus loin de sa vérité ? Lui, Benoît Brisé, dans quel cas de figure son existence aurait-elle correspondu à son essence ? Il ne parvenait pas à croire que le lot qui lui était échu auprès de Louise-la-folle, entre le portrait du guanotier et la momie du nourrisson dans sa châsse de verre, fût vraiment le sien.

VIII

Ce qui continuait à épater Benoît, chaque fois qu'il venait chez Onagre, c'était la propreté, l'absence de poussière, de verres sales sur les meubles, de toiles d'araignées au plafond, la limpidité des vitres des œils-de-bœuf et des chiens-assis. Le contraste était vertigineux avec la radicale incurie de Louise, avec le désordre et la saleté qui en résultaient et dans lesquels Benoît baignait depuis toujours. À la villa, l'aspirateur fossile qui rouillait au fond d'un placard était encore en 110 volts, le balai et la pelle à poussière s'enguirlandaient de toiles d'araignées. Ici la domesticité s'occupait de tout. Onagre avait administré très tôt la preuve qu'il était imprudent d'exposer de trop jeunes employées à sa lubricité. Superbe avait alors sélectionné tout exprès une maritorne et l'avait affectée à l'entretien de l'aire du jeune rapace. Encore ne pouvait-on s'estimer sûr de rien avec Onagre. Superbe n'était pas certain que la virago découragerait tout à fait les ardeurs de son petit-fils. En la choisissant ménopausée, du moins s'était-il garanti contre tout risque de grossesse et contre les embarras et débours subséquents.

À l'étage septième et dernier de l'édifice, la porte de l'ascenseur s'ouvrit dans un chuintement presque imperceptible. Benoît et Cambouis débouchèrent dans une vaste antichambre lambrissée. Des tapis d'Orient recouvraient en partie le plancher de chêne ciré. Quelques meubles d'aspect moyenâgeux, semblables à de gros scarabées noirâtres, étaient répartis autour de la pièce. Aux murs étaient accrochés les portraits de colosses vêtus de pourpoints, de pèlerines, de lourds manteaux fermés par une chaîne d'or, certains enfraisés, d'autres emperruqués, tantôt coiffés de bérets plats, tantôt de calottes rondes ou de bonnets carrés… Entre leurs fortes mains, des livres de comptes, des rouleaux de doublons, des bourses au cordon dénoué d'où s'échappaient ducats et florins… C'était, à n'en pas douter si l'on considérait leur stature et les signes de leur prospérité, les Propinquor des temps passés, les aïeux d'Onagre et de ses sœurs, les patients amasseurs de la fortune que le trio d'héritiers dégénérés s'emploierait bientôt à dilapider.

Face aux panneaux d'aluminium de la cage d'ascenseur, une porte de bois sombre, bardée de clous et de volumineuses ferrures lancéolées, fermait l'accès de l'appartement. Les deux garçons n'eurent pas à signaler leur arrivée. Averti par un signal sonore qui se déclenchait depuis l'ascenseur aussitôt qu'on appuyait sur le bouton du septième, le valet de chambre d'Onagre vint leur ouvrir. Sérif était l'espion que Superbe, toujours inquiet des débordements prévisibles de son petit-fils, avait placé auprès de lui. Onagre n'était pas dupe. D'ailleurs, il avait passé un traité secret avec Sérif. Son argent de poche était largement suffisant pour lui permettre d'acheter le silence du traître. Devenu agent double, Sérif ne livrait à Superbe que ce qu'Onagre voulait bien qu'il sût : la routine des soûleries, des coucheries et des rodéos automobiles. Les choses allaient rarement plus loin. L'argent Propinquor faisait d'Onagre un mauvais sujet chanceux : il n'avait pas à se soucier de s'en procurer par lui-même. Il savait en trouver toujours au troisième étage du palais, dans une grande potiche Ming que son grand-père regarnissait souvent à son intention, dans le but de lui épargner la tentation d'en voler. Certes, parmi les bonnes fortunes d'Onagre, certifiées par les pièces de lingerie féminine accrochées en manière de trophées à une corde à linge tendue dans un placard réservé à cet effet, certaines n'avaient pas été très éloignées du viol. Le luxueux grenier d'Onagre avait vu quelques overdoses et autres comas éthyliques. Des parties de poker avec des partenaires mal choisis avaient parfois dégénéré en pugilats… Onagre avait un ami, brancardier aux urgences de l'hôpital Bussettin, qui savait faire les bonnes piqûres et recousait passablement les arcades sourcilières ouvertes.

Menu, nerveux, cambré dans son pantalon de serge noire très ajusté, son gilet à rayures noires et jaunes et son plastron d'une blancheur immaculée sous le nœud papillon à élastique, Sérif s'effaça pour laisser entrer les amis de son maître. La voix joviale d'Onagre leur parvint de derrière le paravent qui masquait, ils le savaient, un immense futon japonais :

— C'est vous, les mecs ? Entrez, posez-vous, on arrive !

Benoît sentit son cœur se contracter comme la sensitive froissée par une main sans délicatesse. On ? Qui, on ? La voix acide de Fille-de-Personne confirma sur-le-champ la crainte qui l'avait saisi.

— On n'est pas visibles, là, tout de suite ! renchérit-elle. Sérif, apporte-leur du café, tu veux ?

Une grimace ulcérée tordit le visage du valet. Il détestait que quelqu'un d'autre qu'Onagre lui donnât des ordres, et tout spécialement Fille-de-Personne. Aussi attendit-il de façon ostensible qu'Onagre validât la commande.

— J'en reprendrai une tasse moi aussi, lança Onagre de derrière le paravent. Fissa, Sérif !

Dompté, Sérif consulta les nouveaux arrivants : « Croissants ? Brioches ? Jus d'orange ? » Cambouis avait déjà déjeuné. Il déclina les offres de nourritures solides. Benoît n'aurait pas dit non aux viennoiseries en temps normal, mais, l'appétit coupé par la contrariété, il imita son camarade.

— Café seulement. Merci, Sérif.

Le valet s'éloigna en direction d'une cuisine américaine aux allures de bastion en rase campagne, qu'on apercevait à l'autre bout de l'appartement. Quand il s'était agi d'aménager le grenier, Superbe avait cédé aux instances d'Onagre en faisant abattre toutes les cloisons qui le compartimentaient. Onagre voulait de l'espace. Il resta quelque quatre cents mètres carrés d'un seul tenant, une fois déduites de la surface globale des combles l'antichambre et la salle de bains, la seconde presque aussi spacieuse que la première. Il y avait là de quoi prendre ses aises. À la surprise générale, Superbe avait confié la décoration de ces étendues à Bella Bussettin, la mère de Cambouis. Dans la guerre ancestrale et sans doute éternelle que se livraient les Propinquor et les Bussettin, intervenaient de loin en loin des suspensions d'armes, des fraternisations éphémères. Peut-être la préférence accordée dans cette affaire à Bella, née Mordor, mais épouse Bussettin, entrait-elle dans le cadre d'un arrangement secret portant sur des matières d'une autre importance ? Un pourboire au terme d'une transaction ? Une commission glanée par Erwin qui se serait entremis dans un marché occulte ? C'était possible. À la surprise générale, là encore, car on n'avait pas une très haute idée des talents de Bella, elle s'en tira à son honneur. Il faut dire que la charpente du toit du palais Propinquor ne lui laissa guère de latitude. En restaurant ce chef-d'œuvre, en le respectant, et à condition de subordonner l'ensemble de la décoration des bas à ces hauts admirables, elle avait partie gagnée d'avance. « Ma conne-de-mère va tout saloper », avait prédit Cambouis. Pour une fois il s'était trompé. Des charpentiers compagnons du Devoir, les uns débauchés à prix d'or des chantiers nationaux, d'autres pistés et recrutés jusque dans leur maison de retraite, restaurèrent dans la ferveur et la piété l'ouvrage de leurs prédécesseurs. Puis, payant d'une audace qui aurait pu s'avérer désastreuse, la décoratrice joua pour les surfaces et le mobilier le contre-pied de cette orthodoxie. Le design sauva tout. Le design, c'est-à-dire le budget. Superbe lui avait donné carte blanche. Le contraste entre les frondaisons de poutres et de solives enchevêtrées, décapées, poncées, polies, vernies, et les lignes dépouillées des meubles qu'elles surplombaient fit merveille. Quand il abandonna l'étage des enfants où il avait jusqu'alors logé avec ses sœurs pour intégrer ses nouveaux quartiers, Onagre fut satisfait. Et d'emblée, il ajouta sa note personnelle à l'espace idéal conçu par Bella en s'exerçant au tir à l'arbalète et au lancer de couteaux sur les coûteux placages, sur les panneaux de mélamine et les peausseries exotiques des meubles signés, sur les tableaux abstraits et les tapisseries, mais aussi sur les vénérables pièces de charpente du toit. Le lancer de couteaux était une de ses marottes. Il lançait avec force, sinon avec précision. Il ne désespérait pas d'égaler un jour les exploits de Juan Pinto Del Vallonte, le fameux lanceur de couteaux du cirque Gorbius. « Pendant combien d'années il s'est entraîné, pour faire ce qu'il fait ? demandait-il. Moi aussi, quand j'aurai lancé un million de couteaux… »

Avec un sourire amusé à l'adresse de Benoît, Cambouis effleura de l'ongle l'empennage d'un carreau d'arbalète profondément enfoncé dans le haut front bombé d'un masque africain en ébène exposé sur un chevalet. On aurait pu l'en arracher, sans doute, au prix d'un effort considérable, mais c'était plus beau comme ça, estimaient les garçons. Superbe alerté par Sérif avait fait remplacer les bronzes et les marbres par des sculptures en bois. Ainsi, quand par hasard un couteau ou un carreau atteignait sa cible, il s'y plantait tout de bon sans ricocher. Benoît haussa les épaules. Onagre pouvait bien réduire en bûchettes ou en copeaux les œuvres d'art qui ornaient la pièce, il s'en fichait. Pour l'heure, l'idée que Fille-de-Personne avait partagé la couche de son ami lui tordait le ventre. Il ramassa l'arbalète qui traînait sur un pouf à proximité du paravent. De part et d'autre de la crosse d'aluminium le designer avait évidé un logement destiné à recevoir un trait maintenu en place par un clip. Les deux logements étaient garnis. Il secoua la tête d'un air réprobateur en constatant qu'un troisième projectile était engagé dans la rigole de l'arbrier. Il allait s'assurer que l'arme était au moins au cran de sûreté, quand la voix de la jeune fille invisible s'éleva à nouveau.

— Cambouis, s'il te plaît, regarde voir si tu trouves mon soutif, je sais plus ce que j'en ai fait hier soir…

Benoît se mordit les lèvres et reposa l'arbalète. Elle avait donc bien passé la soirée ici. La soirée et la nuit. Ce n'était pas la première fois. En cavale intermittente de l'orphelinat depuis des mois, la vagabonde débarquait chez l'un ou chez l'autre à l'improviste, en pleine nuit parfois, et demandait l'asile. Chez Benoît elle dormait dans une ancienne chambre de bonne. Dans la belle villa moderne où Cambouis vivait avec ses parents, elle avait droit à une des chambres d'amis. Ici, elle réclamait une couette à Sérif, et elle s'ensevelissait dans un des profonds canapés de cuir disséminés à travers la pièce comme des îles sur la mer. Il y avait cette fois toutes apparences qu'elle eût enfreint la règle qu'elle s'était fixée et qu'elle avait jusqu'alors respectée, en dormant/couchant avec Onagre, derrière le paravent, sur le futon, nue ! Mais qu'elle eût ou non sauté le pas avec lui, Benoît ne doutait pas une seconde que ce fût afin de rendre Cambouis jaloux. Une telle considération n'ôtait rien à son propre tourment. C'était lui qui se tordait *in petto* sur des charbons ardents, et non celui à qui la comédie du soutien-gorge égaré était destinée.

Cambouis n'avait pas bronché. S'était-il seulement avisé que Fille-de-Personne en pinçait pour lui ? Pourtant ça crevait les yeux. Elle réservait depuis un moment ses cruautés aux deux autres. Au seul profit de Sacha Bussettin, elle mettait en batterie sourires, soupirs et petits airs penchés. Avant-hier encore, elle avait passé ses humeurs sur Onagre. Il n'avait pas ouvert la bouche de toute la soirée sans se voir rembarré. Cela tendait à prouver, estimait Benoît, que sa victoire cette nuit, si victoire il y avait vraiment eu, n'était que faux-semblant et poudre aux yeux. Il tentait de se raccrocher à cette pensée, sans parvenir à se dissimuler qu'elle impliquait malgré tout deux crève-cœur pour lui. Le premier relatif : ce faux-semblant avait peut-être eu des aspects bien concrets. Le second absolu : feintes ou réelles, les faveurs ostensiblement accordées à Onagre avaient pour but de séduire Cambouis. Tout à coup, il envia chacun de ses deux amis avec une violence dont il se serait cru un instant plus tôt incapable. Onagre d'avoir peut-être baisé Fille-de-Personne, et Cambouis de s'en moquer. L'autre jour, Onagre ne s'était pas formalisé de servir de tête de Turc à l'adolescente. Il avait la peau dure, et d'ailleurs rien n'était plus étranger à son heureuse nature que le dépit amoureux. D'après son expérience, il y avait les filles qui voulaient bien tout de suite et les filles qui voudraient bien plus tard. Il existait aussi, semblait-il, des filles qui ne voudraient jamais. Grâce au ciel, elles étaient les moins nombreuses ; on pouvait sans difficulté les passer par profits et pertes. Cambouis c'était autre chose. Avait-il, des anges, l'indétermination sexuelle ? Il ne courait pas après les filles. Il ne prenait même pas garde à celles qui couraient après lui. Elles étaient pourtant légion étant donné son côté sylphe voletant quelques centimètres au-dessus du trottoir de la vie. On l'aurait dit épargné par la maladie d'aimer, dont Onagre était lui aussi protégé d'une autre façon. Benoît faisait piètre figure entre ses camarades immunisés. Il l'avait contractée, lui, cette maladie douloureuse et risible.

Cambouis jetait autour de lui des regards distraits. Le soutien-gorge de Fille-de-Personne ne lui était pas un graal. Plus motivé, Benoît repéra le premier la bricole, par terre, derrière le piètement d'une table basse qui la dissimulait aux yeux de Cambouis. C'était rose, froissé, à la fois minuscule et plus volumineux qu'il ne l'aurait imaginé, avec des bretelles et des bonnets évocateurs d'épaules et de seins ronds et tièdes. Ce n'était pas arachnéen, ni particulièrement raffiné. Bien faite, mais garçonnière dans ses attitudes et brusque dans sa façon d'être, Fille-de-Personne ne portait pas de lingerie sophistiquée. Benoît faillit tendre la main. Il retint son geste. S'exclamer, ramasser l'objet, le brandir, serait revenu à exécuter la partition voulue par la maligne. Déjà elle s'impatientait :

— Cambouis ? Tu cherches, ou quoi ? Derrière la table basse, par là…

Cambouis qui s'était laissé tomber sur un fauteuil crapaud fit mine de se relever pour regarder à l'endroit indiqué. Benoît, s'interposant, se pencha et repoussa plus loin le soutien-gorge afin qu'il demeurât hors de vue de Cambouis.

— Non, non, il n'y est pas, lança Benoît sur un ton péremptoire.

Un claquement de langue agacé lui répondit de l'autre côté du paravent.

— Quelle cruche, celui-là ! Regarde mieux, je suis

sûre qu'il y est…

Et pour cause, pensa Benoît devant cette confirmation de la mauvaise foi de Fille-de-Personne. Un instant elle ignorait où se trouvait son soutien-gorge, et l'instant d'après elle savait pertinemment où il était…

— Médor l'aura fauché ! lança Cambouis à la vue d'un museau moustachu dépassant de dessous la table.

Médor, c'était le chat d'Onagre, un persan, bleu en principe, mais comme délavé par la honte du nom ignominieux dont l'avait affublé son maître. Le poil terne, l'échine basse, il rasait les murs et sursautait au moindre bruit depuis qu'un carreau d'arbalète lui avait tranché la queue tout net.

— Le salaud ! gronda Fille-de-Personne. S'il se fait les griffes dessus, je l'étripe ! Regardez vite dans sa corbeille…

— Les chats sont fétichistes, c'est connu ! observa Benoît pour dire quelque chose.

— Médor n'a plus de libido : il est coupé, deux fois coupé, même ! ricana Onagre.

— Ça n'empêche pas les sentiments, vous savez bien : *l'anoure, toujours l'anoure…* gouailla Cambouis.

— Ces cons, ils bougeront pas leur cul pour me retrouver mon soustinge !

Excédée, Fille-de-Personne repoussa un panneau du paravent et se dressa devant eux, vêtue en tout et pour tout de bas de laine verts qui lui montaient jusqu'à mi-cuisse.

Le cœur de Benoît sauta dans sa poitrine. Il ne l'avait jamais vue aussi nue, bien qu'elle eût dès l'origine affecté un sans-gêne de compagnon de chambrée. Pourtant, jusque dans son trouble, il n'était pas dupe. Cette merveilleuse effronterie, ce bouleversant étalage ne s'adressaient pas à lui. C'était à Cambouis qu'elle faisait miroiter la blancheur de sa peau, la plénitude surprenante de ses formes, le pinceau de paille de son pubis. Ses cheveux ébouriffés et la colère qui brillait dans ses yeux ajoutaient encore au côté théâtral de son apparition. Sans partager sans doute l'ébahissement de Benoît, Cambouis demeurait interdit, lui aussi. Si Benoît avait deviné juste, si elle l'avait bien posé là pour provoquer Cambouis, Fille-de-Personne irait droit au soutien-gorge. Mais la brusquerie avec laquelle elle avait écarté le paravent terrifia le persan caché sous la table. Il détala, détournant l'attention de Fille-de-Personne durant quelques secondes que Benoît mit à profit pour escamoter le sous-vêtement. Le chat disparut dix mètres plus loin sous un canapé.

— Sale bête ! grommela Fille-de-Personne.

Elle revint à son affaire, s'avança encore en direction des deux garçons et contourna la table basse. Tant elle était sûre d'elle, elle amorça le geste de se pencher. Elle s'interrompit et dut se rendre à l'évidence : le soutien-gorge avait disparu. Elle toisa les garçons d'un œil noir. Ils se payaient sa tête. Ou bien le chat, vraiment ?…

Sur les traits de Cambouis flottait un sourire.

— On dirait que ça te fait marrer ?

— Il y a plus triste qu'un soutif perdu. On se cotisera pour t'en payer un autre, va ! répondit-il.

Benoît caressait du bout des doigts le tissu soyeux roulé en boule au fond de sa poche. Cambouis l'avait-il vu le barboter ? Si tel était le cas il jouait le jeu. Il faut dire que le spectacle offert par Fille-de-Personne campée nue devant eux n'incitait pas à abréger la scène. Fille-de-Personne savait Cambouis très farceur.

Ses soupçons se précisèrent.

— C'est toi qui l'as piqué ! Rends-le-moi, sinon...

Elle tremblait de rage, tout à coup. Elle était spéciale, un peu déséquilibrée... Elle chercha des yeux quelque chose qu'elle pût lancer à la tête de Cambouis. Il devina son intention et protesta.

— C'est pas moi, je te jure ! C'est le chat, sûrement, ou alors...

Il n'eut pas le temps de dénoncer Benoît. Le regard de Fille-de-Personne s'était arrêté sur l'arbalète posée sur le pouf. Elle s'en empara et la braqua sur la poitrine de Cambouis. L'adolescent aperçut l'extrémité du carreau qui dépassait de l'arbrier et vit que la corde était bandée. Il pâlit imperceptiblement. Toujours les conneries d'Onagre : laisser traîner une arbalète chargée. Il y avait une chance sur deux pour que la sécurité fût enclenchée.

IX

— Joue pas avec ça, souviens-toi de la queue de Médor ! intervint Benoît.

— Occupe-toi de la tienne !

Ce n'était plus exactement de la colère qui brillait dans les yeux de Fille-de-Personne, mais une sorte de joie. L'arme pointée sur Cambouis pouvait tuer, elle en avait conscience. Le petit prince était à sa merci. Des trois garçons, Cambouis était le plus brillant, le plus élégant, le plus racé, le plus *classe*. Comparé à lui, même Onagre avait l'air quelconque. Quant à Benoît, il existait à peine : une silhouette floue, à la limite du champ de vision de Fille-de-Personne. Depuis qu'elle aimait Cambouis, elle se jugeait minable. Non pas physiquement. Elle était bien roulée, les regards le lui avaient appris très tôt et le lui répétaient chaque jour… Mais pour l'éducation, la culture, le raffinement, même la féminité, la part de féminité qui s'acquiert et se perfectionne, elle était nulle. Une bête. Elle s'était voulue ainsi, pour des raisons qui ne regardaient qu'elle, jusqu'à ces derniers jours, où tout à coup elle s'était avisée de l'attirance que Cambouis exerçait sur elle et du handicap que représentait sa rusticité choisie. De tenir en joue son petit aristocrate chéri qui n'avait pas connu les longs lavabos en zinc semblables à des abreuvoirs, le réfectoire, le dortoir, le petit linge changé une fois par semaine, les cabinets à la turque et la chasse aux poux des Petits-Oiseaux, ça l'excitait, ça l'exaltait. Ce n'était pas qu'elle en ait eu souvent, des poux, Mme Bernard veillait, mais ceux qu'elle avait eus l'avaient marquée. Elle se sentait pouilleuse à jamais. En plus, elle était nue devant Cambouis, pas tout à fait comme un ver, parce que les vers ne portent pas de bas en laine, mais nue tout de même, le ventre, les seins, les épaules, regarde un peu ça, mon mignon, regarde tout ce que je brûle de te donner, regarde et tremble, parce que je pourrais aussi bien te transpercer la poitrine si tu refusais mon offrande. Peut-être, si les deux autres n'avaient pas été là, Onagre en train de s'habiller derrière le paravent et Benoît pétrifié qui la contemplait avec des yeux de merlan frit, peut-être aurait-elle obligé Cambouis à quelque chose, elle ne savait quoi au juste, peut-être lui aurait-elle ordonné de l'embrasser ou de la caresser, comme ça, lui tremblant de peur, elle triomphante ? Mais non, non, ce n'était pas ça qu'elle voulait, elle voulait qu'il l'aime vraiment, pas qu'il mime l'amour sous la menace. Des images et des mots de roman-photo lui revenaient en mémoire, des roucoulades au clair de lune, elle blottie entre ses bras à lui, dans sa bonne odeur de savon coûteux. Elle la respirait de toutes ses forces, cette odeur, chaque fois qu'elle s'approchait de lui. Onagre aussi sentait bon : savonnettes de luxe, after-shave, eau de toilette, tout ça… Mais elle s'en foutait. En réalité, elle n'avait pas couché avec lui cette nuit. Dormi, oui. Il avait tenté sa chance une fois de plus, pour le principe, mais elle l'avait envoyé paître : « Fous-moi la paix ou je me casse. » Il ne l'avait pas mal pris. Il était cool, Onagre. Comme il s'était un peu échauffé tout de même en plaidant sa cause, il était ressorti tirer un coup Dieu sait où, et quand il était rentré calmé, ils avaient dormi en tout bien tout honneur sur le grand futon, derrière le paravent, ainsi qu'elle l'avait manigancé pour faire bisquer Cambouis, dans l'espoir de mettre en marche ce cœur dont l'immobilité la désolait et l'humiliait. Au moins, en cet instant, elle était certaine qu'il battait.

Cambouis se vit mort. Si cette foldingue appuyait sur la détente, volontairement ou non, et si l'arbalète n'était pas au cran de sûreté, le carreau allait l'épingler sur son crapaud comme un papillon sur un bouchon. Quel dommage ! Pas tant pour lui. Lui, au-delà de la peur de la douleur, il s'en fichait plutôt. Dommage pour ses cons-de-parents. Eux, ils l'auraient saumâtre. Il imagina Bella, sa conne-de-mère, en pleurs, des yeux de grenouille, le nez rouge, les lèvres mordues, gonflées, elle toujours si attentive à son image ! Et Erwin, son con-de-père ? L'andouille, comme l'appelait Bella dans l'intimité. Pas devant Cambouis, ça n'aurait pas été convenable. Mais il avait surpris une conversation entre eux. Bella traitait Erwin plus bas que terre : andouille, pauvre type… Et lui, comment réagissait-il ? Cambouis aurait aimé qu'il réponde, qu'il lui claque le beignet, qu'il la jette par terre d'une gifle, qu'il la traîne par les cheveux jusqu'aux WC et qu'il lui plonge la tête dans la cuvette. S'il avait fait ça, Erwin se serait réhabilité aux yeux de son fils. Mais sous l'algarade il n'avait su que geindre : « Bella, écoute… Bella, arrête, laisse-moi t'expliquer… » S'expliquer ! On n'explique jamais rien, bien sûr. Tout est inexplicable, une fois pour toutes et à jamais, pensait Cambouis. Et qu'est-ce qu'il dirait, Erwin Bussettin, si on lui ramenait le cadavre de son fils transpercé ? On pouvait être sûr qu'il exigerait des explications. Il voudrait faire la lumière. La *lumière*, ah, ah !… alors que toute la vie baigne dans une obscurité complète et définitive, pensait Cambouis.

— Aboule le soutif, ou je t'agrafe ! cracha Fille-de-Personne.

Cambouis la trouva belle, objectivement belle, avec ses yeux qui lançaient des éclairs, ses cheveux en bataille, ses seins soulevés par la position de ses bras tenant haut l'arbalète, son nombril parfait au milieu du ventre à peine bombé. Comment son con-de-père se serait-il comporté en pareille circonstance ? se demanda-t-il. Bah ! Il n'y avait pas à chercher loin : il aurait essayé de s'expliquer : « Attends, arrête, laisse-moi t'expliquer… »

— Pas cap ! lança Cambouis à Fille-de-Personne.

— Quoi ?

— T'es pas cap de tirer, je dis.

— Tu crois ça ?

— J'en suis sûr.

Cambouis affichait maintenant le sourire à la fois supérieur et indulgent qui avait le don de rendre les adultes fous de rage quand il lui arrivait de les défier.

— T'es *sûr ?*

— T'es pas cap. Alors passe une chemise et range

tes boîtes à lait. On perd du temps, là. On devait filer voir l'arrivage de monstres chez la mère Occlo, on va arriver tard, y aura un monde fou, il faudra poireauter, et toi t'es là qui nous bassines avec ton soutif…

Benoît admira Cambouis. L'arbalète était toujours braquée sur son épigastre, et sa voix ne tremblait pas. Tranquille comme Baptiste. Tandis que lui, que rien ne menaçait, il avait les mains moites et le cœur dans la gorge.

Le regard de Fille-de-Personne vacilla une seconde et se posa sur lui.

— Et toi, qu'est-ce que t'en penses ? Je suis cap, ou pas ?

— Moi, je… Je m'y fierais pas, bredouilla-t-il.

— T'as raison !

Les yeux de Fille-de-Personne se fixèrent à nouveau sur Cambouis.

— Allez, Cambouis, envoie le truc, ou tu y as droit !

— T'es pas cap, répéta Cambouis impavide.

Les traits de Fille-de-Personne se durcirent. Benoît crut voir se propager du front au bras de la jeune fille l'influx nerveux ordonnant à son doigt d'appuyer sur la détente.

— Arrête ! s'écria-t-il. C'est moi…

Sa main jaillit de sa poche, exhibant le soutien-gorge.

Fille-de-Personne tourna en même temps vers lui son regard noir et l'arbalète.

— Tiens, le v'là, ton soustinge… Faut pas te mettre dans des états pareils !

— C'était toi, connard !

Fille-de-Personne abaissa l'arme à regret. Benoît en fut soulagé, mais il la devinait déçue. Elle aurait préféré que ce fût Cambouis le coupable. Son linge intime dans la poche de Benoît, ça ne lui faisait ni chaud ni froid, tandis que dans celle de Cambouis... Aurait-elle fini par tirer ? Benoît l'avait vraiment craint. Il n'y croyait plus. Il s'était laissé bluffer. Cambouis non.

— Vous avez eu les jetons, avouez ! Je suis quand même pas si barje. La sécurité était enclenchée...

Pour le prouver, Fille-de-Personne se retourna à moitié, tendit le bras sans rien viser et pressa la détente. Au claquement sec de la corde libérée succéda un très bref sifflement, puis un cri terrible retentit, suivi d'un fracas de vaisselle brisée.

— La conne ! s'exclama Cambouis.

Benoît et Cambouis se précipitèrent vers Sérif, bientôt suivis par Onagre. À l'autre extrémité de l'immense pièce le valet de chambre étreignait convulsivement, de sa main droite, la hampe du carreau planté dans le gras de son bras gauche. Le plateau qu'il s'apprêtait à apporter gisait à ses pieds, sucrier, cafetière et tasses éclatés. Le sang qui giclait de sa blessure se mélangeait au café répandu et teintait de rouge les morceaux de sucre éparpillés.

— Pas de panique ! Quand ça saigne franchement comme ça, c'est que c'est pas grave, décréta Onagre.

Les trois compères s'agenouillèrent autour de Sérif. Celui-ci, livide, s'était laissé glisser à terre, le dos appuyé à la paroi de la cuisine américaine. Déjà, Cambouis avait dégainé son téléphone portable et pianotait un numéro. Fille-de-Personne les avait rejoints mais restait debout en retrait, l'arbalète débandée entre les mains.

— Qui t'appelles, là ? demanda-t-elle à Cambouis.

— Police secours, tiens !

— Tu crois que c'est la peine ?

— On peut le laisser se vider de son sang, si tu

préfères.

— La journée est gâchée, quoi !

— N'exagérons rien, disons qu'elle commence mal…

Cambouis se détourna :

— Allô, police secours ? Oui, on a une personne blessée, ici… Palais Propinquor, septième étage… Oui, un blessé… Blessé au bras. Une flèche. Plus exactement un carreau d'arbalète… Oui, ça saigne, faites vite… Comment c'est arrivé ? En jouant… Merci, à tout de suite !

Sérif hurla. Croyant bien faire, Onagre avait tenté d'extraire le projectile – de l'arracher, pour mieux dire.

— Laisse ça, lui conseilla Cambouis. Ils arrivent. Ils sauront comment s'y prendre.

Les yeux noyés de larmes, Sérif geignait à présent sans discontinuer en dépit des objurgations d'Onagre :

— Allez, quoi, Sérif, un peu de courage ! Vous avez entendu, police secours arrive… Ils vont vous enlever ça. Un petit pansement, une journée de repos, et hop, comme neuf ! Pas plus d'un jour d'arrêt, hein ? C'est que j'ai besoin de vous, moi !

Il se redressa et contempla d'un air mécontent les éclats de porcelaine et les carrés de sucre qui jonchaient la moquette tachée de café et de sang. Pour un peu il aurait ordonné à Sérif de nettoyer en attendant les secours, se dit Benoît. Tout de même pas : Onagre contourna le comptoir de la cuisine pour aller décrocher un téléphone intérieur et demander qu'on lui envoie une femme de ménage.

— Il faudrait pas que ça traîne trop, murmura Cambouis à l'intention de Benoît. Il est pas flambard, là, Sérif… Tu sais faire les massages cardiaques ?

Benoît répondit par la négative.

— Et les garrots ? Tu sais faire les garrots ?

— Non plus.

Benoît prit soudain conscience qu'il ne savait rien faire d'utile. Il n'était pas exclu que Sérif leur claque entre les doigts, *plop*, un hoquet, fini, on n'est rien, rien du tout, on remplit sa fonction bien tranquillement, on prépare du café pour les amis de son maître au septième étage du palais Propinquor, on n'a en principe rien à redouter dans l'immédiat, pas d'accident de la circulation, pas de chute de grue, pas de tsunami au bord d'un fleuve réputé pour la viscosité de ses eaux et la lenteur de son cours, et on reçoit un carreau d'arbalète dans le bras, on meurt d'hémorragie, ça n'a pas de sens, c'est imparable, c'est le destin. Benoît aurait aimé empêcher ça, mais rien d'autre n'était en son pouvoir que d'essuyer la sueur qui perlait sur le front de Sérif à l'aide de la boule de tissu froissé du soutien-gorge de Fille-de-Personne.

— F.-de-P., qu'est-ce que tu fais ? Tu te tires ? s'étonna Onagre.

Cambouis et Benoît se retournèrent. L'adolescente avait récupéré ses habits derrière le paravent, elle avait enfilé à toute vitesse sa minijupe et son pull, chaussé ses croquenots sans les lacer, jeté son blouson sur ses épaules, et elle courait vers la sortie.

— Un peu, que je me tire ! leur lança-t-elle sans s'arrêter. Police secours, c'est toujours la police, et moi, la police…

Benoît remarqua qu'elle emportait l'arbalète. « L'arbalète… » commença-t-il pour se taire aussitôt, honteux de ce qui ressemblait à une dénonciation.

— Quoi, l'arbalète ? demanda Onagre.

— Elle l'embarque. Ce serait peut-être mieux qu'elle la laisse ici, non ? Pour montrer aux flics…

Onagre écarta la question du revers de la main.

— On s'en fout.

Benoît baissa la tête. Il était en faute. Il avait oublié de s'en foutre. Et même après ce rappel au désordre, il ne parvenait pas à s'en foutre comme il aurait fallu. Les flics allaient demander à voir l'arbalète, forcément, et les ennuis commenceraient quand ils s'apercevraient qu'elle avait disparu. La persistance de son inquiétude devait se lire sur son visage, car Onagre lui mit les points sur les i :

— On s'en tape, je te dis. Les flics j'en fais mon affaire. Police municipale : mon grand-père peut les sacquer quand il veut.

Benoît hocha la tête. Bien sûr, le petit-fils de Superbe n'appartenait pas à l'humanité ordinaire que la police était autorisée à soupçonner et à tarabuster. De même que le laissez-passer de son nom lui ouvrait toutes les portes, il lui épargnait toutes les curiosités intempestives. Benoît se demanda jusqu'où cette indulgence était susceptible d'aller, si Onagre aurait pu tuer impunément, par exemple ? Il se dit que ce n'était pas impossible, en fonction des circonstances… Mais en tout état de cause l'héritier Propinquor n'avait à se reprocher aujourd'hui qu'une imprudence imbécile. Si Sérif ne démentait pas qu'il s'agissait d'un accident, la police ne s'appesantirait sans doute pas sur l'absence de l'arbalète. Benoît n'avait pas trop envie d'attendre son arrivée. Il était comme Fille-de-Personne, aucune armure magique ne le rendait invisible.

— Je me demande s'il est bien utile que je reste, dit-il à mi-voix.

Cambouis et Onagre échangèrent un sourire entendu. Les rapports qu'ils entretenaient avec lui n'étaient pas exempts de condescendance. Cambouis avait beau être très intelligent et Onagre plutôt bête, la naissance les rapprochait. Cependant la nécessité de protéger le secret de la serre-atelier n'échappait pas au Bussettin.

— Il vaut mieux que tu restes en dehors de tout ça, c'est vrai. Fiche le camp. Tant pis pour le musée Occlo, on ira un autre jour. Rendez-vous ce soir au Lapin Bleu, d'accord ?

Benoît ne se le fit pas dire deux fois.

— On roule comme ça. J'espère que…

Il eut un geste en direction du blessé.

— T'inquiète, on s'occupe de lui, dit Onagre en tapotant la joue cireuse de Sérif. Allez, calte ! Non, pas par là, par là…

D'un signe de tête, il indiqua la direction opposée à la grande porte.

— Par où, par là ?

— Derrière la tapisserie au Phénix, à droite : porte dérobée, escalier secret, catimini, tapinois et compagnie, ricana Cambouis. À peluche !

— À peluche !

Benoît s'élança.

D'époque indéterminée et de coloris fanés, la tapisserie représentait un volatile au plumage exubérant, qui trônait sur un tas de cendres encore rougeoyantes. Benoît ne perdit pas de temps à l'admirer. En ayant écarté le pan droit, il découvrit une petite porte basse qui tourna sans difficulté sur ses gonds quand il en actionna la poignée d'aluminium. Il se glissa dans l'ouverture. Un lumignon électrique s'alluma de lui-même, éclairant un étroit escalier en colimaçon. Rien de médiéval là-dedans, songea-t-il presque déçu. À l'évidence, cet aménagement était récent : marches de métal ajouré garnies d'un revêtement insonorisant, éclairage automatique se déclenchant de proche en proche, maçonnerie lisse et propre, sans toiles d'araignées ni poussière, ça ne sentait même pas le renfermé. Un passage secret dans lequel on donnait un coup d'aspirateur chaque semaine. Il n'y manquait qu'une musique d'ambiance.

L'escalier menait droit aux profondeurs du palais sans desservir aucun niveau intermédiaire, constata Benoît après quelques minutes. Il n'avait d'autre fonction que de permettre à Onagre de sortir et de rentrer chez lui sans être vu. Il avait bien fallu que le maître des lieux consentît à ces travaux qui avaient dû coûter bonbon... Pourtant il était de notoriété publique que Superbe se méfiait des écarts de son petit-fils. Sans doute convenait-il de voir là une de ces lubies spécifiques aux Propinquor, incompréhensibles à quiconque n'appartenait pas au clan. Elles entretenaient autour d'eux une aura de bizarrerie qui contribuait à leur légende autant que leur richesse et leur pouvoir.

Après une descente qui lui parut interminable, Benoît déboucha sur un couloir étroit, très propre et bien éclairé lui aussi. Une trentaine de mètres plus loin, il se heurta à une lourde porte fermée par une barre horizontale à bascule. Il pesa sur la barre. La porte s'ouvrit, lui donnant accès à un tunnel routier qu'il reconnut pour l'avoir souvent emprunté en voiture avec ses amis. Il avait été dessiné par l'omniprésent Benito Guardicci, l'architecte-urbaniste en chef de la mairie, concepteur des pelotons d'exécution automatiques, notamment. En principe, l'ouvrage avait pour finalité de délester l'avenue qui longeait le fleuve en surface. La circulation, la plupart du temps modérée, n'était pas vraiment en cause. Il y avait surtout que M. le maire n'aimait pas le bruit, et que l'avenue en question passait sous ses fenêtres. Caprice dispendieux, abus d'autorité, sans aucun doute, mais l'électeur avalait tout, fasciné par le prestige des Propinquor et le charisme de Superbe.

X

Benoît émergea du tunnel juste à temps pour apercevoir Fille-de-Personne qui sortait du parking en courant. Il faillit la héler et s'élancer vers elle, mais l'arrivée toutes sirènes hurlantes d'une ambulance précédée d'une voiture et de deux motards de la police l'en dissuada. Les grilles du palais s'ouvrirent pour laisser entrer le convoi. Celui-ci s'arrêta au pied du perron. F.-de-P. avait vu les policiers, elle aussi. Elle traversa l'avenue à toutes jambes, au risque d'être renversée par une auto qui surgissait du tunnel à vive allure. Le chauffeur freina, fit une embardée, l'évita de justesse et l'injuria. Sans s'arrêter ni se retourner elle brandit dans sa direction le majeur de sa main gauche. La droite tenait l'arbalète serrée contre sa poitrine. Benoît jeta un coup d'œil en arrière. La voiture avait déjà redémarré, et personne alentour ne semblait leur avoir prêté attention. Il hésita sur la conduite à tenir. Courir après Fille-de-Personne ? Elle avait beaucoup d'avance, et elle courait trop vite pour lui. Elle griffait comme un chat mais détalait comme un lièvre ! Elle avait le don de la fuite. Et d'ailleurs aurait-elle apprécié que Benoît la rejoignît ? Il était sans doute préférable de ne pas s'y frotter, après le coup du soutien-gorge et ce qui s'ensuivit. Il eut peur, soudain, de l'avoir perdu dans l'escalier ou sous le tunnel. Il plongea la main dans sa poche et poussa un soupir de soulagement en sentant le tissu sous ses doigts. Il perçut une très légère humidité, et se souvint qu'il s'en était servi pour tamponner les tempes et le front de Sérif. Du coup, il hésita à le porter à ses narines, comme il était tenté de le faire dans l'espoir d'y humer le parfum des seins de Fille-de-Personne. Tout à l'heure il les avait vus comme jamais auparavant, et il en était encore tout chaviré. Il s'étonna. Comment ces glandes lactaires, ces utilitaires et triviales masses de chair vaguement hémisphériques, plutôt piriformes à vrai dire, pouvaient-elles exercer un tel attrait sur lui ? Certes, elles étaient d'une blancheur et d'un velouté parfaits. Bien sûr, sans même les toucher, on en devinait le poids charmant, l'élasticité, le moelleux, le fondant, on en imaginait l'inimaginable saveur ! Pourquoi, comment, les seins de Fille-de-Personne pouvaient-ils racheter son caractère de chat haret ? Ils n'étaient pas seuls en cause, à l'évidence. Son visage aussi comptait, et ses épaules, sa taille, ses fesses, ses jambes, et la fascinante touffe de lichen accrochée à l'escarpement de son bas-ventre qu'elle ne s'évertuait pas à dissimuler… Mais à bien réfléchir, son visage, ses épaules, sa taille, ses fesses, ses jambes et sa petite houppe de poils, et même ses seins, étaient-ils *beaux* au point qu'on lui pardonnât tout le reste, la dureté de cœur, la sauvagerie d'âme qui la caractérisaient ? La plupart des filles avaient les mêmes, à peu de chose près, et elles ne prenaient pas le même relief, elles ne se détachaient pas de façon aussi nette sur l'arrière-plan de la vie, elles ne tranchaient pas ainsi sur la grisaille du monde. Il y avait de la magie là-dedans. De la magie, ou quoi ? Benoît se rappela comment Cambouis, l'élégant béguin de Fille-de-Personne, avait rabroué la jeune fille. « Range tes boîtes à lait ! » Il eut beau chercher, il ne trouva rien de moins poétique, de plus sacrilège que cette expression. Même *nichons*, si vulgaire, valait mieux que *boîtes à lait*. La libido pouvait encore investir le mot *nichons*. Elle le pouvait même très bien. Mais avec *boîtes à lait*, rien à faire. Nulle lueur sensuelle ne clignotait dans *boîtes à lait*. Avec un haussement d'épaules perplexe, Benoît renonça à poursuivre Fille-de-Personne et tourna ses pas dans la direction opposée à celle qu'elle avait prise. Il la retrouverait presque certainement au Lapin Bleu ce soir. Elle aurait déjà oublié l'incident. D'avoir failli tuer Sérif ne constituait qu'un incident, une anicroche dans sa journée. Elle devait être autrement contrariée par le peu d'émotion manifesté par Cambouis devant l'étalage de sa prétendue intimité avec Onagre. Benoît s'efforçait de ne pas y croire. Il se disait qu'Onagre était trop con – mais il était tout de même assez malin pour saisir une occasion propice. Il se disait que F.-de-P. était trop amoureuse de Cambouis – mais le désir d'aiguillonner l'indifférent l'avait peut-être poussée pour de bon dans les bras du fils de famille numéro un d'Écorcheville.

Une saute de vent tira Benoît de ses réflexions moroses. Il leva la tête, tourna son regard vers le fleuve qu'il n'avait pas cessé de longer. De là-bas, de l'autre rive, de lourds nuages accouraient qui n'étaient pas chargés seulement de pluie, pouvait-on augurer de leur noirceur çà et là marbrée d'ocre. C'était un orage qui s'annonçait, un grain, un coup de tabac, disait-on faute de mieux, mais ce vocabulaire marin était loin de rendre justice au phénomène, à ce que les vents soufflant de l'Érèbe apportaient parfois dans leurs plis. Il arrivait qu'il tombât bien pire que de simples hallebardes métaphoriques ! On avait vu pleuvoir des mouches mortes, des vers de terre vivants, des averses d'asticots qui blanchissaient le sol comme une neige grouillante et infecte, des sauterelles, des lézards, des crevettes, de petits poissons volants aveugles, des papillons aux ailes fripées et gorgées d'eau, dont les ocelles détrempés coulaient comme du fard aux yeux de femmes en pleurs. D'autres jours, c'étaient des rafales de batraciens, depuis des têtards ou de minuscules grenouilles qui s'abattaient en crépitant et criblaient murs et chaussées de macules sanglantes, jusqu'à de vrais crapauds assez lourds pour briser une vitre ou assommer un passant, et qui libéraient en s'écrasant leurs entrailles mêlées au venin de leurs verrues éclatées. On ne s'étonnait pas de telles intempéries. On ne s'attardait guère à les commenter. Après l'orage, les services de la voirie nettoyaient promptement chaussées et trottoirs, les éboueurs effectuaient des tournées spéciales pour collecter les bestioles. Des bennes à ordures les emportaient jusqu'au crématoire municipal dont la cheminée vomissait, quarante-huit heures durant, une fumée nauséabonde. Les artisans, vitriers et couvreurs, se mettaient au travail. Les assureurs, dont les polices étaient de toute façon majorées en fonction des risques propres à la région, payaient sans rechigner.

Benoît s'efforça d'estimer dans combien de temps l'orage crèverait sur la ville. Bien que la vermine du ciel fût en général légère et bénigne, en tout cas plus répugnante qu'autre chose, il y avait quelque péril à se laisser surprendre à découvert. Cependant le distrait, l'imprudent, pouvait compter qu'une porte s'ouvrirait pour lui. Jamais on n'aurait abandonné quelqu'un à son sort dans la tourmente. Surpris en des quartiers éloignés du sien par de telles bourrasques, au cours des vagabondages solitaires dont il était coutumier, il était arrivé à Benoît de bénéficier de cette sorte de droit d'asile. La première fois, il avait cru le devoir à son jeune âge. Il avait pris très tôt le goût de marcher à travers la ville. Louise s'était d'abord inquiétée qu'un gamin de dix ans à peine disparût des après-midi entiers pour ne rentrer qu'à la nuit, épuisé, le regard vague, ne trouvant rien d'autre à répondre quant à l'emploi de son temps, que : « J'ai marché. » Si longtemps ? Et avec qui ? Et pour aller où ? Il fallait lui arracher les mots un à un. Longtemps, oui. Tout seul. Nulle part. Partout. Il marchait, marchait. Il finissait tout de même par livrer, comme un aveu : « J'explore. Je cherche. » Mais quoi ? Il ne savait pas. Il cherchait. Il était pourtant trop jeune pour avoir déjà deviné qu'un principe cryptique régissait Écorcheville, c'est-à-dire l'univers. Il n'avait pu que le pressentir : s'il existait une chose digne d'être sue, cette chose était forcément cachée. Et il avait commencé à chercher, d'instinct, sans savoir quoi, au début sans même savoir qu'il cherchait. Partant du centre de tout, du grand salon rouge où dormait celui dont il n'était, sur la terre et dans l'amour de Louise, que le remplaçant, il avait entrepris d'explorer l'espace tissé d'énigmes. Ç'avait été la maison, d'abord. De l'antre du Liménien, de l'héritage de la momie olivâtre devenu le sien, il avait inventorié chaque pièce et chaque placard. À l'insu de Louise, car il préférait la tenir à l'écart de sa quête, il avait arpenté la villa dans toutes ses dimensions, il l'avait fouillée dans ses moindres recoins. Ni le corps de logis, ni la cave, ni la serre, ni le grenier, ni les médiocres dépendances – un petit chalet de nécessité aux airs de pagode en proie aux termites, un pigeonnier déserté, silencieux – ne lui avaient livré aucun secret. Ou bien les coulures de fiente fossilisée qui soulignaient les boulins du pigeonnier, la sciure sombre en quoi les insectes réduisaient peu à peu les planches du chalet, les toiles d'araignées du grenier, la poussière d'anthracite, les boulets et les bûchettes oubliés dans la cave à charbon aujourd'hui désaffectée, constituaient-ils la matière même du secret ? Comment savoir en quel idiome serait formulée la réponse à une question dont on ignorait l'énoncé, dont on savait seulement qu'elle se posait à vous avec une insistance, avec une gravité vitale ? Ou bien était-ce le silence lui-même, qu'il convenait d'écouter inlassablement ? Silence craquelé de bruits infimes, émietté, rongé, grignoté par les dents minuscules du temps comme ces gâteaux chinois à la consistance sablonneuse, qui finissent par livrer la devise ou l'oracle inscrit sur un très fin papier de soie ?

S'aventurant de proche en proche, Benoît n'avait pas tardé à franchir les limites de la propriété. Louise avait dû s'accommoder de ces fugues pensives. Elle y était parvenue, malgré sa nature anxieuse. Tout était paradoxe, en Louise. Elle se montrait à la fois possessive et distraite. Benoît se savait aimé, *adoré*, même, et à tout bout de champ oublié. L'angoisse que sa mère adoptive ressentait, fût-ce par bouffées, à chacune de ses absences, qu'elle le sût en principe en sécurité à l'école ou qu'elle le soupçonnât en vadrouille, errant par les rues, elle la lui restituait, elle la lui injectait massivement à son retour. Les peurs de Louise trouvant en Benoît un déversoir naturel, il avait été un enfant craintif, et pourtant aventureux à sa façon, comme si une hardiesse innée et une pusillanimité acquise s'étaient sans cesse affrontées en lui. Il avait donc reconnu la maison et son jardin assez vaste pour qu'on pût parler de parc sans trop d'exagération, puis leurs alentours immédiats, puis le quartier, a priori résidentiel, mais comme officieusement déclassé, en voie de paupérisation. Cela se lisait dans les volets à la peinture écaillée des villas, dans les gouttières engorgées de feuilles mortes, dans les haies qu'on ne taillait plus… Liée sans doute au déclin économique, une langueur corrosive gagnait la cité de façon insidieuse, en commençant par ce quartier. Hétérogènes au marasme rampant, la déchéance de Louise et sa marginalisation le symbolisaient pourtant. Quand ils la croisaient dans la rue, le cœur de ses voisins se serrait. Louise Jacaranda n'avait jamais été belle, mais elle avait été jeune, et même fugitivement heureuse. Elle avait exercé naguère un métier prestigieux, elle avait cru à la vie, elle l'avait même donnée, et voilà ce que la vie avait fait d'elle : un fantôme à la figure jaune, aux ongles noirs, toujours un peu hagard, saluant ou ne saluant pas selon les jours et son humeur. Elle ne se plaignait pas, mais le malheur était inscrit sur son visage, c'était lui qui grimaçait quand elle croyait sourire. On savait de quoi elle subsistait. S'il n'est pas de sot métier il en est de dégoûtants et d'inquiétants. On sentait la mort sur elle, ou l'on confondait son odeur avec celle de la crasse. À l'égard de Benoît, on ressentait une espèce d'apitoiement qui se doublait de méfiance. On le plaignait de vivre avec cette piquée, sans aller plus loin dans la compassion. De notoriété publique, il n'était pas le fils de Louise. Le vrai, le fruit de ses entrailles, c'était l'autre, celui qu'elle avait empaillé et qu'elle gardait sous une cloche à fromage, sur sa table de salle à manger, disait-on… Benoît, ça n'était qu'un enfant adopté, autant dire n'importe quoi, pas vrai ? Progéniture d'irréguliers, à coup sûr, fils de voleur peut-être, pourquoi pas d'assassin ? Probable fils de pute, inférait-on des accointances de Louise avec Tatie Cindy, alias Ginette Morcif, dont le passé n'était un mystère pour personne. C'était même la chose la moins mystérieuse, la plus publique du monde, ah, ah ! Cindy, trop âgée, ne pouvait être la mère de Benoît, mais elle avait dû garder longtemps des protégées dans les ruisseaux d'Écorcheville…

Chaque matin, en quittant la villa Jacaranda, Benoît avait l'impression d'entendre ces commentaires, il sentait sur lui ces regards sans tendresse. À l'école aussi, et plus tard dans son premier lycée, tant qu'il n'eut pas lié connaissance avec Onagre et Cambouis et plus tard avec F.-de-P., et trouvé dans leur amitié même un peu vacharde un cocon protecteur, il lui avait semblé qu'on parlait dans son dos. Sa quête était tout autant une fuite, ses vagabondages servaient aussi à le soustraire aux regards malveillants ou méprisants qu'il imaginait posés sur lui. Il fut un écolier buissonnier assidu. Un matin sur quatre ou sur trois, c'était plus fort que lui. Il tournait le dos à l'école de meulière ou au lycée de brique, il partait pour de longues flâneries au hasard des rues d'Écorcheville, mais aussi bien des sentes qui serpentaient entre les parcelles maraîchères des environs, ou au bord du fleuve. Bien que cette dernière promenade fût la moins riante de toutes, ses pas le portaient souvent de ce côté. Il était sûr qu'il n'y aurait pas affluence. Rien de plus paisible que la berge du Styx, en dépit de sa mauvaise réputation. Il ne s'y commettait en réalité pas beaucoup plus de crimes qu'ailleurs, malgré une solitude en effet propice aux agressions. Seulement voilà, les voyous auraient plus volontiers écumé ces parages s'ils avaient été sûrs d'y rencontrer des victimes à suffisance. Or les honnêtes gens se gardaient de s'y hasarder. Que seraient-ils allés y faire ? C'était trop laid, trop triste. Nul n'aurait songé à se baigner dans ces eaux troubles, à l'odeur fétide, chargées de matières suspectes en suspension, hantées de bêtes affreuses, pinceuses, mordeuses, venimeuses…

S'il n'y plongeait pas, Benoît se plaisait dans leur proximité. Des heures durant il longeait la rive, puis revenait sur ses pas, poursuivant des rêveries qu'il gardait pour lui plus farouchement que ses rêves nocturnes. Il se racontait des histoires où il perçait le mystère de ses origines. Dans ces contes, du temps où Louise ne lui avait pas encore révélé son nom, il découvrait l'identité de sa mère. Il n'avait d'ailleurs jamais envisagé qu'il s'agît de Lola Balbo. Pourtant son portrait en gloire ornait les murs d'Écorcheville quand, auréolée de ses succès dans la capitale et à l'étranger, elle revenait jouer dans sa ville natale. Non, vraiment, Benoît ne s'était pas vu en fils secret d'une diva, ce qu'il était au bout du compte. Comme mère idéale, il élisait plutôt des dames entrevues au cours de ses errances, en général de gentilles jeunes femmes joliment coiffées et habillées, souriantes, roses, blondes de préférence, propres surtout, arborant des ongles irréprochables sous un vernis translucide, et tous les signes d'une hygiène rigoureuse : des anti-Louise ! Dans les pièces qu'il improvisait *in petto*, après bien des péripéties, une de ces fées le reconnaissait pour le fils qui lui avait été arraché dans des circonstances obscures et douloureuses. Les retrouvailles venaient bien sûr trop tard. La maladie, les blessures, la misère, le chagrin terrassaient le nouvel orphelin honoraire au seuil du bonheur reconquis. Il mourait dans les bras de la fée proprette. Celle-ci payait de sanglots sa trahison ou sa faiblesse, car elle l'avait tout de même abandonné ! Benoît pleurait lui aussi, en se représentant sa mort. Une buée de larmes brouillait sa vue et lui dissimulait quelques instants la réalité, il reniflait comme un enrhumé, il s'arrêtait pour tamponner ses yeux des manches de son paletot, soupirait, repartait d'un pas plus lent, car la mécanique de la marche n'entrait pas pour peu dans celles de l'imagination et de l'émotion. Quand il eut appris un peu de grec, il sut que derrière le mot drame se cache le verbe courir, et le fait est qu'à l'acmé de ses fantasmagories, il s'était élancé et avait couru longtemps, au bord du fleuve.

XI

Pour ce qui était de son père, depuis toujours il hésitait. Trois candidats s'offraient à son indécision sans en rien savoir. Le premier de ces pères putatifs, ou plutôt optatifs, rien de tangible ne laissant présumer de la paternité effective d'aucun d'entre eux, était Bogue, le brocanteur. En sa qualité de parrain de Benoît, il était des trois le plus proche et le plus accessible. Théoriquement, en tout cas, car il séjournait pour l'heure à la maison d'arrêt d'Écorcheville. Prison de proximité, prison bénigne. Dans cette geôle exiguë, vétuste jusqu'au pittoresque, une demi-douzaine de clampins purgeaient des peines de courte durée dans une ambiance quasi familiale, face à un palais de justice d'opérette. Les crimes de sang se jugeaient et s'expiaient ailleurs.

Le mot clampin s'applique avec assez de justesse à la personnalité du parrain de Benoît. Il dit bien son amateurisme, son ingénuité, la guigne qui s'attachait à la plupart de ses entreprises. S'il y a fondamentalement du prédateur, voire du charognard dans le brocanteur, Bogue était un renard naïf, un vautour gobe-mouches. On ne comptait plus les opérations mirifiques dans lesquelles il s'était engagé et qui s'étaient achevées en catastrophes. Celles-ci par chance demeuraient modestes, puisque la cour des grands (gros enjeux, et donc pour lui gros déboires) lui était de toute éternité interdite. Bogue jouait petit et perdait petit, mais perdait toujours. Chaque fois qu'il passait devant la prison, Benoît avait pour lui une pensée attendrie et l'imaginait en train de taper le carton avec ses codétenus (peut-être un maton compréhensif faisait-il le quatrième, ç'aurait été dans l'esprit de cette prison Papillon). Quelques mois auparavant, Bogue s'était mis en cheville avec la conne-de-mère de Cambouis pour écouler divers meubles et bibelots de belle allure mais de propriété controversée. Avec le résultat qu'on sait. Les deux complices bientôt pincés par Dupassé, Bella en avait été quitte pour quelques mots sévères d'Honoré Bussettin, l'oncle de son mari, tandis que Bogue écopait de six mois ferme. Il finissait de tirer sa peine derrière le mur lépreux, au faîte hérissé de tessons de bouteille, que son filleul longeait présentement. Benoît aimait Bogue. Ce dernier, bon parrain, généreux, blagueur, jamais aigre malgré sa déveine, n'aurait pas fait un mauvais père. Il avait entraîné Benoît dans quelques-unes de ses équipées brocanteuses, tournées d'achat dans la campagne avoisinante ou, en ville, débarras de greniers ou de caves. Benoît adorait ça, même si hors les murs on tombait la plupart du temps sur des paysans qui tentaient de vous refiler à prix d'or de vieux colliers de trait mangés aux vers et des cuvettes en faïence ébréchées... En ville, dans la poussière étouffante des greniers, on récoltait surtout des armoires en pitchpin bancales, des piles de publications sans valeur (*L'Almanach de la Pharmacie*, *Le Moniteur des Travaux Publics*...), des tentures et des literies rongées et conchiées par les rats. Les caves, c'était encore pire : inondations, putréfactions, champignons, vermine. L'essentiel de ce qu'on en extrayait se révélait rouillé ou moisi, pour tout dire foutu et bon à jeter, ce que les commanditaires du débarras gratuit, à bien y réfléchir, vous faisaient faire à leur place. Néanmoins, d'une de ces oubliettes à l'atmosphère méphitique, Bogue avait exhumé la lyre qui tenait aujourd'hui une si grande place dans l'existence de Benoît. Elle attendait là, entre un seau à charbon défoncé et une poussette double qui avait dû servir à véhiculer Romulus et Remus, la main prédestinée qui l'arracherait à la nuit et au silence. Elle ne payait guère de mine, avec sa crinière emmêlée de cordes cassées, dans sa gangue de poussier et de toiles d'araignées, mais quand on l'en eut dégagée elle apparut pour ce qu'elle était : une authentique lyre heptacorde d'époque indéterminée, mais « haute » extrêmement, estima Bogue.

Bogue n'était que broc, broc de base, broc du bord du trottoir. Son échelle des temps n'avait que trois barreaux. Il classait ainsi les objets en trois catégories : ceux d'aujourd'hui, le neuf et l'usagé confondus ; ceux d'hier ; et enfin ceux d'avant. L'avant courait à reculons, mettons de la Belle Époque à l'Égypte ancienne, ou même jusqu'à Tautavel. Pour la valeur, là encore, trois catégories : la *drouille* qui valait trois fois rien, le *beau* qui valait quelque chose, et le *choucard* qui valait des ronds. Avec un tel étalonnage des marchandises, il n'y avait rien d'étonnant à ce que Bogue fût resté broc. S'il rêvait parfois d'une boutique d'antiquaire, au fond de lui il se savait de la basse caste des coltineurs de caisses, gratteurs de décharges publiques et autres écumeurs de trottoirs les veilles d'enlèvement des encombrants. Quand il remonta au jour la fameuse lyre, il reconnut au premier coup d'œil qu'elle datait d'avant. D'avant 14 à coup sûr, d'avant la Révolution peut-être bien, ou qui sait, d'avant Charlemagne, d'avant Jésus-Christ pendant qu'on y était ! Les mains lui en tremblèrent, d'autant plus que sur le plan esthétique, avec les appliques de fleurettes en métal doré dont s'ornaient les montants courbes et la barre transversale, et les fines grecques qui décoraient la caisse de résonance, il y avait toute apparence qu'on eût affaire à du choucard. Bogue se vit riche. C'était la lyre d'Apollon, ou celle dont Cléopâtre avait charmé César, qu'il avait dénichée. Il la vendrait au Louvre, ou mieux, aux Américains, seuls capables d'allonger les ronds qu'elle valait ! Son exaltation ne fléchit qu'à l'instant où une inscription minuscule apparut sur un des montants de la lyre décrassée. *Made in Bulgaria*, disait la décalcomanie.

Bogue n'en était pas à sa première déception. Avec lui, les zeppelins de l'espoir décollaient très vite mais ne volaient jamais longtemps. Sa lyre historique, voire mythologique, n'était en fin de compte qu'un article de bazar. Il aurait dû s'en douter. Parce que la lyre était trop bien conservée, tout de même, pour être celle d'Orphée. Parce que c'était entre ses mains à lui, Bogue, qu'elle avait resurgi d'enfers anodins, entre ses mains malchanceuses et comme maudites, qui ne pouvaient toucher de pied de lampe de Gallé que fêlé, ou d'œuf de Fabergé que reposant sur un coquetier en plastique. Sa trouvaille du jour ne paierait pas le magasin de ses rêves, le pas-de-porte qui l'aurait affranchi de sa condition de broc pour l'élever à la dignité d'antiquaire. Ni le nouveau camion dont il avait tant besoin, ni les cardans neufs pour retaper l'ancien, ni même son arriéré de mutuelle... Il faillit jeter la lyre contre le mur. Il ne détestait pas casser, de temps à autre. Benoît lui retint le bras.

— Donne-la-moi plutôt.

— C'est de la daube !

— S'il te plaît, parrain…

— Oh, si elle te botte, elle est à toi.

Benoît prit entre ses bras la lyre à demi débarbouillée. Les cordes pendantes frémissaient et bruissaient au moindre mouvement qu'il faisait, comme les antennes d'un insecte inquiet, ou comme la chevelure de serpents d'une gorgone d'atelier.

— Tu comptes jouer de ce truc ?

— Pourquoi pas ? On pourrait y mettre un micro, pour voir, pour déconner.

— Si ça t'amuse…

Un tel père aurait convenu à Benoît, plutôt mieux que chacun de ses deux autres pères imaginaires. Le premier avait nom Macassar, et le second Blandeuil. Benoît ne les connaissait pas personnellement. Il les avait juste croisés dans la rue, Macassar souvent, Blandeuil à deux reprises. Tout ce qu'il savait d'eux, il l'avait appris à travers les piapiatages de Tatie Cindy et de Tata Lenya.

Tatie Cindy avait connu Macassar tout bébé. Avec Bonnie, sa mère, elles avaient fait la noce ensemble au bon vieux temps. Cindy était un peu la tante de Macassar. Elle l'avait langé, elle lui avait donné son biberon ou sa bouillie quand Bonnie était occupée ailleurs, à chacun savait quoi. Il avait grandi dans la volière, entre les belles perruches dont Cindy et Bonnie étaient les reines. Il aurait pu finir oiseleur, c'est-à-dire proxénète. Il suivit plus étroitement encore l'exemple maternel en se vendant lui-même : il devint gigolo. Macassar était le gigolo patenté d'Écorcheville. Ses concurrents – tout entrepreneur, tout commerçant prospère en suscite – ne payaient pas de mine à côté de lui. Aucun ne réunissait en sa personne, au même point, les atouts requis pour cette carrière. Blancheur et régularité parfaite de la denture, ourlé de la lèvre, éclat et velours de l'œil, soyeux de la chevelure, la taille mince, la jambe longue, l'épaule large... Avec ça courtois, rieur, complimenteur, frotté d'astrologie, bon danseur y compris de claquettes, il avait tout pour lui. Aussi s'était-il taillé une belle clientèle féminine, sinon dans toutes les couches de la société, du moins dans celles dont l'aisance lui laissait espérer un train de vie correspondant à ses aspirations.

— Je l'ai vu jeter une montre neuve à la poubelle, contait Tatie Cindy. Une assez jolie montre, pourtant, pas de la montre de grand joaillier, non, mais pas de la gnognotte non plus – un cadeau de femme amoureuse, à hauteur de ses moyens, peut-être même plus haut que ses moyens. Qui sait, elle avait peut-être rogné sur les vacances de ses enfants, ou tapé dans le Codevi du mari, pour offrir ça à Macassar ? Mais voilà, la montre était en plaqué. Quand il s'en est aperçu, il l'a flanquée illico aux ordures. Et il n'avait pas vingt ans. La nana, c'était une de ses premières conquêtes, sa première femme mariée, tiens ! Voilà ce que c'est, Macassar : un intraitable, un intégriste. Pour sa gueule, il ne tolère que le meilleur.

Avec son bon cœur, Tata Lenya s'apitoyait sur la malheureuse bafouée à travers son présent :

— Quand même, c'était un gage d'amour, cette montre...

— À la poubstroque, les gages d'amour en plaqué ! trancha Cindy. Il avait raison, Macassar. Qui aime paye ! Le plaisir qu'il lui donnait, lui, c'était pas du plaqué...

Benoît se serait bien vu, tel Macassar, triant les cadeaux de ses amantes. Mais beaucoup plus que les montres en or, c'était le don que toutes ces femmes lui auraient fait de leur corps qui l'alléchait. Qu'une montre soit en or, en argent ou en fer-blanc, toréador, qu'importe ? Mais un corps, des corps, d'innombrables corps de femmes dont l'offrande d'une montre ou d'un bijou ne viendrait que confirmer l'oblation, c'était autre chose ! Ce qui fascinait Benoît, en Macassar, au-delà de son élégance et de son assurance, c'étaient la nature et l'étendue de son pouvoir de séduction. Toute femme était-elle, potentiellement, à sa merci ? Était-il en mesure de triompher de toute pudeur, de toute fidélité ? Nombre de celles qu'il subjuguait, selon Tatie Cindy, avaient déjà quelqu'un qu'elles aimaient ou semblaient aimer. Le sentiment que leur inspirait Macassar se substituait-il à celui qu'avant de le connaître elles avaient nourri pour un autre ? L'annulait-il ? Ce sentiment demeurait-il le même dans son essence, se bornait-il à changer d'objet, l'aiguille aimantée de l'amour indiquant simplement un nouveau pôle ? Ou bien… Ou bien personne n'aimait personne en réalité. Pas d'amour, nulle part, jamais, rien que du désir. À ce stade de ses cogitations, le cœur de Benoît se glaçait. L'amour n'était qu'une fiction. Le cache-misère de l'instinct sexuel, lui-même fantoche de l'instinct de reproduction, traitement cosmétique d'une affaire de gonades. On n'était jamais soi en aimant : rien qu'un représentant de l'espèce plongé dans l'hallucination génésique, s'évertuant à remplir son programme. Ce crétin de Macassar le remplissait à merveille. Car Benoît n'était pas dupe. Vu à travers les yeux de Tatie Cindy, pourtant indulgents à son égard, sorti de son dandysme et de son donjuanisme son deuxième père d'élection était nul, lamentable, une bûche, un zéro ; pas une idée, pas l'ombre d'un frémissement d'intérêt pour quoi que ce soit hormis les femmes et les montres en or qui vont avec. Vis-à-vis de lui, Benoît était écartelé entre envie et mépris. Envie de ce destin d'homme couvert de femmes, mépris de cette insignifiance. Macassar ne laisserait guère plus, à sa mort, que le souvenir d'une incomparable habileté dans la confection des nœuds de cravate. Car Tatie Cindy, en pouffant, confiait qu'elle en avait tâté et que Macassar n'était pas une aussi formidable affaire qu'on pouvait l'imaginer en considérant le nombre de ses succès. Elle l'avait déniaisé, et elle y était revenue deux ou trois fois au fil du temps, toujours pour constater qu'au lit il était gentil et doux, et point maladroit, sinon sa cote aurait été inexplicable, mais qu'il n'arrivait pas à la cheville d'un Aimé Propinquor, qui payait, lui, et généreusement encore. Bah ! Macassar était confortable, concluait Tatie Cindy en détachant les syllabes : un amant con-for-table. Comme une bonne voiture, une berline spacieuse, bien suspendue, qui vous emporte où vous voulez sans secousses et sans risques. On est sûr d'arriver à destination, sous réserve d'un entretien régulier et à condition d'injecter dans son moteur exigeant le carburant adéquat : montres en or et prêts à fonds perdus.

Un abîme séparait Macassar de Bogue. Appartenaient-ils seulement à la même espèce, d'un point de vue biologique ? Un autre abîme, au moins aussi profond, séparait d'eux le troisième père fantasmé de Benoît. Blandeuil était concertiste. Pour avoir atteint une maîtrise mondialement incontestée, il appartenait au cercle divin des virtuoses qui se confondent avec leur instrument. Le piano, c'était Gould, le violoncelle Rostropovitch, la guitare Lagoya... Eh bien le dulceola, c'était Blandeuil. Ici, sans doute quelques précisions sont-elles nécessaires. Le dulceola est un instrument couvrant quatre octaves, à cordes et à clavier, apparenté au piano, donc, mais dont la sonorité argentine et éthérée évoque celle de clochettes doucement agitées par le vent une nuit de Noël. Il a été inventé au soir du XIXe siècle dans l'Ohio, et commercialisé durant peu de temps, à l'aube du XXe. On n'en a pas fabriqué beaucoup selon toute vraisemblance, puisqu'il n'en reste qu'un exemplaire en état d'être joué, et qu'il était alors la propriété de Blandeuil. Celui-ci se produisait avec dans le monde entier, devant des assistances souvent peu nombreuses, car il s'agit d'un instrument limité par la monotonie de son climat comme par l'étroitesse de son répertoire. Comment ce dulceola, le dernier, l'unique, était-il parvenu jusqu'à Écorcheville, bravant les aléas d'un long voyage par terre et par mer, pour aboutir entre les mains de l'homme qui allait lui redonner vie en lui consacrant la sienne ? Trente ans plus tôt, Tata Lenya avait été le témoin de la rencontre de Blandeuil avec son destin. C'était au temps où elle tournait son dernier film. Il existait alors une société de production cinématographique à Écorcheville, Les Films de l'Érèbe, et même des studios – les Propinquor avaient des intérêts là-dedans, bien sûr. Le jeune Blandeuil avait été engagé pour composer la musique du film. Dans *Hélène, femme trahie*, un mélodrame en costumes, elle interprétait le rôle-titre. Son personnage était une aristocrate sur le retour, délaissée par son époux chirurgien militaire pour une petite infirmière rencontrée dans un hôpital de campagne, en 1915 sur la Somme. Désespérant de reconquérir l'infidèle, Hélène se mettait en quête du fiancé de sa rivale, un pauvre toto du front, afin de l'avertir de leur commune infortune. Elle parvenait jusqu'au troupier, grâce au laissez-passer signé d'un sien parent officier d'état-major. Las ! Le jeune poilu, coupé de son unité lors d'une attaque, était bloqué dans le no man's land au fond d'un trou d'obus. L'intrépide Hélène l'y rejoignait à la faveur de la nuit, et lui dévoilait l'inconduite de sa promise. Dans la boue, sous une pluie de shrapnells, ils se consolaient dans les bras l'un de l'autre, en une étreinte irraisonnée, irrépressible, et d'ailleurs irrémédiable, puisque une marmite allemande, tombant sur leur entonnoir, les ensevelissait ensemble à l'instant suprême. Tata Lenya adorait raconter ce film. Elle roulait les yeux en déclamant les bribes de dialogues qui lui revenaient en mémoire, et riait de bon cœur au souvenir de la tête des frères Propinquor au sortir de la projection privée. Le film avait été un four, mais là ne résidait pas l'essentiel. L'essentiel était que le tournage d'*Hélène, femme trahie*, avait permis à Blandeuil, alors frais émoulu du conservatoire de musique d'Écorcheville, de découvrir son instrument d'élection. Il avait cherché une couleur particulière, pour la séquence où Hélène et le pioupiou s'étreignaient avant le marmitage final. Blandeuil avait étudié le piano, mais le piano lui semblait trop riche, trop noble, trop musical, trop *trop*, pour exprimer l'idée de libération au fond d'une fosse, d'assomption au bord d'un précipice, qu'il avait en tête. « C'est comme ça, les artistes, disait Tata Lenya, sans rire cette fois : ça sait et ça ne sait pas ce que ça veut… » Il y avait un jeune type qui traînait sur le plateau, un copain de Blandeuil, un certain Bogue. Il n'aurait pas détesté d'être embauché comme huitième assistant accessoiriste. En attendant, il faisait dans la brocante et le débarras de caves. Parmi les vieilleries oubliées au fond d'un entrepôt inondé, il avait dégotté un truc, une espèce de petit piano marrant. Si Blandeuil voulait voir, juger par lui-même... Blandeuil éluda, pour commencer. Un piano, justement, non. Bogue insista. Il s'était mal exprimé. Bon, l'instrument ressemblait de très loin à un piano, à cause du clavier, mais c'était autre chose, et ça sonnait drôlement, ça tintait, un peu, comme des clochettes mouillées. Des clochettes mouillées ? Du coup, Blandeuil avait fini par aller se rendre compte par lui-même, dans le box de cave où Bogue avait remisé la chose. Et là, à la lumière d'une lampe électrique, Blandeuil avait vu le dulceola, sans savoir encore ce que c'était au juste, comment ça s'appelait. C'était beaucoup plus petit qu'un piano, ça n'avait l'air de rien, ça faisait un peu miteux, instrument de pauvre. Il avait effleuré le clavier, et il avait compris qu'il avait trouvé ce qu'il cherchait, pas seulement pour le film. Pour lui aussi. Pour sa vie.

XII

Était-ce un signe ? À Benoît comme à Blandeuil, Bogue avait fourni l'instrument du destin. Car l'adolescent ne doutait pas que la lyre fût vouée à jouer dans sa vie le rôle du dulceola dans celle de Blandeuil. Ou plutôt si, il en doutait, il en doutait terriblement, à mordre ses draps d'angoisse en s'éveillant la nuit, à l'idée de n'être pas comme Blandeuil prédestiné, désigné pour la gloire, serait-ce une gloire aussi discrète que la sienne. Sur l'étendue de la planète, quelques centaines de mélomanes savaient qui était le maître en matière de dulceola, et cela suffisait au salut de Blandeuil. Benoît connaissait donc le doute, mais aussi l'espoir. Quoi de plus rassurant, dans le désert du monde, que de se savoir ou de se croire appelé ? Benoît se sentait appelé à empoigner la lyre, pour lui restituer son ancien prestige. On n'en jouait plus depuis des siècles, presque des millénaires ? Il serait celui qui la ferait renaître – comme Blandeuil, son père peut-être, avait tiré le dulceola de l'oubli et du silence. Ainsi Benoît deviendrait-il un autre Blandeuil, héros et serviteur d'un instrument obsolète et immortel. Certes, la pérennité du dulceola restait incertaine. Il n'avait dû qu'à l'engouement et à l'obstination d'un seul homme de ne pas disparaître au bout de quelques années. Blandeuil mort, qu'adviendrait-il ? Quelqu'un prendrait la relève, pariait Benoît. Et d'ailleurs, ce n'était pas son affaire. Lui, c'était la lyre, la lyre antique et éternelle, qu'il avait pour mission de ressusciter, puisque Bogue, brocanteur-annonciateur, l'avait remise entre ses mains. Il allait de soi qu'il ne monterait pas sur scène en sandales et en toge, le front ceint de laurier comme un Alcée ou un Néron, mais en jean et en santiags, avec un bandana à fleurs comme Ry Cooder. Et sa lyre n'aurait pas les accents délicats dont ses lointains devanciers avaient accompagné leurs odes. Bardée de humbuckings, de twin-blades ou de filtertrons, branchée sur un Mesa Boogie Heartbreaker assorti d'une batterie de pédales d'effet, chorus, delay, fuzz, overdrive, distorsion, phaser, flanger, wah wah, elle pourrait feuler et miauler comme une lionne en chaleur, et l'instant d'après rugir comme une fusée Titan au décollage.

Une lyre *lead*, autour de laquelle s'ordonnerait une section rythmique classique, guitare, basse et batterie, éventuellement un clavier et des cuivres, tel était le concept auquel il s'efforçait en vain d'intéresser les jeunes musiciens qu'il rencontrait. Il serra les poings, tout en scrutant le ciel plus bas et plus noir de minute en minute. Il n'était pas prêt, il en avait conscience. Ceux qui l'éconduisaient n'étaient pas prêts, eux non plus. Confits dans des attitudes automatiques et des choix convenus, sous l'emprise d'influences infécondes, prisonniers d'esthétiques machinales. Lui, ce n'était que techniquement, en tant qu'instrumentiste, qu'il ne s'estimait pas prêt. Il n'avait pas encore atteint la virtuosité dont il rêvait. Beaucoup de travail arrangerait ça ; il suffisait de bosser sa lyre comme on bosse son anglais. Mais eux, les ringards qui se moquaient de son heptacorde électrifiée, tous ces clones d'Untel et d'Untel accrochés à leur copie de Strat ou à leur ersatz de Les Paul comme à ces planches de liège dont on équipe les débutants à la piscine, c'était spirituellement qu'ils n'étaient bons à rien, et sans doute à jamais.

Avec un bruit sec, un premier grêlon vivant s'abattit aux pieds de Benoît. Il se pencha pour mieux voir. Au centre d'une étoile de sang irrégulière, il distingua le corps disloqué d'une minuscule salamandre. Aïe aïe aïe ! Les averses de salamandres, c'était ce qu'il y avait de pire avec les pluies de crapauds-buffles, heureusement très rares. En éclatant, les jolies petites bêtes noires tachées de jaune répandaient, mêlée à leur sang, l'humeur corrosive sécrétée par leur épiderme ; ça vous brûlait la peau, ça attaquait les étoffes, c'était une malédiction ! On avait même vu des réactions allergiques aiguës, des œdèmes de Quincke en pleine rue. Il était plus que temps de se mettre à l'abri, pensa Benoît. Comme par enchantement, les rues s'étaient vidées. On connaissait la chanson. Ce genre d'intempéries ne se traduisait jamais par une bruine légère. Quand il tombait une de ces bestioles, on pouvait être sûr qu'il allait en tomber des centaines de milliers, des millions, en une pluie brève, mais battante et crépitante... Benoît regarda autour de lui, en quête d'un havre. Depuis le palais Propinquor, il avait marché sans but, laissant ou croyant laisser le hasard le guider. Mais le hasard, parfois, n'est que le masque dont s'affublent nos soucis ou nos désirs. Au bout de la rue qui s'ouvrait sur sa droite, se dressait la cathédrale rouillée où Mme Occlo avait installé son cabinet de curiosités. Benoît et ses amis avaient projeté de s'y rendre ce matin. Les choses avaient tourné autrement que prévu, mais Benoît s'était quand même dirigé de ce côté, malgré lui, attiré tel un grain de limaille humaine par un aimant. Au fond, si le fleuve et ses hôtes surprenants, souvent horribles il est vrai, n'étaient guère présents dans les conversations, le succès de l'établissement de Mme Occlo, jamais démenti, prouvait qu'ils n'étaient pas absents des esprits. On croyait avoir tout vu en fait de monstres, depuis le temps, mais chaque nouvelle exposition drainait toujours autant de monde que les précédentes.

Trois impacts frappèrent presque simultanément le trottoir, encadrant Benoît d'infimes gerbes de sang et de sanie. Il n'hésita qu'un instant. Il aurait pu sonner à la première porte, il y aurait trouvé un refuge immédiat pour autant qu'il y eût quelqu'un au logis. Mais la cathédrale n'était qu'à deux cents mètres à peine. Le temps qu'il fallut à l'adolescent pour les parcourir, plusieurs salamandres s'écrasèrent sur ses épaules et sur son dos. Par chance, car il était nu-tête, il n'en reçut pas sur le crâne. Outre le choc et l'irritation ultérieure du cuir chevelu, née du contact avec les sucs venimeux de la salamandre, la sensation de ces petits cadavres dégorgeant leur tripaille dans vos cheveux était odieuse. Benoît constata avec soulagement que l'exposition était ouverte. Mme Occlo, fidèle à son poste, à sa caisse, se tenait à l'intérieur de la cabine vitrée aménagée sous le porche. Bien que les rues fussent désertes pour cause de déluge batracien annoncé, elle guettait le client, armée de son carnet à souches et de son tampon, prête à encaisser et à rendre la monnaie. Mme Occlo était la première et la plus monstrueuse créature de son monstrueux fonds de commerce, avait lancé un jour cette mauvaise langue de Tatie Cindy. Tatie Cindy exagérait. Mme Occlo n'était pas à proprement parler monstrueuse. Elle n'était que spectaculaire, entre grue de brasserie et diseuse de bonne aventure. La peau cuivrée, le regard hautain, des bracelets aux poignets et aux chevilles, épaisses, les chevilles, mais cambrées sur de très hauts talons… Un grand peigne d'écaille ajouré contenait un chignon d'ébène dont la noirceur forcée, jurant avec les rides du cou et du visage, trahissait la teinture. Du fard, sans lésiner : du noir aux cils, du bleu aux paupières, de l'incarnat aux joues, du vermillon aux lèvres ; tous les matins devant son miroir elle peignait un autoportrait naïf. Elle était aussi de ces femmes qui n'ont pas vu les ans flétrir leurs seins jadis admirables. Ce qui était lisse et bombé s'est affaissé et raviné, ce qui était immaculé et velouté s'est taché et grenelé, mais elles n'en ont pas conscience. Mme Occlo s'entêtait à offrir aux regards sa poitrine sinistrée. Avait-elle tort, en réalité ? Ces reliefs éveillaient encore des émois, chez de très jeunes gens qui n'avaient rien connu comme chez des hommes âgés qui savaient la chair presque inépuisable, tant qu'elle vit. Au demeurant ce n'était pas la vision de son corps que vendait Mme Occlo, mais celle de ses « petits pensionnaires », comme elle les appelait quand ils étaient vivants, ou de ses « espécimens » quand ils étaient morts. On avait bien dû attirer son attention sur sa faute, mais elle s'obstinait à dire « espécimens », exprès. Cela faisait partie de son personnage de foraine inculte. Sur la pancarte monumentale qu'elle avait commandée à un peintre en lettres afin de l'accrocher au tympan de la cathédrale, et dont elle avait fourni le modèle, l'artisan avait dû rajouter de sa propre initiative l'accent sur le *é* de Musée, et il s'en était fallu de peu qu'il ne laissât subsister le *h* qu'elle avait intercalé entre le *T* et le *é* de Tératologie. Mme Occlo concevait mal qu'un mot savant ne comportât aucun *h*. N'était-ce pas à ça qu'on les reconnaissait ? Elle commença par refuser la pancarte corrigée. Le peintre, fort de la caution du dictionnaire, ne voulait rien entendre. Mme Occlo finit par s'incliner, sans quoi elle aurait perdu ses arrhes.

Benoît traversa le parvis en quelques bonds et s'engouffra sous le porche de la cathédrale. On eût dit que les lourds nuages noirs n'avaient attendu que cela pour crever sur la ville et déverser leur manne infecte. En peu d'instants le parvis se couvrit d'une boue sanguinolente, çà et là agitée des convulsions d'amphibiens que leur chute vertigineuse n'avait pas tués sur le coup. L'averse vivante martelait les poutrelles et les panneaux de fer corrodés de la cathédrale, et giflait ses vitraux heureusement si épais, et si peu lumineux à vrai dire, qu'ils avaient presque tous résisté aux plus pesantes bestiasses venues de *là-bas*, ainsi qu'on désignait volontiers l'autre rive. Seules quelques plaques avaient été brisées, par un crapaud-buffle ou par un serpent enroulé sur lui-même comme un poing furieux, ou par une méduse d'une taille exceptionnelle, car il en tombait aussi parfois.

Mme Occlo avait reconnu Benoît. Elle détacha un

ticket d'entrée de sa souche. Ce n'était pas elle qui aurait laissé passer quelqu'un gratis, sous prétexte que le ciel lui tombait sur la tête. Dans un univers où il semblait que toute valeur périclitât, il ne restait de sacré que la billetterie. D'ailleurs Benoît était un visiteur régulier. Tout ce qui provenait du fleuve le fascinait. Il n'aurait manqué pour rien au monde l'arrivée de nouveaux « petits pensionnaires ». Comme beaucoup, certes, il venait en partie pour Ligée, la sirène. Depuis des lustres, dans sa prison de verre, elle incarnait un rêve érotique collectif. Quel garçon, quel homme, quel vieillard ses formes n'avaient-elles pas troublés ? À quel visage de maîtresse ou d'épouse le sien ne s'était-il pas substitué, une nuit ou une autre ? Comme à beaucoup, Ligée avait procuré à Benoît ses premières émotions charnelles. Pourtant son attitude n'était en rien lascive ou provocante. Elle nageait en rond, inlassablement, dans l'aquarium défendu par des grilles de fer où Mme Occlo l'avait confinée pour sa sécurité autant que pour l'empêcher de s'enfuir. Elle n'avait jamais essayé. Y avait-elle pensé ? Toutes les tentatives pour communiquer avec elle étaient demeurées vaines. Ligée ne parlait aucune langue connue. En avait-elle seulement une ? Rien n'était moins sûr. D'une voix bouleversante de pureté, elle chantait, quand ça lui prenait, des lalala sublimes mais dénués de sens, de l'avis des meilleurs linguistes. Des anthropologues, des physiologues, des psychologues, et pour finir, en désespoir de cause, des éthologues, s'étaient penchés sur elle. Les rapports qu'ils avaient rendus témoignaient tous au même degré, et ce degré en soi était sans doute plus significatif que le reste, d'une perplexité penaude. Ligée n'était ni un être humain, dont elle avait à peu près l'apparence, ni au sens communément admis du mot un animal, qu'elle évoquait par certains aspects. Il eût été tout aussi abusif de la situer à mi-chemin entre les deux. Les doctes changés en bourriques hésitaient même à la qualifier de « créature », terme pourtant bien pratique en l'occurrence, dans la mesure de sa généralité. Non, elle était plutôt... une image. Une image de chair. C'est du moins la conclusion à laquelle aboutit l'un d'eux. Deux années durant, pris pour elle d'une passion qui n'était peut-être pas uniquement scientifique, il avait consacré tout son temps à l'étudier, jusqu'à négliger famille et carrière. « Nous n'existons pas plus pour elle que l'amateur d'art qui la contemple n'existe pour la *Maja nue*, écrivit-il dans une lettre avant de disparaître. Elle vit en nous à son insu, je crois. C'est en nous qu'elle puise sa forme et sa force. Quand le dernier badaud s'est éloigné, quand la lumière s'éteint, je suis sûr que Ligée s'abolit : la nuit, son aquarium est vide. Elle n'y réapparaît qu'au matin, sous le regard du premier visiteur. » Le malheureux s'était jeté dans le fleuve après avoir tracé ces lignes, pensait-on. En tout cas il n'avait plus donné de nouvelles.

Benoît fouilla dans ses poches et tendit à Mme Occlo le prix du billet d'entrée. Ce prix était modique, et stable. Il ne variait pas en fonction des arrivages. Il représentait à peine le coût d'une place de cinéma, alors qu'aucun film n'était susceptible de provoquer chez ses spectateurs un choc comparable à celui qui pouvait résulter d'une visite du cabinet. Sans parler de Ligée, la vue de certains « espécimens » avait impressionné des sensibilités et les avait marquées pour la vie. Le public n'était jamais informé à l'avance des dernières acquisitions de Mme Occlo. Elle répugnait à engager des frais de publicité. Le bouche-à-oreille suffisait à répandre partout le bruit qu'un lot de créatures sortait vraiment de l'ordinaire, et même de l'extraordinaire, par son extravagance ou sa laideur. Alors, chacun en ville n'avait plus de cesse d'avoir vu de ses yeux l'espécimen ou le petit pensionnaire inouï. Le second cas était plus rare, car les rôdeurs de berges qui approvisionnaient Mme Occlo lui livraient plus de charognes que de sujets vivants.

Quiconque pénétrait à l'intérieur du musée au premier jour d'une exposition n'avait donc aucune idée des nouveautés qui allaient s'offrir à sa curiosité. En recevant son billet et sa monnaie des mains de la tenancière, Benoît crut lire sur son visage tartiné de fards un air de triomphe qui présageait une marée exceptionnelle. Mme Occlo jubilait ! En dépit des apparences, elle n'était pas qu'une commerçante ; elle était, du moins elle se voulait quelque chose comme une artiste. Tel un artiste, plus qu'à plaire elle mettait son point d'honneur à étonner, à effarer, à effrayer tantôt son public par ses trouvailles, à lui soulever parfois le cœur, mais le cœur soulevé bat plus fort.

— Tu viens tôt, dis donc, lança-t-elle à Benoît. Tu n'es tout de même pas le premier. Mon établissement a un visiteur de marque, aujourd'hui…

Elle laissa sa phrase en suspens. Benoît n'osa la questionner. Il lui semblait l'avoir toujours connue, et elle lui avait toujours fait un peu peur. Et puis, en lui parlant, il était difficile de détourner les yeux du sillon qui séparait ses appas ravinés et pourtant fascinants, sous la mantille à très larges mailles qui couvrait ses épaules et sa gorge. Déjà, sans plus le regarder, elle l'invitait d'un geste à franchir la porte basse laissée entrouverte dans le grand portail.

L'immense corps de ferraille de la cathédrale était sonore comme un baril de pétrole vide, songea Benoît en traversant le narthex chichement éclairé. Chacune des salamandres qui frappaient les tôles de la toiture claquait comme une bosquette de baraque de tir. Les toitures, singulièrement celle de la cathédrale, étaient ce qu'il y avait de plus dur à nettoyer après des précipitations de ce genre. Quantité de petits corps restaient à pourrir là-haut coincés dans l'entremêlement des poutrelles ou entassés dans les gouttières inaccessibles, dégageant une puanteur qui dissuadait des jours durant de fréquenter l'endroit. L'évêque *in partibus* déclinait toute responsabilité, arguant depuis Rome que le monument avait été désaffecté et désacralisé peu de temps après sa construction. Celle-ci avait constitué une erreur dont on avait très vite pris conscience. Il était patent que le diocèse d'Écorcheville n'était pas situé en pays chrétien, ce qui constitue la définition même de l'*in partibus* religieux. En attendant, furieuse du manque à gagner, Mme Occlo réclamait à cor et à cri l'engagement des services de la voirie. Superbe faisait la sourde oreille, histoire de lui rappeler son désaccord de principe vis-à-vis de son commerce. Mais l'édile comptable de l'hygiène publique ne pouvait trop prolonger ce jeu-là. La mairie finissait par envoyer ses commandos de nettoyeurs à l'assaut du puant édifice. Ainsi en irait-il encore cette fois, gagea Benoît.

La présence de Mme Occlo dans les lieux n'avait rien de légal. Il s'agissait d'une occupation sauvage tolérée de guerre lasse, d'un squat endurci, enkysté, qu'il n'était plus possible d'opérer à vif. Certains murmuraient que Mme Occlo tenait le maire, pour jouir ainsi d'une mansuétude qui n'était pas dans la nature de ce dernier, surtout sur le thème sensible des monstruosités issues du fleuve. Mais Superbe n'était pas du genre qu'on tient facilement. Et d'abord, par quelle barbichette ? Bah ! On laissait dire les soupçonneux. Nul ne songeait pour de bon, hormis au sein du clan et de la clientèle Bussettin, minoritaires, à blackbouler Superbe. Quant au cabinet de Mme Occlo, après quelques décennies d'existence, il était partie intégrante de la vie d'Écorcheville. Il rassurait, paradoxalement. Il formait comme une lucarne entrouverte sur les profondeurs du fleuve et sur les mystères de l'autre rive. Grâce à lui, on avait une idée de ce qui grouillait sous les eaux inscrutables au bord desquelles la vie s'écoulait. Grâce à lui, l'horreur qu'on pressentait n'était pas tout à fait sans visage.

XIII

Mme Occlo avait pour habitude d'installer ses primeurs à l'extrémité des nefs. Celles-ci étaient occupées par les châsses réfrigérées et les vivariums abritant les classiques et le tout-venant de ses monstres, les premiers dans la nef centrale, le reste dans les nefs latérales. Le transept, depuis des lustres, était réservé à Ligée et à son aquarium illuminé par un faisceau de projecteurs. Un fond badigeonné de bleu d'azur et quelques blocs de pierre semés de faux buissons de corail conféraient à ce spacieux bocal des apparences de lagon tropical. C'était un non-sens, bien entendu. Le lit du fleuve dont Ligée était originaire n'avait sans doute rien à voir avec ce décor de vitrine de grand magasin à l'approche des vacances. Il n'y manquait pas même un coffre de pirate béant sur des joyaux de pacotille et une grosse étoile de mer en plastique ! Dans cette misère, Ligée évoluait, souveraine, laissant errer sur l'au-delà de sa prison son beau regard incurieux. Mme Occlo était bien à sa façon une artiste, et même un génie dans l'ordre du kitsch.

Mais ce jour-là, quand il déboucha sur le transept, Benoît découvrit que l'aquarium ne s'y trouvait plus. Il avait été relégué dans le chœur pour laisser place sur le côté gauche du transept à une sorte de corral grillagé, et sur le côté droit à l'un de ces congélateurs aux parois de verre dans lesquels étaient présentés les espécimens périssables de grande taille, les plus petits se contentant, selon leur gabarit, de bocaux, de baquets ou de tonnelets de formol. La sirène était le clou du musée depuis sa découverte une vingtaine d'années plus tôt. Devant le réaménagement des lieux qui annonçait un bouleversement de la hiérarchie des items, Benoît ne se sentit plus de curiosité. Ligée détrônée ! Au profit de quelles sensationnelles attractions cette révolution s'était-elle effectuée ? Il s'avança. Au centre du transept, tournant le dos au vaste congélateur et scrutant l'enclos dont le contenu demeurait pour le moment indistinct aux yeux de Benoît, se tenait un homme. Benoît reconnut d'emblée cette silhouette grise, menue, très droite, au port de tête d'une inimitable équivoque, dont il était difficile de dire s'il trahissait une humilité de frère convers ou une hauteur narquoise de prince du sang. Qui, parmi la population d'Écorcheville, n'eût pas comme lui identifié le secrétaire général de la mairie ? D'une discrétion de chat mais connu comme le loup blanc, Aranelle était le père Joseph de Superbe, son Fouché, d'aucuns glissaient : son Himmler. À ce point, la comparaison était outrée. Aranelle tirait nombre de ficelles, en effet, son pouvoir ne souffrait de limites que celles que lui assignait son maître, mais le régime propinquorien n'avait rien d'une dictature. Une séducture, plutôt, une enjôlure… Aranelle était entré à la mairie par la petite porte. Commis de troisième classe, bourreau de travail, bête à concours, il avait escaladé l'échelle des grades administratifs sans s'arrêter longtemps à aucun barreau. Dès qu'il avait approché des hauteurs municipales où l'aigle Superbe avait son aire, il avait su se rendre indispensable. On ne l'aimait guère, sans trop savoir pourquoi, d'ailleurs, car il se montrait toujours bon collègue, courtois, un peu cérémonieux et compassé, mais on ne pouvait lui dénier diligence, compétence, intelligence. Quand il s'emparait d'un dossier problématique, celui-ci devenait comme par enchantement limpide. Aranelle planchait une nuit dessus, et le lendemain il pointait le doigt sur l'aporie et la réduisait à néant. Dès qu'il eut constaté chez lui cette capacité, Superbe l'éleva à la fonction de secrétaire général et fit de lui quelque chose comme son directeur de cabinet. « Passez donc ça à Aranelle, il a un cerveau ! » lançait le maire au conseiller municipal ou au chef de service qui s'ouvrait à lui d'une affaire délicate. Si bien qu'à quarante ans Aranelle régnait sur la ville, dans l'ombre de son protecteur.

Benoît se souvint de la conversation qu'il avait eue le matin même avec Louise et les Vieilles Toupies, et il faillit rebrousser chemin. Aranelle l'effrayait. Mais qui ne l'effrayait pas, à vrai dire ? Incertain de son identité, voire de son existence, l'adolescent craignait de se désintégrer au contact d'autrui. Seules le rassuraient les personnes qui lui étaient familières au point de se confondre presque avec lui-même. Louise, Tata Lenya, Tatie Cindy, Bogue, Onagre, Cambouis… Et encore ! Onagre et Cambouis pas tant que ça. Il y avait entre eux et lui un abîme social, béant sous les dehors de l'amitié. Et Fille-de-Personne, alors ? Avec elle, pas d'abîme social, évidemment. Mais un autre abîme auquel Benoît ne savait quel nom donner. L'amour peut-être ? Mais l'amour, hein ?… Et d'abord, en admettant que l'amour existât, qu'il y eût de l'amour dans le monde, quelque chose qu'on pût nommer ainsi, un fluide, une onde, une énergie, une manière d'arc électrique grésillant entre deux êtres, est-ce que ce grand mot-là correspondait si peu que ce fût à ce qu'il ressentait pour F.-de-P. – et qu'elle ne semblait pas du tout ressentir en retour pour l'instant ?

Aranelle avait entendu les pas de Benoît sur les dalles, et il s'était à demi retourné vers lui. Il devenait impossible de fuir. Benoît se fit la leçon. Il avait acquitté son billet d'entrée. Il avait le droit d'être là. Il était un visiteur normal, innocent ; il n'y avait pas d'âge légal pour effectuer la visite. Dans l'eau bleue de son vivier, Ligée nageait entièrement nue sous le nez des enfants des écoles qu'on menait là en rangs comme au jardin zoologique. Aranelle examinait l'hôte du corral ? Eh bien, Benoît concentrerait son attention sur la vitrine réfrigérée pour commencer. Ils resteraient ainsi dos à dos, sans parler. Benoît se mordit la lèvre. En réalité il ne pouvait se dispenser de saluer Aranelle.

— Benoît Brisé, bonjour !

Benoît rougit. Louise lui avait transmis sans en avoir l'air et sans doute sans même y penser une part au moins de son éducation de fille de notable. Il n'ignorait pas qu'il aurait dû saluer Aranelle le premier. Il ne l'avait pas fait. C'était déjà un mauvais point. Pour cette idée lâche, qui ruinait en lui toute illusion de révolte et de défi, il se gifla intérieurement.

— Bonjour, monsieur Aranelle.

Aranelle homologua cette réponse polie d'un hochement de tête.

— Je vois que vous êtes venu dès l'ouverture, vous

aussi. Il est vrai que c'est fascinant : on ne sait jamais ce qu'on va découvrir. Mais ce bruit…

Sans lever vraiment le bras, en un geste mesuré au plus juste, le secrétaire général désigna la voûte de la cathédrale.

— Ce sont des salamandres, aujourd'hui… Des toutes petites ! dit Benoît.

— Des salamandres ? répéta Aranelle d'une voix inquiète, tout en lissant du plat de la main le tissu de son manteau gris perle. Vous n'avez pas encore vu le nouveau pensionnaire de Mme Occlo ? poursuivit-il. Vous allez avoir un choc. On comprend qu'il vole la vedette à cette bonne vieille Ligée qu'on commence à avoir assez vue…

Ne donnant à son geste que l'amplitude nécessaire, comme si ses mouvements obéissaient à une stricte ergonomie, Aranelle montra du doigt la nouvelle pièce maîtresse du cabinet. Benoît écarquilla les yeux, sa bouche s'arrondit d'étonnement.

— Ça alors ! Qu'est-ce que c'est ?

— Un satyre. C'est tout simplement un jeune satyre, un chèvre-pied, un faune ! dit Aranelle ravi de l'émotion que manifestait Benoît.

Derrière les barreaux du corral doublés d'un fort grillage, un enfant d'une douzaine d'années épiait Aranelle et Benoît. Ce qui frappait d'abord, dans sa physionomie, c'était ses yeux : des yeux de chèvre, jaunes, à la pupille en losange. Aussitôt après, on remarquait ses cornes. De vraies petites cornes naissantes, mais déjà bien marquées, qui pointaient à son front bosselé, bordé de cheveux rêches, plus proches d'un pelage que d'une chevelure. Puis on remarquait son nez, camus, aux larges narines frémissantes. Enfin, au-dessus d'un menton fuyant, mais ombré d'un semblant de barbiche, sa bouche entrouverte découvrait des dents de ruminant. Cambré derrière le grillage contre lequel venait buter son sexe en érection, d'une taille impressionnante eu égard à son jeune âge, il piétinait de ses sabots la litière de paille dont on avait recouvert le sol de l'enclos. Une queue sans grand panache battait à tout instant la face postérieure de ses cuisses.

— Le petit diable, regardez comme il quémande ! dit Aranelle d'une voix amusée. Malheureusement, je n'ai rien à lui donner… Vous n'auriez rien dans vos poches ? Un gâteau sec, un sucre…

Benoît se souvint des poires qu'il avait emportées pour ses amis et qu'il avait oublié de leur proposer chez Onagre, la nudité de Fille-de-Personne ayant accaparé toute son attention. Il en sortit une de son blouson. Un sourire éclaira le visage d'Aranelle. Cependant, il retint le bras de Benoît qui tendait déjà le fruit au chèvre-pied.

— Attendez !… Elle est trop grosse pour passer à travers le grillage.

Il plongea à son tour la main dans sa poche, pour en ramener un couteau suisse à six lames.

— Scout toujours prêt, ah, ah !

Il déplia la lame principale, prit la poire des mains de Benoît, et, penché en avant afin d'éviter toute aspersion de jus dommageable à ses vêtements ou à ses chaussures, la découpa en quartiers. Derrière le grillage, les pupilles jaunes brillaient de convoitise. Enfin, le secrétaire général glissa avec délicatesse un premier morceau entre les dents du captif.

— Tiens, gourmand, glouton ! Ne t'étouffe pas, prends ton temps, tout est pour toi…

Un à un, Aranelle lui donna les trois autres quartiers, puis il essuya la lame de son couteau à l'aide d'un mouchoir en papier, la replia, remit le couteau dans sa poche, prit un second mouchoir pour s'essuyer les doigts. Benoît se fit la réflexion qu'il n'avait jamais vu personne d'aussi soigneux. Il eut une pensée pour Louise, qui passait sans se laver les mains du petit salon bouton-d'or où elle vidait et naturalisait des cadavres à la cuisine où elle préparait la tambouille.

— Ce ne sont pas des créatures aquatiques, reprit Aranelle. C'est la première fois depuis... On ne sait pas. Longtemps, en tout cas. Et notez bien : ni l'un ni l'autre !

— Ni l'un ni l'autre ?

Aranelle délaissa le chèvre-pied qui achevait de broyer le dernier morceau de poire, un filet de jus et de salive mêlés coulant sur son menton poilu, pour se tourner en direction de la vitrine qui occupait la partie droite du transept.

— Celui-là non plus n'a pas de nageoires, pas de branchies, pas d'écailles, pas de carapace ni de coquille... Il ne vient pas du fleuve proprement dit, il vient de l'autre rive. Il est mort, hélas ! Pourquoi, comment sont-ils arrivés jusqu'ici tous les deux, tous les deux le même jour qui plus est, l'un vivant, l'autre mort ?

Incrédule, Benoît contempla l'espécimen. Pour les besoins de l'exposition, on l'avait suspendu à une double potence de fer par deux larges sangles. La première était passée sous le poitrail animal à la hauteur des antérieurs, tandis que la seconde supportait l'arrière-train. La robe était brun-rouge, semée de poils blancs. Arrimé à un poteau, un harnais glissé sous les aisselles maintenait droit le buste humain. Une minerve en plastique transparent rigidifiait le cou. Les bras raidis par la congélation pendaient le long du corps, les mains vides, ouvertes. Le visage, barbu, hâlé, ridé, était celui d'un vieillard, mais dégageait jusque dans la mort une impression de sauvagerie. Le torse et les bras n'évoquaient plus que le souvenir d'une force qui avait dû être effrayante.

— Eh bien ? Vous êtes inscrit au lycée Mathieu-Chain en section classique, si je ne m'abuse. On a dû vous parler d'eux ? Les imaginiez-vous comme ça ? demanda Aranelle.

Benoît tenta de réunir les quelques notions qu'il avait distraitement glanées au sujet des centaures. Elles étaient vagues. Il séchait souvent les cours, et quand il y allait il écoutait à peine. Voyons... Il lui semblait se souvenir d'une histoire de tunique empoisonnée qu'on avait refilée à Hercule. Il y avait un centaure dans le coup... Nestor ? Nessus ? Mais ce n'était pas la question. La créature qu'il avait sous les yeux était tout à fait conforme aux gravures montrant des centaures qu'il avait pu voir ici ou là.

— Oui, répondit-il, sauf que... Celui-là est énorme !

— Les centaures sont des hommes-chevaux, non des nains-demi-poneys des Shetland, plaisanta Aranelle. Savez-vous que leur réputation est détestable ? On les décrit comme d'affreuses brutes, se nourrissant exclusivement de viande crue et tentant de violer toute femme passant à leur portée. Seuls deux d'entre eux font exception à la règle : Nestor et Pholos.

Benoît hocha la tête. Nestor ! En voilà toujours un dont il avait entendu parler.

— Je sais : Nestor, la tunique, tout ça...

Aranelle lui lança un coup d'œil en biais.

— Non, la tunique, c'est Nessus. Un salopard, celui-là ! C'est justement parce qu'il avait essayé de violenter Déjanire, qu'Héraclès... Mais peu importe !

Le fait est que sont arrivés jusqu'à nous, le même jour, le cadavre d'un vieux centaure et un jeune satyre bien vivant. Que s'est-il passé, là-bas ? L'effondrement d'un pan de berge les a-t-il précipités ensemble dans le fleuve ? Le centaure s'est noyé, le satyre a survécu, le courant les a entraînés et les a poussés jusque sur l'autre rive, la nôtre. Un simple accident, donc. Sûrement ! À moins que...

Le secrétaire général n'acheva pas sa phrase. Une certaine lueur dans son regard semblait indiquer qu'il attendait que Benoît émît une hypothèse. Éperdu, le garçon chercha quelque chose à répondre. Une seule idée lui vint à l'esprit :

— À moins qu'ils n'aient essayé de traverser le fleuve, exprès ?

— Pourquoi pas ? acquiesça Aranelle. Mais, selon vous, pourquoi se seraient-ils lancés dans une aventure aussi hasardeuse ?

Benoît réfléchit.

— Je ne sais pas. Pour fuir, peut-être ?

— Peut-être. Ou parce qu'ils avaient quelque chose à nous dire ? Je vous l'accorde, drôles de messagers que cette vieille brutasse et ce jeune écervelé. Use-t-on seulement d'un langage articulé, là-bas ? Pour l'instant le chèvre-pied n'a pas prononcé un mot. Oh, je sais, je sais, l'espoir que quelque chose ou quelqu'un cherche à s'adresser à nous, à percer le mur de notre solitude ou de notre autisme, est bien ténu, bien chimérique ! Mais c'est aussi un espoir profondément enraciné en nous, une sorte de foi enfantine dont rien ne saurait nous détourner, parce qu'elle nous protège de la peur et du désespoir. La chambre des enfants est plongée dans le noir mais la maison n'est pas vide. Point si lointains, dans l'Olympe de la salle à manger, des dieux omniscients et omnipotents devisent sous le soleil de la suspension…

Aranelle eut un bref rire narquois, comme pour s'excuser.

— Ba-ba-ba ! Ne soyons pas trop sérieux, c'est mal élevé. Vous avez bien fait de venir le premier jour, car cette exposition ne va pas durer longtemps, ou du moins ces deux sujets-là, le faune et le centaure, en seront bientôt retirés. Ils outrepassent ce que M. le maire estime pouvoir concéder aux intérêts du musée privé de Mme Occlo. Le chèvre-pied sera élevé et même éduqué, vous entendez bien, éduqué, si faire se peut, dans un environnement protégé, au sein d'une unité scientifico-pédagogique. Quant au centaure, c'est un « espécimen » évidemment unique et infiniment précieux. Je prendrai sous peu contact avec votre maman pour lui en confier l'embaumement.

XIV

Benoît se rappela le visage rayonnant de Mme Occlo lorsqu'elle lui avait tendu son billet. Il demanda à Aranelle si elle était déjà informée des décisions du maire. Le secrétaire général secoua la tête.

— Pas encore. Le maire non plus, d'ailleurs. Mais ces mesures lui sembleront indispensables comme à moi. Mme Occlo sera avertie par voie officielle. Cela m'épargnera ses jérémiades. On la dédommagera. Au demeurant, ces deux créatures n'étaient pas les seules nouveautés de l'expo. Vous n'avez pas encore vu les autres ? Vous les regarderez en partant. Il y a quelques bestioles bizarroïdes, comme d'habitude : un enfant-écrevisse, un enfant-tortue, un enfant-solen, si je ne me trompe… Tout ça mort ou mourant. Du tout-venant, en réalité. De quoi s'esbaudir, certes, mais on sait qu'il n'y a rien à en tirer d'un point de vue… scientifique ! Ce ne sont que des monstres. Le monstre échappe à la science comme il a échappé à la nature…

Un grattement frénétique, en provenance de l'enclos du chèvre-pied, interrompit Aranelle. Il revint vers le petit, qui s'efforçait à l'évidence d'attirer son attention. À nouveau, le secrétaire général s'adressa à lui avec une bienveillance et presque une tendresse inattendues chez ce personnage réputé pour sa froideur.

— Qu'est-ce que tu veux, brigand ? De la poire ? Y en a plus ! Finie, la poire !

Mais Benoît en avait encore trois dans ses poches. Il les montra. Enchanté, Aranelle ressortit son couteau, prit une poire, la coupa comme la première en morceaux dont le chèvre-pied se régala.

— Non, ça suffit, dit le secrétaire général comme Benoît faisait mine de lui en donner une autre. Après tout, on ne sait quel effet ces fruits peuvent avoir sur cet… enfant, ou cet animal, enfin sur ce petit être ! La chèvre est connue pour tout boulotter, mais nous n'avons pas affaire à un biquet ordinaire. Peut-être ne se nourrit-il que de chardons dorés, là-bas. Au fait, il faudra lui trouver un nom, s'il doit vivre… Tiens : Satyrion ! Qu'est-ce que vous en pensez ?

— Cela sonne bien, Satyrion… Ou alors… Faunet ?

Aranelle frappa de son poing droit fermé dans sa paume gauche ouverte.

— C'est encore mieux, Faunet ! Satyrion, ça fait savant, un peu pédant, universitaire, quoi. Faunet au contraire, c'est familier, sans prétention. Va pour Faunet ! À bientôt, Faunet, conclut Aranelle en adressant à son protégé un signe amical.

Benoît était penché sur un des baquets pleins de formol renfermant les espécimens insolites promis par Aranelle, quand celui-ci s'ouvrit du vœu qu'il avait déjà formulé devant Louise.

— Cette rencontre tombe bien, car je voulais vous voir… Votre maman a dû vous en parler ?

— Oui, oui…

Benoît se recroquevilla dans son blouson. Il avait espéré que la conversation se bornerait aux monstres de Mme Occlo, mais voilà qu'on risquait d'aborder un sujet qu'il imaginait infiniment plus scabreux et inquiétant, à savoir lui-même, bien qu'il n'eût aucune idée précise de ce qu'Aranelle pouvait lui vouloir.

— Onagre Propinquor a beaucoup d'amitié pour vous, reprit Aranelle. Vous n'ignorez sans doute pas que son grand-père se fait du souci pour lui…

Un espoir se brisa en Benoît. Un espoir qu'il s'était efforcé de refouler, d'ignorer, et dont il avait honte à présent qu'il le voyait en face, réduit à néant. Onagre, bien sûr, Onagre et rien qu'Onagre. Comment avait-il pu se figurer un seul instant que Superbe s'intéressait à lui, Benoît, en tant qu'il était lui-même ? Le patriarche ne voyait en lui qu'un copain de son petit-fils, et le probable complice de ses frasques automobiles et autres.

— Vous constituez une gentille petite bande, Onagre et vous, et le jeune Alexandre Bussettin, un garçon d'excellente famille, et cette fille, comment s'appelle-t-elle, déjà ? Comment l'appelle-t-on, plutôt, car elle n'a qu'un surnom, ah oui, Fille-de-Personne ! C'est très étrange, quand on y pense : elle et son frère n'ont pas de patronyme, pas d'état civil. J'ai vérifié sur les registres de l'orphelinat des Petits-Oiseaux, dont elle est encore pensionnaire en principe, jusqu'à sa majorité. Ils sont inscrits sous l'appellation d'enfants trouvés. « Enfant trouvé de sexe masculin », c'est l'aîné, qu'on nomme Krux, je crois, et « Enfant trouvé de sexe féminin », c'est elle. Du jamais vu. Une aberration administrative. On n'est même pas sûr qu'ils soient frère et sœur. On le déduit du fait qu'on les a découverts ensemble, une aube d'hiver, à demi morts de froid dans un grand couffin sur le parvis de cette église déjà désaffectée et vouée à accueillir les monstres rejetés par le fleuve, mais c'est tout. Il avait quatre ans, elle deux ans à peine. Mais vous savez tout cela, vous les connaissez bien.

— Je connais Fille-de-Personne. Son frère, moins, corrigea Benoît.

Aranelle eut une moue compréhensive.

— À ce qu'on dit, Krux gagne à être méconnu, admit-il. Reste qu'ils sont très proches l'un de l'autre, et que la famille d'Onagre s'inquiète de ses fréquentations.

Benoît se cabra. Les fréquentations d'Onagre, c'était lui-même, Cambouis qu'il aimait d'amitié et Fille-de-Personne qu'il aimait d'amour. Face au monde des adultes, sa loyauté vis-à-vis d'eux était totale.

— On ne fait rien de mal !

La tête d'Aranelle esquissa un lent balancement de droite à gauche, en un mouvement exprimant une perplexité toute rhétorique.

— De très mal, non, peut-être pas. Mais vous fumez du shit, vous buvez de l'alcool, vous volez des voitures et vous les cassez lors de rodéos sur les parkings et de courses sur la corniche… Ce n'est pas si bien que ça. C'est contraire à l'ordre public, c'est dangereux pour vous, et même pour autrui. Autrui, je sais, ça ne compte guère. Quant à vous-mêmes, à votre âge on se croit invulnérable. N'empêche, prenez garde. Le commissaire Dupassé vous a dans le collimateur.

— Il n'osera jamais toucher à Onagre ! ricana Benoît.

— À Onagre, non. Au petit Bussettin non plus… Mais vous, rien ne vous protège. Vous n'êtes pas sorti de la cuisse de Jupiter, comprenez-vous cela ? Sur vous, la loi s'abattra avec toute sa rigueur.

Aranelle disait crûment les choses, mais en fin de compte ces menaces intimidaient moins Benoît que ne l'auraient fait les avances qu'il avait imaginées auparavant. Il défia Aranelle.

— Les voitures, je n'y touche pas. J'aurais trop peur de me casser un ongle… Je fume un joint de temps en temps, et le soir en boîte j'ajoute un peu de vodka dans ma bière. Je mérite quoi ? La peine de mort ?

Aranelle comprit qu'il avait fait fausse route. Un pli de contrariété barra son front. Que ces adolescents étaient ennuyeux, avec leurs ruades de poulains ombrageux ! Mais Superbe allait lui demander des comptes ; il devait rattraper le coup et s'acquitter de sa mission. Il soupira. La férule avait du bon. La férule, et même la schlague !

— Peut-être me suis-je mal exprimé… L'entrée dans la vie est un moment difficile pour un garçon comme vous, qui ne bénéficie d'aucun atout… d'ordre social, mettons. C'est injuste, j'en ai bien conscience. Regardez autour de vous : certains verront toutes les portes s'ouvrir devant eux sans même avoir à se donner la peine d'y sonner. Vous, il vous faudra les forcer toutes. En aurez-vous l'audace ? Vous jouez de la musique, de la guitare, je crois ?

— De la lyre. De la lyre électrique !

— Électrique ? Comme c'est original ! Eh bien, je

présume que vous avez du mal à faire admettre vos idées, votre talent... C'est normal. On n'est jamais écouté d'emblée, quand on apporte du nouveau. Je me trompe ?

— Euh, non, c'est... c'est difficile, souffla Benoît, songeant aux rebuffades qu'il essuyait invariablement.

— C'est très difficile, bien sûr, renchérit Aranelle. Sans argent, sans appuis, sans entregent, c'est peut-être impossible. Mais tout peut changer d'un jour à l'autre, comme ça !

Aranelle fit claquer ses doigts.

— Comment ça, comme ça ?

— Si demain vous n'apparaissez plus seulement comme un musicien jouant d'un instrument excentrique, isolé, en galère, mais, outre votre apport musical personnel, comme un homme de ressources, capable de dénicher un local de répétition, du matériel pour l'orchestre, des facilités de toutes sortes, alors vous verrez les oiseaux venir picorer dans votre main !

— Et où je trouverai tout ça ?

— On le trouvera pour vous. À la mairie, ou dans des bâtiments municipaux, il y a des salles disponibles... Il existe aussi des lignes budgétaires culturelles, et je ne vous parle pas des camionnettes, des sonos et des ingénieurs du son, des graphistes, des afficheurs, toute une logistique qui pourrait être mise au service d'un groupe pour l'aider à se roder et à se faire connaître...

— Mais on n'a rien pour rien.

Aranelle ébaucha le geste de chasser un moucheron.

— Je vous l'ai dit, M. le maire s'inquiète pour Onagre. Il s'inquiéterait moins s'il était mieux renseigné sur ses passe-temps, et s'il pouvait compter dans son entourage sur une influence modératrice.

Prétendre influencer Onagre ! Ces adultes se berçaient d'illusions puériles !... Mais Benoît n'était pas veule. La proposition d'Aranelle l'humiliait. En l'acceptant, il serait devenu lui aussi une espèce d'employé municipal, préposé à l'atténuation des soucis du maire, à l'apprivoisement de son héritier infernal. L'adolescent se dressa sur ses ergots.

— Vous me prenez pour un autre, monsieur Aranelle.

Le secrétaire général poussa un soupir. Il avait fait ce qu'il pouvait. De toute façon, il n'avait jamais trop cru à l'idée de Superbe. Benoît était trop jeune, encore trop idéaliste, pour se laisser acheter. Dommage. Le gamin venait sans doute de laisser passer sa chance, voire de gâcher sa vie. Sans l'aide dont il refusait de payer le prix, il n'avait aucune chance de réaliser son rêve. D'ici deux ans la lyre pourrirait dans la cave de la villa Jacaranda, et Benoît pistonné par son ami Alexandre Bussettin auprès de son père entrerait comme grouillot chez Roublard et Captieux.

— Tant pis, Benoît, tant pis... Pourtant, si vous changiez d'avis...

Tout en parlant, ils avaient atteint et dépassé le narthex. Ils débouchèrent sous le porche. La pluie avait cessé. Le parvis de la cathédrale et les rues avoisinantes étaient recouverts d'une bouillie noire et jaune de la peau des batraciens, et rouge de leur sang. Aranelle se pencha pour considérer le cuir crème de ses souliers et ses bas de pantalon gris perle, pour l'instant immaculés.

— C'est tout de même répugnant ! pesta-t-il. J'ai eu la sottise de renvoyer ma voiture, histoire de me donner un peu d'exercice en gagnant mon bureau à pied, mais avec ces saletés, je renonce.

Il appela son chauffeur sur son portable.

— Voilà, il sera là dans un instant, dit-il à Benoît. Je vous dépose quelque part ? Au lycée, peut-être ?

— Non, euh… Je n'avais pas cours ce matin.

Benoît n'était même pas sûr de mentir. Cours ou pas, il n'en savait rien.

— Pour le lycée c'est comme vous l'entendez, mais quelle que soit votre destination mon offre tient toujours si je peux vous rapprocher. C'est tellement déplaisant de marcher là-dessus, dit Aranelle en désignant du menton le tapis de salamandres mortes.

— Je crois que je vais marcher malgré tout, dit Benoît. Mes Caterpillar ne risquent pas grand-chose. Alors… Au revoir, monsieur Aranelle.

— Au revoir, mon garçon. Dites à Mme Jacaranda que je l'appellerai pour la chose que vous savez, répondit Aranelle en baissant la voix, car dans sa caisse vitrée Mme Occlo était assez proche pour l'entendre.

Il s'inclina courtoisement dans sa direction. Elle lui rendit son amabilité en ployant l'échine et en tassant un peu plus son corps replet sur sa chaise, en une sorte de révérence assise, tandis qu'un sourire obséquieux se peignait sur son visage. Déjà, quelques personnes sortaient des maisons et s'aventuraient au-dehors d'un pas hésitant, tels des rescapés émergeant des abris après un bombardement, des concierges armés de balais et de pelles s'attaquaient en maugréant à la portion d'asphalte qu'il leur revenait de déblayer. La voiture de fonction d'Aranelle, une grosse Eminenz Executiv grise, s'arrêta devant la cathédrale.

— Allons, bonne journée, lança-t-il à Benoît avant de s'y engouffrer.

Aranelle avait raison. Piétiner les salamandres provoquait une sensation horrible. Benoît ne pouvait s'en prendre qu'à lui-même. Il avait laissé la voiture salvatrice disparaître, et maintenant il fallait bien qu'il se débrouille. Le bruit des os et des minuscules viscères qui éclataient sous ses semelles l'empêchait de penser à autre chose. Le plus pénible, se dit-il, c'était de se sentir réduit à de grands pieds chaussés de croquenots écrabouillant à chaque pas des dizaines de petits corps. En plus, ça glissait. À deux reprises il faillit s'étaler. Mais ce n'était pas la première fois qu'il était confronté aux précipitations particulières à la région. Tantôt ceci, tantôt cela… On finissait par prendre son parti de tout. Après quelques centaines de mètres, il oublia les salamandres pour se repasser, comme un film, sa conversation avec Aranelle. Sans se l'avouer ouvertement, il regrettait d'avoir écarté son offre. Oh, ce n'était pas aussi simple. Il regrettait, et il ne regrettait pas. Il regrettait d'avoir dit non au local de répétition, au matos, à la sono ; il ne regrettait pas d'avoir tenu tête à Aranelle, ni d'avoir refusé de trahir Onagre. Aussi était-il à la fois abattu et fier de lui.

Sur son chemin, il croisait des camions de la voirie. Les éboueurs et les employés municipaux réquisitionnés, dans leurs salopettes vertes ou bleues, rayées de bandes jaune fluo, lui rappelèrent son père adoptif, Antoine Brisé, l'Apollon balayeur, le mari que Lola Balbo avait répudié pour bonté et insignifiance. S'il n'avait pas disparu sans laisser d'adresse, il aurait été en cet instant avec ses collègues, juché à l'arrière d'une benne à ordures, vieilli et empâté sans doute. Même relative, la pauvreté abîme. Antoine Brisé aurait eu quel âge aujourd'hui, s'il n'était pas mort d'alcoolisme ? Quarante-cinq ans, par là. Benoît imagina un homme placide, aux rouflaquettes poivre et sel, avec, sous les yeux, les poches fripées caractéristiques des buveurs sevrés. Il ne gardait d'Antoine que des souvenirs imprécis. S'agissait-il même de vrais souvenirs, ou d'images qu'il s'était forgées à travers les récits tardifs de Louise ? La plus prégnante de ces images montrait Antoine en tenue de travail, ivre et titubant en plein boulevard, s'efforçant en vain de rassembler les feuilles mortes avec son balai pneumatique. Cela, il était plus que probable que Benoît ne l'avait jamais vu de ses yeux. Mais la pitié l'envahissait, des larmes lui piquaient les yeux à l'évocation de cette épave qui lui avait donné son nom. Il maudit ceux qui ne lui avaient révélé qu'une vérité partielle. À quoi lui servait-il de savoir qu'Antoine n'était que son beau-père, s'il ignorait qui était son père naturel ? Il aurait été plus charitable de lui mentir. Aujourd'hui, il ne serait pas là à chercher midi à quatorze heures, à essayer des pères devant un miroir imaginaire, comme on essaye des chapeaux. Il s'estimerait heureux d'être le fils de quelqu'un. Antoine Brisé, pourquoi pas ? Un cœur brisé, ah, ah ! Un balayeur quitté par sa femme, qui n'avait pas dû se gêner pour le tromper avec des imprésarios et des directeurs de salle avant de le plaquer pour de bon. Un pauvre bonhomme, d'accord, le contraire d'un cador. Benoît aurait fait avec. Il se serait accommodé de cette misère. Elle lui aurait peut-être donné du mordant. Il aurait pu en tirer parti pour avancer dans la vie. Mais comment avancer, quand on n'a pas de point de départ ? Comme si le monde extérieur n'avait été qu'un reflet de sa conscience, et la réalité une simple extension de son esprit, son regard s'arrêta sur une des affiches qui l'avaient averti du prochain passage de la troupe théâtrale dont Lola était la vedette. Depuis quinze jours maintenant qu'elles affrontaient les intempéries, les effets alternés du soleil et de la pluie en avaient terni les couleurs, et les avaient par endroits décollées de leur support. Déjà gondolé, gaufré, cloqué, aujourd'hui constellé d'impacts sanglants par l'averse vivante qui venait de s'abattre, le visage de la tragédienne tournait au masque de gorgone. Sa beauté s'était muée en laideur. Benoît compta les jours qui s'écouleraient encore avant qu'on n'arrachât, la pièce jouée, ces effigies cruelles, avilies par des graffiti qu'il ressentait comme autant d'offenses personnelles. S'il l'avait pu, il aurait parcouru la ville entière pour réhabiliter chaque image de Lola, reblanchir ces dents noircies qui lui faisaient un sourire de pauvresse édentée, gommer ces moustaches de garde-champêtre, ces bandeaux de pirate borgne, ces phallus braqués comme des canons sur son visage, ces élucubrations racistes ou graveleuses que lui prêtaient des phylactères à l'orthographe hésitante. C'était impossible, bien sûr. Il devait tolérer l'intolérable, se laisser humilier sans recours, à travers une génitrice qui n'avait trouvé son destin qu'en le sacrifiant. Il tourna le dos à l'affiche, et hâta le pas.

XV

Il fut de retour à la villa en fin de matinée. Les Vieilles Toupies s'étaient éclipsées. Dans le salon bouton-d'or, Louise absorbée dans son travail ne s'était même pas aperçue qu'il avait plu des salamandres. Ce fut Benoît qui le lui apprit. La pluie avait été bien moins abondante ici qu'en ville, par chance, car le nettoyage du parc aurait pris un temps fou. Mais le plus souvent Louise se contentait de dégager les abords de la maison et laissait le gros des bestioles tombées du ciel pourrir sur place.

— Quelle plaie ! s'exclama-t-elle. Tu passeras un coup de râteau, hein ? Moi je ne peux pas, j'ai Aimé Propinquor à m'occuper…

Elle avait fini de récurer l'intérieur de la boîte crânienne du vieil homme. À présent, après lui avoir ouvert l'abdomen, elle s'employait à le vider de ses viscères. Traités au vin de palme et au natron, ils seraient conservés à l'intérieur du futur sarcophage, enfermés dans de luxueux vases canopes gravés au chiffre du mort.

— Tu ne manqueras pas d'ouvrage dans les jours qui viennent, dit Benoît. J'ai rencontré M. Aranelle. Il va t'appeler.

— Quelqu'un d'autre est mort ?

— Pas quelqu'un d'ici. Juste un centaure venu de là-bas.

— Un centaure ? Tu veux dire…

— Oui, un buste d'homme sur un corps de cheval, un centaure, quoi !

Louise battit des mains comme une petite fille à qui l'on promet un chaton.

— Un centaure, un vrai centaure, et c'est moi qui… Tu l'as vu ? Il est grand ?

— Il est énorme. Imagine un gros postier… La partie animale, c'est-à-dire : un cheval de trait, un percheron !

— Et le… l'homme ?

— Pas trop distingué, pour ce qu'on peut en juger.

Après avoir battu des mains, Louise se les tordait.

— Pourquoi tu t'inquiètes ? Tu ne devrais pas être dépaysée ; tu t'es très bien tirée de l'âne et du girafon.

Louise eut une mimique dubitative.

— Quand même, ça a l'air tout simple vu du dehors, un centaure, mais à l'intérieur ça doit être plus compliqué, la jonction des deux anatomies… Quant à la physiologie, je ne te dis pas ! Qui respire ? Qui digère, là-dedans ? Mais c'est surtout pour la place que je m'inquiète. Déjà avec l'âne j'ai eu du mal, alors un percheron plus un homme… Il va falloir que je m'organise… Oh, avec tout ça j'allais oublier, il y a eu un coup de téléphone pour toi, du conservatoire. Heureusement que tu es rentré, c'est cet après-midi, l'audition.

Benoît, qui arpentait le salon-laboratoire de long en large, s'immobilisa comme frappé par la foudre.

— Cet après-midi ? Ils préviennent ce matin pour cet après-midi ? Mais ils sont… Je ne suis pas prêt ! Ils avaient dit vendredi !

— Cet après-midi, la secrétaire a dit, à quinze heures. Ne te fais pas de bile, tout ira pour le mieux. J'ai beaucoup aimé ce que tu m'as joué l'autre jour, c'était très joli.

Benoît fut tenté de passer ses nerfs en martelant de coups de poing le cadavre éventré d'Aimé Propinquor. Très joli. Le morceau qu'il travaillait depuis des semaines (pour le titre il hésitait encore entre *Piss off* et *Fuck off*) n'était rien d'autre qu'un chant de haine, une déclaration de guerre à l'espèce humaine. Il voulait bien admettre que Louise ne parlait pas très bien l'anglais, et qu'il lui manquait une partie du vocabulaire des *lyrics*, mais elle aurait pu deviner au ton et à l'emploi d'une distorsion rageuse de quoi il retournait. Mais non, elle avait trouvé ça très joli.

— Si tu trouves ça joli, ça prouve bien que je ne suis pas prêt, grinça-t-il. De toute façon, je n'irai pas. Ils se foutent du monde ! À quoi ça sert qu'ils disent vendredi, si…

Louise leva les yeux au ciel.

— Écoute, mon chéri, c'est comme ça : c'est

aujourd'hui. Si tu rates cette audition, il n'y en aura peut-être jamais plus, et tu le regretteras amèrement.

Benoît renifla de mépris. Le conservatoire procédait à une audition chaque année, pour sélectionner les musiciens d'un orchestre amateur qui bénéficierait pendant un an d'une aide plus modeste mais assez semblable dans son principe à celle que lui avait fait miroiter Aranelle. S'il était accepté, c'était une chance pour lui d'intégrer un orchestre de plein droit, de se frotter à d'autres musiciens, de découvrir cette vie de groupe dont il rêvait, les répétitions, les premiers concerts, l'exaltation d'un projet commun... S'il n'y allait pas, il pourrait se présenter à la prochaine audition, dans un an. C'était long, un an. Mais l'idée d'affronter le jury dans quelques heures le terrifiait. Mentalement, il s'était préparé pour vendredi. Il ne s'estimait pas encore tout à fait au point, mais d'ici vendredi il aurait eu le temps de peaufiner son morceau. Là, ça lui tombait dessus. Sans compter que les émotions de la matinée l'avaient perturbé : la toison et les seins de Fille-de-Personne, la blessure de Sérif, la pluie de salamandres, le faune et le centaure, la proposition d'Aranelle... Sur quelle concentration compter, après ça ? Il allait monter sur scène l'esprit ailleurs, il allait se planter, chanter faux ! *Piss off-Fuck off*, ça n'était pas un truc qu'on pouvait balancer distraitement. Pour bien l'interpréter, il fallait tout donner, se jeter dedans comme dans un précipice.

— Si tu n'y vas pas, dit Louise, sois gentil de nettoyer un peu, au moins l'allée jusqu'à la grille, que mes amies n'aient pas à patauger dans ces saletés en venant me voir...

Il quitta la pièce sans répondre. Plus tard, la voirie ! Il allait essayer, oui, il allait essayer quand même. Il n'en pouvait plus des rabrouements des musiciens de son âge qu'il tentait de convaincre que la lyre électrique était l'avenir du rock. Il fallait sortir de ce cycle désespérant de rencontres et de refus. Au conservatoire, il serait jugé par de vrais musiciens capables de lire une partition, par des profs qui voyaient défiler des élèves à longueur d'année, et qui savaient distinguer ceux qui avaient quelque chose de ceux qui n'avaient rien dans le ventre.

Il descendit à la cave aménagée en studio : des cartonnages d'œufs, de la moquette, un gros ampli, un fouillis de câbles et de pédales d'effet, des pieds de micro, un lutrin à l'ancienne gracile et chantourné, un peu ridicule ; il l'avait trouvé au grenier. Des affiches, bien entendu, des posters représentant des guitaristes en sueur, des chanteurs à tête de tueurs en série, et puis, punaisée dans un coin, une photo de Blandeuil en concert, bien coiffé, smoking et nœud papillon, l'air compassé (ou peut-être inspiré), laissant courir ses doigts sur le clavier du dulceola.

La lyre de Benoît reposait sur un trépied fabriqué par ses soins à l'aide de morceaux de tringle métallique, car il n'avait rien trouvé dans le commerce qui pût remplir ce rôle. Il lança à l'instrument un regard presque craintif, comme à une amante exigeante qu'on n'est pas sûr de satisfaire. Il en prenait un soin jaloux. S'il venait à la perdre, où en trouverait-il une semblable ? Le sort l'avait mis, ou il s'était mis, dans la même situation que Blandeuil. Se vouer à de tels instruments, la lyre, le dulceola plus encore, c'était comme aimer une femme irremplaçable. Si la femme meurt, ou si elle se détourne de vous, que faire de cet amour, coffre plein dont la clé est perdue ? Benoît hésita à empoigner sa lyre. Pour l'instant il la détestait. À cause d'elle il allait à nouveau sortir d'un confortable anonymat, d'une obscurité rassurante, pour s'offrir au jugement d'autrui, aux rires en coin, aux sifflets et aux lazzis peut-être ! À cause d'elle, il allait souffrir d'être lui-même. Pourquoi ? Qu'est-ce qui le poussait à endurer cette torture ? Personne au monde ne lui demandait de se l'infliger. Nul ne se souciait qu'il jouât de la lyre, ni d'aucun autre instrument. C'était lui seul qui s'y était condamné.

Il effleura les sept cordes. À blanc, la lyre d'Apollon rendait un son fluet. Rien à voir avec le divin vacarme que Benoît en tirait quand il la branchait. Les voisins s'étaient plaints. Les premières maisons n'étaient pourtant pas si proches, mais les micros Joe Barden et le vieux Marshall à lampes crachaient comme l'enfer. C'est pour ça qu'il s'était installé à la cave. La demeure naguère infestée de rats en était à présent débarrassée. Ils avaient fui. Benoît enfonça la fiche du jack dans le gousset ad hoc récupéré sur une vieille copie de Stratocaster, et alluma l'ampli. Celui-ci, en s'éveillant, émit un bourdonnement sourd et continu, comme un gros insecte s'apprêtant à prendre son vol. La cave était humide, et les branchements électriques de Benoît hasardeux. Louise avait peur qu'il ne s'électrocute. Il balayait ses craintes d'un « Je sais ce que je fais » péremptoire. N'empêche que les plombs sautaient deux fois par semaine en moyenne.

Il passa en revue les pédales alignées devant l'ampli. Il raffolait de ces boîtes de tôle multicolores, bleu roi, jaune serin, fraise écrasée, reliées entre elles, à l'instrument et à l'ampli par un réseau de câbles. Grâce à elles, d'une simple pression du pied, il pouvait donner à sa lyre toutes les couleurs sonores, déchaîner la tempête ou imiter le chuchotis d'une source, passer des hurlements des damnés au babil harmonieux des anges. Il s'interrogea. Lesquelles devait-il emporter tout à l'heure ? Lui laisserait-on le loisir de mettre en batterie les quatre ou cinq qui lui paraissaient indispensables ? Il n'y comptait pas trop. On allait le presser, les autres candidats s'impatienteraient, il les entendait déjà murmurer, ricaner… Il revit ses exigences à la baisse. Trois, trois seulement, mais alors non négociables : disto, delay, chorus, c'était l'ultra-minimum. Il débrancha toutes les pédales à l'exception des trois dont il entendait se munir. Il désactiva pour l'instant le delay et le chorus, et régla la distorsion en se guidant de légers coups de médiator. Quand il disait « plectre », les types se regardaient en rigolant. Mais c'était la même chose. Dans l'Antiquité on disait *plectrum*. Il avait lu tout ce qu'il avait pu dénicher sur la lyre. Lyre à quatre, à sept (la sienne), à neuf cordes… C'était Orphée qui en avait rajouté deux à la lyre heptacorde que lui avait offerte Apollon, en l'honneur des neuf muses. Benoît n'avait pas encore osé l'imiter, mais l'idée lui trottait dans la tête. Orphée occupait une place importante dans sa vie. Il ne s'en vantait pas. On le trouvait déjà assez lunaire comme ça. Mais oui, Orphée était présent dans ses pensées, comme s'il avait existé, comme s'il l'avait fréquenté. Il rêvait de lui, souvent. Pas des rêves extraordinaires. Des rêves comme les autres. Ils se rencontraient par hasard sur la berge du fleuve, ou bien Orphée entrait dans la pièce où se tenait Benoît, et ils bavardaient en amis. Des fois il avait le visage de Kelly Joe Phelps, et d'autres fois celui de Danny Gatton, ses guitaristes préférés, mais il savait que c'était Orphée, à cause de sa tunique à la grecque.

Il éprouva de la pulpe des doigts l'état des cordes. Elles étaient oxydées, d'un toucher ingrat. Des cordes pourries. Il ne les avait pas changées depuis des mois. Elles coûtaient cher, et il fallait les faire venir. Il n'en avait pas d'avance. Il se reprocha son imprévoyance.

Décidément il n'irait pas à l'audition ! Il reposa la lyre sur son trépied, éteignit l'ampli, l'alimentation des pédales et la lumière, quitta la pièce, monta à sa chambre. Là, dans le noir, volets et rideaux fermés, il s'abandonna au malheur. Dans ces cas-là, il ne se couchait pas dans son lit, mais à même le sol, presque sous le lit, dans la ruelle qui le séparait du mur ; ça lui faisait comme une tombe étroite, dans laquelle il se rencognait sur le côté et qu'il comblait en tirant sur lui, de son bras libre, l'édredon et la couverture. Ce goût de l'enfouissement lui venait de loin. Plus jeune, alors que Louise ne s'était pas encore résignée à ce qu'il dormît éloigné d'elle, il couchait dans sa chambre, sur un divan encastré dans un cosy-corner. Il avait inventé de se glisser dans l'intervalle entre la tête du cosy et celle du divan, comme dans une crevasse. Il s'y sentait à l'abri de tout ce qui l'effrayait, Louise y compris peut-être, et il aurait voulu ne jamais en sortir. Le premier matin, Louise ne le trouvant pas à son lever l'avait cherché en vain à travers la maison avant de s'élancer au-dehors, échevelée, en larmes, criant au kidnapping et appelant l'univers au secours. De temps à autre elle lui rappelait cet épisode, mi-attendrie, mi-rancunière. Il baissait la tête. C'est vrai qu'il aurait dû répondre, alors qu'elle l'appelait d'une voix de plus en plus angoissée. Mais c'était si bon, tout en lui échappant, de savoir qu'elle tenait tant à lui.

Aujourd'hui, pour un peu, il aurait voulu mourir. La ruelle et l'édredon lui procuraient une illusion de tombeau sans qu'il eût à se tuer. Il ferma les yeux, mais il lui sembla que les ténèbres ne seraient jamais assez épaisses à son gré. Les volets et les rideaux tirés, l'édredon et la couverture rabattus, les paupières closes n'y suffisaient pas. Il fallait encore s'enfoncer en soi-même, plonger toujours plus bas, toujours plus loin du monde et de sa lumière insoutenable. Là seulement, dans la crypte de l'être, on goûtait à la paix des tréfonds, et si l'on avait de la chance un sommeil sans rêves balayait espoirs et désespoirs d'un coup de torchon silencieux.

Louise monta secouer Benoît à quatorze heures. Elle avait de ces sursauts. Elle qui ne consentait plus à s'arracher à son indolence, pour ne pas dire à sa léthargie, que pour s'acquitter des commandes de la mairie, elle força son fils à s'exhumer de son caveau de laine et de plume. Elle lui passa un gant mouillé sur la figure malgré ses cris d'orfraie et le poussa hors de sa chambre avec une énergie dont il l'aurait crue incapable. Alors, cotonneux, encore tout fripé de sommeil, titubant à moitié, il passa prendre à la cave sa lyre et les pédales d'effet qu'il fourra dans un sac en plastique, et il prit le chemin du conservatoire de musique.

Il y fut à l'heure. Un monde fou attendait devant le bâtiment, sur le perron, sur la pelouse qu'un employé municipal achevait d'épouiller, dans la rue... La jeunesse d'Écorcheville ne pensait donc qu'à cela, faire de la musique ? Benoît crut retrouver là tout ce qu'il avait eu de camarades d'école et de condisciples, depuis la maternelle jusqu'à Mathieu-Chain, à l'exception d'Onagre et de Cambouis. Une autre absence notable était celle de Krux. Pourtant Krux n'était pas étranger à la musique, il se produisait même certains soirs, au Lapin Bleu. Il bousculait tout le monde pour monter sur scène, s'emparait d'une guitare, exigeait de son propriétaire catastrophé qu'il l'accordât en *open* de sol de façon à plaquer les accords d'un seul doigt. Les yeux fous, les veines du cou gonflées, indifférent à la mesure comme au jeu de ses partenaires réquisitionnés, il éructait un standard en yaourt, toujours le même, *God Save the Queen* des Sex Pistols. Après quoi, en guise de final, il lançait l'instrument de toutes ses forces en direction du public. Il avait ainsi cassé quelques guitares et blessé plusieurs personnes. Il arrivait aussi qu'il se fasse vomir sur la tête des spectateurs du premier rang en se fourrant deux doigts dans la bouche.

Benoît répondit avec froideur aux signes de reconnaissance, d'ailleurs peu nombreux, qu'on lui adressa. Depuis son inscription à Mathieu-Chain, le bruit de son amitié avec Onagre et Cambouis s'était répandu. De telles alliances n'avaient rien pour conforter une cote de popularité déjà médiocre. On le jugeait prétentieux, avec ses airs absents et son instrument biscornu. On n'était guère surpris qu'il se fût mis en cheville avec ces deux-là. D'Onagre, on savait qu'il était braque, et appelé à jouir un jour avec ses deux sœurs aussi fêlées que lui de la plus grosse fortune d'Écorcheville. Cambouis intimidait, quant à lui, autant par sa réputation de surdoué que par ses airs foutants : un insolent qui prenait tout le monde pour de la gnognotte, du haut de ses dons supposés et de la situation de son père banquier. Celle-ci n'était pas si brillante qu'il semblait, c'étaient les cousins d'Erwin qui possédaient la banque, mais son patronyme prêtait à malentendu.

Benoît ne savait trop quoi faire de son corps, ni de cette satanée lyre, si identifiable dans l'étui qu'il avait fallu commander sur mesure. Il se berça un temps de l'espoir que l'ordre de passage devant la commission dépendrait de la date de dépôt des candidatures, car il s'était inscrit des semaines plus tôt, dès qu'il avait découvert l'affiche annonçant l'audition. La suite ne tarda pas à démentir son attente. La porte du conservatoire s'ouvrit, et la concierge introduisit les dix personnes les plus proches, après quoi elle referma et poussa le verrou sur la première fournée. Nul ne parut s'en offusquer. Benoît réprima son mécontentement à grand-peine. Il allait devoir se morfondre au milieu de cette foule antipathique, des heures sans doute, s'il considérait la distance qui le séparait de la porte, le nombre de candidats et sa répugnance à jouer des coudes. Il faillit saisir ce prétexte pour abandonner. Une petite voix fraîche le retint au moins momentanément.

— Il va falloir poireauter, j'ai l'impression… Quelle barbe, hein ?

XVI

Une adolescente se tenait devant lui, les bras derrière le dos comme à l'école à l'instant de rentrer en classe. Elle était vêtue d'une petite robe à fleurs qui détonnait au milieu des jeans et des baggies, des blousons et des sweats à capuche. Jolie ? Il hésita. Elle possédait un visage à elle, avec un nez, des yeux, une bouche qui lui appartenaient en propre, et non pas copiés dans un magazine. Il y avait des filles, on voyait en transparence sur leur figure quelle physionomie elles auraient eue si elles avaient été des garçons ; ça gênait Benoît. Fille-de-Personne pouvait se montrer brusque, se coiffer n'importe comment, jurer, roter et cetera, sur ses traits d'une féminité sans alternative le garçon fantôme qu'elle aurait été si ses chromosomes avaient été différents, XY au lieu de XX, demeurait invisible. Cela dit, le visage de la jeune fille qui avait parlé avait beau manquer d'équilibre, sa bouche être trop grande, son nez légèrement busqué, ses pommettes un peu hautes, l'impression qui se dégageait de l'ensemble n'était pas déplaisante, loin de là. Elle regardait Benoît avec une timidité pour lui inhabituelle. Il avait le sentiment de n'intimider personne, surtout pas les lycéennes de Mathieu-Chain, filles à papa et nièces à tonton, ponettes parfumées au N° 5 de maman, dents éclatantes, jean fatigué à la main à l'autre bout de la terre par des petites ouvrières aux yeux bridés. Toute la cour du bahut était un grand carré VIP où Alcyone et Bételgeuse Propinquor donnaient le ton, et dont Benoît était le seul exclu. Même l'amitié de Cambouis et d'Onagre n'avait pas suffi à l'y faire admettre vraiment. Ou bien préféraient-ils le laisser au-dehors ? Ils passaient des jours à sécher, des nuits à zoner avec lui, mais ils ne s'attardaient jamais longtemps en sa compagnie dans l'enceinte du lycée.

— C'est la plaie, oui ! Je me demande si je vais pas me barrer, grommela-t-il enfin.

Une expression de soulagement se peignit sur le visage de la petite, comme si elle avait craint qu'il ne daignât même pas lui répondre.

— C'est pas une guitare, c'est quoi ? demanda-t-elle en désignant du menton l'étui qu'il avait posé à ses pieds.

Il s'éclaircit la gorge. Quand il disait de quoi il jouait, on le regardait avec plus de curiosité que sa lyre. C'était comme s'il avait expliqué qu'il avait six orteils à chaque pied, ou trois testicules, ou quelque chose de ce genre. Mais son interlocutrice attendait. Il aurait dû l'envoyer paître tout de suite ; à présent il était trop tard.

— Une lyre. Une lyre électrique, dit-il à mi-voix.

Elle ne manifesta pas la surprise, mêlée déjà d'un

soupçon d'ironie, à quoi il était habitué. À la place, elle hocha gravement la tête.

— Je peux la voir ?

Il n'avait aucune envie d'ouvrir l'étui devant tout le monde. Beaucoup savaient de quoi il retournait. Ce n'était pas la peine d'exciter la curiosité des autres.

— Non… Pas maintenant.

Elle hocha la tête à nouveau.

— Plus tard, alors ?

— C'est ça, plus tard. Après…

Après quoi ? Il n'en avait pas la moindre idée. Il avait dit ça sans y penser, pour éluder. Mais elle s'empara du mot et l'interpréta comme une promesse :

— D'accord, après ! dit-elle joyeusement.

Il y eut un silence. Benoît choisit de le rompre, puisqu'elle ne s'éloignait pas et qu'il était plus confortable d'être vu en train de bavarder, que seul et l'air idiot avec son étui à lyre. Il se présenta. Elle enregistra avec force hochements de tête approbateurs qu'il s'appelait Benoît Brisé, et qu'il était inscrit à Mathieu-Chain, mais qu'il n'y mettait pas souvent les pieds. Et elle ? Elle dit qu'elle s'appelait Géli, Géli Loiseau. Géli Loiseau, ou Géli l'oiseau ? C'était comme on voulait, répondit-elle, puisqu'elle chantait comme un oiseau. C'est pour ça qu'elle était venue, afin de tenter sa chance. Elle en avait assez de chanter seule, *a cappella*. Chanter dans un orchestre, ce serait mieux. Benoît ne spécifia pas qu'il en avait assez de jouer de la lyre tout seul, lui aussi.

L'attente se révéla moins longue que prévu, ou peut-être leur parut-elle plus courte parce qu'ils avaient quelqu'un avec qui parler ? En fait, sorti de son nom et de son amour du chant, Géli resta discrète sur elle-même. Ce fut lui surtout qui parla. Il s'en étonna. Ce n'était pas seulement pour tromper l'attente. Il y avait en lui un trop-plein qui ne demandait qu'à s'épancher dans la première oreille complaisante. Géli écoutait à merveille. Benoît n'avait encore rencontré personne qui se montrât aussi intéressé par ses propos. Chaque mot qu'il prononçait la jetait dans des abîmes d'étonnement, l'élevait à des sommets de ravissement. C'était grisant. Bien entendu, il ne lui livra pas toute crue sa vie, qu'il jugeait par trop pitoyable pour le moment. Existe-t-il d'autres vérités que futures ? Il cherchait son père. Il se cherchait sur les chemins de la musique. Il cherchait des raisons de vivre. La vie était une quête, sinon quoi ? Une suite de plages d'ennui mortel, entre deux plongeons dans le sommeil et dans le rêve... Géli opinait, suspendue à ses lèvres. Elle était gentille, au fond il n'était pas mécontent de l'avoir rencontrée. Leur tour arriva. Ils franchirent la porte. Benoît tout à coup silencieux marchait au supplice. Géli souriait, confiante.

Tout alla très vite. Géli passa la troisième de leur fournée de dix, et Benoît immédiatement après elle. On entrait dans le studio insonorisé où se déroulait l'audition par une porte, et on le quittait par une autre qui donnait sur l'arrière du bâtiment. Il ignorait donc quel accueil la prestation de la jeune fille avait reçu. Avec le lied de Schubert qu'elle comptait présenter, la pauvrette, il n'aurait pas parié cinq centimes d'euro sur ses chances. Il n'est pas sûr qu'il l'aurait attendue s'il l'avait précédée, mais quand il en eut terminé, ou plutôt quand on en eut terminé avec lui, il la trouva à la sortie. Il crut d'abord qu'elle avait été agréée, tant elle semblait sereine. Son cœur se pinça de jalousie. Cette nunuche avec son Schubert, sélectionnée, alors que lui... D'un seul mot accompagné d'un sourire et d'un haussement d'épaules, elle annonça le verdict qui avait été rendu contre elle :

Retoquée !

Et lui ? Lui aussi, il s'était fait jeter. Mais il ne le dit pas comme elle. Il grogna. « N'y connaissent rien, ces cons ! Pas fichus de comprendre une idée nouvelle. Je le savais. Rien à foutre… Pas besoin d'eux ! » Il tourna la tête et s'absorba dans la contemplation d'une poubelle en plastique remisée sous un auvent. Non que cela eût la moindre importance, cette fille n'existait pas, dans une minute et demie elle aurait disparu à jamais de son champ de vision, mais il préférait lui dissimuler les larmes d'humiliation qui perlaient au coin de ses yeux. Son audition avait très vite tourné au désastre, comme il l'avait prévu. Quand il avait extrait la lyre de son étui et annoncé une composition perso, il avait surpris les clins d'œil échangés par les membres de la commission. Quand il avait parlé de brancher ses pédales, on lui avait dit pas le temps, si tout le monde devait arranger son plateau on n'était pas près d'en finir. Un technicien avait ajusté le micro à sa hauteur, un autre avait branché un jack sur un ampli et lui en avait tendu l'autre extrémité. Pas de réglages, pas de balance, pose ta valise et plonge. Une horreur. Une noyade. Il avait joué trop fort, il avait chanté faux, il s'était trompé dans les paroles. On ne l'avait même pas laissé terminer. Merci mon gars, ça ira comme ça. Il avait débranché le jack, rangé sa lyre, empoigné le sac en plastique contenant les pédales inutiles, et il était parti sans regarder personne, le rouge au front. Maintenant Géli abondait dans son sens : « T'as raison, ils sont nuls, ces profs. Aucune imagination, aucune sensibilité, rien ! Ils ne connaissent que… que ce qu'ils connaissent déjà, ces tarés ! » Il disait oui, oui. Elle l'ennuyait. Il voulait être seul. Pour casser la lyre. Pour la brûler. Voilà, la casser, y foutre le feu, et puis s'ensevelir dans la ruelle entre le lit et le mur, sous la couverture et l'édredon en guise de pierre tombale.

— Allez, salut !

— Tu t'en vas ?

Il acquiesça. Il n'allait pas rester là, s'allonger devant l'entrée du conservatoire face contre terre, les bras en croix.

— Alors à plus !

— C'est ça, à plus.

— On avait dit...

Elle eut un regard en direction de la lyre, mais elle comprit que ce n'était pas le moment.

— Quoi ?

— Non, rien... Il y a un endroit sympa, en ce moment ? Je suis pas beaucoup sortie en boîte ces temps-ci. Tu fais quoi, ce soir ?

Elle s'incrustait. Pour s'en débarrasser, il lui jeta le nom du Lapin Bleu, avant de lui tourner le dos et de s'éloigner à grands pas, d'une allure moins dégagée qu'il n'aurait voulu, à cause de la lyre et du sac en plastique.

Peut-être aurait-il vraiment brûlé sa lyre, si l'odeur que dégageaient déjà les milliers de cadavres de salamandres ne lui avait fait prendre conscience d'une nécessité plus pressante. S'il tardait trop à déblayer les allées et les abords immédiats de la villa et de la serre, et à vider les gouttières engorgées, la puanteur deviendrait intenable. Il posa son instrument et les effets dans l'entrée, se munit de gants de ménage, d'un râteau, d'un balai et d'une pelle à poussière, et se mit au travail. Il était difficile d'imaginer tâche plus ingrate. Elle n'avait même pas le mérite de le distraire du souvenir de son échec. Il le remâcha, tout en ratissant le sol pour rassembler les bestioles en tas, avant d'en emplir de hautes poubelles à roulettes, accessoires obligés sous le climat d'Écorcheville, qu'il tirait ensuite jusqu'à la rue. Du moins l'exercice qu'il se donnait en maniant le râteau ou en dressant une échelle pour accéder aux gouttières lui épargnait-il les paroxysmes d'apitoiement sur lui-même qu'il aurait atteints emmuré dans l'obscurité de sa chambre.

En fin d'après-midi, vanné, écœuré, il rangea les outils et ôta ses gants souillés du sang et des sécrétions corrosives des batraciens. Son humeur n'était pas rose, mais il avait oublié son projet d'autodafé. La lyre s'en tira avec un coup de pied que la solidité de l'étui rendait symbolique. Benoît gagna le cabinet de toilette vétuste (qu'est-ce qui ne l'était pas, dans le manoir outrecuidant du Liménien ?) qui jouxtait sa chambre. La douche ne fonctionnait plus. L'indolence de Louise ne présageait pas qu'elle fût réparée avant longtemps. Il se déshabilla et jeta tous ses vêtements au sale. Il se lava au gant, frottant avec une sorte de fureur sa peau qui lui semblait exhaler l'odeur nauséabonde des salamandres en voie de décomposition. Quand il s'estima à peu près désinfecté, il enfila un slip et partit en quête du complément vestimentaire indispensable. Louise s'était retirée dans son antre où le soleil ne pénétrait jamais, et dont Benoît savait qu'il devait respecter l'intimité. Elle aussi passait beaucoup de temps dans le noir. Quand elle n'avait rien à naturaliser, elle restait des journées entières allongée sur son lit jamais fait. Dormait-elle ? Souvent, sans doute, car il lui arrivait d'apparaître sur le coup de huit ou dix heures du soir, saisie d'une frénésie d'activité qui la tenait toute la nuit. Elle explorait des placards, remuait des bocaux pleins de clés rouillées sans étiquettes et de ferrures de meubles depuis longtemps disparus, des boîtes à biscuits en fer regorgeant d'images collectées jadis dans des plaques de chocolat par des enfants aujourd'hui morts. Elle ouvrait de vieilles malles, tâtait des coupons de tissus mangés aux mites, dans lesquels son grand-père, soixante ans auparavant, avait projeté de se faire tailler un complet. Elle déterrait des correspondances en espagnol où se mêlaient quelques mots de quechua, contemplait des photos d'aïeux trapus, lippus et olivâtres. Il ne résultait rien de ces exhumations, ni classement, ni coup de balai. Sur le matin, Louise remettait tout en place et retournait se coucher. Elle avait vérifié que tout était encore là, supposait Benoît, comme si les choses hors de vue avaient été susceptibles de se dissoudre en catimini, de s'évaporer ou de se résorber, sans raison, ou peut-être parce qu'une échéance secrète avait sonné ? En tout cas, c'était rarement du côté de la buanderie que Louise s'affairait. Avec la tambouille, déplorable, un des thèmes les plus constants des récriminations de Benoît contre sa mère adoptive portait sur la lessive. Il ne s'était pas plus résolu à utiliser lui-même la machine à laver qu'à s'initier à la plomberie ou à la cuisine. Ni l'hygiène ni l'élégance n'étant pour Louise des soucis dominants, elle lavait peu et repassait encore moins. Benoît allait froissé, encore heureux s'il trouvait quelque chose de propre à se mettre.

Sur la table à repasser où voisinaient ses anciennes layettes, ses habits de garçonnet, et, les jours de chance, quelques hardes à sa taille présente, il découvrit de quoi ne pas sortir en caleçon. Non repassé, bien sûr, mais d'une fraîcheur témoignant d'un récent passage en machine. Il n'en demandait pas plus, au fond. Il n'était pas coquet. Il le serait devenu d'une seconde à l'autre, s'il avait espéré plaire à Fille-de-

Personne par ce biais. Mais elle professait un mépris de sauvageonne pour l'élégance vestimentaire. « La sape, je m'en tape ! » disait-elle. Reste que sa préférence parmi ses trois amis allait d'évidence à Sacha Bussettin, à qui sa conne-de-mère avait ouvert un crédit dans la boutique la plus chic d'Écorcheville. En réalité, pensa Benoît, les pantalons crème et les écharpes blanches sur les polos reine-claude, griffés chérot, mystérieusement immaculés malgré les mains noires d'huile de vidange, c'était ça qui bluffait Fille-de-Personne. Onagre ne s'habillait qu'en marques, lui aussi, mais il les choisissait et les portait moins bien. Tout de même soulagé, Benoît passa un sweater déteint sur un jean bas de gamme. Pour le reste, le même blouson et les mêmes tatanes après un rapide coup d'éponge. Il faudrait que ça aille. Le fait est que cette résolution n'était pas de nature à assurer à Benoît un moral flamboyant. Une soudaine baisse de tonus lui arracha un gémissement. Ce matin les cruautés de Fille-de-Personne et la rencontre décevante avec Aranelle, cet après-midi l'audition ratée et les fringues minables, ça faisait un peu beaucoup pour une seule journée. Qu'est-ce qui l'attendait encore ce soir ?

Son estomac se rappela à lui. Depuis son brouet matinal qu'il n'avait d'ailleurs pas terminé, il n'avait rien avalé, même pas la poire qu'il s'était destinée sur les quatre qu'il avait fourrées dans ses poches en partant. On ne hantait pas la cuisine de Louise par plaisir. Plus qu'aucune autre pièce, elle accusait le laisser-aller de la maîtresse de maison. Ce n'était pas la fée des gourmandises, qui officiait là. Deux ou trois fois par semaine, Louise bâclait un rata dont les variations peu subtiles, nouilles au lard, riz au lard, pommes de terre au lard, n'alléchaient guère. Le reste du temps on réchauffait. De trop loin en trop loin,

Tatie Cindy ou Tata Lenya se dévouait et mitonnait un plat dont Benoît s'émerveillait et se souvenait longtemps ensuite. Le lard du moment s'accompagnait de nouilles réchauffées par deux fois déjà. Malgré la faim qui s'éveillait en lui, il ne se sentit pas le courage d'affronter le résultat d'une quatrième cuisson. Il se contenterait d'une de ses bouillies de gâteaux secs et de chicorée soluble, et puis il lui restait les deux poires qu'Aranelle n'avait pas voulu donner à Faunet.

Le spectacle de la cuisine était déprimant, avec ses piles d'assiettes sales, ses faitouts encroûtés de nouilles fossilisées, ses rouleaux de papier tue-mouches pendant du plafond en spirales constellées de cadavres, comme laissés là pour l'exemple. Benoît préféra dîner dans le petit salon bouton-d'or. Au moins, la dépouille d'Aimé Propinquor était encore fraîche. Louise l'avait abandonnée là en allant se reposer. La momification à l'ancienne prenait du temps. Louise disposait d'une chambre froide, mais elle s'en servait peu. Un corps raidi par le froid se prête mal aux soins de l'embaumement. L'essentiel était acquis, puisque Aimé était d'ores et déjà vidé de ses viscères et enduit de natron. « Les anciens Égyptiens se passaient de frigidaires, et leurs momies sont parvenues jusqu'à nous », aimait à dire Louise. La lassitude avait fondu sur elle en plein travail. L'abdomen d'Aimé béait, telle une porte de coffre-fort laissée ouverte par un voleur après son forfait. Mais d'ici quelques semaines, rembourré, recousu, maquillé, natroné, bitumé, sanglé de bandelettes, il entamerait à son tour son voyage dans le temps. Il irait plus loin sans doute que ses contemporains cryogénisés, à la merci d'une vulgaire panne de courant ou de l'indifférence de leurs descendants. Il ne suffirait pas de les descendre à la cave ou de les hisser au grenier pour les sauver. Tandis qu'Aimé, même expulsé de son mausolée, même extrait de son sarcophage, pourrait voguer sur l'océan poussiéreux des siècles, et séduire encore un original dans une brocante à venir…

Benoît s'approcha du gisant. Les raisons du suicide du frère de Superbe étaient inconnues, et elles avaient toutes chances de le demeurer. Annonce d'une maladie incurable et douloureuse ? Louise en aurait eu la preuve en traitant les viscères. Revers de fortune ? On pouvait croire la fortune des Propinquor à l'abri de tous les revers. Chagrin d'amour ? Pas lui ! Ce n'était pas qu'il en eût passé l'âge ; il ne l'avait jamais atteint. Non, il en avait eu assez, voilà tout, paria Benoît en contemplant le profil de médaille usée du vieil homme. Assez d'arpenter les rues de la vie. Assez des grands restaurants et des petites femmes. Assez d'Écorcheville, assez du ciel et du fleuve. Benoît souleva la serviette de table à carreaux blancs et rouges (tout Louise se trahissait à ce détail) qui dissimulait le bas-ventre du mort. Les commentaires de Tatie Cindy sur la virilité d'Aimé lui revinrent en mémoire. *Aimé ! Aimé, vieux viveur ! Oui ou non, as-tu compté Madeleine Esteral parmi tes maîtresses innombrables, es-tu le père de Lola ? Et moi, Benoît, qui contemple aujourd'hui tes génitoires talées et ton pénis au repos pour l'éternité, suis-je de ton sang ? Et si oui, l'as-tu jamais su ? Me croisant par hasard dans la rue, as-tu pensé, avec un sourire intérieur, que ce gosse mal fagoté était un Propinquor lui aussi, que je portais tes gènes incognito, comme tant d'autres sans doute ?* La bouche d'Aimé était close à jamais. Aucun mensonge ni aucune vérité n'en sortiraient plus, songea Benoît. Mais une autre bouche s'ouvrirait tôt ou tard pour dire ce qui devait être dit, il en était sûr. Il rabattit la serviette, se détourna du corps, et s'attabla pour avaler son brouet.

XVII

Quelques cafés, une salle de jeux, un bowling, pouvaient prétendre servir de point de ralliement à la jeunesse d'Écorcheville, mais aucun lieu n'exerçait sur elle la même attraction que le Lapin Bleu. Là, vers dix heures du soir, à trois cents mètres en retrait de la corniche où menait une allée toute droite, dont le gravillon crissait et giclait agréablement sous les pneus, la vraie vie commençait. De jour, ce n'était rien qu'un hangar moche. Le propriétaire, un prête-nom des Propinquor, disait-on, ne se souciait pas d'esthétique. La boîte rapportait gros en l'état : du parpaing nu, une toiture en fibrociment, c'est-à-dire en amiante-ciment, décodaient quelques esprits chagrins. La nuit, la lueur bleue de l'enseigne au néon représentant le fameux lapin était visible de la berge du fleuve. Peut-être, par temps clair, l'était-elle même depuis l'autre rive, avait plaisanté Homini Lupus dans une de ses chroniques. Et cette lumière attirait les jeunes comme autant de papillons de nuit. De tous côtés ils affluaient, on pouvait suivre leur ascension au faisceau de leurs phares. Ils montaient vers elle pour s'y brûler, bien sûr. L'établissement jouissait auprès des adultes d'une réputation exécrable. La drogue s'y vendait ouvertement, des bagarres éclataient à tout instant, les viols n'étaient pas rares. Krux en avait fait son fief, c'était tout dire. Parfois, après un incident trop déplaisant ou un vrai drame, Dupassé fermait la boîte. Mais alors les jeunes s'éparpillaient et devenaient incontrôlables. Il valait mieux rouvrir. Sur la faune du Lapin Bleu, ce qui s'y tramait, ce qui s'y vendait – et sur qui s'y vendait – Dupassé savait tout, presque tout. Il avait son petit monde sous les yeux, sous la main. Malgré ses airs de policier cynique, il se souciait pour de bon de la jeunesse, d'abord des enfants des notables, certes, mais pas seulement. Les rejetons Propinquor, Bussettin, Esteral, n'étaient que les poissons les plus spectaculaires et les plus précieux de l'aquarium ; les autres comptaient aussi, à leur rang plus ou moins modeste, selon leur poids et leur livrée.

Ce soir-là, sur le parking illuminé, deux sujets des plus chatoyants se donnaient complaisamment en spectacle à la foule d'adolescents qui attendait devant l'entrée. Alcyone et Bételgeuse Propinquor avaient le diable dans la peau. Elles-mêmes s'en flattaient et agissaient en sorte que nul n'en ignorât. Un esprit attentif aurait décelé en elles, en dépit de leur perversité avérée et persévérante, quelque chose d'une naïveté inversée. Elles mettaient tout leur cœur à se conduire mal, à faire le mal, à se rouler dans le mal comme un jeune chien se roule sur une immondice rencontrée le long d'un sentier pour s'imprégner de son affolante odeur. On aurait été en peine de dire à quoi, à dix-sept ans, les jumelles n'avaient pas goûté. Elles buvaient, fumaient de tout, se piquaient, couchaient avec des garçons, avec des filles, et même ensemble à ce qu'il paraissait, et se livraient d'enthousiasme à toute expérience du même ordre s'offrant à elles. « Si elles n'étaient pas qui elles sont, disaient les bien informés, elles se retrouveraient vite sur le trottoir. » Par chance pour elles, Dupassé veillait et dissuadait fermement les candidats proxénètes… De même, le commissaire se débrouillait pour qu'on ne leur vendît que de la drogue de bonne qualité. Il avait choisi un dealer de confiance, qu'il avait substitué au premier, jugé douteux. Mais cette précaution ne l'empêchait pas de trembler. Comment se fier à elles ? Elles étaient capables de se tourner sans crier gare vers un fournisseur non agréé, et d'acheter des produits frelatés, du crack qui vous lyophilise le cerveau, de l'héroïne chargée d'impuretés, ou trop riche au contraire, et dont une seringuée pour bébé suffit à vous tuer. Et les seringues, justement ? Et les préservatifs ? Dupassé avait ordonné l'installation de distributeurs de ces deux articles dans tous les endroits qu'elles fréquentaient, et tout spécialement au Lapin Bleu, bien sûr. Mais avec ces allumées on ne pouvait jurer de rien. Un jour, se disait-il, l'une d'elles, ou tiens, les deux, puisqu'elles faisaient tout en duo, les deux allaient choper le sida, et lui, Dupassé, devrait affronter le courroux de Superbe qui l'avait institué leur ange gardien. En attendant, Alcyone et Bételgeuse, la jeune fille parme et la jeune fille citron, comme on les avait surnommées du temps qu'on les habillait ainsi afin de les distinguer, brûlaient les planches du Lapin Bleu et la vie par les deux bouts. Par paradoxe, alors qu'elles n'obéissaient plus à personne et s'habillaient comme ça leur chantait, il était aujourd'hui relativement aisé de les reconnaître. Elles avaient remédié elles-mêmes à la distraction de la nature qui avait omis de les individualiser. Elles s'étaient armées chacune d'un rasoir de barbier et s'étaient balafrées l'une l'autre en riant comme des folles et en aspergeant de leur sang le grand miroir devant lequel elles avaient opéré. Alcyone, l'ex-demoiselle parme, portait sa cicatrice sur la joue droite, et Bételgeuse, ci-devant demoiselle citron, sur la joue gauche. Pour ce qui était de la forme, elles s'étaient mises d'accord à l'avance sur une croix. Non pas une croix chrétienne, latine ou grecque, droite, mais une biffure, une croix de guingois, négligente, aux branches inégales et incurvées. C'était de croix semblables que les professeurs du lycée Mathieu-Chain barraient chaque page des rares devoirs qu'elles rendaient, avant de les assortir de commentaires laconiques : *Nul, sale, 0*. Malgré ce marquage en principe décisif, elles prenaient un malin plaisir à continuer d'embrouiller tout le monde. Celui ou celle qui croyait avoir mémorisé la latéralisation des cicatrices respectives se voyait contredit une fois sur deux : « Ah non, tu te goures, c'est ma sœur qui l'a sur la joue gauche ! » (Ou sur la joue droite, le cas échéant.) La tête de Turc se récriait, jurait qu'elle était sûre d'elle, commençait à douter à part soi devant l'aplomb qu'on lui opposait, s'obstinait pourtant. On en appelait à l'assistance, on prenait tel ou tel à témoin, ça n'en finissait plus. Ces mises en boîte qui dégénéraient en controverses interminables n'avaient qu'un but, monopoliser l'attention au profit des cabotines. Car les jumelles, plus encore que pour s'éclater, vivaient pour épater. On leur faisait faire n'importe quoi en leur lançant un défi. Mais, au cas où l'on aurait oublié de leur en lancer, elles avaient toujours une lubie en réserve. Ce soir-là, elles étaient venues en chaise à porteurs, chacune la sienne, de jolies chaises renouvelées du XVIIIe, dessinées et fabriquées par un menuisier à partir de gravures du temps et décorées à l'aérographe, l'une dans le style psychédélique des 70's, l'autre dans le style trash des 80's. Les porteurs étaient de robustes extras loués chez Ilote-Intérim, l'agence à la mode. Par une anomalie restée inexpliquée, l'esclavage n'avait jamais été aboli sur le territoire d'Écorcheville. Malgré l'avancement des mentalités, et surtout les mutations de l'économie, il perdurait, en réalité comme en droit. Les esclaves coûtaient cher, si cher que leur négoce reposait plus sur la location ou sur le leasing que sur la vente ferme. Deux agences ayant pignon sur rue occupaient le créneau pour l'essentiel. Elles pratiquaient les trois formules. La seule concurrence qu'elles avaient à affronter était celle d'un petit marché aux esclaves qui se tenait deux fois par mois en lisière de la ville. Des indépendants, certains un peu louches ou patibulaires, venaient y vendre des sujets dont la qualité variait de mauvaise à passable. Les apparences de la légalité étaient préservées, mais il ne fallait pas regarder de trop près les documents fournis lors des transactions. Dupassé gardait un œil sur tout ce qui se passait là-bas, comme de juste. Pourtant il n'allait pas jusqu'à s'enquérir de la provenance de la marchandise, et ne se souciait pas de traçabilité tant que rien n'éveillait ses soupçons sur un point capital. Le code juridique propre à Écorcheville, riche en articles inattendus et en alinéas déconcertants, stipulait qu'aucune personne née libre à Écorcheville et dûment enregistrée comme telle à l'état civil ne pouvait tomber en servitude, ni voir sa volonté aliénée.

Sans être enviable, le sort des esclaves n'était pas épouvantable, bien que la chronique conservât le souvenir d'épisodes fâcheux. On chuchotait que le coffre-fort de Dupassé recelait quelques dossiers pires encore, qui n'avaient jamais été rendus publics. Certaine aventure récente à laquelle les jumelles Propinquor avaient été mêlées aurait pu tourner au fait divers retentissant. L'affaire avait conduit Superbe à décider, comme dans le cas d'Onagre et des voitures, qu'elles n'auraient plus d'esclaves à elles. Décision de bon sens vis-à-vis d'adolescentes aussi irresponsables. L'esclave loué bénéficiait de la protection du loueur, son propriétaire légal, à qui le client devait rendre des comptes. En revanche l'esclave acheté, en théorie garanti par la loi et la puissance publique contre tout mauvais traitement, demeurait dans une large mesure à la merci de son maître. À peu de jours d'intervalle, Alcyone avait éborgné son esclave, et Bételgeuse avait crucifié le sien. L'affaire de l'énucléation aurait pu passer à la trappe. La chose s'était produite alors qu'Alcyone coiffait la victime. Elle se trouvait du goût, la main et l'œil artistes. Elle s'entraînait... Son cobaye avait-il bougé malencontreusement, avait-il bougé *un peu trop souvent ?* Quoi qu'il en soit la préméditation n'était pas démontrée. Un tempérament fougueux (et Dieu sait...), un geste un peu vif, et bon, de tels accidents arrivent. Une crucifixion, c'est autre chose. Les pièces à conviction permettant d'établir la préméditation n'auraient pas manqué : la croix, la couronne d'épines, les clous, la lance... Bételgeuse avait prétendu qu'il s'agissait d'un jeu, mais cette explication n'était guère recevable. Le malheureux avait bien été couronné de vraies épines. En témoignaient les écorchures profondes de son front et de ses tempes. Sa main droite percée de part en part prouvait quant à elle que les choses avaient eu le temps d'aller assez loin. Que serait-il advenu, si un témoin ne s'était inquiété de la tournure qu'elles prenaient, et n'avait arraché le marteau des mains de Bételgeuse ? Prévenu par Dupassé, Superbe avait affranchi les deux esclaves. Il en était le propriétaire officiel, Alcyone et Bételgeuse étant mineures. Il avait acquitté le prix du silence : tous les soins nécessaires aux deux blessés, une forte somme et des billets de train pour très loin. Mais dès avant cela il se trouvait à Écorcheville des bonnes âmes, vraies et fausses, pour plaindre cet homme d'affaires, ce politique si heureux dans toutes ses entreprises. L'argent et le pouvoir compensaient-ils dans son esprit le crève-cœur de n'avoir plus pour héritiers que trois dégénérés ?

Le trio se pavanait pour l'heure sur le parking du Lapin Bleu. Les porteurs emperruqués, mais en collants et body fluo, s'étaient arrêtés devant l'entrée. Ils avaient ouvert les portières et s'étaient inclinés bien bas, tandis qu'Alcyone et Bételgeuse mettaient pied à terre avec des mines et des délicatesses de grandes dames. Au premier rang des spectateurs, Onagre applaudissait le numéro de ses sœurs. Près de lui se tenait Cambouis, son éternel petit sourire flottant sur ses lèvres. Pour s'assortir au look grand siècle des chaises à porteurs, Alcyone et Bételgeuse s'étaient contentées de perruques poudrées et de mouches. Pour le reste, elles étaient vêtues comme d'habitude, partie de ce qu'elles avaient trouvé de plus cher au cours de leur dernier raid sur les boutiques les plus chic, et partie de nippes et d'accessoires glanés dans des solderies, aussi *cheap* et aussi tartes que possible.

En retrait comme toujours, ou bien était-ce la foule qui s'écartait de lui, comme au point d'eau les herbivores boivent à distance des carnassiers, Krux les observait lui aussi. Taillé en force, il dépassait tout le monde d'une tête de brute intelligente, aux yeux perçants sous un casque de cheveux noirs. Il ne ressemblait guère à sa sœur. Étaient-ils du même père ? Le médecin des Petits-Oiseaux qui les avait vus grandir n'en aurait pas juré. Autre morphologie, autre carnation, autre regard. On aurait pu douter aussi bien qu'ils fussent nés de la même mère. On les avait décrétés frère et sœur au vu des circonstances de leur abandon sous le porche de la cathédrale rouillée. À dire vrai on n'en savait rien. Ils étaient très attachés l'un à l'autre, même si chacun menait désormais sa vie de son côté. Fille-de-Personne avait sa bande et zonait à droite et à gauche. Krux, c'était un mystère. Même Dupassé n'avait pas idée d'où il habitait. Il semblait toujours surgir de nulle part, comme s'il n'avait existé qu'à l'instant d'apparaître. Cependant, au goût du commissaire, il existait beaucoup trop. Il était établi qu'il possédait un esclave, en toute propriété, ce que n'avaient même plus les jumelles Propinquor, pourtant dorées sur tranche. Peu de temps après avoir atteint sa majorité et s'être envolé du nid des Petits-Oiseaux au soulagement unanime du personnel de l'établissement, Krux avait acheté Gégé Carmona à Vipérini, qui tenait le plus grand stand du marché des indépendants. Avec quel argent ? Mystère. On pouvait compter sur Dupassé pour l'avoir vérifié, la transaction avait revêtu tous les dehors de cette légalité en pointillé qui prévalait sur le marché aux esclaves. Gégé était de quelques années plus âgé que son propriétaire. Avant d'échouer à Écorcheville, il avait reçu, Dieu sait où, une assez bonne formation de mécanicien. Assez bonne, mais point excellente, pour son malheur. Krux avait espéré trouver en Gégé l'atout dont il avait besoin dans sa rivalité avec Onagre, le pendant de ce Cambouis aux mains de fée capables de régler au petit poil un moteur de voiture. Comme Onagre, Krux avait son atelier clandestin, la planque que Dupassé enrageait de ne pas découvrir. Comme Onagre, il volait des bolides et les confiait à son préparateur personnel… Le parallèle entre eux s'arrêtait là. Au soir de la course (elles avaient toujours lieu de nuit) un comparse agitait sur la ligne de départ un drapeau en damier, et Onagre gagnait. Peut-être conduisait-il vraiment mieux que Krux ? On ne saurait l'exclure, mais une chose était certaine,

Cambouis était meilleur mécano que Gégé. La vérité éclatait lors des accélérations dans les courtes lignes droites que comportait la corniche, pour majeure partie constituée de lacets périlleux. Les marques équivalentes et les cylindrées comparables n'y changeaient rien, Onagre entrait toujours le premier dans les virages. Or il n'y a pas de mérite à appuyer à fond sur le champignon. En ligne droite le moteur fait tout, c'était la preuve de la supériorité des réglages de Cambouis.

Krux perdait toutes les courses. Et après chaque défaite il battait Gégé comme plâtre. Il ne s'agissait pas de quelques torgnoles, mais d'un vrai tabassage qui laissait des traces sans équivoque, dents cassées, nez tuméfié, coquards. C'était contraire à la loi, mais la loi n'était aux yeux de Krux qu'une vieille loque innommable, et Gégé se refusait à porter plainte. S'était-il pris au jeu, rêvait-il de donner enfin la victoire à son maître ? Avait-il conscience de former avec Krux l'équipe des déshérités, l'un orphelin et l'autre esclave, contre celle des nantis, Onagre Propinquor et Alexandre Bussettin, fils de famille « pétés de thunes » ? Aimait-il tout ce qui lui venait de Krux, les coups comme les caresses ? Quand Krux était fauché, ou très en colère contre Gégé à force de déboires automobiles, il le revendait, ou plutôt il le mettait en gage, puisque, le temps de se refaire ou de pardonner, il ne tardait pas à le racheter. À la longue Vipérini connaissait la chanson. Il profitait de la situation en sous-cotant Gégé à l'achat et en le surcotant à la vente. Quand il exagérait, l'œil de Krux vrillait et virait au noir. Vipérini s'empressait alors de lui accorder une ristourne. Il était vain de se demander de quoi Krux était capable : c'était forcément du pire.

Le duel Krux-Onagre alimentait les conversations depuis des mois. On se moquait volontiers de Krux et de ses déculottées régulières, dans son dos, car nul n'aurait hasardé le quart d'un quolibet devant lui. Le connaissant, on s'étonnait de son fair-play. Krux beau joueur, bon perdant ? Tu parles ! Il était homme à casser à coups de clé à molette la tête d'Onagre et les doigts de Cambouis. Peut-être finirait-il par y venir. Il se bornait pour le moment à passer ses nerfs sur Gégé. Tous ceux qui s'étaient un jour frottés à lui savaient que la grandeur d'âme n'était pas son fort. Il cognait avec la même ardeur, avec plus d'ardeur, même, sur un adversaire tombé à terre que sur un adversaire debout. On se disait qu'il voulait vaincre Onagre sur la route, à la loyale, pour des raisons d'amour-propre : c'était là, au bout du compte, qu'il mettait son point d'honneur introuvable.

XVIII

L'expression de Krux tandis qu'il observait les sœurs d'Onagre était impénétrable. Parfois, l'une d'elles croisait son regard et frissonnait. Elles avaient déjà envisagé de se le taper, séparément ou ensemble. Certes, il avait une réputation de violeur. Ce n'était pas pour les effaroucher. Pour voir, elles s'étaient déjà fait violer exprès, sur commande, une fois par des copains et une autre par des esclaves. Elles leur avaient dit : « On va se débattre au maximum, alors allez-y au maximum ! » Elles avaient trouvé cela décevant, somme toute. À peine brutal. Les amis n'osaient pas y aller franchement, les esclaves encore moins. On les avait insultées de bon cœur, on leur avait tenu bras et jambes, on les avait un peu pincées, un peu giflées, un peu forcées, oui, tout de même, mais comme en s'excusant, avec des prévenances et des précautions saugrenues, des clins d'œil gentils, là où elles n'auraient voulu que de la bestialité. En toute bonne foi elles n'étaient pas sûres de pouvoir homologuer ces performances. Avec Krux, rêvassaient-elles, ce serait plus sérieux. D'un autre côté, elles craignaient de vrais coups, elles avaient peur qu'il ne les abîme. Oh, la torture, ce n'était pas désagréable en soi. Elles avaient essayé. En tout cas elles avaient tâté de la torturette. Le martinet, pas le fouet ; les orties, pas les ronces ; la pince à linge, pas la tenaille. Ce qu'elles auraient aimé, même s'il avait fallu en passer par des moments difficiles, ç'aurait été de s'afficher avec Krux. Il ne sortait pas avec les filles, à proprement parler. Il les baisait dans les toilettes du Lapin Bleu, ou dehors, contre un mur. Peu d'entre elles s'en vantaient. Elles n'étaient même pas vraiment consentantes, ça tombait sur elles comme deux heures de colle ou comme un rhume, et quand c'était fini, c'était fini, bon débarras, il leur tournait le dos et il les plantait là, pas merci, pas bonsoir ni rien, il filait au coin du bar où il se tenait le plus souvent à l'affût retrouver Gégé et la canette entamée dont il lui avait confié la garde. La bière n'avait pas eu le temps de s'éventer. Alcyone et Bételgeuse n'auraient pas trop aimé ça. Elles auraient préféré une espèce de liaison à trois, voire à quatre avec Gégé, si Gégé comptait pour un, une liaison aussi tapageuse que possible, qu'il soit clair pour tout le monde qu'elles couchaient avec Krux. Mais l'intéressé ne leur avait guère montré d'intérêt jusqu'alors. Au mieux il les surveillait du coin de l'œil, deux poulettes du poulailler, un de ces jours peut-être elles passeraient à la casserole. Leur amour-propre en souffrait. D'habitude elles claquaient des doigts et les garçons arrivaient, frétillants comme des petits chiens à qui l'on tend un sucre. Lui, qu'attendait-il ? Il n'avait rien contre les filles, puisqu'il sautait les autres. Alors pourquoi pas elles ? Parce qu'elles étaient les sœurs d'Onagre, avaient-elles supposé. À la réflexion il devait y avoir de ça. Tout ce qui touchait à Onagre était tabou.

Benoît était monté avec le Solex que Cambouis avait laissé à la villa ce matin. Il l'avait garé près de la Vorax. Il se demandait parfois s'il devait s'offusquer du rôle de convoyeur du Solex de Cambouis qu'il endossait souvent, par le fait. Mais bon, ça avait aussi ses bons côtés, la preuve.

Il reconnut dans la foule plusieurs des adolescents auditionnés cet après-midi au conservatoire, et il rentra la tête dans les épaules. Avaient-ils été retenus ? Il s'efforça de chasser le souvenir de son naufrage. Après tout, nul ne pouvait savoir à quel point ça s'était mal passé pour lui. Il devait l'oublier, vivre cette soirée en boîte comme n'importe quelle autre. À la nuit tombée, autant, ou plus que la cohue frénétique à l'intérieur de la caverne sous la cascade de décibels qui vous barattaient la cervelle, il aimait l'attente sur le parking avant l'ouverture des portes, dans l'eau bleue des néons. Les adolescents massés là évoquaient les colonies d'oiseaux des rivages australs, auxquels le Péruvien avait dû naguère sa fortune. On se reconnaissait, on se saluait de loin, on se retrouvait dans une grande piaillerie, dans une assourdissante clabauderie, on se donnait des bourrades, des claques dans le dos, on dansotait en expliquant quelque chose, on plastronnait, on pérorait, on s'envoyait des vannes, on lançait un clin d'œil aux alliés, un regard de défi aux rivaux, c'était animal et amical… Amical pour autant qu'on eût des amis. Benoît avait déjà repéré Cambouis et Onagre avec soulagement. Si ce n'avait été pour eux et pour Fille-de-Personne, il n'aurait pas quitté la villa ce soir, ni même sa chambre-tombeau et sa ruelle-sarcophage. Par chance ils étaient là, comme toujours élégants, plus que jamais désinvoltes, supérieurs, juchés sur des piédestaux invisibles du haut desquels ils surplombaient l'humaine basse-cour. Mais lui, Benoît, n'appartenait pas à leur caste. Il parvenait la plupart du temps à l'occulter. Il les jugeait et se jugeait par la même occasion, mais ils lui étaient trop précieux pour qu'il rendît jamais le verdict qui l'aurait éloigné d'eux. Il devait les accepter tels qu'ils étaient, plus riches et plus beaux que lui, plus sûrs d'eux... Fille-de-Personne était hors de vue. Viendrait-elle ? Elle était comme son frère, insaisissable. Aux Petits-Oiseaux, elle ne faisait plus figure que de pensionnaire honoraire. Après des années de fugues incessantes, on ignorait toujours par quel chemin elle s'évadait et revenait à sa fantaisie, comme Krux avant elle. Punitions, corrections, peines de cachot au pain sec et à l'eau, tout avait été inutile ; le frère et la sœur n'avaient jamais révélé leur secret. Avec ses hauts murs hérissés de tessons, ses fenêtres grillagées et son lourd portail, l'orphelinat aux allures de prison n'était pas plus sûr qu'un vieux sac en papier au fond crevé. La majorité légale de Fille-de-Personne coïnciderait avec le départ en retraite de la directrice des Petits-Oiseaux. Celle-ci voyait sans regret ce double événement se profiler à l'horizon. Quand elle regardait en arrière et considérait sa carrière, c'était un dédale de jours gris qui lui apparaissait, tous semblables, des rangées d'enfants prenant leurs distances au coup de sifflet et martelant l'asphalte de la cour de leurs godillots pour rentrer en classe, au dortoir, au réfectoire… Des quarante années qu'elle aurait bientôt passées dans l'établissement s'exhalait une écœurante odeur de riz au gras dont elle resterait à jamais imprégnée, dût-elle brûler toute sa garde-robe, tondre ses cheveux à ras et s'étriller la peau à l'arracher. C'était l'odeur même du malheur de Fille-de-Personne et de Krux et des autres enfants qui avaient grandi aux Petits-Oiseaux, et tout autant l'odeur du sien, pour y avoir vieilli.

À la vue de Benoît, le regard de Cambouis s'alluma brièvement, tandis qu'Onagre l'invitait d'un geste à les rejoindre. Comme il s'y apprêtait, une mince silhouette se dressa et s'interposa entre eux et lui.

— Bonsoir, Benoît !

Il reconnut la voix, la petite robe à fleurs insolite. Le nom de la jeune fille lui échappa un instant. Comment s'appelait-elle déjà ? Ah oui, Géli, Géli l'oiseau… Il regretta, soudain, de lui avoir donné son nom. Il n'avait pu s'en dispenser puisqu'elle lui avait communiqué le sien, mais Brisé, ça n'était qu'un nom de raccroc, un nom de secours qu'il portait faute de mieux. Un vent coulis de détresse souffla sur lui une fraction de seconde. Comment s'appelait-il en réalité, comment aurait-il dû s'appeler, si tout avait été normal ?

— Bonsoir… Géli.

Il aurait voulu passer son chemin. Ses amis l'attendaient. Mais loin de s'écarter elle restait campée devant lui, un gentil sourire aux lèvres, mi-timide, mi-sans-gêne, le sourire classique du pot de colle, pensa-t-il. Il faillit la contourner sans rien ajouter, comme on contourne un obstacle. Il n'avait rien à lui dire. Son image était associée à l'audition désastreuse, à l'humiliation subie cet après-midi. Physiquement elle n'était pas déplaisante, mais elle n'arrivait pas à la cheville de Fille-de-Personne.

— Elle a l'air sympa, cette boîte. Merci de m'y avoir donné rendez-vous…

Il sursauta. Timide, elle ? Elle avait un culot d'enfer, oui ! Il ouvrit la bouche pour lui dire qu'il n'avait jamais été question de rendez-vous. Elle ne lui en laissa pas le temps.

— C'est payant, l'entrée ?

Il comprit. Culottée, et fauchée. Mais c'était plutôt rassurant. Il tâta son argent dans sa poche. Il avait assez pour lui payer l'entrée. Après, qu'elle se débrouille.

— T'as pas de quoi ?

Elle secoua la tête.

— J'ai rien… ni personne.

L'avance était directe. Trop pour lui. D'ailleurs son cœur était pris. Il choisit de le lui dire, ce serait plus simple.

— C'est dix euros, dit-il en lui tendant un billet. L'entrée donne droit à une conso. Pour le reste, je suis pris. Je veux dire, j'ai quelqu'un !

Il eut pitié de lui, à l'instant même où il proférait ce mensonge. Fille-de-Personne l'avait jeté chaque fois qu'il avait fait mine de sortir du bois. Il n'osait même plus s'y risquer.

L'adolescente ne cacha pas sa déception. C'était ce qu'il y avait de plus embarrassant en elle, cette façon de montrer son jeu. On avait l'impression de tricher, alors qu'on n'avait même pas accepté de jouer. Là-bas, par-dessus l'épaule de Géli, la lueur dans l'œil de Cambouis s'était rallumée, intriguée et déjà ironique. Le petit prince toucha le coude d'Onagre qui regardait ailleurs et lui glissa un mot. Onagre tourna la tête en direction de Benoît. Un sourire s'ébaucha sur son visage. Benoît crut les entendre se foutre de lui. Ils n'étaient pas bons. Il eut honte de cette fille qui s'incrustait, avec sa robe taillée dans un vieux rideau à fleurs. Elle n'allait pas le décramponner, à la fin ?

— Tu m'excuses, là, hein ? On m'attend...

Pourquoi s'excusait-il ? Elle restait là, les bras ballants, le billet au bout des doigts. Elle ne l'avait même pas remercié.

— Allez, amuse-toi bien !

Il la contourna, puisqu'elle ne bougeait pas.

Il s'était attendu à des vannes, du genre : « Tu ne nous présentes pas ta copine ? » En accaparant l'attention, l'ouverture de la billetterie les lui épargna. Comme le trio se rapprochait de la porte et du guichet, Benoît s'enquit de l'état de Sérif. Sérif allait bien. Si les chirurgiens sauvaient son bras il serait sur pied avant huit jours, plaisanta Cambouis.

— T'avais raison, dit Onagre à l'intention de Benoît, il aurait mieux valu garder l'arbalète, pour le constat. Les flics m'ont bassiné avec ça. Un accident d'arbalète sans arbalète, selon eux, c'est louche.

Il avait fallu appeler Superbe. Il avait calmé les chiens une fois de plus, mais ça avait duré, duré... Et puis après ça, l'engueulade en privé. Du coup on avait manqué l'ouverture de l'exposition. D'un autre côté, on avait coupé à la pluie de saloperies. La Vorax n'avait pas quitté le parking souterrain du palais Propinquor. Sa carrosserie fraîchement repeinte était nickel, toujours ça de gagné !

— J'y suis allé, moi, au musée, dit Benoît.

Passant sous silence sa rencontre et son entretien avec Aranelle, il raconta le faune et le centaure.

— ... Et dépêchez-vous si vous voulez les voir tous les deux, parce que le centaure ne va pas rester longtemps exposé. Ma mère s'y attelle dès qu'elle a fini d'embaumer Aimé !

— Ah, qu'elle prenne son temps, surtout, qu'elle aille pas bâcler mon grand-oncle ! rigola Onagre.

Benoît décrivit le chèvre-pied, ses yeux fendus, sa barbichette. Il parla des poires, prétendit les lui avoir données lui-même. Il était content d'avoir autre chose à raconter que son échec au conservatoire. Quand enfin il eut le courage de regarder en direction de l'endroit où il avait abandonné Géli, elle n'y était plus.

Ensuite… Ensuite, la soirée se déroula comme d'habitude. Il but assez de bières enrichies à la vodka pour danser. Tout le monde buvait, mais la plupart n'en avaient pas besoin pour danser. Lui, ses membres restaient de plomb tant qu'il n'avait pas bu. Il ne l'avait jamais avoué à personne, parce qu'un tel aveu n'aurait eu pour résultat que de creuser encore le fossé qui le séparait des autres, mais au fond de lui il n'aimait pas danser. Il trouvait ça *ridicule*. La beauté des danseurs et des danseuses pouvait, d'aventure, racheter leur gesticulation, celle-ci n'en demeurait pas moins grotesque dans son essence. Alors, pour affronter ce ridicule, s'affranchir durant quelques heures du fardeau de lui-même et se fondre enfin dans la masse innocente, il lui fallait boire. Pas trop, sinon il commençait à divaguer et c'était pire que tout, un moi énergumène prenait le dessus en lui et se donnait, le donnait en spectacle. Heureusement, instruit par l'expérience, il s'en apercevait à temps, il le voyait venir. Il s'enfuyait, courait se faire vomir derrière les buissons qui poussaient au-delà des limites du parking. Cela ne suffisait pas toujours. Parfois il tombait et s'endormait là comme un poivrot, à la laide étoile. Mais depuis l'arrivée de Fille-de-Personne dans la bande il se surveillait, il buvait juste assez pour se mettre au diapason de l'inconscience universelle, pour se dandiner comme tout le monde, comme un encornet à l'époque du rut. Car les encornets dansent, et pas seulement les encornets, toutes les espèces animales, d'une façon ou d'une autre. Et lui, Benoît Brisé, ça l'humiliait. Il fumait un peu ; ça facilitait. Louise ne lui allouait pas beaucoup d'argent de poche, mais Onagre et Cambouis pourvoyaient à tout. Ils avaient la barrette facile. Pour eux, c'était comme un carré de chocolat, et ils se fournissaient par plaques entières. Ils s'en tenaient au haschisch, si l'on exceptait quelques pilules pour changer ou un rail de temps en temps. C'était une chance pour Benoît, car de peur de rester en arrière il aurait plongé avec eux sans hésiter.

Onagre et Cambouis dansaient sans arrière-pensée ni complexe, chacun dans son style. Onagre en faisait des tonnes. C'était Hollywood à lui seul ! Il mimait la course de chars dans *Ben Hur* ou la chute d'Atlanta dans *Autant en emporte le vent.* Cambouis au contraire dansait en demi-teinte. Presque immobile, son corps tout juste oscillant d'avant en arrière, ses fines mains aux ongles tachés tournoyant lentement autour de lui comme des feuilles mortes, les yeux clos mais ne se heurtant jamais à personne comme s'il avait vu clair à travers ses paupières. Avec son air de n'être là que par erreur et de s'apprêter à partir avant la fin du spectacle un peu ringard que lui offrait la vie, il fascinait les filles. Chaque fois qu'il rouvrait les yeux il était sûr d'en trouver une devant lui, qui tentait sa chance. Il lui souriait, et pendant quelques instants elle pouvait s'imaginer qu'il dansait avec elle, mais bientôt il rentrait en lui-même en la laissant à la porte.

Krux dansait, lui aussi, à sa façon. Il déplaçait

beaucoup plus d'air, il lui fallait beaucoup plus d'espace qu'à tout autre danseur. Autour de lui s'étendait une zone d'insécurité, sa zone de sécurité à lui. Malheur à qui, fille ou garçon, y pénétrait. D'autres dansaient pour séduire. Krux dansait pour effrayer. Ses exhibitions constituaient autant de démonstrations de force. Il dansait les poings serrés, et ses pieds lourdement chaussés martelaient le sol comme s'ils avaient écrasé des visages.

Après trois bières-vodka, les inhibitions de Benoît tombèrent, il parvint à se tortiller comme s'il avait aimé ça. Tout en s'agitant il cherchait Fille-de-Personne. En vain. Au fond, il n'avait ingurgité cet alcool, il ne s'était élancé sur la piste que dans l'espoir de la découvrir dans la forêt des corps. Le temps passait et elle demeurait invisible. Sans elle la soirée était gâchée. Mais avec elle aussi elle l'aurait été, songea-t-il dans un éclair de lucidité. De son éventuelle présence, il savait n'avoir rien à attendre. Elle aurait fait les yeux doux à Cambouis, en pure perte d'ailleurs, et lui, Benoît, n'aurait pas été plus avancé, sinon sur le chemin familier de la solitude et de la tristesse. Alors, où qu'elle fût, elle pouvait bien y rester. À quoi servait-elle ? Au bout du compte, le monde était plus sinistre avec elle que sans. Sans elle, il était presque indolore. Avec elle… Il chercha dans sa poche le soutien-gorge roulé en boule qui ne l'avait pas quittée depuis le matin. Il le porta à son visage et inspira avec avidité, comme si, pris dans un incendie, bloqué dans une pièce envahie de fumées toxiques, sa vie avait dépendu de ce tampon salvateur. Il se dit qu'il était perdu, si l'air n'était plus respirable pour lui que chargé du parfum de cette fille. Il écarta une seconde le soutien-gorge, pour le remettre en place aussitôt. Relents de tabac et de shit, de sueur, de laque et de gel coiffant, d'urine et pire encore en provenance des toilettes, sous le plafond bas du dancing l'atmosphère empestait. Dans ce remugle, il n'y avait de suave que le chiffon que Benoît pressait contre ses narines. Décidément il valait mieux pour lui que Fille-de-Personne existât, même s'il payait cher le réconfort qu'il retirait de sa présence sur la terre.

XIX

Plus tard Benoît but encore. Plus tard il aperçut Géli de loin. L'air pénétré, accompagnant chaque intervention de hochements de tête ou de froncements de sourcils, elle cherchait des alliés à la lisière d'un petit groupe d'adolescents qui tardait à s'ouvrir pour elle. Plus tard, Onagre qui passait près de lui en dansant l'invita à piquer un comprimé au creux de sa paume. Il y en avait en forme de cœur, de tête de cheval, d'étoile de mer… Comme Benoît hésitait à choisir, Onagre hennit.

— Te casse pas, étoile ou n'importe c'est tout le même dosage. Ne croque pas, au goût c'est dégueulasse : avale avec une lampée de bibine !

Il obéit. Onagre s'éloigna en imitant Freddy-la-terreur-de-la-nuit. Plus tard Benoît sentit son cœur fondre de tendresse et d'amour. Malheureusement, ou heureusement, Fille-de-Personne n'était toujours pas arrivée. Si elle avait été là, il lui aurait sans doute avoué avec des sanglots dans la voix qu'elle était la lumière de sa vie, et elle aurait imité le bruit d'un pet, ou elle aurait extrait son chewing-gum de sa bouche pour le lui coller au milieu du front en ricanant. Plus tard Krux cogna sur quelqu'un pour une cause indéterminée. Benoît vit passer la victime soutenue par deux de ses amis. Le malheureux étanchait comme il pouvait le sang qui coulait en abondance de son nez cassé. Plus tard Benoît eut soif à nouveau. Il s'aperçut qu'il n'avait plus d'argent. Il glissa un mot à l'oreille de Cambouis qui dansait toujours à l'aveuglette. Cambouis plongea la main dans sa poche et lui tendit un billet sans ouvrir les yeux. C'était un billet de cinquante. Benoît dit que c'était trop. « Laisse-moi de l'air, dit gentiment Cambouis, tu m'oppresses. » Une fille, une brune bien faite, bien habillée, dansait devant lui, avec lui pour ainsi dire. Benoît la reconnut. Flavia Esteral, la plus en vue des jeunes Esteral, était à Mathieu-Chain elle aussi. Elle était de celles et ceux qui le snobaient. Mais à part Onagre et Cambouis, qui ne le snobait pas ? Au mieux, un bonjour du bout des lèvres, un sourire si vite escamoté qu'il doutait qu'on en eût fait les frais pour de bon. Flavia savait-elle qu'ils étaient cousins, puisque Lola était une Esteral ? Il vit qu'elle regardait le billet entre ses doigts, et il rougit. Il se détourna et fila vers le bar. Il s'aperçut à mi-chemin qu'il oubliait de danser. Il avait chaud. Pour prendre l'air, il sortit siroter sa bière améliorée sur le parking. Il se dirigea vers un plot de béton sur lequel on pouvait s'asseoir, en plein dans la lumière bleue de l'enseigne. Il y avait aussi des coins d'ombre où ça flirtait, et d'autres où ça traficotait. On pouvait même s'éloigner, s'enfoncer dans la nuit, le grillage était crevé en dix endroits. À vingt mètres de là c'était déjà presque la nature, une campagne où poussaient surtout des seringues et des préservatifs usagés. Il se laissa tomber sur le plot, le dos rond, les épaules basses, sa canette à la main. Il avait les jambes coupées, tout à coup. La tête de cheval, la bière, la vodka, la danse… Lui qui n'aimait pas danser, il se trémoussait depuis combien de temps ? Deux heures ? Trois heures ? Plus ? Et les bières, combien il s'en était envoyées ? Trois pour commencer, et ensuite ? Trois, quatre autres ? Celle-ci était la septième, peut-être la huitième. En tout cas la dernière, se jura-t-il. Il avait assez bu, assez dansé pour ce soir. Assez morflé pour aujourd'hui. Les avances de Fille-de-Personne à Cambouis, Aranelle, l'audition, le regard de Flavia Esteral, tout ça… Il repêcha le soutien-gorge dans sa poche, et le huma de nouveau. Il ne sentait presque plus rien. Les précieuses molécules issues du corps de Fille-de-Personne, miettes de sa peau, sécrétions de ses pores, s'étaient évaporées. Elles s'étaient dissoutes dans l'atmosphère délétère du Lapin Bleu. Que faire du talisman désenchanté, à présent désinvesti de toute vertu ? Il savait qu'il n'aurait pas le cœur de le jeter. Et puis il pouvait compter sur Fille-de-Personne pour le lui réclamer, et pour l'inspecter d'un air soupçonneux quand il le lui rendrait… Il la revit, soudain, telle qu'elle s'était dressée ce matin devant lui (plutôt devant Cambouis, à vrai dire), nue, et il crut suffoquer. Cette nudité miraculeuse lui restait sur le cœur, comme une gifle. Il y avait dans Écorcheville des milliers de filles. Pourquoi fallait-il qu'elle seule lui fût joie et souffrance ? Il se corrigea. Souffrance, ça oui ! Mais quelle joie lui avait-elle jamais procurée ? Son dos se voûta encore un peu plus quand la réponse lui apparut, à la fois aveuglante et décevante : tâter au fond de sa poche ce brimborion, ce colifichet, le respirer comme il l'avait fait si souvent depuis ce matin, c'était déjà une joie. Que dire alors de celles qui lui seraient dispensées, si un jour Fille-de-Personne se donnait à lui ? Bah ! Aucune chance ! Il voulut cracher entre ses pieds, et loupa son coup. Le crachat alcoolisé, spumeux, s'écrasa sur sa chaussure droite. Il trouva qu'il y avait de quoi rire, et il rit. Plus exactement, comme en réalité il n'avait pas envie de rire, même s'il y avait de quoi, il fit semblant. Puis il se dit qu'il fallait être ivre, pour feindre de rire sans autre témoin que soi-même, à son seul profit douteux. Il était ivre, voilà. S'il continuait comme ça il finirait la nuit là-bas derrière, dans les taillis. Le pire, c'était le réveil dans la froide rosée du petit matin. La rosée de l'aube n'avait rien de poétique, dans cette espèce de dépotoir champêtre. Elle ressemblait à une humeur malsaine exsudée par la terre polluée de la sueur et du sperme d'étreintes confuses, jonchée de seringues et de bouteilles vides. Benoît frissonna. Il avait dormi là plus d'une fois, il s'était éveillé là, secoué de nausées, la tête en limaille, les yeux chassieux. Grelottant, misérable, il était redescendu vers la ville et le fleuve. Ces matins-là, la vision d'Antoine Brisé dans sa tenue de balayeur l'obsédait. Il l'imaginait, ivre lui aussi, plaqué par Lola, époux répudié, trop petit poisson rejeté à la mer par cette pêcheuse exigeante, titubant au long des caniveaux derrière son troupeau de feuilles mordorées.

Benoît s'efforçait d'écarter cette image et ce destin de mal-aimé. Antoine Brisé n'était pas son père. Il ne lui devait aucun gène, nul atavisme, rien que l'exemple de la défaite et le gage d'infortune de son nom. Ce nom, Benoît aurait voulu se l'arracher comme un vêtement grouillant de vermine, le jeter loin de lui, brûler sur un bûcher cette loque contaminée par le malheur. Mais en quel autre nom se reconnaître alors, quelle hérédité endosser, à qui ressembler pour être soi-même, pour être enfin ? Il se sentait infiniment léger et friable. Parfois, quand une saute de vent, une bourrasque venue du fleuve le surprenait dans une des rues désertes d'Écorcheville qu'il arpentait si souvent au lieu d'aller au lycée, la peur l'envahissait. Il craignait de s'envoler, non pas d'un seul tenant, mais par morceaux, tel un pantin démembré, un mannequin de couturière crevé, dont la bourre de crin dilacérée s'accrocherait par lambeaux aux grilles des maisons, aux branches des arbres. Comment s'y prenaient les autres pour tenir au sol ? Cambouis, le frêle et délicat Sacha, pesait sur la terre du même poids irrécusable que cette brute de Krux ! Personne autour de Benoît ne paraissait douter de la légitimité de sa présence ici-bas. Onagre et Cambouis étaient nés dans l'opulence et la sécurité, Fille-de-Personne et Krux dans la misère et la déréliction, mais il ne semblait pas que cette différence-là fût essentielle. Le monde sonnait à peu près plein sous les pas des uns et des autres. Il n'y avait que sous les pieds de Benoît qu'il sonnât creux à ce point.

Des voix qui s'apostrophaient dans la nuit lumineuse le tirèrent de ses réflexions. Il reconnut, empâtées par l'alcool, les intonations fofolles-snobinardes d'Alcyone et de Bételgeuse. Les porteurs emperruqués accroupis près des chaises écrasèrent les cigarettes qu'ils grillaient en papotant et se mirent debout à leur approche.

— Vous pouvez rentrer au bercail, les gars, on n'a plus besoin de vous pour ce soir, leur lança Alcyone, si c'était elle, d'une voix qui déraillait un peu.

Les esclaves échangèrent des regards soulagés. Ils en avaient bavé pour arriver jusqu'ici. Ils allaient repartir à vide ; ça tirerait moins sur les bras... Benoît aurait volontiers profité de l'occasion pour redescendre en chaise à porteurs, lui. Il n'osa pas le demander. Les jumelles affectaient de l'ignorer, la plupart du temps. Un refus de leur part aurait apporté un point d'orgue à une journée d'humiliations. De leur renoncement à leurs équipages, il crut pouvoir déduire qu'elles monteraient dans la Vorax avec Onagre. Un tel arrangement impliquait, Onagre et Cambouis étant inséparables, que Benoît rapatriât le Solex.

Bételgeuse, si c'était elle, plongea la main dans son sac et jeta aux pieds des porteurs une poignée de comprimés et de petits sachets en papier qu'ils se disputèrent. Puis, l'une soutenant l'autre, à la stupéfaction de Benoît, les adolescentes tournèrent les talons et se dirigèrent non vers la Vorax de leur frère, mais vers la voiture de Krux. C'était une Gore, le dernier modèle, la Sovaj Ultra. Comme Onagre la Vorax Imperial, Krux ne l'avait pas depuis longtemps. Mais à la différence de son rival, il lui avait laissé sa peinture d'origine. Krux et Gégé ne se donnaient pas la peine de maquiller les autos qu'ils volaient. Ils jugeaient cette précaution superflue, outre que peu virile. En cas de contrôle routier, Krux fonçait, et si une poursuite s'engageait, tant mieux ! Les voitures de police n'étaient jamais assez puissantes, leurs conducteurs jamais assez suicidaires pour le rattraper.

Avant de se livrer à un rodéo généralement fatal aux véhicules, Onagre et Krux attendaient d'en avoir bien profité, d'avoir paradé tout leur soûl au volant de ces bolides spectaculaires. La Vorax avait effectué aujourd'hui sa première sortie dans sa nouvelle livrée, et la Sovaj volée hier matin n'avait pas encore été customisée par Gégé. L'heure de l'holocauste n'avait pas sonné pour elles.

— Allez, les filles, magnez-vous le train, la bétaillère est avancée !

C'était Krux qui appelait ses passagères. Ravies d'être ainsi houspillées, Alcyone et Bételgeuse montèrent avec des gloussements à l'arrière de la Sovaj. Gégé claqua la portière sur elles et monta à l'avant à côté de Krux. Une vitre s'abaissa, et une des jumelles sortit la tête pour apostropher Benoît.

— Eh, Brisé ! Si mon frère nous cherche, dis-lui qu'on est parties avec Krux !

Le gros rire de Krux retentit.

— C'est ça, Brisé, dis-y qu'a sont parties baiser avec moi !

Les jumelles gloussèrent de plus belle.

— Au fait, Brisé, reprit Krux, t'as interjeot à rend' le soustinge à ma sœur intac', sinon gare au coup d'arbalète !

Une tempête de rires éclata dans l'auto, bientôt couverte par le grondement animal du moteur.

— Oublie pas, tête-de-mort : intac' ! grinça Gégé comme la Sovaj, dans sa manœuvre pour gagner l'allée principale, passait tout près du plot sur lequel était assis Benoît.

À grand renfort de rugissements mécaniques et de crissements de pneus, non sans cracher de tous côtés des bordées de gravillons blancs, la voiture s'éloigna en direction de la corniche. Penaud, Benoît fourra le soutien-gorge dans sa poche. Par quelle coïncidence démoniaque avait-il fallu qu'il l'ait eu justement à la main pour essuyer les quolibets salaces de Krux et de Gégé ? Il but la dernière gorgée de sa canette. Un bon coup de merlin en plein front, voilà de quoi il avait besoin ! Il décida de retourner au bar, d'y lamper une, deux, trois bières-vodka, autant qu'il lui en faudrait pour s'achever. Quand on ne trouve sa place nulle part, se dit-il, c'est qu'elle est au bar. Il se leva, et balança de toutes ses forces la canette par-dessus le grillage, dans le no man's land où probablement, d'ici une heure ou deux, il irait s'abattre à son tour. Il y eut un bruit de verre cassé. La bouteille vide en avait heurté une autre.

Sur le seuil de la boîte, il tomba nez à nez avec

Onagre et Cambouis flanqués de plusieurs filles, parmi lesquelles Flavia Esteral.

— Tiens, v'là Toi ! s'exclama Onagre. Qu'est-ce que tu fous, petit frère ? T'as des projets ? On file chez Flavia. After privé. T'es invité !

Ce disant, Onagre se tourna vers Flavia. Celle-ci pinça les lèvres.

— Je ne vais nulle part sans mon ami Benoît, intervint Cambouis à qui la réaction de Flavia n'avait pas échappé.

Un sourire forcé apparut sur le visage de la jeune patricienne.

— Il peut venir, dit-elle en regardant ailleurs.

Plutôt s'amputer d'un doigt qu'accepter une invitation aussi rechignée, pensa Benoît.

— C'est sympa, dit-il, mais j'ai déjà un plan…

— La pétasse de tout à l'heure, habillée comme un canapé, c'est ça ? lança Onagre.

Benoît ignora la blague et prit Onagre à part.

— Tes sœurs sont parties avec Krux et Gégé, murmura-t-il.

— Je sais, dit Onagre. Ils vont chez Flavia, eux aussi. T'es sûr que tu veux pas venir ? Amène la robe à fleurs. C'est grand, chez Flavia. Tu trouveras un coin pour la repasser tranquille…

Benoît écarta l'offre d'un mouvement de tête. Il avait encore moins envie d'aller chez Flavia si c'était pour y retrouver Krux et Gégé.

— Il a dit qu'il allait les baiser.

— Qui ?

— Krux. Tes sœurs.

Onagre haussa les épaules.

— Tant pis pour lui. Elles sont plombées toutes les deux !

— Alors quoi ? Qu'est-ce qu'on fait ? Qu'est-ce

qu'on attend ?

C'était Flavia qui s'impatientait. Benoît était étonné qu'elle eût invité Krux à son after. Mais les sœurs d'Onagre avaient dû intercéder en sa faveur, comme Cambouis l'avait fait pour Benoît.

— On y va, princesse. J'ai deux places dans la Vorax : Flavia et Mina en voiture. Les autres femelles se débrouillent !

Mina Bussettin (branche aînée) était la grande amie de Flavia Esteral. Un peu moins belle, beaucoup plus riche que Flavia. Au lycée elle était première en tout. Sa réputation d'intelligence lui nuisait auprès des garçons. Elle la portait comme une croix. « J'ai beau en foutre le moins possible, c'est plus fort que moi : je comprends. Quelle plaie ! » se lamentait-elle.

Des huées complices avaient accueilli la proclamation d'Onagre. Les autres femelles appartenaient au gratin junior d'Écorcheville. Elles étaient toutes motorisées.

— Pas de regrets ? demanda Onagre à Benoît. Tu veux pas qu'on te dépose ?

— Non, non, dit Benoît, je vais redescendre en Solex.

— Avec le canapé sur le porte-bagages ? Gaffe dans les virages !

— Lâche-le avec ça, dit Cambouis qui s'était rapproché d'eux. Tu vois bien, elle est pas là…

Les filles étaient déjà en voiture. L'un après l'autre, Onagre et Cambouis tapèrent sur l'épaule de Benoît.

— T'es sûr que ça va aller ? s'inquiéta Cambouis. On dirait que t'es un peu défait.

— Ouais, t'as l'air comment dire… préoccupé ! dit Onagre en faisant le geste de se tordre le nez.

Benoît se redressa.

— Pas du tout !

Pour un peu il leur aurait démontré qu'il marchait droit.

— Alors à peluche ! dit Cambouis.

— À peluche ! Au fait... Pas de nouvelles de Fille-de-Personne ?

— Rien. Pas vue de la soirée. Fille-de-Personne, tu sais bien...

Onagre laissa sa phrase en suspens. Benoît savait bien que Fille-de-Personne était imprévisible, insaisissable... *Inconnaissable*, songea-t-il, pour employer un mot qui lui semblait appartenir à un registre grave, philosophique, sinon même religieux.

XX

Donc, Krux et Fille-de-Personne s'étaient vus cet après-midi. Le soutien-gorge, l'arbalète, Sérif, elle avait tout raconté à son frère...

Après avoir longé un temps la corniche, Benoît s'était engagé dans une des descentes sinueuses qui menaient à Écorcheville. Le phare du Solex éclairait chichement la route étroite, bordée d'arbres. Benoît n'avait pas repris d'autre bière après le départ de ses amis, mais il n'était pas pour autant dans son état normal. Le Solex, d'une conduite si délicate en elle-même, avec sa roue avant motrice alourdie par le poids du moteur et du réservoir, zigzaguait d'un bord à l'autre de la chaussée. Pour le salut au moins momentané de son pilote, le trafic entre la cité et les hauts était à peu près inexistant à cette heure-ci. Le rideau d'arbres s'entrouvrait, sur certains tronçons de la route. Alors, la vue plongeait droit sur la ville endormie. Fille-de-Personne était là, quelque part, sous un de ces toits, en bordure d'une de ces lumières dont l'alignement dessinait le réseau des rues. Quand on connaît quelqu'un, on sait toujours à peu près où il se trouve, ce qu'il est en train de faire à telle ou telle heure. Les êtres humains évoluent dans un plan dont l'abscisse est temporelle et l'ordonnée spatiale. Si l'on a une idée de ce plan, il est aisé de les suivre par l'esprit, d'heure en heure et de lieu en lieu. Avec Fille-de-Personne, c'était impossible. Ce papillon ne s'était encore pris dans aucun filet. Que faisait-elle de ses journées ? Elle ne semblait manquer de rien, elle ne tapait jamais personne bien qu'elle n'exerçât aucun emploi, qu'elle n'eût pas la moindre source de revenus officielle, et en principe aucun autre moyen de subsistance que la cantine de l'orphelinat. Elle traînait, pensa Benoît. Dans l'esprit des gens, à Écorcheville comme partout, il n'y avait pas loin de fille qui traîne à traînée. Il se pouvait que Fille-de-Personne fût une traînée. L'argent, elle devait bien le trouver quelque part. Son frère lui en donnait-il ? Ou elle le prenait ailleurs. Dans la poche de qui ? En échange de quoi ? Elle dealait sans doute un peu. Est-ce que ça suffisait ? Décoiffé, à demi aveuglé par les larmes que lui tirait le vent, Benoît dévalait la pente enténébrée. Il coupait ses virages et corrigeait parfois d'un coup de talon hasardeux sa trajectoire, quand elle le rapprochait trop du fossé. Fille-de-Personne était peut-être une traînée, et lui il allait peut-être se foutre la gueule par terre avant qu'il soit longtemps ; aucune de ces éventualités n'était à exclure. L'ivresse les dédramatisait l'une et l'autre, de toute façon. Il se souvint de la première fois où il s'était fait la réflexion qu'une fillette inconnue, quelque part dans la ville, marchait vers lui sans le savoir, qu'elle grandissait à sa rencontre, et bien sûr lui aussi de son côté se rapprochait d'elle à chaque minute, à chaque seconde de son enfance. Ce jour n'était pas si lointain. Benoît avait quoi, dix ou onze ans, quand cette pensée l'avait traversé. Chaque fois qu'il y revenait, elle lui paraissait plus étrange et plus pertinente. À l'instant même où il évoquait l'hypothèse de son existence, la fillette respirait comme lui l'air d'Écorcheville, comme lui elle habitait non loin des eaux brunes du Styx. Tout près de la villa du Péruvien, qui sait, ou de l'autre côté de la ville au contraire… Mais la cité n'était pas si étendue. Benoît pouvait tenir pour assuré qu'à vol d'oiseau moins d'une lieue les séparait, la fillette et lui. Il avait découvert le mot *,255* dans un livre vieillot. On ne mesure plus les distances comme ça. Mais une lieue équivaut aux quatre kilomètres qu'un homme peut parcourir à pied en une heure sans se presser ni trop lambiner non plus. S'ils se mettaient en marche l'un vers l'autre, la fillette et lui, son amour futur et lui, en trois quarts d'heure tout au plus, avec les crochets inévitables en ville, ils seraient réunis. Il était sorti de chez lui un beau matin, et avec la naïveté de l'enfance il avait marché d'un bon pas, droit devant lui, pendant une bonne demi-heure. Avec ses petites jambes, il devait compenser l'insuffisance de sa foulée. Quand il avait estimé avoir couvert sa part de la distance, il s'était planté au milieu du trottoir, et il avait attendu qu'elle apparaisse. Il n'était pas sûr d'y croire vraiment, mais il avait vraiment attendu plus d'un quart d'heure. Il aurait patienté plus longtemps encore, si une de ces averses particulières à la région n'avait éclaté. Un déluge de chenilles urticantes se déversa sur lui. Parti sans imperméable ni bonnet, il échappa à l'œdème allergique grâce à une concierge bien intentionnée qui le recueillit dans sa loge. Il n'avait pas trouvé la fillette ce jour-là, mais rien en principe n'autorisait à penser qu'elle n'était pas allée à sa rencontre, le cœur plein d'espoir.

Les années avaient passé, et la rencontre s'était enfin produite. Benoît savait à présent où la fillette avait vécu pendant tout ce temps. C'était là-haut, derrière la muraille lugubre des Petits-Oiseaux. Quelque chose de vivant jaillit du fossé et se jeta sous sa roue. Un connard de lapin, probable. Même pas bleu : beigeasse, avec des yeux de lumière liquide, écarquillés, hallucinés. Benoît l'évita de justesse, au prix d'une embardée qui le déporta sur sa gauche en plein virage. Si une voiture se présentait en sens inverse, il était mort. Il donna un coup de guidon à droite, un coup de talon à gauche, et parvint à stabiliser à peu près son engin. Tout de même, il allait trop vite. Les Solex de haute antiquité, comme celui-ci, ne comportaient pas de compteur kilométrique, mais Cambouis en avait monté un sur le sien, avec même une petite loupiote intégrée au cadran, pour vérifier sa vitesse la nuit. L'aiguille indiquait presque cinquante à l'heure. De la folie. Une succession de virages plus épineux encore que celui dont il venait de réchapper s'annonçait. Benoît se dit qu'il serait dommage de mourir, ou de s'esquinter gravement, alors qu'il connaissait enfin le visage de la fillette prédestinée. Certes, jusqu'ici, il avait été en butte à ses rebuffades. Mais c'était normal. Il était un Benoît Brisé. Il n'aurait pas pu tomber sur une gentille, sur une tendre. Il fallait que le sort lui attribuât une Fille-de-Personne. La sœur de Krux ! Tel frère, telle sœur… Dans tout Écorcheville, personne de moins tendre et de moins gentil. Mais tant pis, tant pis, songeait Benoît cramponné aux élytres de fer de son insecte à roulettes, tant pis, c'était elle qu'il aimait, elle dont il rêvait de caresser les cheveux et de boire le souffle, de humer les parfums et de goûter les saveurs…

Même si ses chances d'y parvenir semblaient minces dans l'immédiat, il devait pour les préserver demeurer entier et valide si possible, et pour cela réduire l'allure. L'idée était opportune. Benoît n'eut que le tort de passer sans délai ni réflexion à sa mise en pratique : il freina brutalement. La route, à la fois huileuse et semée de gravier échappé d'une benne, se prêtait mal à l'opération à cet endroit. Comme balayé par une main impatiente, le Solex se coucha sur le côté, glissa une dizaine de mètres sur l'asphalte abrasif dans une gerbe d'étincelles accompagnée d'un grand raclement de ferraille, et finit contre un arbre tandis que Benoît, plus heureux, échouait dans un taillis.

À l'exception de quelques écorchures et contusions, et d'une déchirure au pantalon, il émergea des fourrés à peu près indemne, exempt de toute fracture ouverte ou fermée. Du moins pourrait-il rentrer chez lui par ses propres moyens, et ce faisant procéder au rapatriement du Solex, pour lequel l'usage de ses quatre membres s'avérait indispensable. Guidon tordu, fourche faussée, roue avant voilée, pédale droite cassée… Benoît eut une pensée inquiète pour la réaction de Cambouis, demain, quand il constaterait les dégâts. Il se promit de tout mettre sur le dos du lapin. « J'étais à soixante-quinze dans la descente, tu te rends compte, soixante-quinze kilomètres, plus de dix-huit lieues à l'heure ! Et soudain, en plein virolo, ce con de lapin qui déboule sous ma roue. Imparable ! Au tapis ! » Flatté par la performance du Solex, Cambouis ne lui en voudrait pas. Quant aux réparations, à la remise à neuf du bolide, ce serait un jeu pour lui.

Sa sortie de route avait douché Benoît. Il redressa le Solex, mais renonça à remonter en selle. Même en roue libre, le moteur à galet suspendu à sa potence, la machine n'était plus en état de rouler normalement. À moins de l'abandonner sur place, et c'était hors de question, ne restait qu'à la pousser. Benoît s'y résigna, non sans pester contre le guidon tordu qui l'obligeait à marcher en crabe. La roue avant voilée émettait à chaque tour un cri de mouette, et tous les trois ou quatre pas le tibia de Benoît heurtait la pédale restante. Comme si cela ne suffisait pas, le talon d'une de ses chaussures avait sauté lors de sa chute et de sa glissade, et il boitait. Il prit son mal en patience. Il ne pleuvait pas d'insectes, ni de batraciens, ni même d'eau. C'était déjà ça.

Le temps lui sembla long, jusqu'au bas de la pente et au-delà, tandis qu'il traversait une partie de la ville. Crouîîîî, crîîîî, crouîîî… La plainte du Solex blessé résonnait lamentablement par les rues endormies. Benoît transpirait d'abondance. Il essuya une fois de plus la sueur qui ruisselait sur son visage à l'aide du soutien-gorge de Fille-de-Personne. Il devenait décidément impossible de le restituer tel quel à sa propriétaire. Il allait falloir le laver, ou plutôt le donner à laver à quelqu'un. Les tissus sont choses mystérieuses qui exigent des soins précis sous peine de catastrophe et d'ire féminine… Ou bien le jeter, et dire froidement à Fille-de-Personne : « Je l'ai jeté. » Ou : « Je l'ai perdu. » Il y avait du défi, dans « Je l'ai jeté. » C'était plus crâne. « Je l'ai balancé, qu'est-ce que tu voulais que j'en fasse ? Ton soutif, c'était pas le saint suaire ! » (Pourtant, il étanchait pour l'heure les suées du calvaire de Benoît…) Tandis que « Je l'ai perdu » plaçait la barre moins haut. « Désolé, je l'ai perdu, je sais pas, il a dû tomber de ma poche… Tiens, voilà dix euros, tu t'en paieras un autre. » Est-ce que dix euros suffiraient ? Bah, dans les deux cas, Benoît pouvait s'attendre à une engueulade. Fille-de-

Personne n'apprécierait ni la désinvolture, ni les regrets. Venant de lui, elle n'appréciait rien du tout, c'était bien simple. Il soupira. La vie n'était pas marrante. Il se sentait épuisé ! Il en avait plein le dos, de coltiner cette épave, de jouer de la musique sans personne pour l'écouter, d'aimer sans retour… Il vit qu'il arrivait devant l'entrée du mail. De jour, cette longue allée bordée sur ses deux côtés d'une rangée de platanes était la promenade favorite des gens bien. À travers tous les âges, sous les rois déjà et sans doute en des temps plus anciens encore, on y avait croisé leurs aïeux. En pourpoint et en rhingrave, en roquelaure et en culotte à mi-jambe, en perruque poudrée, en bicorne et en tricorne, en mante et en robe à panier, en amazone et en carmagnole, en tuyau de poêle, redingote et pantalon à sous-pieds, ou dans le petit costume étriqué et le canotier de la Belle Époque, le mail avait vu défiler des générations de Propinquor, d'Esteral et de Bussettin dans leur gloire. On s'y était salué, séduit, toisé, on y avait parlé à mi-voix d'argent et d'amour, on s'y était insulté, battu, blessé, et peut-être entre-tué une fois ou l'autre, à l'aube, aux époques où l'on avait de l'honneur. Si l'on n'y venait plus à cheval, on y apparaissait encore en fin d'après-midi, les messieurs après le bureau, les dames après le shopping, ou tôt le dimanche matin, pour courir en sportswear de marque, ou pour faire prendre l'air à une levrette émaciée, à un husky aux yeux vairons. La nuit, en revanche, une autre faune s'emparait du lieu. Pour être parfois sportifs, les échanges et les ébats auxquels elle se livrait n'avaient plus rien de mondain. Tout ce qu'Écorcheville comptait de marginaux et de déviants aboutissait là une nuit ou l'autre, et y prenait ses habitudes. Il était de bonne police de savoir qui venait y chercher quoi. Le mail, banc de pêche des vices, ne figurait qu'une semaine sur trois ou quatre sur l'itinéraire des patrouilles. Dupassé aurait craint de tarir la ressource en y lançant trop souvent ses filets. Il se contentait de contrôles d'identité sporadiques, mais notait avec soin, dans ses petits carnets, qui s'était fait pincer. Benoît traînait parfois par là avec les autres ; à quatre on n'a peur de rien. On vidait des bières, on fumait des joints, on délirait. Au potin qu'on faisait, les nocturnes effarouchés s'esbignaient… En temps normal, il ne se serait jamais aventuré seul sur le mail en pleine nuit. Il s'y engagea pourtant, toujours poussant le Solex en rideau. Il gagnerait un bon quart d'heure en empruntant ce chemin. Les déceptions de la journée, la fatigue, un reste d'ivresse, tout contribuait à transformer son lit en terre promise. Il n'avait plus qu'une idée : ôter ses chaussures, se déshabiller, s'enfouir entre ses draps douteux, car Louise ne pensait pas trop souvent à les changer, fermer les yeux, se laisser couler au plus profond du sommeil. Pour satisfaire bientôt ce désir, il était prêt à affronter les ombres du mail. Étaient-elles si dangereuses, après tout ? Il haussa les épaules. Ses crouîîîî stridents allaient les disperser comme le cri de l'effraie glace le sang des musaraignes.

Les candélabres de la rue parallèle, derrière une haute grille de fonte, dissipaient par endroits l'épaisse obscurité qui tombait des platanes. Le ciel mat, canalisé par les rives noires que dessinaient les frondaisons, ne charriait pas d'étoiles. Benoît dut s'avouer qu'il ne se sentait pas tranquille. L'enfance en lui ne s'était pas encore beaucoup éloignée. Sous les bravades adolescentes, elle était là, prête à réapparaître et à trembler. Pourtant tout semblait paisible. L'heure des sabbats était passée. Même les rôdeurs finissent par aller se coucher, se dit-il pour se rassurer.

Il voulut quand même hâter le pas, mais ne parvint qu'à se cogner deux fois plus souvent contre la foutue pédale. Il jura entre ses dents. S'il changeait de côté ça ne valait pas mieux, le guidon inversé se révélait encore plus malcommode. Et cette saleté de moteur avec son lourd réservoir de mélange deux-temps qui pesait sur cette vacherie de fourche niquée... Crouîîî-crouîîî ! Un vague souvenir de lecture lui revint en mémoire. Quel vieux birbe de philosophe antique en himation malpropre et en sandales trouées avait prôné le non-agir comme seule règle de conduite raisonnable ? Il avait raison, à l'évidence, puisque toute action semblait devoir tourner à la galère inéluctablement !

— Arrête ça, merde !

Il sursauta. D'un saisissement proche de l'effroi, bien qu'il connût cette voix. Mais il y avait quelque chose d'effrayant à entendre la voix de Fille-de-Personne, ici, maintenant, alors que la jeune fille occupait si continûment son esprit. Jaillissait-elle vraiment de la pénombre, ou n'était-ce qu'en lui qu'elle retentissait ? La fièvre, l'ivresse, la folie, provoquent des hallucinations auditives... Pourquoi pas l'amour qui n'est pas loin de leur ressembler ? Il était si peu convaincu de la présence effective de Fille-de-Personne qu'il n'obéit pas sur-le-champ à l'injonction. Impérieuse, la voix répéta :

— Arrête ça ! Tu vas le faire fuir, connard !

À la façon dont la voix prononçait le dernier mot, les doutes de Benoît s'évanouirent. C'était bien Fille-de-Personne, qui coupait ainsi l'insulte en deux, qui la tirait en deux fois, comme les cartouches d'un fusil de chasse : *con-nard !*

XXI

— C'est toi ?

— Reste pas dans la lumière, rejoins-moi sous les arbres...

« Dans la lumière », c'était beaucoup dire. Mais c'est vrai qu'il avançait d'instinct en plein milieu du mail, à égale distance des deux rangées d'arbres, comme pour ménager entre les ténèbres et lui un étroit glacis plus clair, qui lui donnerait peut-être le temps d'apercevoir un éventuel agresseur. Il réorienta l'épave du Solex en direction de l'endroit d'où provenait la voix et reprit sa bruyante progression.

— Putain ! Quel boucan tu fais ! Soulève ta roue, ou tu vas tout gâcher !...

Pressante, la voix hésitait entre colère et anxiété. Benoît souleva la roue avant. Les crouîîî-crouîîî cessèrent, mais pousser l'engin ainsi était encore plus pénible. Heureusement, l'abri des arbres n'était pas éloigné. Il y faisait si noir qu'il distingua à peine la tache du visage de Fille-de-Personne quand il fut devant elle.

— C'est le Solex de Cambouis ? chuchota-t-elle. T'as pris un billet de parterre ? Tu vas en entendre...

— Un con de lapin. J'ai voulu l'éviter, expliqua Benoît.

Mais les circonstances du gadin n'intéressaient pas Fille-de-Personne.

— Parle moins fort ! Il est là... Enfin, il était là. Avec tout le potin que t'as fait, ça m'étonnerait pas qu'il ait foutu le camp !

De quoi, ou de qui parlait-elle ? Elle s'exprimait comme un chasseur à l'affût, et gardait les yeux tournés vers la ligne de partage entre l'obscurité des frondaisons et la pâle luminosité du ciel.

— C'est trop bête ! ragea-t-elle à voix basse. Il était là, j'en suis sûre. Je l'ai senti plus que vu : un frémissement dans les feuilles, là-bas, du côté du bassin. Et il a fallu que tu te pointes : crouîîî-crouîî… Connard !

Benoît se rebiffa :

— Qu'est-ce que j'en savais, moi ? Et d'abord, de quoi tu parles ?

Elle se retourna à moitié, sans doute pour le fusiller du regard. En tout cas ses yeux brillaient dans la pénombre.

— T'es naze, ou quoi ? Qu'est-ce qui revient tous les ans à cette époque ? T'as pas vu les affiches en ville ?

Il chercha dans sa mémoire. Il avait bien vu les affiches annonçant la venue de Lola… Et puis d'autres, auxquelles il avait prêté moins d'attention, relatives à l'arrivée prochaine du cirque Gorbius. Mais c'était pareil tous les ans, en effet. Il n'y avait pas de quoi s'extasier. Tous les ans le même cirque, les mêmes numéros, les mêmes fauves, les mêmes otaries… Il se souvint même des dates inscrites sur les affiches.

— Le cirque, c'est ça ? Mais c'est trop tôt d'une semaine, et d'ailleurs…

— Moins fort ! Le cirque, les camions le chapiteau, les animaux, tout le toutim, oui, ce sera la semaine prochaine, mais lui, il vient par ses propres moyens, il arrive toujours en avance sur la caravane.

Lui ?

— Tu veux dire…

— Moins fort, enfin !

Il n'avait pas l'impression de parler si fort que ça. Elle feignait de devoir le rappeler à la discrétion, mais c'était pour assurer sa prise. Lâchement, il baissa encore la voix.

— Tu veux dire Ménélos ?

Elle ne répondit pas. Il s'agissait de lui, à l'évidence. Benoît aurait dû y penser tout de suite. Des rumeurs circulaient au sujet de l'acrobate du cirque Gorbius. Des rumeurs folles… Ou pas si folles ? À Écorcheville, on n'était jamais certain de démêler ce qui était fou de ce qui ne l'était pas. Les rumeurs laissaient entendre que Morpho Ménélos exerçait le métier d'acrobate depuis de longues années, bon, mais qu'en réalité, il était… autre chose. On y croyait ou pas. D'aucuns prétendaient l'avoir vu de leurs yeux. Certaines nuits… Tous les témoignages s'accordaient au moins sur ce point, c'était toujours la nuit. Ceux qui n'avaient rien vu, et qui dans leur majorité n'y croyaient donc pas, étayaient là-dessus leur scepticisme. La nuit, exclusivement la nuit, comme par hasard ! Pourquoi pas de jour ? Eh ! Parce que de jour on y voit clair, on a l'esprit clair, on ne se laisse pas abuser. Et d'insinuer que les témoins étaient bien-bien fatigués, vous voyez ce que je veux dire, la nuit où ils avaient assisté au prodige. Les croyants ne se laissaient pas démonter. À la question de leurs contradicteurs, pourquoi jamais le jour ? ils opposaient une réponse de bon sens. C'était, selon eux, parce que Ménélos ne voulait pas être vu. Benoît se remémora une conversation rapportée devant lui à Louise et à Tatie Cindy par Tata Lenya. Celle-ci, après une liaison secrète qui leur avait duré plus longtemps que bien des unions officielles, était restée l'amie du romancier Guy Perceval. Elle l'accompagnait souvent à des vernissages et des soirées littéraires au Café de Faune. Là, devant des absinthes dont l'interdiction partout ailleurs décrétée n'était pas parvenue jusqu'à ces confins, la controverse au sujet de Morpho

Ménélos se ranimait certains soirs. Si l'on abordait le sujet, que ce fût pour défendre la véracité ou l'inanité des rumeurs, il se trouvait toujours quelqu'un pour prendre aussitôt le contre-pied. Le plus obscur, le plus déçu dans ses ambitions littéraires des habitués était Charret. Ses peu charitables confrères le surnommaient le « sot à champagne ». L'encre et l'alcool entretiennent de mystérieuses et profondes relations… Chez Charret, ces relations tenaient du mascaret : ils s'affrontaient en lui chaque jour vers la fin de l'après-midi, et de leur confrontation résultait la déferlante de ses logorrhées. C'est lui, pourtant, un soir qu'il n'était pas encore trop fait, qui avait le mieux exprimé la fascination exercée sur tous ces littérateurs par la légende qui courait à propos de Ménélos, et en quoi elle les renvoyait à eux-mêmes. Lordurin, poète décharné, s'était institué théoricien du vers unique jeté sur la page comme un serpentin de cotillon dans la neige, à l'aube d'un réveillon de mots. Blanchi sous le harnais poétique, il se vouait à lui-même une immense admiration et avait toujours l'air de conduire la relève de la garde devant le mausolée de son œuvre. En ce qui concernait Ménélos, il comptait parmi les incroyants. Comme, une fois de plus, il brocardait les gobeurs qui ajoutaient foi aux histoires colportées sur lui, Charret l'avait apostrophé :

— Lordurin ! proféra-t-il, apôtre du vers unique et pour ainsi dire solitaire ! tu ne comprendras donc jamais rien ? C'est en pleine lumière, sous le chapiteau, sous les projecteurs et le feu des regards, que Ménélos fait semblant !

— Semblant ? Semblant de quoi ? ricana Lordurin.

— Semblant de n'être que ce que tous le voient : un acrobate. Bien sûr, tu ne peux imaginer cela, toi qui ne parviens pas à être ce que tu te crois !

Les deux hommes se détestaient. Ils n'en étaient plus aux incidents de frontière, mais à la guerre totale et aux atrocités.

— Charret ! Charret ! contre-attaqua Lordurin, si tu as vu quelquefois « ce que l'homme a cru voir », ce devait être entre deux éléphants roses !

En d'autres temps, guerre civile ou occupation étrangère, ils se seraient mutuellement dénoncés. L'époque ne s'y prêtant pas, ils s'entre-égorgeaient par la parole, qu'ils avaient l'un et l'autre aiguisée. Charret eut un geste de la main imitant la vaine rotation d'un moulin à prières.

— Mon pauvre Lordurin, on se souviendra de mes cuites longtemps après qu'on aura oublié tes livres ! Mais peu importe. J'ai vu, moi qui, Dieu sait pourquoi, daigne te parler, j'ai vu Ménélos *voler* autour de Sainte-Agathe. Il était tard. Trois heures du matin peut-être. Il faisait un temps à jeter un poète dehors : pluie glacée, vent mauvais, feuilles mortes. D'ailleurs il n'y avait que moi pour arpenter les rues d'Écorcheville cette nuit-là… Et je n'étais pas plus soûl qu'à l'ordinaire. La pluie tamisait encore la vague luminosité de l'éclairage public montant à l'assaut des flancs de la cathédrale telle une écume vaporeuse. Comme je débouchais d'une rue adjacente et m'engageais sur le parvis, je ne sais quoi m'a fait lever les yeux…

Charret surprit une flamme mauvaise dans les yeux de Lordurin et la moucha en passant :

— Non, non, Lordurin, je te vois venir. Pas de battement d'ailes. Ménélos n'est pas un ange. Tout était parfaitement silencieux. J'ai regardé en l'air, parce qu'au pied d'une cathédrale on s'y sent obligé. Et j'ai vu Ménélos, à mi-hauteur de la façade, ne la touchant pas, accroché à rien, retenu par rien…

— En lévitation, quoi ! C't'un fakir, ce Ménélos… Portait-il un turban ?

— Il était en costume de ville, manteau et parapluie.

— Un parapluie ? C'est burlesque !

— Évidemment, un parapluie, puisqu'il pleuvait. Si tu sors te promener, si tu dois marcher sous la pluie, tu emportes un parapluie. Eh bien lui, s'il sort voler sous la pluie, il se munit d'un parapluie…

— Comme ça, si d'aventure son pouvoir magique le laisse tomber, hop, en cas de pépin, son pébroque lui sert de parachute ! ironisa Lordurin.

Charret ne manifesta pas autrement que par une grimace fugitive le mépris que lui inspirait la médiocrité d'esprit de son interlocuteur.

— Il n'est pas en représentation, voilà ce qu'il faut comprendre ; pas de collant, pas de maillot. Il est « à la ville », dans la vie. Il vole en civil. Tout ce qu'il fait sous le chapiteau du cirque n'est que simulacre, double simulacre, lourdaude parodie, danse d'ours mimée par un danseur sublime : il feint de ne pas savoir voler ! Il affecte l'effort et l'audace comme un gamin bat des bras et roule les yeux en faisant semblant de franchir un précipice en équilibre sur une corde dessinée à la craie sur le ciment de sa cour d'école. En réalité rien ne lui coûte, il ne doit prendre garde qu'à ne pas se laisser percer à jour. Nous, spectateurs, sommes venus applaudir un trapéziste, non un homme-oiseau. Paierions-nous notre place, si nous étions sûrs qu'il ne risque rien, qu'il évolue là-haut tranquille comme Baptiste, en sécurité au-dessus du vide tout autant que nous le sommes, assis sur nos inconfortables mais solides gradins de bois ?

— Bien sûr que nous paierions ! Un homme qui

vole, comme ça, sans ailes, sans machine, les mains dans les poches, le monde entier paierait pour voir ça ! s'exclama Lordurin.

— Admettons, concéda Charret, mais comment cela finirait-il, à ton avis ?

— Il finirait riche et célèbre, voilà tout ! lâcha Lordurin en se retournant à demi vers l'assistance pour la prendre à témoin de la supériorité de son argumentation.

— Il finirait riche, célèbre, et mort, corrigea Charret. Car fatalement, l'un de nous le tirerait en plein vol comme un canard sauvage.

— Le tirer ? Pourquoi ça ? demanda Lordurin, les sourcils froncés, un air de surprise offusquée sur le visage.

— C'est en nous, répondit tristement Charret.

Fille-de-Personne s'agrippa soudain au bras de Benoît.

— Regarde ! souffla-t-elle. Là-bas, à la verticale du bassin…

— Oui, je le vois. C'est lui, tu crois ?

— Qui d'autre ? Viens, pose le Solex, approchons-nous, mais hein, pas de bruit !

Il cala l'engin contre le tronc d'un platane. Elle l'avait pris par la main et l'entraînait en direction du bassin, en ayant soin de rester à couvert. Lui tenir la main ! Jamais elle ne lui avait accordé pareille faveur. Mais il la sentait surexcitée, tout entière tendue vers la silhouette qui évoluait au-dessus du bassin, à quelques dizaines de mètres d'eux.

— Pas de bruit, pas de bruit surtout !

Elle se figea. Benoît fit de même. Ils étaient tout près, maintenant. Même dans cette pénombre aucun doute n'était possible, c'était bien Morpho Ménélos.

Chaque année à la même époque, depuis toujours, Benoît allait au cirque. Quand il était petit Louise l'y avait d'abord emmené, heureuse de son bonheur, de ses rires devant les pantalonnades des clowns et de ses exclamations à la vue des animaux. Puis, en grandissant, il s'y était rendu seul. D'une année à l'autre, il assistait toujours aux mêmes numéros qu'il connaissait par cœur. Il y avait la sculpturale dompteuse Fauvine Bestia et ses tigres, les contorsionnistes du trio Sélérat, M. Laviolette et ses animaux savants, le singe Bourbaki et le perroquet Ego, un vieux couple de clowns qui se déchirait à présent jusque sur la piste, d'autres encore, et bien sûr Morpho Ménélos, le soi-disant trapéziste. C'était un homme dans la force de l'âge, bien découplé, mais sans l'excès de muscles qui peut gâcher l'anatomie des acrobates en leur donnant, au sol, des allures de déménageurs ou de forts des halles. Et pour cause, pensa Benoît : si ses exploits ne devaient rien à l'exercice, si c'était un « don », il n'avait eu nul besoin de se forger la musculature indispensable aux vrais acrobates. L'obscurité et la distance ne permettaient pas de discerner ses traits, mais par le passé Benoît avait pu souvent les observer à loisir à la lumière des projecteurs. Comme la nuit où Charret l'avait surpris, Ménélos était habillé de façon tout à fait banale. Il ne portait pas un costume et un manteau, cette fois, mais un jean, un blouson de cuir, une chemise sous un pull, des chaussures de sport. Les vêtements tout simples qu'on met pour voyager… Benoît se souvint d'une phrase que Fille-de-Personne avait prononcée un peu plus tôt : « Il vient par ses propres moyens, il arrive en avance sur la caravane… » D'où venait-il ? Avait-il couvert une longue distance aujourd'hui ? Avait-il ici un point de chute, un pied-à-terre en ville où poser son sac et attendre les autres ? Benoît l'imagina survolant des plaines, se jouant aux boucles d'un fleuve ou épousant les méandres d'une rivière, affrontant la barrière glacée d'une montagne, échevelé, ivre de vent... À la réflexion, Ménélos n'était pas Nils Holgersson. Ce vol, l'homme-oiseau migrateur l'effectuait tous les ans. Il connaissait la chanson, il redoutait les rafraîchissements et les rhumes, la preuve, le parapluie dont il s'était pourvu la nuit de Sainte-Agathe. Lors de longs raids, il devait porter peau de mouton, bonnet et cache-col... Était-il né ici, ou Dieu sait où, très loin ? Comme tous les natifs d'Écorcheville, Benoît était capable de citer de longs passages de *Voyageurs sans repos*, l'œuvre maîtresse de Mathieu Chain. Il y était écrit qu'Écorcheville était à la fois si lointaine et si proche, si étrangère et si semblable à n'importe quel endroit au monde, que si on y était né ce n'était pas la peine de chercher à la fuir, on ne parviendrait jamais à s'en éloigner vraiment.

— Regarde-le ! Regarde ! chuchota Fille-de-Personne.

Sa voix tremblait. Elle était donc capable d'émotion. Celle qui la submergeait n'était-elle qu'esthétique ? Bien sûr, c'était saisissant, cet homme libre de toute entrave, qui dansait quelques mètres au-dessus du sol. Parfois il descendait jusqu'à frôler le front de la nymphe de pierre qui ornait le centre du bassin, pour remonter aussitôt, tel un nageur, d'un silencieux coup de talon, d'une brasse à peine esquissée. Il s'immobilisait alors dans une pose désinvolte, comme allongé, presque vautré sur un canapé invisible, ou assis en tailleur sur un coussin d'air. À ce spectacle, Benoît sentit naître en lui un émerveillement qui se dégrada bientôt et se mua en envie. Pourquoi quelqu'un pouvait-il faire cela, et pas lui ? Pourquoi Ménélos là-haut, léger, affranchi de la pesanteur, et lui, Benoît, ici-bas, si gauche, si lourd, condamné à un destin à peine plus enviable que celui d'une pierre ? Une pierre, un caillou, voilà, il était en train de prendre conscience qu'il n'était qu'une sorte de caillou, mais un caillou misérable, puisque caillou pensant, caillou souffrant de tout son poids de frustration et d'amertume. À un imperceptible frémissement de sa main dans la sienne, Fille-de-Personne dut deviner confusément ce qui se passait en lui. Elle tenta en vain de le retenir. Il la repoussa, et quitta l'abri des frondaisons, pour s'avancer sur l'allée du mail.

XXII

Dans le silence de la nuit, le crissement du sable sous les pas de Benoît portait loin. Là-haut, au-dessus du bassin, l'homme volant se figea, le visage tourné dans la direction de l'intrus.

— Monsieur !... Monsieur Ménélos ! S'il vous plaît...

Déjà Ménélos s'était ressaisi. Il fit volte-face, et plongea dans l'ombre de la rangée d'arbres opposée avec une prestesse de chevesne alerté.

— Ne partez pas ! implora l'adolescent. Vous n'avez rien à craindre...

Il traversa l'allée en courant et scruta l'obscurité en vain. Quelques bruissements de feuilles, quelques craquements de brindilles, lui évoquèrent une fuite précipitée à travers les frondaisons, puis plus rien. Ménélos avait dû déboucher à l'air libre, derrière la ligne d'arbres.

— Sale con !

Benoît se retourna. Fille-de-Personne l'avait

rejoint. Hors d'elle. Il l'avait vue souvent en colère, mais là, sans la voir, il sentait littéralement sa peau irradier sa rage.

— Qu'est-ce que t'avais besoin de... Je t'avais dit... Tête-de-mort !

Cette dernière injure frappa cruellement Benoît. S'il l'avait déjà entendue, pas plus tard que tout à l'heure dans la bouche de Gégé Carmona, Fille-de-Personne ne l'avait encore jamais employée à son encontre. De sa part, il était habitué à « connard » et à quelques autres aménités, mais « tête-de-mort » appartenait à un autre registre. « Connard » lui paraissait presque affectueux. « Tête-de-mort » exprimait un vrai mépris. Pire encore, par sa vulgarité irrattrapable, cette expression trahissait l'abîme qui les séparait. Abîme culturel, et oui, abîme social entre elle, gibier d'orphelinat, et lui qui n'avait pourtant échappé que de justesse aux Petits-Oiseaux, grâce au deuil qui avait frappé Louise, à l'amour somnambule qu'elle avait reporté sur lui.

Il tenta de se défendre :

— Oh, ça va ! Qu'est-ce qu'il y a de grave ? T'es fan de ce type-là ? Tu pourras bientôt l'admirer tant que tu voudras sous le chapiteau. Je te paierai ta place, tiens !

Elle ne décolérait pas. On aurait dit que les apaisements de Benoît ne servaient qu'à l'exciter encore plus.

— Tais-toi, pauvre naze, tu comprends rien, tu sais rien, tu te pointes avec ton air con et ta vue basse, et tu gâches tout. Je m'en tape, d'aller le voir au cirque. Au cirque, c'est jamais qu'un mec en maillot qui fait le malin au-dessus d'un filet. Qu'est-ce que j'en ai à foutre ? Tandis que là, il est lui-même, et il est à moi toute seule...

Benoît aurait aimé discerner les traits de la jeune fille, pendant qu'elle lui tenait ces propos bizarres, mais son visage demeurait indistinct. S'était-il trompé du tout au tout ? Fille-de-Personne *amoureuse* de Ménélos, ce vieux ? Mais alors, le béguin qu'elle semblait avoir pour Cambouis ? Du flan, du cinéma. En réalité, elle aimait cette espèce d'Icare clandestin. Pourquoi pas ? Les hommes-oiseaux ne courent pas les rues. Le don de Ménélos constituait un attrait susceptible de faire oublier son âge à Fille-de-Personne. Benoît se demanda ce qu'il y avait, ou plutôt ce qu'il y avait eu entre eux, puisqu'il semblait qu'elle n'osât plus lui apparaître. Lui, Benoît, aimait Fille-de-Personne depuis plus d'un an maintenant, sans rien réclamer, sans même oser tenter de la séduire. C'était un amour tout en rêveries, mais un homme de l'âge de Ménélos ne se payait sûrement pas de mots ni d'états d'âme. Il les imagina enlacés, lui avec ses quarante-cinq ans, peut-être même plus, sa chair déjà contaminée par la mort, et elle, lisse, parfaite, telle qu'elle s'était montrée ce matin chez Onagre… Il essaya de chasser cette représentation douloureuse, mais elle ne se laissait pas écarter, elle tournait en bourdonnant dans son esprit comme une grosse mouche. Tout était bon pour l'anéantir, même si Fille-de-Personne devait l'écraser d'une gifle sur la joue de Benoît.

— Pourquoi tu te caches de lui ? Il ne veut plus de toi, il t'a plaquée ?

Les yeux de Benoît avaient fini par s'accommoder à la pénombre. Il ne faisait pas aussi noir qu'il l'avait cru au début, mais tout de même, il devina plus qu'il ne la vit l'expression d'incrédulité qui se peignit sur la figure de Fille-de-Personne.

— Hein ? Tu veux dire… T'es nul, décidément !

s'exclama-t-elle.

Elle eut un rire étonné, presque consterné, puis elle haussa les épaules.

— Tu peux pas savoir, c'est vrai, dit-elle d'une voix changée, teintée tout à coup d'une indulgence inattendue.

— Savoir quoi ? demanda Benoît.

— Savoir, savoir... La belle affaire ! soupira-t-elle. Qu'est-ce que ça change, savoir ou pas savoir ?

Tout à trac, elle lui tourna le dos et regagna l'espace dégagé. Il la suivit et la rattrapa.

— Savoir quoi ? insista-t-il au risque d'être à nouveau envoyé sur les roses.

— À ton avis, qu'est-ce qu'il peut y avoir à savoir, pour toi comme pour Krux et moi ?

Elle lui faisait face à nouveau. Qu'elle eût mentionné Krux ôtait toute équivoque à sa question. Il n'avait qu'une chose en commun avec eux deux, du moins il l'avait cru jusqu'alors : cette ignorance-là. Sottement, son cœur se mit à battre très fort. Ils savaient donc, pour leur part. C'était comme s'il avait soudain perdu sa vraie famille, son espèce de famille squelettique, réduite en tout et pour tout à une brute vicieuse et à une chipie infernale. Il était bien seul au monde cette fois-ci, seul de sa sorte.

À présent ils revenaient sur leurs pas en direction du Solex. Ils marchaient au beau milieu de l'allée. L'oiseau s'était enfui, il n'y avait plus de raison de se cacher. Dans la tête de Benoît la grosse mouche bourdonnante avait disparu. À la place, des questions voletaient en tous sens comme des étourneaux affolés dans la cage de son crâne. Depuis quand Fille-de-Personne et Krux savaient-ils ? Comment avaient-ils appris la vérité ? Étaient-ils vraiment sûrs de la connaître ? Ménélos, bon, soit, mais Ménélos et qui ?

Les questions se bousculaient au seuil de ses lèvres, sans qu'il trouvât le courage d'en libérer une. Il revenait à Fille-de-Personne de parler de sa propre initiative, ou de se taire. Mais elle en avait trop laissé entendre pour se borner là. Comme il restait muet, elle finit par parler.

— Aux Petits-Oiseaux, on n'en causait jamais, commença-t-elle. C'était comme un pacte qu'on aurait conclu, ou un serment qu'on aurait prononcé. Moi, je me disais que si on avait le malheur d'enfreindre le pacte, le serment, on serait punis, on ne saurait jamais. Alors on y pensait sans rien se dire. Enfin, moi, j'y pensais tout le temps. Krux, je ne sais pas. Même maintenant, depuis qu'on sait, on n'en parle pas non plus. Peut-être que Krux n'y a jamais pensé, ou presque jamais. Avec lui, tout est mystérieux. Je me demande quelquefois s'il pense, je veux dire s'il lui arrive de penser à des choses avant de les faire, ou après les avoir faites. Pas sûr. Ce qui est sûr, c'est que moi j'y pensais, j'attendais. Bon sang, ce que j'ai pu attendre, là-haut ! Des années, une enfance entière, une adolescence à attendre derrière les murs des Petits-Oiseaux ! Tu n'y as jamais été, toi, alors tu ne peux pas savoir comme ils sont hauts, comme ils cachent bien le ciel. Tu n'as jamais senti l'odeur du riz au gras du mardi à la cantine, l'odeur des nouilles au gruyère du jeudi, l'odeur du crésyl des planchers, l'odeur du savon noir des carrelages, l'odeur de savon de Marseille en paillettes et d'eau bouillante de la buanderie, l'odeur des feuilles de marronnier macérées dans l'urine des pissotières…

— Je suis allé à l'école comme tout le monde, protesta Benoît.

— Non ! C'est pas pareil, trancha Fille-de-Personne. Là-haut chaque odeur est compacte et dense autour de toi comme un mur supplémentaire.

— Ils ne sont pas si infranchissables que ça, les murs des Petits-Oiseaux, dit Benoît. Il paraît qu'à dix ans, Krux se faisait déjà la belle et se baladait tout seul en ville, et toi tu joues la fille de l'air quand tu veux…

— Il y a un chemin, c'est vrai. Krux l'a découvert… Il faudrait même dire qu'il l'a inventé, ou qu'il l'a ouvert, comme les alpinistes qui inaugurent une paroi… Krux, aucune prison ne pourra jamais le retenir longtemps. Quand la police l'a ramené la première fois, la dirlo et les éducateurs ont voulu lui faire avouer par où il avait filé. Ils ignoraient encore à qui ils avaient affaire. Ils auraient pu le torturer pour de bon, ç'aurait été pareil. Il attend que ça, Krux, qu'on le torture, qu'on se casse les dents sur lui. Neuf ans, il avait, seul assis sur un tabouret, dans son sarrau et sa culotte courte, avec sa boule à zéro et sa morve, qu'est-ce qu'il était morveux, la vache, été comme hiver ! Eux tous, les adultes, debout autour de lui à lui aboyer dessus, à l'abrutir de questions, à le menacer de le priver de dessert jusqu'à sa majorité, de l'enfermer au cabinet noir jusqu'à la fin du monde… À côté, sur le bureau de la dirlo, les jouets qu'il avait eu le temps de voler au Prisu avant qu'on l'attrape : un nunchaku en plastique pour lui et un baigneur noir pour moi. Il n'a pas pipé mot, ni cette fois-là, ni aucune autre. Eux, furieux, cherchant partout, explorant les caves, sondant les murs… Ils n'ont jamais rien trouvé, ah, ah ! La dirlo devait en rêver, de ce passage secret !

— Et alors, par où il passait ?

Fille-de-Personne se ferma.

— Qui tu es, pour que je te révèle ça ? Et à quoi ça t'avancerait ? Les Petits-Oiseaux, tu as eu de la veine, tu y as coupé, et maintenant c'est trop tard, t'iras plus. Tu t'es gobergé dans ta belle villa, chouchouté par ta mère adoptive, estime-toi heureux.

Les coups de griffe, toujours. Et si injustes, en l'occurrence ! Bien sûr, la villa Jacaranda, c'était autre chose que l'orphelinat ; certes, Louise avait « chouchouté » Benoît. Il n'avait manqué de rien, plus exactement elle avait fait pour lui tout ce qui était en son pouvoir. Il ne pouvait nier que son sort eût été préférable, en apparence, à celui de Fille-de-Personne et de Krux. À côté de leur enfance à la Dickens, que pesaient le portrait du Liménien environné de son imaginaire odeur de guano, le frère sous globe, le singulier métier de Louise, et ses bizarreries ? Rien, sûrement. Il avait tort d'être malheureux, il aurait dû s'en douter.

— Oh, et puis qu'est-ce que ça peut faire, tout ça ? reprit Fille-de-Personne. Le secret n'a plus de sens. Krux est majeur, et moi je le serai bientôt. Si je voulais, je ne retournerais plus là-haut. J'y remonte de temps en temps, je sais même pas pourquoi. Pour me reposer, tiens ! C'est là que je dors le mieux, dans mon lit de fer. J'y fais que passer. Un saut à la cantine si j'ai faim, un tour aux douches… On me dit plus rien. Ils en ont marre de moi. Ils pensent : « Encore quelques mois, et hop, fini, Fille-de-Personne. Basta, bon vent, mauvais vent, taille ta route, va te faire voir ailleurs ! » Le secret, tu vas être la première personne à l'apprendre, depuis dix ans que le personnel de là-haut s'arrache les cheveux. C'est bête comme chou. Tu sors comme tu veux si t'as pas le vertige, si t'as pas peur de mourir. Krux n'a jamais eu peur de rien. À neuf ans, il a escaladé la muraille, léger comme un écureuil, agile comme un petit singe. Et quand j'ai été assez grande, il m'a montré, il m'a emmenée. On sort par le haut. Les murs sont tellement impressionnants, vus d'en bas, que les adultes n'ont même pas envisagé que des gosses pourraient passer par là. Mais il y a des gouttières, des corniches, des fissures qui servent de prises... Il suffit de pas regarder sous ses pieds. De toute façon, c'est la nuit qu'on s'évade.

— Et quand ils t'ont interrogée à ton tour, tu n'as rien avoué non plus ?

— Krux avait dit : « Tu la fermes. » La dirlo pouvait toujours courir pour que je l'ouvre.

Le cœur de Benoît se pinça de jalousie. Dans la voix de la jeune fille perçait son indéfectible loyauté envers Krux. Même Ménélos compterait-il jamais pour elle autant que lui ? Qu'ils fussent du même sang n'était pas l'essentiel. Leur alliance n'était pas de celles qui peuvent se rompre. Elle remontait aux origines, aux jours crépusculaires de l'abandon, à la prise de conscience de leur déréliction. Il y avait toujours eu Krux. Son image était si bien associée à tout ce qui avait fait de Fille-de-Personne ce qu'elle était, qu'elle ne pouvait se concevoir sans lui. Il avait été son seul protecteur, son seul confident, son seul semblable dans la jungle de l'orphelinat. Par son mépris d'autrui et sa violence il s'était rendu odieux à tous, la plupart de ceux qui l'avaient côtoyé ou simplement croisé rêvaient de le voir crever dans le caniveau comme un chien écrasé par une auto, mais elle le chérissait et l'admirait. Benoît songea avec désespoir que le frère et la sœur ne faisaient qu'un en esprit. L'homme qui épouserait Fille-de-Personne, si elle venait un jour à se marier, aurait Krux pour beau-frère. Autant dire Satan !

Benoît se représenta fugitivement Fille-de-Personne en voilette et robe blanche, un bouquet à la main, avec photographes et pluie de riz, sortant de la mairie d'Écorcheville au bras de Cambouis, par exemple, parce qu'à son bras à lui, Benoît… L'image était à la fois burlesque et cruelle. Mais la mésalliance aurait été trop criante, un Bussettin, même de la branche cadette, n'épouserait jamais une Fille-de-Personne, et d'ailleurs Fille-de-Personne ne serait jamais la femme de personne. Benoît la voyait plutôt dériver d'homme en homme, et tout ce qu'il pouvait espérer sans y croire, c'était d'être un jour l'un d'entre eux, d'avoir son tour dans cette file d'inconnus. Il se dit qu'il ne fallait pas penser à ça. C'était comme de s'arracher les croûtes d'une plaie : elle ne guérirait jamais de cette façon. Mais il n'avait pas envie de guérir. Il lui semblait que cette guérison-là aurait été pire que la blessure. Une supposition qu'il cesse de se soucier de Fille-de-Personne ? Elle couche avec Onagre ? Avec Cambouis ? Avec la ville entière ? Bon, c'est son affaire, ça ne le concerne pas, elle n'a pas plus d'importance pour lui que la fille du conservatoire, si godiche, si collante ce soir au Lapin Bleu. Il ne se rappelle même plus comment elle se nomme, peu importe ! Bon, bon, Fille-de-Personne oubliée, bye-bye les pincements au cœur en entendant prononcer son nom, les grenades explosant lentement dans son ventre à l'idée qu'elle puisse aimer quelqu'un d'autre… Et alors ? Le monde moins F.-de-P., qu'est-ce qu'il reste ? Il se posa la question, et eut d'abord la sensation qu'un gouffre s'ouvrait sous ses pieds. Le monde sans F.-de-P., aucun intérêt. Un désert lugubre, à travers lequel il errerait sans but. Sans but ? Non, bien sûr, il y avait la musique ! Il se raccrocha à cette idée. Sa lyre. Sa vocation. Ce mot-là sonnait vieillot, ringard, mais faute de mieux… Il se souvint qu'il avait aimé la musique avant de rencontrer Fille-de-Personne. La preuve que celle-ci n'était pas tout pour lui ! Mais un doute subsistait. Et si Fille-de-Personne et la musique, c'était au fond la même chose ? Ou deux émotions interchangeables. La lyre de Benoît et le corps de la jeune fille, deux promesses d'étreinte et d'assouvissement... Qu'est-ce qu'il allait chercher !

Ils avaient retrouvé le vélomoteur appuyé contre un arbre. Benoît hésitait à repartir avec, en le poussant à nouveau comme un forçat. Le crouîîî-crouîî n'allait-il pas décourager F.-de-P. de poursuivre ses confidences ? La curiosité tenaillait Benoît, mais s'il laissait l'épave ici elle risquait fort de disparaître avant son retour demain matin.

— Comment vous avez su, pour Ménélos ?

— Le hasard. Un type. Tu dois le connaître... Enfin, de vue ; tu l'as sûrement croisé dans la rue. Il travaille à la voirie. Bénigno, il s'appelle.

XXIII

— Bénigno ?

Ce nom ne disait rien à Benoît.

— Si, Bénigno ! insista Fille-de-Personne. Il nettoie les trottoirs. Il pousse les feuilles avec un balai à moteur, là...

— Ils sont plusieurs.

— Mais lui les pousse de travers, en titubant. Il est toujours bourré. Un jeune, trente-trente-cinq, par là, mais il faut le savoir, parce qu'il fait plus. Cuit, il est. Le nez qui bourgeonne déjà, déjà des pattes-d'oie et des poches sous les yeux, les pommettes gonflées, et rouge, rouge ! Il tangue d'un bord du trottoir à l'autre derrière son nuage de feuilles mortes, des fois il en fourre dans les soupiraux ou dans les vestibules des maisons si la porte est ouverte, des riverains se sont plaints.

Benoît hocha la tête. Il ignorait le nom, mais bien sûr, il reconnaissait la silhouette. Le successeur d'Antoine Brisé, le berger des automnes engoncé dans sa tenue de travail à bandes fluorescentes. Chaque fois qu'il le croisait, Benoît avait une pensée pour Antoine. Où le vent mauvais de la vie l'avait-il emporté, celui-là ? Était-il mort, terrassé par la cirrhose, ou victime d'un accident, finalement abandonné à son sort par un dieu des ivrognes excédé, fatigué de lui venir en aide ? Ou bien titubait-il encore sous d'autres cieux, dans une autre ville ?

— Je le vois, ça y est. Et c'est lui qui te l'a dit ?

— Non, pas pour Ménélos. Lui, il m'a dit pour...

Fille-de-Personne s'interrompit. Benoît devina qu'elle se mordillait les lèvres.

— Si tu veux pas me dire, ça ne fait rien.

Il mentait. Il était sur des charbons ardents, au contraire. Mais il ne voulait pas en avoir l'air. C'était une de ses idées, que pour obtenir il ne fallait pas demander. Ne pas poser de questions si on espérait des réponses. Ne pas mendier d'amour si on voulait être aimé. Il oubliait qu'il avait dû tanner Louise pour apprendre qui était sa mère naturelle, et que pour n'en avoir pas quémandé, il n'avait pas encore reçu beaucoup d'amour, mais il fondait malgré tout de vagues espoirs sur la recette. S'agissant d'amour, par exemple, Cambouis ne laissait paraître aucun intérêt particulier à l'égard de Fille-de-Personne, et c'était elle qui en pinçait pour lui.

— Garde tes secrets, reprit-il à regret. Après tout, ça me regarde pas.

— C'est vrai, dit Fille-de-Personne après un temps, ça te regarde pas... Au bout du compte, qui ça regarde en principe ? Personne, à part moi et Krux, et *eux ?* Et eux, ils ont déjà montré qu'ils s'en foutaient, qu'ils voulaient pas le savoir. Reste qui ? Nous deux Krux. Mais Krux, comment dire ça ? Il est pas tout à fait vivant. Il lui manque je sais pas quoi. Il a pas de sentiments.

— Si, il en a pour toi, intervint Benoît. Il te protège. Si quelqu'un t'embête, il lui saute à la gorge.

— Je sais bien... Mais c'est pas un sentiment, ça, c'est un réflexe. Il est comme un chien qui garde une valise. Pour lui, je suis une valise : pas touche à la valise !

Benoît perçut dans la voix de Fille-de-Personne des intonations insolites. Elles semblaient trahir une sorte de vulnérabilité, une espèce de détresse. F.-de-P. vulnérable, première nouvelle ! Elle poursuivit, avec cette légère fêlure dans la voix :

— Reste moi, que ça regarde. Moi toute seule, ça fait pas assez pour un malheur comme ça.

Elle avait bien dit un malheur. Jamais encore ils n'en avaient parlé, mais elle était donc de son avis, c'était un malheur. Comme de naître avec un pied bot ou un bec-de-lièvre, en plus grave. L'idée de ce malheur qu'il avait en commun avec elle, ça l'émut, plus, ça le bouleversa. Il sentit ses yeux s'humecter. Il se secoua. Même un larmichette de rien, même un simple reniflement, elle s'en serait aperçue, elle l'aurait charrié et le charme aurait été rompu. Restez secs, mes yeux, demeurez silencieux, ma gorge et mon nez !

— Eh bien je vais te le dire à toi, puisque c'est toi qui es là, continua-t-elle. Y a pas de raison que personne ne sache, même si tout le monde s'en fout !

Il faillit s'écrier qu'il ne s'en foutait pas, loin de là, et qu'elle était tombée sur le type le plus capable d'écouter et de comprendre ça. Il se retint. Elle n'avait besoin que d'une oreille. Moins il la ramènerait, moins il existerait, plus elle s'épancherait, et chaque mot qu'elle prononcerait serait comme un gage qu'elle lui donnerait sans s'en douter.

— Bénigno, je l'ai rencontré dans un squat, il y a deux ans. Il zonait, une cuite au long cours dans sa première phase. Il s'exprimait encore à peu près clairement. Il m'a vue, et il m'a dit : « Toi, petite, je sais qui tu es ! » Il a eu de la chance que Krux ne soit pas là, il l'aurait dépecé ! Moi, j'ai pensé qu'il allait essayer de me draguer, et j'ai montré les dents tout de suite : « Moi, je sais que t'es un pochetron, et si tu m'emmerdes… » J'ai sorti mon cutter.

Dans l'ombre de l'arbre auquel le Solex de Cambouis était appuyé, et sous lequel ils se tenaient, Fille-de-Personne joignant le geste à la parole tira de sa poche un cutter dont elle fit jaillir la lame d'un brusque mouvement du pouce.

— Pas effrayé pour un rond, il a tâté la pointe du bout des doigts, il a fait « Waouh ! », et il a rigolé. Alors je lui ai ouvert le gras du pouce. Il a sucé le sang et il a rigolé à nouveau. Il était déjà bien chargé, tu vois ! Il s'est confectionné une poupée avec son mouchoir sale, tout en continuant à parler comme quoi j'étais une sacrée greluche, qu'il avait vu ça tout de suite, cette nuit-là, que déjà toute petite j'avais pas froid aux yeux, que j'avais pas pleuré du tout, cette nuit-là, malgré que ça gelait à pierre fendre, et qu'il s'en souviendrait toute sa vie, de cette nuit-là… Il était un peu pâteux tout de même, il se répétait comme font les ivrognes. Alors bien sûr, à force de l'entendre rabâcher, cette nuit-là par-ci, cette nuit-là par-là, à plus soif, j'ai fini par lui demander de quelle nuit il parlait. Il s'est fendu la pipe une fois de plus. « Tu peux pas savoir, bien sûr, mais moi je sais, je sais, ah, ah!... » Il m'énervait à rire comme ça. Un peu plus, je le marquais, tu vois, à la joue. Il s'en serait souvenu toute sa vie, sans rire, tous les matins en se rasant. Il a dû s'en rendre compte dans sa soûlographie, parce qu'il s'est calmé. Et il m'a raconté. Douze ans plus tôt, il travaillait pour le cirque Gorbius. Il avait d'abord été engagé comme garçon de piste, et puis il s'était lié d'amitié avec un vieux bonhomme qui lui avait appris ses tours et lui avait légué un perroquet dressé et un singe savant. Un temps, ça avait bien marché, Bénigno s'en tirait pas mal, et puis il y avait eu une histoire de femme, une certaine Angellina Farewell, une écuyère. Ils avaient quitté le cirque, Bénigno et elle. Ils s'étaient enfuis à moto, mais elle était en main, avant de rencontrer Bénigno, et ça avait tourné au drame. Ils avaient eu un accident. L'écuyère était morte, et lui il s'était mis à boire. Il avait dû vendre le singe pour régler des dettes, le perroquet s'était enfui. La dégringolade, quoi!... Mais on va pas rester plantés là toute la nuit, viens, prends le Solex, le bruit n'a plus d'importance, maintenant!

— C'est la plaie, dit Benoît, la direction est foutue. Je vais mettre l'antivol et le laisser là. Je viendrai le récupérer demain.

Fille-de-Personne s'y opposa avec véhémence.

— T'es pas fou ? Le Solex de Cambouis ! Y a pas d'antivol qui tienne devant une bonne pince, tu récupéreras que dalle et il t'en voudra à mort !

Benoît se demanda si Cambouis lui en tiendrait rigueur à ce point, en cas de disparition du Solex. Il était au-dessus de ça, non ? Dans le doute, et pour apaiser Fille-de-Personne, il se résigna à pousser à nouveau le maudit engin.

Ils quittèrent l'ombre pour marcher au centre de l'allée. Comme ils arrivaient à la hauteur du bassin au-dessus duquel Ménélos évoluait quelques minutes plus tôt, Fille-de-Personne reprit le fil de son récit :

— À l'époque, je veux dire à l'époque de cette fameuse nuit, Bénigno travaillait encore chez Gorbius. Il venait d'hériter du singe et du perroquet, et de quelques babioles. La motocyclette, une machine vénérable pourvue d'un side-car, complétait son héritage. Il travaillait dur avec les animaux pour prendre la succession du vieux sous le chapiteau. Un soir qu'il se reposait dans sa roulotte, on a frappé à sa porte. C'était Gorbius, le patron, le seigneur et maître. Tu l'as déjà vu présenter le spectacle, en frac et en claque. Au physique, c'est l'homme le plus laid de la création : une tête de grenouille sur un corps de zébu. Au moral, un tyran. Avec lui tu plies ou tu gicles. Les rebelles, il les fout à la porte sans préavis. Il arrête la caravane en route et il les débarque en pleine campagne avec leurs accessoires, leurs agrès, leurs bêtes : démerde-toi. Il a fait le coup à un montreur d'éléphants. Ce soir-là, pour une fois, il ne venait pas donner un ordre, mais demander un service. Du moins c'est comme ça qu'il a présenté la chose. Bénigno n'était pas dupe. S'il refusait, il devrait restituer la roulotte qui appartenait au cirque, il se retrouverait à la rue avec son singe et son perroquet. Gorbius n'était pas venu les mains vides. Il trimbalait un grand couffin d'osier. Il s'agissait de l'en débarrasser, avec son contenu. D'abord, Bénigno s'est mépris. Il a regardé Gorbius comme si c'était le diable, en bafouillant : « Non, non, me demandez pas ça, je le ferai pas... » Gorbius s'est marré et l'a traité de couillon. « Qui te parle de ça ? Tu les emmènes dans le sidecar jusqu'à Sainte-Agathe, et tu les laisses sous le porche, bien devant la porte, et c'est tout. » Bénigno était soulagé de ne pas avoir à nous noyer dans le Styx.

« C'est tout, a insisté Gorbius. Quelqu'un s'occupera d'eux, forcément ! » Bénigno se doutait de qui on était. Il avait vu ma layette sécher sur une corde à linge tendue entre deux piquets comme une corde de funambule, devant la roulotte de la dompteuse. Fauvine Bestia avait rejoint le cirque quelques semaines plus tôt, avec sa ménagerie. « Fauvine peut plus tenir ses bêtes, a poursuivi Gorbius. Tu sais ce qu'on raconte sur elle… » On disait que Fauvine avait des rapports contre nature avec ses tigres. T'as dû la voir au cirque. Elle est encore magnifique : des jambes, des seins, des épaules !… Imagine-la quinze ans plus jeune. Bénigno a pris sa défense : « Elle est trop belle. Un type qu'elle a éconduit a dû lancer la rumeur par dépit, pour se venger. » Le front de Gorbius s'est plissé comme s'il réfléchissait à la question, et il a fini par abonder dans le sens de Bénigno : « Tu dois avoir raison. Ce qui est vrai en tout cas, c'est que les fauves sont comme amoureux d'elle. Ils sont jaloux des mioches, ça devient dangereux, alors y a pas, il faut faire quelque chose !… »

— Alors c'est ça, tu es… Vous êtes… bredouilla Benoît stupéfait.

Fille-de-Personne leva à demi les deux bras et les laissa retomber contre son corps en signe d'impuissance.

— Krux et moi on est les enfants de Fauvine, ouais, et pas plus fiers pour ça ! On la gênait dans son travail, alors elle nous a plaqués. Elle s'est même pas adressée à l'Assistance, elle a confié l'affaire à Gorbius, Gorbius s'est défaussé sur Bénigno, et Bénigno nous a déposés sous le porche de Sainte-Agathe comme deux ballots de vêtements destinés aux pauvres. En plus, Sainte-Agathe était déjà désaffectée. C'est comme si on nous avait offerts à Mme Occlo pour son musée de monstres… Mais ça devait pas se voir à l'époque, à quel point on était monstrueux, nous deux Krux, du coup la mère Occlo nous a amenés aux Petits-Oiseaux, conclut Fille-de-Personne en s'esclaffant.

— Et pour Ménélos, comment vous avez su ? C'est Bénigno qui te l'a dit ?

— Bénigno ne savait rien de plus que ce que Gorbius lui avait dit. Non, c'est Fauvine elle-même. Quand j'ai tout raconté à Krux, il m'a demandé si je voulais savoir. J'ai répondu : « Pas toi ? » Il m'a dit qu'il s'en foutait. Il a répété sa question : « Tu veux savoir, oui ou non ? » J'ai dit que oui. Il a dit : « D'accord, on ira le lui demander à elle. » Le cirque n'était pas en ville. Il a fallu attendre qu'il revienne, comme tous les ans. J'ai attendu. Le soir même où le cirque est arrivé, on est allés voir Fauvine. Le chapiteau était pas encore monté. La nuit tombait, il pleuvait à seaux, seulement de l'eau ce soir-là. Les semi-remorques et les caravanes avaient défoncé le terrain, y avait des flaques partout, les lumières brillaient et se reflétaient dedans d'une drôle de façon. Elles brillent tous les soirs et tu les remarques pas. Elles brillent normalement, sans intention, elles n'ont pas de sens. Et puis un soir tout change. Tu te rends compte que c'est toi, c'est ta vie qu'elles éclairent. On allait voir notre mère. Avant, on savait à quoi Fauvine ressemblait, mais on ne savait pas que c'était elle. On avait déjà assisté à son numéro, on s'était faufilés, on était entrés sans payer, et on l'avait vue sur la piste, dans la cage avec ses tigres albinos, dans son dolman, sa culotte moulante et ses bottines blanches, coiffée de sa haute casquette à galons dorés, son fouet dans une main et son cerceau dans l'autre, mais à l'époque on ignorait que c'était de son ventre, d'entre ses jambes qu'on était sortis. Le jour où on est allés lui parler, Krux et moi, je pouvais pas m'empêcher d'y penser. Entre ses jambes, c'était comme un lieu où on revenait. C'était idiot, mais je me disais : peut-être qu'on est venus de là, mais on ne peut pas repartir par le même chemin, on est piégés, le monde est sans issue, alors savoir qui t'a jetée dans ce guêpier, à quoi ça sert ? J'ai failli dire à Krux : « Laisse tomber, laisse, on s'en fout, on se barre... » On était presque rendus, il m'aurait engueulée, tu sais pas ce que tu veux, on n'a pas que ça à foutre... On a traversé l'aire où, le lendemain matin, les forains commenceraient à dresser le chapiteau. On est tombés sur un nain trempé comme une soupe, on s'est fait indiquer la caravane de Fauvine. Krux a frappé à sa porte. On a attendu. Krux a frappé à nouveau. Au bout d'un temps une voix de femme a demandé : « Oui ? Qui c'est ? » Ç'aurait pu être celle de quelqu'un d'autre. La voix de Fauvine, on la connaissait pas vraiment, on l'avait à peine entendue pendant les représentations, quand elle donnait des ordres à ses tigres dans les moments où l'orchestre faisait moins de bruit. Mais enfin, y avait des chances que ce soit sa voix, puisque c'était sa caravane. Elle a répété : « Qui c'est ? » J'ai répondu : « C'est nous. » Seulement « C'est nous ». Elle a pas demandé « Qui ça, nous ? » Comme si elle savait, comme si elle s'y était attendue depuis toujours. Elle a hésité un instant, et puis elle a ouvert. Elle était en peignoir ; ça m'a fait drôle de la voir comme ça, sans dolman, sans casquette, sans fouet, en civil, même pas en civil, en négligé, en chez-soi. Juste un peignoir, et pas en soie, en pilou, rose. Aux pieds, des chaussettes de laine et des mules un peu avachies. Elle nous surplombait légèrement, depuis le seuil de sa caravane. Entre le bas du peignoir et les chaussettes ses mollets nus étaient très blancs. Elle est très brune, avec la peau laiteuse. Cette chair si blanche, ça m'a fait penser à son intimité, à sa toison qui doit être noire, noire, comme ses cheveux. J'ai pas du tout la même carnation. Moins blanche, je suis, et pour les cheveux et les poils, couleur paille. De qui je tiens ça ? j'ai pensé. J'allais bientôt le savoir, peut-être, si elle voulait bien nous le dire, à condition qu'elle le sache… Mais Krux et moi, on se ressemble un peu, de traits, à part qu'il est brun et qu'il a le teint mat. On est du même père, c'est presque sûr, alors forcément, elle devait l'avoir connu plus qu'une nuit…

XXIV

Fille-de-Personne s'était tue. Marchant côte à côte, Benoît toujours poussant le Solex accidenté, ils parvinrent à l'extrémité du mail. L'adolescente restait muette et Benoît n'osait pas la relancer. Ils s'engagèrent sur l'avenue Clément-Bussettin. Les grandes familles monopolisaient la toponymie d'Écorcheville, du moins celle des artères importantes. Avenues et boulevards leur étaient dédiés, ainsi que la plupart des squares et des places publiques. Rien que pour ça, Benoît n'aurait jamais de sa ville natale la même vision que ses amis et leurs pairs. Le patronyme de Cambouis, comme celui d'Onagre ou celui de Flavia Esteral, était inscrit sur les plaques de tôle émaillée scellées dans le mur des immeubles des beaux quartiers. La ville ne se contentait pas d'appartenir pour l'essentiel à leurs parents. Elle était une extension de leur corps. Chacun avait son boulevard, sa rocade ou sa piscine, comme il avait des jambes, une nuque, un sternum. Onagre et Cambouis étaient nés l'un et l'autre à l'hôpital Bussettin, boulevard Bussettin, et ils avaient joué ensemble au football sur la pelouse du stade Propinquor, avenue Propinquor, justement. S'ils fréquentaient le lycée Mathieu-Chain, c'était qu'aucun de leurs ancêtres ne s'était illustré dans les Lettres ou les Arts. Le génie des lignées patriciennes s'était invariablement exprimé à travers les disciplines austères et rentables du commerce et de l'industrie. Les travaux de l'esprit, ces coupe-faim, et la gloire littéraire, cette chimère, on pouvait bien les abandonner à un demi-gueux de l'acabit de Mathieu Chain, dont la parenté, avant lui, n'avait jamais fourni le moindre nom de ruelle à la cité.

Fille-de-Personne s'immobilisa et regarda autour d'elle comme pour s'orienter. Où allait-elle ? Avait-elle seulement en tête un lieu où dormir, ou se fiait-elle au hasard pour lui procurer une couche ? Benoît avait encore un sacré bout de chemin à parcourir avant de rallier la villa Jacaranda, mais Fille-de-Personne était une marcheuse infatigable.

— Il est tard. Tu peux dormir à la maison, si tu veux…

— Non. J'irai dormir… par là !

Elle accompagna ces mots d'un geste imprécis en direction du fleuve. Elle tourna le dos à Benoît et fit mine de partir de ce côté. Il l'arrêta d'une tape timide sur l'épaule.

— T'as pas terminé ton histoire.

— Quelle histoire ? Ah oui !… Fauvine nous a même pas fait entrer, la vache ! Elle nous a reçus sur le pas de la porte. Elle sur le seuil de sa roulotte, et nous piétinant deux marches plus bas dans la bouillasse du terrain détrempé. Elle avait pourtant bien compris qui on était. Ou alors c'était pour ça… Elle aurait invité à entrer n'importe qui d'autre que nous. Mais tu vois comme on est con : qu'elle ait deviné qui on était, ça m'a fait quelque chose. J'ai même pensé un instant qu'elle s'était renseignée sur nous en secret, qu'elle gardait un œil sur nous, puisqu'elle revenait souvent à Écorcheville avec le cirque. En réfléchissant, j'ai dû admettre que je me montais le bourrichon. Quel besoin elle aurait eu de prendre de nos nouvelles ? On grandissait quelque part, aux Petits-Oiseaux ou ailleurs, pas dans ses jambes ni dans les pattes de ses tigres, voilà tout ce qui comptait. Et si un soir un garçon et une fille frappaient à sa porte, mal sapés, avec des allures de loubards, ça ne pouvait être que nous, on avait l'âge. Elle n'a pas fait semblant de se demander qui on était, ni de s'inquiéter de ce qu'on voulait. C'était mieux comme ça, ça économisait des répliques. Elle nous a regardés l'un après l'autre avec comment dire ? une certaine curiosité. *Tiens, voilà donc ce qu'ils sont devenus…* Nous, on était embarrassés. Enfin, moi. Krux, l'embarras, ça n'est pas son genre. Et puis quoi ? Qu'est-ce qu'on pouvait faire ? Dire Bonjour maman ? Pleurer ? Krux, il a pas de glandes pour ça, et moi ça me venait pas. Engueuler Fauvine ? Elle nous aurait envoyés balader : « Vous avez chacun deux bras, deux jambes, une tête, un paletot sur le dos et un pantalon sur le cul, de quoi vous vous plaignez ? » Elle a fini par parler, heureusement, parce qu'on aurait pu mariner longtemps comme ça, face à face, sous les lumières mouillées qui éclairaient nos vies. C'est le froid et l'humidité, et la chair de poule sur ses mollets blancs, qui ont dû pousser Fauvine à parler. Elle nous a balancé la vérité directement, comme on lance une grosse carte d'entrée de jeu, à la belote, pour faire tomber les atouts : « Votre père, c'est Ménélos, elle a dit. Morpho Ménélos, l'acrobate. Cela ne vous servira pas à grand-chose de le savoir, mais je suppose que vous êtes venus pour ça. Je vous dirais bien que je regrette de vous avoir abandonnés, mais ce serait un mensonge. Les tigres sentaient votre odeur sur moi quand je rentrais dans la cage. Votre odeur de lait et de viande. Elle les rendait fous. Il a fallu choisir. C'est eux que j'ai choisis. J'avais le sentiment que c'était à eux que je me devais. Ils étaient infiniment moins armés que vous pour affronter l'existence. La preuve, vous êtes là, bien vivants. La société vous a nourris, vêtus, éduqués. Tandis qu'eux, qu'est-ce qu'ils seraient devenus sans moi, si je les avais laissés ? On les aurait abattus ! » J'ai pensé que non, si elle les avait sacrifiés eux, plutôt que nous, ses tigres auraient échoué dans un zoo, comme on a atterri à l'orphelinat, Krux et moi. C'est un peu la même chose, un orphelinat et un zoo, sauf que les orphelinats ne sont pas ouverts au public. Je l'ai pas dit. On n'était pas là pour s'envoyer des vannes. « Ménélos, a encore dit Fauvine, c'est autre chose. Il n'aurait pas pu s'occuper de vous, de toute façon : c'est un migrateur… Il doit être en route ; il rejoindra le cirque d'un jour à l'autre. Vous pourrez toujours essayer de lui parler si ça vous chante… Bon, attendez-moi un instant, je reviens ! » Elle est rentrée dans sa caravane, et elle a tiré la porte derrière elle pour que le froid ne l'y suive pas. Elle est revenue presque tout de suite, avec des billets à la main. « Prenez ça, et payez-vous ce qui vous fera plaisir. » Là, Krux m'a soufflée. J'aurais jamais cru ça de lui. Qu'il la prenne par les cheveux, qu'il la jette à terre dans la boue et qu'il la bourre de coups de pied dans le ventre, ça ne m'aurait pas étonnée. Mais il a plongé la main dans sa poche, il en a sorti une liasse de billets plus épaisse que celle qu'elle s'apprêtait à nous donner, et il l'a jetée à ses pieds, entre ses mollets hérissés de chair de poule. Après ça, il m'a attrapée par le bras et il m'a entraînée, sans un mot. On est partis comme ça. On n'avait pas dit bonjour, et on n'a pas dit au revoir. J'ai réalisé plus tard qu'on n'avait rien dit du tout. Elle seule avait parlé. On s'était bornés à se dresser devant elle comme des spectres...

Fille-de-Personne eut un petit ricanement amusé, satisfait.

— C'est ça, reprit elle, comme des fantômes, ah, ah ! Quand Ménélos a rejoint le cirque, on n'est pas allés le trouver, et depuis cette nuit-là on n'a plus remis les pieds sous le chapiteau. Mais une nuit qu'on zonait ensemble sur le mail, on a surpris Ménélos qui se donnait du bon temps là-haut. Comme tout le monde, on avait entendu ce qui circulait sur son compte, mais on n'y croyait pas avant de l'avoir vu de nos yeux voleter d'arbre en arbre. Là, on a compris que Fauvine nous avait dit la vérité sur lui. Ménélos est un homme-oiseau migrateur. Qu'est-ce qu'il aurait fait de nous ? Il n'aurait pas pu nous emmener avec lui. On est tout juste capables d'escalader les murs de l'orphelinat comme des chats. Voilà toute l'hérédité aérienne qu'il nous a léguée !

Comme ils atteignaient l'endroit où le boulevard Clément-Bussettin croisait une rue étroite qui descendait vers le Styx en sinuant à travers le vieux quartier, Fille-de-Personne prit de ce côté sans hésiter.

— Je vais par là. Tchao !

— Tchao...

Il sembla à Benoît qu'elle lui adressait un signe de la main sans se retourner, par-dessus l'épaule, mais peut-être avait-elle seulement levé le bras pour écarter une mèche de cheveux qui lui tombait devant les yeux. Il se retrouva seul à pousser le cyclomoteur dont la roue voilée grinçait de plus en plus. Il cracha et jura. À présent qu'il était tout seul, rien ne venait plus le distraire de l'inconfort de sa situation. Il avait chaud, il crevait de soif, il s'était flanqué tant de coups de pédale dans la cheville et le tibia qu'il s'attendait à clopiner lamentablement durant plusieurs jours, et il lui restait une trotte infernale pour rentrer chez lui. Il tenta d'imaginer un raccourci, mais dut se rendre à l'évidence : tous les itinéraires revenaient au même. Il arrondit le dos et s'apitoya un petit coup sur lui-même. Rien n'allégera ton fardeau, pauvre ! Il se dit qu'il allait passer devant une des machines à fusiller de l'ingénieur Guardicci, celle à laquelle Aimé Propinquor avait recouru, tiens ! Elle était installée sur la place Cornélius-Farouk, une placette tranquille, à l'écart des grands axes, dans l'ombre d'un marronnier. On avait d'abord envisagé d'abattre l'arbre, dans la crainte que ses bogues épineuses et ses larges feuilles, en tombant et en s'introduisant dans les rouages, ne détériorent la machinerie du peloton automatique. Devant la levée de boucliers des défenseurs de la nature, on avait renoncé à l'abattage et opté pour la pose d'un toit aux bords relevés qui donnait à l'ensemble des allures de pavillon chinois. Ce problème à peine résolu, une association de parents d'élèves s'était efforcée d'obtenir que l'édicule fût déplacé, arguant de la proximité d'une école communale. À quoi les services municipaux avaient opposé qu'on avait à dessein placé très haut le monnayeur de l'appareil, si bien que les enfants des cours préparatoires et élémentaires, et même dans une large majorité ceux des cours moyens, étaient trop petits pour y glisser de l'argent. L'un d'eux aurait-il usé d'un tabouret ou d'un cageot pour se hisser à la bonne hauteur, qu'il ne serait pas pour autant parvenu à ses fins suicidaires. Tout était prévu pour que la salve fatale passât, le cas échéant, au-dessus de sa tête.

Benito Guardicci avait veillé à ce que l'amplitude des réglages possibles fût préétablie en fonction d'une stature d'adulte. Restait le cas des nains. La solution de l'irritant problème se dérobait pour l'instant à l'inventeur.

Comme il approchait de la place Cornélius-Farouk, Benoît eut une pensée pour le grand corps livide d'Aimé Propinquor. Louise travaillait-elle encore à son embaumement, à cette heure si tardive ? Cela se pouvait. Elle appliquait aussi fidèlement que possible les recettes de l'Égypte ancienne, laquelle n'avait compté que sur le natron, le vin de palme et les épices pour enrayer la décomposition des cadavres. Autant dire qu'on avait intérêt à faire diligence. La pensée de Benoît dériva de la dépouille d'Aimé Propinquor à celle du centaure qu'il reviendrait à Louise de naturaliser. Quel travail cela promettait d'être ! Louise allait devoir vider la créature de ses viscères... Tant on en a vu de représentations, gravures, statues, tableaux, l'anatomie externe des centaures nous est familière. Mais à l'intérieur ? Comment s'agencent les organes communs à ces deux corps emboîtés ? Benoît imagina la vaste carcasse reposant sur deux tables d'opération accolées, car bien entendu une seule n'y suffirait pas. Peut-être même faudrait-il leur adjoindre le supplément d'une table de bridge recouverte d'une toile cirée. Et le faunet ? L'image du satyrion, avec son poil rude et bouclé, ses yeux en amande aux pupilles fendues, au regard insoutenable, s'imprima tout à coup dans son esprit. Benoît crut entendre à nouveau le piétinement impatient de ses petits sabots sur les dalles jonchées de paille de Sainte-Agathe. Pauvre créature fourvoyée de ce côté du fleuve, sans doute vouée à un dépérissement et à une mort rapide ! Tôt ou tard, sa dépouille aboutirait à son tour entre les mains de Louise, ces mains effrayantes, aux longs doigts osseux dont les empreintes digitales semblaient avoir été repassées à l'encre noire de la crasse. Elles avaient naguère lavé, langé, caressé et chatouillé Benoît enfant. Ce matin elles avaient éviscéré Aimé Propinquor. Une idée folle passa par la tête de Benoît. Il se croyait vivant, mais cette croyance pouvait n'être qu'une illusion. Et s'il était mort, mort et naturalisé ? Lui, il était déjà passé entre les mains de l'embaumeuse d'Écorcheville. Les soins maternels qu'elle lui avait prodigués n'étaient peut-être que les gestes professionnels par lesquels elle traitait aujourd'hui le cadavre d'Aimé, demain celui du centaure, après-demain celui du chèvre-pied… Il s'imagina, enchâssé comme son frère, vêtu comme lui d'une grenouillère ornée de broderies jaunies, contemplant des mêmes yeux aveugles le même salon écarlate à travers la paroi d'un globe de verre empoussiéré, et ressassant au fond de son crâne vide le rêve de vivre. Ce n'était pas la première fois qu'il envisageait cette hypothèse. Elle lui parut soudain plus plausible que jamais. La teneur en réalité de l'air d'Écorcheville était si faible ! Il existait au monde des centaines, des milliers d'autres cités où il devait être plus facile d'y croire. Les livres sur Paris, ou sur Londres, ou sur Rome, ne parlaient pas de pluies de têtards ou de salamandres, ni de cadavres de centaures échoués sur la berge du fleuve. Dans ces villes, Paris-sur-Seine, Londres-sur-Tamise, Rome-sur-Tibre, sans doute, on était soi-même plus posément, plus sûrement, les murs sonnaient le plein sous les phalanges… Mais à Écorcheville-sur-Styx, sur quoi pouvait-on tabler ? On habitait les confins de Dieu sait quoi, le tréfonds de tout !

Sur la place Farouk, devant l'espèce de pagode qui

abritait la machine à fusiller, se tenait une silhouette de jeune fille occupée à lire le panneau indiquant le mode d'emploi de l'appareil. Elle se retourna au grincement qui ponctuait chaque tour de roue du vélomoteur. Benoît reconnut Géli. Géli l'oiseau ? Géli Loiseau ? Géli la glu, oui, et c'était lui qui allait s'y engluer ! pensa-t-il en se rappelant les gluaux, petits perchoirs piégés à l'aide desquels, plus jeune, il avait tenté en vain d'attraper des bouvreuils dans la campagne avoisinante.

Il n'était plus temps de reculer. Il espéra en être quitte pour un simple bonsoir, mais c'était trop demander. Elle l'avait reconnu, elle aussi.

— C'est toi ! Tu tombes bien…

Elle tombait mal, comme à chacune de leurs rencontres.

— Ah oui ?

— J'aurais besoin de dix euros.

Il lui avait déjà donné de l'argent plus tôt dans la soirée, pour entrer au Lapin Bleu. Elle le prenait pour un guichet de banque, ma parole ! Il le lui dit. Elle hocha la tête.

— Je t'en demanderai plus, après ça.

Il la regarda plus attentivement, à la lumière du kiosque. Il vit qu'elle avait les yeux gonflés, la lèvre supérieure tuméfiée, et qu'elle avait saigné du nez. Qu'est-ce qu'il s'était passé, là-haut ? Elle lut la question dans son regard, et haussa les épaules.

— Un type, on a dansé. Il était gentil, au départ, et puis bon… Il a voulu. J'étais pas forcément contre. Mais il aurait fallu qu'il soit patient, tu vois, qu'il reste gentil. Et puis non. Alors j'ai plus voulu. Il s'est fâché, il voulait quand même, du coup j'ai crié, un autre type est venu à mon secours. J'ai eu quand même le temps de prendre un coup. Après, c'est l'autre type qui a voulu. Mais je voulais plus rien avec personne, alors je me suis tirée. Le type m'a insultée, il m'a même craché dessus. Alors voilà, je suis redescendue en ville toute seule... Cette machine, c'est juste ce dont j'ai besoin. Elle ne prend que les pièces. Si tu as dix euros en pièces, donne-les-moi, va, tu feras une bonne action !

Quand on avait installé les pelotons automatiques, toute la ville n'avait parlé que de ça pendant des semaines. On commentait le *modus operandi*, l'esthétique, la belle allure des fusilleurs en ronde-bosse si joliment lithographiés, les tarifs... Dix euros c'était l'option minimale, le meilleur prix, la prestation de base. Chacun donnait son avis : c'était trop cher selon les uns, pas assez cher selon les autres, il y avait ceux qui approuvaient le principe de la chose, et ceux qui trouvaient que c'était une honte.

— Pour si peu, tu voudrais...

— Pour si peu ? Tu sais ce qui est peu et ce qui est trop, toi ? J'ai rien ! J'ai personne !... Tout ce que j'ai, c'est que j'en ai marre, alors si tu les as, file-moi les dix euros, c'est tout ce que je te demande.

Elle avait articulé nettement chaque mot, en dépit de sa lèvre blessée, pour se faire bien comprendre.

— Je les ai pas.

Il mentait. Il en avait même un peu plus que ça. Il sentait les pièces au fond de sa poche, comme si elles lui brûlaient la cuisse à travers le tissu, le marquant de petits chiffres cuisants : des deux, des un... Mais pas question de les donner à cette emmerdeuse. Après tout, qu'est-ce qui lui disait qu'elle n'allait pas les mettre pour de bon dans le monnayeur, tout régler à sa hauteur, et recevoir trois balles en pleine poitrine ? Et ce serait avec son argent à lui, ou plutôt avec l'argent de Cambouis devenu le sien, en tout cas ce serait sa faute à lui, ce serait comme s'il l'avait tuée de sa main.

— Je les ai pas, répéta-t-il. Et si je les avais, je te les donnerais pas.

— Alors fous le camp ! explosa-t-elle. Dégage ! Il finira bien par passer un type qui aura dix euros en pièces de monnaie sur lui, et envie de tirer un coup à ce prix-là !

XXV

Benoît renifla d'agacement. C'était absurde ! Cette fille parlait de se prostituer pour se procurer les dix euros qui lui permettraient de s'autofusiller sur un coup de tête... Il fut tenté de la mettre à l'épreuve. Il aurait pu lui donner les pièces et lui dire « pas cap ! » Il n'osa pas. Mais, outre la ferraille fatale, il lui restait un billet. Il le sortit de sa poche et le lui tendit. Elle le regarda comme s'il lui avait proposé un mouchoir sale.

— T'es sourd ? La machine prend seulement les pièces !

— Je sais. Mais tu pourras toujours demander de la monnaie à un passant ; ça t'évitera de coucher.

— Même avec toi ?

Il se sentit rougir. Sous cet éclairage, il n'était pas sûr qu'elle s'en aperçoive. Elle insista :

— Je t'ai posé une question. Tu veux baiser pour tes dix euros ? Pour tes vingt, même, avec ceux de tout à l'heure ? Il hésita et rougit encore. Elle aurait été la première. Fort banalement, l'innocence lui était un boulet. Elle lui pesait tant, parfois, qu'il serait allé jusqu'à sacrifier sa lyre, ou même, tiens ! la momie de son frère péruvien, pour s'en débarrasser si l'opportunité lui en avait été offerte. Mais là il n'était pas prêt. Comme ça, dans la rue, ça ne lui disait rien, ça l'effrayait, il était sûr de ne pas y arriver.

— Non, dit-il.

Elle le regarda avec curiosité.

— Non ? Je te plais pas ?

Si elle l'avait agacé dès la première seconde, physiquement elle ne lui déplaisait pas, mais la question n'était pas là.

— C'est pas ça.

Elle lui arracha le billet de la main.

— Alors c'est quoi ? T'aimes pas les filles ?

Il n'aurait pas cru possible de rougir encore, mais le fait est qu'il sentit ses joues s'empourprer de plus belle. Oh, si, il aimait les filles ! Et même il en crevait, certains jours, tant il les aimait sans en avoir jamais vraiment connu, tant il rêvait de posséder Fille-de-Personne comme ceci et comme cela, et de bien d'autres façons encore.

— Si, bien sûr ! dit-il seulement.

Il lui tourna le dos. Leur conversation n'allait nulle part. Qu'elle trouve de la monnaie, qu'elle se vende au premier venu, qu'elle meure puisqu'elle voulait mourir ! Ce matin quand il s'était levé elle n'existait pas. Tout à l'heure, quand il se coucherait enfin, elle n'existerait plus. Ils se seraient croisés, elle aurait juste eu le temps de lui casser les pieds et de le taxer de deux billets de dix. Tu parles d'une histoire !

Il ressaisit les poignées du Solex qu'il avait laissé reposer contre sa hanche, et se remit en route.

— Où tu vas ?

Elle lui avait emboîté le pas et l'avait rejoint en quelques foulées. À présent elle marchait à sa hauteur, le billet à la main.

— Tu ne veux pas me le dire ?

Drôle de fille, qui le toisait un instant du haut de sa résolution suicidaire, et l'instant d'après l'implorait presque. Car il croyait bien distinguer une nuance d'imploration dans sa voix.

— Qu'est-ce que ça peut te foutre, où je vais, puisque tu vas mourir ?

Un temps, il n'y eut plus que le bruit de leurs pas et les crouîîî du Solex. Puis, d'une voix de petite fille, elle dit :

— Tu es méchant !

Il respira plus fort. Méchant, pourquoi pas ? Il se dit qu'il aurait dû essayer ça plus tôt, de façon générale. C'était bon, d'être méchant. C'était confortable. C'était efficace. Une bouffée d'oxygène, un coup de fouet : ça réveille. On vous piétine, on vous snobe, on vous compte pour rien, on vous croit inoffensif... Détrompez-vous, petits êtres, je suis méchant ! Moi aussi j'ai des crocs, du venin ! Miracle : on vous craint, on vous respecte, pour un peu on vous aimerait dans l'espoir de vous désarmer. Il avait lancé une réflexion méchante, une seule, et Géli le suivait comme un petit chien qui s'est oublié sur un tapis et mendie son pardon. Pleurait-elle ? Il ne tourna pas la tête pour s'en assurer. Lui montrer de l'intérêt, ç'aurait été en rabattre sur cette méchanceté dont il goûtait pour la première fois la saveur. Il chercha autre chose du même tonneau à lui envoyer. Cela lui venait mal. Il avait la méchanceté courte. Il se força :

— Tu vas me lâcher, oui ? Depuis le conservatoire, cet après-midi, tu me...

Elle l'interrompit :

— Tu l'as bien arrangée, ta chiotte !

Elle montrait le Solex.

— Je me suis ramassé dans la descente, dit-il sur le ton de l'indifférence.

— Tu rentrais chez toi ?

Cela ne méritait pas de réponse. Évidemment, il rentrait chez lui ! À cette heure-ci, qu'est-ce qu'on pouvait faire d'autre ?

— T'habites loin ?

Il la voyait venir. À défaut du sommeil éternel, elle n'aurait pas détesté un simple petit somme. Il pouvait l'héberger. Demain matin, en croisant Géli dans l'escalier ou en la découvrant attablée devant un bol de chicorée dans la cuisine, Louise lui adresserait un de ses sourires absents. Peut-être, le lendemain ou le surlendemain, demanderait-elle à Benoît comment s'appelait « cette nouvelle jeune fille de l'autre jour », et ce serait tout... Décidément, il oubliait vite ses mauvaises résolutions. Pas fichu de rester méchant cinq minutes. Son détestable bon naturel reprenait tout de suite le dessus.

— Très loin ! ricana-t-il. Mais rassure-toi, on trouvera une autre fusillette en chemin.

C'était Homini Lupus, le journaliste, qui avait tenté dans un article de lancer *fusillette*, à l'imitation de sanisette, pour désigner les pelotons d'auto-exécution Guardicci. Le mot avait pris à moitié. *Fusillière* avait aussi ses partisans, sur le modèle de pissotière. D'autres avaient opté pour *guardiccienne*, calqué sur vespasienne. L'usage n'avait pas encore tranché, peut-être parce que beaucoup de gens répugnaient, au fond d'eux-mêmes, à pérenniser l'invention en lui donnant un nom qui ne fût qu'à elle. On disait souvent « les machines », avec une mimique un peu gênée qui suffisait à préciser de quelles machines on parlait.

— J'en connais une sur le cours Esteral, pas loin du Café de Faune, poursuivit Benoît en lançant à Géli un coup d'œil en biais. Le café est ouvert toute la nuit. Tu pourras y changer ton billet. On aura juste un petit détour à faire pour passer par là.

Au nom du Café de Faune, le visage de la jeune fille s'assombrit.

— Non, pas de détour !... J'ai changé d'avis, dit-elle précipitamment.

— Tu ne veux plus mourir, c'est ça ?

— C'est ça. Demain, peut-être !

Avec une ingénuité déconcertante, elle lui tendit le billet de dix euros.

— Reprends-le. Je n'en ai plus besoin.

— Pour ce soir, mais demain ?

— C'est loin, demain. Encore plus loin que chez toi ! soupira-t-elle.

Elle se jeta à l'eau.

— Je suis fatiguée, j'ai mal aux pieds, je sais pas où aller, j'en ai marre ! Tu crois que je pourrais dormir chez toi ? Je me ferai toute petite. Un lit de camp, un canapé, un matelas pneumatique, un fauteuil, n'importe quoi me conviendra. Ou même par terre, sur la moquette, mais sous un toit, au chaud... Et demain, promis juré, je débarrasse le plancher.

Benoît restait silencieux. Et si elle allait s'incruster ? Et, pire que tout, si Onagre et Cambouis la trouvaient chez lui ? Ils n'auraient pas fini de le chambrer. Il aurait beau nier, ils seraient persuadés qu'il couchait avec elle... *Et alors ?* Après tout elle n'était pas si vilaine. Elle avait l'air paumée, godiche, même, mais elle n'était pas mal foutue, loin de là. Il n'y aurait rien eu de honteux à coucher avec elle, au contraire. Sans compter qu'il aurait été intéressant d'observer la réaction de Fille-de-Personne. Cette dernière idée l'amusa tout particulièrement. Comme chez lui la folle du logis ne connaissait guère de repos, il se représenta Fille-de-Personne soudain jalouse, oubliant Cambouis et se consumant d'amour pour lui. Il lui en ferait voir, alors ! Il la laisserait mariner un moment, histoire d'éponger la longue ardoise des avanies qu'il avait endurées de sa part. Et puis à son heure, magnanime, il finirait par consentir à la prendre dans ses bras. Le joli rêve !… Mais bon, tout ça restait improbable.

— Alors c'est oui ?

Comme il ne répondait toujours pas, Géli pressa le pas et le dépassa avant de se retourner et de marcher à reculons, face à lui.

— Tu veux bien, dis ?

— Quoi ?

— Me laisser dormir chez toi. Sur la moquette. Sur ta descente de lit, si tu veux. Toute nue, si ça te dit et s'il fait assez bon dans ta chambre…

Un instant il l'imagina, nue, pelotonnée sur la carpette au pied de son lit. C'était une vision idiote, et en même temps plutôt séduisante.

— T'es piquée.

— C'est oui ?

— T'es soûlante, tu sais !

— Je veux pas dormir dans la rue, je ne *veux* pas ! C'est pour ça… Je dois trouver un toit, quelqu'un pour m'héberger. Toi ou un autre, mais je préfère que ce soit toi.

Il eut une moue incrédule.

— En quel honneur ?

— J'ai confiance en toi. Tu ne me feras pas de mal.

Il prit de son mieux un air diabolique.

— Tu oublies que je suis méchant.

— Laisse-moi rire.

Il se rebiffa :

— Ris, pleure, meurs, ne te gêne pas ! Et ta maison à toi ? Pourquoi t'y vas pas ?

Soit parce qu'elle craignait de trébucher et de

tomber, à aller si longtemps à reculons, soit que la question lui déplût, elle se détourna et recommença à marcher normalement.

— Tu ferais mieux de rentrer chez toi, la relança-t-il. Tes parents vont s'inquiéter.

— J'ai pas de chez-moi. J'ai pas de parents.

Il ironisa. Elle était née en début d'après-midi, en pleine rue, dans sa robe à fleurs. Et tout de suite après avoir ouvert les yeux, elle l'avait vu, lui, arriver au conservatoire pour l'audition avec sa lyre, et elle s'était dit : « Tiens, ce gars-là a une bonne bouille, je vais lui pourrir la vie, ça m'occupera ! »

— Ce serait trop beau. Mais non, je ne suis pas née d'aujourd'hui, ni d'hier, hélas !

Elle eut un rire amer, qu'il estima surjoué, comme celui des héroïnes de films américains qui s'apitoient sur elles-mêmes, assises au comptoir d'une boîte de nuit, en faisant tourner un fond de whisky dans leur verre. Elle se secoua.

— Si tu m'héberges, je pousse le Solex à ta place jusqu'à chez toi !

En acceptant le marché, il comprit qu'en réalité, il avait déjà décidé dans sa tête de la laisser dormir à la villa. Il dit oui, et le visage de Géli s'illumina d'une joie naïve. Il lui abandonna le guidon, non sans éprouver une certaine honte. Il savait bien, lui, qu'elle allait se meurtrir les chevilles. Dans cinq minutes, même pas, les muscles de ses bras et de ses poignets se raidiraient, elle suerait sang et eau, et elle maudirait le monde entier à commencer par Benoît. Il ne se sentait pas fier de lui, mais il n'en fut pas moins soulagé.

Ils cheminèrent en silence – à part les crouîîî bien sûr. Benoît marchait les mains dans les poches, en boitillant un peu quand même. Géli avait bientôt pris conscience de la corvée qu'elle s'était infligée, mais elle n'osait se plaindre. Benoît se dit qu'à sa place, Fille-de-Personne lui aurait déjà balancé le vélomoteur dans les tibias. Il repensa fugitivement à la proposition que Géli lui avait faite un moment plus tôt, de dormir nue sur sa descente de lit. Elle plaisantait, sans doute… Ou peut-être pas ? À présent qu'il était débarrassé du Solex, son champ de conscience n'était plus oblitéré par ce fardeau. Il se demanda s'il aurait le cran de lui rappeler son offre, ou même qu'elle s'était déclarée prête à coucher avec quiconque lui procurerait un abri pour la nuit. À nouveau, il eut honte. Et d'abord, en poussant le Solex, elle était en train de payer sa nuitée. Il avait mal négocié l'affaire. Tant pis pour lui, il resterait puceau quelque temps encore.

— C'est encore loin ?

Elle fatiguait. Il lui mentit par charité.

— Pas très.

Quand ils eurent couvert la moitié du trajet restant, il lui fit signe qu'il la relayait. Elle eut peur qu'il n'eût changé d'avis.

— On avait dit…

— Je sais, mais on est encore loin, et t'avances pas.

— Mais quand je te l'ai demandé, tu m'as dit que c'était pas loin.

— Tu vas pas la fermer, un peu ?

— Je pourrai quand même dormir chez toi ?

Il acquiesça.

— Alors ça va.

Elle lui rendit le vélomoteur et marcha docilement près de lui, en silence, tandis qu'il recommençait à se massacrer les chevilles et se traitait d'imbécile.

À la villa, pour commencer, elle regarda avec une

sorte d'effroi le portrait en pied du Liménien et la châsse du nourrisson naturalisé. Ce n'était rien encore. Devant le cadavre badigeonné de natron et bourré d'herbes aromatiques d'Aimé Propinquor, gisant sur la paillasse de travail où Louise l'avait abandonné en allant se coucher, la terreur faillit la submerger. Elle fut à deux doigts de s'enfuir à toutes jambes. Benoît parvint à la retenir et à la calmer.

— C'est rien, c'est le métier de ma mère : embaumeuse !

— Mais le bébé ? demanda Géli à demi convaincue seulement.

— C'est mon frère… Enfin, le fils de ma mère… N'aie pas peur, tu n'es pas tombée dans la maison des horreurs. Je te jure que tu n'as rien à craindre !

Elle ne dormit pas nue sur la carpette. Elle aurait pu. Par une vieille hantise de voir son fils de secours prendre froid et tomber malade, Louise chauffait la maison à outrance, y entretenant une chaleur quasi amazonienne. Les chambres libres ne manquaient pas, dans la vaste villa. Après lui avoir montré la sienne dans le donjon, Benoît casa Géli dans celle où Fille-de-Personne prenait le plus souvent ses quartiers. À l'origine il ne s'agissait pas vraiment d'une chambre, mais d'une alcôve du grenier qu'on avait fermée pour en faire une chambre de bonne. Dans le grenier lui-même, lors de son installation, le guanotier avait entreposé toutes les possessions de sa vie antérieure qui avaient traversé l'océan avec lui. Benoît, dans son enfance, avait encore pu se glisser dans les étroits passages ménagés entre les caisses empilées les unes sur les autres et les meubles en bois exotiques, les tableaux jamais déballés dont les couleurs fulgurantes dormaient dans l'ombre, les malles-cabines closes sur des garde-robes d'un autre temps. Des classeurs à rideaux renfermaient les bilans d'exploitation d'îlots jadis presque entièrement constitués de la fiente de milliards d'oiseaux, et aujourd'hui raclés, dénudés jusqu'à la semelle rocheuse. Au point le plus éloigné de l'entrée que Benoît eût atteint lors de ses explorations, trônait un volumineux coffre-fort qui sans doute eût livré tous les secrets de l'univers si la combinaison n'en avait été à jamais perdue. Quand il atteignait cette espèce de tabernacle empoussiéré, Benoît en caressait les parois avec un mélange de peur et d'excitation. Timidement, l'oreille collée contre la porte pour entendre cliqueter les chiffres dans les profondeurs de la matière, l'enfant manipulait les quatre grosses mollettes guillochées qui commandaient l'ouverture du coffre. Celui-ci ne comportait pas de clé et s'ouvrait de lui-même si on lui livrait, comme à un sphinx, la bonne réponse à sa question muette. Peut-être, un jour, Benoît tomberait-il sur la combinaison ? Le Liménien était mort sans avoir eu le temps de la dévoiler à sa fille. Louise ne semblait pas s'en soucier, sinon elle aurait fait ouvrir le coffre par un spécialiste. Ou bien savait-elle qu'il était vide, ou qu'il ne renfermait que des paperasses sans intérêt ? Quand Benoît lui avait posé la question et avait parlé de trésor, de bijoux et de couronne inca, elle avait secoué la tête en souriant et s'était replongée dans la préparation d'un perroquet dont une cousine de Superbe lui avait confié l'empaillage. En tout cas, Benoît se souvenait de la dernière fois où il avait accédé au coffre. Il se revoyait tenter, comme un joueur de roulette, les derniers chiffres de sa martingale improbable. La porte ne s'était pas ouverte. Ce jour-là Benoît avait rebroussé chemin à grand-peine. Sa corpulence ne lui permettait déjà plus de se retourner à l'intérieur de la faille. Il lui avait fallu s'en extirper à reculons. Il avait même craint d'y rester coincé. D'en bas, Louise l'aurait-elle entendu appeler ? Aurait-elle pensé à le chercher dans ce modeste labyrinthe ? Il y serait aussi bien mort de faim ! On ne l'aurait retrouvé qu'après la mort de Louise des années plus tard, desséché entre deux falaises de caisses et de meubles comme une feuille d'arbre entre les pages d'un livre, quand un brocanteur – Bogue, peut-être – aurait vidé la maison ! Il était malgré tout parvenu à regagner la surface du monde et sa rassurante insignifiance. Quelques mois plus tard, quand il avait trouvé le courage de tenter à nouveau de parvenir jusqu'au coffre, il avait dû renoncer, tant il avait forci.

XXVI

Nulle employée de maison ne dormait plus dans cette chambre exiguë. Louise y avait remisé ses premiers essais de taxidermie, plus ou moins ratés, ainsi que les spécimens aboutis que des clients décédés ou insolvables lui avaient laissés sur les bras. Disposés tout autour de la pièce sur les meubles en pitchpin, divers oiseaux, des chats, des chiens, un chinchilla, plusieurs lapins, un hérisson, un marcassin, des rongeurs et des carnassiers de la campagne proche, une marmotte, un muscardin, une belette, un renardeau, composaient un aréopage animal dont Louise, par une bizarre fantaisie, avait fait converger les yeux de verre sur le lit étroit qu'ils cernaient. La taille réduite de la pièce accentuait le sentiment d'oppression que ce bestiaire gris de poussière, mangé aux mites, constellé de chiures de mouche et copieusement orné de toiles d'araignées, était susceptible de produire sur l'occupant du lit. Fille-de-Personne s'y plaisait bien, pourtant. Elle trouvait drôles ces bestioles un peu biscornues, pour la plupart sorties des mains inexpérimentées de Louise aux temps de son apprentissage. En leur compagnie elle dormait comme un ange. « J'aime les sentir autour de moi dans le noir, disait-elle. J'ai l'impression qu'elles veillent sur moi… » Géli parut les apprécier moins, mais peut-être fallait-il mettre ce manque d'enthousiasme sur le compte de la fatigue, pensa Benoît. Et puis ce n'était pas dans la manière de Fille-de-Personne de retabaquer son lit avant de partir, ni dans celle de Louise de changer les draps.

— Ça sent un peu le renfermé, s'excusa Benoît, mais le radiateur fonctionne, et il y a de l'eau chaude au lavabo.

Pour le prouver, il tourna un des robinets. Celui-ci, au terme d'une série de borborygmes et de cognements hydrauliques, délivra un torrent d'eau bouillante. Le second robinet s'avéra bloqué à mort et refusa de dispenser la moindre goutte d'eau froide. Par chance, la bonde fonctionnait. Un rognon de savon et un gant de toilette informe traînaient sur le bord grisâtre de la cuvette.

— Tu remplis le lavabo, et tu attends un peu pour pas t'ébouillanter, conseilla Benoît.

— Ça ira très bien, murmura Géli. Tu n'aurais rien à manger ?

Il sortit de sa poche une des deux poires qui lui restaient et la lui tendit. Elle s'en saisit et mordit dedans avec une avidité qui lui rappela celle du chèvre-pied du musée.

— Je vais tâcher de te trouver une serviette, reprit-il en considérant la couleur de celle que Fille-de-Personne avait jetée sur le dos du marcassin.

— Si tu veux, oui…

Quand il revint, une serviette plus récente au poing, il trouva Géli déjà couchée, le dessus-de-lit grenat, çà et là taché et décoloré, remonté jusque sous le menton. La petite robe à fleurs pendait, accrochée au museau du renardeau, près duquel reposait le trognon de la poire.

Il posa la serviette au bord du lit.

— Eh bien voilà… Les toilettes sont à l'étage au-dessous, près de ma chambre. Bonne nuit!… J'éteins ?

Elle répondit d'un battement de paupières. Plus tard dans la nuit, quand il entendit dans un demi-sommeil la porte de sa chambre s'ouvrir, il crut qu'elle avait cherché les WC. et qu'elle s'était trompée. Mais ce n'était pas ça. Il sentit sa présence au-dessus de lui et voulut allumer la lampe de chevet.

— Non, n'allume pas, chuchota-t-elle. Je peux pas dormir, là-haut, avec toutes ces bêtes…

Elle écarta drap et couverture et se glissa dans le lit. Incrédule, Benoît sentit son corps tiède et moite se couler contre lui. Elle était on ne peut plus nue, et il sentit une toison soyeuse caresser sa hanche, des seins d'une douceur inconcevable peser sur son torse. La jeune fille enroula ses jambes autour des siennes, colla son ventre contre le sien et enfouit son visage dans son aisselle. Dix fois, quand elle restait dormir à la villa, il avait rêvé que Fille-de-Personne quittait sa chambre pour le rejoindre ainsi. Il avait imaginé ce que ce serait, son poids, sa chaleur, son parfum… Ce qu'il ressentait à présent était mille fois plus violent que tout ce qu'il avait présumé. Pourtant ce n'était pas Fille-de-Personne qui le lui apportait, mais cette Géli qui ne lui était rien, dont il avait du mal à se représenter les traits alors même qu'il refermait ses bras sur elle.

Ils furent réveillés à l'aube par un lourd crépitement sur les volets. Cela ne dura que quelques instants. En cette saison, il n'y avait guère de chance que ce fût vraiment de la grêle. Au bruit, Benoît fut d'abord tenté d'écarter l'hypothèse d'insectes, à moins que ce ne fussent des sauterelles, ou de gros coléoptères, des scarabées, des hannetons par exemple ? « Encore des salamandres ? » demanda Géli à haute voix. Il comprit qu'elle n'était pas née à Écorcheville, sinon elle aurait su qu'on pouvait s'attendre à peu près à n'importe quoi : des écrevisses, des vers de terre, de minuscules tortues d'eau, des escargots... Mais les escargots s'écrasaient sur les contrevents et les toitures avec un bruit sec caractéristique. Pour les salamandres, les grenouilles, les têtards et tritons, le bruit était plus caoutchouteux. La solide carapace des petites tortues plates n'éclatait pas toujours ; elles pouvaient rebondir comme des cailloux. Les vers, planaires et lombrics le plus souvent, fouettaient mollement les surfaces avant de glisser sur le zinc des toitures et de s'accumuler dans les gouttières ou dans les jardinières des fenêtres. Il répondit à Géli qu'il pariait pour des hannetons. Il se promit de lui demander d'où elle venait, et depuis combien de temps elle était en ville, mais rien ne pressait. Ils étaient si bien, enlacés dans la chaleur du lit, à l'abri des saloperies qui tombaient du ciel. Puisqu'ils étaient réveillés ils reprirent leurs jeux de la nuit, puis ils se rendormirent.

La fois suivante où Benoît se réveilla il était seul, mais l'odeur de Géli était là, dans les draps, sur le traversin et l'oreiller qu'ils avaient partagés, sur ses mains surtout. Assis dans son lit, il les huma longuement avec curiosité. C'était ça, l'odeur de l'amour. Elle ne ressemblait à aucune autre. C'était une odeur organique, animale, et cependant si suave... Il se leva et alla se regarder dans le miroir placé au-dessus du lavabo de sa chambre. Il chercha sur son visage les signes de la métamorphose qui s'était produite en lui cette nuit, et ne trouva rien. En principe tout avait changé : il était devenu un homme, sacré nom ! Il hésita entre exaltation et scepticisme. Un homme, vraiment, parce qu'il avait fait une certaine chose avec Géli, et plusieurs fois, encore ? Il se sentait pourtant le même Benoît, le même benêt qu'hier – en moins vierge. Il écrasa une noix de pâte dentifrice sur sa vieille brosse échevelée, et commença à se brosser les dents en se demandant où était passée Géli. Il aurait voulu lui exprimer... Quoi ? Il sonda son cœur et il lui sembla qu'il était toujours amoureux de Fille-de-Personne. Ce qu'il ressentait vis-à-vis de Géli, ce n'était que de la reconnaissance. Il se dit qu'elle avait dû aller faire sa toilette là-haut par discrétion, malgré les animaux. Il replaça sa brosse dans le verre, et respira à nouveau sur ses mains l'odeur intime de la jeune fille. Comment la remercier ? Un peu d'argent ? Il lui restait une vingtaine des cinquante euros de Cambouis. Il lui donnerait tout. Elle était en galère. Il ignorait quelle sorte de galère exactement, mais cela ne faisait pas de doute. Il l'aiderait autant que possible. Tiens, il pourrait l'héberger et coucher de nouveau avec elle de temps en temps... Un bruit de moteur le tira de ses réflexions. Ce n'était pas, loin de là, le feulement de fauve de la Vorax à bas régime. Benoît tendit l'oreille et reconnut le banal ronronnement d'une camionnette. Le centaure, déjà ? Il se vêtit en hâte et descendit aux nouvelles. Sur le perron semé, tout comme l'allée, de gros hannetons noirâtres dont quelques-uns bougeaient encore et tentaient des décollages désespérés, il trouva Louise en robe de chambre, flanquée des Vieilles Toupies. Devant la maison stationnait un fourgon frigorifique semblable à celui qui avait convoyé le corps d'Aimé l'avant-veille. Louise descendit les marches du perron à la rencontre des livreurs. Eu égard au poids et au volume de l'objet de la course, ils étaient venus à trois. Le chauffeur tendit à Louise un bon de livraison. Les sourcils froncés, elle le lut, releva la tête un bref instant pour confirmer d'un regard en direction de Benoît qu'il s'agissait bien du centaure annoncé, et signa le document. Benoît avait perçu sur le visage de sa mère une expression qu'il ne se souvenait pas d'y avoir jamais vue : elle exultait. Avec cette pièce unique, elle tenait sans doute son bâton de maréchal d'embaumeuse !

— L'accès à mon laboratoire est plus commode par l'arrière. Je vous guide, dit-elle au chauffeur.

Resté sur le perron en compagnie des Vieilles Toupies, Benoît dut s'acquitter du rituel des baisers. Ceux que lui rendit Tatie Cindy lui parurent d'une chaleur toute particulière. Il en devina la raison quand, avec son habituelle absence de pudeur, elle lui prit les mains et les porta à son nez afin de les sentir. Il piqua un fard et les retira précipitamment, mais pour les narines exercées de la vieille pécheresse, le test était probant.

— Mon grand, s'exclama-t-elle, comme je suis contente pour toi ! Quand j'ai vu cette mignonne, avec sa petite robe à fleurs et ses yeux battus, j'ai tout de suite pensé…

— Tu as vu… Tu as vu Géli ? Où est-elle ?

— Ah, elle s'appelle Géli ? C'est joli, Géli, c'est original… Elle est partie… N'est-ce pas, Lenya ?

Tata Lenya acquiesça. Moins démonstrative que

Tatie Cindy, moins égrillarde aussi, elle couvait cependant Benoît d'un regard attendri.

— Je l'ai vue prendre un fruit dans le compotier, et hop, envolée ! Elle a l'air bien gentille… C'est une petite camarade de classe ?

Benoît ignora la question de Tata Lenya.

— Il y a longtemps qu'elle est partie ?

— Moins d'une heure, dit Tatie Cindy. Ne t'inquiète pas, va, si elle a été heureuse elle reviendra !

Tata Lenya leva les yeux au ciel. Benoît protesta :

— Je ne m'inquiète pas !

— Tu as raison, approuva Tatie Cindy. Prendre ce qui vient et laisser partir ce qui part, c'est la clé du bonheur. Mon Dieu, dire que c'est fini pour moi, tout ça…

Tout à coup, son dos rond parut se voûter encore sous le poids d'un désarroi immense. Ses yeux s'embuèrent, elle porta une de ses mains à son cou haubané de fanons, l'autre au fardeau informe de ses seins.

— Plus jamais… J'avais une peau de soie, moi aussi. Mes amants en étaient fous ! Ma peau, mes muqueuses… Ils étaient là, comme des bourdons, à pomper mes sucs…

Scandalisée, Tata Lenya s'insurgea :

— Cindy, voyons !…

— Ah, laisse-moi donc ! Mon sang courait dans mes veines comme l'eau d'un torrent de montagne, mais j'avais le feu dans les yeux. Dans les yeux et ailleurs, ah, ah !… Les hommes se battaient pour moi. Ils auraient marché pieds nus sur un tapis de braises, pour m'avoir. Ils déchiraient devant moi la photo de leur femme et de leurs enfants, et ils jetaient les morceaux dans le caniveau. Ah, j'en ai fait danser ! Et maintenant regardez-moi : je ne suis plus qu'un vieux sac de cuir, une outre de chair tremblotante…

Un instant, elle fut sur le point d'éclater en sanglots. Elle y renonça brusquement, et passa le dos de sa main sur le haut de son visage, comme un gant.

— Baise-la bien, Benoît. Celle-là et toutes les autres ! soupira-t-elle en laissant retomber sa main.

Tata Lenya fusilla sa commère du regard.

— Cindy ! Enfin ! Est-ce que tu te rends compte…

— Hélas oui, je me rends parfaitement compte que nos carottes sont cuites, les tiennes comme les miennes, ma pauvre vieille ! Bah, Louise a hérité d'un centaure à empailler, à ce qu'il paraît. C'est l'occasion ou jamais de voir comment ces bestiaux-là sont montés !

Le trio rejoignit Louise et les livreurs sur la façade arrière de la maison. Le transfert du centaure de la camionnette au laboratoire ne fut pas une mince affaire. Il était encore congelé. La raideur de ses pattes comme de ses bras, et l'angle droit formé par la jonction de ses deux parties, l'humaine et l'animale, rendaient la manœuvre malaisée. Il s'en fallut de peu que l'équipe ne déclarât forfait. Puisque le centaure dans son état présent ne passait pas par la porte, il n'y avait qu'à le laisser décongeler sur le seuil, plaida le chauffeur. Louise le détrompa. La rigidité cadavérique n'est pas un vain mot. Il ne fallait pas espérer que la créature s'assouplisse de façon appréciable avant plusieurs jours. Louise avait pris la mesure de la tâche qui l'attendait face à une telle montagne de chair. Elle était pressée de s'y atteler, et elle comptait hâter la décongélation en usant d'un sèche-cheveux. On essaya plusieurs façons de procéder : en présentant l'animal par l'avant, par l'arrière-train, en biais… On parvint à lui faire franchir l'embrasure, mais un coude du couloir réduisit à néant les espoirs suscités par ce premier succès. Le temps s'écoulait en vaines tentatives, chacun y allait de son avis, l'énervement montait, Tatie Cindy multipliait les agaceries aux jeunes livreurs tout en lorgnant les génitoires de la créature, le chauffeur regardait sa montre et menaçait de tout planter là. Louise très embêtée envisagea de recourir à une tronçonneuse électrique pour séparer les éléments qu'une fantaisie de la Nature avait joints, quitte à les réunir ensuite. Cependant son amour du travail bien fait répugnait à pareil expédient. Qui prendrait au sérieux un centaure coupé en deux par le milieu et recousu à gros points ? La question, d'ailleurs, n'était pas vraiment là. Aucun autochtone n'aurait songé à contester l'authenticité de l'spécimen. On ne mettait pas en doute, ici, l'existence des centaures, des sirènes, des faunes et de mille autres monstres encore. On savait pertinemment qu'il pouvait en surgir du fleuve à tout moment.

— Ce sont les pattes qui gênent, fit observer Tatie Cindy. Peut-être suffirait-il d'en couper une seule ? Celle-là, par exemple, l'antérieure gauche ! Elle bute contre le radiateur du couloir, alors forcément…

Pour Louise, ce fut une illumination.

— Le radiateur, bien sûr ! Il n'y a qu'à démonter le radiateur. Allons, vite, vite !

Rien n'est simple. Il fallut d'abord couper l'eau, dénicher les outils ad hoc et des bouchons de cuivre d'un certain diamètre, des joints… On chercha, on trouva, on vint à bout de l'obstacle, on put négocier le tournant du couloir. On dut encore, pour accéder au laboratoire, déplacer une armoire vitrée bourrée d'instruments de chirurgie rouillés, scies, bistouris et lancettes, érignes, curettes, trocarts, rugines, écarteurs et spéculums… Enfin, après deux heures d'efforts, la table de la salle à manger poussée au centre du ci-devant salon bouton-d'or accueillit, toutes rallonges déployées, la dépouille considérable. La momie d'Aimé en voie de séchage avait été reléguée dans un cagibi attenant. Louise raccompagna l'équipe jusqu'à la camionnette et se fendit d'une gratification qu'elle se promit de compter à Superbe parmi ses faux frais, puis elle regagna le laboratoire. Benoît et les Vieilles Toupies se tenaient autour de la table supportant le centaure. Dans l'espace relativement modeste de l'ancien salon, sa masse était impressionnante, effrayante, même. La chimère n'était pas composée d'un gringalet et d'un poney, mais d'un demi-colosse et des trois quarts d'un percheron. Rêveuse, Tatie Cindy laissait errer son regard sur la puissante musculature du buste humain, sur ses traits virils sous la barbe emmêlée. Mais les mains surtout, carrées, aux doigts courts et épais, la troublaient.

— Dis donc, ça ne devait pas être rien, d'être pétrie par ces mains-là... Quant au reste, imagine! murmura-t-elle à l'adresse de Tata Lenya.

Celle-ci feignit de n'avoir rien entendu. Excitée, Louise tournait autour de son nouveau sujet comme une fillette autour d'un arbre de Noël. À tout instant, elle se penchait pour examiner le gisant de plus près, l'effleurait d'un doigt, le pinçait de deux, tout en réfléchissant à haute voix aux difficultés matérielles qu'elle allait devoir affronter. Elle se détourna du centaure le temps de saisir un bloc-notes et un crayon sur la paillasse, revint à lui, esquissa un croquis.

— Il va me falloir une sorte de potence pour le maintenir dans les positions propices. Je vais la commander dès aujourd'hui au charpentier qui me fournit les sarcophages. Voyons...

Elle pêcha un mètre de couturière dans la poche de

son peignoir, mesura ceci et cela. Elle parlait avec animation, tout en griffonnant des cotes.

— Mon Dieu, quelle merveille ! Ce sera mon chef-d'œuvre !... Mais c'est presque un pont roulant qui serait nécessaire pour déplacer un tel poids !

— C'est évident, intervint Tatie Cindy : tu auras besoin d'aide constamment, afin de le manipuler. Figurez-vous qu'il me vient un idée ! Oh, plus j'y pense, et plus elle me semble ex-cel-lente !

XXVII

Tatie Cindy répéta avec jubilation « Ex-cel-lente, vraiment ! » en battant des mains.

— Ne sommes-nous pas le troisième dimanche du mois ?

On acquiesça. Elle enregistra cet acquiescement d'un pouce brandi, comme un professeur de logique prend acte de la première étape d'un raisonnement imparable.

— Le marché aux esclaves n'est-il pas ouvert aujourd'hui ?

Elle n'attendit même pas qu'on le lui accordât pour lever un second doigt.

— Et n'avions-nous pas projeté de nous y rendre ensemble, afin d'y procéder à l'achat d'un factotum destiné à remplacer le pauvre vieux Josaphat de Lenya ?

Celle-ci en convint, sans trop deviner encore où menait la démonstration. Depuis des lustres, Josaphat était son esclave à toutes mains, puisqu'il remplissait auprès d'elle les fonctions cumulées de chauffeur, de majordome, de garde du corps, de jardinier... Était-il aussi, ou du moins avait-il été son amant ? Tatie

Cindy, qui avait du mal à concevoir qu'un homme et une femme puissent se côtoyer plus d'une journée ou deux sans coucher ensemble, n'en doutait pas. Elle n'était jamais parvenue à le faire avouer à Tata Lenya. À la moindre allusion de cet ordre, celle-ci se mettait en colère. Aussi Tatie Cindy se bornait-elle à la taquiner en rappelant de temps à autre que Josaphat avait été naguère fort bel homme, et qu'il n'aurait pas fallu qu'il la priât longtemps, elle, pour qu'elle lui accordât ses faveurs. Sur quoi Tata Lenya pinçait les lèvres d'une façon qui l'amusait beaucoup.

Le temps avait accompli sa sale besogne. Aujourd'hui c'était Josaphat qui aurait profité des soins d'une gouvernante, voire d'une garde-malade. Il avait maigri, son teint grisâtre et son souffle court trahissaient une santé chancelante. Au jardin les arrosoirs étaient trop lourds pour lui, passer la tondeuse l'épuisait bientôt. Il n'était plus capable de tailler que la partie médiane des haies, et encore ! En cuisine sa main tremblait, les plats étaient toujours trop salés, les desserts trop sucrés. Mais c'était au volant de la voiture de Tata Lenya que les effets de l'âge étaient le plus sensibles. Une arthrose cervicale empêchait Josaphat de tourner la tête et rendait ses créneaux critiquables. Ce n'était encore rien, comparé à l'affaiblissement de l'acuité de sa vision nocturne et de sa capacité d'estimer les distances, de jour comme de nuit. Si Tata Lenya avait jusqu'ici repoussé la triste échéance, elle ne pouvait plus se cacher la vérité, Josaphat était au bout de son rouleau. Il déclinait de semaine en semaine, presque de jour en jour. Son remplacement devenait urgent. Le sort des esclaves séniles constituait une manière de sujet tabou au sein des grandes familles écorchevillaises. Celles-ci étaient a priori les seules concernées par ce problème, bien que, par exception, il arrivât que des familles ou des individus moins relevés possèdent et conservent assez longtemps un ou une esclave pour s'y trouver confrontés. On admettait tacitement (le législateur s'était bien gardé de se mêler de cette matière délicate) qu'un maître se débarrassât d'un esclave improductif. Or il n'existait pas de maison de retraite à cet effet, ni d'hospice, ni de mouroir d'aucune sorte. Il revenait à chaque propriétaire d'agir selon sa conscience ou son intérêt. On pouvait recourir à l'euthanasie, à la condition que sa mise en pratique s'effectuât autant que possible dans le respect de l'étymologie du mot. Au sein de la bonne société, qu'un homme fût soupçonné d'avoir abattu comme un chien un esclave impotent, ou d'avoir mis fin à ses jours par des moyens susceptibles de lui causer des souffrances superflues, entachait gravement sa réputation et lui interdisait l'accès de certains salons comme certaines alliances. L'humanité étant ce qu'elle est, il ne manquait pas de tartuffes pour affranchir leurs esclaves vieillissants afin de s'épargner des soucis. C'était aussi le cas, bien souvent, des esclaves de louage qui n'avaient pas trouvé à se faire acheter dans leur jeunesse ou leur maturité par un particulier. Tous ceux-là devenaient au même instant des hommes libres et des clochards. De bonnes âmes, souvent des femmes de condition modeste et presque aussi âgées qu'eux, les nourrissaient en leur laissant, comme à des chats errants, des écuelles de nourriture dans les cimetières et les jardins publics. En général les familles assez riches pour subvenir à leur entretien gardaient jusqu'au bout leurs esclaves, d'ailleurs devenus moins nombreux avec l'évolution des mœurs. On leur assurait le gîte, le couvert, les soins médicaux que nécessitait leur état. Mais qu'un esclave eût ou non mérité une telle bonté, il se produisait parfois que son possesseur ne fût pas disposé à la lui montrer, ou qu'il en fût empêché par un revers de fortune. On se servait alors de la Recette. Elle se transmettait de génération en génération. Tout pharmacien la connaissait, cependant il eût été scabreux de la commander dans une officine. Cela eût équivalu à dire au potard : « Préparez-moi une bonne dose d'arsenic, j'ai quelqu'un à liquider ! » On concoctait la potion chez soi, à l'aide d'ingrédients innocents pris séparément, ou bien on la sortait toute prête d'un placard où on la gardait sous clé depuis toujours, à l'abri des enfants et des esclaves à qui elle était destinée.

Tata Lenya n'entendait pas euthanasier son Josaphat. Au contraire, elle était déterminée à le conserver auprès d'elle, même inactif, et à lui prodiguer tous les soins nécessaires. Elle était aisée. Les revenus de ses cachets d'actrice jadis placés avec discernement la mettaient à l'abri du besoin. Outre la maison qu'elle habitait non loin de la villa Jacaranda, elle possédait en ville plusieurs petits immeubles locatifs. Son train de vie n'avait rien que de très raisonnable. Ainsi, elle n'avait jamais changé de voiture depuis l'époque de sa gloire. Laurençais, un producteur de cinéma, la lui avait offerte en gage d'amour un demi-siècle auparavant. En voyant passer l'antique Westington Platinum Thunderbolt haute et longue à peu près comme une locomotive à vapeur, tout Écorcheville savait que c'était celle de Lenya Orbison, puisqu'il ne restait dans le monde qu'un autre exemplaire de ce modèle en état de marche, en Inde, où il était la propriété d'un maharadjah. Avec ses énormes pneus à flancs blancs rafraîchis à la brosse à dents chaque semaine, ses chromes étincelants, ses phares et ses rétroviseurs sortis des mains du plus réputé des miroitiers-vitriers de Murano, ses boiseries intérieures en ronce de noyer, son tableau de bord en loupe d'orme, son bar marqueté d'écaille et d'ivoire renfermant un service à champagne en cristal taillé, son cendrier dessiné par Daum, ses appliques de Gallé et sa sellerie en authentique galuchat vert bouteille, l'engin était spectaculaire. Son coffre-fort intégré, qui avait abrité naguère des fortunes en liquide, du temps que Tata Lenya et son producteur, conduits déjà par Josaphat, vagabondaient de Gstaad à Monaco et de Bordighera à Biarritz, ne contenait plus qu'un formulaire de constat d'accident périmé et une liasse de lettres d'amour de Laurençais, à peine lues, car Lenya avait laissé cet homme l'aimer sans l'aimer en retour. C'était en ce voyant équipage que Josaphat, mitaines de cuir et livrée grise, menait Tata Lenya chez sa mercière ou son podologue, à quarante kilomètres-heure. Depuis des années, elle ne l'autorisait pas à aller plus vite. Il avait longtemps pesté contre cet ukase. Ces derniers mois, cette mesure de prudence était devenue vitale tant la conduite du vieillard laissait à désirer.

— C'est vrai qu'on s'était promis d'y aller aujourd'hui. Je n'y pensais plus, avoua Tata Lenya. Je suis toute tourneboulée par l'arrivée de cet homme, ou de cet animal... Est-ce que je sais comment il faut l'appeler, moi ?

— Hominal ? Animhomme ? gouailla Tatie Cindy. Peu importe ! Puisque ce centaure est là et que son traitement va poser des problèmes, faisons d'une pierre deux coups, en achetant aujourd'hui ton factotum. Tu le prêteras à Louise pendant quelques jours, le temps qu'elle vienne à bout de son travail avec son aide.

Cindy portait au futur successeur de Josaphat un

intérêt trop insistant pour être honnête :

— Allons-y, voyons ! En plus, ça nous changera les idées. J'ai toujours aimé flâner au marché aux esclaves, moi ! Les voir exposés sur les estrades, ça me rappelle des tas de souvenirs. « Ces dames au salon », la présentation au client, toute ma jeunesse ! s'esclaffa-t-elle.

Louise reconnut que cette solution lui faciliterait considérablement la tâche. Tata Lenya n'avait plus qu'à capituler. Tatie Cindy triomphante dégagea de son corsage la minuscule montre-médaillon qui reposait au bout d'une chaînette en plaqué dans le sillon de sa poitrine. Mon Dieu, onze heures déjà ! Le marché des indépendants ouvrait ses portes à midi. Elle prit la direction des opérations. On se rendrait au marché avec la Thunderbolt. S'il n'avait pas cours ce matin, Benoît pouvait se joindre à l'expédition. De notoriété publique, le marché était un lieu mal fréquenté ; autant faire nombre. Benoît accepta. Cet endroit sulfureux, dont l'accès était interdit aux mineurs non accompagnés, exerçait sur lui une fascination trouble. Il n'avait eu qu'une fois l'occasion d'y aller, chaperonné par un Onagre tout juste majeur envoyé là en repérage par ses sœurs Alcyone et Bételgeuse. Avant que la révélation de leurs débordements n'eût amené Superbe à le leur interdire, les demoiselles Propinquor achetaient en sous-main leurs jouets de chair chez Vipérini.

Benoît n'aurait su dire quel âge avait Josaphat. Plus près de cent ans que de quatre-vingt-dix, sans doute. En tout cas il n'était plus là qu'à moitié. Il n'avait même plus vraiment de traits à lui, comme s'ils se perdaient, déjà, dans le brouillard tout proche de la mort. Mais ce spectre dévoué servirait sa maîtresse jusqu'à son dernier souffle. Un quart d'heure après que Tata Lenya l'eut appelé au téléphone pour lui ordonner de sortir la voiture et de passer les prendre chez Louise, il était là, impeccable et fragile dans sa tenue de chauffeur, ses vieilles mains gantées posées sur le volant de bois précieux de l'autobsolète. Tata Lenya le dispensait depuis l'hiver dernier du cérémonial de la portière à ouvrir et du marchepied à déplier. Elle l'économisait, consciente que tout effort, désormais, tirait sur ses ultimes réserves.

Benoît et les Vieilles Toupies se hissèrent à l'intérieur de l'habitacle. Tandis qu'elles prenaient place sur les coussins en cuir de poisson-diable, Benoît contempla les maigres épaules de Josaphat, sa nuque émergeant d'un col en celluloïd semblable à un étui trop large, sa couronne de cheveux d'un blanc immaculé sous la casquette. Benoît avait entendu Tata Lenya lui donner ses instructions au téléphone. Josaphat savait où l'on allait, et il ne pouvait ignorer que pour lui cette course serait probablement la dernière. Bien sûr, il formerait son successeur. Une Westington Platinum Thunderbolt ne se pilotait ni ne s'entretenait comme les voitures d'aujourd'hui. C'était une grande dame volontiers capricieuse que le nouveau chauffeur devrait apprivoiser. Les niveaux étaient sujets à des variations brutales et inexplicables, le moteur puissant mais délicat se noyait comme un rien, l'embrayage avait ses humeurs, la direction était lourde et imprécise, la consommation d'essence vertigineuse, les circuits électriques sensibles aux moindres fluctuations hygrométriques, les pièces de rechange introuvables ou vendues aux enchères lors de conventions trisanuelles. Le néophyte aurait à identifier et à surveiller toute une série de bruits composant un langage le plus souvent porteur de menaces.

Durant le trajet, une embarrassante lueur de complicité s'allumait dans le regard de Tatie Cindy chaque fois qu'il croisait celui de Benoît. Il fermait alors les yeux et feignait de somnoler. Il faisait à peine semblant, car la nuit avait été courte. Dans un demi-sommeil, ses péripéties lui revenaient en mémoire. Le Lapin Bleu, la bûche qu'il avait prise sur le chemin du retour, la rencontre de Fille-de-Personne et la vision de Morpho Ménélos volant au-dessus du mail, Géli… Il se dit qu'il avait peut-être bien sauvé la vie de la jeune fille. Se serait-elle vraiment suicidée, s'il l'avait laissée en plan, si un quidam lui avait donné les quelques euros qu'elle quémandait ? Il n'y avait guère de doute qu'il aurait fini par s'en trouver un pour les lui accorder, étant donné ce qu'elle proposait en échange… Lui, c'était autre chose. Il se flatta de l'avoir sauvée sans rien lui demander. Elle s'était donnée à lui par reconnaissance. Il rouvrit les yeux. La luxueuse guimbarde longeait le Styx à faible allure. Tata Lenya scrutait la route par-dessus l'épaule de Josaphat, de façon à lui signaler longtemps à l'avance les autos qu'ils allaient croiser et les tournants à prendre. Un sourire flottait sur le visage de Tatie Cindy tourné vers la vitre. À quoi rêvait-elle ? Benoît paria qu'elle s'abandonnait à des rêveries dans lesquelles le futur factotum de Tata Lenya tenait un rôle prépondérant. Il huma à nouveau ses mains, à la dérobée. La douche rapide qu'il était remonté prendre en attendant la voiture avait dissipé l'*odor di femina*. Il se rappela sa surprise en découvrant, au creux du corps de la jeune fille, cet épanchement de rosée. Il pensa que Tatie Cindy, il y avait très, très longtemps, avait été semblable à Géli. Un matin de printemps vivant, une bourrasque de fleurs… En mieux ! Il avait vu des photos datant de la jeunesse de la Vieille

Toupie. À seize ans, Ginette Morcif, fillette délurée, bientôt gourgandine confirmée et future Cindy Christie, c'était un éblouissement. Et maintenant... La chair était donc une malédiction, une souffrance, puisqu'on était successivement une merveille, puis une guenille, puis une charogne. En s'aidant du triste tableau qu'offrait Tatie Cindy, il essaya d'imaginer Géli et Fille-de-Personne d'ici cinquante ou soixante ans. Il eut l'impression de se pencher sur un gouffre. Du fond de cet abîme, deux vieilles toupies dont les traits n'évoquaient même plus ceux des deux adolescentes tendaient vers lui des mains déformées par l'arthrite et l'appelaient d'une voix chevrotante. Bien sûr, quand elles seraient pareilles à Tata Lenya et à Tatie Cindy, lui-même n'aurait rien à envier à Josaphat... Soudain, Tata Lenya poussa un cri. Le chauffeur donna un brutal coup de volant à gauche, en même temps qu'il écrasait la pédale de frein. L'embardée tira Benoît de sa rêverie lugubre. Il eut le temps d'apercevoir une silhouette insolite qui finissait de traverser la rue en courant et s'engouffrait dans une rue adjacente. La créature avait jailli d'entre deux voitures en stationnement et s'était pour ainsi dire jetée sous les roues de Josaphat. C'en eût été fait d'elle, si la Thunderbolt avait roulé à une allure normale. L'énorme antiquité s'arrêta à deux doigts d'une minuscule auto contemporaine qui aurait sans doute éclaté si elle l'avait seulement effleurée.

— Mon Dieu, qu'est-ce que c'était ? demandèrent les femmes d'une seule voix.

— Le faunet ! s'écria Benoît. Le petit satyre du musée Occlo ! C'est lui, j'en suis sûr. Il est parvenu à s'enfuir de Sainte-Agathe, et il erre dans la ville !

Il ouvrit sa portière et descendit. En quelques bonds il atteignit l'entrée de l'artère dans laquelle s'était engagé le fugitif. Il l'aperçut, loin déjà, qui remontait la rue à toutes jambes, frappant le macadam de ses petits sabots avec une folle énergie, en une course capricante et zigzagante. Il avait déjà trop d'avance et il détalait avec trop de vélocité pour qu'on tentât de le poursuivre. Benoît retourna à la voiture.

— C'est lui. Mme Occlo a dû alerter la fourrière. Ils le rattraperont bien…

— S'il ne se fait pas écraser avant, le pauvre biquet ! déplora Tata Lenya.

— Tu l'as vu de près, toi, hier, hein ? C'est un satyre, un vrai ? s'enquit Tatie Cindy avec une curiosité appuyée.

— C'est un satyre, mais il est encore jeune, précisa Benoît non sans une pointe d'ironie. Il vient de l'autre côté…

Il montra le fleuve, dont la route longeait le cours.

— Évidemment, dit Tatie Cindy, tous ces monstres viennent de là-bas. C'est tout de même étrange que celui-là ait survécu à la traversée. Ligée, la sirène, passe encore : elle ne peut pas se noyer, en principe. Mais un faune, et si jeune… Quel âge il peut avoir, tu crois ?

— Douze ans, par là. Peut-être quatorze.

— Mais il est très formé, non ? Et très poilu ? J'ai d'abord cru voir passer un singe – quant au pelage, je veux dire, parce qu'autrement non, il ne se déplace pas comme un singe. Mais ils doivent être précoces. Dame, un satyre, ça doit commencer tôt à s'intéresser à la chose…

Agacée par les considérations grivoises de sa commère, Tata Lenya pressa Benoît de remonter en voiture.

— Allons, en route. Nous ne sommes pas en promenade ; nous avons une course à faire. Louise a besoin d'aide. Plus tôt nous serons de retour, mieux cela vaudra !

XXVIII

Entre foirail, arène et kermesse, le marché aux esclaves attirait tous les quinze jours, pour une poignée de vrais acheteurs, plusieurs milliers de curieux. Nombre d'entre eux auraient pu être qualifiés aussi bien de voyeurs. Posséder un être humain coûtait cher à l'achat et cher à l'entretien. La majorité des visiteurs qui arpentaient les allées auraient été incapables d'assumer ces dépenses. En échange du pouvoir certes exorbitant que le propriétaire d'un esclave exerçait sur lui, il lui incombait de le loger, de le nourrir, de le vêtir, de le soigner en cas de maladie ou d'accident. Aussi le volume des ventes s'était-il réduit au fil du temps. Le marché des indépendants tenait désormais largement du parc d'attractions. Des restaurants, des boutiques, une salle de jeux, un golf miniature s'étaient ouverts à proximité de l'enceinte originelle. On allait « aux indépendants » passer le samedi après-midi en famille, en bande ou en couple. Et bien sûr, l'endroit attirait aussi des solitaires des deux sexes, qui rôdaient autour des estrades en rêvant à des choses. La tolérance de l'autorité municipale vis-à-vis de ce qui était considéré partout ailleurs dans le monde comme un crime n'allait pas sans une affectation de vertu qui se manifestait par une réglementation tatillonne. Les esclaves en montre devaient se tenir décemment, et c'était leur vendeur qui répondait de leur conduite. Tout maquillage était interdit, tout geste équivoque et toute invite étaient prohibés. Pour couper court aux abus qui n'auraient pas manqué d'apparaître si l'on avait laissé les marchands libres de présenter leur marchandise comme ils l'entendaient, c'est-à-dire de l'exhiber dans le costume le plus aguichant, le règlement stipulait que les articles proposés à la vente devaient tous, hommes et femmes, porter les mêmes habits. C'était une longue chemise de gros drap beige, sans ceinture ni pinces à la taille ni à la poitrine, de façon à ce qu'elle tombât le long du corps en en révélant le moins possible. Sur cette espèce de sac, été comme hiver pour ménager la bienséance à toute force, on ajoutait une chasuble en bure. Des souliers à talons plats, un bonnet pour les hommes et un fichu pour les femmes complétaient cet uniforme. Il fallait beaucoup de naïveté ou d'hypocrisie pour professer qu'ainsi la morale était sauve. Ne l'étaient que ses apparences. La transaction, pour se concrétiser, passait par un examen hors l'estrade, à huis clos, sous le contrôle d'un médecin assermenté, mais de notoriété publique vendu aux marchands. Les agissements de certains d'entre eux s'apparentaient de près au proxénétisme, le fameux examen de santé tournant, contre espèces sonnantes et trébuchantes, à l'essayage pur et simple. Vipérini lui-même, le membre le plus en vue de sa corporation, avait mangé de ce pain-là à ses débuts. Aujourd'hui rassasié, il le laissait à d'autres. Ce fut vers son estrade que Benoît et les Vieilles Toupies se dirigèrent, quand Josaphat eut – combien laborieusement ! – garé la Thunderbolt sur le parking attenant au marché. Vipérini occupait depuis des années le meilleur emplacement, au confluent des deux principales allées. Son établissement se composait, outre l'estrade d'exposition, de deux préfabriqués accolés. Le plus petit abritait les bureaux et la pièce aux allures d'infirmerie où se déroulait la cruciale inspection de l'esclave par le client en présence du médecin. Le second servait à la fois de vestiaire, de dortoir et de réfectoire pour les esclaves en transit. À défaut de mettre fin à ce commerce (on murmurait ici et là qu'il y détenait lui-même des intérêts) Superbe Propinquor avait exigé quelques années plus tôt que les anciennes baraques sordides du marché fussent remplacées par des bâtiments décents, comportant des installations sanitaires. Du coup ses ennemis avaient laissé entendre qu'une entreprise à lui avait soumissionné et remporté le marché. Comme toujours, on exagérait. Il n'avait fourni que les préfabriqués. La plomberie et les sanitaires étaient Esteral, et tout le mobilier Bussettin.

Comme le trio parcourait les allées, Benoît vit la mine de Tatie Cindy s'allonger. Les arrivages semblaient pauvres. Même sous la chemise-sac, on pouvait au moins juger si l'on avait affaire à un athlète ou à un freluquet, à une belle plante ou à une pauvre fille bossue et bancroche. Tata Lenya ne se souciait que de compétences avouables. Elle s'arrêtait pour lire les pancartes accrochées au cou des esclaves. Elles mentionnaient leur nom, leur âge, les emplois qu'ils étaient en mesure d'occuper, et leur prix. Elle n'avait pas trouvé pour l'instant l'équivalent de Josaphat, une perle rare que Laurençais avait jadis payée une fortune, mais elle ne désespérait pas. Chez Vipérini, peut-être, elle dénicherait ce qu'elle cherchait.

Les stands venaient d'ouvrir. Ce n'était pas encore la cohue des heures d'affluence. Les visiteurs avaient tout loisir de s'arrêter devant les estrades pour détailler la marchandise humaine, autant que son austère emballage le permettait. Les sujets exposés se comportaient diversement, selon l'expérience qu'ils avaient de ces foires. Les esclaves d'occasion, plusieurs fois revendus, portaient sur les clients des regards blasés, quelquefois narquois ou sournois. Un maître, au bout du compte ce n'était pas si différent d'un patron. S'il avait plus de droits sur vous, il vous avait acheté, vous entriez dans son patrimoine, et en général il vous ménageait comme on ménage son auto ou sa maison. Il était d'ailleurs, cela figurait dans la loi, censé « jouir de son bien en bon père de famille ». Partant de ce principe, on parvenait le plus souvent à établir avec lui un *modus vivendi* acceptable. Les nouveaux esclaves, au contraire, les béjaunes dont c'était la première mise en circulation, dévisageaient leurs acheteurs potentiels avec anxiété. Ils se faisaient de plus en plus rares, et, s'agissant plus particulièrement des femmes, leur prix flambait. Comment étaient-ils arrivés là ? Rien n'était plus difficile que de percer le secret des filières qui les menaient sur l'estrade de Vipérini ou d'un de ses concurrents. En vérité personne ne s'en souciait. Le journalisme d'investigation n'était pas le fort de la presse locale, où des plumes aussi serviles que celles d'Homini Lupus ou de Guido Guardicci donnaient le ton. Tous les moyens d'information étaient concentrés entre les mains des trois sempiternelles familles. Nul besoin d'être grand clerc pour deviner qu'elles trempaient dans la traite, puisqu'elles trempaient dans tout. Quant à la population, il lui suffisait que les esclaves fussent étrangers à la ville.

Le marché ne couvrait pas une étendue très considérable. Il comptait une vingtaine de stands d'importance inégale, dont tous n'étaient pas toujours ouverts. Où Vipérini gardait en stock et proposait à la vente jusqu'à une vingtaine de sujets, nombre de ses confrères se contentaient de trois ou quatre, et parfois moins. Il y avait aussi des intermittents, qui louaient à l'occasion des tréteaux sur lesquels on jetait quelques planches, pour y brader un rogaton déniché Dieu sait où, à la mine tirée et aux papiers douteux. À ceux-là, les vrais indépendants, Dupassé faisait volontiers la guerre sans parvenir à les écarter définitivement. Ils repoussaient comme le chiendent, peut-être avec la complicité de marchands établis qui, disait-on, se servaient d'eux pour écouler le troisième choix qu'ils n'entendaient pas montrer sur leurs estrades officielles.

Tata Lenya n'aimait pas cet endroit et n'entendait pas s'attarder. Elle mena sa troupe tambour battant, au déplaisir de Tatie Cindy qui aurait aimé flâner par les allées, au contraire, et prendre tout son temps pour guigner les spécimens d'humanité offerts à sa curiosité. Mais Lenya la rappelait à l'ordre d'un regard pour une fois impérieux. Ce jour-là, une dizaine d'hommes et quelques femmes tournaient en rond sur l'estrade de Vipérini, ceinte de barrières de bois à la façon d'un corral. Tous avaient revêtu la chemise et la chasuble réglementaires et affectaient cet air hors du monde des mannequins lors des défilés de mode. La plupart étaient jeunes. Les deux plus âgés, un homme chauve, portant des lunettes (peut-être un intellectuel, répétiteur ou précepteur), et une matrone dont les joues rebondies et le sourire bienveillant pouvaient trahir une cuisinière ou une nounou, n'avaient guère plus de cinquante ans. Tous semblaient en bonne santé, et, réputation commerciale oblige, de belle qualité pour ce qu'on en voyait. Un sourire de connaisseuse s'était peint sur les traits de Tatie Cindy. « Tout de même, lança-t-elle à l'adresse de Tata Lenya, la différence saute aux yeux. Les bonnes maisons, il n'y a que ça. » Soudain, Benoît sursauta. Dans l'espèce de ronde somnambule que décrivaient les esclaves, il avait reconnu Gégé Carmona. Krux l'avait donc remis en vente une fois de plus ? Pourtant cette nuit, quand ils étaient partis en virée avec Bételgeuse et Alcyone à bord de l'Ultra Gore, leurs rapports semblaient normaux… Benoît observa Gégé avec plus d'attention, curieux de la façon dont l'âme damnée déchue réagissait à cette nouvelle disgrâce. Il n'était pas aisé de s'en faire une idée, car Gégé, même en temps ordinaire, opposait au monde entier un extérieur maussade et des manières brusques. En l'occurrence, et par paradoxe, il paraissait plutôt mieux luné que d'habitude ! Vipérini avait dû le chapitrer, pensa Benoît. Il éprouvait à l'égard de Gégé et de Krux, qu'il savait l'un et l'autre pervers et dangereux, une égale antipathie. Il se souvint des insultes essuyées quelques heures auparavant sur le parking du Lapin Bleu. Gégé le cherchait, ce n'était pas nouveau. Était-ce à l'instigation de Krux ? Le monstre avait-il l'intuition que Benoît avait des vues sur Fille-de-Personne, et excitait-il son séide contre lui ? Mais Krux n'aurait pas eu besoin de Gégé pour écraser Benoît. Il s'en serait acquitté lui-même, d'une seule main. À moins que Fille-de-Personne n'eût interdit à son frère de s'attaquer à lui ? Cette hypothèse déclencha en lui une exaltation fugitive, avant qu'il n'en reconnût la parfaite gratuité.

Depuis l'estrade Gégé l'avait vu et ne laissait rien paraître. Benoît l'imita. Si un visiteur étranger avait eu la bonne idée d'acheter Gégé et de l'emmener à l'autre bout de la terre, quel soulagement ! Mais l'esclavage n'avait droit de cité qu'ici. Partout ailleurs, un esclave n'aurait eu qu'à entrer dans le premier poste de police venu pour recouvrer sa liberté et faire emprisonner son maître.

Gégé avait le front bas et de gros yeux à fleur de tête qui lui donnaient un air bovin, mais même affublé de l'informe uniforme servile, il n'échappa pas à l'œil expert de Tatie Cindy qu'il était bien bâti. Elle jaugea l'encolure, les épaules, les poignets, et poussa Tata Lenya du coude.

— Ce sujet me paraît épatant !

— Lequel ? s'enquit Tata Lenya. Le grand brun, là ? Il a l'air robuste, mais il ne donne pas l'impression d'avoir inventé la poudre. C'est d'un factotum que j'ai besoin, non d'un déménageur...

— Allons, ne préjuge pas ! Il faut absolument savoir quels sont ses talents. Ce sont peut-être ceux que tu recherches.

Tatie Cindy fit signe à Gégé de s'approcher de la barrière et de leur montrer sa pancarte.

— Regarde, chérie, c'est extraordinaire, s'exclama-t-elle en déchiffrant le descriptif. Il est mécanicien ! Un mécanicien sait forcément conduire...

Du coin de l'œil, Vipérini avait enregistré la touche et attendait l'instant de ferrer. Écorcheville n'était pas si vaste. Le marchand savait à qui il avait affaire. Autour de chacune des deux femmes clignotait une aura usée : de gloire pour Lenya Orbison, de vice pour Ginette Morcif. L'intérêt que lui manifestait celle-ci n'avait pas échappé à Gégé. Avec l'instinct de la canaille, il en avait d'emblée deviné la nature. Ce qu'il avait lu dans ses yeux avait ravivé son plus intime fantasme d'esclave. Être acheté une bonne fois par une rombière affamée comme celle-ci, se laisser dévorer complaisamment, et mener une vie de coq en pâte entre alcôve, garage et télé.

— Conduire, réparer, entretenir... Dès qu'il s'agit d'bagnoles, j'suis dans mon élément, m'dame ! C'est simple, j'peux pas voir un capot sans avoir envie de l'soulever, pour huiler un peu tout ça, lança-t-il avec un clin d'œil à Tatie Cindy.

Aussi lourd qu'il fût, le sous-entendu n'était pas pour rebuter Tatie Cindy. Si la chose avait dépendu d'elle, l'affaire était conclue et Gégé acheté. Mais Tata Lenya ne l'entendait pas de cette oreille. Avait-elle même perçu l'obscénité des paroles de Gégé ? En tout cas, elle n'en laissait rien paraître. De son côté, Benoît était aux cent coups à l'idée que Tata Lenya pût acheter Gégé Carmona. Mais l'ancienne actrice s'appliquait à lire la pancarte que celui-ci lui présentait. Dénoncer ouvertement en Gégé une sombre petite frappe, le larbin intermittent de la pire crapule d'Écorcheville, c'était s'exposer à d'inéluctables représailles. Benoît n'en eut pas le courage. Il préféra attirer Tata Lenya à l'écart et lui parler à voix basse.

— Tata, je connais ce gars-là. Il ne faut pas l'acheter, ça finirait par un mauvais coup… Il plaît à Tatie. Elle te pousse à l'acheter… Ne l'écoute pas !

Tata Lenya dévisagea tour à tour Benoît et l'esclave qui faisait l'avantageux derrière la barrière du corral.

— Tu es sûr ? Un esclave de chez Vipérini, tout de même…

Benoît tapa du pied.

— Je te jure que c'est un voyou ! insista-t-il.

Devant l'indécision de la Vieille Toupie, il recourut aux grands moyens :

— Tu n'as pas entendu comme il est vulgaire ? murmura-t-il en rougissant. Ces histoires de capot et d'huile…

Tata Lenya le dévisagea de nouveau, sans comprendre.

— Eh bien quoi ?

— Le capot… Soulever le capot, soulever la jupe, quoi ! bredouilla Benoît.

Les yeux de Lenya s'arrondirent. Ses lèvres se pincèrent. Benoît avait raison. Le capot, l'huile, des allusions salaces, c'était évident. Il n'y avait qu'à voir la façon dont Cindy frétillait, ça disait tout !

De sa place, attentif, Vipérini laissait filer la ligne. La maquerelle en retraite couvait Gégé des yeux et opinait au moindre mot qu'il prononçait. Le maquignon comptait sur elle pour enlever le morceau, car Lenya Orbison, depuis le début, semblait moins accrochée. Sa voiture, une pièce de musée, était connue de tous, avec ses pneus à flancs blancs et son chauffeur grand style. C'était elle, l'acheteuse potentielle, bien sûr. D'une vie de faridon, l'autre vieille pouffe n'avait pas gardé de quoi entretenir un triporteur. Vipérini l'entendit glousser de loin. Gégé en faisait trop. Si un inspecteur des marchés avait rôdé par là, il aurait pu crier au racolage et verbaliser l'innocent commerçant. D'autre part, le troisième larron, le fils adoptif de la Jacaranda, tirait Lenya Orbison par la manche. De quoi il se mêlait, celui-là ? Il devait connaître Gégé ! Vipérini se mordit les lèvres. Ce sale môme allait lui casser son coup. Il fallait intervenir, entrer dans la danse, y aller au bagout.

Le marchand d'esclave maudit sa patte folle qui ralentissait ses mouvements. Dans le temps, des concurrents bernés s'étaient associés pour lui casser les deux genoux à coups de cannes de golf. Le droit s'était bien recollé, le gauche non. Le boiteux jura à mi-voix. L'adolescent (un bâtard de la Balbo, ça, toute la ville était au courant) avait eu le temps d'instiller son poison dans l'oreille de Lenya Orbison. Celle-ci se retourna vers Gégé et lui signifia d'un geste sec qu'il pouvait remballer sa pancarte. Puis, glissant son bras sous celui de la Morcif, elle tenta de l'entraîner vers un autre stand. La vente était râpée. À moins que…

Devant ses espoirs inexplicablement ruinés, Tatie Cindy se rebiffa. Elle se dégagea et resta plantée devant Gégé. En vérité, il la fascinait. Elle avait déjà imaginé des visites au garage, des causettes sous le capot ouvert de la Thunderbolt… Dans la cervelle agile de Vipérini, au centre de laquelle une grosse calculatrice occupait presque toute la place, s'élaboraient les conditions qu'il était disposé à consentir pour fourguer Gégé Carmona à Tatie Cindy.

XXIX

Laissant sa commère s'attarder sur le stand Vipérini, Tata Lenya avait poursuivi son chemin. Benoît lui avait emboîté le pas. Il éprouvait à la fois du soulagement à l'idée qu'elle eût renoncé à une acquisition aussi périlleuse, et de l'inquiétude au souvenir du regard meurtrier que Gégé lui avait lancé. Bête mais malin, Gégé avait tout compris. Cet épisode n'allait pas améliorer leurs rapports. Il regretta soudain d'avoir consacré jusqu'alors toute son énergie à l'apprentissage de la lyre, plutôt qu'aux sports de combat. Il sentit que ses genoux tremblaient de façon humiliante, et il se surprit à envier Krux et Gégé autant qu'il les méprisait d'ordinaire. Ah, être comme eux une brute sûre d'elle-même, de ses muscles ostensibles, de ses cicatrices dissuasives ! Il regretta presque d'avoir réussi à empêcher Tata Lenya d'acheter Gégé. Cette bonne action allait lui coûter cher un jour proche ou lointain. Peut-être, d'ici là, aurait-il le temps de s'exercer à la savate ou au kick-boxing et de s'entraîner à souffrir ?

Lenya s'était arrêtée devant l'estrade d'un concurrent de Vipérini. Benoît allait la rattraper quand une jeune voix cria son nom. Il leva la tête. Plongé dans ces pensées moroses, il avait marché le nez baissé, les yeux fixés sur ses chaussures.

— Benoît ! répéta la voix.

Déjà, elle avait un visage, celui de Géli. Mais pour le reste ce n'était plus la jeune fille dans sa petite robe à fleurs qu'il avait rencontrée hier, ni celle, simplement vêtue de peau douce et tiède, qu'il serrait contre lui quelques heures auparavant. Une autre Géli s'était substituée à ces deux-là, une stupéfiante Géli engoncée dans la chemise d'épaisse toile et la chasuble de bure des esclaves, ses cheveux dissimulés sous un fichu, chaussée de grolles trop grandes pour elle. Le stand depuis lequel elle avait apostrophé Benoît méritait à peine ce nom. D'évidence, c'était celui d'un de ces indépendants, plus trafiquants que commerçants, auxquels le marché devait son appellation. Pas de bureaux ni de commodités, même pas un barnum. Une estrade dressée en plein vent, un vendeur patibulaire assis sur un pliant devant une caisse à oranges faisant office de table. Sur l'estrade, deux esclaves. Il n'en aurait pas tenu plus tant elle était étroite. Le compagnon de Géli était un papy toussotant et dodelinant, une épave soldée en fin de vie, encore capable en théorie de rendre de menus services : garder la maison, ouvrir au releveur d'électricité, promener le chien…

— Benoît !

Les yeux de Géli brillaient. Benoît n'avait pas souvenir qu'on l'eût jamais regardé ainsi.

— Géli… Qu'est-ce que tu fais là ?

Elle saisit à deux mains la bure de sa chasuble.

— Tu vois bien.

— Mais comment es-tu arrivée là ?

— Elle est arrivée là, ou plutôt elle y est revenue le

plus légalement du monde ! intervint le marchand d'une voix traînante. Et je me demande, sauf votre respect, si vous, jeune homme, vous avez bien l'âge requis pour pénétrer dans cette enceinte.

Benoît se retourna vers lui. Bien que son nouvel interlocuteur présentât, dans l'ensemble, les caractéristiques garantissant son appartenance à l'espèce humaine, l'adolescent eut le sentiment de se trouver face à un insecte. Un hanneton comme il en avait plu cette nuit, et dont ce type avait un peu la morphologie. Benoît n'aurait pas été surpris de voir un rostre dépasser de son front, ou le col de sa vareuse bâiller sur des mandibules.

— Je suis accompagné ! rétorqua-t-il en esquissant un geste en direction de Lenya, qui badaudait un peu plus loin devant un stand autrement imposant.

— Alors faites excuses, mon prince, gouailla le hanneton.

Affectant de l'ignorer désormais, Benoît s'approcha de l'estrade.

— Géli, qu'est-ce que ça veut dire ?

La jeune fille ouvrit la bouche pour répondre, mais d'un geste brusque le hanneton-maquignon lui intima silence.

— Monseigneur, pour aller vite, permettez que je vous renseigne, stridula-t-il à l'adresse de Benoît. Je déduis de votre émoi que vous avez rencontré cette enfant dans des circonstances laissant le champ libre à un malentendu… C'est souvent comme ça, avec les esclaves en fuite. Ils se montrent discrets sur leur condition, et parfois même ils mentent ! Reste que celle-ci s'est bel et bien carapatée avant-hier soir et qu'elle a été repincée ce matin. Ce n'était pas sa première cavale. Son propriétaire n'a pas voulu passer l'éponge, cette fois. Il m'a chargé de l'en débarrasser.

Elle est donc à vendre, à prix cassé, puisque la loi m'interdit de cacher à un éventuel acquéreur son passé de fugueuse. Voilà ! Votre excellence sait tout. Vous voudrez bien passer votre chemin, à présent, car à votre âge vous n'avez pas le droit d'acheter, et vous me faites perdre mon temps.

Durant toute cette tirade, Benoît n'avait pas accordé un regard à celui qui la débitait. Il était resté tourné vers Géli, dont le silence et le regard lui confirmaient les dires du hanneton.

— Benoît, achète-moi ! Je t'en supplie, achète-moi !

En même temps que les mots jaillissaient de sa bouche, des larmes avaient envahi les yeux de Géli. Abasourdi, consterné, Benoît secoua la tête.

— Je ne peux pas ; il l'a bien dit, je n'ai pas l'âge…

Tandis qu'il parlait, il eut conscience qu'il mentait ou, plus exactement, qu'il tenait un discours parallèle à la vérité, mais distinct d'elle. Même s'il avait eu l'âge légal pour un tel achat, même s'il avait eu assez d'argent pour ça, il ne l'aurait pas fait. Parce que… Parce qu'il n'aurait eu aucune envie de s'encombrer de Géli. Bien sûr, elle avait la peau douce, bien sûr elle sentait bon, bien sûr elle s'était ouverte à lui comme un fruit juteux et succulent, bien sûr… Malgré tout ça, elle demeurait l'emmerdeuse du conservatoire, le pot de colle du Lapin Bleu. Il lui apparaissait confusément que si elle devenait sa propriété, alors, par un mécanisme obscur mais fatal, il deviendrait la sienne. Acheter Géli, c'était d'une certaine manière se donner à elle. Or il n'était disposé qu'à l'emprunter de temps en temps, comme un véhicule, pour une simple et merveilleuse randonnée. Au fond, il était rassuré d'être trop jeune.

— Achète-moi !

— Je ne peux pas.

— Tu peux ! Ta mère peut m'acheter pour toi !

— Elle n'a pas d'argent. Elle gagne à grand-peine sa vie et la mienne.

— Allons donc ! Avec cette belle maison où vous vivez ? Demande-lui ! Demande-lui de m'acheter, sinon je sais bien qui m'achètera…

Tout à coup curieux de leur échange auquel le papy, peut-être sourd, n'accordait pas la moindre attention, le hanneton s'était levé de son pliant pour se rapprocher d'eux.

— La petite n'a pas tort, glissa-t-il à Benoît. Son ancien propriétaire ne veut plus d'elle, et pourtant il lui était très attaché. Avec son passé de fugueuse, on ne se bousculera pas pour l'acheter, car les assurances refuseront de couvrir sa perte. Je ne vois que certains messieurs à poigne. Oh, ils savent s'y prendre, ils la dresseront, mais dame, fini de rire… D'ailleurs un gars de chez eux viendra la voir en fin de marché. Roulée comme elle est, c'est quasi plié.

Géli délaissa le tissu de sa chasuble pour se tordre les mains. Benoît constata avec étonnement la vérité de l'expression. Les mots n'étaient pas que des mots : Géli se tordait vraiment les mains, comme si elle avait voulu les arracher de ses avant-bras.

— Tu l'entends, gémit-elle. Il va me vendre à des souteneurs. Ils ont des maisons… Ils m'y enverront, et tu ne me verras plus jamais !

Benoît se demanda ce que cela lui ferait de ne plus jamais la revoir. Aucune réponse vraisemblable ne lui vint à l'esprit. Certes, il ne lui voulait que du bien. S'il avait été en mesure de la sortir de ce mauvais pas sans pour autant s'en encombrer, il lui serait volontiers venu en aide, mais de toute façon il s'en savait incapable. Il le lui redit :

— Je suis désolé, Géli, je te jure, mais je ne peux rien faire.

Elle éclata en sanglots. Le hanneton perdit patience.

— Il fallait y penser avant, et rester bien peinarde chez le vieux kroumir… Et puis bon, les larmes, ça commence à suffire. C'est mauvais pour l'image. Si un inspecteur se pointe, il peut m'obliger à remballer, alors basta !

Benoît sentit une présence à son côté. Tata Lenya avait rebroussé chemin et l'avait rejoint. Maintenant elle contemplait d'un œil apitoyé la jeune fille en pleurs.

— Mais c'est la mignonne de ce matin, dit-elle. Qu'est-ce que tu fais là, fillette ?

Géli reconnut un des visages de femmes entrevus ce matin chez Benoît. Éperdue, elle se raccrocha au vague espoir qu'il suscitait en elle.

— Vous êtes la maman de Benoît ? Je vous en prie, madame, achetez-moi, sinon je serai vendue à des proxénètes et je me tuerai !

— Tu te trompes, je ne suis que sa tante, si l'on veut, corrigea Tata Lenya. Mais qu'est-ce que c'est que cette histoire de prostitution ?

— Holà, ne croyez pas cette petite menteuse ! protesta le hanneton soudain inquiet de voir une bourgeoise se mêler de l'affaire. C'est une instable, elle fugue sans cesse. C'est au point que son propriétaire, un homme très bien, très en vue, soit dit en passant, ne veut plus entendre parler d'elle… Il me l'a confiée, tous les papiers sont en règle, et je voudrais bien qu'on me permette de travailler en p…

— Laissez donc parler cette enfant ! le coupa sèchement Tata Lenya.

— Je dis la vérité, vous êtes ma dernière chance,

hoqueta Géli. Ne me laissez pas, je travaillerai dur, je ne fuguerai plus. Mon maître d'avant, M. Lordurin, le poète, c'est un vieux saligaud. Il exigeait des choses... C'est pour ça que je m'enfuyais tout le temps. Mais ça ne sera pas pareil chez vous...

Tata Lenya, touchée, saisit Benoît par le bras et s'éloigna avec lui de quelques pas.

— Benoît, cette jeune fille est ton amie, n'est-ce pas ?

Il rougit et hocha la tête.

— C'est important, Benoît ! Je sais bien que Louise n'a pas d'argent. J'en ai, pour ma part, mais je n'ai pas besoin d'une demoiselle de compagnie. Si je l'achetais, ce serait pour la mettre en sécurité, pour toi... Tu en serais moralement responsable. Tu comprends ?

Responsable ? Benoît eut l'impression qu'un poids terrible s'abattait sur ses épaules. Responsable d'un autre être, lui qui s'estimait déjà incapable de répondre de lui-même et de ses propres actes, qui se voyait sous l'apparence d'un ballon mal gonflé, flottaillant au gré du vent de ses chimères et de ses frustrations ?

— Il faudra veiller sur elle, insista Lenya, ou alors mieux vaut l'abandonner tout de suite à son sort. Choisis !

Tata Lenya, Géli, le hanneton, tout le monde avait les yeux braqués sur Benoît et guettait sa décision. Le regard du hanneton ne comptait pas. Celui de Géli, très peu, songea-t-il. Il n'était pas allé la chercher, hein ? C'était elle qui s'accrochait à ses basques depuis le début – et pour combien de temps ? Il se dit que s'il avait été seul, il aurait tourné les talons et se serait sauvé. Il l'aurait fait, sans doute, si ce n'avait été pour les yeux de Tata Lenya pleins d'une bonté à la fois ingénue et *sérieuse*, qui le scrutaient. Et

Louise, se demanda-t-il, comment l'aurait-elle regardé en la circonstance ? Et comment réagirait-elle si tout à l'heure elle voyait Tata Lenya revenir propriétaire de la gamine croisée dans la cuisine ce matin ? Oh, Louise était bonne elle aussi.

— Choisis, Benoît.

La voix de Tata Lenya n'était pas moins douce que d'habitude. Elle se tenait plantée devant lui, avec ses joues à la peau trop pâle et trop lisse de grande brûlée, ses rides autour de la bouche et ses cheveux rares teints et frisottés au petit fer, et elle attendait sa décision avec une indulgence plus contraignante que de la confiance. *Choisis, Benoît, conduis-toi comme je l'espère, ou déçois-moi. Je ne t'en voudrais pas pour toujours. Tu ne serais pas le premier, à mon âge on sait ce qu'il en est des hommes...* Le moyen de refuser ce cadeau forcément empoisonné ? Pour justifier sa capitulation, il se dit qu'il s'arrangerait de Géli d'une façon ou d'une autre. La Responsabilité Morale, cette idée de devenir Propriétaire d'un Être Humain, tout ça sonnait très théorique. En réalité Géli lui appartiendrait à peine ; elle serait comme une employée de maison, une fille au pair qu'on culbute de temps en temps. Onagre n'en avait pas usé autrement depuis ses treize ans avec les innombrables petites bonnes du palais Propinquor.

— Sauve-la, Tata, achète-la !

Un beau sourire reconnaissant illumina les traits de Tata Lenya.

— Compte sur moi, mon poussin. Je m'occupe de tout. Ne reste pas là, va nous attendre à la voiture, d'accord ?

Elle le poussa avec douceur vers le parking où était garée la Thunderbolt. Il se laissa faire.

L'attente fut longue, en compagnie d'un Josaphat silencieux, aux yeux mi-clos, semblable à un ampli en stand-by ou à un ordinateur en veille prolongée. Le vieux s'économisait. Dès qu'on n'avait plus besoin de sa participation active, tout allait comme s'il coupait la plupart de ses circuits et se réfugiait dans une existence végétative, entretenant tout juste sa température vitale, respirant à peine, ne pensant plus du tout peut-être.

Vautré sur une des deux larges banquettes arrière disposées en vis-à-vis, Benoît eut le loisir d'imaginer des complications salvatrices. Au bout du compte Géli coûtait trop cher pour la bourse de Tata Lenya, ou bien les papiers n'étaient pas en règle en dépit des allégations du hanneton, et le notaire qui devait officialiser la vente objectait à sa conclusion. Mais d'une seconde à l'autre Benoît passait par des états d'esprit contradictoires. Un instant il souhaitait que la transaction capotât, et l'instant suivant il le redoutait, car les charmes de Géli et les qualités qu'elle avait manifestées dans l'intimité lui revenaient en mémoire. Et puis, s'il y réfléchissait, il y avait dans ce principe de possession, de propriété, quelque chose d'infiniment troublant. Cette nuit Géli s'était donnée à lui. À bien y regarder, c'était même elle qui l'avait pris, plutôt que le contraire. Désormais le rapport de force allait s'inverser. Pour un garçon aussi peu sûr de lui, la perspective de se muer en seigneur et maître n'était pas sans attraits. Il pourrait à son gré se montrer gentil ou méchant, tendre ou cruel. Le sort l'avait confiné jusqu'ici dans une bonté relative, par défaut. Nul, pas même un animal domestique, ne s'était jamais exposé à subir de sa part des vexations ou des sévices. Il en était à imaginer quelques tortures bénignes – de ces torturettes auxquelles s'abandonnaient de propos délibéré Alcyone et Bételgeuse – quand la réalité le rattrapa et creva la bulle de ces rêveries timidement sulfureuses. Un groupe joyeux déboucha sur le parking et marcha droit sur la Thunderbolt. Souriante, Tata Lenya flanquait une Géli radieuse, aux yeux brillants de bonheur. Le cœur de Benoît se mit à battre entre breloque et chamade : l'affaire était conclue ! Et non seulement celle-là, devina-t-il presque aussitôt avec une consternation cette fois sans mélange. Quelques pas en arrière venait une Tatie Cindy elle aussi rayonnante, pendue au bras de Gégé Carmona.

XXX

La Thunderbolt était bien assez spacieuse pour que cinq personnes en plus du chauffeur pussent y tenir au large. Tatie Cindy ne s'en serrait pas moins contre son acquisition comme si elle avait craint qu'on ne la lui disputât. Débarrassé de son terne emballage de marchandise humaine, Gégé avait revêtu ses jeans élimés et son sweater noir sur lequel on lisait, en lettres gothiques, *Screw them all.* Sa pomme d'Adam montait et descendait au rythme soutenu de ses déglutitions, car il mâchait à grand bruit, bouche ouverte, un chewing-gum dont le fort parfum de chlorophylle se répandait dans l'habitacle. Minable et magnifique avec sa coiffure en cactus hérissée de frais au gel fixateur, ses poignets tatoués et son air foutant, il bouleversait sa nouvelle propriétaire, indifférente à la réprobation de Tata Lenya. L'attention de celle-ci, par chance, se concentrait sur Géli. La petite avait retrouvé à la fois sa robe à fleurs, sa féminité et son sourire, et elle répondait de bonne grâce aux questions que lui posait Lenya, notamment sur son précédent propriétaire. Presque oubliée du monde, ignorée par les grands flux industriels et commerciaux, sorte de tache aveugle sur les cartes contemporaines, Écorcheville se flattait d'avoir au moins apporté une contribution honorable au patrimoine de l'humanité à travers ses écrivains et ses artistes. Le culte dont on entourait la mémoire de Mathieu Chain témoignait de cette fierté, ou de cette illusion. Aujourd'hui, outre la carrière internationale de Lola Balbo, tragédienne acclamée sur les scènes de toutes les capitales, et celle, plus discrète, du dulceoliste virtuose Blandeuil, on tirait orgueil de la faveur dont jouissait dans les revues littéraires de plusieurs pays francophones l'œuvre poétique de Lordurin. L'homme trônait trois soirs par semaine au Café de Faune, sûr de son génie et comptable minutieux des égards qu'on lui devait. Bouche d'or et main de fer, il exerçait sur la communauté des poètes locaux un magistère proche selon certains de la tyrannie. Depuis la mort de Charret, nul ne se hasardait plus à exprimer à haute voix la moindre réticence touchant à la qualité de son verbe. N'avaient cours à son propos que le dithyrambe et la génuflexion intellectuelle. Lordurin était la poésie, et la poésie c'était Lordurin. Entérinée par Superbe Propinquor et réaffirmée en toute occasion par l'ensemble des responsables et prescripteurs culturels, cette consubstantialité ne faisait plus de doute. Théoricien du vers unique, il ne s'y était pas limité pour autant. Les comptines de la maternelle et les récitations de la communale, le sujet des commentaires dirigés du collège, celui des compositions trimestrielles au lycée, le thème des colloques et des expositions à la médiathèque, depuis vingt ans, c'était toujours du Lordurin.

À tel point que l'Association des Amis de Mathieu Chain avait fini par s'en alarmer. Au nom de la défense de la prose, elle s'efforçait d'œuvrer en faveur d'un équitable rééquilibrage des gloires. Toujours prompt à promouvoir la sienne, Lordurin avait chargé le lobby à sa dévotion de répondre que l'estimable prosateur avait un lycée à son nom, ainsi qu'une place ornée de sa statue, et qu'il était un peu fort que l'immense poète n'eût pas encore l'équivalent. À quoi la présidente de l'ADAMC avait rétorqué que les honneurs en question n'étaient accessibles qu'aux grands hommes du passé ; il ne tenait qu'au poète de mourir pour se les voir accordés. On en était là. Lordurin faisait le siège de Superbe et orchestrait une campagne réclamant d'être statufié de son vivant comme il s'en estimait digne. Sur le plan de la vie privée, si on le savait veuf on ignorait qu'il eût, à quatre-vingts ans révolus, procédé à l'acquisition d'un tendron comme Géli. L'allusion à ses exigences lâchée par la jeune fille n'était pas tombée dans l'oreille d'une sourde. Pourtant, convenable comme elle était, Tata Lenya n'osait pas l'entreprendre sur ce sujet, surtout devant Benoît et Gégé. À défaut d'autre chose, Géli dévoila que Lordurin, s'il oubliait souvent les règles de l'hygiène et de la simple bienséance, n'oubliait jamais de reprendre vertement son esclave quand, s'adressant à lui, elle omettait de l'appeler « Maître ». Une des obligations de Géli consistait à épousseter, chaque semaine, les milliers de volumes de la bibliothèque, et le cas échéant à en cirer la reliure. S'agissant des propres œuvres de Lordurin, il lui était enjoint de manipuler avec un soin encore plus extrême les éditions originales recouvertes de papier cristal et conservées dans un tabernacle aux portes vitrées et grillagées tendues de rideaux de taffetas destinés à leur épargner les outrages de la lumière. Mais la liste des corvées avouables ne se bornait pas là. Il y avait aussi la liturgie du courrier du poète, qu'elle lui lisait tandis qu'il dégustait avec des mines d'empereur romain ses œufs mollets du matin, et le rituel du vermouth et des olives qu'il réclamait à dix-huit heures trente les soirs où il n'allait pas au café. Il y avait les chaussons qu'il fallait réchauffer au sèche-cheveux avant de les lui enfiler à genoux, et cetera, et cetera… Tata Lenya voyait passer en filigrane derrière ces et cetera les exigences plus scabreuses qu'il eût été déplacé d'évoquer.

— Rassure-toi, ma petite, dit Tata Lenya. Tu en as terminé avec tout ça. Dans ta nouvelle vie il te faudra travailler, ça va de soi, mais on ne te demandera rien d'autre que les travaux domestiques les plus honnêtes. Un peu de ménage, un peu de lessive et de repassage, tantôt chez moi, tantôt chez Louise… Rien de méchant, tu verras.

— Et chez moi ? s'exclama Tatie Cindy. Elle viendra aussi chez moi de temps en temps, non ? On fera un peu de couture et beaucoup de causette…

— Oui-oui, on verra, lui répondit Tata Lenya.

Elle échangea avec Benoît un regard entendu. La causette avec Tatie Cindy, hum ! Les sujets de conversation favoris de celle-ci n'étaient peut-être pas les plus indiqués pour une gamine comme Géli, tout juste libérée des exigences d'un vieux saligaud. Et puis maintenant, auprès de Cindy il y aurait Gégé. Il valait mieux tenir la petite éloignée de lui si Benoît avait dit vrai, ce dont Tata Lenya n'avait aucune raison de douter. La foucade de Tatie Cindy n'était pas sans préoccuper son amie. Celle-ci s'était promis de l'informer des avertissements de Benoît, mais elle la connaissait assez pour prévoir sa réaction. Elle l'entendait déjà : « Un voyou ? C'est tout ce que j'aime ! Crois-moi, j'en ai connu plus que de saints hommes, et je sais par quel bout les prendre, hi, hi, hi ! » Lenya et Benoît se demandaient d'ailleurs comment elle avait fait pour acheter Gégé. Bah, de temps à autre, quand elle était dans la dèche, Tatie Cindy retrouvait un bijou au fond d'un tiroir ; peut-être en avait-elle retrouvé un à point nommé au fond de son sac à main ?

Puisque c'était Tata Lenya qui l'avait achetée de ses deniers, Géli avait craint de se voir confinée chez elle et assignée à son seul service. De savoir qu'elle travaillerait également pour Louise, chez elle, donc auprès de Benoît, et qu'elle serait amenée à naviguer sans cesse d'une maison à l'autre la rassura. Elle lança un regard furtif en direction de Benoît, mais celuici, tourné vers la portière, paraissait absorbé dans la contemplation de la rue.

Lui aussi était – à moitié – rassuré. En montant en voiture, Tata Lenya lui avait résumé en quelques mots la situation de Géli. Achetée en son nom à lui, elle ne deviendrait sa propriété effective qu'à sa majorité. D'ici là, c'était Tata Lenya, en quelque sorte tutrice de fait dans cette affaire, qui était supposée assurer sa subsistance et son entretien, et répondre d'elle devant la loi. L'ancienne actrice se doutait que Louise commencerait par regimber devant cet achat que, pour sa part, la faiblesse et l'irrégularité de ses revenus lui auraient interdit d'envisager. Tata Lenya comptait pour la convaincre sur l'argument selon lequel elle n'avait aucun goût pour les travaux ménagers, et que Géli trouverait largement à s'employer à la villa. Cette raison en elle-même irrécusable, mais secondaire, aurait en outre le mérite d'épargner à Lenya d'en aligner d'autres, plus cruciales, contre lesquelles

Louise aurait pu élever des objections gênantes. L'argument humanitaire ? Cette petite était en danger, mais savait-on vraiment à qui l'on avait affaire ? Elle était fugueuse à coup sûr, menteuse éventuellement, peut-être bien coureuse, voleuse, qui sait ?... L'argument affectif ? Il ne faisait guère de doute que Benoît et Géli avaient fricoté ensemble la nuit précédente. Était-il raisonnable, pour si peu, de lier leur avenir de façon aussi formelle ? Reste qu'il serait toujours loisible à Benoît de vendre Géli dès qu'il aurait atteint sa majorité légale... Qui vivrait verrait, pensait Tata Lenya. D'instinct, elle se plaçait dans le camp de l'espoir. Une détresse se présentait ? Elle faisait ce qu'elle pouvait pour aider, et elle attendait sans angoisse le résultat de ses efforts. Quant à Louise, elle avait cessé de se projeter dans l'avenir depuis belle lurette, depuis laide lurette, depuis la mort du petit ange. Dans la vie, il n'y avait guère que la mort qui revêtît quelque importance à ses yeux. La mort était le seul malheur et à vrai dire le seul événement de la vie. Et quand elle survenait, Louise au moins savait comment y faire face : elle rassemblait ses instruments, ses scalpels, ses crochets, ses pinces, elle préparait son natron et ses bandelettes, et elle s'employait à sauver les apparences qui pouvaient l'être. Tata Lenya pariait qu'elle agréerait les dispositions prises sans son assentiment préalable, tout lui étant égal, au fond.

La Thunderbolt déposa Tatie Cindy et son Gégé, puis Benoît, avant de rallier son port d'attache, la maison de Tata Lenya où Géli aurait désormais sa chambre. Quand l'adolescente chercha son regard depuis la lunette arrière de la voiture, Benoît ne lui accorda qu'un bref coup d'œil absent. Après tout, elle n'était qu'une esclave, quelque chose comme un objet certes un peu particulier, une sorte de meuble ou d'ustensile doté de sentiments qu'heureusement on n'était pas obligé de lui rendre.

Devant la villa Jacaranda, une haute silhouette dégingandée arpentait l'allée en écrasant sous ses semelles, pour passer le temps, les carapaces des hannetons morts. Benoît poussa un cri de joie. Bogue était enfin sorti de prison. Ils allaient reprendre leurs joyeuses virées dans la camionnette du brocanteur. Bogue emmenait volontiers son filleul dans ses chasses au trésor presque toujours déçues, mais si excitantes. Benoît n'aurait pas détesté qu'il fût son père. Ce n'était même pas impossible. Bogue avait été l'ami d'Antoine Brisé, il avait connu Lola avant lui. Benoît croyait savoir qu'il l'avait *bien* connue, avant qu'Antoine ne la lui soufflât et ne l'épousât, alors pourquoi pas ?

— T'es sorti, parrain, ça y est ?

— Comme tu vois. Je me suis bien tenu, du coup ils m'ont relâché avant l'heure.

Il avait écopé de six mois, il en avait fait quatre. Une bête histoire de crédence Louis XIII. Il aurait dû se méfier, du Louis XIII authentique, c'était trop chic pour lui. Le brocanteur avait voulu se faire aussi gros que l'antiquaire. Il exerçait un métier périlleux. Est-on jamais sûr de la provenance de ce qu'on achète pour le revendre ? On devrait, bon, mais si une affaire vraiment alléchante se présente, on oublie parfois le registre, les certificats, la loi. Les meubles, les objets, ça va, ça vient, c'est comme les femmes : est-ce qu'on sait toujours si on ne les vole pas à quelqu'un ? Bogue prenait tout comme ça, plutôt à la blague. C'était préférable, quand on était condamné à six mois alors qu'une Bella Bussettin, aussi mouillée que vous dans l'affaire de la crédence mais bardée d'avocats et de protecteurs haut placés, en était quitte pour une algarade. Bogue savait de longue date que la justice n'était qu'un mot à majuscule, et il n'en voulait à personne. Six mois, qu'est-ce que c'était, surtout quand on n'en tirait que quatre au bout du compte ?

— Je suis content de te voir, parrain !

— Moi aussi, gamin.

Bogue se gratta le cœur en roulant des yeux blancs.

— La lyre, ça marche ? Quand est-ce que tu passes à l'Empyrée ?

L'Empyrée était la plus grande, la plus belle salle de spectacle d'Écorcheville. Même dans ses rêves les plus fous, Benoît n'avait jamais espéré se produire un jour sous son plafond kitsch à mort, bondé de naïades dépoitraillées et d'angelots fessus guettés par des faunes dont l'œil luisait entre les feuilles d'acanthe.

— Au Lapin Bleu, j'aimerais mieux. Bientôt, parrain, bientôt !

On s'embrassa. Bogue piquait. Louise qui venait d'apparaître se récria : il ne s'était pas rasé le jour de sa levée d'écrou ! Il aurait mérité que les matons le gardent.

— J'aurais même pas dit non, plaisanta-t-il. Là-bas la soupe est mauvaise, mais on n'a pas à s'en inquiéter, elle est servie à heures fixes. Tandis que maintenant, il va falloir recommencer à lui courir après.

— En tout cas, ce soir tu dînes et tu dors ici, dit Benoît.

Bogue ne se fit pas prier. La perspective de déguster la tambouille de Louise n'avait rien de trop séduisant, mais pour son premier soir de libéré, celle de réintégrer tout seul un taudis abandonné des mois plus tôt, avec sur la table les reliefs fossilisés d'un dernier repas écourté par l'irruption des policiers lui chantait encore moins.

— Vous tombez à point, lui dit Louise quand Benoît, sans entrer encore dans les détails, l'eut informée qu'elle ne devait pas compter sur l'aide du nouveau factotum de Tata Lenya. Si vous n'avez pas de projet dans l'immédiat, je vous embauche. J'ai une grosse commande à traiter. Le secours d'un homme fort me sera utile.

— Ah, ah ! De quoi s'agit-il ? Un grizzly ? Un orignal ?

— Tu ne devineras jamais, s'écria Benoît.

— Attends... Un hippopotame ?

— Presque. Viens, on va te montrer...

Quelques instants plus tard, mis en présence de l'énorme dépouille du centaure, Bogue siffla entre ses dents.

— Nom de Dieu, la bête ! Encore un de ces foutus espécimens venus de là-bas, hein ?

— Et tu n'as encore rien vu, dit Benoît. Il y a aussi un petit satyre, un vrai, avec des cornes et des pieds fourchus !

— Ici ?

— Non, pas ici. En ville. Il est vivant. Il a foutu le camp du musée de la mère Occlo.

— À l'heure qu'il est, ils ont dû le rattraper, dit Louise.

Benoît ouvrit le cagibi pour montrer à Bogue le cadavre d'Aimé.

— Tu le remets, celui-là ?

Bogue acquiesça. Qui ne connaissait le frère de Superbe ?

— Beau linge ! Dites donc, la boutique tourne.

— En ce moment, c'est vrai, je n'ai pas à me plaindre, admit Louise. Mais tout tombe en même temps. C'est pour ça que j'ai besoin d'un coup de main.

— D'accord, dit Bogue. Les crédences Louis XIII à bas prix m'attendront bien encore deux jours !

Il rit. Sa déveine était proverbiale. S'il rentrait un beau tableau, c'était un faux ; une édition ancienne, il y manquait un tome. Quand il s'en apercevait, il pestait puis il haussait les épaules. C'était comme ça, il était né pour la drouille.

Un bruit de moteur familier se fit entendre : c'était la Vorax. Benoît songea à l'épave du Solex remisée dans un coin de la serre-atelier, et son front s'assombrit. Le moment était venu de rendre des comptes à son propriétaire.

— C'est mes potes, parrain. Tu m'excuses… On se voit ce soir, tu me raconteras la prison !

— Va, gamin. Je vais aider Louise. On s'y colle tout de suite, patronne ?

— Le sujet décongèle. Plus tôt je pourrai l'éviscérer, mieux cela vaudra, dit Louise en fronçant le nez. J'ai dessiné les plans d'une potence à quoi l'accrocher, sinon je ne vois pas comment je pourrais m'en sortir. Je pensais m'adresser au charpentier, mais si vous n'avez rien de mieux à faire… Je vous paierai, bien entendu.

— Où sont les outils ? Je vais vous bricoler une potence à centaures de style Louis XIII comme vous n'en avez jamais vu !

XXXI

— Un lapin en plein tournant… J'ai rien pu faire, rien ! Remarque, il est réparable. Il suffit de trouver les pièces.

Onagre n'était pas là. Cambouis avait ramené seul la Vorax au bercail. Il dissipa de la main une fumerolle qui flottait, invisible, devant son visage.

— Non, dit-il, c'est fini. Tout finit par finir. N'en parlons plus.

— Comment, tu n'as pas l'intention de le réparer ?

— Je n'étais pas marié avec ce truc, c'était seulement une aventure, rigola Cambouis.

Esquissant à peine un haussement d'épaules, il se détourna de l'épave. Une fois de plus, Benoît l'envia. À côté de lui, il se sentait si épais, si lourdaud, le nez contre les choses. Pas étonnant que Fille-de-Personne… Au fait, ils devaient s'être parlé ce matin, elle et Cambouis, car il n'avait pas manifesté la moindre surprise à la vue de l'engin. Ce matin, ou cette nuit ? C'était peut-être chez lui qu'elle avait filé après avoir quitté Benoît ? Allons, la jalousie l'égarait. Il se heurtait toujours à la même fenêtre, comme un moineau entré dans un appartement par la cheminée. C'était inexplicable, et même inconcevable, mais Fille-de-Personne n'intéressait pas Cambouis. Il ne voulait pas d'elle ! Il en avait administré dix fois la preuve. Une idée déconcertante visita soudain Benoît. Il ne se souvenait pas d'avoir jamais vu Cambouis s'intéresser à une fille, quelle qu'elle soit. De là à imaginer…

— Dommage que tu ne sois pas venu avec nous, après le Lapin Bleu. D'abord, t'aurais pas bousillé mon Solex, et puis on s'est poilés. Figure-toi que j'ai baisé Alcyone…

Saisi, Benoît resta un instant bouche bée.

— Toi ?… Alcyone ? Alcyone Propinquor ? articula-t-il enfin.

— Tu connais d'autres Alcyone à Écorcheville ? Je ne suis pas sûr qu'elle s'en souvienne, tellement elle était cuite, et j'espère que de mon côté je n'en garderai pas un souvenir trop cuisant, mais je te jure que c'est vrai. On était tous chez Flavia Esteral, à bavarder en buvant des manhattans et des bloody mary, c'est venu comme ça, dans la conversation.

— Et comment il a pris ça, Onagre ?

— Il a rigolé... Il battait la mesure !

— Mais je croyais qu'Alcyone et Bételgeuse étaient parties dans la Sovaj avec Krux et Gégé Carmona ?

— Eh bien oui, ils étaient là aussi, chez Flavia. Même que Krux s'est tapé Bételgeuse.

— Quoi ? Et comment Onagre a réagi ?

— Il s'en foutait. Il s'occupait de ma cousine Mina.

— Allez ! Tu me fais marcher, avoue !

— Crois ce que tu veux.

Abasourdi, Benoît tentait d'estimer la vraisemblance des allégations de Cambouis. Il savait son ami blagueur. Cependant, pour ce coup-là, la tête sur le billot, il n'aurait su dire ce qu'il en était en réalité. Il se rassura en pensant que Fille-de-Personne n'avait pu participer à cette espèce d'orgie, si tant est que celle-ci eût bien eu lieu.

— Après ça, on est tous remontés en voiture, poursuivit Cambouis, pour s'offrir une petite bourre sur la corniche, et là, le moteur de la Sovaj de Krux trafiquée par Gégé s'est mis à fumer, à fumer ! Pour finir le radiateur a explosé et les pistons ont crevé le capot. De rage, Krux a poussé la bagnole dans le ravin.

— C'est ce qui explique qu'il ait remis Gégé en vente ce matin chez Vipérini ! s'exclama Benoît, qui avait enfin une nouvelle sensationnelle à opposer aux scoops de Cambouis. Et tiens-toi bien, c'est Tatie Cindy qui a acheté Gégé. J'y étais. J'ai pu dissuader Tata Lenya, qui cherchait un successeur à Josaphat, mais pour Tatie j'ai rien pu faire.

Il passa sous silence l'acquisition de Géli. On s'était assez foutu d'elle et de lui la nuit dernière, sur le parking du Lapin Bleu.

Cambouis émit un petit *tss-tss* alarmé.

— Espérons que ça ne s'achèvera pas en fait divers... Pendant que j'y pense, on se disait avec Onagre qu'on pourrait se pointer au bahut, demain, histoire de rassurer les groupies. Qu'est-ce que t'en penses ?

Benoît fit la grimace. Le lycée, les cours, tout ça lui paraissait si lointain, si irréel... Par surcroît, il ne bénéficiait pas du même prestige que ces fils de famille. Ce retour, pour lui, se révélerait moins ludique.

— Je vois ! ricana Cambouis. Il y a combien de temps que tu n'y as pas mis les pieds ?

Benoît se gratta la tête. Il ne savait plus trop. Quatre jours ? Cinq jours ?

— Vous allez y aller, c'est sûr ?

— Il y a des chances. Mina m'a averti qu'il y aura un devoir de français sur table demain matin. J'y vais, je rafle une note qui laisse les profs baba, et ils me foutent la paix pendant quinze jours. La ruse !

Arriver sans avoir rien préparé et pondre la meilleure copie, Benoît ne douta pas un instant que Cambouis en fût capable. Pour Onagre et pour lui-même, c'était une autre paire de manches. Onagre... Onagre était infirme. Son cerveau ne répondait à aucune sollicitation d'ordre intellectuel. Quant à Benoît, il se voyait sous l'aspect d'un terrien cramponné au plat-bord d'un youyou en perdition, toutes rames brisées, sur l'océan furieux du savoir. Il tenta de se rappeler son emploi du temps du lundi. Une grille horaire se reconstitua laborieusement dans sa mémoire : de 8 à 9 histoire, de 9 à 10 maths, et de

10 à 12 français… Il lui sembla que le soleil déjà guère brillant s'éteignait au-dessus de lui. Il sentit une révolte impuissante lui fouailler le ventre. Qu'est-ce qu'on venait l'emmerder avec des dates, des équations, de vieux mots vides de sens ? Il était un artiste. Qu'on le laisse travailler sa lyre, peaufiner encore un peu ses morceaux, et après ça qu'on lui donne enfin sa chance, une scène et un public, et on verrait de quoi il était capable.

— Tu viendras ?

— Peut-être. Je sais pas, ça dépendra de ce que j'aurai à faire.

Cambouis eut la gentillesse de ne pas sourire en coin. Au nom du ciel, qu'est-ce que son ami pourrait avoir à faire demain matin, à part gratter les cordes de sa lyre au fond de sa cave ? Eh bien oui, se jura Benoît, il les changerait, ces cordes, elles en avaient besoin, et il jouerait, il jouerait comme un fou toute la journée, il bosserait ses morceaux, il préparerait dans la pénombre du sous-sol peuplé d'araignées, de blattes et de rats sa future irruption dans la lumière des projecteurs.

— Au fait, dit Cambouis changeant soudain de sujet, t'aimes bien Blandeuil, toi ? J'ai vu sa photo dans ta chambre…

— Blandeuil ? Je déteste pas. Tu sais, moi, les instruments atypiques, ça me branche. Le dulceola, on n'en connaît qu'un exemplaire au monde, et c'est le sien ! Y a pas plus atypique, sinon peut-être ma lyre électrique.

— Eh bien il est en ville, et il joue ce soir.

Benoît tomba des nues. Rien n'avait été annoncé. Pourtant Blandeuil était un enfant du pays.

— Sans blague ? J'ai pas vu une affiche, pas un article, rien. Et puis un dimanche soir…

— C'était à saisir. Il n'est là que de passage, entre deux tournées à l'étranger, et il ne donnera qu'un seul concert, en privé... à la maison !

— À la maison ? Quelle maison ?

— La mienne, chez mes vioques. Ma conne-de-mère le connaît bien, et il est client chez Roublard et Captieux, la banque dont mon con-de-père est le directeur, alors ils ont arrangé ça ensemble. Mes cons-de-parents organisent de temps en temps des soirées de ce genre. Ils invitent leurs clients respectifs, ils appellent ça « animer la vie culturelle de la cité »... De la promo, quoi.

Benoît hésita. Il était allé souvent chez Cambouis, mais jamais un soir de réception. Il se lança :

— Tu m'inviterais ?

— C'est pour ça que je t'en parle. Vingt heures. Fais-toi propre. Y aura cocktail dînatoire après le récital.

Benoît s'inquiéta. Dans l'esprit de Cambouis, que signifiait « se faire propre » ? Smoking ? Nœud papillon ? Souliers vernis ? Il n'avait rien de tout ça. Cambouis l'avait deviné.

— Tu viens pas en short, quoi ! T'as bien un vrai futal et une veste, et autre chose que des baskets ?

Benoît confirma. Restait la question du cirage. Mais il en trouverait bien au fond d'un placard.

— Cravate ?

— Seulement si elle est discrète.

— Et qu'est-ce que j'apporte ?

— Rien, surtout ! Alors c'est d'accord ? Je file, je me dépêche, ma conne-de-mère m'attend pour que je l'aide à tartiner les canapés. Je comptais rentrer en Solex, mais un connard l'a bousillé.

— Je suis désolé, dit Benoît pris de remords.

Cambouis lui donna une bourrade.

— Te bile pas. Le sage doit savoir tout perdre avec le sourire. Cet incident contribue à me détacher des contingences. Allez, à peluche : pas avant vingt heures, pas après vingt heures quinze, hein ?

— Attends une seconde… Les amis seront là ?

— Onagre et F.-de-P. n'ont pas trop bonne presse auprès de ma conne-de-mère. Onagre, c'est l'héritier de Superbe, l'adversaire politique de mon grand-oncle Honoré, à qui mon con-de-père doit beaucoup, tu vois, parce que Roublard et Captieux, en sous-main, c'est des capitaux Bussettin aîné… Mais si Onagre se radinait elle se forcerait pour l'accueillir. Non, c'est surtout après Fille-de-Personne qu'elle en a : la sœur de Krux, la lie de la terre ! Elle tirerait une tronche, si elle la voyait débarquer dans son raout !

— Tu l'as vue ce matin, F.-de-P. ?

Cette fois, Cambouis s'autorisa un sourire en coin.

— Je l'ai croisée en venant. Je me suis arrêté, je lui ai proposé de monter, mais elle avait à faire, Dieu sait quoi Dieu sait où avec Dieu sait qui… Tout est toujours mystérieux, avec elle !

— Elle t'a même pas dit pour le Solex ?

Cambouis secoua la tête.

Benoît s'étonna intérieurement. Mais en réalité, ne rien dire sur rien à personne, c'était bien d'elle. Passer entre les êtres comme un courant d'air, se faufiler entre leurs jambes comme un chat…

— Tu veux voir le centaure ?

Une lueur de curiosité s'alluma dans les yeux de Cambouis. Les monstres, à Écorcheville, on avait l'habitude, mais quand même, ça n'était pas tous les jours qu'un centaure arrivait d'en face.

— Il est mort, c'est ça ? Il schlingue pas trop ?

— Pour l'instant il est en voie de décongélation. C'est le bon moment. Ma mère commencera à le traiter quand les chairs seront molles, et alors…

— Compris ! D'accord ! Et puis j'en profiterai pour saluer ta maman.

Benoît se souvint de la présence de Bogue.

— Aïe, j'ai oublié de te dire que mon parrain est là. Il va donner un coup de main pour le centaure.

Comme Cambouis ne réagissait pas, Benoît lui mit les points sur les i.

— Bogue, tu sais bien, le brocanteur. Il sort de prison…

— Ah oui, celui qui a trinqué à la place de ma conne-de-mère, c'est ça ?

Benoît opina.

— Tu crois qu'il s'en prendrait à moi ? reprit Cambouis.

— Non. Il n'est pas du genre vindicatif. Je crois qu'il s'en fout, finalement.

— Tant mieux… De mon côté, j'ai rien contre lui.

— Alors viens, ça vaut le coup d'œil.

Louise fit bon accueil à Cambouis. C'était son préféré parmi les amis de son fils. Elle ne tarissait pas d'éloges après chacune de ses visites. Elle le trouvait joli garçon, élégant, gentil, bien élevé, nonobstant cette curieuse façon qu'il avait de parler de ses parents, mais ce devait être pour se donner un genre… Pour le reste, il n'était pas jusqu'à ses ongles en général incrustés de cambouis, en quoi elle ne vît un trait plaisant, qui le rapprochait d'elle au-delà de ses allures de petit dandy.

Quand Bogue sut à qui il avait affaire, il manifesta d'abord une certaine contrariété, mais Cambouis trouva les mots pour détendre l'atmosphère.

— Si vous avez un message à faire passer à ma conne-de-mère, n'hésitez pas, je le lui transmettrai fidèlement !

Bogue, un instant estomaqué, le prit bien au bout du compte.

— Dites-lui que je l'ai eue saumâtre, au début, quand je me suis retrouvé au trou, et quand j'ai su qu'elle, elle y couperait. Et puis je me suis dit que j'aurais fait comme elle à sa place. Si on peut rester bien tranquille à l'abri, tant pis pour ceux qui dérouillent. N'empêche qu'elle aurait pu m'envoyer un petit colis par-ci par-là, pour le principe, parce que si j'avais ouvert mon clapet…

— C'était pas par méchanceté, ni par pingrerie : elle n'y a pas pensé. Elle pense le moins possible, elle croit que ça creuse les rides, dit Cambouis.

Bogue hocha la tête et recommença à s'affairer autour du centaure à l'aide d'un séchoir à cheveux électrique comme l'en avait chargé Louise. Pendant ce temps, celle-ci potassait un traité d'anatomie équine qu'elle était allée chercher dans la bibliothèque. Cambouis admira le monstre. Quelle puissance lisait-on encore, dans les muscles également impressionnants des deux parties qui le composaient ! Même mort, il demeurait formidable. Songer qu'il avait galopé, là-bas, à travers quelles prairies, au sein de quel troupeau ? Il y avait vécu sa vie énigmatique, il y était né de créatures semblables à lui-même, il avait grandi, jeune poulain caracolant, ruant des quatre fers… Au fait, en portait-il ? Benoît n'y avait pas songé, mais Cambouis vérifia. Les sabots du centaure étaient vierges. Cambouis montra sa découverte aux autres. Ainsi, les centaures ne maîtrisaient ni le feu, ni la métallurgie. Ils n'obéissaient sans doute à aucun maître non plus. Cela donnait à réfléchir, bien sûr, mais nul, autour de l'imposante dépouille, n'avait vraiment envie de réfléchir. Bogue était tout à sa besogne. Louise, les sourcils froncés, étudiait un écorché de pur-sang. Cambouis et Benoît rêvassaient aux galopades du centaure, à sa liberté infinie, sur l'autre rive, sous l'autre ciel obscurci de nuages porteurs de pluies étranges.

— À la place, ç'aurait pu être une centauresse, murmura Benoît.

Les adultes n'avaient pas entendu. Chacun de son côté, les garçons imaginèrent une grande cavale de femme aux cheveux dénoués, aux seins glorieux oscillant au rythme de son trot, son panache battant nerveusement sa croupe luisante. Ils échangèrent un regard. Ils se comprenaient : ça devait être quelque chose, là-bas !

— Et le faunet, demanda Benoît, tu sais qu'il a fichu le camp ? On a des nouvelles ?

Cambouis avait écouté la radio. Le chèvre-pied avait foutu le souk partout sur son chemin. Il avait traversé un marché, terrifié des ménagères à cabas, renversé des éventaires, volé des fruits... Ailleurs il avait provoqué des accrochages en se ruant sur la chaussée au milieu des voitures, il avait rayé et cabossé des carrosseries en les escaladant, il avait malmené une contractuelle... On avait cru un moment l'avoir encerclé dans un square, tu parles, il avait réussi à s'échapper. À l'heure qu'il était, on lui courait encore après.

— Allons, soupira Cambouis, il faut que j'y aille, on m'attend pour tartiner. Au revoir, madame Jacaranda, au revoir, monsieur Bogue ; je ferai part de vos observations à Mme ma conne-de-mère... À tout à l'heure, Benoît !

Il s'éclipsa. Aussitôt après son départ, Benoît se rua à l'étage pour explorer placards et penderies en quête de vêtements et de souliers présentables. Il trouva à peu près ce qu'il cherchait au bout d'un temps, à cela près qu'un bon coup de brosse et un bon coup de fer ne seraient pas de trop. Il redescendit les bras chargés. Louise se fit tirer l'oreille pour abandonner ses planches anatomiques et se mettre au repassage, mais elle finit par y consentir. Benoît avait déniché une paire de chaussures de ville de haut luxe, au cuir à peine moisi et craquelé, tendu par des embauchoirs de bois verni. Par miracle elles étaient à sa taille. Le maître du guano avait eu la même pointure que lui. Il décida de se passer de l'autorisation de Louise pour les porter, de crainte qu'elle ne vît dans cette annexion un sacrilège. Une heure plus tard, Louise rendue à sa documentation, Benoît, seul au grenier, s'examinait d'un œil critique dans le miroir d'une psyché bancale. Le tain se piquetait sur les bords de macules semblables à des excoriations eczémateuses, et lui, si vilainement encadré, ne payait guère de mine. Louise n'avait jamais été un parangon de vertus domestiques. Les plis du pantalon pourtant frais repassé s'effaçaient déjà. Les manches de la veste qu'il n'avait plus endossée depuis l'an dernier découvraient ses poignets dès qu'il pliait les bras. Le bouton de col de la chemise d'une blancheur toute théorique l'étranglait, et ni le coloris, ni le motif de la cravate ne lui inspiraient confiance. Pouvait-on qualifier de discrets ces petits éléphants dorés sur un fond lie-de-vin ? Mais le pire, c'était le reste : sa figure, sa coiffure, son air emprunté, lui, quoi, ce lui à la fois pitoyable et détestable qui allait affronter le monde en si piètre équipage, si toutefois il ne se dégonflait pas et honorait l'invitation de Cambouis.

XXXII

Cela ne ressemblait pas tout à fait à un cauchemar, mais cela pouvait en devenir un à tout instant. Benoît avait sonné à la porte. Une soubrette inconnue, sans doute une jeune esclave louée en extra, était venue lui ouvrir aussitôt. Il s'apprêtait à décliner son identité, mais la soubrette l'avait prié d'entrer sans lui en laisser le temps. Bella Bussettin se tenait en robe du soir fuchsia dans le vestibule, plus belle que jamais, belle à faire mal aux yeux, d'une beauté de catalogue. Bronzage parfait, si rare ici, blondeur éblouissante, dents perlées, bouche ourlée, poitrine haute, taille fine, jambes fuselées. La clientèle de son magasin d'antiquités était surtout masculine, car les femmes la supportaient mal. Les hommes en revanche étaient prêts à acheter la boutique pour courir leur chance auprès d'elle. Elle leur vendait des meubles dont ils n'avaient pas besoin, des toiles et des vases qui déplaisaient à leur épouse, des lustres trop encombrants pour leur salle à manger, et elle les laissait tirer la langue. Non qu'elle portât à Erwin un amour vraiment passionné, mais l'adultère décoiffe. Le frétillement de banc de merlans des mâles autour d'elle et de son magasin lui suffisait. Au fond d'elle-même, elle était restée une petite fille qui joue à la marchande.

Son fils l'avait avertie qu'il avait invité Benoît, car elle ne marqua aucune hésitation à sa vue. Elle s'écarta quelques secondes du groupe qui l'entourait pour écouter avec un sourire indulgent les salutations balbutiées par Benoît et lui indiquer la direction du grand salon qu'il connaissait très bien. Magnifique lui aussi en spencer bleu nuit à revers noirs satinés, Erwin Bussettin y prodiguait des ronds de jambe à un couple de comptes en banque. Le gros des invités n'était pas encore arrivé, ni le moment somme toute confortable où l'on n'est plus qu'un visage flottant entre cent autres sur un océan d'épaules. Benoît chercha Cambouis des yeux. En vain. Hormis Erwin, la seule tête familière parmi les occupants du salon était celle de Mina Bussettin. Elle ne s'était jamais montrée très amicale à son égard. Il eût fallu, sans doute, qu'il fît plus d'étincelles en classe... Mais après tout, la forte en thème avait bien condescendu à une intimité décisive avec cet âne d'Onagre. Elle ne se fendit pas du moindre geste ni de la plus petite ébauche de sourire. Elle savait Benoît proche de Cambouis, c'était même la seule explication plausible de sa présence ici ce soir. Ce redoublement de froideur s'expliquait-il par la gêne qu'elle pouvait ressentir à l'idée des probables indiscrétions de Cambouis sur ce qui s'était passé la nuit précédente chez Flavia Esteral ? Benoît se félicita qu'elle ne lui accordât pas un regard. Ainsi, elle ne s'attarderait pas sur les éléphants de sa cravate ou sur la longueur des manches de sa veste. Il sentit derrière lui la pression de nouveaux arrivants. Il gênait l'accès au salon, et dut s'avancer de quelques pas. La vaste pièce était aux deux tiers occupée par des rangées de chaises en bois doré, aux pieds et au dossier graciles, disposées en demi-cercle autour d'une estrade sur laquelle le dulceola attendait son maître. Ce n'était pas un instrument très volumineux. Si Benoît ne l'avait jamais vu en vrai, il savait assez précisément à quoi il ressemblait, car il possédait à peu près tous les disques enregistrés par Blandeuil, et leur pochette s'ornait en général de photos explicites.

Plusieurs personnes, parmi les plus âgées, avaient déjà pris place sur les chaises. Benoît les aurait volontiers imitées, plutôt que de rester à glandouiller debout sous des regards de prime abord curieux et potentiellement cruels. Il n'osa pas. Il devinait qu'à son âge une telle conduite aurait été taxée de sans-gêne. Mais alors, qu'était-il censé faire de ces jambes qui flageolaient dans ce bénard mal repassé, de ces bras trop longs pour ces saletés de manches, de ces mains, frénétiques comme des araignées débusquées, qui cherchaient refuge tantôt dans les poches de son pantalon, et tantôt dans celles de sa veste ? Il se replia tout au fond de la salle. Là, il affecta de s'absorber dans la contemplation des tableaux accrochés au mur. Il les scruta à en loucher, passant plusieurs fois de l'un à l'autre, puis se demanda ce qu'il en pensait, car il avait cru comprendre que c'était à peu près la finalité de ce genre de tableaux, permettre à qui les examinait de savoir ce qu'il en pensait. Il dut s'avouer que sa machine à penser grippait devant ces taches représentant des taches. Il lui sembla que quelqu'un l'observait. Il s'efforça de prendre un air songeur, mais c'était sans doute une fausse impression, nul ne se souciait de lui. Il fut tenté de renoncer à son air songeur, sans trop savoir par quel air le remplacer. Il décida de le conserver pour le moment. Il entendit Erwin Bussettin accueillir quelqu'un en lui donnant du cher maître long comme le bras. Il crut qu'il s'agissait de Blandeuil et se retourna. Il vit qu'il s'était trompé : c'était Lordurin, sec petit vieillard aux yeux en batterie, braqués sur le monde comme des mitrailleuses dans l'embrasure d'un blockhaus. De sa silhouette chétive et voûtée se dégageait une stupéfiante énergie. Son moi irradiait tel un bloc d'uranium. Était-ce la marque du génie ? Au moins du talent ? Enfin, d'autre chose qu'une âpre volonté de puissance qui aurait trouvé à s'exprimer par les

Lettres plutôt que par la vente de matériel agricole ? Lordurin n'était-il qu'un brochet qui avait choisi la poésie pour territoire de chasse ? Tata Lenya qui avait des lectures voyait en lui un faiseur. « Qui joue avec les mots, les mots se jouent de lui », aimait-elle répéter. De loin, Benoît observait le vieil homme avec inquiétude. L'oiseau inepte de la gloire s'était posé de son vivant sur son épaule. Il s'envolerait à son dernier souffle pour aller se percher sur une autre épaule, sans plus de raison, ou bien il s'attarderait un temps à picorer ses cendres, comme il faisait de celles de Mathieu Chain… Et Blandeuil ? Et Lola ? Ceux-là, c'était autre chose. Simples passeurs, ils se bornaient à recevoir et à transmettre. Leur gloire était là, voletant au-dessus d'eux, chaque fois qu'un public les acclamait à l'issue d'un concert ou d'une représentation. Les bravos d'un soir leur tenaient lieu de postérité. Et *lui ?* Qu'espérait-il, avec son instrument bricolé et ses compositions simplettes ? Il fut saisi de vertige et de honte. Il ramenait sa lyre comme on ramène sa fraise !

Lordurin n'était pas venu seul. Une grande et belle créature vêtue et maquillée de façon excentrique l'accompagnait. Muse ? Égérie ? Escort girl rémunérée ? Avait-il des exigences avec elle aussi ? Comme Lordurin laissait errer son regard sur la foule qui commençait à affluer dans le grand salon, son attention s'arrêta sur Benoît. Il le fixa durant quelques secondes qui parurent des minutes à l'adolescent. Que lui voulait ce vieux jeton ? Sans rien exprimer d'autre qu'une illisible intensité, le regard du poète glissa plus loin.

Du côté opposé au vestibule, la pièce donnait sur un second salon à peine moins spacieux où était dressé le buffet. Benoît apercevait les verres étincelants rangés comme une troupe à la parade devant une tribune officielle de bouteilles ventrues et chamarrées, flanquée de deux montagnes de fruits. De part et d'autre, les plateaux de petits canapés multicolores figuraient des parterres de fleurs. L'adolescent se découvrit un appétit d'ogre. Combien de temps Blandeuil était-il supposé jouer avant qu'on fût autorisé à ravager ces engageantes plates-bandes ? Avec les à-côtés, applaudissements et compliments, il estima qu'il ne pouvait y en avoir pour moins d'une heure. Sans compter qu'on ne se ruerait sans doute pas vers le buffet, une fois le signal donné, comme les sixièmes de Mathieu-Chain vers la cantine le jour des frites.

— Tu lorgnes mes canapés, crevard !

Cambouis, surgi de nulle part, avait surpris le regard affamé de Benoît.

— Vu d'ici, ça a l'air vachement bon, concéda Benoît.

— Je te crois, que c'est bon ! On n'a plus recours au traiteur depuis qu'il nous a refilé des rogatons de la veille. Comme par un fait exprès, mon grand-oncle était là, Honoré, le grand gorille à dos blanc de la famille. Il ne vient pas souvent ; on est des moins-que-rien, nous autres de la branche cadette. Mais ce soir-là, paf ! Il nous est tombé dessus à l'improviste, en pleine réception. Il devait être de mauvais poil, il avait quelque chose sur le cœur, peut-être un truc qui n'allait pas chez Roublard et Captieux, une connerie de mon con-de-père, je sais pas, toujours est-il qu'il a pris un canapé de saumon sur un plateau, il ne l'a même pas porté à sa bouche, il a seulement jaugé l'élasticité du pain de mie entre deux doigts, et il l'a reposé sans un mot. Pas sur le plateau : dans un cendrier, devant mes cons-de-parents, lui blême, elle écarlate. Depuis ce coup-là, ils achètent eux-mêmes les produits, pour être sûrs de leur fraîcheur, et on tartine en famille, on tartine, on tartine... J'en ai des ampoules, regarde !

Cambouis montra ses mains à Benoît. Il galéjait. Il n'avait pas d'ampoules. C'était seulement pour montrer qu'il s'était curé les ongles. Benoît l'en félicita.

— Tu parles. Ma CDM m'a menacé de m'arracher les yeux si je me pointais avec les ongles sales. Je suis lâche, j'ai cédé. Mais excuse-moi, il faut que j'aille faire le fils de la maison !

Cambouis fila. Du vif-argent. Benoît constata que son ami prenait son rôle très à cœur. Il admira le naturel avec lequel il évoluait d'un groupe à l'autre, léger comme un elfe, souriant, s'inclinant, serrant des mains, en baisant d'autres avec une aisance de talon rouge.

Une dame d'âge respectable enguirlandée de perles, une grosse brebis du cheptel bancaire d'Erwin Bussettin, paria Benoît, s'excusa auprès de lui d'un sourire usagé. Elle convoitait un certain siège dont il lui barrait le chemin. Il s'effaça, elle l'en remercia. Il s'aperçut que les places libres se raréfiaient, à présent. Il lui fallait songer à se caser, lui aussi, faute de quoi il serait condamné à rester debout durant tout le concert. Il occupa sans plus tarder la première chaise disponible. Deux rangs devant lui se dressait la nuque gracile et même un peu maigrelette de Mina Bussettin. Les révélations de Cambouis lui revinrent en mémoire. N'était-il pas excusable de considérer d'un œil chargé d'ironie la jeune patricienne qui, au lycée comme ici, le snobait avec tant de constance ? Ainsi donc, elle avait joué avec Onagre au jeu de la bête à deux dos... À présent qu'il en savait plus long sur les réalités de la chair, il était mieux à même d'imaginer Mina dans certaines postures. Il s'y laissa aller avec quelque complaisance, histoire de tromper le temps en attendant l'entrée en scène de Blandeuil. Enfin, encadré par ses hôtes, le musicien apparut et fut accueilli par un murmure charmé. Il salua l'assistance d'une courbette, porta la main droite à son cœur, et monta s'asseoir sur un tabouret tendu de cuir face à son instrument. Benoît n'avait fait que le croiser en ville. L'occasion lui était donnée pour la première fois d'observer à loisir l'homme en qui il voyait, comme en Macassar et en Bogue, un de ses pères putatifs. Il dut admettre que Blandeuil n'était pas le plus vraisemblable. Certes, il avait pour lui sa qualité de musicien. Benoît ne pouvait qu'être sensible à cette éventuelle caution de ses propres ambitions musicales. Tel père, tel fils ! Sorti de là, la vedette de la soirée ne payait guère de mine. Pâlot et falot. Fluet et laid. Oui, laid, si les mots avaient un sens. Blandeuil avait un visage ingrat, une bouche et un nez comme dessinés à la va-vite par une nature brouillonne sous de gros yeux globuleux, ou étaient-ce les lunettes à double foyer ?... Pour le reste, des épaules tombantes, un dos rond, une démarche légèrement claudicante. Quasi bossu, presque boiteux ! Autant Macassar portait beau, autant Bogue respirait la santé, avec sa carrure de brocanteur-déménageur, autant Blandeuil faisait petit crevé. Qu'il fût ou non son père naturel, Benoît se réjouissait de ne pas lui ressembler. Mais il ne pouvait se dissimuler qu'il ne ressemblait pas non plus au fringant Macassar, ni au robuste Bogue. Alors ? Alors ? Avec qui sa mère l'avait-elle conçu ? De qui tenait-il la moitié de son être ? Il n'était tout de même pas né d'elle par scissiparité ?

Blandeuil joignit les mains, imprimant durant

quelques secondes à ses doigts divers mouvements de torsion et d'étirement. À présent qu'il était assis devant le clavier du dulceola disposé parallèlement aux rangées de chaises, et qu'il n'avait plus à soutenir les regards du public, il paraissait distrait, perdu dans un rêve. Ses lunettes aux verres épais lui donnaient des airs de nageur s'apprêtant à plonger dans un bassin. Et n'était-il pas en effet une sorte de nageur ? songea Benoît. Il allait s'immerger dans la musique, évoluer dans un élément dont l'assistance restée au bord, même composée d'amateurs et de connaisseurs, ne pourrait apprécier que très imparfaitement la réalité. Benoît envia au petit homme au physique ingrat le crédit fabuleux que lui ouvraient les invités d'Erwin et de Bella. Grâce à eux, et grâce à cette aura d'artiste reconnu qui le nimbait, cet avorton savait où était sa place sur la terre et ce qu'il était censé y faire : jouer du dulceola. On n'attendait rien d'autre de lui, on le tenait quitte de tout le reste du moment qu'il s'en acquittait, on lui savait gré de maîtriser au nom de tous cet instrument insolite, on le fêtait, on l'aimait.

Enfin, Blandeuil tendit vers le clavier ses mains plutôt petites et potelées. Il sembla soudain se raviser, recula ses mains comme s'il avait craint de se brûler, puis, comme s'il prenait sur lui-même, il se résolut à effleurer les touches. Benoît reconnut d'emblée un morceau d'inspiration religieuse qui figurait déjà sur le tout premier enregistrement de Blandeuil, et auquel il lui était arrivé de revenir par la suite. Les sonorités également fluides et cristallines du dulceola, se prêtant à certaines tonalités et ambiances plutôt qu'à d'autres, n'ouvraient pas à l'artiste un champ très étendu. Si Benoît se conduisait en fan et s'efforçait de réunir l'ensemble des enregistrements réalisés par Blandeuil, il était conscient que les raisons de sa ferveur n'étaient pas toutes musicales. Il ne se leurrait pas non plus sur l'instrument et le répertoire qui lui était associé. Ils étaient l'un et l'autre limités, et relativement ennuyeux – mais on peut aimer une certaine qualité d'ennui, et y puiser des émotions parfois subtiles. Dès les premières notes, Benoît se retrouva en pays familier. Il y avait dans la musique de Blandeuil, dans ses adaptations d'œuvres écrites par d'autres, quelque chose de pensif, d'absent, qui l'avait séduit dès le début, avant qu'il n'eût élu le dulceoliste pour un de ses géniteurs potentiels. Il aimait aussi le vacarme sadique des groupes de hard, leur musique à feu et à sang. Il y sacrifiait lui-même, tuant net, d'un coup de médiator sur les cordes de sa lyre électrifiée, les araignées de sa cave-studio aventurées trop près de l'ampli. Cependant Blandeuil lui avait permis de distinguer en lui une autre sensibilité, qu'il essayait d'exprimer dans certaines de ses propres compositions. Il renonçait alors à l'overdrive et à la distorsion pour une reverb et un flanger qui conféraient aux sons une consistance crémeuse. Sans oser l'avouer à l'intéressée, il avait dédié celui qu'il estimait le plus réussi de ces morceaux « tendres » à Fille-de-Personne. Quand il l'avait joué devant elle, elle l'avait jugé mièvre. De la musique pour ours en peluche ! avait-elle laissé tomber. Il se l'était tenu pour dit.

Les yeux rivés sur Blandeuil, Benoît se demanda ce que Lola avait pu lui trouver. Comment, même fugitivement, avait-elle été séduite par un homme aussi insignifiant ? Le prestige, peut-être. Elle n'était pas encore la tragédienne partout acclamée, la diva à l'ancienne qu'elle était devenue depuis, sublime enquiquineuse à qui auteurs et directeurs de théâtre, habilleuses et maquilleuses pardonnaient ses sautes d'humeur et ses caprices parce qu'elle incarnait la divinité qu'ils servaient, le théâtre. Au temps de sa brève romance avec Blandeuil, en revanche, elle n'incarnait encore que d'incertaines promesses, tandis que lui était déjà connu. Il jouissait alors, et jouissait encore aujourd'hui, d'une célébrité un peu particulière. Dernier dulceoliste en exercice, puisque unique propriétaire d'un dulceola en état, il occupait à lui seul le créneau des concerts comme celui des sessions d'enregistrement requérant cet instrument. On ne pouvait même pas parler de chasse gardée ; personne d'autre que lui ne possédait un fusil. Dans ces conditions, la demande avait beau être faible en elle-même, il ne cessait de parcourir la planète pour y répondre. Plus que par l'homme, Lola avait dû être éblouie par les valises du voyageur, constellées d'étiquettes exotiques et semées de cicatrices glorieuses : un choc à Hong Kong, une chute à San Francisco, une éraflure à Leningrad, une tache à Rio de Janeiro… Bon, il avait bien fallu qu'il lui plaise pour une raison ou pour une autre, puisqu'ils avaient été amants. La liaison était attestée. Un jour, alors qu'il feuilletait de vieux magazines de cinéma illustrés de photos en noir et blanc de Tata Lenya, entre deux *Ciné-Vedettes* à la couverture fatiguée Benoît était tombé sur un numéro d'une revue beaucoup plus récente. Sur une pleine page, photos en couleurs à l'appui, un article relatait l'idylle qui s'était nouée entre « le grand dulceoliste et la petite comédienne ». Benoît s'était jeté là-dessus, évidemment. Les dates – celle de l'idylle et celle de sa conception – pouvaient coïncider. Huit mois après la parution de la revue, il naissait. Sur les photos où on les voyait ensemble, Blandeuil encore jeune n'avait pas trop piètre allure. Quant à Lola, les joues rondes et la fossette du tendron s'attardaient encore avant de laisser place, bientôt, à la beauté dure, anguleuse, de la tragédienne accomplie. Sur les affiches de ses tournées placardées sur les murs d'Écorcheville, Benoît la trouvait d'année en année plus belle et plus effrayante.

Les images illustrant l'article avaient produit sur Benoît un effet considérable. C'étaient les premières photos qu'il voyait de sa mère (et de son père éventuellement) avant sa naissance. Elles l'avaient frappé par une espèce d'étrangeté absolue. Il n'était pas né, pourtant il était déjà là, en eux, en lisière quelque part dans leur chair de papier, dans leurs gènes d'encre. Le cœur battant comme s'il s'était agi d'une publication pornographique, sans rien demander à Tata Lenya de crainte d'un refus, il s'était enfui en serrant le magazine sous sa chemise. L'article et les photos du paparazzi constituaient une lumière tremblotante, un repère sans doute illusoire, mais qui avait au moins le mérite d'exister dans son monde de brume.

Poussé par une femme, un cri d'effroi se fit entendre en provenance du salon voisin, aussitôt suivi d'un choc sourd puis d'un fracas de verre brisé, d'appels au secours, tandis qu'un double martèlement de talons sur le plancher évoquait un affrontement. Blandeuil cessa de jouer et se leva de son siège. Là, derrière la porte à deux battants qu'on avait fermée à l'instant où Blandeuil était apparu, une femme était agressée. Déjà, le maître de maison en tête, les hommes les plus proches se précipitaient à son secours.

XXXIII

Erwin Bussettin et ceux qui l'entouraient poussèrent ensemble un même cri indigné. Benoît entré dans la pièce sur leurs talons découvrit à son tour le spectacle d'une violence révoltante, et pourtant bizarrement irréel, jusqu'à frôler le comique, qui s'offrait à la vue. On se serait cru devant une scène du Grand-Guignol vers 1900, ou face à une gravure illustrant avec complaisance un de ces faits divers de fantaisie, à la fois horrifiants et croustillants, dont la presse populaire d'autrefois était prodigue. Mais il fallait en croire ses yeux : son corsage aux boutons arrachés béant sur sa poitrine, la jupe haut troussée sur ses cuisses striées de griffures, la petite esclave de location qui avait accueilli les invités hurlait de peur tandis qu'une créature hirsute et grimaçante s'efforçait de la saillir. La malheureuse et son violeur piétinaient dans leur lutte les canapés éparpillés autour d'un plateau de métal argenté tombé à terre. Sur la table, un gros ananas roulé d'une corbeille de fruits bousculée avait écrasé des verres à pied et renversé des bouteilles de vin ouvertes à l'avance, dont le contenu tachait la nappe et noyait les mets.

— À moi ! Je vous en prie, aidez-moi ! implorait la soubrette en tentant de remonter sur son intimité la petite culotte rouge que son agresseur était parvenu à faire glisser jusqu'à ses genoux.

Indécis, le chèvre-pied observait de ses yeux jaunes, aux pupilles en losange, la foule massée à l'entrée du salon. Sa verge longue et mince tressautait à un doigt du but que sa victime défendait avec l'énergie du désespoir.

— C'est le monstre qui s'est échappé de Sainte-Agathe ! Attrapons-le ! s'écria Erwin.

Au dernier moment, alors que les invités les plus déterminés allaient empoigner le satyre, celui-ci leur abandonna sa proie et s'écarta d'un brusque saut en arrière. Puis il bondit sur le buffet où il se mit à danser une sarabande enragée, projetant en tous sens, à grands coups de sabots, des bordées de canapés tartinés de foie gras, d'œufs de saumon et de beurre d'écrevisse. Erwin avait confié la jeune fille pantelante aux soins de Bella. Hors de lui, les cheveux en bataille, son plastron et son spencer maculés, il rameuta ses troupes :

— Allons, messieurs, si nous nous y mettons ensemble, il ne peut nous échapper ! Vous êtes prêts ?... À mon signal...

Six hommes, parmi les plus jeunes et les plus robustes de l'assistance, cernaient le faune juché sur le buffet. Benoît resté en retrait discerna dans ses yeux un éclair d'affolement. Comprenait-il seulement ce qu'on lui reprochait ? Un satyre est un satyre, et la soubrette ne manquait pas d'attraits.

— Taïaut ! beugla Erwin Bussettin.

Sous les encouragements des femmes et des vieillards demeurés en arrière – la voix glapissante de Lordurin n'entrait pas pour rien dans ce hourvari – les six braves s'élancèrent à l'assaut. Erwin réussit à prendre pied sur le buffet en profitant d'une diversion opérée par un de ses compagnons, que le faune avait envoyé rouler à terre d'un coup de sabot en plein visage.

« Il est à moi ! » exulta le banquier. C'était compter sans la prodigieuse agilité de la créature. Le faune effectua un saut périlleux par-dessus la tête d'Erwin à l'instant où celui-ci s'apprêtait à le saisir, et se retrouva derrière lui. Sans s'attarder à frapper son adversaire tout à coup vulnérable, il descendit du buffet et fonça droit sur la foule en poussant un hurlement épouvantable. Il s'ouvrit un chemin à coups de sabots et de griffes, laissant derrière lui un sillage de notables aux chevilles endolories et aux joues ensanglantées. Il traversa le grand salon, non sans envoyer dinguer des rangées de chaises dorées. Avant de s'engouffrer dans le vestibule, il sauta à pieds joints sur le dulceola qui fit entendre un craquement tragique. Quelques invités avaient préféré s'enfuir dans le jardin dès le premier cri de terreur de la soubrette. Ainsi le faune trouva-t-il la porte ouverte. Il prit sa course, talonné par une meute vociférante conduite par Erwin. Benoît s'y était joint, mais sans crier haro pour sa part, moins pour rattraper le fugitif que pour savoir ce qui allait lui arriver.

Un faune adolescent courra toujours plus vite que des bourgeois quadragénaires plus ou moins bedonnants. Points de côté et claquages musculaires commencèrent à décimer les poursuivants au bout d'une centaine de mètres, tandis que le poursuivi aux jarrets d'acier accroissait son avance. Erwin Bussettin lui-même finit par renoncer, en dépit de sa fureur d'amphitryon offensé.

— Suis-le, avec tes bonnes jambes, lança-t-il à Benoît. Ne le perds pas de vue... Moi, j'appelle la police !

Fourbu, le souffle court, encore inconscient de la double tendinite qu'il venait de s'occasionner, il revint sur ses pas en claudiquant.

Benoît continua seul. Pour lui, le temps de l'enfance dératée, où l'on ne se déplace qu'en courant, était encore proche. Doutant d'y parvenir, il n'essaya pourtant pas de rattraper Faunet – il se souvint qu'ils l'avaient baptisé ainsi, avec Aranelle. Il se contenta de ne pas se laisser distancer. Et d'ailleurs, la tâche lui devint bientôt plus aisée qu'il n'aurait osé le souhaiter. Comme le chèvre-pied disparaissait au coin de la rue, Benoît craignit qu'il ne se trouvât hors de vue quand il y parviendrait lui-même. Mais, s'étant sans doute retourné et ne voyant plus personne derrière lui, le satyrion avait tout bonnement cessé de courir. Il n'y avait pas grandchose dans cette tête-là, pensa Benoît. Il revint lui aussi au pas, par prudence. Il y avait toutes chances que l'autre reparte illico au grand galop s'il entendait un bruit de course. À dire vrai, Benoît ne savait trop quelle conduite adopter. Il n'avait aucune intention de se jeter sur lui pour le capturer. Il n'y aurait selon toute probabilité gagné que des blessures. Le faune, le fauve, avait montré quelques minutes plus tôt de quoi il était capable... Alors à quoi bon le filer ? Pour l'aider, au contraire ? Pour l'avertir qu'en cet instant plusieurs voitures de police alertées par Erwin ou Bella devaient converger de ce côté à toute vitesse ? Mais en quelle langue communiquer avec lui ? En avait-il une, au moins, ou bien ses semblables, là-bas, n'échangeaient-ils que des béguètements de connivence ou de défi ? Soudain, le chèvre-pied jeta un coup d'œil par-dessus son épaule et l'aperçut. L'adolescent pris de court décida de faire comme si de rien n'était et ne changea rien à son pas. Faunet avait-il la mémoire trop courte pour établir un lien entre la cavalcade qui lui soulevait encore les côtes et la réapparition de Benoît ? Il ne détala pas. Au contraire, il s'arrêta net, et, sans manifester la moindre inquiétude, regarda Benoît s'avancer vers lui. Ce fut en Benoît que l'inquiétude monta. Il déglutit avec peine, serrant les poings sans beaucoup croire en ses chances de l'emporter si les choses tournaient mal. Mais à mesure qu'il s'approchait, il distingua sur la face caprine une expression qui le stupéfia. Le chèvre-pied lui souriait. Il hésita d'abord à tenir cette grimace pour un sourire, mais quand il fut à sa hauteur il dut se rendre à l'évidence. Le sourire s'élargit encore, une joie sans mélange pétilla dans les yeux jaunes. Une langue râpeuse jaillit de sa bouche et pourlécha ses lèvres épaisses comme il tendait vers Benoît une main aux ongles encore tachés du sang des estafilades infligées aux invités d'Erwin.

— Hein ? Qu'est-ce que tu veux ?

Faunet tendait la main avec insistance, tout en sautillant sur place. Benoît mit quelques instants à comprendre. Enfin, la lumière se fit dans son esprit : le petit réclamait une poire ! Ainsi donc, il était doué de mémoire, puisqu'il avait reconnu en Benoît le donateur des poires de la veille, alors même que c'était Aranelle qui les avait découpées pour en faire passer les morceaux à travers le grillage de l'enclos.

— Une poire ? C'est ça ? Mon pauvre, j'en ai pas sur moi aujourd'hui, s'excusa Benoît.

Des quatre poires emportées hier matin, Faunet avait mangé les deux premières, et Géli la troisième. Benoît ne s'était évidemment pas encombré de la dernière pour se rendre à un concert privé, engoncé dans une veste déjà bien assez étroite et inélégante comme ça. Il l'avait laissée dans son blouson. Il se souvint de la corbeille de fruits et de l'énorme ananas du buffet. Il se représenta aisément la succession des événements. Dieu sait par quel hasard le chèvre-pied s'était introduit chez les Bussettin. Alléché par les fruits, il avait dû s'attaquer à la corbeille. La soubrette l'avait surpris à ce moment. À sa vue, submergé par d'autres appétits, il avait tout à coup changé d'objectif. Il s'agissait à l'évidence d'un être gouverné par ses seuls instincts, conforme en tous points aux représentations qu'en donnaient depuis toujours artistes et poètes... À présent, tel un mendiant effronté, il palpait les poches de Benoît en quête des protubérances désirées. Le garçon le repoussa doucement.

— Désolé, mon petit vieux, vraiment...

Faunet le regardait avec l'air d'en comprendre

encore moins qu'une simple chèvre en pareille circonstance. Dans cette cervelle exiguë s'inscrivaient successivement un objet puis un autre, un seul à la fois, mais avec une formidable emprise. Il y avait eu l'ananas, puis la soubrette… C'était maintenant le souvenir des poires d'hier qui l'obsédait. Benoît ne savait plus comment se dépêtrer de cette convoitise enfantine et impérieuse. Il vit le moment où Faunet allait lui arracher sa veste pour mieux fouiller ses poches… La plainte stridente d'une sirène de police vint à point détourner son attention.

— C'est pour toi, dit Benoît. C'est toi qu'ils cherchent ! Il faut foutre le camp ! Tu comprends ?

Faunet avait déjà entendu ce bruit et savait ce qu'il signifiait. Roulant les yeux et émettant de brefs bêlements inquiets, il se mit à frapper nerveusement le sol de coups de sabot. La sirène se rapprochait. Une autre se faisait déjà entendre, une troisième leur répondit dans le lointain. D'un instant à l'autre une voiture allait s'engager dans la rue et ce serait l'hallali. Faunet courait vite, mais il n'échapperait pas éternellement à ses poursuivants.

— Viens avec moi !

Toute tentative d'explication était inutile. Benoît ne se risqua même pas à saisir le satyre par le bras ; il se mit seulement à courir en espérant être imité. Dans ce lotissement de standing, d'étroites allées couraient entre les haies vives fermant les jardins et permettaient de rejoindre à pied les rues sur lesquelles les maisons ne donnaient pas directement. On pouvait couvrir la majeure partie de la distance qui séparait le domicile des parents de Cambouis de celui de Benoît en empruntant ces sortes de traboules à l'air libre.

Au bout de quelques secondes, le sec staccato des sabots martelant l'asphalte derrière lui rassura Benoît.

Faunet lui avait emboîté le pas. Il se retourna sans cesser de courir. Faunet suivait sans effort, de sa foulée sautillante, irrégulière et pourtant si efficace. Capable d'accélérations foudroyantes, il aurait pu dépasser Benoît à n'importe quel moment, pourtant il semblait s'en remettre à lui, lui confiant son sort sans hésiter le moins du monde, puisque sans réfléchir du tout. L'effet poire ! pensa Benoît. Mais rien n'était encore gagné. Il leur fallait s'engager au plus vite dans une allée perpendiculaire à la rue, avant qu'une voiture ne surgisse. Ils y parvinrent. Par bonheur, le tracé des allées n'était pas rectiligne. Il ménageait des angles morts, des décrochements qui les dissimuleraient à la vue depuis la rue. Restait le danger de se jeter dans la gueule du loup à chaque débouché d'une allée. Benoît se sentit dans la peau d'un chat de banlieue pavillonnaire, qui joue sa vie sans le savoir chaque fois qu'il franchit le fleuve de bitume pour aller chercher l'amour dans le jardinet d'en face.

La chance consentit à leur sourire, et permit qu'ils gagnent sans encombre la villa Jacaranda. La nuit tombait quand ils en franchirent la grille rouillée. Dans la pénombre grandissante, Benoît entraîna son drôle de compagnon vers la serre. On verrait plus tard à le présenter à Louise. Au fond, Benoît ne savait au juste quoi faire de lui. Le mettre à l'abri pour ce soir, ça oui. Ensuite… Une telle créature pouvait-elle s'apprivoiser, ou bien, fidèle à sa nature, allait-elle tout mettre à sac autour d'elle, ravager potagers et vergers, se jeter sur toute femme ou fille passant à sa portée ? C'était le plus probable, hélas ! Toujours suivi de son protégé, Benoît entra dans la serre et actionna l'interrupteur du puissant néon installé par Cambouis en remplacement de l'ancienne suspension qui dispensait une lumière cafarde, inadaptée à ses travaux de mécanique. Faunet recula sous le flot lumineux qui se déversait tout à coup sur sa tête, mais devant la sérénité de Benoît il s'apaisa très vite. Émotions et sentiments s'inscrivaient sur sa face en grandes capitales aisées à déchiffrer. Toute alarme était déjà oubliée. S'y était substituée une curiosité de petit sauvage devant la Vorax étincelante garée entre l'établi encombré d'outils et de pièces huileuses, et les orangers en caisse, naguère orgueil du Liménien, aujourd'hui tous crevés sous l'action conjuguée du froid, des vapeurs d'essence et des projections de peinture.

— Je vais aller te chercher à manger. Qu'est-ce que tu dirais d'une poire ou deux ?

Se souvenant qu'il parlait dans le vide, Benoît s'interrompit. Mais le moyen de rester muet, devant quelque chose de vivant ? L'humain parle, c'est plus fort que lui. Et d'abord, Faunet avait l'air d'écouter, au moins par moments. En tout cas il fixait les lèvres de Benoît et paraissait s'amuser de la rapidité de leurs mouvements. Aussi Benoît continua-t-il, bien qu'il eût l'impression de s'adresser à un chat :

— Tu peux dormir ici, si tu veux. Je crois que ce serait le mieux ! Dans le sofa de Cambouis, tiens…

Il y avait au fond de la serre un sofa à demi défoncé, couvert d'un amas de vieilles couvertures mangées aux mites et de couettes rapiécées. Cambouis couchait là, parfois, quand il travaillait jusque tard dans la nuit à maquiller un bolide fauché par Onagre. Benoît se dit que Faunet s'en accommoderait sans doute. En dépit de sa vigueur, depuis le temps qu'il fuyait à travers la ville il devait être épuisé, songea l'adolescent en l'attirant de ce côté. Le satyrion abandonna à regret la Vorax et ses passionnants rétroviseurs, dans lesquels il se mirait avec ravissement.

Devant la couche que Benoît lui présentait, il demeura d'abord circonspect. Avait-il jamais connu pour dormir autre chose que l'herbe des sous-bois ou peut-être une litière de paille ? Après quelques instants d'hésitation, il palpa les couettes, s'enhardit bien vite et sauta sur le sofa. Les ressorts n'avaient pas encore perdu toute élasticité malgré leur âge. Leur effet l'enchanta et lui fit oublier la voiture. Il se mit à jouer à trampoline avec la fougue qu'il apportait à toute chose. Le sommier ne tarda pas à rendre l'âme. Déçu de constater qu'il rebondissait désormais beaucoup moins haut, Faunet renonça à sa gymnastique frénétique. Il se laissa tomber à plat dos sur le sofa après une ultime cabriole. Ramassant autour de lui la literie éparse, il se confectionna une sorte de nid à son goût.

— À la bonne heure, dit Benoît. Tu vas ronfler comme un roi, là-dedans ! Mais je t'ai promis des poires… Ne bouge pas, je reviens, j'en ai pour une minute !

Depuis que le satyrion était allongé, ses yeux se fermaient malgré lui, comme ceux d'un enfant terrassé de fatigue, qui sombre en quelques secondes dans le sommeil. Au mot poire, leurs paupières se relevèrent. Avait-il eu le temps de s'inscrire dans cette caboche, la gourmandise aidant ? Un sourire éclaira la face de Faunet, ses grosses lèvres s'entrouvrirent.

— Poi…

— Poires, oui, poires ! Je vais t'en chercher. Dis encore : *poires !*

Mais les paupières étaient retombées sur cet effort peut-être gigantesque, la bouche refermée resta muette. Benoît voulut croire que Faunet avait prononcé là son premier mot. Ou s'agissait-il d'une bête écholalie ? Le phonème avait jailli par simple réaction, ni sucré, ni juteux, sans peau légèrement granuleuse, sans chair nacrée, sans queue ni pépins.

Benoît quitta la serre et gagna la villa. Louise reconnut son pas comme il traversait le couloir qui menait à la cuisine. Elle l'interpella depuis la salle à manger du rez-de-chaussée où elle était attablée en compagnie de Bogue.

— Benoît ? Je te croyais chez Sacha Bussettin…

— J'y étais, mais la soirée a été écourtée. Je te raconterai, répondit-il sans s'arrêter devant la porte entrouverte.

— Tu dînes avec nous, alors ? demanda Bogue d'une voix dans laquelle Benoît crut reconnaître des inflexions habituellement induites par quelques apéritifs. Après quatre mois d'eau claire, son parrain avait bien le droit de fêter sa liberté retrouvée.

— J'arrive ! Un truc à faire et je vous rejoins.

À la poire récupérée dans son blouson resté accroché à la patère de l'entrée, il ajouta la dernière qui restait dans le compotier, ainsi que deux oranges piquées dans un pochon pas encore sorti du panier des courses. Il y chercha en vain une salade. Louise avait dû l'accommoder pour Bogue. Ce qu'il y avait de sûr c'est que Faunet aimait les poires, mais avait-il déjà goûté aux oranges ? Bah, il s'était bien intéressé à l'ananas du buffet, chez Cambouis. Il devait y avoir de tout, là-bas, sur l'autre bord du Styx. Benoît n'aurait pas juré que le régime des satyres fût strictement macrobiotique. Qu'est-ce qui l'emportait dans la physiologie de Faunet ? le jeune bouc herbivore ou l'adolescent omnivore ? La question valait aussi pour les centaures. Benoît se promit d'interroger Louise à ce sujet. Une fois le centaure éviscéré, elle saurait à quoi s'en tenir là-dessus par l'examen de son bol alimentaire.

Benoît ne s'était pas trompé. Louise et Bogue n'en étaient encore qu'au début du repas, mais Bogue avait déjà un coup dans l'aile, comme le confirmait la bouteille de pastis non rebouchée posée devant lui. Benoît rafla une assiette, un verre et des couverts en passant devant le buffet, et s'assit à sa place habituelle. Louise avait dû emporter en souvenir de son dernier poste en clinique, vingt ans auparavant, ces assiettes en duralex transparent non teinté et ces couverts basiques en inox, le degré zéro des arts de la table. Au premier étage, dans les pièces d'apparat, tout un service tarabiscoté apporté naguère du Pérou dormait sous la poussière, sur les étagères d'un vaisselier en chêne sculpté. Des couverts d'argent noircissaient lentement au creux d'écrins capitonnés de satin vieux rose dans le ventre d'un bahut peut-être contemporain de Pizarre. Saucières sur piédouche, huilier-vinaigrier en cristal de Bohême, raviers rococo, pinces à sucre et pinces à escargots évoquant des instruments de chirurgie ou de torture, armoire à liqueurs en ébène, ornée de filets d'or, qui jouait l'hymne péruvien quand on soulevait le flacon de pisco posé sur un socle dissimulant une boîte à musique, fascinantes barbotines, légumier et compotier arcimboldesques, une soupière en forme de chou vert et une autre en forme de potiron, terrines zoomorphes, lièvre, canard, faisan, cochon de lait de faïence, plats à asperges, à poissons, à fruits de mer, à crustacés, linge de table brodé par de brunes mains d'Indiennes de grands *J* immodestes et d'oiseaux de mer aux ailes déployées rappelant l'origine de la fortune du Liménien... À ces choses sacrées, désaffectées de leur fonction triviale, on ne touchait jamais. Benoît s'estimait heureux, en règle générale, s'il trouvait des couverts propres et si la pitance du jour semblait comestible. En l'honneur de Bogue Louise avait sans doute fait un effort ce soir-là. Le mot cuisine était encore trop beau pour en qualifier le résultat, cuistance était plus approprié, mais le brocanteur tout juste sorti de prison était prêt à s'en contenter. L'entrée consistait en une salade à peine lavée, assaisonnée à la louche et agrémentée de cerneaux de noix parmi lesquels subsistaient fragments de coquille et de membrane. Pour suivre, l'embaumeuse avait concocté un de ces ragoûts dont elle avait le secret, toujours trop cuits pour qu'on en reconnût aisément les ingrédients. Benoît la soupçonnait d'y mêler parfois, sans malice aucune, en appoint si nécessaire, quand elle n'avait rien d'autre sous la main, des abats des animaux qu'on lui confiait à traiter. En tout cas, à la vue et à l'odeur du plat que sa mère et Bogue attaquaient à l'instant où il les rejoignit, brouet noirâtre dans lequel viande et légumes se fondaient en un énigmatique agrégat, il eut un regret pour toutes les bonnes choses qu'il aurait mangées chez Cambouis si la réception n'avait pas été gâchée par Faunet. Pour l'heure, celui-ci dormait à poings fermés, enfin terrassé par les émotions de sa journée. Benoît avait posé les fruits près de lui et s'était retiré sur la plante des pieds. Il avait éteint la barre de néon en sortant, et laissé grande ouverte la porte de la serre afin que le satyre n'eût rien à fracturer s'il se réveillait et ressentait tout à coup l'envie de s'en aller…

— Alors, qu'est-ce qui s'est passé ? Blandeuil s'est décommandé ? demanda Bogue en poussant le saladier vers Benoît.

— C'est pas ça, commença celui-ci. Figurez-vous…

Il s'interrompit. Devait-il tout raconter ? Les événements en valaient la peine, mais fallait-il dévoiler la fin provisoire de l'aventure, et la présence de Faunet dans la serre ? Il préféra ne livrer qu'un récit tronqué.

— Les flics finiront par le choper, pronostiqua Bogue quand Benoît eut narré les exploits du satyre et sa fuite, et passé le reste sous silence. Mais tu dis qu'il a sauté en plein sur le dulceola ?

— Même que ça a craqué salement. Quelque chose a dû casser, là-dedans.

Bogue grimaça.

— Blandeuil doit être aux cent coups. Si l'instrument est abîmé, le temps qu'il le fasse réparer, sa saison est foutue.

Benoît pignochait sa salade en repêchant sur ses lèvres de petits morceaux de coquille de noix qu'il alignait sur le bord de son assiette. Bogue ne boudait pas le ragoût, dont il aidait de grosses bouchées à passer à grand renfort de rasades de pastis, car Louise s'était aperçue trop tard pour y remédier qu'elle n'avait pas de vin à lui offrir.

— Je vais vous laisser bavarder entre hommes, dit-elle bientôt en se levant. Mon centaure m'attend, il faut que je retourne jouer du sèche-cheveux, de façon à hâter la décongélation. Vous prendrez des fruits à la cuisine.

Bogue la remercia pour le festin. Puisqu'il s'était engagé à fabriquer la potence, il était convenu qu'il dormirait là cette nuit, afin d'être à pied d'œuvre le lendemain matin.

— Alors comme ça, te voilà propriétaire d'une esclave ? dit-il quand Benoît et lui restèrent seuls attablés dans la salle à manger.

— C'est Tata Lenya qui a voulu. Moi, je... Je n'étais pas trop pour, avoua Benoît.

— Je comprends ça ! Les gens croient que c'est le

rêve… Mais en réalité c'est une charge. T'es res-pon-sa-ble ! À toi les frais, les emmerdements de toutes sortes… Remarque, si c'est Lenya qui l'entretient, t'as que les avantages, pour ainsi dire.

Bogue eut un sourire entendu.

— Louise a pas trop voulu me dire, mais justement, à cause de ses réticences, j'ai l'impression que la petite est mignonne. Je me goure ?

Benoît rougit et s'accorda le temps de se servir de ragoût avant de répondre à son parrain. Avec l'affaire du concert et du satyrion qu'il avait en quelque sorte recueilli, il avait presque oublié Géli. Le rappel de son existence ne l'enchantait pas. Géli, Faunet, en un seul jour, deux êtres dont en réalité il ne se souciait guère avaient acquis des droits sur lui, du seul fait de leur présence. S'il lui avait suffi d'un mot, non pour les effacer de la surface de la terre, mais simplement pour les évacuer de sa vie, il l'aurait prononcé sans beaucoup hésiter. Il eut le sentiment de s'être laissé piéger par deux fois, en cédant au désir dans un cas, à la pitié dans l'autre. Assis là devant une assiettée de ragoût, face à Bogue, il ne jouissait que d'un bref répit. Faunet ronflait sur le sofa de la serre-atelier, de son côté Géli dînait sans doute avec Tata Lenya, puis elle irait se coucher, mais demain ils se dresseraient l'un et l'autre devant lui, Benoît, et ils attendraient de lui quelque chose. Pour Faunet, encore des fruits, sûrement, des *poi*, ce n'était pas le pire, peut-être la reconduction de l'asile accordé ce soir, et là Benoît ne saurait éviter d'en parler à Louise, mais aussi à ses amis, si Faunet devait squatter la serre et le sofa… Pour Géli ? Pour Géli, des baisers, des caresses que Benoît se sentait plutôt disposé à lui dispenser, il ne pouvait le nier, mais il n'était pas exclu qu'elle réclamât aussi de la tendresse, voire *de l'amour !* Et ça c'était trop, c'était effrayant... Toute la capacité de tendresse et d'amour de Benoît était dévolue à Fille-de-Personne, qui n'en avait d'ailleurs rien à battre.

— Eh ben, insista Bogue. Tu l'as pas vue d'assez près pour te faire une opinion ?

Benoît feignit de sortir d'un rêve.

— Hein ? Ah, cette fille ? Disons... Disons qu'elle est pas mal, lâcha-t-il sans quitter des yeux son assiette.

— Pas mal, c'est tout ? Il faudra que je voie ça de près. Tiens, je te l'expertise, si tu veux, s'exclama Bogue. Les objets d'art ça me connaît !

Il vida son verre, y versa une nouvelle dose de pastis et la compléta d'eau et de glaçons que ses gros doigts allaient pêcher dans un bol de faïence fêlé.

— Mais raconte-moi encore, chez les Bussettin... Il a tout bien dévasté, le zébu, enfin, l'animal ?

Soulagé de voir la conversation changer de sujet, Benoît revint volontiers sur l'épisode. Il en rajouta, même, pour complaire à Bogue :

— Un cataclysme ! Il balançait des plateaux entiers de canapés et de petits fours sur les invités, il fracassait les bouteilles sur les murs... Ça piaillait, ça courait dans tous les sens, des femmes tombaient dans les pommes, des gens s'enfuyaient par les fenêtres, je te dis pas le bordel !

Bogue buvait les paroles de son filleul, les yeux brillants.

— J'aurais aimé voir ça ! Je lui garde une dent à cette antiquaire de mes deux. Moi en taule, et elle rien. Elle avait la famille derrière. Une Bussettin, même par alliance, ça va pas en prison. Bah, c'est la vie, piston, protection, passe-droit... La vie c'est une belle vacherie, tu verras.

— Il y a l'amour, quand même, hasarda Benoît.

Il avait son idée. Il projetait d'interviewer Bogue depuis longtemps. Sur le passé. Sur Lola. Sur ses rapports avec elle. Jusqu'où ils étaient allés. Mais cette question cruciale, Benoît se voyait mal la poser. Ce n'était pas que Bogue l'intimidât vraiment. Il y a des adultes qui vous surplombent comme des falaises. Un mot de trop de votre part, et ils vont vous ensevelir sous un grand éboulement indigné. Ce n'était pas le genre de Bogue. Quand ils partaient débarrasser une cave ensemble, Benoît le jugeait parfois plus enfantin, plus naïf que lui. Bogue s'excitait à l'avance sur les trésors qu'ils allaient découvrir. Il lâchait le volant de son vieux fourgon rouillé et cabossé pour battre des mains en souriant aux anges et aux chimères. La réalité démentait ses espoirs avec une constance qui en aurait rendu plus d'un amer. Les trois quarts du temps on rentrait vanné, le dos cassé, couvert de poussière et de toiles d'araignées, les vêtements imprégnés d'une odeur de moisi, le fourgon bourré de saloperies qu'il fallait apporter à la décharge. Un peu de drouille payait l'essence. Pour le reste, on avait fait le manœuvre et l'on n'était guère mieux rémunéré. De temps en temps, heureusement, une modeste aubaine venait ranimer le feu sacré dans le cœur de Bogue. Quelque part, le débarras de sa vie l'attendait. La cave de Xanadu, le grenier d'Ali Baba, les bronzes de Bugatti, les La Tour et les Utrillo, les meubles de Boulle ignorés par des héritiers ingénus, c'était pour demain. Son étoile avait beau être lointaine, sa lumière finirait bien arriver jusqu'à la terre… Mais même à un ingénu de cet acabit, allez demander tout crûment : « Dis donc, parrain, ce ne serait pas toi mon père, par hasard ? » Au demeurant, Bogue n'était pas le seul suspect. Benoît ne s'était pas fondé que sur des fantasmes pour établir sa liste. Avant qu'elle n'épousât Antoine Brisé, Bogue, Macassar et Blandeuil avaient tous les trois tourné autour de Lola, et sans doute un peu plus que ça, d'après ce que Benoît avait glané auprès de Louise et des Vieilles Toupies. Il fallait décoder. Aucune, sinon peut-être Tatie Cindy si Benoît avait osé la presser un peu, n'aurait dit devant lui que Lola avait eu une jeunesse agitée, c'est-à-dire la cuisse légère. Cependant il n'était pas interdit de le déduire de certaines moues, de certains silences, de certains regards échangés par-dessus la tête de Benoît. Ses sens et son intelligence en alerte dès qu'il était question de Lola s'exacerbaient en pareille circonstance jusqu'à percevoir la plus infime restriction de pensée, à détecter le moindre non-dit – quitte à s'égarer sur de fausses pistes. Lola avait-elle vraiment aimé le balayeur, ou bien, enceinte des œuvres d'un des trois autres, s'était-elle accrochée au premier venu qui avait bien voulu d'elle ? Il avait tout de même fallu qu'il lui plaise. S'il ne s'était agi que de faire une fin, elle aurait trouvé sans peine meilleur parti qu'un petit employé de la voirie, certes beau comme un dieu, mais sans éducation ni culture, sans ambition, sans avenir.

— L'amour ? Je t'en fous ! De toutes les vacheries de la vie, l'amour est la pire, décréta Bogue avec un accent de conviction dans lequel le pastis entrait pour une part difficile à apprécier, mais indéniable.

Le plan de Benoît pour tirer autant que possible les vers du nez de son interlocuteur consistait à l'entreprendre sur Lola non pas de front, mais par le biais d'Antoine Brisé. Si celui-ci avait été son ami puis son rival heureux avant d'être détruit par sa victoire même, Bogue devait en avoir conçu une rancune susceptible de l'amener à se confier.

— T'as peut-être raison, admit Benoît. Prends

Antoine. D'avoir épousé Lola ça l'a bousillé. Peut-être bien qu'il en est mort, pour ce qu'on en sait !

Tout en écrabouillant encore plus les légumes archicuits dans son assiette, il lorgnait Bogue par en dessous et guettait sa réaction. Celle-ci fut lente à venir. Bogue ne broncha pas tout d'abord, comme si les noms proscrits de Lola et d'Antoine peinaient à se frayer un chemin à l'intérieur de sa cervelle barricadée. Enfin, une grimace douloureuse tordit les traits du brocanteur.

— Lola... Lola, articula-t-il comme à regret, pour un homme, c'était une tuile de la rencontrer. Une sale tuile !

Il hocha la tête et se tut, s'absorbant dans la mastication d'un bouchée filandreuse, qu'il finit par pousser à l'abîme comme les autres, d'une lampée de pastis. Benoît s'attendait à ce qu'il reprît la parole après ça, mais il n'en fut rien. Le front plissé, les yeux éteints, Bogue tournait et retournait du bout de sa fourchette le contenu de son assiette, en quête d'un morceau de viande plus tendre. Craignant qu'il ne s'enfonçât durablement dans le silence, Benoît ne lui en laissa pas le temps :

— C'était une allumeuse, tu veux dire ? Tu peux y aller, va, c'est ma mère naturelle, mais pour ce qu'elle s'est occupée de moi...

Bogue leva les yeux. À travers Benoît, son regard semblait contempler quelqu'un ou quelque chose d'autre.

— Une allumeuse ? Si on veut. Ou plutôt non... Ou alors... C'est difficile à expliquer. Elle allumait, c'est vrai, mais c'était pas sa faute. Elle pouvait pas faire autrement. Elle avait une torche au poing qui ne s'éteignait jamais, alors forcément ça s'allumait autour d'elle. Je sais pas ce qu'il en est aujourd'hui, mais ça m'étonnerait que la torche se soit éteinte. Ça doit continuer, les types doivent prendre feu et flamme, encore plus maintenant qu'elle est célèbre. À l'époque, quelques années avant ta naissance, c'était jamais qu'une gamine qui voulait faire du théâtre. On n'aurait même pas juré qu'elle allait réussir. Elle brûlait pas encore les planches : la scène commençait seulement à fumer sous ses pieds. Mais les garçons, ça oui, elle les cramait. Incandescents, on était tous !

— Toi aussi, alors ?

Bogue s'apprêtait à porter à sa bouche une fourchetée de brouet. Il prit conscience de son aveu et suspendit son geste.

— Moi aussi ! soupira-t-il. On se retrouvait tous dans un boui-boui au bord du Styx. Le seul qui s'y soit jamais installé, je crois bien. L'Oiseau rare, ça s'appelait ; ça n'existe plus aujourd'hui. Le patron a disparu un beau jour. On a supposé qu'il s'était jeté, ou qu'on l'avait jeté à l'eau, y avait pas loin à aller, et comme tu sais, le fleuve ne rend jamais ce qui tombe dedans de ce côté… Ça trafiquait un peu trop au goût de Dupassé, à l'Oiseau rare. Il dirigeait déjà la police municipale. Il a profité de la disparition du tôlier pour fermer définitivement la boîte… Bref ! De mon temps, tout le monde y allait, les jeunes d'alors, comme vous au Lapin Bleu. Les enfants des rupins et ceux des purotins, on dansait sur la même musique, on fumait la même herbe à chat. Avec Blandeuil, Brisé, Macassar, on formait une petite bande dont Lola était le centre. Autour de ce noyau gravitaient beaucoup de gens. Il y avait Irénée Propinquor, le fils unique de Superbe et futur père d'Onagre et des jumelles. On le surnommait Aliéné Propinquor. Il était déjà à moitié fou, et il n'allait pas tarder à le devenir tout à fait. Il est mort avec sa femme dans un accident, après avoir été interné à plusieurs reprises. Tu vois qu'Onagre et ses sœurs ont de qui tenir... Qui y avait encore ? Ménélos quand le cirque Gorbius était en ville, Bella Mordor, cette conne... Erwin, d'autres Bussettin des deux branches, d'autres Propinquor de cette génération, des Esteral, cousins et cousines de Lola, mais pas seulement des gosses de riches ; j'y allais bien, moi... Tout le monde, je te dis ! Pêle-mêle ceux qui deviendraient quelqu'un et ceux qui ne seraient jamais personne. Il y avait un piano, à l'Oiseau rare, un vieux piano droit. Blandeuil jouait du boogie-woogie, du blues, des rags... Plus tard, Lenya a dû te raconter l'histoire, c'est moi qui lui ai procuré le dulceola, quand il travaillait pour le cinéma. Je le lui ai donné. Pas vendu, *donné*, tu m'entends ? Le truc le plus rare, le plus précieux que j'aie jamais dégotté, il a fallu que je le donne ! Si on regarde bien, il me doit tout, Blandeuil. Qu'est-ce qu'il serait, sans cet instrument ? Un pianiste. Il y en a combien sur la terre ? Un million ? Dix millions de pianistes professionnels et cent fois autant de pianos ? Tandis qu'il n'y a qu'un seul dulceoliste, et un seul et unique dulceola. Pourquoi je le lui ai donné ? On était copains. Quand il l'a vu, quand il l'a entendu, il se tenait plus. Il savait même pas comment ça s'appelait, c'est par la suite, en cherchant dans des bouquins, au conservatoire, qu'il est tombé sur le nom. Mais il avait senti tout de suite que ce machin était fait pour lui. Alors moi : « Prends-le, puisqu'il te plaît. » Il m'a remercié, je dois dire. Il m'a offert une pile de magazines de football qu'un oncle à lui avait collectionnés. J'ai pas dit non, le foot c'était ma passion... Mais j'aurais tout de même préféré qu'il me fasse embaucher par le studio comme accessoiriste. Le maison de production a bu la tasse et le studio a fermé, depuis, mais tout ça appartenait aux Propinquor. J'aurais peut-être été recasé ailleurs, et mon destin n'aurait pas été le même, je me serais pas embringué dans des combines à la noix, j'aurais pas connu la prison.

XXXV

Maintenant Bogue était lancé. Benoît ne craignait plus qu'il se taise. Il aurait aimé recentrer l'évocation des souvenirs de son parrain sur Lola, mais il pressentait qu'il valait mieux laisser la bobine se dévider toute seule. S'il fallait en passer d'abord par l'Oiseau rare et les folles années de la petite bande, pourquoi pas ? C'était la pudeur de Bogue qui exigeait ces détours, cette marche d'approche. Tôt ou tard, il en viendrait à l'essentiel.

— Malgré le boogie-woogie, c'est pas Blandeuil qui a eu Lola le premier, reprit Bogue.

Le cœur de Benoît battit à grands coups. Ainsi son intuition était juste. Blandeuil avait été l'amant de Lola. Mais bien sûr, il y en avait eu d'autres. Qui ? Combien ? Il sentit ses paumes s'humecter de sueur.

— Le premier, ça a été Macassar. Le salaud !

La voix de Bogue sonnait rauque, soudain. Une vieille jalousie se réveillait et feulait dans sa gorge.

— Toujours tiré à quatre épingles, Macassar. Toujours habillé à la mode, bien coiffé, parfumé… Les filles aiment ça. Un blaireau bien sapé a sa chance avec presque toutes. Même auprès des plus intelligentes. Même auprès de Lola. Quelle pitié ! C'est plus fort qu'elles, l'instinct parle. C'est par le coq le plus chamarré, au plumage luisant, à la crête écarlate, qu'elles vont se laisser monter dessus de préférence.

Bogue s'interrompit et lança à son filleul un regard

inquiet.

— Je te choque pas, au moins ? T'es grand, maintenant, on peut te parler…

Benoît répondit par une moue rassurante. On pouvait lui parler, en effet, même et surtout pour lui dire quels mâles avaient sailli Lola dans les temps où il avait été conçu.

Après avoir fait ses premières armes de séducteur à l'Oiseau rare, expliqua Bogue à Benoît, Macassar s'était révélé trop feignant pour bosser, mais bon danseur, charmant causeur, parfait joli cœur. Il s'était alors mis à écumer les salons de thé et les dîners en ville. Là, le coq se muait en rapace pour fondre tel un épervier sur toute souris endiamantée. La plupart se laissaient emporter sans trop couiner jusqu'à son aire, la garçonnière où il les dévorait tendrement. Ensuite durant un mois, trois mois, six mois, parfois plus, elles l'entretenaient. On chuchotait que parmi les femmes de quarante-cinq à soixante-cinq ans et plus de la bonne société écorchevillaise, beaucoup en avaient tâté, et que certaines y repiquaient volontiers, au fil du temps.

Sous l'effet conjugué de l'alcool et des émotions que la conversation ravivait en lui, Bogue s'échauffait. Il tapa du poing sur la table, si fort que la bouteille de pastis faillit se renverser. Il la rattrapa de justesse et la replaqua à sa place comme s'il voulait l'enfoncer dans le bois à travers la nappe.

— Qu'est-ce qu'elle leur a trouvé ? Ils ne la méritaient pas ! Macassar et ses petits costards cintrés, Blandeuil et ses airs d'artiste… Oui, bon, c'était vraiment un artiste, il l'a prouvé. Et je veux bien reconnaître qu'en ce temps-là Macassar n'était pas le gigolpince un peu rance qu'il est devenu. Il avait encore de la fraîcheur. Tous les petits animaux sont attendrissants, même les bébés crocodiles. Quant à Antoine… Antoine, c'est autre chose. Il était *beau*. Macassar, ça n'était jamais qu'un joli garçon qui savait y faire… Antoine, c'était Apollon ! On ne peut reprocher à personne d'aimer la beauté. Lola a aimé Antoine. Un mois ! Le temps de l'épouser et de s'apercevoir qu'avec son profil de médaille, il était plat comme une médaille. Un brave type tout plat. Le cœur sur la main. Regarde, il t'a accepté, toi. Il était prêt à t'aimer comme tout ce qui appartenait à Lola, comme les cheveux de Lola, comme le rire de Lola ou comme ses migraines. De ces trois-là, des trois premiers amants de Lola, c'était lui le plus sincère. Lui seul aurait mérité de la garder, si elle avait été de ces femmes qu'on garde… Et comme y a pas de justice dans ce monde, c'est lui qui a trinqué le plus, aux deux sens du mot !

Une clochette avait tinté à l'oreille de Benoît, quand Bogue avait dit : « Les trois premiers amants de Lola… » Si Bogue lui-même n'était pas de ceux-là, s'il n'avait pas couché avec Lola avant Antoine, il ne pouvait être son père. Ou bien si ? Mais il aurait fallu que Lola trompât Antoine avec lui. Des chronologies boiteuses se composaient et se décomposaient dans l'esprit de l'adolescent. Le temps d'avant sa naissance n'était qu'un rêve confus, dans lequel Lola s'accouplait avec des ombres. De laquelle de ces ombres était-il le fils ?

— Et toi ?

La question avait jailli de la bouche de Benoît. Il lui sembla que ces deux petits mots étaient là, devant lui, sur la table, comme des objets. Rien ne pouvait plus faire qu'ils n'y fussent pas.

— Pardon ?

— Et toi ? Si tu n'étais pas parmi les trois premiers,

t'es arrivé quand ?

— Jamais, moi.

C'était dit sur le ton du constat navré. Bogue ne portait aucun masque, il ne jouait aucun rôle sur aucune scène. Il n'avait pas eu Lola. Il conserverait cette disgrâce en mémoire jusqu'à sa mort. Bientôt vingt ans avaient passé, et elle restait plantée en lui comme une écharde inarrachable dans un doigt. On n'y pense pas tout le temps, mais inéluctablement, à un moment ou un autre le mauvais doigt heurte quelque chose et l'écharde déchire la chair. D'autres l'avaient eue. Les trois premiers et tous les autres après eux. Mais pas lui.

— J'attendais mon tour, dit Bogue en baissant la voix. Entre Macassar et Blandeuil, je lui avais proposé la botte en rigolant, comme si l'idée me passait tout à coup par la tête. Tu parles ! Elle y tenait toute la place depuis des mois, j'en dormais plus... Lola avait dit non, gentiment. J'avais mis mon mouchoir par-dessus. En fait ça m'avait rassuré, ce râteau. J'étais content qu'elle ait refusé. J'attendais plus qu'un moment passé ensemble. Je voulais... Ah, je sais même plus ce que je voulais : le vrai amour, le bonheur, des sottises ! Ça m'a tenu longtemps, même après son départ. Dans les magazines, je lisais des articles sur elle, sa carrière, ses tournées. Sur les photos elle avait l'air si heureuse, loin d'Écorcheville !

— Attends ! protesta Benoît. Tu vas trop vite, t'anticipes ! Sa carrière internationale, c'est plus tard, j'étais déjà né, abandonné, adopté... Saute rien, raconte bien tout, Macassar, Blandeuil, Antoine...

Le verre de Bogue était vide. Benoît se leva à demi et se pencha par-dessus la table pour le remplir. Il y versa un peu trop de pastis.

— Oups ! Bah, on y mettra plus d'eau.

Les derniers glaçons fondaient dans le bol. Bogue vida celui-ci dans le verre.

— Blandeuil comme Lola, on se doutait bien qu'ils avaient un destin, dit-il après avoir goûté le mélange et rajouté de l'eau. Lui, c'est pas pour son physique ni pour son élégance qu'il a plu à Lola ! Parce que t'as vu, il est pas jojo. Pour le gabarit, une ablette, et pour la figure un campagnol ! Maintenant je suppose qu'il s'habille, pour ses concerts, mais à l'époque il faisait plutôt clochard. Mais bon, elle a senti qu'ils étaient pareils elle et lui, qu'ils avaient en commun quelque chose qu'on n'avait pas, nous autres, ni Macassar, ni moi, bien sûr… Une lumière en dedans. L'amour de l'art, le mépris de tout le reste. Alors va pour Blandeuil ! Remarque, ça n'a pas duré très longtemps non plus. Elle est comme ça, Lola. Les hommes lui font un déjeuner de soleil. Alors quand ça s'est terminé avec Blandeuil, je me suis dit…

— Combien de temps, parrain ? Combien de temps ça a duré, Lola et Blandeuil ?

— Quand même plus longtemps qu'avec Macassar et plus tard avec Antoine. Lola et Blandeuil, ils avaient des choses à se dire : leurs espoirs, leurs ambitions, ce que chacun allait essayer de faire de sa vie, pas seulement gagner sa croûte et élever des mômes…

— Six mois ? Un an ? C'était en quelle année, d'abord ?

— L'année, je me rappelle pas. Les dates, moi, tu sais… Je me souviens à peine de celle de ma naissance ! Je dirais qu'ils sont restés ensemble six-huit mois, par là.

— Mais j'étais pas né, moi ?

— Non, toi t'es né après. Elle a plaqué Blandeuil au début de l'hiver. Je me souviens qu'il faisait un froid ! Et toi tu es né à l'automne, je crois bien.

— Alors c'est lui, mon père, c'est Blandeuil !

Bogue eut une moue dubitative.

— Pas sûr !

— Comment ça, pas sûr ? T'as dit toi-même les trois premiers : Macassar, Blandeuil, Antoine... Antoine n'est pas mon père naturel. Donc, c'est Blandeuil, puisque tout était fini avec Macassar depuis un an ou un an et demi quand je suis venu au monde.

— Pas sûr ! répéta Bogue.

Benoît réprima l'envie qui l'avait saisi d'envoyer son assiette de ragoût à la tête de son parrain. Pas sûr ! Pas sûr ! Il lui fallait une certitude, il en avait un besoin vital, et cet ivrogne s'obstinait à miner celle qui paraissait s'offrir à lui.

— Les trois que j'ai dits, se rebiffa Bogue, c'est les trois que je connaissais ! Va savoir si y en a pas eu d'autres avant Antoine, peut-être même pendant Blandeuil ?

Le désespoir envahit Benoît. D'autres. Quels autres ? Combien d'autres ? Depuis deux ans, il remâchait sa liste des prétendants : Macassar, Blandeuil, Bogue. Pour lui c'était clair, parmi ces trois noms il y avait celui de son père – *son* nom, celui qu'il aurait porté dans un monde en ordre. Ce soir deux des options se révélaient caduques. Exit Macassar, hors chronologie. Exit Bogue à qui Lola s'était refusée. Restait Blandeuil. Benoît était disposé à s'en accommoder. Pas le père de ses rêves, mais un musicien, célèbre à sa manière... Et on venait lui dire qu'il pouvait fort bien être le fils de quelqu'un d'autre, un outsider, n'importe qui, une silhouette qui s'était aussitôt perdue dans la nuit. Cette idée-là lui faisait horreur. Les doutes de Bogue avaient ouvert un gouffre sous ses pieds. Si ça se trouve, Lola elle-même ignorait de qui il s'agissait. Pour ça, pas besoin d'être une traînée. Quelques jours de désarroi dans le tourbillon d'une rupture, un peu trop d'alcool, de nuits blanches, de rencontres, et hop, le voilà, lui, tombé du ciel comme un chiot dans un jeu de quilles.

— Pas de chance, mon gars, ça serait plus simple si t'avais la tête de rat de Blandeuil, mais tu ressembles à ta mère, t'as tout d'un Esteral ! dit Bogue.

Sa voix devenait pâteuse. La bringue d'enfer qu'il avait dû se promettre durant sa réclusion allait se borner à une muffée qu'il cuverait sur le canapé du salon écarlate, sous le regard vainqueur du Liménien. Il tendit la main vers la bouteille. Benoît l'avait reposée un peu loin. Il la lui rapprocha.

— Qui c'est ton père, celui-ci ou celui-là, qu'est-ce que ça peut foutre ? Tu devrais pas t'en soucier, Benoît. Y a des choses bien plus importantes : le lycée, les études...

Bogue eut un sourire en coin :

— Je déconne !... Mais il y a la musique, les copains, les filles. Surtout, fais pas comme moi avec Lola, te braque pas sur une fille. Bien sûr, j'en ai connu d'autres ! Mais encore maintenant, quand je pense à elle j'ai le ventre qui me vrille, là...

Il posa sa grosse paluche sur son abdomen et prit Benoît à témoin avec une insistance de poivrot :

— Là ! Exactement là, tu vois ? Comme si mon sang se mettait à fourmiller à cet endroit. Comment t'expliques ça ? L'amour, c'est dans le cœur, on dit. Moi c'est là. Personne a le cœur placé aussi bas...

Il rota. Benoît le dévisagea avec un mélange d'affection, de tristesse et de colère, détaillant ses yeux injectés de sang sous les paupières lourdes, ses rouflaquettes, sa bouche à la lippe un peu tombante ce soir sous l'effet de l'alcool, son nez dévié naguère par un horion au cours d'une explication de gravure entre brocs… Cette bonne bouille de primate amélioré n'était donc pas celle de son père.

Bogue bâilla. Il était cuit. Il ne dirait plus grand-chose, et d'ailleurs il avait à peu près vidé son sac.

— Tu veux un fruit, parrain ? Une poire ?

Benoît se souvint qu'il avait piqué la dernière poire du compotier pour l'apporter à Faunet. Il se reprit :

— Non, des poires, y en a plus. Une orange ?

— Une orange, non merci. En prison, on y avait droit un repas sur deux. Le midi orange, le soir yaourt. Alors bon, les oranges…

— Y a rien d'autre, j'ai bien peur. Un fond de pot de confiture, peut-être…

Bogue écarta l'offre du revers de la main.

— Laisse, j'ai plus faim. Et puis j'ai un coup de barre, là… J'ai eu la main un peu lourde sur le pastis. L'homme libre va aller se coucher pendant qu'il peut encore monter l'escalier.

Il se leva pesamment et repoussa sa chaise d'un mouvement si mal réglé qu'il manqua de la renverser. Puis, d'un pas hésitant, il se dirigea vers la porte.

— Houlà ! Y a du vent dans les voiles, lança-t-il d'une voix embrumée. Bonne nuit, fiston !

— Bonne nuit, parrain.

Resté seul, Benoît débarrassa la table. Il lui arrivait de se rendre utile. Surtout, le mouvement qu'il se donnait ainsi l'aidait à contenir dans une lisière floue des pensées trop précises. Bogue avait raison. Il n'était pas sûr – il était même très douteux, tant ils se ressemblaient peu – qu'il fût le fils de Blandeuil. Mais trois couverts, un faitout et un saladier, une bouteille, une carafe et un bol sont vite desservis. Benoît se retrouva bientôt désœuvré, face au néant songea-t-il. Il ne saurait donc jamais quels reins l'avaient poussé vers la lumière cafarde qui baigne ce monde, à travers la porte du corps de Lola ? Il se répéta le mot en boucle : jamais-jamais-jamais-jamais... Il n'y avait pas cru jusqu'alors. Il se disait que ce savoir, inné chez les autres, en tout cas contemporain de la conscience, n'était chez lui que différé. Un jour, après avoir tâtonné longtemps, certes, trop longtemps à son gré, il découvrirait le pot aux roses de sa filiation. Mais ce soir c'était une autre vérité qui se révélait à lui. Le « jamais » existait pour de bon, dans les destinées humaines et singulièrement dans la sienne. C'était un des butoirs de l'expérience humaine. Certaines choses, comme par hasard les choses essentielles, ne nous sont jamais dévoilées. La belle affaire, si ces énigmes sont universelles, s'il ne s'agit que de l'existence de Dieu, de ses voies ou des fins dernières : Benoît voulait bien faire avec cette ignorance ontologique. Mais il ne supportait pas l'idée que l'acte décisif de sa conception se fût perdu dans le torrent insignifiant des gestes qui se déversent seconde après seconde dans le gouffre de l'oubli. Quelqu'un avait déposé sa semence au creux du ventre de Lola, et ni ce quelqu'un ni Lola n'en avaient gardé le souvenir. Benoît était le fruit et le témoin de cet oubli, dont il se souviendrait jusqu'à son dernier souffle.

Il se sentait énervé, incapable de s'endormir avant longtemps. Il envisagea de laver la vaisselle, mais y renonça devant les piles de plats et d'assiettes sales abandonnés depuis plusieurs jours dans l'évier. Il regretta d'avoir laissé Bogue se noircir seul. Bogue lui aurait sans doute permis de boire. Si Benoît l'avait accompagné dans sa soûlographie, il serait allé se coucher lui aussi, il se serait jeté avec soulagement dans le ravin du sommeil. Il vit qu'il restait assez de pastis pour s'abrutir. Il n'aimait pas trop l'anis, un alcool rétro à ses yeux, un truc de vieux et de prolos, mais qui veut la fin veut les moyens. Cherchant un verre propre dans le buffet, il finit par dénicher un verre à moutarde auquel adhéraient des lambeaux d'étiquette. Il ouvrit le réfrigérateur qui exhalait ses ultimes frimas avant la panne définitive. Le réparateur l'avait dit lors de sa dernière intervention, sa place était dans un musée. Les glaçons du bac recelaient encore en leur centre une poche liquide, mais ils feraient l'affaire. Il s'occupait à les démouler dans le bol récupéré sur l'évier, quand il entendit frapper à la porte d'entrée.

XXXVI

Géli bouscula presque Benoît, comme si elle avait été poursuivie, ou comme si elle avait craint qu'il ne lui refusât l'entrée. Il est vrai qu'il avait froncé les sourcils en la voyant… Sans attendre qu'il l'y invitât, elle ôta l'épais manteau qu'elle portait par-dessus sa robe à fleurs. D'une coupe élégante et désuète, et bien trop grand pour elle, il appartenait sans nul doute à Tata Lenya. Géli en caressa l'étoffe et le col de fourrure du plat de la main.

— Il faut le mettre sur un portemanteau, dit-elle. Je voudrais pas l'abîmer…

Sans répondre, Benoît entraîna la jeune fille vers une petite pièce attenante au vestibule. Elle avait fait naguère fonction de vestiaire. On y entreposait aujourd'hui n'importe quoi : recharges de gaz, cageots divers, réserve de natron pour les embaumements, tronçonneuse, chaises longues plus ou moins démantibulées… Il s'y trouvait tout de même un portemanteau, auquel pendaient de vieux imperméables. Géli y accrocha le précieux vêtement. Avant de sortir, elle se retourna pour lui lancer un regard amoureux.

— Mlle Orbison le portait dans *Le Marbre et la Brume*, dit-elle à Benoît. Et elle me l'a donné ! Tu te rends compte ?

Benoît reconnut la façon dont Josaphat s'adressait à Tata Lenya et dont il parlait d'elle, comme dans les échos des magazines de cinéma des années 30 et 40 : « Lors de cette soirée au Fouquet's, Mlle Orbison était habillée par Balmain… »

— Tu flottes, là-dedans ! Il est cent fois trop grand pour toi, dit-il sans ménagement.

Elle l'embêtait. Qu'est-ce qu'elle foutait là ? Elle était casée, en sécurité chez Tata Lenya. Elle aurait dû y rester.

— Je sais. Mlle Orbison va me le faire retoucher.

— Il n'est pas de ton âge, et même pour une vieille, il serait complètement démodé !

— Je m'en fiche. Il me plaît.

Benoît haussa les épaules.

— Il est tard. Pourquoi t'es venue ?

Malgré la brusquerie avec laquelle il lui parlait, elle lui répondit sans hésiter :

— Pour te voir. Je suis hébergée chez Mlle Orbison, mais c'est à toi que j'appartiens, non ?

— Oui, bon… C'est théorique, tout ça. C'était pour te mettre à l'abri.

— N'empêche que je t'appartiens. C'est écrit sur les papiers. Je suis à ton nom, tu es mon maître !

Dans sa voix, comme elle prononçait ces mots, « Tu es mon maître », Benoît décela un accent de ferveur qui l'étonna et l'effraya. Mais selon la loi, oui, il était son maître, au moins en pointillé jusqu'à sa majorité.

— Quelle chance, j'ai un maître de mon âge ! chantonna Géli. Tu ne peux pas savoir ce que c'était pénible, d'avoir Lordurin comme maître !

Ah oui, Lordurin, les bouquins à épousseter, le rituel, les exigences…

— Je l'ai croisé ce soir, au concert chez Cambouis. Il m'a lancé un drôle de regard, dit Benoît.

Géli se rembrunit.

— Il ne peut pas me reprendre, hein ? Maintenant que les papiers sont signés, il ne peut plus changer d'avis, c'est définitif. Mlle Orbison me l'a juré.

Benoît acquiesça. La transaction était ferme et définitive. Il n'était même pas du pouvoir de Benoît, mineur légal, de revendre Géli sans l'aval de Tata Lenya, en quelque sorte sa tutrice dans cette affaire. En outre, la loi interdisait l'affranchissement d'un esclave mineur, en principe incapable d'assurer seul sa subsistance.

— Et d'abord, poursuivit Géli, je ne me laisserai pas reprendre. Jamais !

Le mot fit mouche dans l'esprit de Benoît. Ce jamais-là revêtait un tout autre sens que celui auquel il s'était lui-même heurté quelques minutes plus tôt. C'était Géli qui décidait : jamais plus Lordurin, tandis que pour Benoît, un décret de l'univers semblait instituer que quelque chose lui demeurerait à jamais inconnu.

— Chez Mlle Orbison, j'ai une très jolie chambre, dit la jeune fille. La chambre bleue. Tu la connais ? C'était une chambre d'amis. Maintenant c'est la mienne. Et j'ai un cabinet de toilette pour moi toute seule, t'imagines ? En un sens c'est mieux qu'ici, chez Mlle Orbison. C'est plus propre ! Mais comme tu n'y es pas, c'est moins bien. Alors je me suis dit que je dormirais en alternance une nuit là-bas, pour ne pas la vexer, et une nuit ici, pour être avec toi. Et j'ai décidé de commencer par dormir ici ! conclut-elle en éclatant de rire.

Benoît rentra la tête dans les épaules. La follette se voyait carrément sa concubine, une nuit sur deux !

— Eh bien, je… Je ne suis pas sûr que la loi le permette, dit-il.

— La loi ? Quelle loi ?

— La loi…

Il eut un geste vague.

— … La loi qui régit ces choses-là, la loi qui te protège !

— La loi s'en balance, je peux te dire ! s'insurgea Géli. J'ai couché nuit après nuit dans le lit de Lordurin, et la loi ne s'en est jamais mêlée. Soir après soir, je serais bien allée dormir sur le canapé du salon ou même dans un fauteuil, une fois que j'en avais fini avec les exigences, parce qu'il gigotait, qu'il ronflait et qu'il pétait dans son sommeil, mais il me le permettait pas, sauf quand il faisait sa crise de goutte. Autrement il m'ordonnait de rester. Je lui tenais chaud, il m'appelait sa petite bouillotte. Alors me fais pas rire avec la loi !

— Tu débarques sans prévenir, se défendit Benoît. J'ai quelqu'un à voir ce soir, absolument !

— Qui ça ?

D'agacement, il leva les yeux au ciel. Est-ce qu'il lui devait des comptes ?

— Quelqu'un, c'est tout !

— Alors je t'attends là-haut. Tu trouveras le lit tout chaud à ton retour. Tu verras, je suis une vraie petite bouillotte. Et si tu n'es pas trop fatigué en rentrant, on pourra recommencer…

C'était précisément ce qu'il redoutait, de s'habituer au confort de ce corps, à sa disponibilité, à sa générosité. Il se voyait déjà prisonnier, asservi… S'il se laissait piéger ainsi, et si Onagre et Cambouis avaient vent de son espèce de ménage, ils n'avaient pas fini de se payer sa tête. Et fatalement, Fille-de-Personne l'apprendrait. Il ne lui devait rien, aucune fidélité, mais il avait tout de même le sentiment de la tromper avec Géli. C'était idiot, mais c'était comme ça.

— Non. Tu vas rentrer chez Tata Lenya.

— Non, non, non ! On a écouté Radio-Écorcheville, avec Mlle Orbison. Le satyre est toujours en cavale. Déjà, en venant, j'en menais pas large, alors ressortir, pas question !

Il n'inscrivit pas à son crédit le fait quelle eût bravé sa peur pour le rejoindre. C'était un élément inquiétant, au contraire.

— Tu n'as rien à craindre.

— Qu'est-ce que t'en sais ?

— Je le sais. Allez, tu remets ton manteau et tu rentres… Je te l'ordonne ! gronda-t-il comme elle ne bougeait pas. Je suis ton maître, et si tu désobéis j'ai le droit de te battre !

Il se saisit d'une canne de jonc au pommeau d'argent terni qui dépassait d'une haute poterie cylindrique ornée de motifs pseudo-incaïques servant de porte-parapluies, et la fit siffler d'un coup de poignet. Géli eut un mouvement de recul, mais se rebiffa presque aussitôt.

— Non, t'as pas le droit, pas avant d'avoir atteint ta majorité. D'ici là, je ne peux être punie que par Mlle Orbison. C'est la loi !

Benoît hésita. Géli disait vrai. Mais s'il cédait les caprices n'auraient plus de fin. C'était maintenant ou jamais qu'il devait asseoir son autorité.

— Je m'en fous, de la loi. Tu files, sinon…

Le jonc cingla l'air à nouveau.

La petite prit peur. D'ailleurs, la pente de la soumission était tracée en elle depuis toujours. Vieux schnock ou blanc-bec, le maître n'était-il pas le maître ?

— J'ai la trouille, plaida-t-elle. Tu peux pas me ramener ?

Benoît fit la grimace. La ramener ? Sur son dos ? Le Solex de Cambouis était hors d'usage, et son vieux VTT à lui à plat, pneus poreux, crevassés, bons à jeter. Restait la Vorax. Il avait déjà conduit quelquefois, sous la houlette de ses amis, sur les petites routes de l'arrière-pays. Pas cette voiture-là, mais d'autres, tout aussi puissantes, tout aussi volées. En ville, et seul, ça l'effrayait. Onagre et Cambouis étaient tabous pour la police. Il doutait de bénéficier de la même indulgence. Pourtant l'idée de sortir la Vorax s'associait dans son esprit à celle qui lui avait fait dire à Géli qu'il avait quelqu'un à voir. Bien sûr, s'il avait deux sous de jugeote, il devait saisir l'occasion de poursuivre l'enquête entamée auprès de Bogue en parlant cette nuit à Blandeuil, puisque celui-ci était en ville. Cela dit, où trouver Blandeuil ? Il avait gardé longtemps la maison de ses parents, mais las d'entretenir ce pied-à-terre sans jamais y séjourner plus de quelques jours par an, il avait fini par le vendre. Était-il l'hôte des Bussettin, ou bien était-il descendu à l'hôtel ? Ils étaient peu nombreux, à Écorcheville. Outre un vieux palace décrépit, le Grand Hôtel des Mânes, à l'inconfort et au service également calamiteux, disait-on, et dont la municipalité subventionnait la survie au nom de la raison d'État, on comptait quelques pensions et garnis qui suffisaient amplement au peu de visiteurs attirés par une cité pour ainsi dire catatonique.

— Enfile ton manteau et attends-moi là, dit-il en

montrant à Géli la porte de la salle à manger.

Le guanotier avait eu son bureau au rez-de-chaussée. C'était une pièce de dimensions moyennes, qu'on ne chauffait pas et qu'on n'aérait jamais. Depuis combien d'années Louise n'y était-elle plus entrée ? Benoît y allait parfois, pour le plaisir de se faire peur quand il était plus jeune, et à présent pour y goûter des sensations plus subtiles. Le lieu ne recelait en lui-même rien d'inquiétant ni même de vraiment particulier. Il n'y régnait qu'une qualité de silence proche de celle qui prévaut dans les cryptes ou les sanctuaires. Outre la poussière et les toiles d'araignées, la moisissure s'y était mise, puisque l'air frais n'y pénétrait jamais et que les radiateurs y restaient fermés même en plein hiver. Benoît respirait à petites bouffées prudentes l'air du bureau, air confiné, chargé de molécules suspectes. Fientes de souris desséchées, cadavres d'araignées tombés en poussière, moucherons, mites, spores de champignons, moisissures vertes saupoudrant les montants de la bibliothèque et les garnitures de cuir du bureau, efflorescences de salpêtre au bas des murs, composaient un cocktail olfactif dont Benoît se grisait. C'était l'odeur même du temps, qui montait à ses narines. Il n'aurait pas osé s'asseoir face au grand sous-main de cuir havane moisi, aux bords çà et là grignotés par les souris. Il se plantait derrière le fauteuil, les mains posées sur le dossier, et il laissait errer son regard sur les gros registres et livres de comptes reliés en toile noire qui tapissaient les murs. Il en avait ouvert un au hasard. Il ne renfermait que des chiffres. Des dates, des tonnages, des prix en *soles ;* rien que des chiffres dans lesquels tenait toute une épopée malodorante : des bateaux, des hommes, des îles, des millions d'oiseaux, et du soleil, un soleil féroce sur tout ça.

Cette nuit, Benoît ne songeait pas au Liménien ni au guano. Il voulait simplement se servir du téléphone, un vénérable appareil en bois, cuivre et bakélite, aux fils gainés de tissu auquel les souris avaient aussi mis la dent par endroits. Il y en avait un autre, notablement plus moderne, dans le salon écarlate, mais Benoît ne voulait pas réveiller Bogue. Il entra, actionna le volumineux interrupteur électrique d'époque, faïence et laiton, qui allumait la suspension, et referma la porte derrière lui par révérence pour ce lieu sacré qu'il convenait de préserver d'un afflux d'atmosphère salubre et profane. Il décrocha le lourd combiné à cornets. L'appareil fonctionnait. Benoît s'en était déjà servi pour appeler ses amis. Ce soir, c'était Cambouis qu'il espérait joindre.

À la troisième sonnerie, on décrocha. Benoît s'était préparé à affronter l'agacement de Bella devant un appel aussi tardif, et avait répété à l'avance les excuses qu'il allait lui servir. Coup de chance, ce fut Cambouis qui prit la communication.

— J'allais t'appeler ! s'exclama-t-il en reconnaissant la voix de Benoît. Alors ? Raconte ! T'as continué à poursuivre le bestiau après que mon con-de-père a déclaré forfait… Figure-toi qu'il s'est pété les tendons. Les deux ! Le docteur dit qu'il en a pour des semaines à boiter. Mais dis-moi, tu l'as coursé jusqu'où ?

Benoît écarta la tentation de révéler à son ami qu'il avait rattrapé le fugitif, et que celui-ci dormait à cette heure dans la serre-atelier. Ignorant qui pouvait se trouver à côté de Cambouis, il préféra éluder ses questions, et se réserva de l'étonner plus tard par un récit détaillé de l'aventure.

— Je te raconterai. Je me demandais si le dulceola avait souffert. J'ai entendu un méchant crac, quand le satyre a sauté dessus…

Rigolarde un instant plus tôt pour évoquer les tendons ruinés d'Erwin, la voix de Cambouis se fit grave :

— Tais-toi ! C'est le drame. La table est fendue. Maintenant, le truc sonne comme une cithare en plastique avec des cordes en élastoc et une rose en décalcomanie. Blandeuil en est malade. Cet instrument, c'est sa vie. Tout à l'heure il parlait de se suicider.

— C'est pas réparable ?

— Tout est réparable, si on y met le prix et le temps. Pour le prix, pas de problème, Blandeuil est assuré. Mais le temps… Il a pris des engagements qu'il risque de ne pas pouvoir respecter. Bratislava, Brisbane, Oulan-Bator, que sais-je… T'as bien fait d'appeler tard ; il est resté pendu au téléphone toute la soirée dans l'espoir de trouver un facteur d'instruments capable de réparer le sien dans les meilleurs délais. Problème : son dulceola est le seul qui existe au monde. Au mieux, les types en ont entendu parler, mais pas un ne sait au juste comment c'est fait. De toute façon, la chose étant unique, sa sonorité l'est aussi. Pour en retrouver l'équivalent, il faudra peut-être tâtonner pendant des mois, ausculter des pièces de bois, tester des tables d'harmonie, à chaque fois tout démonter, tout remonter… Blandeuil est censé donner un concert dans trois jours à Bratislava. C'est marche ou crève. Il n'y a pas de facteur de pianos à Écorcheville, juste des revendeurs qui parlent d'envoyer le dulceola en usine. Tout ce qu'il a déniché, c'est un luthier, un certain Loewen, spécialisé dans les mandolines. Rien de commun avec le dulceola, mais le gars possède dans sa réserve des bois vieux de trente ans, séchés dans les règles de l'art. Il vient demain matin examiner la table et voir ce qu'il peut faire.

Benoît connaissait l'échoppe de Loewen. Quand Bogue lui avait offert la lyre dans son jus, c'était à lui qu'il l'avait apportée afin qu'il la remît en état. Pour l'électrifier, par la suite, Benoît s'était débrouillé seul. Le vieux puriste n'aurait jamais consenti à s'associer à un tel sacrilège.

— Blandeuil dort chez vous ?

— On le lui a proposé, tu penses bien, mais il a préféré rentrer à l'hôtel. Il vient de partir en voiture avec ma CDM. Avec ses tendons niqués, mon CDP ne peut même plus conduire. Il faudra qu'elle l'emmène tous les matins à la banque… Dévouée comme elle est, ça la met dans une rogne !

— Il est descendu au Grand Hôtel ?

— Blandeuil ? Où voudrais-tu qu'il aille ? C'est tarte comme tout, mais il y a ses habitudes. Bon, faut que je te laisse, j'entends mon con-de-père qui appelle à l'aide. Ingambe il était déjà chiant, mais à présent qu'il est infirme, il va se surpasser. On se voit demain. Tu me raconteras la poursuite infernale, hein ?

Benoît ne résista pas au plaisir de laisser entendre qu'il avait en effet des choses surprenantes à raconter. Cambouis alléché tenta de lui faire vider son sac dès maintenant, mais Benoît resta inflexible et raccrocha sur le sacramentel « à peluche ». Sa décision était prise. Il rendit le bureau du Liménien au silence et alla retrouver Géli dans la salle à manger.

— En route, je te raccompagne.

— À pied ? demanda la petite d'une voix boudeuse.

— Tu veux rire ? En bagnole. Allez, fissa, j'ai quelqu'un à voir, je t'ai dit !

XXXVII

Géli lança à Benoît un regard bluffé. Sous la barre de néon, elle avait reconnu la Vorax. Un tel engin ne passait pas inaperçu. Elle l'avait forcément remarqué la veille au soir sur le parking du Lapin Bleu. Mais l'épave du Solex était là, elle aussi, pour rappeler à la jeune fille en quel pitoyable équipage elle avait retrouvé Benoît plus tard dans la nuit. La citrouille et le carrosse… Elle n'en était pas moins impressionnée. Cependant, tout écervelée qu'elle était, le sens des réalités ne lui manquait pas entièrement.

— Dis donc, t'as le permis ?

— T'inquiète, grimpe, dit-il.

Géli s'apprêtait à obéir, quand, tel un diable de boîte à ressort, une silhouette hirsute se dressa sur la banquette arrière. La petite hurla de peur et recula d'un bond.

Benoît avait sursauté lui aussi. Il lui fallut quelques secondes pour comprendre. C'était Faunet, bien sûr. Il s'était réveillé, et, fasciné par la Vorax, il était monté dedans. Des peaux d'orange et des trognons de poire abandonnés sur les sièges arrière témoignaient qu'il s'y était sustenté avant de replonger dans le sommeil.

— N'aie pas peur, dit Benoît à Géli. Je l'ai un peu apprivoisé.

C'était beaucoup dire. Cependant la grimace que la créature adressait à Benoît à travers la vitre pouvait passer pour amicale. L'adolescent y répondit d'un sourire, tout en se maudissant de n'avoir pas condamné les portières de la Vorax en quittant l'atelier. À présent, il allait falloir déloger le satyrion de l'habitacle. À moins de l'emmener, et de profiter de la première occasion qui se présenterait pour se débarrasser de lui.

— N'aie pas peur, répéta-t-il à l'intention de Géli. Il n'est pas méchant, en réalité.

— Pas méchant ? À la radio, ils disent qu'il a violé une jeune fille et blessé plusieurs personnes !

— Les journalistes exagèrent toujours, dit Benoît. J'y étais, j'ai tout vu. Quand on a voulu le ceinturer, il s'est débattu, voilà tout !

— Et le viol ? La fille était interviewée à l'antenne. Elle en pleurait !

— J'ai tout vu, je te dis. Il s'est montré entreprenant, c'est vrai, mais y a pas eu viol à proprement parler…

Benoît se remémora la scène et dut convenir en lui-même qu'il y avait bien eu tentative de viol. La soubrette avait été à deux doigts d'y passer. D'ailleurs Faunet avait aperçu Géli et la dévorait des yeux. Ses mains griffues tripotaient avec fébrilité le mécanisme d'ouverture. Et s'il allait se jeter sur elle ? Benoît devrait alors s'interposer. La perspective d'affronter le sauvageon était si peu engageante qu'il se disposait à renoncer à utiliser la voiture et à entraîner Géli hors de la serre, quand le mécanisme actionné par hasard obéit aux sollicitations désordonnées du captif. Avec un luxueux déclic, la portière s'ouvrit.

Géli poussa un cri et s'abrita craintivement derrière Benoît. Celui-ci s'attendit au pire, tant de la part de Faunet qu'il estimait capable de laisser à nouveau libre cours à ses instincts, que de la sienne, car n'ayant jamais eu à prouver son courage il n'était pas sûr d'en avoir. À son vif soulagement, le chèvre-pied lui fit fête à la façon d'un animal familier. Il y avait apparence qu'il considérât Benoît comme son maître, lui aussi ! Burlesque et inquiétante pour l'avenir, l'hypothèse n'en était pas moins rassurante dans l'immédiat.

— Là ! Là ! Calme… Gentil !

Faunet avait sauté hors de la voiture et manifestait sa joie de revoir Benoît en poussant de petits soupirs d'aise entrecoupés de claquements de langue. Terrorisée, Géli se serrait contre Benoît. Le fait est que le satyrion s'abstenait au moins pour le moment de tout geste déplacé à son encontre, bien que le feu de ses prunelles s'accentuât brusquement chaque fois que son regard se posait sur elle.

— Doux ! Doux ! Gentil, le faunet… Il a aimé les fruits ? Elles étaient bonnes, les poires ?

Au mot *poire*, Faunet répondit par une mimique significative. Il reconnaissait le mot. Et même il le répéta, en ouvrant exagérément la bouche : *Poi, poi…* Benoît songea un instant à retourner chercher des oranges à la cuisine avec Géli. Il y vit plus d'embarras potentiels que d'avantages. Faunet risquait de les suivre et, une fois dans la villa, de vouloir fureter partout.

— Monte à l'avant, ordonna-t-il à Géli.

— Et lui ?

— On va voir.

Elle obéit. Faunet réintégra sans hésiter sa banquette, sur laquelle il sauta comme un chien excité par la perspective d'une promenade. Pour dissimuler la sellerie de cuir gris, Cambouis l'avait recouverte de plaids que Faunet avait froissés et déplacés en se vautrant dessus. Le cuir encore impeccable quelques heures plus tôt était à présent éraflé en plusieurs endroits par les griffes et les durs sabots du chèvre-pied. Perfectionniste comme il était, Cambouis n'allait pas apprécier ! Mais, se dit Benoît, la Vorax était vouée au même destin que toutes les voitures passant entre les mains d'Onagre : trois petits tours, et à la casse. Comme il montait, une forte odeur de suint faillit le suffoquer. Le suint n'était pas la seule composante de cette puanteur… Faunet s'était-il oublié sur la banquette ? Benoît n'osa pas vérifier. Il se mit au volant et démarra. D'enthousiasme, Faunet martelait le dossier des sièges avant. Géli sentait sur son cou le souffle du satyrion. Elle n'en menait pas large, et Benoît à peine plus qu'elle. Par chance la grille du parc n'était pas fermée. Mieux valait ne pas laisser Géli et Faunet en tête à tête, ne fût-ce que quelques instants.

La nuit était claire et paisible après les précipitations des derniers jours, et la circulation à peu près nulle à cette heure tardive. Sous la conduite maladroite de Benoît la Vorax feulait et bronchait tel un fauve devinant un dompteur peu sûr de lui. Le garçon, la sueur au front, s'évertuait à retenir le bolide. Les tambourinades de Faunet derrière lui n'étaient pas faites pour l'aider à se concentrer. Il parvint malgré tout à couvrir sans encombre la courte distance qui séparait la villa Jacaranda du cottage de Tata Lenya.

Géli ne descendit pas sur-le-champ de la voiture, en dépit du remugle qui empuantissait l'habitacle et des gloussements de Faunet tandis qu'il lui flairait la nuque et plongeait son museau dans sa chevelure.

— C'est une fille ? demanda-t-elle.

— Hein ? Qui ?

— La personne que tu dois voir, c'est une fille ?

— Dis donc, on n'est pas mariés, toi et moi !

— Je sais bien, mais…

Elle laissa la phrase en suspens. Il savait à quoi elle pensait. Il se dit qu'il n'aurait jamais dû… En même temps, au fond de lui, il était enchanté d'en avoir fini grâce à elle avec cet examen de passage si embarrassant. Il lui en savait gré, mais elle ne devait pas s'autoriser du service qu'elle lui avait rendu pour le tarabuster.

Il haussa la voix et s'efforça de prendre un ton sans réplique. Il était son maître, après tout.

— Mais *rien*. Va dormir. Tâche de ne pas réveiller Tata Lenya.

— C'est une fille ?

Il capitula.

— Non. C'est Blandeuil, le musicien. Et tu me fais perdre du temps. Si ça se trouve il dort déjà.

C'était peu probable. Incapable de trouver le sommeil après le coup qui l'avait frappé, Blandeuil devait se tordre les mains, assis sur son lit dans sa chambre du Grand Hôtel des Mânes. Ou bien il était pendu au téléphone, s'entretenant avec son agent ou avec des directeurs de salle à l'autre bout du monde.

— On se verra demain. Je viendrai faire du rangement pour ta mère, Mlle Orbison m'a dit.

Benoît se demanda si Louise allait tolérer un tel empiétement sur son territoire bordélique.

— Et du ménage, et de la lessive ! poursuivit Géli. Mlle Orbison m'a prévenue que j'aurai de quoi m'occuper, mais ça me fait pas peur !

Ses yeux brillaient à la perspective des montagnes de travail qui l'attendaient à la villa Jacaranda. Elle était sotte, pensa Benoît. Ou non. Les hasards de sa vie de naufragée sociale l'avaient jetée sur un îlot vivable ; elle était prête à tout pour s'y maintenir.

— Va te coucher.

— Mais on se voit demain ?

Sans répondre, il se pencha pour lui ouvrir la portière. Elle descendit, saluée par des béguètements désolés de Faunet. Benoît ne put s'empêcher de blaguer :

— Dis donc, t'as un ticket !

C'était si vrai que le satyrion fit mine de la suivre.

Pas de ça, Lisette ! Benoît condamna les portes à temps. Déçu, Faunet se laissa retomber sur la banquette, tandis que la silhouette de Géli enveloppée dans son beau manteau trop long et trop large pour elle courait vers le cottage.

À deux reprises, en chemin, Benoît arrêta la Vorax et ouvrit la portière pour permettre à Faunet de descendre. En vain. Géli hors de vue, Faunet se trouvait bien là et ne montrait aucun velléité de fuite. Mieux, il ne tarda pas à se rendormir, entortillé dans le plaid dont seuls émergeaient sa face camuse et son front cornu. Il ne se réveilla même pas quand Benoît gara l'auto à quelque distance du Grand Hôtel. C'était sur le parking de l'établissement que la Vorax avait été volée. Son propriétaire, un étranger, avait quitté la ville depuis lors, mais un employé aurait pu reconnaître l'engin sous sa nouvelle peinture et alerter la police.

L'adolescent ne verrouilla pas la voiture. Il laissa même une vitre descendue, de propos délibéré. Puis, un peu honteux, il se dirigea vers l'hôtel.

Le hall d'entrée était encore éclairé. La porte à tambour tourna sur elle-même avec un grincement presque comique, dans lequel Benoît vit une confirmation des bruits peu flatteurs qui couraient sur l'hôtel. Dans la nuit, avec son escalier tendu d'un tapis rouge et bordé de jardinières fleuries, coiffé d'un dais à lambrequin soutenu par des poteaux de bois verni, la haute façade au chapiteau tarabiscoté orné de drapeaux, aux innombrables fenêtres surmontées de cantonnières crème à feston écarlate, pouvait encore faire illusion. La lumière du jour accusait la décrépitude et l'usure de cette image high life. Peintures écaillées, couleurs passées des stores et des drapeaux çà et là déchirés, leurs lambeaux battant au vent… Le tapis rouge laissait voir sa trame, les jardinières au fond crevé dégorgeaient leur terre exténuée où dépérissaient géraniums et pétunias. Les baguettes et les tringles de cuivre vert-de-grisaient et le vernis des boiseries s'émiettait.

Un vieil homme au teint blême tenait le desk. Sa peau était d'une pâleur si excessive qu'elle évoquait celle des créatures des grands fonds inaccessibles aux rayons du soleil. Travaillait-il à ce poste de nuit depuis si longtemps, que son épiderme se fût à ce point dépigmenté ? Cependant, à la différence des hôtes des abysses, il n'était pas aveugle. Alerté par le grincement du tourniquet, il braqua sur le nouveau venu un regard méfiant qui resta fixé sur Benoît tout le temps que celui-ci mit à parcourir la distance séparant la porte à tambour du comptoir de marbre de la réception.

Benoît ne s'était pas changé depuis son retour de chez Cambouis. Sans doute devait-il à son espèce d'habit du dimanche de n'être pas jeté dehors dans l'instant. L'homme blême ne condescendit pas pour autant à lui adresser la parole. Pas de *Bonsoir monsieur* courtois, accompagné d'une déférente inclination du buste. L'homme attendait qu'il parlât le premier, le fusil à rebuffades bien calé à l'épaule, comme le chasseur guette le lièvre à l'orée d'un chemin creux. Benoît avala sa salive. Les clés d'or qui frappaient le col du réceptionniste avaient perdu leur éclat. Ce détail lui redonna courage. Cet homme était âgé et ne pouvait plus compter que sur une durée d'existence limitée. Dans peu d'années il pourrirait sous la terre, ou bien ses cendres tinteraient au fond d'une urne en fer-blanc quand sa femme la soulèverait pour épousseter le buffet du salon, cependant que Benoît gambaderait au soleil et jouirait des plaisirs de la vie.

— Excusez-moi…

L'homme blême haussa un sourcil. Benoît prit conscience de l'incongruité de sa démarche. Il faillit tourner les talons et disparaître. Il se souvint qu'il était à présent un homme lui aussi, puisqu'une femme l'avait accueilli en elle. Il se rapprocha du comptoir et se campa presque agressivement face à son interlocuteur.

— Je voudrais parler à M. Blandeuil.

L'homme blême hésita. M. Blandeuil fréquentait l'hôtel depuis des années. De passage à Écorcheville, il ne descendait jamais ailleurs. Il n'était ni très généreux, ni très sympathique, mais avec la Balbo et quelques autres il comptait parmi les derniers clients de marque de l'établissement. L'homme blême balançait entre le souci de le protéger d'un importun et la crainte de lui déplaire en faisant barrage à mauvais escient.

— Vous êtes un parent, sans doute ?

La voix, caverneuse, semblait émaner des profondeurs elle aussi ! Benoît tressaillit. Le cerbère avait-il décelé entre Blandeuil et lui une ressemblance qui lui aurait échappé, malgré l'acharnement avec lequel il avait si souvent scruté les portraits du musicien ?

— C'est cela. Parents. Nous sommes parents, bredouilla-t-il.

L'homme blême réfléchit et finit par hocher la tête. Le gosse ne lui paraissait guère convaincant dans la revendication de cette parenté, mais M. Blandeuil ne donnait pas de si gros pourboires qu'on montât la garde autour de lui comme autour d'un chef d'État.

— M. Blandeuil est au bar, lâcha-t-il.

D'un mouvement de la main à peine esquissé, il indiqua, sur la droite du hall, une porte percée d'un hublot de verre bleuté, puis, se désintéressant ostensiblement de Benoît, il s'absorba dans l'examen de la page du jour du registre des entrées, presque vierge.

Benoît se retint de justesse de frapper avant d'entrer. Il poussa la porte et descendit quatre marches avant de s'avancer d'un pas mal assuré dans une sorte de caverne qu'éclairaient faiblement quelques foyers lumineux. Il renonça à estimer avec précision les dimensions réelles de la pièce, en raison de la pénombre dans laquelle elle baignait. Elle était basse de plafond, en tout cas, et ses allures de cave ou d'abri antiaérien n'étaient pas pour déplaire à Benoît, avec sa ruelle-refuge et ses fantasmes de taupe.

À gauche, juchée sur un tabouret face au comptoir pour l'heure déserté par le barman, une femme. Sous l'effet conjugué des spots et de son maquillage mélodramatique, le grand miroir accroché derrière le bar renvoyait d'elle une image de noyée aux yeux caves et aux lèvres noires. Trois hommes assis dans des fauteuils clubs dans la partie la moins éclairée de la caverne conversaient à voix basse autour d'une table ronde sur laquelle on distinguait ce qui devait être un seau à champagne en métal doré. Benoît, anxieux d'apercevoir Blandeuil, laissa son regard glisser sur eux sans s'arrêter. Il avait imaginé le musicien seul, défait, tassé sur lui-même, écrasé par les dégâts occasionnés au dulceola. Il s'étonna de le découvrir en train de boire en joyeuse compagnie. Entre les deux femmes très en chair qui l'encadraient, il avait l'air encore plus fluet que nature. La blonde, à sa droite, portait son verre à ses lèvres avec des airs de princesse en exil se ressouvenant du château de son enfance. La brune à sa gauche trempait sa langue dans le sien de façon non moins rêveuse, si moins distinguée. Benoît s'étonna. Avec la noyée du comptoir, qui selon toute probabilité appartenait à la même corporation, cela faisait trois radasses ! Le Grand Hôtel des Mânes équilibrait-il ainsi sa trésorerie mise à mal par un déficit de fréquentation ? La blonde lança dans sa direction un regard curieux, avant de se désintéresser de lui. Elle ne devait pas cracher sur le petit jeune, mais puisqu'elle et sa doublette étaient en mains et que la collègue du comptoir était disponible... La brune, pour sa part, n'avait pas prêté attention au nouvel arrivant, occupée qu'elle était à léchouiller le bord de son verre au bénéfice de Blandeuil. Celui-ci, l'œil vitreux, bon à embarquer, dodelinait entre ses deux compagnes. Benoît désespéra de tirer de lui quoi ce soit de cohérent au sujet de Lola. Était-ce même la peine de l'entreprendre ? Les deux garces allaient défendre leur proie comme deux hyènes arrivées premières sur une charogne. Benoît s'était immobilisé. Il se tenait, les bras ballants, entre le comptoir et la table où Blandeuil piquait du nez dans le décolleté de la brune. Il sentit sur sa peau, plus qu'il ne le vit, que la noyée observait son reflet dans le miroir. Les questions qu'il se posait depuis qu'il était en âge de penser lui revinrent à l'esprit avec plus d'insistance et d'urgence que jamais. Qui était-il, qu'est-ce qu'il faisait là, au milieu de ces inconnus, dans ce lieu incompréhensible ? À qui devait-il s'adresser pour l'apprendre ? Qu'attendait-on de lui ? Quels mots, quels actes devait-il prononcer ou accomplir pour qu'on lui accordât enfin la sérénité ou l'insouciance qu'il prêtait aux autres ? Il perçut un mouvement, là-bas dans la pénombre du fond de la salle. Un des trois hommes attablés autour du seau à champagne en métal doré s'était levé.

— Mais c'est mon jeune ami Benoît Brisé ! s'exclama la voix du secrétaire général Aranelle.

Rejoignez-nous, Benoît, allons, ne soyez pas timide, mon garçon, venez, venez !

XXXVIII

Il eût été impoli de refuser l'invitation d'Aranelle. Benoît traversa la pièce comme s'il marchait au bûcher. En passant devant Blandeuil, il tenta d'accrocher son regard, mais le musicien n'en avait que pour ses duettistes. Parvenu devant la table du secrétaire général, Benoît s'arrêta et s'inclina avec timidité.

— Mes amis, voyez comme le hasard fait les choses : voilà précisément le garçon dont nous parlions, dit Aranelle à ses compagnons.

Il sembla à Benoît que son cœur s'emballait comme un âne piqué par un taon. L'un des hommes avec qui Aranelle parlait de lui avant son arrivée n'était autre que le commissaire Dupassé. Benoît pensa à la Vorax, et aux autres voitures volées, cachées et maquillées au fil des mois dans la serre-atelier. Il y avait de quoi expédier la pauvre Louise en prison pour recel, et lui en maison de correction jusqu'à sa majorité, pour complicité de vol… Il tarda quelques instants à mettre un nom sur le visage du troisième homme, mais soudain la lumière jaillit dans son esprit. Il reconnut Benito, l'aîné des Guardicci, l'architecte, l'ingénieur, l'inventeur, le bâtisseur de la tour Propinquor, le père des pelotons d'auto-exécution automatiques.

Benoît s'assit du bout des fesses dans le fauteuil club que lui proposait Aranelle. Pour jouir dans la cité de plus de pouvoir que ces trois demi-dieux, il n'y avait que les dieux eux-mêmes, à savoir Superbe Propinquor, Honoré Bussettin et Egmont Esteral. En quoi Benoît pouvait-il les intéresser ? À nouveau, il trembla. Mais Aranelle paraissait avoir oublié le refus que Benoît lui avait opposé hier matin au musée Occlo. L'adolescent ne décela rien de menaçant non plus dans l'attitude des deux autres. Au contraire, ces puissances semblaient le considérer, lui chétif, fétu de paille humaine, avec une curiosité teintée de sympathie !

— Alors, cher garçon, comment Mme Jacaranda s'en tire-t-elle avec notre centaure ?

— Elle… Elle s'est mise au travail, répondit Benoît. Il a d'abord fallu le décongeler, et puis…

— Certes ! C'est une tâche délicate que nous lui avons confiée là, mais personne n'est plus qualifié qu'elle pour la mener à bien. Cette pièce extraordinaire sera le fleuron du Nouveau Muséum de Tératologie Érèbéenne que M. le maire rêve de créer depuis des années. On en constitue patiemment le fonds, en disputant à Mme Occlo les spécimens les plus remarquables… Ce que je vous dis là, il faudra le garder pour vous, Benoît. Il s'agit d'une espèce de secret d'État, enfin, d'un secret de municipalité, mais Écorcheville est une sorte de municipalité-État, à sa façon ! Le musée Occlo est voué à disparaître. Je veux bien qu'il renferme quelques créatures tout à fait étonnantes, vivantes ou non, et qu'il importe de les préserver à tout prix… Mais par son organisation et par sa conception même, il tient plus d'une attraction foraine que d'un outil de conservation et d'étude. L'évasion de ce chèvre-pied en administre une preuve éclatante. Les Occlo ne sont pas aptes à remplir cette fonction. Ce ne sont que des montreurs d'ours, et encore, fort imprudents ! Sans compter qu'il faudra bien finir par réhabiliter la cathédrale Sainte-Agathe. Cela ne pourra s'effectuer qu'en recourant à un financement institutionnel. Ce jour-là, la ville rachètera la collection Occlo dans son entier, et la fusionnera avec celle qui est en voie de constitution et qui est pour l'instant placée sous embargo. Mis en valeur, protégé, méthodiquement, scientifiquement classé, cet ensemble contribuera au rayonnement d'Écorcheville. Nous avons – par ce *nous*, j'entends M. le maire et son équipe – nous avons de grands, de très grands projets !

Sur ces mots, Aranelle échangea avec Benito Guardicci un sourire entendu. Dupassé, l'homme de l'ordre public, semblait demeurer en retrait de cette complicité. En tout état de cause, il ne pouvait que condamner l'impéritie qui aboutissait à la présence « en état de divagation sur la voie publique » d'une créature unique mais dangereuse, susceptible de commettre des déprédations et des agressions, et de provoquer ou d'être elle-même victime d'un accident.

— Benoît, vous appartenez à une génération qui verra le renouveau de cette cité, mais je ne vous en dis pas plus pour le moment, conclut le secrétaire général.

Benoît s'étonnait déjà qu'on lui en eût dit autant. La veille, au sujet de l'avenir du cabinet de curiosités, Aranelle ne s'était pas montré aussi explicite, loin de là !

— Qu'aimeriez-vous boire ? intervint Benito Guardicci. J'aperçois le serveur, il faut saisir l'occasion aux cheveux : il tient à la fois la réception et le bar, expliqua-t-il en adressant un signe à l'homme blême qui venait d'apparaître derrière le comptoir comme par magie. Un accès masqué par une tenture devait lui permettre de s'y glisser sans passer par la porte au hublot.

— Je ne sais pas… Pareil que vous ! bafouilla

Benoît pris de court.

Il se souvint trop tard qu'étant mineur, il n'était pas autorisé en principe à consommer de l'alcool dans un lieu public, mais le commissaire principal Dupassé n'y voyait apparemment rien à redire. Il souleva la bouteille de champagne pour vérifier qu'elle n'était pas vide, provoquant un léger tintement de glaçons contre la paroi du seau doré.

— Il en reste, confirma-t-il en la reposant.

— Vous apporterez une coupe pour notre ami, dit Aranelle à l'homme blême qui avait obtempéré à l'invite de Benito Guardicci.

— Tout de suite, monsieur Aranelle !

Courbette, départ, prompt retour, remplissage cérémonieux de la coupe destinée à Benoît, nouvelle courbette, nouveau départ, escamotage derrière le comptoir puis disparition derrière la tenture… Les mouvements de l'homme blême étaient si réglés qu'ils rappelaient à Benoît le fonctionnement des automates-fusilleurs des « guardicciennes ». Avec un bon sourire, leur inventeur l'encouragea à boire. Benoît n'avait pas l'habitude du champagne. Il sentit les bulles pétiller sur ses lèvres puis sur sa langue. Une fraîcheur inouïe envahit sa bouche. Voilà donc ce que buvaient les propriétaires de la réalité et leurs affidés ? C'était bon, très bon. À mille lieues des rhums-coca et des bières-vodka du Lapin Bleu. Ce devait être un des meilleurs champagnes, peut-être le tout meilleur, pensa Benoît. Le Grand Hôtel n'était sans doute plus ce qu'il avait été, mais on n'y servait pas encore de la bibine.

Benito Guardicci avait lu sa surprise sur son visage.

— Pas mauvais, n'est-ce pas ? Il est bien frais, surtout, dit-il en levant sa coupe à son tour.

Benoît hocha la tête. Il était partagé entre l'ébahissement de se retrouver en train de boire du champagne en compagnie d'hommes aussi importants, et la confusion de ne savoir comment se comporter. Il maudit Louise de ne pas lui avoir donné une meilleure éducation. Il avait bu sans remercier ses hôtes, sans les attendre… À coup sûr ils le jugeaient, même s'ils n'en laissaient rien paraître.

— Qu'aimeriez-vous faire plus tard ? s'enquit Benito Guardicci. Il n'est jamais trop tôt pour s'en soucier, vous savez !

Benoît resta muet. Que dire à la place de la vérité ? Il voulait faire de la musique. Dès aujourd'hui, demain, toujours. Rien d'autre. Mais un tel programme avait toutes chances de sembler banal et chimérique à ses interlocuteurs. Faire de la musique ! Quel adolescent n'en rêvait pas ? Et de quel instrument ridicule il jouait, en plus ! Son regard croisa celui, impénétrable, d'Aranelle. Le secrétaire général savait, pour la musique. Apparemment, il n'en avait rien dit aux autres. Benoît s'en félicita. Il s'interdit tout aveu. Que sa langue se desséchât et tombât, si elle prononçait maintenant le mot *musique* ou le mot *lyre* !

— Eh bien, insista Guardicci, c'est un secret ?

— Non, non… À vrai dire je ne sais pas. Je n'y ai pas encore vraiment réfléchi, répondit enfin Benoît.

Aranelle vint à son secours.

— Ne bousculez pas la jeunesse, Benito ! Je sais bien qu'à son âge vous dessiniez déjà des plans d'immeubles et que vous imaginiez vos premiers automates…

Guardicci eut un geste de dénégation.

— Pensez-vous ! À son âge je séchais les cours et je ne pensais qu'à courir la gueuse.

— À propos de gueuse… lâcha Aranelle en désignant du menton la tablée de Blandeuil.

Dupassé opina.

— Rassurez-vous, je ne ferme qu'un œil, l'autre demeure grand ouvert. Elles sont trois, ce soir… C'est peut-être un peu beaucoup pour une simple permanence. Ce bar constitue le poste de secours du plaisir, pourrait-on dire ! L'endroit a ses mérites. Il est tranquille. Hygiène et sécurité. Pas de rixes, pas d'entôlage. Le maestro pourra oublier ses malheurs en toute sérénité, conclut le policier.

— Excusez-moi d'y revenir, reprit Guardicci en se tournant vers Benoît, mais à la réflexion, Aranelle n'avait pas tout à fait tort en disant qu'à votre âge, je pensais déjà à l'avenir. Tout en jetant ma gourme comme il est naturel, j'avais une idée, certes encore imprécise, de ce que je comptais faire plus tard. Je voulais bâtir, fabriquer, changer les choses. Je sentais que j'étais là pour tout chambouler. Je n'avais aucunement l'intention de laisser le monde en l'état !

Benito Guardicci s'échauffait en parlant. Ses yeux brillaient, ses longues mains nerveuses décrivaient des arabesques au-dessus du seau et des coupes à champagne. Il s'avisa qu'il s'exprimait avec trop de feu, peut-être, et il redescendit d'un cran.

— Bref, j'avais un idéal, rien que ça ! dit-il avec une petite grimace d'autodérision. Et vous, Benoît, c'est bien votre prénom, Benoît…

— Benoît, Benoît Brisé, dit Benoît.

— Comme je vous le disais, Benoît est le fils de notre grande tragédienne Lola Balbo, qui elle-même…

Aranelle se tut. Benoît aurait donné n'importe quoi pour que le secrétaire général achevât sa phrase : « Lola Balbo, qui elle-même… » Qui elle-même quoi, nom de Dieu ? Il eut le sentiment que ces trois hommes connaissaient, sinon toute la vérité, une partie de la vérité qu'il cherchait désespérément à découvrir. Puisqu'il s'agissait de *sa* vérité, il fut tenté d'exiger qu'ils la lui révèlent, de les menacer de tout casser, de saccager le bar, de foutre le feu à l'hôtel s'ils gardaient le silence. Il ne bougea pas. Il aurait tout gâché, bien sûr. Ces trois hommes avaient une idée derrière la tête, une idée le concernant. Ils l'observaient. La curiosité de Guardicci, l'indulgence ou la neutralité de Dupassé, la complicité inattendue d'Aranelle, tout cela avait un sens. Il devait attendre, jouer leur jeu même sans comprendre.

— Eh bien, Benoît, reprit Guardicci, je crains qu'on ne fasse rien à trente, à quarante ans, si on n'en a pas rêvé à quinze. Et vous n'avez pas le regard de quelqu'un qui ne rêve pas. Je me trompe ?

Benoît rougit jusqu'aux oreilles. Rêver ? Ah si, si, il rêvait, pour trois, pour cinq ! Mais de quoi ce type se mêlait-il ? Où voulait-il en venir ?

— Il faut rêver ! tonna Guardicci. Sinon quoi ? Sinon rien. Sinon, le monde demeure inerte, telle une pâte sans levain !

Il avait parlé si fort que la noyée du bar remonta à la surface un instant. Elle se retourna sur son tabouret et regarda dans leur direction de ses yeux cernés d'ombre. Mais ces hommes qui ne lui prêtaient aucune attention ne méritaient pas qu'elle se souciât d'eux longtemps. Elle battit des paupières, fit la moue, et retourna à la contemplation de son reflet dans le miroir.

Voyant Benoît décontenancé par le lyrisme de Guardicci, Aranelle affecta un ton bonhomme pour excuser l'architecte.

— Ne vous inquiétez pas, Benoît, Benito s'exalte comme ça, par moments. Ce n'est dangereux ni pour lui, ni pour les autres. C'est un authentique visionnaire, alors forcément, quand les visions affluent sa tension monte, son esprit s'enflamme.

Guardicci secoua la tête en souriant.

— Heureusement, M. le secrétaire général est presque toujours là pour m'appliquer un gant mouillé sur le front, plaisanta-t-il. Tout ce que je voulais dire, Benoît, c'est que… penser petit n'est pas penser. Chaque génération doit s'assigner de grandes tâches. Si mes… si nos projets aboutissent, la vôtre verra de profonds bouleversements. Vous y contribuerez, j'en suis sûr ! Je le lis dans vos yeux.

Benoît s'agaça en lui-même de tout ce que Guardicci voyait dans ses yeux. Il se demanda un instant si l'architecte tenait des discours de ce genre à tous les jeunes garçons qu'il rencontrait. Aranelle devina-t-il quel soupçon avait visité l'adolescent ? Il adressa à Guardicci un geste discret qui lui enjoignait de ne pas poursuivre dans cette voie.

— Encore un peu de champagne ? proposa-t-il en montrant la coupe presque vide de Benoît.

Benoît déclina l'offre et profita de l'occasion pour commencer à prendre congé. Cette conversation dont il était le centre lui pesait. À la réflexion, il ne croyait guère que Benito Guardicci eût des vues sur lui. Il s'agissait certainement d'autre chose.

— Merci, mais je conduis… Enfin, je suis en Solex, mentit Benoît, alors l'alcool…

Les trois adultes approuvèrent vivement. Un éclair derrière les lunettes de Dupassé laissa entendre à Benoît que le commissaire au moins n'était pas dupe. À faire surveiller de près la jeune clientèle du Lapin Bleu, il savait sans doute à quoi s'en tenir sur cette vertu.

— D'ailleurs, si vous le permettez… poursuivit

Benoît.

— Bien sûr, s'exclama Aranelle. Nous vous avons mis le grappin dessus, mais ce n'est pas pour nous que vous êtes venu, j'imagine.

Benoît surprit dans le regard de Dupassé un nouvel éclair aussi bref que le précédent. À l'évidence, le policier se demandait depuis le début ce qu'il fabriquait là. Plutôt que d'avoir l'air d'être venu pour les radasses, Benoît préféra dire la vérité.

— J'avais quelque chose à demander à M. Blandeuil, avoua-t-il.

— Justement, dit Benito Guardicci, voilà notre virtuose qui se lève… ou plutôt qui essaie de se lever. Je ne suis pas certain qu'il soit en mesure de vous répondre !

Tous les regards se tournèrent vers la table de Blandeuil. Celui-ci, malgré l'aide que lui apportaient ses deux conquêtes, semblait avoir du mal à se tenir debout. Il avait sorti de sa poche quelques billets qu'il jeta sur la table d'un geste un peu trop large. Benoît remarqua la manœuvre des filles, dont l'une fit écran de son corps tandis que l'autre escamotait l'argent. Les consommations seraient automatiquement portées sur la note d'hôtel de Blandeuil, et dans l'état où il allait se réveiller demain il n'y prendrait probablement pas garde. Dupassé lui aussi avait noté le coup. Il émit un très léger claquement de lèvres, mais n'intervint pas. Déjà, avec des gloussements, des ah, des oh, des oups, les deux garces entraînaient Blandeuil vers la porte au hublot. Benoît dut reconnaître que Guardicci avait raison. Même si elles le laissaient approcher, il n'avait sans doute pas grand-chose à espérer d'un entretien avec Blandeuil. Il était venu pour rien !

— Le moment est mal choisi, admit-il. Mais si la

réparation du dulceola est confiée à M. Loewen, M. Blandeuil séjournera au moins quelques jours à Écorcheville… Je reviendrai demain !

— C'est le plus raisonnable, en effet, dit Aranelle. Eh bien, je crois que nous n'avons rien de mieux à faire qu'aller nous coucher, tous autant que nous sommes…

On leva le camp. Aranelle régla la bouteille de champagne. Tout en passant les manteaux, on échangea encore quelques mots. On revint sur l'affaire du satyrion en fuite. Il fallait se saisir de lui avant qu'un drame ne se produise. La difficulté consistait à l'attraper vivant, observa Dupassé. Superbe y tenait à juste raison. Sinon, on ordonnerait aux agents de tirer à vue et tout serait bientôt réglé. Benoît se congratula de n'avoir pas garé la Vorax trop près… Quelques instants plus tard, on se séparait sur le parking de l'hôtel. Dupassé était déjà parti au volant de sa voiture de service. Avant de laisser Benoît s'éloigner, Aranelle le prit à part :

— Nous restons en contact, n'est-ce pas ? Je passerai voir comment se porte le centaure. Faites mes amitiés à Mme Jacaranda… Et prenez soin de vous ; on pense à votre avenir, garçon ! Mais chut ! Il est trop tôt encore pour en parler vraiment. Un temps viendra. Alors d'ici là, pas de trop grosses bêtises, ne compromettez rien !

À ces paroles énigmatiques, Benoît ne trouva rien à répondre. Aranelle n'attendait d'ailleurs pas qu'il y répondît : sur un petit signe amical de la main, il lui tourna le dos et entraîna Benito Guardicci vers sa voiture, devant laquelle se tenait son chauffeur.

Benoît laissa les feux arrière de l'auto disparaître dans la nuit et regagna l'hôtel. Il avait changé d'avis subitement. Il devait voir Blandeuil, maintenant. Pourquoi attendre ? Pourquoi revenir plus tard, au risque de se casser le nez ? Blandeuil pouvait partir demain, laissant son instrument entre les mains de Loewen avec instruction de le lui faire livrer à Bratislava, ou à Pétaouchnok. Il pouvait ne *jamais* remettre les pieds à Écorcheville. Il y retournait d'année en année, c'est vrai, mais il y a toujours une dernière fois à tout. Blandeuil pouvait mourir demain, après-demain dans un accident d'avion, ou même cette nuit dans sa chambre d'hôtel, d'une crise cardiaque, d'une indigestion, d'une mauvaise chute dans la salle de bains, bourré comme il était. Les hommes meurent, et laissent derrière eux des secrets inviolés, comme des souches inarrachables dans la vie des autres.

La caution des notables nimbait à présent le jeune clampin d'une aura étincelante. S'il regarda d'abord Benoît avec surprise, l'homme blême à la réception lui indiqua sans discuter le numéro de la chambre de Blandeuil, la 221, au deuxième étage. Tout au plus se retourna-t-il à demi vers l'antédiluvien standard téléphonique à fiches dont l'établissement était encore équipé.

— Voulez-vous…

— Inutile, il m'attend ! mentit Benoît avec une assurance toute neuve qui le surprit lui-même.

Le cerbère édenté s'inclina. Benoît s'élança vers l'ascenseur. C'était un dispositif d'un autre âge, au luxe désuet et défraîchi. La cabine aux parois de chêne clair, aux grilles de fer forgé, était pourvue d'un strapontin tendu de cuir sur lequel nul liftier ne s'asseyait plus depuis belle lurette, et d'appliques Art déco dispensant une lumière sourde. Les boutons de faïence cerclés de cuivre du boîtier de commande portaient en gros chiffres noirs les numéros des étages. Benoît appuya sur le deuxième. Après un temps de latence assez long pour donner à croire qu'il était en dérangement, l'appareil consentit à s'ébranler. Il s'éleva avec lenteur dans un chuintement entrecoupé de déclics et de borborygmes mécaniques.

Devant la porte 221, la résolution de Benoît fléchit. Jamais il ne s'était senti aussi déplacé que dans ce couloir tendu d'un tissu grenat, face à cette porte derrière laquelle s'entendaient des bruits indistincts et des voix étouffées. Il fut envahi d'un brusque sentiment de déjà vu. Pourtant il n'avait jamais arpenté ce couloir, foulé ce tapis au motif floral à dominante rouge, respiré cette atmosphère lourde où se mêlaient des odeurs de produits d'entretien et de tabac miellé, de vieille poussière et de laque coiffante... Tout au fond, sous ces couches olfactives, derrière ces écrans, triomphait quelque chose de musqué, d'animal. Benoît avait-il déjà vécu cet instant ? Plus sûrement, il l'avait déjà rêvé. Ou bien il le rêvait, là, maintenant. À quoi bon sonner à cette porte, si elle n'existait qu'en lui, si elle ne devait s'ouvrir que sur son éternelle incertitude ? Il tendit la main et sonna. Les bruits cessèrent derrière la porte, puis une voix d'homme grogna, une voix de femme lui répondit, un pas se fit entendre, se rapprocha, la porte s'entrouvrit, un visage apparut.

C'était la blonde, la princesse en exil. À la voir de près, elle faisait moins nostalgique, moins romantique.

— Ouais, qu'est-ce que c'est ?

— Je voudrais parler à M. Blandeuil, dit Benoît.

— À cette heure-ci ? Ça peut pas attendre demain ?

Par-dessus l'épaule de la blonde, la brune pointa un nez curieux dans l'entrebâillement de la porte.

— Tiens, c'est le gosse du bar, on dirait... Qu'est-ce qu'il veut ?

— Je veux parler à M. Blandeuil, répéta Benoît.

— Qu'est-ce qu'il y a, les filles ? demanda la voix pâteuse du musicien depuis les profondeurs de la chambre.

— T'as de la visite, chou, un gosse ! répondit la blonde sans se retourner ni ouvrir la porte plus largement.

— Dites-lui de revenir demain, ou jamais, merde ! Y a donc plus moyen de baiser tranquille ? bougonna Blandeuil.

Benoît haussa la voix :

— J'ai besoin de vous parler ! Je suis le fils de Lola Balbo !

Il y eut un silence. Les grues se regardèrent, étonnées. Le nom de Lola était connu de tout le monde. Son image aussi. Du coup, elles dévisagèrent Benoît avec plus d'attention. La blonde hocha la tête. Après tout, c'était plausible. La brune ne semblait pas convaincue. Elle fit une grimace dubitative.

— Poussez-vous, les filles, laissez-le entrer...

Elles ouvrirent la porte et s'écartèrent. Blandeuil s'avança à la rencontre de Benoît. Légèrement bedonnant, en chaussettes, le col de chemise béant sur son cou de poulet, le teint pâle, les yeux dilués par l'alcool. La journée n'avait pas été bonne. Ce concert interrompu, cette bestiole insensée qui lui avait cassé son instrument, son précieux, son irremplaçable gagne-pain, comme ça, d'un bond ! Et maintenant cet importun... Il aurait éconduit n'importe qui d'autre, le maire, le pape, tous les imprésarios de la planète...

Qu'on lui foute un peu la paix, qu'on le laisse se consoler de cette journée noire dans les bras des deux poules ! Mais le gosse avait prononcé le nom de Lola. Blandeuil, à son tour, scruta les traits du visiteur. L'examen lui parut probant. Il y avait bien de l'Esteral chez ce garçon. Un peu grand, peut-être, mais indéniablement, il ressemblait à Lola. Les yeux, la découpe du visage, la carnation. En même temps, il fallait transposer cette peau, cette chair déjà masculine en féminité, c'était difficile, dérangeant… Mais oui, oui, au bout du compte, Blandeuil voulait bien le croire, ce galapiat pouvait être le fils de Lola.

— Entrez. Et vous, les filles, foutez le camp.

— Eh ! Oh !

Outrées, incrédules, elles regardaient tour à tour le pigeon qu'elles avaient pensé cuit à point, et le blancbec dont l'irruption les chassait.

— En voilà des manières, se rebiffa la brune. On n'est pas des bénévoles, faut nous dédommager !

— Comme les plombiers, renchérit la blonde. Même si on fait pas les travaux, y a toujours le déplacement à payer !

Blandeuil fouilla dans ses poches et en tira quelques billets.

— Tenez… Allez, du vent !

La blonde happa les billets.

— Viens, Crissie, on remonte son slip et on s'en va… Monsieur préfère les garçons !

Le slip, c'était tout rhétorique ; elles n'avaient pas eu le temps de se dévêtir. Elles partirent en claquant la porte.

— Grognasses ! lâcha Blandeuil.

Il revint à Benoît. Son embarras se lisait sur son visage congestionné. Il vérifia machinalement si sa braguette était fermée. Il ne savait plus au juste où il en était avec les filles quand Benoît avait sonné. Tout était en ordre.

— Bon. Et alors... Vous vouliez me parler ? Eh bien, asseyez-vous là, tenez, on sera mieux que debout.

Il montra des fauteuils crapauds disposés de part et d'autre d'une table basse. Comme ils s'apprêtaient à s'asseoir, on sonna à la porte.

— Qu'est-ce qu'elles veulent encore ? gronda Blandeuil.

— Room service...

— Ah oui !

La blonde, ou peut-être la brune, s'était empressée de passer commande, à peine le trio était-il entré dans la chambre. Blandeuil secoua la tête. Il avait trop bu. Avec les pouffes, il aurait sans doute continué sur sa lancée, quitte à le payer cher demain, mais il n'avait plus le cœur à ça.

— Remportez, j'annule ! cria-t-il à travers la porte.

— C'est que... le ticket est tapé, monsieur Blandeuil. Les consommations seront portées sur la note de toute façon.

— Je m'en fous ! Remportez !

— Comme vous voudrez. Bonne nuit, monsieur Blandeuil.

Le musicien invita de nouveau Benoît à s'asseoir. L'adolescent obéit. Ces fauteuils crapauds n'étaient pas très confortables, quand on avait de grandes jambes.

— Le fils de Lola, hein ? Et quel âge ça vous fait ?

— Dix-sept, dit Benoît.

Plus il lui était loisible de détailler Blandeuil, plus il se persuadait que c'était impossible, qu'il n'avait aucun gène en commun avec cet homme. Il était même difficile de se sentir plus étranger à quelqu'un, plus autre que lui, dans une altérité radicale, presque antagonique. Blandeuil, de son côté, l'observait avec curiosité. Que cherchait-il à lire sur son visage ? Le souvenir de celui de Lola, ou l'introuvable reflet du sien ?

— Dix-sept ans ? Votre date de naissance, c'est quoi ? demanda Blandeuil.

Benoît le lui dit. La question n'était pas innocente. Blandeuil s'interrogeait, lui aussi. Son front s'était plissé, ses lèvres bougeaient tandis qu'il comptait les mois, qu'il confrontait les dates. Enfin, le visage du virtuose se détendit. Probablement avait-il abouti à une conclusion qui le mettait hors de cause. Ce gamin n'était pas son fils. Au même instant, Benoît en fut persuadé, Blandeuil n'était pas son père. Il sut qu'il allait continuer à chercher son chemin à tâtons dans les ténèbres. Il s'étonna. Comment pouvait-on être à la fois soulagé et déçu ? Devait-il pleurer ? Devait-il rire ?

Blandeuil se racla la gorge.

— Et… votre papa ? s'enquit-il d'une voix presque timide, tout à coup.

— C'est pour ça que je suis venu, dit Benoît.

Blandeuil fronça les sourcils. Benoît eut un geste de la main pour l'apaiser, pour dissiper le malentendu.

— Non, je ne crois pas que… Mais vous avez connu Lola ; je me suis dit que vous saviez peut-être, ou que vous pourriez m'aider, me renseigner…

Soudain il lâcha tout, une débâcle, Blandeuil était l'ultime nom sur sa liste, il y avait trop longtemps que ça le tenait, qu'il triait les phrases prononcées devant lui, les conversations des gens, les mots qui leur échappaient, comme un chiffonnier cherche de quoi vivre dans les tas d'ordures. Depuis des années il guettait les apartés, les mimiques, les incidentes, les contradictions. Il mettait tout ça à infuser dans sa mémoire, en vain, toujours en vain. Et aujourd'hui le dernier suspect s'avérait innocent, toutes les hypothèses s'effondraient, il devait reconnaître qu'il s'était raconté des histoires à dormir debout. Il n'était le fils secret de personne de sa connaissance, il n'y avait pas de père du tout dans sa destinée, seulement une absence, un vide.

Penché au-dessus de la table basse, Blandeuil l'avait écouté avec attention.

— J'aurais aimé vous être utile, dit-il enfin. Et même je vais vous dire, quand on s'est quittés avec Lola… ou plutôt quand elle m'a quitté… plaqué, jeté, oui, parce qu'elle n'y a pas mis les formes, j'ai espéré pendant quelque temps qu'elle était enceinte de moi sans le savoir. Je me racontais des histoires moi aussi, de ces belles histoires qui aident les grands à s'endormir. Quand elle s'apercevrait qu'elle attendait un enfant – de moi, bien sûr, ah, ah ! – elle ne se résoudrait pas à le faire passer, et un jour, paf, elle me téléphonerait ou elle m'écrirait pour me dire : « Ton enfant va naître ; si tu veux le voir, si tu veux nous voir, ce sera dans telle clinique vers telle date… » Je vous jure, j'y serais allé à cloche-pied ou en marchant sur les mains. Et puis les mois ont passé, ma carrière m'a entraîné loin d'Écorcheville, toujours plus loin, jamais assez loin. Je revenais tous les ans ou tous les deux ans… J'ai appris qu'elle s'était mariée avec Brisé quand elle ne l'était déjà plus, qu'elle avait eu un enfant alors que… qu'elle vous avait déjà abandonné. C'est bien ce qui s'est passé, n'est-ce pas ?

Benoît opina.

— Il faut comprendre, reprit Blandeuil. Il faut nous comprendre. À Écorcheville, les gens comme elle et moi ne peuvent pas vivre. Si vous avez du talent, à qui voulez-vous le vendre, ici ? Alors on s'en va, mais on n'oublie jamais qu'on est d'ici, du bord du fleuve, au bout de tout.

Il se tut et regarda ses mains. Benoît comprit qu'il avait raison. Depuis vingt ans, pour qui auraient joué ces mains, s'il était resté ? Et lui, Benoît, s'il voulait vivre de sa musique, devrait partir un jour. Mais le monde l'effrayait autant qu'il l'attirait. Et d'ailleurs, il ne croyait pas vraiment qu'il existât autre chose qu'Écorcheville. Ces noms magnifiques, New York, Paris, Londres, et les Bratislava, les Brisbane où Blandeuil donnait ses concerts, ne recouvraient peut-être que des rêves. Et si Écorcheville était la réalité tout entière, la seule cité sous le seul ciel, au bord du seul fleuve, face à la mort ? Mais qu'est-ce qu'il allait chercher ? Le monde existait bel et bien ; c'était Écorcheville qui existait à peine. Une illusion, un mirage. Benoît se secoua. Blandeuil avait été l'amant de Lola, il avait fréquenté la petite bande au sein de laquelle elle évoluait à l'époque. Si Benoît n'était pas le fruit d'une aventure sans lendemain avec un étranger, Blandeuil avait sans doute connu son père naturel, même s'il ignorait que Lola s'était donnée à lui.

— Parlez-moi de ce temps-là, s'il vous plaît. Quand vous étiez jeunes, Lola, Macassar, Bogue…

— Qu'est-ce que vous voulez que je vous dise ? On était jeunes, c'est ça ; on ne se quittait pas, on passait des nuits chez les uns, chez les autres, on allait danser à l'Oiseau rare, ou bien on marchait dans les rues la nuit, on allait déconner sur le mail, on s'asseyait au bord du fleuve, on disait des bêtises, on se chamaillait, des chiots dans un panier, quoi !

— Mais qui y avait-il ? Dites-moi des noms, donnez-moi une piste !

Blandeuil chercha dans sa mémoire.

— Il y avait… Attendez… Je ne sais plus, moi ! Des filles, des garçons, des gens qu'on voyait quelques soirs de suite puis qu'on ne voyait plus. Le noyau dur, c'était nous trois, Macassar, Bogue et moi, nous quatre avec Antoine Brisé, à bourdonner autour de Lola comme des guêpes autour d'un fruit tombé.

— Il devait y avoir Erwin Bussettin, ou le père d'Onagre, des types comme ça…

— Pas vraiment, dit Blandeuil en secouant la tête. Erwin, si, c'est vrai, il était souvent là. Mais les autres, Irénée Propinquor, les Bussettin branche aînée, les vrais gosses de riches, ils restaient entre eux. On n'était pas de la même tribu. Entre eux et nous il n'y avait pas un abîme, mais tout de même une tranchée. On les voyait à l'Oiseau rare, et moi je les côtoyais au bahut, puisque j'étais inscrit à Mathieu-Chain… La mieux née, parmi nous, c'était Lola, qu'on appelait encore Soizic à l'époque. Une Esteral par sa mère ! Mais celle-ci n'était pas mariée. La bâtarde n'était jamais invitée aux rallyes du gratin, alors elle traînait avec nous.

— Et Lola n'a connu personne d'autre ?

Benoît eut conscience qu'il avait proféré une sottise. Blandeuil eut un sourire indulgent.

— Elle a obligatoirement connu quelqu'un d'autre, sinon vous ne seriez pas là pour m'interroger, n'est-ce pas ? Mais elle ne nous disait pas tout… Personne ne dit tout ; on apprend ça en vieillissant. Quoi qu'il en soit, quand vous avez été conçu, j'étais loin. Vraiment, je suis désolé, mais j'ai peur de ne rien pouvoir vous apporter de concret.

— Si, dit Benoît, vous m'avez apporté quelque chose : ce n'est pas vous. Je l'ai cru longtemps, je l'ai même espéré, je…

Il se rendit compte qu'il s'apprêtait à parler de

musique, du dulceola, de la lyre. Il se l'interdit. Blandeuil aurait dit : « Ah bon ? Comme c'est intéressant... » Il aurait bâillé. Il bâillait déjà. À quoi bon s'attarder ? Ils n'étaient pas père et fils. Benoît se demanda ce que ça allait changer en lui, de le savoir. S'il allait continuer à se prendre pour un musicien, à croire que la musique coulait dans ses veines alors qu'il était sûr à présent que le sang de Blandeuil n'y coulait pas.

— Il est tard, dit-il. Je vous prie de m'excuser, je crains d'avoir gâché votre soirée.

Blandeuil haussa les épaules.

— Elle ne promettait pas d'être inoubliable. Et puis ces filles seront encore là demain, et moi aussi, hélas !

— J'ai assisté au drame, vous savez, chez Erwin Bussettin. J'ai tout vu. Vous croyez que Loewen...

— Ah tiens, vous étiez dans la salle ?... Oui, Loewen arrivera sûrement à réparer mon instrument. Il me rendra ma sécurité et mes chaînes. Sans ce dulceola, je ne suis qu'un pianiste de troisième ordre ! Allez, mon petit, rentrez vous coucher. Et posez-vous cette question : sans ce vide dans votre vie, que seriez-vous ?

XL

Le chèvre-pied avait filé par la vitre laissée ouverte. Dans l'habitacle de la Vorax lavé par l'air frais de la nuit, Benoît ne discerna qu'une faible rémanence de son fumet sauvage. Il lui souhaita bon vent, sans guère d'illusions. Au mieux on l'attraperait demain, au pire il se ferait écraser. Benoît mit le contact. Alors qu'il s'apprêtait à démarrer, une silhouette jaillit de l'obscurité et se rua sur la voiture. Benoît n'eut pas le réflexe de condamner les portières. L'intrus ouvrit celle du passager avant et se laissa tomber près de lui. À la lumière du plafonnier qui s'était allumé automatiquement, Benoît distingua des yeux luisants sous des sourcils çà et là ébréchés de cicatrices, un nez cassé, un menton prognathe.

— Fouette, cocher ! lança Krux en se carrant sur le siège avec une jubilation manifeste. Comme Benoît tardait à obéir, il frappa très fort, du plat de la main, sur la console en ronce de ceci-cela du tableau de bord.

— Allez zou, fissa, fissa, on décarre ! Tu magnes ton cul, ou tu préfères que j'drive ?

— Non, non…

Benoît démarra.

Ils roulèrent d'abord en silence. Krux avait sorti d'une petite boîte en fer un joint à l'extrémité tortillée comme la mèche factice d'une bombe algérienne. Il l'avait allumé, et il en tirait de profondes bouffées de fumée qu'il s'appliquait à retenir dans ses poumons le plus longtemps possible.

— T'eux une taffe ? Alle est bonne, dit-il au bout d'un moment en tendant le joint à Benoît.

Celui-ci déclina l'offre. L'idée de téter ce mégot informe après Krux lui répugnait. D'autre part, avec un tel passager, il était préférable de rester lucide. Krux ne se formalisa pas.

— Tant pire pour toi. Alle est bonne, t'es pas près d'en ravoir de l'aussi bonne !

On pouvait s'étonner que Krux parlât aussi mal, alors que sa sœur élevée avec lui dans les mêmes conditions s'exprimait de façon à peu près normale. De même quant au physique, Benoît se heurtait toujours à ce mystère : tout était repoussant chez

Krux, et tout le séduisait en Fille-de-Personne.

— Choucarde la guinde ! C'est surtout l'bois qui fait chic, dit Krux en saupoudrant de cendre le couvercle poli de la boîte à gants.

Benoît se tint coi. Il s'était attendu au pire dès l'instant où il avait reconnu Krux. Il essaya de se rassurer en se représentant qu'il lui était tombé sur le paletot par hasard. Il rôdaillait, il avait vu la Vorax... Il n'avait pas d'intention bien arrêtée en l'arraisonnant. Partant de là, tout était possible : Krux profitait de l'occasion pour se faire véhiculer gratis, sans plus, ou bien... Ou bien il laissait libre cours à son antipathie vis-à-vis d'un type qui tournicotait autour de sa sœur, et ça risquait de finir mal pour Benoît. Celui-ci tenta de le tester :

— Je te dépose quelque part ?

Krux ignora la question.

— Sacré Gégé ! s'exclama-t-il. La pouffiasse à la retraite qui l'a acheté doit s'en prendre plein les miches, en ce moment. Tu la connais, c'est une copine à ta vieille...

Benoît acquiesça prudemment. Gégé était dangereux. Krux encore plus. Qu'il s'intéressât à Tatie était très inquiétant.

— Alle a du blé, tu crois ?

— Penses-tu ! Elle vit dans un vieux bungalow tout vermoulu, elle n'a pas de voiture... Les putains, ça ne touche pas de retraite.

— Ces vieilles peaux, ça a des bijoux. A les gardent dans un coffret. A les ressortent de temps en temps pour les mater en se rappelant les galipettes qu'a-z-ont fait pour les avoir... Alle a laissé des bons souvenirs à plein de gens, la copine à ta vioque.

Benoît savait tout ça. Tatie Cindy ne faisait mystère de rien. Il n'y avait pas de zones d'ombre dans sa vie, rien que l'aveuglante lumière du vice. « Je n'ai pas de fausses pudeurs, aimait-elle à dire, je n'en ai que des vraies. » Benoît soupçonnait la chère Vieille Toupie de n'avoir en réalité aucune pudeur, ni vraie ni fausse.

— J'y rendrai visite un de ces jours, tiens, poursuivit Krux. On la tirera à deux a'ec Gégé. À la broche, mémère !

— Tu m'as pas dit où je te dépose, réessaya Benoît.

Il craignait et détestait Krux de toute manière, mais de l'entendre parler ainsi de Tatie Cindy le lui rendait encore plus odieux.

— On est potes : on se quitte pas, répondit Krux. Tu tombes bien, avec la caisse à l'aut' naze. J'ai ma tournée à faire cette nuit.

— Ta tournée ?

— La campagne électorale est ouverte. Depuis hier la tronche des candidats est placardée partout. Votez Ducon, votez Trouduc !

Krux se retourna à demi pour ouvrir un sac à dos qu'il avait jeté sur le siège arrière en montant dans la voiture. Benoît sursauta en apercevant, luisant dans l'ombre comme un gros phasme de métal, l'arbalète d'Onagre emportée par Fille-de-Personne. Krux écarta l'arme pour fouiller tout au fond du sac. Il en sortit plusieurs bombes de peinture qu'il aligna sur la banquette.

— J'vais personnaliser un peu les affiches au maire, jubila-t-il.

Benoît se souvint des graffiti injurieux, des tags obscènes dirigés contre Superbe apparus sur les murs d'Écorcheville en plusieurs vagues successives. Ainsi, c'était l'œuvre de Krux ? Il n'en fut pas vraiment surpris. Tout au plus se demanda-t-il si Krux roulait pour Honoré Bussettin, le rival invariablement malheureux de Superbe, ou s'il obéissait à une haine personnelle. Un instant, l'idée lui vint que les obscénités dont une main anonyme avait gratifié cette année les portraits de Lola sur les affiches étaient peut-être son œuvre. Krux savait qu'elle était sa mère. S'il lui prenait la fantaisie de s'attaquer devant lui à son effigie, Benoît se trouverait dans l'obligation pour ainsi dire métaphysique de se battre, songea-t-il. Il pria le ciel que le sacrilège se borne à Superbe.

— Pendant que j'bombe, tu m'attends au volant, moteur en marche, reprit Krux. Si les flics se pointent, on gicle à fond. Tiens, en v'là une belle ! Arrête-toi… Arrête-toi, j'te dis !

Krux leva le poing à la hauteur de ses yeux brillants de fureur soudaine. Il était capable de frapper son chauffeur sans se soucier de la vitesse à laquelle on roulait. Benoît obtempéra.

— Tu l'as dépassée. Recule, ordonna Krux. Range-toi juste en dessous, que j'aye pas à cavaler !

Krux fourra une bombe dans sa poche, sortit de la voiture, et courut vers l'emplacement publicitaire. L'affiche était de grande taille. Benoît douta un instant que Krux parvînt à la taguer à bonne hauteur. C'était compter sans son agilité simiesque. Il escalada en se jouant un des poteaux qui soutenaient le panneau. Quand il l'eut atteint, il brandit l'instrument de la profanation. Le mot monta aux lèvres de Benoît malgré lui, tant sur l'affiche, dans la lumière du lampadaire tout proche qui le nimbait, le visage de Superbe Propinquor était empreint de majesté. Un César à peine empâté, vingt ans après avoir échappé aux glaives des conjurés. Cet homme donnait de l'espèce humaine une idée sans doute illusoire mais réconfortante, toute de force et d'équilibre, d'audace pondérée, d'intelligence bienveillante. Superbe était superbe ; on n'aurait pas trouvé dans Écorcheville une femme pour le nier, fût-ce celle d'Honoré Bussettin. Quant aux hommes, la conscience qu'ils avaient de participer de la virilité radieuse qu'il incarnait les flattait et les consolait de n'être pour la plupart que de piteux à-peu-près de l'archétype. Benoît comprit ce qui rendait le maire inamovible. Dans l'intime conviction de la majorité des électeurs, tout autre à sa place n'aurait pu constituer qu'un pis-aller. Ce n'était pas que sa gestion fût irréprochable, ni qu'Honoré, le cas échéant, s'en fût moins bien tiré. C'était infiniment simple et mystérieux : on voulait que le Pouvoir eût ses traits.

En grosses lettres malhabiles, Krux inscrivit son message en travers de l'auguste visage : *Rélizé vite le vieux pédo*. Puis il se laissa tomber au sol et rejoignit Benoît. Celui-ci embrayait déjà. Krux le retint.

— Attends, tête-de-mort, que j'voye l'effet !

Il contempla le graffiti et fit la moue, tel l'artiste en proie au doute.

— C'est écrit trop p'tit ! Lis-le, que je m'rende compte si on lit bien.

— *Réélisez vite le vieux pédo*, lut à haute voix Benoît, pressé de décamper.

— Ouais, c'est ça. Mais la prochaine affiche j'écrirai plus gros. Allez, ripe ! File vers le centre. Y z'en collent toujours plein, par là.

— Le moment est mal choisi, je t'assure, hasarda Benoît. Avec le satyre en fuite, la police écume la ville.

— T'as les foies ? A'ec cette caisse, tu laisses n'importe quelle bagnole derrière toi. T'as qu'à appuyer sur le champignon et t'accrocher au volant. Alors fais pas chier, roule !

Benoît roula, et Krux tagua en toute impunité une dizaine d'affiches appelant à la réélection du maire sortant. Au soulagement de Benoît, il négligea les affiches annonçant la représentation de *Médée* et réserva ses outrages aux seuls portraits de Superbe. Benoît n'en fut pas moins tenté à plusieurs reprises de s'esbigner tandis que l'imprécateur officiait. La perspective d'être arrêté le terrifiait. Il n'avait aucune confiance en ses talents de chauffeur ni en sa capacité de semer une voiture de police en cas de besoin. S'il accélérait à fond comme le préconisait son passager, ce serait l'accident garanti. Et s'il était pris et convaincu d'avoir prêté la main aux agissements de Krux, il était persuadé que ce crime de lèse-majesté coûterait à Louise toute commande ultérieure de la municipalité. Ce serait le seul gagne-pain de sa mère adoptive, et le sien par voie de conséquence, qui s'envolerait ainsi.

Les bombages tournaient tous autour du même thème. Comme Krux, assis à côté de lui, jugeait de la lisibilité de sa dernière variante, ornée de phallus entrecroisés et par exception presque exempte de fautes d'orthographe : *Votez pour lui il nique les gosse*, Benoît ne put s'empêcher de l'interroger :

— Pourquoi t'écris ces trucs-là ?

— Ta gueule. Démarre ! aboya Krux.

Benoît n'osa pas insister. Il n'avait pas oublié que Krux avait été longtemps pensionnaire des Petits-Oiseaux, ni que sa sœur y séjournait encore parfois entre deux vagabondages. Plusieurs des accusations portées cette nuit sur les affiches mentionnaient l'orphelinat municipal. Pour la première fois, Benoît se surprit à envisager qu'il y eût quelque chose de vrai là-dedans. Le goût notoire de Superbe pour les femmes n'était peut-être pas exclusif d'autres penchants. Benoît chassa ces pensées de traverse pour se concentrer sur la conduite de la Vorax, dont les cylindres en V menaçaient de s'emballer au moindre relâchement de son attention.

— Tu sais vraiment pas conduire, lui confirma Krux comme il engageait l'auto sur le boulevard Mathieu-Chain.

— Tout s'apprend, se défendit Benoît.

— Nan ! Toi ça fait pas un pli, t'apprendras jamais, tu conduiras toujours comme une gonzesse, trancha Krux en se tournant vers lui pour appuyer son arrêt d'un regard méprisant.

Benoît sentit une houle de colère se former dans ses profondeurs et monter en lui. Il allait se payer ce sale con, pensa-t-il. Il allait le tuer, en tout cas l'amocher pour de bon, l'estropier. C'était facile : surpuissante, mais déjà un peu démodée, la Vorax n'était pas équipée d'airbags. Depuis le commencement de leur tournée des affiches et des panneaux électoraux, la ceinture de Benoît était bouclée. Celle de Krux qui descendait de voiture à tout bout de champ ne l'était pas. Il suffisait à Benoît de donner un léger coup d'accélérateur et de jeter la Vorax contre le premier mur ou le premier platane venu. Krux irait se fracasser la tête contre le pare-brise. Benoît pensa à Fille-de-Personne. Il s'imagina plongé dans une espèce de tragédie à la Corneille, en Rodrigue automobile meurtrier du frangin de Chimène à défaut de son père, et ses velléités s'évanouirent.

Krux en avait-il fini avec les tags ? Il agita sa bombe près de son oreille. Il en avait déjà usé deux. Benoît pria le ciel que celle-ci fût la dernière.

Histoire d'en avoir le cœur net, Krux pointa la bombe vers le tableau de bord et appuya sur le bouton. Dans un ultime crachotement, l'atomiseur délivra sur le bois précieux un reliquat de peinture rose qui se mit à dégouliner sur le lecteur de CD.

— Arrête-toi, tête-de-mort !

Benoît obéit. On était dans la partie haute du boulevard Mathieu-Chain, la plus ancienne et la plus chic, à peu de distance de la place et du lycée du même nom. Cette portion d'artère était bordée d'hôtels particuliers et d'immeubles bourgeois, tandis qu'au-delà du lycée la partie basse n'alignait que des édifices récents bâtis à la va-vite.

— Enculé ! Mate la tire !

Un cabriolet grand sport était garé devant un des plus beaux hôtels du boulevard. La lumière tombant des réverbères dénaturait la teinte de sa carrosserie. Celle-ci pouvait être vert amande ou bleu pétrole. La ligne du roadster avait suffoqué Krux au premier regard, éveillant en lui une émotion esthétique qu'aucun tableau, aucun concerto, peut-être même aucun corps nu n'aurait été capable de susciter.

— Putain-la-vache-putain-putain-putain-la-vache ! psalmodia-t-il. C'est quoi comme marque ?

Benoît n'en avait pas la moindre idée.

— T'as vu l'immatriculation ? dit-il seulement.

Krux opina. Le cabriolet n'était pas d'ici. D'ailleurs aucun autochtone n'aurait eu l'imprudence de laisser un pareil engin passer la nuit dehors.

— Tu peux me déposer là, dit Krux.

Il descendit, rafla sur la banquette arrière le sac et l'arbalète. Le boulevard était parfaitement désert. Pas une silhouette importune en vue, pas une fenêtre éclairée pour signaler qu'une conscience au moins demeurait en éveil. Tout près, entre deux humbles souillons mécaniques, la merveille reposait telle une beauté endormie offerte au viol.

Krux parcourut quelques mètres avant de rebrousser chemin et de revenir se pencher à la portière de Benoît.

— Tu diras à l'aut' naze que j'y lance un défi pour

demain soir, sur la corniche.

Krux repartit vers sa proie. Benoît le vit poser son sac par terre et extraire quelque chose de son blouson avant de se pencher sur la serrure. Elle ne résista pas longtemps. Krux balança le sac à l'intérieur du roadster puis s'y glissa à son tour. Il parvint assez vite à en ouvrir le capot, ressortit et fourragea plusieurs minutes dans le moteur. Enfin, un joyeux rugissement de fauve libéré se fit entendre. Krux se mit au volant. Le cabriolet s'ébranla, d'abord hésitant et gauche, les cris de sa boîte de vitesses accusant les tâtonnements du voleur, puis, dans un grand crissement de pneus, il bondit en avant et fut hors de vue en quelques secondes. Sur la façade de l'hôtel particulier le plus proche, une fenêtre s'alluma. Benoît prit le large à son tour.

XLI

On avait vu grand en bâtissant Mathieu-Chain. Était-ce un signe de la mégalomanie municipale, ou le fruit d'un marché public dans lequel quelqu'un avait trouvé son compte ? Long bâtiment de brique rouge à demi submergé par une haute vague de lierre, le lycée était semblable à un navire trop vaste pour son équipage. De ses cinq étages de salles de classe et de bureaux, deux seulement, le premier et le second, étaient occupés en totalité. L'accès aux trois autres était interdit aux élèves. Benoît s'y était pourtant réfugié souvent, dans les premiers temps qui avaient suivi son arrivée dans l'établissement. Il n'avait pas encore conclu alliance avec Onagre et Cambouis. On le snobait. Les regards passaient sur lui sans s'arrêter. Question de marques ; ses vêtements non siglés le rendaient invisible. Question de nom ; le sien ne disait rien. C'était comme s'il n'existait pas. Un autre aurait tenté de s'imposer. Lui, ce dédain recoupant son déficit d'être, ne songeait qu'à s'effacer encore plus, à rentrer dans les murs, à s'évader dans la maçonnerie. Il découvrit bientôt que les hauts déserts pouvaient lui servir de retraite. L'escalier central et celui de l'extrémité (la proue du navire, si l'on veut) étaient barrés par des grilles. Les étages supérieurs n'étaient accessibles que par la poupe. Encore le passager clandestin devait-il se couler sans être vu devant le château que constituaient, au troisième, le bureau du proviseur, son secrétariat et son appartement de fonction. Ce niveau dépassé, le quatrième et le cinquième étage offraient un asile immense et sûr, avec leurs coursives donnant sur des salles vides. Benoît montait jusqu'au cinquième. Du mobilier scolaire s'exhalait une vieille odeur de neuf. Le bois des tables était vierge de toute ciselure obscène ou bon enfant, têtes à Toto, noms de footballeurs, silhouettes féminines mamelues, biroutes et cœurs fléchés... Dans les cases, pas de chewing-gums écrasés, de feutres secs, de rognons de gomme, de vieilles mollettes de compas, de tronçons de règle en plastique. Les tableaux verts n'avaient jamais servi, leur gouttière d'aluminium ne recelait pas de craies oubliées. Rehaussé par une estrade, le bureau du professeur occupait tout contre la fenêtre un des angles extérieurs de la pièce. De là-haut la vue portait loin. Le nez collé à une vitre, Benoît contemplait la ville où le sort l'avait fait naître. Puis, fermant les yeux, il essayait d'imaginer ce qu'aurait pu être sa vie ailleurs, mais très vite il se prenait à douter qu'il existât réellement d'autres villes que celle-ci. Le monde était une espèce de racontar, une légende bizarre, même pas une légende, une histoire sans queue ni tête comme les adultes en inventent pour esbaudir les enfants… Une pure et simple calembredaine, oui ! Comment ça ? *Un monde, ailleurs ?* Un monde *normal ?* Il y aurait eu d'autres villes, loin d'Écorcheville, avec des rues, des maisons, des immeubles, des monuments, avec des théâtres où jouaient des tragédiennes, avec des habitants, des gens qui ne seraient pas nés au bord du Styx, qui n'auraient pas respiré depuis leur naissance les vapeurs dégagées par ses eaux, qui n'auraient pas, chaque jour de leur vie, tourné leur regard à un moment ou à un autre en direction de l'autre rive presque invisible sous le ciel éternellement couvert ? Allons donc ! Il fallait être un formidable gobe-mouches pour ajouter foi à pareilles balivernes. Écorcheville était le seul décor du seul théâtre existant dans tout l'univers, où se donnait une pièce incompréhensible au bénéfice douteux d'un seul spectateur… Et ce spectateur ahuri, effaré, c'était lui, bien sûr, Benoît Brisé, Benoît Jeté, Benoît Perdu. Quand la sonnerie annonçait la reprise des cours, Benoît ouvrait les yeux et sortait de sa cachette pour redescendre affronter le rêve confus qui lui tenait lieu de réalité.

Cela, c'était au début. Il s'était tout de même acclimaté depuis lors. Il cherchait moins souvent asile dans les étages interdits. Lors des récréations, il allait en griller une avec les autres. Pourtant, au sein de la classe de philo, même avec la caution que lui avaient apportée Onagre et Cambouis, les lions de ce minuscule boulevard, il se sentait plus toléré qu'admis. Ce matin-là, il avait hésité à venir. Il n'avait pas ouvert un manuel de français depuis des semaines. Il n'avait même aucune idée de l'avancement du programme et des sujets susceptibles de tomber à l'occasion du devoir sur table annoncé. Il allait se ramasser. Il faillit tourner les talons devant le portail. On a beau se foutre de tout, à quoi bon prendre une claque ? Si ce n'avait été pour Cambouis, qui surgit derrière lui et lui assena un tape amicale sur l'épaule, il aurait rebroussé chemin sans plus tergiverser.

— Alors t'es venu, finalement ?

— Pas du tout. Je suis dans mon lit, je dors, tout ça n'est qu'un mauvais rêve.

Onagre les rejoignit, fringant et caracolant, comme pour mieux disperser autour de lui les effluves d'une eau de toilette dispendieuse.

— Tu pues ! protesta Cambouis. Eau de toilette, ça ne veut pas dire qu'on prend son bain dedans. Il va falloir ouvrir toutes les fenêtres de la classe, on va se peler !

— J'ai eu la main lourde, admit Onagre. D'habitude, c'est Sérif qui me vaporise, mais il est encore en arrêt. Il cicatrise mal, ce con ! J'ai dû me débrouiller tout seul.

— Fais gaffe, avec ce que tu cocottes, si tu croises un pangolin mâle c'est le viol assuré ! gouailla Cambouis.

— Un pangolin, ou un gnou femelle, renchérit Benoît.

Onagre eut un petit geste méprisant.

— Riez, homoncules ! En réalité vous crevez de jalousie. Je pourrais aussi bien m'inonder de purin, mon pouvoir de séduction n'en serait pas affecté !

Ses amis en convinrent à contrecœur. Bête comme un caillou, fou comme un lapin, Onagre collectionnait les succès féminins comme d'autres les timbres-poste. Le prestige Propinquor. Le charme irrésistible de l'argent… Pas seulement. Onagre était beau garçon, élégant, désinvolte, exempt de toute inhibition : l'idéal, aux yeux de la majorité des filles de Mathieu-Chain. Il ne leur était pas cruel. À l'évidence, il tenait de son grand-oncle Aimé. Il ne faisait que commencer, on n'avait pas fini d'en voir, pronostiquaient les commères de l'establishment.

Cambouis se tourna vers Benoît.

— En venant, j'ai écouté la radio dans la bagnole de la CDM. Silence sur le satyre. Il court toujours, on dirait.

Benoît hocha la tête d'un air informé.

— Je l'ai déposé vers une heure du mat' devant l'Hôtel des Mânes, dit-il. En pleine forme : il s'était reposé et restauré chez moi.

Les regards étonnés de ses acolytes rachetèrent un peu de la condescendance qu'ils lui avaient souvent marquée.

— Tu l'as *déposé ?*

Le mot outrepassait la réalité. Benoît avait sciemment laissé baissée une des vitres de la Vorax, et comme il l'avait espéré Faunet en avait profité pour se carapater.

— *Yep*. J'avais pris la chignole…

Onagre ne broncha pas. D'une façon somme toute logique, il n'éprouvait aucun sentiment de propriété vis-à-vis des voitures qu'il volait.

— Et tu dis qu'il s'est reposé chez toi ? demanda Cambouis.

— *Yep*. En fait, après le souk chez toi, je l'ai rattrapé. On se connaissait d'avant. Je l'avais vu au musée Occlo. Il m'a suivi. On est comme qui dirait copains, Faunet et moi !

— Fumant ! s'exclama Onagre. Faut le présenter à mes sœurs. Un vrai satyre, enfin ! Elles vont le violer.

— Je verrai ce que je peux faire, mais je ne promets rien, dit Benoît. Il est très capricieux… À part ça, il faut que je vous annonce un scoop : Krux a fauché une guinde, cette nuit. Un cabriolet grand sport.

Les yeux de Cambouis s'allumèrent à nouveau, cette fois de convoitise.

— Quelle marque ? Quel modèle ?

— Aucune idée. Vous savez bien que j'y connais rien. Mais on n'en a jamais vu de comme ça par ici, et ça a l'air de dépoter sec...

Les deux autres ne se tenaient plus :

— Essaie de te souvenir, connard ! Sur le capot, ou sur le coffre, y avait forcément un sigle, un logo, un blason, quelque chose !

— Un aigle stylisé... Non ? Une licorne... Non ? J'y suis : un griffon !

— J'ai pas fait attention. C'était la nuit, et vous pensez bien que Krux s'est pas attardé. Un peu de patience, vous la verrez ce soir sur le parking du Lapin Bleu.

— Sûrement. Il viendra crâner avec, dit Onagre.

— Pas seulement ça, reprit Benoît. Il te lance un défi, une bourre sur la corniche, comme d'habitude.

— Il est maso, ce mec, il aime se faire humilier ! dit Onagre en roulant les épaules.

Cependant la voiture inconnue l'inquiétait.

— Sans déconner, tu crois que cette caisse est plus puissante que la Vorax ?

Benoît émit un bruit de pneu crevé en signe d'ignorance.

— Si Gégé n'y touche pas, elle a une chance de rouler droit ! ricana Cambouis.

— Tu peux être sûr qu'il ne pourra pas s'empêcher de mettre les doigts dedans, et elle finira comme les autres, dit Onagre qui ignorait encore la nième répudiation du mécanicien par son maître.

— Gégé est hors course, dit Benoît. Il est devenu la

propriété de Tatie Cindy.

— Sans blague ? Elle va le mettre au boulot vite fait. Doit y avoir un tas de vieux trucs à huiler, chez elle ! s'esclaffa Onagre.

S'ensuivit un assaut de salacités potaches que la sonnerie vint interrompre. Le front d'Onagre se rembrunit.

— T'aurais un tuyau, pour le devoir sur table ?

Souvent, en français comme en philo, Cambouis connaissait les sujets à l'avance. La prof de français était une Mordor, et le prof de philo avait épousé une cousine d'Erwin.

— J'ai pas les détails, dit-il, mais dans le principe on devrait avoir le choix entre un sujet de disserte sur Mathieu Chain et un commentaire composé sur un texte de Lordurin… Ou le contraire !

Onagre cracha par terre.

— Encore ? On nous bassine sérieux, avec ces deux-là. Comme si y avait que ces deux auteurs au programme !

Cambouis le mit au défi d'en citer d'autres. Onagre chercha dans l'entrepôt à peu près vide de sa mémoire, et n'y trouva que Victor Hugo.

— Pas mal… Épelle !

Cambouis évita de peu un coup de pied d'Onagre. Ils rejoignirent leurs camarades qui se pressaient devant la salle où allait avoir lieu le cours d'histoire. Le prof d'histoire, un petit homme brusque, d'une extrême prolixité, prononçait ses cours comme autant de discours enflammés, sans se soucier une seconde de son auditoire. Les élèves pouvaient écouter, prendre des notes, lire le journal, bavarder, flirter, dormir, il s'en contrefichait. L'histoire avec lui tombait du ciel comme la pluie, abreuvant indifféremment les terres cultivées et les friches. C'était pratique, si l'on avait un devoir à rendre plus tard dans la journée dans une autre matière. Sinon, il n'était pas impossible de se laisser griser par la fougue de l'orateur et de glaner çà et là des bribes de savoir. Pour une fois, Benoît avait apporté son manuel de français. Afin de se préparer *in extremis* à affronter l'épreuve annoncée, il aurait pu profiter de cette heure de répit ainsi que de la suivante, non moins disponible puisque depuis des mois maintenant il appliquait en mathématiques la politique de la chaise vide. Il ne songea même pas à réviser. Un natif d'Écorcheville serait toujours capable de débiter quelques bons vieux topiques sur l'une ou l'autre des deux icônes littéraires du cru. Du Chain, du Lordurin, Benoît en avait mâchouillé dès la maternelle. Les histoires abstruses de l'un, les poèmes abscons de l'autre, il avait l'impression d'en être imprégné, d'en avoir l'haleine chargée, comme l'ivrogne de vapeurs d'alcool ou le gros fumeur de relents de tabac.

On entra en classe. Les filles s'abattirent sur les haies des rangées en pépiant tels de jolis oiseaux au plumage bariolé. Comme il passait près d'elles, Benoît respirait leur parfum. La volière était aussi un jardin, les oiseaux embaumaient comme des fleurs. Instinctivement, il les comparait à Fille-de-Personne, mais aussi à Géli. À côté de la loubarde et de l'esclave, les lycéennes chic de Mathieu-Chain faisaient figure d'oiseaux de paradis : sophistiquées, parfumées, coiffées, maquillées, avec sous le cachemire et la soie sauvage une peau enduite d'huiles essentielles, de produits de beauté coûteux. Il songea qu'il n'avait encore goûté qu'à celle de Géli, vouée à l'eau claire et au savon. Mais peut-être, naguère encore, Lordurin s'était-il fendu quelquefois d'un pot d'onguent, d'un tube de crème hydratante ?

Dans un grand raclement de pieds de chaises, tandis que les sacs à dos claquaient sur les pupitres, chacun finit par trouver sa place. Le brouhaha s'atténua sans s'éteindre. Les conversations continuaient à mi-voix. Des oreillettes mal ajustées laissaient filtrer des rythmiques lancinantes, *tchi pom tchi tchi pom tchi tchi pom pom tchi tchi*... Des sonneries de portable burlesques – « Toréador, prends garde... », croassements de grenouille, grognements de goret – retentissaient un instant, salués par de brefs éclats de rire quand le destinataire de l'appel tardait à retrouver l'appareil dans le désordre de son sac.

Onagre et Cambouis s'étaient assis côte à côte au fond de la classe, au dernier rang, près de la fenêtre. C'était leur place attitrée, leur bastion. Benoît occupait seul la table voisine. Personne n'avait jamais songé à s'asseoir près de lui. Malgré cette proximité flatteuse, il demeurait un corps étranger au reste de la classe, entre ilote et métèque, ignoré et toléré. Méprisé ? Il préférait ne pas s'interroger là-dessus. Il était sûr du moins qu'on enviait son intimité avec Onagre et Cambouis. On la jugeait inexplicable. L'avenir de la cité était concentré entre les murs de cette salle de classe, distribué à des degrés divers entre les rejetons de l'élite. Bons ou mauvais élèves aujourd'hui, brillants sujets et parfaits crétins pêle-mêle, ils seraient demain les propriétaires de la cité. Ils la posséderaient, parce que leurs parents la possédaient déjà. Le futur maire, les futurs avocats, les futurs banquiers, les futurs journalistes, les futurs commerçants, les futurs industriels, les futurs entrepreneurs, les futurs agents immobiliers d'Écorcheville étaient tous là incognito sous le masque de l'adolescence, à la fois inconscients de leur avenir et assurés d'en avoir un enviable. Né hors du cercle sacré,

Benoît ne serait sans doute jamais rien. C'était ce néant à peu près inéluctable qu'on dédaignait en lui. Pour s'accommoder de ce dédain, il avait décidé qu'il ne se lancerait pas à l'assaut d'Écorcheville. Il la fuirait plutôt, dans l'espoir d'y revenir un jour en vainqueur, anobli ailleurs, couronné ailleurs, comme Lola ou Blandeuil. Il pensait à tout ça, et puis il oubliait. Il y avait, pour le distraire, l'intéressante nuque et le profil aigu de Flavia Esteral, et plus loin, sur sa droite, le corsage de Mina Bussettin qui se tendait plaisamment quand elle se retournait pour lancer des regards furtifs en direction d'Onagre.

La nuit avait été courte. Benoît flottait dans une brume de sommeil. Dans son esprit la chair goûtée de Géli, celle convoitée de Fille-de-Personne, celle interdite de Mina, de Flavia, ou des sœurs d'Onagre qui causaient chiffon et essayaient des boucles d'oreilles au premier rang, sous le nez du prof, toutes ces chairs se mêlaient à présent dans une rêverie en passe de devenir un rêve. Autant que courte, la nuit avait été fraîche. Il se sentit un léger picotement aux narines, et porta machinalement une main à la poche droite de son blouson qu'il avait remis ce matin avec ses vêtements habituels. Au lieu du mouchoir qu'il cherchait, sa main ramena le soutien-gorge roulé en boule de Fille-de-Personne. Il l'avait oublié ! À l'abri des larges dos de deux autres escogriffes assis devant lui, il déplia sur la table la légère pièce de linge à présent toute froissée, non sans la dissimuler aux curiosités latérales entre ses avant-bras. Il allait bien falloir qu'il la restitue à sa propriétaire, pensa-t-il avec regret. Ces quelques dizaines de grammes de tissu, c'était un peu Fille-de-Personne, et il n'était pas impossible qu'il n'étreignît jamais rien d'autre d'elle. Ce ne serait pas juste. Il n'aurait pas son compte, son dû de bonheur sur la terre, il se sentirait métaphysiquement floué si Fille-de-Personne n'était pas un jour à lui. L'abandon, l'ignorance taraudante quant à sa filiation, l'adoption par une demi-folle, l'espèce de malédiction choisie qui consistait à se vouloir l'apôtre d'un instrument tombé en désuétude, est-ce que ça ne faisait pas assez de préjudices et de handicaps ? Benoît soupira. Comme on avait été bien dans les limbes, comme on regrettait d'en avoir été arraché ! La porte de la classe s'ouvrit. Le bruit qui régnait dans la salle, entre le prof qui vendait sa science à la criée et la jacasserie des élèves, n'avait pas permis de percevoir les pas des visiteurs sur le dallage du couloir. Le silence ne s'établit pas d'un seul coup. Il gagna de proche en proche, à mesure que les yeux se tournaient vers la porte. Enfin il fut évident pour tous qu'il se passait *quelque chose*. Ce n'était pas un surveillant qui venait délivrer une note de service, ni une intendante en quête du nombre d'inscrits à la cantine ce midi. Derrière les deux hommes au visage grave qui se tenaient sur le seuil, le proviseur soi-même et le commissaire principal Dupassé en personne, des képis dépassaient. Il y eut un instant de parfait silence, puis un murmure de curiosité passionnée parcourut les rangées. Le prof d'histoire, pour une fois impérieux, le fit taire d'un geste sec. Il descendit de son estrade, rejoignit le groupe dans le couloir, et tira à demi la porte sur lui. Bref conciliabule à voix basse. Écarquillements d'yeux. Hochements de calvities. La porte se rouvrit, le professeur s'effaça, Dupassé s'avança de quelques pas dans la pièce. Son regard parcourut les rangées, glissa sur Benoît, s'arrêta sur Onagre et Cambouis. Sans mot dire, de deux doigts écartés et frétillants qu'il ramena vers lui, il leur fit signe de se lever et de venir dans le couloir.

Intrigués, mais pas le moins du monde effrayés, ils obéirent.

XLII

Cette fois, comme le groupe s'éloignait en direction de l'escalier, on entendit distinctement dans le silence insolite le bruit des pas dans le couloir. Le visage du prof, d'une telle mobilité d'ordinaire que les mariolles se taillaient des succès à singer ses grimaces, s'était figé en un masque d'initié songeur. De retour sur l'estrade, il tardait à s'asseoir. Il restait debout, les bras ballants près de la fenêtre, le regard tourné vers la cour, tandis que vingt paires d'yeux tentaient de déchiffrer sur ses traits le secret dont il était détenteur. Parlerait-il ? C'était peu probable. Il avait beau être des enseignants du lycée le moins formaliste, il ne fallait pas s'attendre à ce qu'il vendît la mèche. En se taisant, en gardant pour lui l'événement sans doute exorbitant qui motivait l'arrestation de Cambouis et d'Onagre, il restaurait son statut, il rappelait la distance qui le séparait de ses élèves, en dépit de la licence qu'il leur consentait au quotidien.

Le prof n'était pas le seul à regarder dehors. Désespérant de lire sur sa figure l'explication de la scène à laquelle ils venaient d'assister, tous les élèves de la rangée extérieure l'imitaient. On n'avait pas vu les policiers traverser la cour en arrivant, mais on escomptait les voir repartir. Soudain, les guetteurs jusqu'alors assis se levèrent, tétanisés comme les grenouilles qu'on électrisait naguère en travaux pratiques de sciences naturelles. Les occupants des rangées intérieures se dressèrent à leur tour. Des exclamations fusèrent : « Putain, je rêve… » « Ils les ont menottés ! »

« Menottés ? c'est pas vrai ! » Incrédule, scandalisé, on se rua aux fenêtres. On avait passé les menottes à des lycéens ! À ces lycéens-là ! Un vent d'indignation et presque de révolte souffla fugitivement sur la classe. C'était les criminels, qu'on entravait ainsi par prudence, des bêtes féroces dont on pouvait tout craindre, tentatives de fuite, coups, griffures, morsures. Ou par principe, les jeunes délinquants des cités pauvres de la périphérie, caillasseurs de bus et de camions de pompiers... Écorcheville avait sa part de racaille, son quota de dealers à pitbull et à tournantes. Cette faune-là, qu'on la menottât, le cas échéant qu'on la tabassât un peu, c'était admis, c'était la vie. Mais qu'un Propinquor, qu'un Bussettin, fussent traités de la sorte, en présence, et donc sur l'ordre exprès du commissaire principal, leurs camarades n'en revenaient pas. Croyait-on qu'ils allaient se jeter à la gorge des pandores qui les encadraient, leur arracher leurs armes, prendre Dupassé en otage ? Qu'avaient-ils donc fait ? Devant la forme que prenait l'interpellation, les imaginations patinaient, passant en revue les forfaits susceptibles de la justifier. Il fallait au minimum un viol, sinon un meurtre ! Mais pour ce qui était d'un viol on savait bien qu'Onagre n'avait nul besoin d'y recourir. Quant à Cambouis, s'il se montrait plus réservé en matière de sexe, il n'aurait tenu qu'à lui de rivaliser avec son ami, la plupart des filles de la classe se seraient volontiers laissé séduire. Un vol ? Cette supposition suscitait des haussements d'épaules. De notoriété publique, Cambouis était gâté-pourri par ses cons-de-parents, et Onagre était le fils à papa (à grand-papa) numéro un d'Écorcheville. Il y avait les voitures, bien sûr. Nul n'ignorait qu'Onagre en piquait deux ou trois par an, et pas n'importe lesquelles, les plus belles, les plus puissantes qui lui tombaient sous les yeux. Et l'on savait parfaitement qu'il les cassait, qu'il les crevait sous lui comme des pur-sang forcés. Mais dans son cas les voitures c'était autre chose qu'un véritable délit, ça ne cadrait pas, du moins dans l'idée qu'on s'en faisait, avec la définition classique du vol. C'était plutôt de l'ordre de la mauvaise habitude, et d'ailleurs ça durait depuis deux bonnes années au su de tous sans que personne, sauf peut-être les propriétaires des bolides, y trouvât à redire.

Alors un meurtre. On ne voyait que ça de plausible. Parce qu'on peut tuer pour mille raisons, et même sans vraie raison, par malchance ou par caprice. C'était l'hypothèse la plus excitante. Mina Bussettin se sentit glacée tout à coup. Si l'affaire était si grave, quand reverrait-elle Onagre ? À la même idée, au contraire, Alcyone eut soudain chaud au ventre. Elle lança à sa sœur un regard de triomphe. Bételgeuse n'avait couché qu'avec un voyou. S'être fait un meurtrier en la personne de Cambouis, c'était un peu comme compter un sanglier à son tableau de chasse, non ?

En bas, les deux garçons se doutaient qu'on les observait de là-haut. Avant d'arriver à la grille, ils se retournèrent vers le bâtiment. Ils levèrent les yeux en direction des fenêtres où se pressaient leurs condisciples, et brandirent au-dessus de leur tête leurs mains menottées. La classe frissonna. Malgré la distance aucun doute n'était permis, Onagre et Cambouis rigolaient. Est-ce que des violeurs ou des meurtriers seraient restés aussi farauds ? Au vu des bouilles hilares des enchaînés, l'opinion bascula en une seconde. Ce ne pouvait être que les histoires de voitures volées qui tournaient à l'aigre, et les deux compères étaient sûrs que Superbe finirait par tout arranger. On ouvrit les fenêtres afin de les acclamer. Les filles leur envoyaient des baisers du bout des doigts tandis que les garçons tapaient des poings sur les tables en scandant leurs noms. Le prof se gendarma et s'époumona en vain pour rétablir le silence. Le chambard dura jusqu'à ce que les voitures de police eussent disparu, emportant Onagre et Cambouis vers le commissariat central. C'est à cet instant que le proviseur outré fit irruption dans la salle. Son engueulade fulminante n'émut personne, sinon le professeur embêté de s'être laissé surprendre en flagrant défaut d'autorité. Le protal finit par se retirer, non sans avoir cloqué deux heures de retenue à tout le monde. Un calme relatif s'instaura après son départ. On chuchotait de table en table, de façon paradoxale, puisqu'on ne se gênait guère, d'habitude, pour parler à mi, et même à trois quarts de voix. Jusqu'à plus ample informé le prestige de Cambouis et d'Onagre sortait grandi de l'épisode. On les avait finalement chopés pour les bagnoles, bon, mais ils n'avaient pas perdu leur aplomb, ils n'avaient même rien abdiqué de leur désinvolture.

Onagre n'ayant pas pris la peine de cacher à ses sœurs son existence ni son emplacement, la serre-atelier n'était qu'un secret de polichinelle. Le rôle de receleur que jouait Benoît ne faisait aucun doute, et l'on s'étonnait qu'il n'eût pas été embarqué avec ses amis. Ses amis, ses amis, c'était beaucoup dire, murmurait-on ici et là. Il leur était utile, voilà tout : ils payaient de semblants d'amitié la location du garage clandestin…

Benoît sentait les regards sur lui. Il croyait entendre les commentaires. La brûlure du vieil ostracisme social dont il avait souffert à son entrée dans l'établissement s'était quelque peu apaisée au fil du temps. Elle se rappela à lui brusquement. Pourquoi Dupassé ne l'avait-il pas arrêté lui aussi ? Il regrettait presque d'avoir été épargné ! À quelle mansuétude ou à quel dédain devait-il sa liberté selon toute probabilité provisoire ? Il regardait avec stupéfaction ses poignets encore vierges des bracelets d'acier. Il aurait mis ses mains à couper que Dupassé savait, pour la serre. Alors quoi ? Il fermait les yeux, imaginait la descente de police à la villa Jacaranda, la découverte de la Vorax et de l'établi de Cambouis, ses outils, ses pistolets à peinture, les taches d'huile de vidange sur le carrelage, et Louise dans tout ça, Louise la folle, Louise l'innocente, essuyant sur son tablier ses mains poisseuses du sang du centaure, effarée, tombant des nues : « Quoi ? quoi ? qu'est-ce que vous dites, volée, cette voiture, et toutes les autres avant elle ? C'est insensé, voyons, messieurs ! » Louise responsable devant la loi des actes de son fils adoptif. Arrêtée. Inculpée. Relaxée plus tard peut-être, mais traumatisée, perdant la clientèle de la mairie, réduite à la mendicité, contrainte à hypothéquer la villa si ce n'était déjà fait, chassée du sanctuaire légué par le Péruvien, errant par les rues d'Écorcheville, la châsse de son enfant momifié dans les bras, courant se jeter avec lui dans le Styx… Tout ça à cause de lui, Benoît ! Il fut pris de panique. La menace planant sur la villa, sur cette espèce d'enfer sans flammes dans lequel il vivait depuis toujours, lui était insupportable. Quand la sonnerie retentit, dans le désordre renouvelé de l'interclasse, il se retrouva bientôt entouré, pressé de questions. Il protesta de son ignorance. On ne le crut pas. Son inquiétude manifeste fut mal interprétée. Quelques-uns voulurent y voir un signe de culpabilité. Et s'il avait dénoncé les deux autres ? Nul n'osa pourtant formuler l'accusation tout haut. Il la perçut seulement dans certains regards. Déçu par son silence, on se détourna de lui. Mina Bussettin fut la dernière à lui parler. Comme il se laissait distancer au moment d'entrer en classe de mathématiques, elle pressentit qu'il allait s'éclipser et s'arrangea pour rester en arrière et échanger quelques mots avec lui. Il fut frappé par sa pâleur. Se faisait-elle vraiment du souci pour les prisonniers ? Certes, Cambouis et elle étaient cousins, mais pas de la même branche… Ou bien était-ce le sort d'Onagre qui la préoccupait ainsi ? Elle avait couché avec lui lors de l'after chez son amie Flavia. Benoît pencha pour cette hypothèse. Drôle de fille que Mina, embarrassée de son intelligence comme d'une valise trop lourde. Elle enviait l'ingénuité des autres, leur légèreté. Rien dans la tête : le bonheur. Ils chantaient sans s'entendre, ils dansaient sans se voir. Mina entendait toutes les fausses notes, elle voyait tous les faux mouvements. Les siens d'abord, comme il se doit, et sa gorge se nouait, son corps se figeait. Le temps de leur étreinte, la joyeuse irréflexion d'Onagre et son sans-gêne si voisin d'une aisance absolue l'avaient-ils délivrée d'elle-même ? La malheureuse aimait Onagre Propinquor ! devina Benoît. Elle si pleine, elle l'aimait d'être vide.

Il la plaignit, et dans la foulée il se plaignit lui-même d'aimer Fille-de-Personne. Tout semblait confirmer que le monde était mal fait.

— Tu ne peux rien dire, je comprends…

Qu'est-ce qu'elle comprenait ? Son intelligence exigeait qu'il y eût quelque chose à comprendre, alors elle cherchait au silence de Benoît des raisons plus recevables que la simple ignorance. Il se dit que si elle parvenait à épouser Onagre, elle passerait son existence à lui inventer une vie intérieure.

Il hocha la tête. La plupart du temps, les gens n'attendaient qu'une approbation, un encouragement.

C'était si déconcertant, si inconfortable, d'être !

— Qu'est-ce que tu vas faire ? Tu veux de l'argent ?

Ma parole, elle le voyait en cavale, elle se tournait un film. Un peu plus elle lui proposait le revolver de son père pour attaquer le commissariat, libérer Onagre et Cambouis. Ils s'enfuiraient tous les quatre à bord de la Vorax, en se congratulant comme des desperados échappant à la corde.

— Pour quoi faire ? Tout va s'arranger, tu sais !

— Tu crois, vraiment ?

Il vit que sa lèvre inférieure tremblait. Mina Bussettin au bord des larmes : incroyable !

— Alors quoi, qu'est-ce que vous foutez ? Vous entrez ?

C'était Flavia Esteral, dans l'encadrement de la porte.

— Moi je me taille, dit-il.

Les deux filles acquiescèrent gravement. La pensée effleura Benoît qu'il devenait intéressant.

— Si tu vois Onagre, je veux dire si tu les vois avant moi, commença Mina…

— Viens, le prof va gueuler !

Flavia tirait Mina par la manche. Allons, dans cette affaire qui les bouleversait, il n'était qu'un comparse.

— Compte sur moi, répondit-il à la demande inachevée de Mina.

Il tourna les talons et se dirigea vers l'escalier tandis que les filles entraient en classe.

Face à la statue de Mathieu Chain, sur les traits de laquelle il crut discerner ce jour-là une expression d'égarement qu'il n'avait encore jamais remarquée, Benoît connut un instant d'irrésolution proche de l'hébétude. Où aller ? Que faire de soi ? Il ne se croyait même pas capable de marcher droit devant lui, sans but, enfilant une rue puis une autre comme si souvent. Lors de ses errances à travers la cité, c'était son corps qui poursuivait une rêverie matérielle. Il avait l'impression de s'assoupir, de s'enfoncer dans une sorte de brume qui était la matière même des trottoirs, de la chaussée, des murs... Peut-être une porte allait-elle s'ouvrir sur son passage, une voix l'appeler, un inconnu surgir et lui faire les révélations qu'il attendait depuis toujours. Mais l'heure n'était plus à ces fantasmes. Si elle ne l'avait déjà fait, la police ne tarderait guère à envahir le faux manoir au donjon en parpaings crépis qui lui devenait si douloureusement cher à présent qu'il risquait d'être profané par sa faute. Il devait y retourner, bien sûr, tout de suite ! Pour être là à l'instant crucial, pour accueillir la police et disculper Louise : « Laissez-la tranquille, elle n'a rien à voir là-dedans, c'est nous, les jeunes qui sommes coupables, c'est moi... Laissez-la en paix dans sa poussière et sa crasse, dans son Pérou fantôme, entre le portrait en pied du guanotier, ses animaux empaillés et la momie de mon frère ! » Un formidable coup de klaxon le fit sursauter. Plus exactement, il s'agissait d'un coup de trompe, une trompe d'auto à l'ancienne dont la sonorité lui était familière. Un seul véhicule à Écorcheville, un engin fossile, témoin de temps révolus, possédait un tel avertisseur. Benoît aperçut, qui remontait le boulevard Mathieu-Chain dans sa direction, à peine plus vite qu'un carrosse royal s'offrant aux vivats d'un couronnement, la haute silhouette archaïque de la Westington Platinum Thunderbolt de Tata Lenya. Josaphat se tenait au volant droit et raide, d'une raideur qui devait désormais autant à l'arthrose cervicale qu'au maintien rigide du chauffeur de grande livrée. Le spectre corna de nouveau, sur l'ordre de sa patronne, supposa Benoît. Il était peu probable que la vue du factotum portât si loin. Il conduisait à l'estime depuis longtemps. L'énorme voiture s'arrêta à la hauteur de Benoît. Tata Lenya, avec un bon sourire, l'invita à monter dans sa loge d'opéra à roulettes. Assise à côté de la Vieille Toupie sur la banquette de galuchat, Géli sautillait comme un chien qui reconnaît son maître. Il se souvint qu'il était son maître, en effet. Il faillit décliner l'offre sous le premier prétexte, mais déjà la portière noire marquée des initiales de Lenya Orbison calligraphiées à la peinture dorée s'ouvrait en grinçant. Josaphat baissait. Naguère, il entretenait mieux la voiture… Benoît sauta sur le large marchepied et monta à bord.

— Tu sors bien tôt du lycée, remarqua Tata Lenya quand, après l'avoir embrassée, Benoît eut pris place face à elle sur la banquette en vis-à-vis.

— Deux profs absents ; fini pour aujourd'hui, mentit-il distraitement.

— Tu as ta journée libre, alors. C'est bien, dit Géli.

Sa journée libre, tu parles ! Il y avait gros à parier qu'il rejoindrait d'ici peu Onagre et Cambouis en cellule. Il garda ça pour lui.

— Vous rentrez ? Vous avez fait des courses ? demanda-t-il en évitant de regarder Géli qui le couvait des yeux.

— C'est cela, dit Tata Lenya. Je voulais procéder à quelques achats pour Géli. Cette petite n'avait rien à se mettre ! Comme je déteste la cohue, nous avons fait l'ouverture des magasins, et voilà !

De sa main grassouillette elle désigna plusieurs paquets et cartons posés entre elles.

— Mlle Orbison m'a rhabillée de la tête aux pieds, dit Géli en battant des mains. Un jean, une robe, un anorak, des sweaters, deux paires de chaussures, des baskets pour aller avec le jean et des souliers de ville pour aller avec la robe… Et puis des petits dessous mignons comme tout ! Tu verras, ça va te faire drôle, tu ne me reconnaîtras pas !

Tata Lenya fit les gros yeux à sa protégée. Géli se tut, non sans adresser un clin d'œil espiègle à Benoît.

— Tu rentres ? On te dépose ?

Benoît opina. Rentrer à la villa. Attendre d'être arrêté à son tour, tendre les mains aux menottes qu'on avait omis, inexplicablement, de lui passer tout à l'heure. Ou bien… Mais oui ! Pourquoi n'y avait-il pas pensé plus tôt ? S'il en était encore temps, rentrer, non pour attendre l'arrivée de Dupassé, mais pour escamoter la Vorax, filer avec, la précipiter dans le Styx, tiens ! Elle y disparaîtrait comme bien d'autres autos avant elle, et pas seulement du fait d'Onagre. C'était la plaie des cabinets d'assurances locaux ; d'innombrables voitures étaient déclarées volées alors que leurs propriétaires les avaient eux-mêmes immergées dans le fleuve. À un mètre du bord, sa profondeur était insondable. On avait renoncé depuis belle lurette à en draguer le lit. Nul besoin de décharges publiques, à Écorcheville : les vieux frigos, les vieilles télés, les vieux sommiers métalliques, les épaves de toutes sortes filaient dans le fleuve… Et combien de corps aussi, d'hommes et de femmes dont la disparition avait un temps alimenté les conversations ? C'était ainsi, on le savait, on vivait au bord d'un abîme d'où ne surgissaient, de loin en loin, que des épaves venues de l'autre côté, de la rive invisible.

Soudain, d'espoir et de fièvre, le sang se mit à battre les tempes de Benoît.

— Oui, Tata, ramène-moi à la villa, vite, vite !

— Vite, comme tu y vas ! Tu veux nous tuer ? Josaphat n'y voit presque plus. Je suis obligée de lui signaler les feux rouges et de l'avertir quand ils passent au vert…

— S'il te plaît, Tata, dis-lui d'accélérer. Je suis très pressé !

— Il va nous tuer, je te dis ! Et puis comme ça, d'un coup, tu es pressé ? Tu n'en avais pas l'air quand je t'ai vu sortir du lycée…

— Je viens de me souvenir d'un truc important… Je t'en prie, Tata, dis-lui d'aller plus vite, ou alors laisse-moi conduire !

— Toi, conduire ? Tu ne saurais pas !

— Je saurai, je te jure que je saurai…

Tata Lenya ne voulut rien entendre, non parce que Benoît était mineur, mais parce qu'elle ne pouvait pas faire ça à Josaphat : l'obliger à s'arrêter pour céder le volant à un gamin ! Elle consentit seulement à lui donner l'ordre d'accélérer, dans le cornet acoustique qui reliait l'habitacle au poste de conduite. On entendit le moteur changer de régime, l'embrayage grinça, la boîte de vitesses craqua, le lourd véhicule frémit. Seul le grossissement épique permettrait de qualifier de bond en avant ce qui se produisit alors. Dans un vrombissement paroxystique la vitesse de la Thunderbolt s'accrut en quelques instants de plusieurs kilomètres-heure.

XLIII

Le trajet parut interminable à Benoît. Non content de rouler à une allure d'escargot, Josaphat se trompa plusieurs fois de chemin et parvint à se jeter dans une des rares artères embouteillées de la ville. Les sourcils froncés, Benoît répondait à peine au babillage de Tata Lenya, et encore moins aux regards énamourés de

Géli. Quand enfin la Thunderbolt s'arrêta devant la villa Jacaranda, il enregistra avec soulagement l'absence de tout véhicule de police à proximité. Il remercia Tata Lenya et descendit de voiture. Géli lui annonça avec un sourire prometteur qu'elle passerait cet après-midi « pour le linge ».

Il se hâta vers la maison. Une odeur douceâtre flottait sur les taillis mal échenillés des cadavres de salamandres de l'autre jour, et les carapaces des hannetons morts éclataient sous les semelles avec un petit bruit sec. Tout semblait paisible, mais la perquisition avait peut-être déjà eu lieu. Benoît imagina des scellés posés sur la porte branlante de la serre, Louise arrêtée, ou alors laissée libre, mais anéantie, délayant de ses larmes la crasse de ses mains… Il la trouva dans le salon bouton-d'or, penchée sur la carcasse écartelée du centaure. Elle ne leva qu'un instant les yeux vers Benoît.

— Te voilà déjà de retour ?

Il lui servit le même mensonge qu'à Tata Lenya : des profs absents. Louise hocha la tête et se replongea dans son travail, en l'occurrence l'indispensable ablation du phallus, qu'elle remplacerait dans son fourreau par une bourre de paille oblongue, imprégnée de natron. Fasciné, oubliant presque l'urgence qu'il y avait à débarrasser la serre, Benoît s'attarda quelques instants à regarder sa mère adoptive opérer. Elle s'était d'ores et déjà ménagé un accès à la mentule par l'intérieur, en prélevant l'estomac et les intestins ainsi que les reins et la vessie. Benoît n'avait aucune notion d'anatomie équine, mais Louise lui avait confirmé la veille que rien, dans sa partie postérieure, ne distinguait le centaure d'un banal canasson. Semblablement, son thorax humain ne présentait aucune anomalie majeure. Ce n'était qu'à la jonction de ses deux composantes que se situaient les anomalies. Sinon les règles de l'hygiène chirurgicale, qu'elle n'avait jamais vraiment intégrées et qui n'importaient guère ici, Louise n'avait rien oublié de son passé médical ni de sa formation scientifique. Elle s'était fait un devoir d'établir un rapport de dissection complet, avec dessins et notes, tout en préparant la naturalisation du centaure. Ainsi, on ne pourrait lui reprocher par la suite d'avoir traité cet extraordinaire sujet comme un vulgaire trophée de chasse. L'homme ingérait et inhalait pour l'attelage les aliments et l'air que le cheval digérait et respirait pour deux. L'homme pensait, parlait peut-être, et gouvernait en tout son puissant compagnon sans cervelle... L'épouvantable réputation des centaures n'avait rien de très étonnant, selon Louise. Quelle modération attendre d'un cheval carnivore doublé d'un homme aussi généreusement monté ? Elle acheva de sectionner le membre d'un ultime coup de bistouri, et le dégagea non sans peine de son logement. C'était encore, bien qu'à tout jamais au repos, une pièce imposante. Un pli soucieux barra le front de Louise. Aucune des urnes d'albâtre ou d'aluminium dont elle se servait comme vases canopes n'était assez grande pour la contenir.

— La petite viendra travailler ici cet après-midi, dit-elle. Je ne suis pas folle de cet arrangement, mais Lenya semble y tenir, et puis quand même, ça m'aidera un peu.

Benoît sourit. Louise parlait en femme d'intérieur écrasée de besognes ménagères, alors qu'elle lavait un drap chaque fois qu'il lui tombait un œil.

— C'est sûr ! dit-il sur le ton de la conviction profonde.

— Je lui demanderai de faire ta chambre, tiens ! Ce sera toujours ça de moins pour moi.

— Bonne idée. Excuse-moi, je…

Il désigna le parc aux grands arbres eux aussi négligés, qu'on apercevait à travers les vitres poussiéreuses.

— C'est ça, se méprit-elle, finis de ramasser ces bêtes qui pourrissent un peu partout. Ça tourne à l'infection !

À l'approche de Benoît, une tête hirsute se dressa au fond de la Vorax, des yeux jaunes s'ouvrirent dans la pénombre. Le garçon s'émerveilla. Le satyrion était rentré tout seul, comme dans ces histoires d'animaux domestiques qui traversent un pays entier pour retrouver leur maître, et qui grattent un soir à la porte de leurs pattes ensanglantées. À regret, Benoît avait toujours douté de leur véracité. Il aurait aimé croire à ces histoires trop belles, presque magiques. On imaginait leurs héros marchant jour et nuit sous une pluie battante, les flancs fouettés par des rafales de vent glacé, tendus vers leur but, habités d'un amour muet, surhumain. L'exploit de Faunet était moindre. Il n'avait pas traversé tout un pays, seulement une ville d'étendue médiocre. Benoît en fut pourtant touché, bien qu'il se demandât si ce n'était pas le souvenir des poires qui avait orienté la boussole intérieure de Faunet. Et d'ailleurs, les lèvres du petit se tordaient pour en quémander, *poi*, *poi*, tandis qu'il se trémoussait avec frénésie sur la banquette. Plus tard, les poires ! Benoît se rappela que la police pouvait survenir d'un instant à l'autre. Il fallait filer au plus vite. Le corps du délit évacué, même s'il y avait perquisition, on ne découvrirait que des outils, des chiffons tachés d'huile, des bidons… Un garage, quoi ! Était-ce un crime, d'installer un garage dans une serre désaffectée ? C'était tout au plus suspect, si on ne possédait pas d'auto, mais on pourrait toujours faire l'imbécile, gagner du temps, attendre que la main de Superbe agissant dans l'ombre étouffât cette affaire-là comme les précédentes. Benoît ouvrit la portière arrière et s'efforça d'attirer Faunet au-dehors. L'énergumène ne voulait rien entendre. Il avait pris goût aux promenades en voiture. Et Benoît n'avait rien sous la main, pas la moindre friandise pour l'appâter et le convaincre de descendre. Alors l'emmener ? Benoît comprit qu'il n'avait pas le choix. Il claqua avec rage la portière sur Faunet, contourna la voiture et se mit au volant. Par chance, la route qui menait à l'endroit le mieux adapté à son projet ne passait pas par le centre et évitait les quartiers les plus populeux. Benoît tourna la clé de contact. Le bruit du moteur arracha à Faunet de petits chevrotements d'enthousiasme.

La porte de la serre était étroite. Dans son énervement, Benoît en accrocha au passage un des battants vitrés. Un croisillon céda, et un carreau déjà fêlé tomba au sol avec un tintement ténu. Benoît jura, puis haussa les épaules. Si tout allait bien, dans vingt minutes l'éraflure disparaîtrait avec la Vorax dans les profondeurs du Styx. Il sentit son cœur battre plus vite comme il arrivait à la grille. Allait-il tomber nez à nez, calandre à calandre, avec un fourgon de police ? Mais la chance continuait à lui sourire, et le mystère durait. Pourquoi l'épargnait-on, alors que sa complicité avec Onagre et Cambouis n'était un secret pour personne ? En tout cas la voie était libre.

À quelques centaines de mètres de la villa, il fallut ralentir à l'approche du premier feu. Benoît aperçut de loin son parrain. Bogue cheminait dans sa direction, de son pas flottant des lendemains de cuite. Le pain et le sachet de papier rebondi coincés sous son bras gauche, tout comme le quotidien qu'il tenait de la main droite et dont il déchiffrait les gros titres en marchant, disaient assez d'où il venait. Même s'il avait mal aux cheveux, il fallait que son premier petit déjeuner d'homme libre fût une fête. Son attention attirée par le bruit de la Vorax, il leva la tête et reconnut Benoît. Ses yeux s'écarquillèrent, à mesure que la distance qui les séparait diminuait et qu'il distinguait mieux la voiture et la créature à demi dressée sur la banquette arrière. Benoît maudit le ciel. La tuile, cette rencontre ! Sans doute serait-il passé sans s'arrêter si le feu avait été au vert. Mais il était rouge. Un accident, même un simple accrochage, aurait été la pire des choses. Benoît s'arrêta. Il vit dans le rétroviseur qu'une voiture arrivait derrière lui. Après s'être frotté les yeux du dos de la main pour s'assurer qu'il n'avait pas la berlue, Bogue approchait en courant. La situation n'était pas de celles qu'on explique en deux mots. Benoît se résigna et abaissa la vitre de sa portière.

— Monte, parrain, vite !

Bogue hésita.

— À l'arrière ?

— À l'avant, plutôt.

Eh ben ma vache ! Le feu était enfin passé au vert. Ils avaient redémarré, et ils roulaient maintenant depuis quelques minutes. Le chauffeur du véhicule qui les suivait semblait n'avoir rien remarqué. Tant qu'il ne voyait Faunet que de dos, à travers la lunette arrière, il pouvait le prendre pour un gosse, certes très poilu, dégingandé et bizarrement coiffé, qui devait agacer le conducteur à sautiller dans la voiture comme un cabri…

Ben ma vache ! Tourné vers lui, autant pour satisfaire sa curiosité que pour se prémunir contre une attaque-surprise, Bogue contemplait Faunet.

— C'est bien lui ! Ils en parlent dans le baveux, dit-il en désignant son journal posé sur le sac de croissants au beurre et sur lequel une auréole grasse commençait à se dessiner. Homini Lupus réclame la fermeture du musée Occlo, pour cause d'insécurité flagrante…

— Lupus est aux ordres, bâilla Benoît. Le musée est dans le collimateur du maire depuis longtemps…

— Il m'inspire pas trop confiance, ton zigomar. T'es sûr qu'on risque rien ?

Benoît se voulut rassurant :

— Il s'est attaché à moi. Il est bien brave, en réalité.

— Il a tout de même violé une femme.

— Dame, c'est un satyre ! Il est dans sa logique.

D'une grimace, Bogue en convint.

— N'empêche, c'est pas ordinaire. Comment t'as fait pour l'apprivoiser ?

La simplifiant à l'extrême, Benoît raconta l'histoire de ses relations avec le faune, ce qu'il n'était pas interdit d'appeler un début d'amitié entre eux. *Ma vache !* répéta Bogue une fois encore en dévisageant son filleul avec dans le regard une nuance de considération qui ne déplut pas à l'adolescent.

— Tu grandis vite, on dirait ! Et cette bagnole ? C'est une Imperial, c'est ça ? J'en avais encore vu qu'en photo. Elle est à ton copain barjot, le petit-fils du maire ?

— Si on veut.

— Quoi, si on veut ?

— Il l'a piquée, avec Cambouis, avoua Benoît. Et je les ai laissés la planquer et la maquiller dans la serre. Et maintenant ça sent le roussi, parce qu'on est venu les arrêter tous les deux ce matin au lycée, en plein cours d'histoire…

La gravité de la situation ne pouvait échapper à Bogue.

— Je vois, dit-il. Qu'est-ce que tu comptes faire ?

— La foutre dans le fleuve, répondit Benoît en montrant le tableau de bord d'un mouvement du menton.

Bogue fronça les sourcils.

— Une caisse comme ça ? Tu veux la foutre à l'eau ? Tu sais ce que ça coûte, même d'occase ?

— Elle est invendable, trancha Benoît. Pas de carte grise, et c'est la seule de ce modèle qui ait jamais circulé dans Écorcheville. On roulait avec parce qu'Onagre était intouchable, mais on dirait que les choses ont changé…

— Attends, t'énerve pas, faut réfléchir !

Bogue avait besoin d'argent, à sa sortie de prison. Un besoin dramatique. Et s'il s'y prenait bien, cette voiture pouvait lui en rapporter plus qu'il n'en gagnait péniblement en une ou deux années de ses minables trafics habituels.

— Y a pas à réfléchir, dit Benoît. À la baille ! Je te dis qu'elle est invendable.

— Invendable ici, d'accord, mais ailleurs ? Ailleurs qu'ici, y a des types qui se battraient pour l'acheter. Il existe des filières, pour ce genre de guindes. En taule des types m'en ont parlé. Je sais à qui m'adresser. Laisse-moi faire, je m'occupe de tout.

Benoît secoua la tête.

— Pas question ! Je ne respirerai à mon aise que quand elle aura disparu !

— Il faut qu'elle disparaisse, bon, mais pas forcément dans le Styx, pas pour l'éternité, dit Bogue qui s'accrochait à son idée. Mon entrepôt n'est pas loin. On y est en un coup de volant, on planque la chignole, et on attend de voir. D'autant que s'il faut vraiment s'en débarrasser, ce sera plus discret de faire ça de nuit.

L'entrepôt de Bogue, c'était une ancienne grange, une haute et vaste caverne de planches noirâtres en bordure d'un petit bois, à quelques kilomètres de la ville. Benoît n'aurait pas juré que son parrain en fût vraiment propriétaire avec acte notarié en bonne et due forme. Tout ce qu'on pouvait dire, c'était qu'il y entassait sa brocantaille depuis des lustres sans que personne se soit jamais manifesté pour l'en expulser ou pour lui réclamer un loyer. Les meubles et les objets qui lui avaient valu sa condamnation avaient transité par là avant d'aboutir dans le magasin de Bella.

— Parrain, je te rappelle que tu es en liberté conditionnelle, objecta Benoît. Ce serait idiot de prendre un risque pareil.

Bogue plaida. Quel risque ? L'encre de sa levée d'écrou était encore humide, c'est vrai, mais justement ! On n'irait pas imaginer qu'il avait eu le temps de se mettre à nouveau dans son tort. La Vorax serait à l'abri. Il ne doutait pas de la fourguer en trois coups de téléphone, et bien entendu, Benoît aurait sa part... Non, pas sa part, c'était pas le bon mot. Un cadeau, voilà, un beau cadeau... Qu'est-ce qui lui ferait plaisir ? Un ampli, du matos pour son futur groupe, ou des séances de studio pour préparer une maquette ?

Comme Benoît restait silencieux, Bogue en appela à son bon cœur. Sortir de taule, c'était comme renaître, tout nu et aussi démuni. Et même plus démuni : personne pour te donner le sein, cette fois. Il fallait recommencer à zéro, moins qu'à zéro, à moins cent, à moins mille, avec le handicap de l'âge, le souvenir des coups déjà reçus et la peur des coups à venir.

Bogue était passé voir son camion, la veille, avant de se pointer chez Louise.

— Le cher vieux camtar, tu te rappelles nos virées chez les ploucs de l'arrière-pays ? Et les débarras de caves, les galères ! Remarque, on se marrait bien quand même. Mais les flics m'ont pas laissé le mettre à l'abri avant de m'embarquer, alors tu penses, après tout ce temps il a tourné à l'épave, les quatre roues à plat, le démarreur foutu, la carrosserie, une horreur avec ce qui tombe du ciel chez nous... Et pas un rond devant moi, la cata, comment je vais croûter, moi ? Sans camion, un broc n'a plus qu'à se coucher sur le flanc et à mourir de faim et de désespoir. À toi de voir, Benoît : cette bagnole, c'est ma dernière chance !

Benoît était sûr à présent que Bogue n'était pas son père, mais il avait conscience de lui devoir gros. Sa lyre, déjà. Et depuis toujours cette précieuse présence masculine amicale, la seule. Il capitula. Quand ils arrivèrent à un embranchement dont une voie descendait à droite vers le Styx et l'autre remontait à gauche vers l'intérieur, il actionna le clignotant gauche. Bogue sut qu'il avait gagné. Il remercia son filleul d'une grande claque dans le dos qui faillit lui faire lâcher le volant et jeter l'auto contre le talus. Benoît redressa la trajectoire de justesse. À l'arrière, Faunet s'amusa beaucoup de l'embardée et se mit en tête d'en provoquer d'autres en frappant à coups redoublés sur les épaules du chauffeur. Benoît parvint à stopper le véhicule, et se retourna pour gronder le satyrion hilare. Il comprit vite que l'algarade ne troublait guère Faunet. Celui-ci était-il seulement doté d'intelligence ? C'était probable, malgré tout, à en juger par l'acquisition rapide d'un premier mot (*poi*) dont il s'était montré capable, comme par d'autres signes de réactivité congruente à ce qui l'entourait.

Dans son état actuel, cependant, il n'était rien d'autre qu'un galopin terriblement vigoureux et dépourvu de toute inhibition.

— Laisse tomber, dit Bogue, ça n'est qu'un animal…

— Détrompe-toi, il parle.

— Il parle ? Qu'est-ce qu'il dit ?

— Poi.

— Quoi ?

— Poi. *Poire*. Le fruit… C'est tout pour l'instant, mais il l'a chopé très vite.

— C'est déjà ça, mais roule, dit Bogue en scrutant la route avec nervosité. Vaut mieux pas trop traîner à découvert.

Benoît redémarra. La grange n'était pas loin. Il convint en lui-même que la Vorax y serait en sécurité dans l'immédiat. Il pensa sans joie à la dizaine de kilomètres à pied qu'il allait s'appuyer pour rentrer chez lui, à moins qu'une âme charitable ne le prenne en stop. Et Faunet ? Que faire de lui ? Aïe ! Il allait lui filer le train ! Benoît se voyait mal marchant bras dessus, bras dessous avec un compagnon aussi spectaculaire. Il réfléchit au moyen de le semer, au moins dans l'immédiat. Avec son sens de l'orientation, le satyrion se débrouillerait bien pour retrouver tout seul le chemin de la villa, comme un pigeon voyageur !

XLIV

— Ah, le morfal ! Regarde-moi ça !

Ils avaient rallié sans encombre le repaire de Bogue. Celui-ci était descendu de voiture pour ouvrir le portail de la grange, puis l'avait refermé après que Benoît y avait engagé la voiture. Il s'était alors souvenu de ses emplettes matinales et de son projet de petit déjeuner d'homme libre. Mais en chemin, tout à sa conversation avec Benoît à partir du moment où il avait été question de revendre la Vorax, il n'avait pas pris garde aux faits et gestes de Faunet. Pour l'heure le satyrion se pourléchait les babines, tirant même sa grosse langue blanchâtre jusqu'à son menton constellé de miettes.

— Il a boulotté tous mes croissants, le salaud ! poursuivit le brocanteur en brandissant le sac en papier vide taché du beurre des croissants, ainsi que son journal non moins maculé. Et le pain, où il est le pain, voleur !

Faunet n'avait pas dévoré le pain, moins friand que les croissants. Il l'avait seulement léchouillé et mâchouillé sur toute sa longueur, lui donnant l'ignoble aspect de ces morceaux de pain des *soupeurs*, qu'on trouvait naguère dans la rigole des vespasiennes.

— *Leu-eu-pin ! Vo-leu-eu-eu !* jubila Faunet.

— Dégueulasse ! pesta Bogue en jetant par-dessus son épaule le bâtard innommable qu'il avait récupéré entre les banquettes.

— *Gueu-eulass !*

Benoît prit Bogue à témoin :

— Tu l'entends ? *Leupin*, *voleu*, *gueulass*... Avec *poi*, ça lui fait quatre mots ! À ce rythme-là, dans trois jours il nous raconte sa vie. Sa vie *là-bas*, tu te rends compte ?

Bogue n'était pas d'humeur à s'extasier sur les progrès de Faunet.

— Penses-tu ! C'est comme chez les perroquets, ça s'appelle le psitto... la spitta... Enfin je sais plus, mais y a un mot pour ça ! Bref, il répète sans comprendre.

Tout en ronchonnant, Bogue s'aidait du journal pour épousseter les miettes de croissant éparpillées sur la banquette. S'il devait vendre la Vorax, autant s'épargner les réflexions du futur acheteur sur l'état de la sellerie.

— Dis donc, ça daube ! Il a fait des saletés, ou quoi ?

— Peut-être, peut-être pas... Il a pas besoin d'en faire pour sentir fort, dit Benoît qui était descendu à son tour.

— Faudrait tout de même qu'il dégage de là, que je puisse nettoyer !

— Je serais toi, je le toucherais pas, on sait jamais comment il pourrait réagir, conseilla Benoît. Y a qu'à laisser les vitres baissées : ça aérera, et il sortira bien tout seul.

Bogue finit de chasser les miettes de croissant et se redressa.

— Il faudra que ça aille !

Il contempla d'un œil dégoûté son édition du jour d'*Écorcheville-Matin*, à présent transformée en torchon de papier graisseux et froissé.

Benoît prit le journal des mains de son parrain.

— Tu disais qu'on parle de lui. Fais voir ?

— J'ai pas bien eu le temps de lire, mais oui, il fait la une : CHASSE AU SATYRE À TRAVERS LA VILLE...

Benoît déplia le journal, et ne put retenir une exclamation de surprise. Faunet n'était pas tout seul à la une. Sa photo prise à Sainte-Agathe avant son évasion, pupille luciférienne et poil hérissé, n'occupait que la moitié de la première page, à égalité avec celle de Morpho Ménélos saisi en plein numéro de trapèze volant sous le chapiteau du cirque Gorbius. Mais plus que cette dernière photo, le titre en gros caractères qui la surmontait, MORT MYSTÉRIEUSE D'UN ACROBATE, avait abasourdi Benoît.

— Et ça, t'as vu ça ? Ménélos est mort !

— Oui, j'ai vu, mais juste à ce moment-là tu m'es tombé dessus avec ta bagnole incroyable et ton dahu, là, alors j'y ai plus pensé…

La photo de Ménélos et la légende qui l'accompagnait renvoyaient à un article en pages intérieures. Benoît s'y rua. Le corps sans vie du trapéziste avait été retrouvé à l'aube sur le mail, par un joggeur. La mort remontait au plus à quelques heures. Le carreau d'arbalète fiché profondément dans la poitrine de la victime ne laissait planer aucun doute : il s'agissait d'un meurtre. L'arme du crime, d'un caractère inhabituel et spectaculaire, suscitait bien entendu la plus vive curiosité. On n'en savait guère plus pour l'instant. Suivait un rappel de la carrière de Ménélos, « stupéfiant voltigeur qui paraissait se jouer des lois de la pesanteur et dont l'audace semblait ne connaître aucune limite ». Là, mine de rien, l'auteur de l'article tendait la perche à l'imagination de ses lecteurs. Comment ceux-ci n'auraient-ils pas rapproché ces mots de la légende qui courait de longue date sur le compte de Morpho Ménélos, l'Icare clandestin, l'homme volant qui faisait semblant de n'être qu'un acrobate ?

Benoît comprit que ses craintes au sujet de la Vorax étaient vaines. Dupassé n'aurait jamais levé le petit doigt contre Onagre s'il n'avait été question que des vols de voitures. Un meurtre, en revanche, c'était une autre affaire, trop grave pour qu'on se risquât d'entrée de jeu à l'étouffer. Le carreau d'arbalète qui avait terrassé Ménélos évoquait furieusement celui qui avait blessé Sérif quelques heures plus tôt. Le commissaire n'avait pu se dispenser d'interpeller les deux adolescents impliqués dans ce premier épisode. Benoît se sentit soulagé du poids qui l'oppressait. Il n'avait rien à craindre, à moins que l'enquête sur la mort de Ménélos n'en entraînât une autre sur les passe-temps délictueux de ses amis. Pourtant il se mordit les lèvres. Une nouvelle angoisse se substituait déjà à l'euphorie qui l'avait un instant envahi. Onagre et Cambouis étaient hors de cause, puisque Fille-de-Personne s'était enfuie du palais Propinquor en emportant l'arbalète. Du coup, dès que la police l'apprendrait, les soupçons retomberaient sur elle. Benoît se rappela leur conversation nocturne sur le mail, pendant que Ménélos se livrait à ses galipettes aériennes à l'endroit même où il mourrait la nuit suivante… Mais Fille-de-Personne n'avait sûrement pas tué son père volant, volage, volatil… Elle ne nourrissait pas de haine envers lui, rien qu'une sorte d'amour triste. La vision du sac au contenu biscornu et hétéroclite jeté cette nuit par Krux sur le siège arrière de la Vorax s'imposa à lui. C'était Krux le meurtrier, bien sûr ! Krux, froid comme le métal d'un carreau d'arbalète, capable d'un seul sentiment, la haine. Krux tout entier en guerre, guerrier en marche contre tout. À l'approche de l'aube, après avoir abondamment tagué les affiches de Superbe et quitté Benoît au volant du bolide volé sous ses yeux, il était allé prendre l'affût sous les arbres du mail. Il savait, Fille-de-Personne avait dû le lui dire, que Ménélos était de retour et qu'il le trouverait peut-être là, obéissant à sa nature d'homme-oiseau qui lui ordonnait de batifoler là-haut, vulnérable, cible offerte au chasseur.

Depuis un moment, devant l'air concentré de Benoît, Bogue lorgnait son journal confisqué.

— Alors ? Qu'est-ce qu'ils disent ?

Benoît le lui rendit enfin.

— Ils savent rien, ils brodent.

— Comme d'habitude !

Bogue ne s'en jeta pas moins avidement sur la

feuille graisseuse.

— Quand même, un carreau d'arbalète, c'est pas banal ! s'exclama-t-il en relevant la tête. Mais au fait, c'est peut-être pour ça qu'on a coffré tes copains ?

— C'est pas eux, dit Benoît.

— Qu'est-ce que t'en sais ? Le petit Bussettin, je dis pas, mais le grand Propinquor est largement assez con pour avoir fait ça.

Benoît se rebiffa. En dehors de sa lyre, ses amis étaient ce qu'il avait de plus cher… À dire vrai, ils étaient tout ce qu'il avait.

— Tu le connais pas, alors tu peux rien dire !

— Je peux dire ce que tout le monde dit. S'il s'appelait pas Propinquor, il graisserait les roues des caddies du supermarché depuis longtemps.

— N'empêche que c'est pas lui.

— C'est pas lui, c'est vite dit…

La conversation ne menait nulle part. Benoît changea de sujet :

— Y aurait un arrêt de bus dans le coin, pour rentrer ?

Tant qu'il n'était sûr de rien pour la Vorax, il préférait la laisser ici à l'abri.

— Un bus ? Tu rigoles ! Mais avec toutes ces vieilles bécanes on devrait bien trouver de quoi en bricoler une ou deux qui roulent…

Depuis toujours Bogue achetait de tout, vendait de tout. Il lui restait de tout, invendu parce que trop laid, défectueux, usé, cassé, dépareillé, une moraine de choses au bout du rouleau qui s'entassaient dans la pénombre de la grange. Dans ce capharnaüm, bien sûr, des vélos, des épaves de vélos de course, de ville, d'homme, de femme, d'enfant, dans tous les états, à tous les stades de dégradation et de corrosion, les uns encore pourvus de roues, reposant sur leurs pneus à plat, leur guidon piqué de rouille semblable aux cornes d'un taureau squelettique, d'autres renversés, dressant vers la voûte poussiéreuse leur fourche semblable à un rostre bifide. Ce n'était que chaînes rouillées, pédales faussées, selles moisies, poignées de freins tordues, timbres ternis, plaques d'identité gravées de noms d'anciens propriétaires jadis fringants, pédalant joyeusement sur les chemins de leur vie, aujourd'hui morts, ou vieux, cloués à leur fauteuil pour les années qui leur restaient à vivre entre tisane et mots croisés.

Cela ne prit pas trop longtemps, mais ils ne parvinrent à assembler qu'un vélo-puzzle, un très atypique biclo, un peu louche et bas du cul avec sa roue arrière d'un diamètre inférieur à ce qu'il aurait fallu, ses pneus flapis, sa chaîne et ses pignons grinçants, ses freins en trompe l'œil, mais enfin il roulait. Faunet repu s'était endormi à l'arrière de la voiture. On lui laissa les vitres ouvertes, ainsi qu'un portillon sur le côté de la grange. Bogue cacha la clé du cadenas qui fermait le portail sous un vieux pot de fleurs fêlé. L'endroit était si écarté, de toute façon, que n'importe quel rôdeur pouvait entrer quand il lui plaisait en forçant le cadenas ou en défonçant un mur à coups de masse… Le fait est que nul rôdeur n'était jamais passé par là, hormis Bogue sans doute, à l'origine. Bogue en selle, Benoît sur le cadre, le parrain et le filleul prirent un départ louvoyant, comme à bord d'une barcasse affrontée à un fort vent contraire et prête à chavirer à tout instant. Heureusement pour Bogue, dont les mollets, malgré sa vigueur, peinaient sur le pédalier récalcitrant, la route en pente ascendante à l'aller offrait moins de difficulté au retour.

Après avoir déposé Benoît, Bogue alla, toujours pédalant sur son clou impossible, se rappeler au souvenir d'une bonne amie. Il avait donné un numéro de téléphone à son filleul, « pour le suivi du dossier », comme il disait. Il vivait dans un monde d'euphémismes, et adorait draper ses combines et ses traficotages de noms honnêtes, évocateurs d'activités commerciales licites.

Benoît avait vu arriver Géli de loin, depuis son donjon. La guettait-il ? Il n'osait se l'avouer, mais il avait tout de même fait sa toilette et son lit, et aéré sa chambre. Elle ne sonna pas à la grille, peut-être de peur qu'il ne vînt pas lui ouvrir. Elle poussa le battant d'un geste décidé, entra de sa propre autorité, et traversa le parc au pas de charge. Pour venir laver du linge, elle avait remis le beau manteau que lui avait donné Tata Lenya. Elle avait pourtant depuis ce matin des vêtements plus pratiques, plus de son âge. Mais à l'évidence c'était dans ce manteau-là qu'elle s'aimait, en dame. Il ne lui allait pas vraiment. Trop long. Trop large surtout, mince comme elle était. Et puis cette coupe démodée, ce col d'astrakan, ces gros boutons de jais ! Du haut de sa meurtrière, Benoît piquait des mots sur la silhouette qui remontait l'allée de gravier entre les houx hirsutes et les massifs d'aucuba et de choisya criblés de minuscules charognes. Boutons de jais, col d'astrakan, il choisissait les mots au hasard. Pour ce qu'il y connaissait, ça pouvait être n'importe quoi de noir à la place, du strass, de la ratine. Mais le jais et l'astrakan faisaient riche, et Lenya Orbison, *Mlle* Orbison, avait porté ce manteau dans *Le Marbre et la Brume*. Et pour le tissu ? Laine et soie, allez, cheviotte, carmeline… Ah bien sûr, ça devait avoir une autre gueule sur les épaules de Tata au temps de sa gloire, jeune et belle, avec son port de tête et sa prestance de femme en chair…

Puisqu'elle l'avait gardé après le tournage, elle avait dû le porter parfois pour des soirées privées, lors de galas et de festivals. Dans ce manteau, elle avait virevolté sous les flashes des photographes, monté des marches au bras de son producteur et amant, Laurençais, l'homme qui lui avait offert la Thunderbolt et Josaphat…

Géli expédia un peu de besogne au rez-de-chaussée, pour avoir l'air, puis elle monta, dans sa petite robe à fleurs de leur première rencontre. Tout de suite après avoir fermé le loquet, elle l'ôta et la jeta sur une chaise. Ce qu'elle portait en dessous, un léger caraco en synthétique, un slip, un soutien-gorge, rejoignit aussitôt la robe. Nue et riant aux éclats, elle se précipita dans les bras de Benoît. Elle savait bien que sa nudité balaierait toute hésitation. Benoît se laissa pousser vers le lit. Elle lui donna à sentir son cou, la saignée de ses bras, qu'elle avait oints d'un lourd parfum de Tata Lenya, trop musqué pour sa peau d'adolescente, mais étourdissant. Benoît perdit la tête. Au fond il ne demandait que ça, malgré ses réticences, ses remords enfantins à l'idée de « tromper » Fille-de-Personne qui l'avait toujours rabroué, sa peur de se trouver piégé.

Rien qu'à l'idée d'être vu avec Géli, la gêne le tenaillait, cependant ils étaient seuls, la porte était close. Louise travaillait en bas au centaure. Elle ne bougerait pas du salon bouton-d'or. Qu'avait-il à craindre ? Géli n'était qu'une esclave, pas tout à fait une personne, plutôt une sorte d'objet vivant. Mais justement, il avait honte de leur intimité. Pourtant, comme la première nuit, le malaise dont l'existence entière de Benoît était empreinte depuis toujours se dissipa à son contact. Sa chair était chaude et odorante, élastique, ici délicieusement molle et là étonnamment ferme…

Une des choses qui surprenaient Benoît était le parfait naturel avec lequel elle accomplissait les gestes de l'amour. Il pensa qu'elle en avait l'habitude, qu'elle y était rompue malgré sa jeunesse. Elle ne lui avait parlé que de Lordurin. Alors elle s'était donnée au vieux schnock avec autant de spontanéité et autant d'abandon ? Il ne pouvait y croire. Il l'imaginait, faisant les mêmes gestes et se prêtant aux mêmes caresses, mais avec répugnance, les lèvres pincées, en crachant de dégoût quand enfin l'horrible vieillard la laissait tranquille. Benoît n'osait pas la questionner là-dessus. Il se dit qu'il éprouvait à parler avec elle une gêne semblable à celle qu'elle avait dû ressentir à coucher avec Lordurin. C'était plus fort que lui, hors ces instants où l'on ne pense plus à rien, où l'on roule presque inconscient dans le vide soyeux de la chair, elle l'embarrassait, elle l'encombrait. Il en avait mauvaise conscience. Il se sentait comme un avare honteux qui se reprocherait après coup de ne pas avoir payé son écot.

Vint le moment difficile, après, quand ils eurent fini, tandis qu'elle reposait contre son flanc, le visage dans son épaule. Bien entendu, elle allait rompre le silence et il devrait lui répondre, or il lui semblait que sa bouche et sa langue de plomb ne parviendraient pas à articuler autre chose que des *mm* et des *hon* de brute. Il était certain qu'elle se montrerait comme la première fois d'une gaieté de petite fille, qu'elle débiterait des bêtises de petite fille, qu'elle rirait et qu'elle chantonnerait comme une petite fille, qu'elle se conduirait comme si elle était heureuse. Pour échapper à ce bonheur qu'il ne partageait déjà plus, Benoît ferma les yeux et feignit de s'endormir, mais il savait pertinemment qu'elle allait bientôt lui demander : « Tu dors, dis, tu dors ? » et qu'elle insisterait jusqu'à ce qu'il réponde. Il résista, resta muet aussi longtemps que possible. Elle prit cela comme un jeu. Elle répéta sa question sur tous les tons, lui cria dans l'oreille, le pinça, le chatouilla, se dressa à demi pour lui bourrer l'épaule de coups de poing. Il s'entêta à ne pas bouger, la bouche et les yeux clos, affectant un souffle régulier de dormeur. Une souche. Mieux, un gisant de pierre. Invulnérable, inaccessible. Maintenant, elle le rouait en vain de coups, pour rire, mais tout de même, elle frappait de bon cœur tout en pouffant. Cela ne déplaisait pas à Benoît. Pendant qu'elle tapait il pensait à Fille-de-Personne, au soutien-gorge de Fille-de-Personne toujours roulé en boule dans la poche de son blouson accroché là à la patère du mur, à côté d'une affiche déjà ancienne annonçant un concert de Blandeuil.

XLV

Une violente tambourinade fit trembler la porte. Géli étouffa un cri de frayeur. Le cœur battant, Benoît se redressa, tiré en sursaut de son feint sommeil minéral.

— Qui est là ? questionna-t-il d'une voix étranglée.

— Au nom du cardinal, ouvrez, bordel de merde !

La voix forcée dans les graves roulait les *r* façon mousquetaire béarnais. Benoît gonfla les joues et poussa un soupir de soulagement.

— Onagre ! Ils t'ont relâché ?

— Il eusseût fait beau voir qu'on nous gardassassiât captifs ! rétorqua Cambouis bouffonnant comme son compère.

Un nouveau choc ébranla la porte. Onagre tenait à son rôle de composition.

— Sors de là, maraud, tu es cerné, putaing-cong !

— Arrête, bon sang, tu vas casser la porte !

Benoît sauta à bas du lit. Il s'avisa qu'il était nu, que Géli l'était aussi, et que la situation ne laissait planer aucun doute sur leurs relations. Géli avait ramené le drap sur elle, mais ne paraissait pas autrement émue, à présent qu'elle savait de quoi il retournait.

— C'est tes copains ? Ils m'ont fait une de ces peurs...

Benoît la fusilla du regard et barra ses lèvres d'un doigt, mais c'était trop tard, de l'autre côté de la porte les deux garçons avaient entendu cette voix de fille.

— Oh ! oh ! Le renard n'est pas seul au terrier ! s'écria Onagre.

— Je gage qu'il est en bonne fortune, dit Cambouis. Soyons discrets, Cocardasse, laissons-le à ses amours...

— Non, Passepoil, pas avant qu'il ne nous ait dit ce qu'il est advenu de notre carrosse, qui n'est pas dans sa remise, et dont nous aurons ce soir grand besoin !

Benoît enfila à la hâte sa chemise et son pantalon, et ordonna par signes à Géli de se cacher sous le drap. Puis il alla jusqu'à la porte, qu'il entrouvrit juste assez pour se glisser dans l'entrebâillement. Plus grand que lui, Onagre balaya la chambre du regard par-dessus son épaule. Benoît le repoussa dans le couloir et referma la porte sans se retourner. Il dut s'avouer que ses précautions n'avaient servi à rien. Un sourire, égrillard et narquois chez Onagre, amical et complice chez Cambouis, s'affichait sur les traits de ses amis.

— C'est la petite à fleurs ? Elle est bonne ? demanda Onagre.

— T'occupe ! Alors comme ça, vous êtes innocents ?

— Innocents comme jamais ! Avec plates excuses et ronds de jambe…

— Superbe a sonné les cloches à Dupassé ?

— Cette fois ça n'aurait pas suffi, dit Cambouis avec une moue. Y a eu mort d'homme.

— D'homme-oiseau, compléta Onagre. Un carreau d'arbalète dans le buffet, plus une chute d'une vingtaine de mètres. C'est la preuve que ce qu'on disait de Ménélos était vrai.

— Je sais, dit Benoît. Je l'ai vu voler l'autre nuit, au-dessus du mail.

Cambouis haussa les sourcils.

— Tu mènes une vie de plus en plus mondaine, dis donc. Des satyres, des hommes-oiseaux…

— Sans parler des gonzesses sapées comme des canapés ! ajouta Onagre en montrant la porte close.

Benoît moulina l'air d'une main lasse, comme pour chasser une mouche importune.

— Sérif a parlé aux flics de Fille-de-Personne, c'est ça ?

— C'est ça. La voilà promue témoin numéro un : principale suspecte, en bon français.

— C'est pas elle ! protesta Benoît.

— Bien entendu. On peut parier que c'est Krux. Il lui a pris l'arbalète, et il s'en est servi.

— Mais pourquoi tirer sur Ménélos ? s'interrogea Onagre.

— Bah ! C'est Krux, ça, dit Cambouis. S'il croise un chien, il lui flanque un coup de pied, un gosse qui court, il lui fait un croche-patte. Si un oiseau passe au-dessus de sa tête et qu'il a une pierre ou une canette de bière sous la main il la lui balance. Là, il avait une arbalète… Tu crois pas, Benoît ?

Benoît se contenta d'opiner. Cambouis disait vrai,

mais pour une fois Krux avait sans doute agi pour une raison plus personnelle que sa coutumière agressivité reptilienne. Benoît n'avait pas envie de s'étendre là-dessus.

— Fille-de-Personne ne dénoncera sûrement pas son frère, dit-il, tout à coup inquiet.

Cambouis s'exclama qu'on pouvait compter sur Dupassé pour chercher des poux dans la tête de Krux de sa propre initiative. D'ailleurs, avant de les relâcher il avait questionné Onagre et Cambouis au sujet d'une bagnole volée cette nuit, et...

— C'est une Guattopardo Eccellenzia ! intervint Onagre. Une horde de chevaux sauvages dans chaque cylindre ! Vingt-quatre cylindres, ou quarante-huit, je sais plus ; ça coûte la peau des yeux, ça roule au Chanel N° 5...

Il en bavait, l'œil fiévreux, le débit saccadé. Cambouis lui tapota la nuque pour l'apaiser.

— Là, là, calme !... Dupassé nous a demandé si on avait fauché la Guattopardo. On a répondu que non, alors il a dit : « Bon, c'est Krux. Si vous le voyez, prévenez-moi aussitôt. » Il a insisté : « Je rigole plus, là : *aussitôt !* » Et il m'a donné son numéro de portable.

— Et tu l'appelleras, si tu vois Krux ?

Cambouis dévisagea Benoît d'un air outré.

— Krux est le frère de Fille-de-Personne... Elle ne serait pas contente.

Une pensée traversa soudain l'esprit de Benoît. Si Krux, comme il était probable, avait tué Ménélos, il y avait toutes chances qu'il s'enfuie à bord de la Guattopardo, et que Fille-de-Personne l'accompagne. Il s'ouvrit de cette crainte aux deux autres.

— Il nous a lancé un défi, dit Cambouis. S'il se taille ce sera après la course, pas avant.

— Sûr ! approuva Onagre. Y a trop longtemps qu'il

attend sa revanche. S'il se fait pas prendre d'ici là, il sera ce soir sur le parking du Lapin Bleu, à crâner dans sa tire. C'est pour ça que... On venait bichonner le moteur de la Vorax. Elle est pas dans la serre. Qu'est-ce que t'as foutu ? T'as pas eu d'accident, au moins ?

Benoît révéla où était la Vorax. Rassurés, mais aussi agacés du contretemps, Onagre et Cambouis décidèrent d'aller la récupérer sur-le-champ, afin de revoir ses réglages et de jouer de la burette d'huile avant l'affrontement. Benoît n'était pas chaud pour retourner dès à présent à l'entrepôt. « C'est pas tout près, et y a pas de bus », plaida-t-il. Onagre écarta l'objection :

— On piquera une bagnole, voilà tout ! Allez, mets des chaussures, on s'en va.

Benoît traînait les pieds. Ce n'était pas de laisser Géli seule, qui le tracassait, mais l'idée que peut-être, pour une raison ou pour une autre, Louise pouvait monter et la découvrir nue dans sa chambre, dans son lit. Il mit tant de mauvaise volonté à suivre ses amis que Cambouis finit par comprendre et lança un clin d'œil entendu à Onagre.

— Bon... T'as quelque chose sur le feu ! Dessine-nous un plan, va, on se débrouillera sans toi.

Benoît griffonna un plan et leur expliqua où était cachée la clé de l'entrepôt. Il les vit partir sans déplaisir. Rendez-vous était pris au Lapin Bleu à l'heure habituelle. Pour ne pas avoir à repasser par la villa, ils avaient fourré outils et burettes dans un sac de sport. Ils iraient directement de l'entrepôt au dancing. Benoît les y rejoindrait par ses propres moyens.

Il les regarda traverser le parc depuis la meurtrière de l'escalier, et regagna sa chambre quand ils furent hors de vue. Il pesta en constatant que Géli n'avait pas abaissé le loquet. Elle n'avait pas profité non plus de son absence pour se rhabiller. Il lui fit des reproches. Il était entré sans frapper. Il l'avait surprise assise nue au bord du lit, en train de rêvasser en tortillant ses cheveux entre ses doigts. Et si ça n'avait pas été lui ? Si ç'avait été sa mère, ou Tata Lenya ?

Elle eut un petit rire insouciant.

— Tu parles d'un drame ! Elles se doutent bien qu'on couche ensemble.

— Sûrement pas ! protesta-t-il avant de se reprendre : Enfin, si, peut-être, mais tant que ça reste dans le vague, ça ne les choque pas, tandis que si elles en ont la preuve sous le nez…

Géli leva les yeux vers le plafond, et il n'acheva pas sa phrase. Tout à coup il se sentait un peu ridicule. N'empêche qu'elle le contrariait, à rester nue maintenant qu'ils avaient fini. Il lui dit de se rhabiller.

— Tu ne veux plus ?

— J'ai à faire. Allez, rhabille-toi !

Elle obéit à regret.

— C'était court… commença-t-elle. Je veux dire il est encore tôt, on était bien, non ?

Il en convint :

— Si. Mais j'ai à faire. Dépêche-toi.

Il la regarda s'habiller. Elle ne se dépêchait pas. Sans doute espérait-elle qu'il changerait d'avis. Il en était bien près, quand, actionnée avec vigueur et presque avec rage, la sonnette du parc se fit entendre. Il courut à la fenêtre. Une silhouette voûtée se tenait à la grille.

— Nom de Dieu, qui c'est ? Ma parole…

Il se retourna vers Géli.

— On dirait Lordurin !

L'adolescente blêmit. Envolées, les mines et les aguicheries, les mains qui tardaient exprès à agrafer le soutien-gorge. Une vraie terreur se lisait dans les yeux de Géli.

— Qu'est-ce qu'il vient faire ? Qu'est-ce qu'il veut ? Il ne peut rien contre moi, Mlle Orbison me l'a juré. Il n'a plus aucun droit, c'est à toi que j'appartiens… À toi ou à elle, se corrigea-t-elle comme si elle doutait de la détermination de Benoît à la défendre contre le barbon. Celui-ci s'impatientait et gardait maintenant son doigt appuyé sur le bouton.

— Louise sait que je suis là ; elle ne bougera pas, dit Benoît. Je vais aller voir.

— Oui, va voir ! Je suis pas là, hein ?

Lordurin venait pour elle, pour la récupérer, elle en était sûre. Elle finit d'agrafer son soutien-gorge et enfila sa robe à toute vitesse.

— J'y vais. Tu t'enfermes, et tu ne sors d'ici sous aucun prétexte, lui ordonna Benoît.

Elle dit oui. Elle n'avait pas l'intention d'obéir. Pour en avoir l'air, quand il fut sorti elle abaissa le loquet assez fort pour qu'il l'entendît, et elle le releva dès que le bruit de ses pas eut décru dans l'escalier. Selon la façon dont les choses tournaient, elle était décidée à s'enfuir par l'arrière de la propriété. Si on la poursuivait, si elle se retrouvait acculée, s'il y avait un étang, elle s'y jetterait plutôt que de retourner chez le vieux !

Benoît n'avait jamais vu Lordurin d'aussi près. La texture de son faciès n'était pas très différente de celle des barreaux rouillés à travers lesquels l'adolescent l'observait. Si une certaine bouffissure lui épargnait en partie les rides en dépit de son âge, ce visage était strié de couperose, grêlé de verrucosités, semé de taches brunes, d'excoriations minuscules, de cratères laissés par les éruptions d'une lointaine acné juvénile.

Il y avait certes quelque chose de puissant dans la laideur du poète, dans la mâchoire surtout, arracheuse et broyeuse de toutes nourritures terrestres et célestes, et aussi dans le regard à la fois inquisiteur et comme égaré. Ce qui étonnait de prime abord, c'était le corps de gringalet sur quoi était posée cette tête de dévorant. Lordurin était petit, étroit d'épaules et pourtant large d'encolure. À un moment donné la nature s'était ravisée, mais on n'aurait su dire si l'on avait affaire à un géant bâclé ou à un avorton remanié. Toute sa vie Lordurin s'était haussé du col et dressé sur ses ergots pour compenser son gabarit médiocre. Le temps lui avait infligé cette humiliation finale : l'arthrose, en le courbant, en le tassant, l'arasait et le réduisait de jour en jour à rien.

— Monsieur ?

— Je suis Lordurin, le poète.

— Bien sûr…

— Vous avez appris mes vers à l'école !

Cela allait sans dire. Lordurin avait écrit pour tous les âges. Ses œuvres étaient inscrites au programme de toutes les divisions, et il passait chaque année en personne dans les classes pour s'assurer qu'on les étudiait. Du fond de sa mémoire, les mots d'un poème naguère appris par cœur montèrent aux lèvres de Benoît malgré lui, comme la mousse monte à l'assaut des parois d'une casserole de haricots oubliée au fond d'un garde-manger :

— *Les Hottentots sans paletot,*
Se couchent tard, se lèvent tôt…

— … *Et s'enduisent la peau de nard !* enchaîna Lordurin enchanté.

Ce poème était idiot, pensa Benoît. Il ne s'en rendait compte qu'à l'instant. Il l'avait ânonné machinalement comme tous les enfants de sa classe, comme tous les enfants d'Écorcheville, puisqu'on le leur avait ordonné. Ces mots-là ou d'autres, quelle importance ? Et aujourd'hui l'auteur était devant lui, faraud d'avoir à jamais encombré de cette ânerie d'innocentes cervelles.

— Vous êtes Benoît Brisé, n'est-ce pas ?

— C'est moi, oui…

— Je suis venu dans le but de m'entretenir avec vous, en toute franchise et liberté. À propos de liberté, ces barreaux… Peut-être pourriez-vous m'inviter à entrer ? Ce serait plus confortable pour moi, et plus courtois de votre part.

Ce disant, Lordurin lissa de la main ses longs cheveux blancs. Abondante, ondulée, d'une blancheur parfaite, cette chevelure devait exiger des soins méticuleux. Benoît hésita. Lordurin lui répugnait autant qu'il l'intimidait. En outre, comme devant tout étranger, il avait honte, du parc, de la villa, de Louise, de lui-même… Offusqué de le voir tarder à lui ouvrir, Lordurin prit un air pincé.

— Jeune homme, il s'agit d'une affaire délicate. Nous gagnerions l'un et l'autre à la traiter à l'amiable, entre nous, plutôt que de nous mettre entre les mains d'hommes de loi…

Benoît se résigna à ouvrir.

— Ma mère n'est pas visible, dit-il. Faisons quelques pas dans le parc…

Lordurin renifla avec ostentation les relents de chair en putréfaction encore perceptibles.

— Ce n'est pas mieux dedans, dit Benoît qui voulait le tenir éloigné de la villa et de Géli. Ma mère est en plein travail. Les odeurs de natron vous incommoderaient.

— De natron, ah oui, j'oubliais… Alors marchons sur la route, plutôt. L'air y sera plus pur.

Benoît faillit lui tourner le dos et le planter là. Il se contint. Il devait savoir ce que Lordurin lui voulait au juste. Il le suivit sur la route. La voirie était passée, l'air y était plus respirable, en effet.

« Voilà... » Lordurin leva les yeux vers le ciel, comme s'il s'attendait à y voir défiler, tel un vol de canards sauvages, les mots dont il allait user. « Voilà », reprit-il. Mais là encore il s'interrompit. Il s'immobilisa et posa la main sur l'avant-bras de son compagnon qui s'arrêta lui aussi. « C'est au sujet de... » Lordurin se racla la gorge, et hocha la tête comme pour s'encourager à poursuivre, dans un murmure : « C'est au sujet de Géli Loiseau, cette jeune esclave que... » Il laissa sa phrase en suspens. Benoît s'impatientait. Avec quelqu'un de son âge, il se serait montré brusque. *Accouche, vide ton sac!* Là il n'osait pas, mais comme Lordurin n'embrayait pas, il se permit tout de même : « Oui, eh bien ? » Lordurin le toisa, l'œil mauvais. Ce morveux le pressait, lui, Lordurin, le prince des poètes d'Écorcheville, l'égal des plus grands noms de la littérature universelle, comme le monde entier le saurait tôt ou tard! De rage, il se mordit les lèvres. Tout ça pour... Il fallait qu'il eût cette petite salope de Géli dans la peau, pour s'humilier ainsi! Il grinça des dents et lâcha le morceau :

— Elle est à moi! Il faut me la rendre!

Il eut conscience du ton à la fois âpre et presque suppliant de cette entrée en matière et régla mieux le tir :

— J'en ai besoin. Elle tient ma maison. Oh, ce n'est pas une perle, tant s'en faut! Elle casse des choses, des verres, des tasses, l'autre jour un vase... Et pour le linge on pourrait trouver à redire, et même pour le ménage, c'est loin d'être parfait. Mais surtout elle est fugueuse. De temps en temps ça la prend, elle disparaît, elle va traîner, danser, je suppose. J'ai fini par piquer un coup de sang. À plusieurs reprises je l'avais menacée de me séparer d'elle si elle recommençait, elle n'en a pas tenu compte, j'ai voulu marquer le coup, lui prouver que je ne plaisantais pas. Je l'ai mise en vente. Le marché est morose, ces temps-ci ; je ne pensais pas qu'elle trouverait acquéreur aussi vite. C'était seulement pour lui faire peur, vous comprenez ? Et puis bon, je ne sais pas ce qui s'est passé, un quiproquo, un malentendu, vous l'avez achetée, enfin on l'a achetée à votre nom, Dieu sait pourquoi ! En tout cas j'ai l'intention de faire annuler la vente. Vous êtes mineur, cette transaction est tout à fait irrégulière…

Après des débuts laborieux, le poète avait trouvé son débit de croisière. Les mots se pressaient sur ses lèvres. Ils s'abattaient sur son interlocuteur comme des paquets de mer à l'assaut d'un rafiot en difficulté par gros temps. Neptune émergea un instant des eaux bouillonnantes pour estimer l'effet de ces rafales sur Benoît, et choisit de mollir un peu :

— Je suis persuadé d'obtenir gain de cause, mais comme je vous le disais, à quoi bon enrichir des avocats ? Votre maman et Mlle Orbison seront de mon avis : réglons ça entre personnes raisonnables. Vous me revendez cette petite esclave le prix que vous l'avez achetée. Je prends la commission du courtier à mes frais. Que vous dire de mieux ?… Tenez, il y aura un petit quelque chose en plus pour vous. Personne n'a besoin de le savoir. Avouez que je ne suis pas chien !

Lordurin s'était tu. Ses yeux scrutaient le visage de Benoît, guettant avec avidité un signe d'assentiment.

— Elle veut pas, dit l'adolescent.

Lordurin sursauta.

— Qui ? Quoi ?

— Géli. Elle veut pas revenir chez vous. Elle me l'a dit.

— Mais ce n'est qu'une esclave, elle n'a rien à vouloir ! explosa Lordurin. C'est vous qui décidez, vous ou votre tutrice ! Réfléchissez, voyons ! Ce ne sont pas les esclaves qui choisissent leur maître. S'ils avaient voix au chapitre, il n'y aurait plus d'esclavage, tout simplement.

Cet axiome eut le don de divertir le vieillard.

— Elle ne veut pas ! Mais savez-vous bien, jeune homme, que les esclaves, en règle générale, ne veulent pas être ce qu'ils sont ni faire ce qu'ils font ? Tous préféreraient être libres et riches, par exemple, comme je préférerais être jeune et beau, et vous, je parie, célèbre et adulé. Ou bien vous estimez-vous heureux de votre sort ? Si tel est le cas je vous félicite, mais j'ai peine à le croire : on n'est pas heureux quand on a dix-sept ans !

Sur cette citation aménagée qui passa au-dessus de la tête de Benoît, Lordurin revint à ce qui l'obsédait.

— Réfléchissez, mon petit ! Qu'allez-vous faire d'elle ?

Il poussa Benoît du coude, tandis qu'un sourire grivois se peignait fugitivement sur ses traits.

— … La sauter ? Je subodore que c'est déjà fait ! Peut-être était-ce la première, peut-être pas. Disons qu'elle n'est pas déplaisante, sans entrer dans les détails ! Mais vous vous lasserez d'elle, soyez-en sûr. Les filles vont commencer à défiler. À l'âge que vous avez on en change comme de chemise, c'est normal.

Lordurin flagornait Benoît sans vergogne, en feignant de lui prédire des conquêtes à foison dans un proche avenir. Benoît n'était pas dupe. Côté filles, celle qu'il aimait ne lui avait jamais rien témoigné de mieux qu'une espèce de camaraderie distraite, et si Géli ne s'était pas jetée à sa tête, il ne se serait rien passé du tout.

— Vous vous lasserez, répéta Lordurin. Vous vous ennuierez. Que peut-elle vous apporter, hormis de temps en temps... bon ! Laissez-moi vous dire, pour votre bien, dans le seul souci de vous épargner des désagréments futurs, que dans un mois ce sera comme un vieux mariage rance. *Quelqu'un vous attendra à la maison*. Quelqu'un que vous n'aurez pas hâte de retrouver, et dont la pensée ternira vos plaisirs et finira par vous pourrir la vie. Allons, allons ! Vous êtes un garçon intelligent, vous poursuivez des études, vous avez un avenir. Elle, ce n'est qu'une boniche. Vous n'avez pas besoin d'une boniche. Moi si.

— Vous en trouverez une autre, dit Benoît.

— Non. Je me suis habitué à celle-là. Les *habitudes*, les habitudes des vieux, vous n'avez pas idée de ce que c'est, vous les jeunes. C'est la vie même. Son grain, son goût. Malgré ses défauts et ses négligences Géli fait partie de mes habitudes. Elle est dressée. Vous n'allez pas m'obliger à tout recommencer à mon âge ? Remarquez, je ne passe par vous que par délicatesse. Je pourrais m'adresser directement à Mlle Orbison. Mais tout ira plus vite, et c'est votre intérêt comme le mien, si vous lui faites savoir que vous êtes partisan de me rétrocéder Géli Loiseau... Alors, dites, c'est d'accord ?

Benoît restait coi. Lordurin s'empressa de rompre ce silence inquiétant.

— Suis-je bête ! Vous aimeriez savoir ce qu'il en est du petit quelque chose ? Voyons, je ne sais pas, moi. Disons…

Il énonça un chiffre en baissant la voix, puis, en l'absence de réaction de son interlocuteur, un autre plus important. L'attitude du garçon restant inchangée, le vieux se rebiffa :

— Ah, ne croyez pas que vous pourrez abuser de la situation, et de ma faiblesse à l'égard d'une petite souillon. Je vous ai donné mon dernier chiffre. Si vous préférez que cette somme aboutisse dans la poche d'un avocassier, et que Mlle Orbison gaspille la même, sans parler des dépens, libre à vous !

Tout en retournant du bout de son soulier un petit cadavre de salamandre oublié par l'équipe de ramassage, Benoît passait en revue dans son esprit les divers choix qui s'offraient à lui. Envoyer paître Lordurin ? « Je ne veux pas de votre argent. Cette conversation est terminée. Serviteur ! » Lui céder, au contraire, accepter sa proposition, la seconde ? Ou se retrancher derrière la volonté de Géli ? Lordurin pousserait à nouveau des cris d'orfraie… Le renvoyer à Tata Lenya ? Une chose était sûre : Tata ne rendrait pas Géli, même si lui, Benoît, disait qu'il n'en voulait plus. Elle opposerait de toute façon une fin de non-recevoir au poète et garderait la jeune fille, non pour elle, mais chez elle, par loyauté, par bonté. Lordurin n'avait donc aucune chance de recouvrer Géli. S'il intentait un procès, Tata qui était aisée engagerait le meilleur avocat d'Écorcheville et se battrait comme une lionne pour conserver sa protégée. Et Benoît là-dedans, qu'est-ce qu'il souhaitait au fond de lui, de quel côté il penchait ? Il reconnut qu'il n'était pas insensible aux arguments de Lordurin. L'argent, non, quoique le projet de monter un groupe demeurât présent à l'arrière-plan de ses préoccupations immédiates... Mais surtout, depuis le début il avait peur de s'embourber avec Géli dans l'ornière d'une liaison ancillaire. Rien de plus facile ! D'un coup de baguette magique, Géli avait résolu pour lui la question sexuelle qui fait de la plupart des adolescences une manière d'enfer sordide, et des adolescents des damnés provisoires. Le sésame de ses bras ouverts avait suffi. Entre ingratitude et reconnaissance il devait bien admettre qu'il lui devait une fière chandelle. S'il la lui revaudrait, c'était une autre affaire. Et puis, bien qu'il fût certain de ne pas l'aimer et qu'il n'usât de ce mot épineux qu'en pensant à Fille-de-Personne, il éprouvait à l'égard de Géli un début de sentiment de propriété. Ce corps commençait d'être à lui, et il soupçonnait le sien de commencer à être à elle ! Oh, de façon trivialement mécanique et chimique, par frottement des membres et conjonction des ventres, par échange des salives, des sueurs et autres sécrétions. La minuscule bulle d'herpès apparue depuis peu au coin des lèvres de Benoît en témoignait, une colonisation réciproque était en cours. Géli était en train de l'envahir, et lui aussi avait lancé en elle des colonnes de bacilles et des commandos de virus dont s'accommoderaient ses bastions d'anticorps. C'était la rançon du plaisir qu'ils s'étaient donné. Alors, même si l'amour de Géli l'embarrassait et l'effrayait, même s'il ne voyait en elle qu'un pis-aller, l'idée de la restituer à son vieux tortionnaire lui déplaisait.

— Vous ne dites rien ?

L'œil du vieillard vit la réponse de Benoît s'esquisser sur ses lèvres. Il tendit la main vers lui, comme pour lui fermer la bouche, retint son geste, mais tenta encore d'éluder le non fatidique.

— Ne dites rien ! Je connais la vie… Géli et vous, à présent vous êtes liés. Je sais qu'elle peut être gentille, douce, très douce à certains moments ! Eh bien soit, vous continuerez à la fréquenter. Vous viendrez la voir chez moi. Je ne vous gênerai pas. Je passe le plus clair de mon temps dans mon cabinet de travail, vous savez. Je travaille à mon œuvre, entre mes tableaux, mon piano et mes livres… Nous conviendrons d'un jour par semaine. Ce sera votre jour. Vous pourrez même la sortir, l'emmener danser. Pourquoi pas ? J'ai l'esprit large, je n'ai pas d'œillères. J'ai tellement vécu, j'ai vu tant de choses, tant de gens ! On vit comme on peut, voilà ce que j'en ai retenu. On s'adapte, on cherche et on trouve un *modus vivendi*. J'ai besoin de cette petite. Si je dois m'adapter pour la garder, d'accord, je m'adapterai. Un jour par semaine, vous viendrez chez moi. C'est confortable, on peut dire cossu… C'est grand, vous ne me verrez même pas. Vous m'entendrez peut-être jouer du piano à l'autre bout de l'appartement, c'est tout. J'y pense, dans ce cas de figure, le petit quelque chose tient toujours, naturellement.

— Vous ne comprenez pas, monsieur Lordurin. Géli ne veut pas revenir. Elle ne voudra jamais. Il faut en acheter une autre…

Benoît avait parlé posément, comme on tente de raisonner un enfant qui nie l'évidence, qui voudrait faire rebondir le ballon crevé, ramasser la gaufre tombée dans la fange. À pus ballon, a pus gâteau, a pus Géli. Le vieil enfant piqua une colère. Soudain ses yeux lancèrent des flammes, son visage entier se tordit. S'ouvrant largement sur des dents jaunes, sa bouche éructa :

— Sale petit con ! Vous savez que vous n'êtes rien ? Rien ni personne ! Une théâtreuse de merde a eu la flemme de se lever pour passer sur le bidet après s'être fait baiser par on ne sait qui, et vous voilà qui encombrez la terre de votre nullité !

Lordurin savait pour Lola, se dit Benoît avant même de prendre conscience de l'offense. Puis celle-ci lui apparut, et il se dit qu'il devait tuer l'offenseur, au moins le frapper. L'honneur l'exigeait. Quel ennui l'honneur ! Un imbécile insultait votre mère, et même s'il y avait quelque apparence de vérité dans ses paroles il convenait de les lui rentrer dans la gorge sous peine de n'être pas un homme. Benoît regarda la main avec laquelle il allait cogner sur Lordurin. Ouverte ? Fermée ? Puis il se souvint que Lordurin était un vieillard. On ne frappe pas un vieillard, c'est contraire à l'honneur, pensa-t-il soulagé. Il fallait pourtant bien laver l'offense, d'autant que Lordurin hors de lui en rajoutait :

— Vous mentez, salaud ! Géli ne peut pas avoir dit ça, elle est trop attachée à moi. La preuve, elle a pleuré quand je l'ai mise en vente. Mais je vous la reprendrai, je le jure, je l'arracherai des sales pattes entre lesquelles elle est tombée. Quelle bande, ma parole ! Le bâtard de la cabotine, l'avorteuse, la vieille maquerelle, l'actrice décatie... Vous savez comment elle a réussi à faire carrière, celle-là, la Orbison ? Dans le cinéma il n'y a pas de mystère, il faut y passer, il faut coucher, c'est comme ça qu'on attrape les rôles. Et moins on a de talent plus il faut coucher, alors imaginez !... Et la Jacaranda ! Il paraît qu'elle a perdu un lardon, avant de vous adopter. On se demande qui a eu le courage de le lui faire, parce que, hein, pardon, comme cageot... Et puis l'hygiène ! Il fallait qu'il ait le cœur bien accroché. Du temps qu'elle exerçait la chirurgie, deux sur trois de ses patients mouraient de septicémie. Et l'autre, là, Ginette Morcif la bien nommée, pouffiasse, radasse, putasse, un égout humain cette femme-là ! Le grand collecteur des immondices d'Écorcheville… Vous croyez que je vais laisser Géli dans cette promiscuité, au milieu de cette pègre ?…

Tout rouge, Lordurin s'égosillait et battait l'air de ses bras. Benoît, blême, comme absent, oscillait d'avant en arrière comme un arbre fouetté par le vent. Lordurin insultait toutes ses mères l'une après l'autre. Lola, sa mère naturelle, Louise sa mère adoptive, et ses deux mères auxiliaires, les douces Vieilles Toupies, Lenya et Cindy. Par chance, Benoît n'avait rien sous la main dont il pût se servir comme d'une arme. Aussi se contenta-t-il d'appliquer ses paumes sur la poitrine de Lordurin et de le pousser en arrière, comme il l'avait fait naguère à un adversaire en culottes courtes lors d'une dispute de cour d'école, mais plus fort. Et comme l'écolier d'hier, Lordurin tomba à la renverse, sur le cul. Il tenta de se relever sans y parvenir. Stupéfait, incrédule, tour à tour il menaçait Benoît de porter plainte contre lui pour voie de fait, et il lui tendait la main en le suppliant de l'aider à se redresser. « Si vous m'avez cassé le coccyx, la Jacaranda crachera jusqu'à mon dernier souffle ! Vous allez voir ça, les dommages et intérêts ! » piaillait-il. Et l'instant d'après, geignard : « Aidez-moi, je n'y arrive pas tout seul. Mon Dieu, je suis vieux, vieux ! Un jour on est vieux, et voilà ce qui vous arrive… Vous aussi, ça sera votre tour, vous verrez ! » Il fondit en larmes. C'était lamentable, cette eau qui coulait d'yeux à la sclérotique salie de jaune, tachée de bleu, sur des joues en papier mâché. C'était terrible, d'avoir encore des larmes en réserve à cet âge-là. La nature aurait dû y pourvoir, empêcher ça. Passé tant ou tant d'années, les glandes lacrymales désaffectées n'auraient plus fonctionné. On n'aurait plus versé de larmes qu'en dedans, parce qu'au-dehors c'était dégoûtant pour les autres, pour les jeunes. Benoît saisit la main que lui tendait Lordurin. Le poète ne pesait pas lourd. Benoît le remit sur ses pieds d'une seule traction. L'autre le remercia par réflexe. On fait quelque chose pour vous, on dit merci ; ça n'empêche pas la haine. Mais déjà, entre deux tapes sur ses fesses pour essuyer le fond de son pantalon, Lordurin revenait à la charge.

— Pour Géli…

Benoît lui tourna le dos et se dirigea vers le portail. Il le franchit, puis le tira sur lui. Quand il releva les yeux, après avoir, pour une fois, enroulé avec soin la chaîne supposée tenir la grille close, à travers les barreaux il vit que Lordurin n'avait pas bougé. Debout, les joues encore ruisselantes, sa bouche entrouverte laissant voir entre ses dents sa langue bizarrement repliée vers le bas, enroulée sur elle-même, il tendait le poing dans sa direction.

— Il est parti ?

Benoît hocha la tête. Géli avait guetté son retour tout habillée, prête à s'enfuir si Lordurin mettait un pied à l'intérieur de la propriété.

— Qu'est-ce qu'il voulait ?

— Toi. Il veut te racheter.

Elle le savait, bien sûr, mais elle frémit quand même.

— Tu me vendras pas, hein ? Jamais ?

— Ce n'est pas moi qui décide, c'est Tata Lenya.

— Mais tu lui diras, à elle, que tu veux pas.

— Même si je lui demandais de le faire, elle le ferait pas.

— Mais tu lui demanderas pas. On est bien ensemble, non ?

Il dit oui. Il se sentait très fatigué, soudain, épuisé. Cette dispute avec Lordurin, l'énervement, la colère... Il avait brutalisé un adulte. Pire : un vieux bonhomme. Si Lordurin découvrait le moindre bleu sur son fessier, il ferait établir un certificat médical, et il porterait plainte. Et il jurerait qu'il souffrait le martyre, même si ce n'était pas vrai. La douleur, ça s'éprouve mais ça ne se prouve pas. Lordurin attaquerait sur deux fronts, contre Tata Lenya pour contester la régularité de l'achat de Géli, et contre Louise, tutrice légale de Benoît et responsable de ses actes. Rien n'effrayait plus Benoît que la perspective de démêlés juridiques. Le droit lui inspirait une sorte d'horreur sacrée. Comme s'il était né en dehors de la loi, étranger à elle, obscurément coupable dès l'origine.

— Il va falloir que tu rentres chez Tata Lenya, dit-il à Géli. J'ai à faire.

Il n'avait rien à faire. Il ne voulait qu'être seul, fermer les volets, s'enfouir sous sa couette et rester là dans le noir jusqu'à l'heure du rendez-vous au Lapin Bleu.

Géli n'avait pas envie de partir. Et si Lordurin la guettait au coin de la rue ? S'il l'enlevait ? Benoît ricana.

— C'est un vieux croûton. Tu es plus forte que lui !

— N'empêche. J'ai peur. Je préfère rester. Même si tu as des choses à faire, j'ai de quoi m'occuper. Ta mère, le ménage, c'est pas son truc. Tout est dans un état ! Mais tant mieux, ça me donne des raisons de venir, on pourra se voir souvent. J'ai bien envie de nettoyer le bocal... enfin le globe du bébé, dans le grand salon rouge, tu sais ?

S'il savait ! Mais l'idée de dépoussiérer la châsse lui

déplaisait. Il y aurait eu là quelque chose de sacrilège.

— Non, laisse ça comme c'est.

— Mais on le voit à peine, tellement la saleté s'est accumulée sur le verre.

— Laisse, je te dis. N'y touche pas.

Le mômichon momifié disparaissait peu à peu sous la poussière, comme un souvenir s'estompe au fil des ans. C'était bien ainsi. Peut-être Louise finirait-elle par l'oublier pour de bon ? Après tout, peut-être l'avait-elle déjà presque oublié grâce à cette poussière qui le dissimulait à demi. Elle n'en parlait jamais. D'ailleurs elle parlait peu. La poussière et le silence étaient ses alliés. Mais expliquer ça à Géli...

Benoît enfonça le clou, craignant qu'elle n'en fît qu'à sa tête :

— Tu ne touches à rien dans le grand salon, compris ?

Elle se rembrunit. Elle aurait été heureuse de rendre au globe de verre sa transparence initiale, de ramener au jour la relique. Celle-ci la fascinait. Un vrai petit enfant momifié, en quelque sorte empaillé comme un renardeau, ça n'était pas rien. Mais Benoît ne voulait pas. D'accord, elle laverait du linge, ou elle en repasserait. Elle ne détestait pas. Et même, au fond, elle aimait ça. Le travail la rassurait. Si elle travaillait bien, on la garderait. La vie serait bonne, auprès de Mlle Orbison qui sortait des placards ses beaux vieux habits de vedette pour les lui montrer et qui lui racontait des anecdotes de tournage. Et aussi, elle échapperait à Lordurin et à tous les autres, elle ne coucherait qu'avec Benoît.

— Bon. Je descends ?

— C'est ça. À plus tard.

Il regretta d'avoir dit « À plus tard ». Est-ce qu'elle n'allait pas comprendre « À tout à l'heure » ? Il l'avait assez vue pour aujourd'hui. Il pensa à Fille-de-Personne. À cette heure-ci, il n'était pas impossible que Dupassé l'eût déjà arrêtée. Il se souvint du soutien-gorge. Il eut envie de vérifier si ses fibres recelaient encore un peu de son odeur. Pour ça Géli le gênait.

— Allez, file !

Elle obéit.

XLVII

Au-dessus de la couche épaisse des secrets d'Écorcheville, semblable à un terreau sombre, les ragots couraient à la surface des jours avec une désarmante facilité, comme le feu dans l'herbe sèche. On savait très vite qu'il était arrivé quelque chose, mais on ne savait jamais exactement quoi. On brodait, on inventait un récit parallèle, ou perpendiculaire, ou adjacent à la vérité. D'ailleurs beaucoup de gens, si on les poussait dans leurs retranchements, avouaient douter qu'il existât quoi que ce soit qui méritât ce nom. Parmi les instruits et les sagaces, peu ajoutaient foi à ce qu'on lisait sous la plume des journalistes. On disait : « Menteur comme Homini Lupus, mal informé comme Guido Guardicci. » La version d'un événement présentée dans la presse s'apparentait à la description d'une statue à travers un drap. On lui voyait le bras levé, ou bien c'était un rondin qu'elle brandissait, ou bien on affirmait avoir affaire à une bigoudène en haute coiffe. Bref, on estimait que c'était une femme à moins que ce ne fût un homme, on ne savait rien ou très peu, mais on caquetait à propos de tout avec l'autorité que confèrent un perchoir et une mesure de grain quotidienne.

Ce soir-là, devant le long baraquement hideux du Lapin Bleu, la jeunesse rassemblée glosait à perdre haleine sur le meurtre de la nuit passée. Tous et toutes avaient applaudi et battu des pieds plutôt trois fois qu'une sur les gradins du cirque Gorbius. Tous s'étaient émerveillés devant les tigres luxueux et terrifiants de Fauvine Bestia et les cabrioles des frères Sélérat, tous avaient ri aux pantalonnades de l'auguste et de la clownesse blanche. Certains des plus âgés avaient même assisté au numéro de l'écuyère Angellina, avant sa fuite tragique en compagnie d'un ingénu qui s'était épris d'elle... Pour être revenus au cirque année après année depuis la plus tendre enfance, nombre d'entre eux tenaient ces saltimbanques pour une extension de leur parenté, pour des sortes d'oncles et de tantes excentriques et talentueux. Mais le favori, c'était sans conteste Morpho Ménélos, l'homme-oiseau, l'acrobate nimbé de sa légende d'imposteur. Y croyait-on vraiment ? Le temps que durait son numéro, oui, tant il défiait les lois de la pesanteur à un degré suspect. Après la représentation, quand on avait réintégré le domicile familial, dans la tiédeur des draps, c'était lui qui hantait les rêves. Quel gosse ne s'était pas vu voler dans les airs en sa compagnie sous le chapiteau, ou cingler à travers ciel dans la nuit ?

Benoît était monté en stop. Il avait failli baisser le bras en reconnaissant l'élégant petit roadster de Mina Bussettin, mais à sa surprise elle avait ralenti et s'était arrêtée pour le prendre. À la réflexion, cette faveur inattendue s'expliquait aisément. Sans doute Mina espérait-elle des nouvelles fraîches de Cambouis et d'Onagre. Il s'agissait bien de ça, mais Mina répugnait à le questionner d'emblée. Les premières minutes furent contraintes. Benoît se gardait d'aborder le premier le seul sujet qui intéressât Mina. Il prit un malin plaisir à parler du faune en liberté. Aujourd'hui on ne s'en souciait plus guère, la mort de Ménélos et l'arrestation des deux fils de famille les plus en vue d'Écorcheville occupaient à elles seules les esprits. Benoît feignant de s'interroger sur le sort de Faunet, les hum-hum et les oui-oui de Mina lui montrèrent que le satyre était le cadet de ses soucis. Au bout d'un temps elle n'y tint plus et évoqua l'arrestation. Comme elle prononçait les noms de son cousin et d'Onagre, Benoît entendit dans sa voix la fêlure d'une inquiétude sincère. Il s'étonna qu'elle ne fût pas au courant de leur élargissement. Depuis le matin, le téléphone n'avait pas dû chômer entre les familles régnantes, l'administration du lycée, le commissariat de police, le secrétariat du maire et divers cabinets d'avocats... Benoît n'aurait pas détesté jouer au chat et à la souris avec Mina. Cependant, d'ici cinq minutes ils seraient arrivés devant le Lapin Bleu. Si Cambouis et Onagre étaient déjà sur place, il perdrait le très immatériel, très dérisoire avantage d'avoir su quelque chose qu'elle ignorait. Il la rassura à regret.

— Ils sont libres. On les a relâchés cet après-midi.

Les mains de Mina quittèrent un instant le volant pour applaudir.

— C'est formidable ! Tous les deux, c'est sûr ?

Il confirma. Son cher cousin Sacha Bussettin et son cher Onagre Propinquor, qui selon toute vraisemblance l'avait déflorée l'autre nuit, étaient tous deux innocentés et libres comme l'air.

— J'en étais sûre ! Jamais ils n'auraient fait ça !

Elle avait à peu près raison. Cambouis n'aurait jamais fait ça. Onagre presque jamais. Un reliquat de doute la visita. Benoît n'était pas de leur monde, en tout cas pas du sien. L'intimité de ce gadouilleux avec les jeunes dandys de sa caste la chiffonnait toujours. Devait-elle se fier à lui ?

— Tu les as vus ?

— Comme je te vois. Ils ont été torturés, mais avec un peu de chance ils survivront, plaisanta-t-il.

Elle perçut l'ironie, mais mit son mouchoir par-dessus.

— À ton avis qui a fait ça ?

Elle ignorait tout de l'affaire Sérif, sinon elle aurait d'entrée de jeu soupçonné Fille-de-Personne. Benoît estima qu'il lui en avait assez dit. Il émit un bruit de lèvres dubitatif.

Onagre et Cambouis plastronnaient sur le parking, devant la Vorax. Mina gara vivement sa Greluchette Sport et courut vers eux. Benoît la suivit sans hâte. Arrivé à proximité des héros, il n'échangea avec eux qu'un sobre clin d'œil d'initié. Ils étaient très entourés. On voulait entendre de leur bouche le récit de leur aventure policière, les morceaux de bravoure de l'interrogatoire qu'ils avaient subi. Cambouis laissait Onagre raconter et s'attribuer les répliques les plus narquoises.

La nuit commençait à tomber. Benoît se retournait de temps en temps vers l'entrée du parking dans l'espoir de voir apparaître la silhouette de Fille-de-Personne. Elle ne savait marcher qu'à pas rapides, comme si elle fuyait ou comme si elle courait après quelque chose ou quelqu'un. Viendrait, viendrait pas ? La crainte qu'il avait exprimée cet après-midi devant ses amis le taraudait. Il imagina Fille-de-Personne en fuite avec Krux, loin d'Écorcheville. Loin d'Écorcheville ! Ces mots-là avaient-ils seulement un sens ? Et même s'il y avait bel et bien un monde en dehors d'Écorcheville, le vrai monde peut-être, comment pouvait-on s'y insérer, que pouvait-on y vivre d'autre qu'un exil insupportable si l'on n'était pas protégé, justifié, comme l'avaient été Lola ou Blandeuil, ou Ménélos, ou naguère Mathieu Chain, par leur statut d'artistes ou de créateurs ? Que deviendraient Fille-de-Personne et Krux fourvoyés sans armes dans la multitude anonyme, dans le grand gâchis de vie de là-bas ? Du gibier de Brigade Anticriminelle candidat à la prison, à l'overdose... Et sans eux, qu'adviendrait-il d'Écorcheville ? Leur absence ouvrirait dans le corps de la cité des béances invisibles. Peut-être qu'elle se désagrégerait, ville de coton s'effilochant de proche en proche. Les rues, les maisons, les tours à demi vides des firmes contrôlées par les grandes familles, le mail où s'était abattu l'homme-oiseau transpercé, la mairie, le palais Propinquor, la cathédrale rouillée, la villa Jacaranda où Louise travaillait à la momification du centaure, tout partirait en charpie, en lambeaux que le vent, pour finir, rassemblerait dans sa vaste main et jetterait dans le Styx. Et alors rien n'aurait existé.

Une pétarade lointaine se fit entendre en provenance de la corniche. Le bruit grandit, sans qu'on pût d'abord identifier quel engin il annonçait. Cela tenait de la crécelle géante ou du moulin à café colossal, du moteur d'aéroplane des premiers âges et de la moissonneuse-batteuse mal réglée. Tous les regards se tournèrent vers l'entrée. Quelle qu'elle fût, la chose approchait. Elle apparut enfin. Entre mante religieuse haute sur roues et griffonnage d'écolier en marge d'un cahier de brouillon, hérissée de longerons et de rostres métalliques, avec son réservoir galbé comme un abdomen de guêpe, sa fourche avant pareille à une paire d'échasses et sa nacelle latérale en osier, la motocyclette surgit d'un lointain passé technologique.

Un concert de rires et d'acclamations fusa de toutes parts quand on reconnut Gégé Carmona sous le casque à protège-nuque des équipages de chars Somua de la Défaite. Une femme âgée, au visage en partie dissimulé par d'épaisses lunettes de protection à monture de caoutchouc, se tenait près de lui, coincée dans l'habitacle étroit du side-car comme une grosse reinette fourrée dans le tiroir d'une boîte d'allumettes.

Benoît n'eut pas besoin de distinguer les traits de la passagère pour sentir le feu de la honte lui brûler les joues. Le pilote donna un coup de patin brutal, qui projeta au pied des jeunes attroupés autour de la Vorax une pluie de gravillons et faillit éjecter Tatie Cindy.

— Salut, bande de nazes !

Gégé coupa le contact, mais le moteur faisait de l'auto-allumage. Il toussa longuement, lâcha un dernier rot de fumée bleue, se tut enfin.

— Princesse, on est arrivés ! lança Gégé à sa maîtresse. La Vieille Toupie ankylosée tomba du side-car plus qu'elle n'en descendit. Benoît, consterné, ferma les yeux et les rouvrit aussitôt, malgré lui fasciné par le spectacle qu'elle offrait. Elle avait exhumé d'une armoire ce qui avait dû être une de ses dernières tenues de travail, au temps de son déclin, avant que sa fatigue et la désaffection de la clientèle ne finissent par l'écarter des bars montants. Boudinée dans une jupette de cuir et un débardeur à larges mailles filet à jambon d'où sa chair s'échappait en tous sens, ses pauvres jambes variqueuses comprimées dans des cuissardes vernies, maquillée en force, la crinière teinte de frais couleur queue-de-vache et coiffée en choucroute, elle faisait peur et peine à voir. Elle avait ôté ses lunettes de moto. Pas le moins du monde gênée des commentaires goguenards qu'elle suscitait, elle se pavanait, au contraire, et retrouvait intacte son impudence d'ancienne garce. Elle aperçut Benoît et lui adressa un petit signe de la main qui mit le comble à sa confusion. Écartelé entre deux vergognes, celle d'ignorer son salut et celle de le lui rendre publiquement, il ne réagit qu'après avoir laissé passer quelques secondes, alors que le regard de Tatie Cindy avait déjà glissé plus loin, effronté, provocant.

Gégé installa la moto sur la béquille, et retira son casque. Associée au mot side-car, une petite ampoule se mit à clignoter dans la mémoire de Benoît. *Side-car... Side-car...* Qui donc lui avait parlé ces temps-ci d'un vieux side-car et d'un accident ? Cela ne remontait pas loin, un jour, deux peut-être. Il se revit poussant le Solex naufragé de Cambouis, il entendit la voix de Fille-de-Personne lui raconter sa rencontre avec Bénigno. Voilà ! Bénigno, l'écuyère Angellina Farewell, la fuite à moto, l'accident... Est-ce que ça pouvait être cette moto-là ? Pourquoi pas ? Elle était antique à souhait, comme celle de l'histoire. Mais d'où Gégé la sortait-il ? De l'appentis du bungalow de Tatie Cindy, pardi ! Il était plausible qu'elle y eût échoué. Tatie y avait entassé tout un fourbi datant de galères et de trafics obscurs. Gégé avait dû l'y découvrir en fouinant. Son sang de mécano n'avait fait qu'un tour à sa vue. En quelques heures il avait redressé ce qu'il fallait redresser, huilé ce qu'il fallait huiler, et roule ma poule, la machine était comme neuve. Non, sûrement pas comme neuve, mais enfin le moteur tournait, elle roulait, après tant d'années à dormir sous la poussière c'était un exploit.

Tatie Cindy vint se pendre au cou de Gégé. Loin de la repousser, il lui prit la taille en lançant autour de lui des clins d'œil paillards. Benoît eut honte du bonheur qui se lisait sur le visage de Tatie. Elle rayonnait. Il s'efforça de chasser les représentations trop cruelles qui se présentaient à lui, telles que Tatie troussée par Gégé sur le couvre-lit en faux léopard mité de sa chambre, ou s'abandonnant en des postures qu'il n'imaginait compatibles qu'avec la jeunesse et la grâce... Il trembla pour Tatie. Gégé n'était qu'une petite crapule, et tout ça finirait mal. Tatie le pressentait sans doute. Elle n'était pas stupide. Mais pour rien au monde elle n'aurait renoncé à la jouvence de sueur et de sperme que Gégé lui apportait, à cette résurrection, car c'était comme s'il l'avait tirée du tombeau. Elle se collait, se frottait à lui avec ostentation, pour bien montrer qu'ils étaient amants. Les ricanements, les sourires en coin, les grimaces moqueuses ou dégoûtées ne la vexaient pas. Elle avait bravé l'opinion publique tout au long de sa vie vouée au plaisir. Elle éprouvait à nouveau la jouissance du défi, en choquant encore toute la bleusaille par l'étalage d'une lubricité increvable. Elle apparaissait au milieu de ces angelots comme une méduse remontant des bas-fonds, des profondeurs obscènes d'Écorcheville. Se haussant sur ses talons aux allures d'échasses, elle fourra sa langue dans le creux de l'oreille de Gégé. Il sursauta, fit les gros yeux et lui administra une tape sur les fesses en guise de punition pour rire.

Onagre, Cambouis et Benoît échangeaient des regards intrigués. Cette arrivée spectaculaire avait fait diversion, mais l'heure de l'ouverture des portes était venue, et Krux n'était toujours pas là.

— Il s'est barré, dit Onagre avec une moue de dépit. C'est normal, remarquez. Si c'est vraiment lui qui a descendu Ménélos, il avait intérêt à tailler la route plutôt qu'à venir se goberger ici !

— Bien sûr que c'est lui, dit Benoît.

— C'est lui, et il viendra, dit Cambouis. Vous pariez ?

Gégé attendait Krux, lui aussi. Pour lui présenter sa nouvelle propriétaire et conquête, et parce que la rumeur du vol d'un cabriolet grand sport s'était répandue. Un coup de Krux, selon toute probabilité. Il avait une revanche à prendre sur Onagre. Un rodéo mémorable se profilait. Gégé se devait d'en être. Mais bon, Krux viendrait à son heure. Il était trop tôt, de toute façon. Les bourres sur la corniche avaient toujours lieu tard dans la nuit. On risquait moins de voir déboucher devant soi un bon citoyen au volant de son auto à pédales.

Gégé avait lâché Tatie Cindy pour bavarder avec des loubs de sa connaissance. Penchée sur le miroir piqueté du rétroviseur de la moto, elle remettait sur ses lèvres du rouge dont elle égalisait l'épaisseur de coquets petits lèchements. L'esclave siffla la maîtresse. Celle-ci accourut aussitôt, en trébuchant dans le gravillon sur ses talons aiguilles.

— Au trot, princesse, ça entre !

Ils disparurent dans la gueule d'ombre du dancing. Onagre et Cambouis suivirent le mouvement général. Mina Bussettin s'attachait à rester dans le voisinage d'Onagre, l'air de rien. Benoît demeuré en arrière assista au débarquement de Bételgeuse et d'Alcyone Propinquor venues en 4 x 4 avec ce benêt d'Othon Esteral, bâtard reconnu, un enfant de l'amour qu'Egmont avait eu avec une esclave maligne. Flavia Esteral était de la voiturée. On chuchotait qu'elle menait une vie impossible à son demi-frère. Elle l'avait longtemps menacé de pousser Egmont à le vendre s'il ne filait pas doux devant elle. Toute son enfance il s'était cru esclave alors qu'Egmont avait affranchi sa mère dès avant sa naissance, le jour où il avait appris qu'elle était enceinte de ses œuvres. Othon savait à présent la vérité. Flavia ne l'obligeait plus à manger des chenilles comme naguère, mais elle conservait sur lui un ascendant presque intact et expérimentait sans cesse de nouvelles manières de le faire tourner en bourrique.

Le groupe se dirigea vers le Lapin Bleu : Alcyone et Bételgeuse toujours aussi évaporées, Flavia houspillant Othon à mi-voix. Ils se hâtaient, pressés de s'anéantir sous le déluge stroboscopique, dans le lourd martèlement des basses qui commençait à émietter les fragiles petits os de la caisse du tympan des danseurs et à désintégrer leurs neurones. Benoît ne se décidait pas à entrer. Il fut bientôt à peu près seul devant le bâtiment. Il alla s'adosser à la Vorax. Il caressa du bout des doigts l'éraflure qu'il avait faite en sortant de la serre. Onagre et Cambouis l'avaient-ils remarquée ? Ils n'en avaient soufflé mot, mais on pouvait compter sur Cambouis pour avoir l'œil. Lui si intelligent, une tache sur une carrosserie le rabaissait au rang de la ménagère névrosée. Onagre s'en foutait plutôt. À ses yeux, une voiture était un objet éminemment périssable.

Un bruit de moteur reconnaissable entre mille tira Benoît de ses réflexions. La Thunderbolt, ici ? D'abord il n'en crut pas ses oreilles. Mais quel autre véhicule aurait empli le soir tombant de ce profond halètement de pachyderme ? La haute silhouette vieillotte apparut sur la route et prit à faible allure le tournant qui menait au parking. Avec son habitacle assez spacieux pour permettre aux passagers de se tenir debout, passerait-elle sous le portique qui en marquait l'accès ? Elle le franchit de justesse et s'engagea dans l'allée principale.

Conduit par un phaéton spectral, si pâle qu'on n'eût pas été surpris de le voir tout à coup défaillir et s'effondrer sur le large cerceau de bois verni de son volant, l'énorme véhicule manqua d'accrocher le cabriolet de Mina Bussettin, évita de peu une rangée de scooters et de motos, et s'arrêta enfin. Benoît reconnut, à l'arrière, la silhouette menue de Géli. Elle l'aperçut et lui sourit. Elle essaya en vain d'ouvrir la portière. Josaphat descendit, ôta sa casquette grise à visière noire, et vint délivrer la jeune fille enfermée comme une merlette dans une vaste cage. Géli sauta à terre et pépia un remerciement. Pour se faire belle, elle avait puisé à nouveau dans la garde-robe de Tata Lenya. Sans doute, un demi-siècle auparavant, à l'occasion d'un rallye ou d'une sauterie de jeunes gens chic, dans cet ensemble en prince-de-galles, jupe plissée, veste à grands revers et martingale basse, avec cette broche d'ivoire et ces mi-talons en chevreau glacé, Tata avait-elle fait des débuts remarqués. Mais ce soir, pour le Lapin Bleu, c'était un désastre.

Rieuse, Géli s'élança vers Benoît.

— Comment tu me trouves ?

Il le lui dit sans ménagement, parce que déjà sa seule présence l'aurait contrarié, même si elle n'avait pas été déguisée : elle était ridicule. Tout le monde allait se moquer d'elle... et de lui, si on les voyait ensemble. Cela, il ne le dit pas, mais il en était sûr. Elle tomba des nues. Elle s'était pavanée devant la glace avant de partir. Elle n'avait jamais rien porté, ni même jamais rien vu d'aussi beau ! Elle avait demandé ce que ça pouvait coûter, un tel ensemble. Mlle Orbison s'était contentée de sourire. Géli avait insisté. Elle voulait un chiffre, pour aller avec son émotion, pour la confirmer. Alors Mlle Orbison lui avait dit que les chiffres n'avaient pas d'importance. Ils n'existaient pas. Les choses, oui, les tissus existaient, on pouvait les palper, en éprouver l'épaisseur ou la finesse, le poids ou la légèreté, le brillant, le soyeux… Bon : le prix d'une chose ne valait jamais la chose. Le mieux, c'était de ne pas s'en occuper. Géli avait dit oui-oui, mais elle n'en continuait pas moins à penser que cet ensemble-là, dans ce tissu-là, si bien coupé, si bien doublé, ça avait dû coûter bonbon.

— Tu ne peux pas rester, dit Benoît. Josaphat va te ramener.

Elle protesta. Elle voulait danser, s'amuser. Mlle Orbison lui avait donné l'autorisation.

— C'est pas un bal costumé. Ils vont se foutre de ta gueule, je te dis ! En plus, t'es une esclave et tu m'appartiens…

— Personne n'en sait rien. Avant-hier personne m'a rien dit.

— Aujourd'hui ils savent, fais-moi confiance. Allez, rentre chez Tata ; profite de la bagnole, redescends avec Josaphat.

— Je m'en irai quand je voudrai. Mlle Orbison a ordonné à Josaphat de m'attendre sur le parking.

Benoît leva les yeux au ciel. Josaphat en faction sur le parking des heures durant, la nuit entière, pourquoi pas ? Le pauvre vieux mourrait plus confortablement dans son lit ! Puis il comprit. Tata Lenya traitait Géli comme si celle-ci avait été sa fille. À contrecœur, elle avait dû finir par céder à ses supplications, mais pour être sûre qu'elle rentrerait saine et sauve au bercail, elle avait mandaté Josaphat pour la ramener. Benoît sentit un formidable agacement l'envahir. Tout ça commençait à lui taper sur les nerfs, Cendrillon-Géli et la bonne fée Tata Lenya, la Thunderbolt en carrosse-citrouille… Il se rappela que Géli lui devait obéissance, en principe.

— Tu rentres, trancha-t-il. C'est un ordre.

Elle secoua la tête.

— Tu peux pas m'en donner tant que t'es pas majeur. Y a que Mlle Orbison qui peut.

C'était peut-être vrai, peut-être faux. Benoît n'en savait rien. La loi se dressait devant lui telle une falaise qu'il se savait incapable d'escalader. Il se dit qu'il allait lui flanquer une gifle et lui montrer qui était le maître.

Il aurait dû. Il aurait pu si Josaphat n'avait pas été là. Sous le regard du vieil esclave-majordome-chauffeur-amant de Tata Lenya, il n'osa pas. Il dissimula de son mieux sa défaite.

— Reste, va, si tu veux servir de tête de Turc. Mais c'est pas la peine de revenir faire du ménage chez moi si tu me fous la honte devant mes amis.

Faire du ménage, ils savaient l'un et l'autre ce que ça voulait dire. Elle accusa le coup. Pourtant elle avait confiance. Elle aurait été bien étonnée qu'il la repoussât la prochaine fois qu'elle se proposerait. Elle le défia :

— Je peux venir chez toi sans te voir. Rien que pour travailler !

— Bonne idée ! lança-t-il méchamment.

Il lui tourna le dos et s'éloigna à grandes enjambées. Qu'elle s'incruste ou, sans même lui coller après, qu'elle se donne en spectacle dans son prince-de-galles craignos, elle allait lui gâcher la soirée, c'était sûr. Pour un peu il aurait renoncé au Lapin Bleu. Mais il risquait de louper un rodéo grandiose, la Grande Explication, la course du siècle entre Onagre et Krux, entre la Vorax et la Guattopardo. Pire ! Une supposition que Fille-de-Personne ne fasse qu'une ultime apparition ce soir avant de s'enfuir demain matin avec son frère, il risquait de ne plus jamais la revoir. Avec sa faculté de vivre à moitié dans l'imaginaire, il se figura quittant Écorcheville à son tour, parcourant l'univers à la recherche de Fille-de-Personne. Pour lui dire quoi s'il la retrouvait un jour ? Il se targuait d'avoir d'ores et déjà saisi l'essentiel, pour ce qui était des rapports entre les êtres. Ouvrez-vous la poitrine, jetez votre cœur pantelant sur la table, ça ne défrisera pas les bouclettes de l'aimée, si elle ne vous aime pas. L'amour sans retour, c'est comme un œil crevé, irréparable, irrévocable. Vous pouvez vous crever le second, ça ne vous rendra pas le premier. Il se demanda si Géli n'était pas dans ce cas, mais il ne parvenait pas à croire qu'elle fût vraiment amoureuse de lui. Amoureuse de lui ! En quel honneur ? Pourquoi l'aurait-elle été, puisque Fille-de-Personne ne l'était pas ? Il savait, lui, combien il était indigne d'être aimé. Ou peut-être Géli s'illusionnait-elle sur ses propres sentiments ? Elle l'aimait comme on aime la branche qui vous retient au-dessus du précipice, le rocher qui vous arrête dans le flot bouillonnant du torrent. Elle n'aimait pas ses yeux ni sa bouche, mais l'assiette pleine et le toit sur la tête qui lui étaient assurés grâce à lui chez Tata Lenya.

Il cracha par terre. Géli n'était qu'une fumée en forme d'être humain, le plus souvent importune. Hors les instants où elle s'ouvrait à lui, où il cherchait en elle il ne savait quoi d'infiniment précieux, comme on gratte l'or au fond d'une mine, elle pouvait aller au diable, il ne la lui disputerait pas. Lui qui n'aimait pas danser, il s'élança sur la piste avec soulagement, pour une fois. Avec reconnaissance, il tendit son crâne au grand broyeur sonore. Impossible de penser, dans ce maelström. Tant mieux, les mots étaient des malheurs. Les mots étaient des maillons.

Ils s'assemblaient pour former nos chaînes. Sous les décibels ces maillons se brisaient et s'ouvraient, les chaînes tombaient. Sans mots, sans cerveau, on dansait délivré du malheur d'être. Il aperçut Géli, à l'autre extrémité de la piste. Elle dansait, elle aussi, elle s'abandonnait comme lui au concasseur de toutes pensées, les belles et bonnes comme les inutiles et les douloureuses. Benoît ne chercha pas à vérifier si l'on ricanait autour d'elle ; ça n'était même pas sûr. Sous son tailleur démodé sa taille était souple, sa poitrine roulait joliment. En dépit du prince-de-galles à martingale, elle n'était pas désagréable à regarder, loin de là, loin de là ! D'ailleurs, la véritable attraction du jour, c'était plutôt le couple formé par Tatie Cindy et Gégé qui la constituait. Le spectacle qu'ils offraient ensemble tenait du mimodrame ou de la pantomime. On l'aurait bien vu, intitulé *La Vieille Bique et la Petite Frappe*, sur l'estrade d'un bouiboui du Boulevard du Crime. Ils étaient minables et sordides, et n'en avaient cure ni l'un ni l'autre. Au contraire, Tatie Cindy exultait. La vie, c'est-à-dire le vice, coulait à nouveau dans ses veines. Les regards moqueurs glissaient sur elle sans entamer le bonheur exhibitionniste qui la transportait. Quant à Gégé, hilare, applaudissant à ses attitudes suggestives, il l'encourageait à aller toujours plus loin. Benoît détourna son regard et s'éloigna. Il gesticula un long moment comme un furieux afin de bien se mettre la tête à l'envers avant de rejoindre ses amis au bar. Géli, Tatie Cindy et Gégé étaient à présent invisibles, gommés, désintégrés peut-être. Onagre accueillit Benoît d'une tape sur l'épaule et d'une phrase inaudible dans le vacarme ambiant. Cambouis, sans rien dire, lui mit une bière-vodka dans la main.

Quelques autres bières-vodka plus tard, quand Benoît ressortit prendre l'air, la nuit était tombée. Après l'atmosphère du dancing, saturée d'odeurs de corps en sueur, de laque et de gel coiffant, de la fumée des cigarettes et des joints, il eut plaisir à respirer la nuit toute simple du parking débarrassé de ses relents de gaz d'échappement par le vent qui, comme souvent, soufflait de l'autre rive. C'était le même qui apportait de temps à autre des pluies chargées de vermine. Il arrivait aussi qu'il fût lourd de puanteurs horribles. Les rues d'Écorcheville se vidaient, alors. On se barricadait, on calfeutrait les bas de portes et le moindre interstice. On masquait sa bouche et son nez d'un foulard imbibé de parfum, on descendait à la cave, ou bien on s'enduisait les narines de benjoin, on brûlait de l'encens, du papier d'Arménie, dans l'espoir toujours vain d'échapper au remugle. On s'interrogeait sur ce qui pouvait pourrir ainsi, de l'autre côté du fleuve. On se disait que c'était peut-être l'entière humanité défunte, concentrée en un seul charnier immense, qui continuait à se décomposer depuis l'origine. Et l'on songeait qu'un jour, soi-même, on finirait là-bas. Mais ce soir-là le vent de l'Érèbe était d'une pureté surprenante. Encore étourdi par le bruit, à demi suffoqué par l'air déjà passé par cent gorges et cent poitrines qu'il respirait depuis des heures, Benoît s'ébahit de cette suavité inespérée, imméritée, et en emplit avidement ses poumons. Soudain, dans le vent salubre, des éclats de voix attirèrent son attention. Une de ces voix lui faisait battre le cœur chaque fois qu'il l'entendait. Pas toujours d'allégresse. C'était la voix des piques et des vacheries plus souvent qu'autre chose. N'empêche, il la préférait à toutes celles qui avaient jamais frappé son oreille. La seconde voix lui était odieuse. Celle-là, il ne lui aurait rien coûté qu'elle se taise une fois pour toutes. L'ennui, c'était que ces deux voix allaient ensemble ! Pour l'heure, à demi couvertes par le ralenti entrecoupé de grondements rageurs d'un moteur surpuissant, elles se disputaient. Benoît s'approcha sans se montrer. Le frère et la sœur n'auraient admis la présence d'aucun tiers, et même en d'autres circonstances il eût été mal reçu. Mais il n'avait pas besoin d'avoir surpris le début de l'échange ni de saisir chaque mot pour deviner sur quoi roulait l'algarade. Il s'accroupit derrière une voiture et écouta. Sans les voir, il se représentait fort bien Fille-de-Personne et Krux. Elle debout près de la Guattopardo, à la fois véhémente et plaintive, les yeux brillants, la bouche tordue. Lui au volant, l'air mauvais, encaissant les reproches avec une patience maussade qui n'empêchait pas de soudains coups de gueule, de brusques coups d'accélérateur assourdissants.

— Fallait le laisser ! Qu'est-ce que ça te faisait ? Tu te rends compte qu'il était peut-être le seul, sur toute la terre ? Et toi…

— Y m'emmerdait, ce con, à crâner là-haut.

— Il crânait pas. Au contraire, il attendait la nuit pour pas qu'on le voie.

— Si. Y crânait. Y crânent tous. Y nous écrasent tous. Mais quand on se barrera, y aura deux ou trois crâneurs de moins dans le coin !

— T'en as pas assez fait ? Il faut foutre le camp, maintenant, tout de suite !

— Plus tard. Quand j'aurai réglé tous les comptes. Y a Onagre et son petit génie de la mécanique…

— Ceux-là c'est mes amis, t'y touches pas !

— T'inquiète. J'veux seulement leur foutre une branlée sur la corniche. J'les veux à poil. Avec cette bagnole, je les laisserai derrière moi, ces deux crâneurs de merde !

À l'appui de ses dires, Krux déchaîna le monstre enfermé sous le capot de la Guattopardo. Une bouffée de fumée nauséabonde flotta jusqu'à Benoît.

— Et pis y a l'autre, reprit Krux ; çui-là, je te jure, ça sera autre chose. Y'm'reste de quoi me le payer. Et lui qui couine : « Aïe aïe ! Pitié ! » Pitié ma pine, oui ! Tchac ! Dans le buffet !

À l'évidence, Fille-de-Personne savait de qui parlait son frère. Cela aurait pu être Dupassé, le vieil ennemi du galopin en sarrau, mais après la nuit dernière et l'expédition de contre-propagande électorale à laquelle Krux l'avait convié malgré lui, Benoît pariait plutôt pour le maire. À présent qu'il avait brûlé ses vaisseaux en abattant Ménélos, il ne quitterait pas Écorcheville sans être allé au bout de sa haine.

— Laisse tomber, implora la voix de Fille-de-Personne. Je t'ai dit cent fois : c'est le passé, ça n'a pas d'importance, faut plus y penser.

— C'est pas le passé. C'est y a une minute, j'ai l'impression, une seconde. C'est tout le temps. Alors je vais le crever, et ça sera fini, j'y penserai plus. Il avait qu'à pas, voilà !

— Ils vont t'attraper, Krux. Ils te tueront, ou bien ils te mettront en prison pour toute la vie…

— Alors ça, ça me ferait mal !

Benoît hésita sur le sens qu'il fallait donner à la phrase. Elle pouvait signifier que Krux excluait totalement cette éventualité, ou bien qu'il l'admettait, mais qu'il s'en foutait. Qu'est-ce que c'était que la prison, sinon la suite logique, la simple continuation de l'orphelinat ?

— Te caille pas le sang, c'est moi qui drive. Tout à l'heure je pile Onagre, pis je m'occupe du maire. Après ça, cassos ! Adieu cette ville pourrie et ce fleuve couleur de merde, bonjour Miyami, Aclapuco, Végasse ! Des endroits qui… Enfin, des endroits !

Le lyrisme de Krux était vite épuisé, mais Benoît comprenait au moins en partie ce qu'il voulait dire. Il y avait au monde tous les endroits dont Écorcheville était l'envers.

Un brouhaha de voix s'éleva en provenance de la boîte de nuit. Des pas crissèrent sur le gravier.

— V'là du monde qui sort. Ma parole, on dirait ce grand con d'Onagre ! s'exclama Krux.

C'était Onagre et Cambouis, en effet, flanqués de leur cour habituelle. Ils aperçurent la Guattopardo à la lumière des réverbères et se dirigèrent de ce côté, monopolisant l'attention de Krux et de Fille-de-Personne. Benoît en profita pour se redresser et s'approcher lui aussi. Parvenu à quelques mètres de la voiture, le petit groupe s'immobilisa. Onagre émit un sifflement mi-admiratif, mi-ironique.

— Mââââtin, le joli caddy ! Tu fais tes courses, Krux ? Les supérettes sont fermées, à cette heure-ci…

Krux prit la vanne avec un sourire supérieur. Question tchatche, il se savait en position de faiblesse devant Onagre, et plus encore devant Cambouis, mais il croyait en la supériorité de la Guattopardo sur la Vorax. Onagre pouvait faire son malin, tout à l'heure il perdrait de sa superbe.

— L'autre trouduc t'a filé le message ? J'te prends ce soir sur la corniche, moi mon caddy, toi ta brouette. Tu marches ?

Le trouduc, bien sûr, c'était Benoît. Il ne broncha pas. Autant demander raison au 35 tonnes qui vous éclabousse au passage. D'ailleurs les injures de Krux n'en étaient qu'à moitié. Pour lui le monde n'était peuplé que de cons et de trouducs, de cageots et de morues. Onagre adressa à Benoît une grimace ostensiblement étonnée, puis il se tourna vers Cambouis :

— J'avais entendu parler d'une *voiture*. Elle se conduit sans permis, sa voiturette, là ! Combien ça cube, tu crois ?

— 49 cm³, rigola Cambouis. Moteur deux-temps. Carburateur Dell'Orto de 12, à pavillon : ça gicle à mort sur les bas de pantalon, t'as intérêt à rouler en short ! Mais attention, s'il a débridé le moteur et trafiqué le pot d'échappement, il doit pouvoir frôler les quarante kilomètres-heure...

Attirés par l'attroupement, de nouveaux venus s'étaient joints au groupe initial. Il y eut bientôt autour des rivaux une foule curieuse, dont les saillies de Cambouis soulevaient l'hilarité. Krux commençait à grincer des dents. Il avait l'impression que Cambouis voletait devant lui comme un papillon. Bien entendu, Krux avait toujours la ressource de descendre de voiture et de lui fendre la tête, et à Onagre aussi, et à Benoît par-dessus le marché, et à tous ceux qui ne seraient pas jouasses... Mais il savait que ça ne plairait pas à sa sœur. Elle les avait à la bonne, ces trois cons ! Peut-être même qu'elle couchait avec l'un d'entre eux. Elle ne lui faisait plus de confidences depuis... depuis un certain jour ; ça remontait loin, mais il n'avait pas oublié. Il serra les poings sur le volant de la Guattopardo. Cette histoire-là se réglerait bientôt.

— Toi, la mécanicienne, je t'ai pas sonnée. Je parle avec Onagre...

Krux s'était hissé sur le toit de son ironie en féminisant Cambouis. Il n'irait pas plus haut. Cambouis esquissa une légère torsion du bassin, comme pour esquiver la charge furieuse et futile d'un taureau. « Olé ! » s'écria Benoît. Sans comprendre, Krux le regarda de travers. Celui-là, il se dit qu'il se le paierait peut-être, avant de filer, en plus de Ménélos et du maire.

XLIX

Onagre avait accepté. Il n'avait pas répondu de façon formelle au défi, tant il allait sans dire qu'il le relevait. Il affronterait Krux sur la corniche une fois de plus, mais il était trop tôt encore. On attendrait la fermeture du Lapin Bleu et le départ des importuns, l'instant où l'on ne serait plus qu'entre soi. *Soi :* les quelques dizaines de jeunes qui se tenaient réciproquement pour des « vrais ». Le statut de « vrai » ne se méritait pas. Sinon, Alcyone et Bételgeuse qui ne méritaient en bonne justice que des gifles n'en auraient jamais joui. Or elles étaient des vraies, elles passaient même pour de vagues grandes prêtresses vraies. Ce n'était pas seulement à cause de leur extravagance ou de leur snobisme, ni même de leur parenté avec Onagre, parangon et héros du vrai. Les vrais se reconnaissaient d'abord à la qualité de leur paresse, à leur capacité d'ennui, à leur refus des valeurs que leur éducation et leurs études étaient supposées leur inculquer, à la nullité revendiquée de leurs résultats scolaires. Sur ce dernier point quelques exceptions notables vérifiaient la règle. C'était le cas, par exemple, de Cambouis et de sa cousine Mina, à la fois brillants sujets et glandeurs de choc. Mais pour la plupart, aucune échéance économique déplaisante, aucune sanction existentielle n'était à redouter : presque tous avaient des parents riches. Cela dit, l'appartenance à la classe privilégiée n'était pas suffisante pour accéder au rang de vrai, pas plus qu'une extraction modeste, pour une fois, n'était rédhibitoire.

On retourna danser et boire. L'habitude en était prise depuis longtemps, les courses se déroulaient sur la corniche, longue de quatre kilomètres dans sa partie la plus spectaculaire, étroite et sinueuse, mais parfaitement éclairée par des réverbères de béton flambant neufs dessinés par l'incontournable Benito Guardicci. Les mauvaises langues d'Écorcheville (ou peut-être les bonnes) commençaient à râler contre lui. L'architecture, les ponts et chaussées, l'éclairage urbain, les fusillettes publiques... Avec la bénédiction de Superbe, l'Italien ne cessait d'étendre son champ d'activité.

Le départ et l'arrivée s'effectuaient sur le parking du Lapin Bleu. À quatre kilomètres de là, un rond-point permettait de rebrousser chemin. On s'entendait au préalable sur le nombre d'allers et retours à couvrir. Il y avait eu parfois, au début, d'autres concurrents qu'Onagre et Krux. Othon Esteral et quelques présomptueux s'étaient frottés aux éternels rivaux. Ils avaient vite canné : pas assez cinglés. Leur instinct de conservation l'avait emporté. On laissait désormais le champ libre aux deux extrémistes et à leurs passagers suicidaires. On ne se bousculait pas pour monter avec eux. Cambouis accompagnait toujours Onagre. Si la voiture était une berline, Benoît et Fille-de-Personne prenaient place à l'arrière. La jeune fille ignorait la peur. Benoît était moins intrépide, mais pour rien au monde il n'aurait voulu passer pour un dégonflé. Il montait plus volontiers quand c'était auprès de Fille-de-Personne. Il fermait les yeux tout le temps que durait la course, s'étonnant à chaque fois d'y survivre. À l'arrivée, il revêtait comme une chemise oubliée une vie à laquelle il avait à peu près renoncé.

On ne se souciait pas de mesurer les charges respectives. Krux faisait équipe avec Gégé, mais ils emmenaient à l'occasion des groupies vouées à les consoler un peu plus tard, dans quelque taillis, de leur défaite invariable. Onagre gagnait, inéluctablement. Grâce en partie aux talents de préparateur de Cambouis, en partie à son imprudence plus radicale encore que celle de Krux, s'il arrivait au bout du circuit il arrivait premier. Tout accident mécanique ou autre advenant à l'un des concurrents annulait la course. On bousillait beaucoup. Tête-à-queue, sorties de route, tonneaux, pneus éclatés, calandres enfoncées, radiateurs crevés... Les moteurs grippaient, cassaient, fondaient, s'enflammaient. Au regard de ces hécatombes mécaniques les dégâts corporels étaient étrangement rares et bénins : une bosse, des reins en compote mais vite guéris, un coude luxé par-ci, une hanche tuméfiée par-là. Quelque part, cachée dans les plis du ciel bas d'Écorcheville, une divinité indulgente semblait veiller sur les casse-cou de la corniche.

Quand Gégé la présenta à Krux, Tatie Cindy se sentit fouillée au plus profond d'elle-même, comme par l'œil d'un carabin rivé à un spéculum fiché en elle. Un sourire vicieux se peignit sur le visage de Krux. Tatie en avait trop vu et trop fait pour se laisser impressionner aisément, mais dès l'abord elle décela en Krux un pur prédateur. Elle en avait déjà connu de semblables, au hasard de sa longue carrière. Il leur manquait la faiblesse qui seule rend l'humanité fréquentable. D'emblée, elle comprit qu'en achetant Gégé et en se donnant à lui, elle s'était en réalité donnée à Krux. Ce regard qui la transperçait lui signifiait qu'elle était redevenue l'objet qu'elle avait été naguère entre les mains de ses proxénètes successifs. Un objet aujourd'hui usé, une espèce de mannequin de chair avachi, aux coutures fatiguées, à la bourre écrasée, une grosse poupée bientôt informe. Krux ne la remettrait sans doute pas sur le trottoir. Trop vieille toupie pour y tourner encore, elle avait perdu à peu près toute valeur marchande. Il n'y aurait plus que des tarés pour s'exciter sur elle. Des animaux comme Gégé, comme Krux. Elle devina que Krux la prendrait tout à l'heure, comme un chien pisse contre un arbre pour marquer son territoire. Gégé était en principe devenu l'esclave de Tatie, elle avait vendu ses derniers bijoux pour se l'offrir et s'offrir à lui, mais ça, ce n'était que la loi. La vérité, c'était qu'elle appartenait à Gégé, puisqu'il la faisait jouir. Or, tout ce qui appartenait à Gégé appartenait à Krux.

L'avantage avec les danses d'aujourd'hui, c'était qu'on ne dansait avec personne en particulier, pensait Géli. On dansait avec tout le monde, sans se toucher, sans s'accrocher. Comme ça, si le type en face de qui vous dansiez vous serrait d'un peu trop près, hop, trois pas de côté, on se tournait vers un autre, on se glissait entre les corps comme entre les pans d'une tenture.

Le tailleur vieillot de la jeune fille ne décourageait pas les dragueurs. Elle en avait déjà plaqué deux en pleine approche. Elle ne voulait que danser. Au début elle avait imaginé de rendre Benoît jaloux en s'affichant avec le premier soupirant venu, mais dans l'ignorance où elle était de la manière dont il risquait de réagir, elle avait préféré s'abstenir. Aussi elle dansait, seule et avec tous, sans penser à mal. Les yeux fermés, tout en gesticulant, elle récapitulait son bonheur. Uno, plus de Lordurin ! Fini de jouer les bouillottes par les nuits d'hiver, de réchauffer entre ses cuisses les vieux pieds glacés du poète. Finies les privautés, finies les interminables lectures à haute voix, finis les rituels du courrier, du petit déjeuner, de l'apéritif… Ouf, merci mon Dieu ! Deuzio… Deuzio, elle était heureuse d'être enfin possédée selon son goût, pour ainsi dire conjointement, par Mlle Orbison et par Benoît. Mlle Orbison, c'est simple, elle l'admirait, elle l'adorait. Benoît, c'était moins simple. Elle ignorait encore s'il ne s'agissait que d'un béguin, ou si elle était amoureuse de lui pour de bon. En attendant de savoir si elle l'aimait d'amour, elle aimait ses baisers maladroits et avides.

Vers deux heures du matin, les quelconques commencèrent à se retirer. On s'entassait à cinq ou six dans des petites voitures décolorées, motos, scooters et vélomoteurs pétaradaient, les dérailleurs des biclards cliquetaient dans la nuit, les plus humbles entamaient la longue descente à pied, l'espèce commune regagnait ses chambres tapissées de photos de rockers mutants et de surfeuses blondes. Certains savaient qu'une compétition allait se disputer. Ils savaient aussi qu'il eût été déplacé de s'attarder dans l'espoir d'y assister. On vous aurait toisé, vous auriez été catalogué pot de colle. Le départ ne serait donné que dans l'intimité. Le vulgaire aurait droit le lendemain au récit qu'on voudrait bien lui faire.

Les vrais restèrent maîtres du terrain. Les lumières du Lapin Bleu s'éteignaient une à une. On aurait dit qu'une autre nuit plus profonde ou plus opaque, comme venue de là-bas, par-delà le Styx, se substituait à la nuit de tout le monde sans enjeu ni mystère. Avec sa haute cabine carrée, son long capot et ses pare-chocs surdimensionnés, la Thunderbolt avait l'air entre les roadsters et les cabriolets de la jeunesse dorée d'un pachyderme égaré au sein d'une meute de lévriers. Josaphat assis au volant, les épaules creuses et voûtées, piquait du nez sous sa casquette. Des loustics lancèrent des gravillons contre son pare-brise sans parvenir à l'éveiller. Peut-être qu'il était mort ? Géli qui n'avait pas envie de rentrer se garda d'aller vérifier. On la toléra. Sa dégaine et ses fringues d'un autre temps amusaient, au bout du compte. À la fureur de Benoît, elle s'obstinait à rôder autour de lui, s'enhardissant parfois jusqu'à lui parler en lui touchant le coude. Il n'osait pas la chasser ouvertement, car ç'aurait été admettre qu'une relation au moins teintée d'intimité existait entre elle et lui. C'était déjà assez d'endurer les mines goguenardes de Cambouis et d'Onagre, qui en savaient long. Ils avaient mis Fille-de-Personne au parfum, à l'évidence, car tandis qu'elle portait sur Géli des regards sans bonté, sa lèvre supérieure se retroussait d'une sorte de surprise méprisante.

Au centre du parking à présent aux trois quarts vide, devant leurs bolides en position sur la ligne de départ, Onagre et Krux s'entendirent sur la longueur de l'épreuve. Onagre proposa cinq tours. Krux le double. Onagre s'en foutait, au fond, mais il ne pouvait céder tout de go aux exigences de Krux. On s'accorda sur sept tours. Cambouis tiqua. Sept fois huit kilomètres, c'était beaucoup. On se contentait d'habitude de quatre ou cinq allers-retours. Mais Krux refusa d'en rabattre encore. Pour une fois il comptait sur les réglages d'usine. La Guattopardo était récente, rodée à point. Aucun garagiste, ni surtout Gégé, n'avait eu l'occasion de tripatouiller le moteur et d'en gâter les harmonies originelles.

Inquiète à l'idée d'être séparée de son Gégé, Tatie Cindy toute minaudante quémanda une place dans la Guattopardo. Elle était prête à se tasser comme un ballot de linge dans l'étroit espace entre les sièges avant et la lunette arrière du cabriolet.

Gégé interrogea Krux du regard.

— A reste ici, trancha Krux. C'est pas une bétaillère, c't'auto ! A perd rien pour attend'. On la tronchera pour fêter la victoire !

Gégé consola Tatie d'une claque sur les fesses. Sous les rires, elle battit en retraite et, la mine boudeuse, s'installa dans le side-car. Fille-de-Personne était déjà à bord de la Vorax. Comme Benoît s'apprêtait à s'asseoir près d'elle, elle se laissa glisser sur la banquette pour l'en empêcher, tout en invitant Mina Bussettin à monter de l'autre côté.

— Toi, reste avec ta chérie ! lança-t-elle à Benoît avant de tirer à elle la portière qu'il avait ouverte.

Il demeura quelques secondes interdit, tandis que Mina s'empressait d'accepter l'invitation de Fille-de-Personne. Les mêmes rires suscités par la déconfiture de Tatie Cindy saluèrent la nasarde infligée à Benoît. Il piqua un fard dont il fut le seul conscient dans la pénombre qui baignait le parking. À quelques pas de lui, Géli avait rosi de plaisir. Pour un peu, elle l'aurait tiré par la manche : « T'entends ça ? Elle m'appelle ta chérie, ça me fait drôle. Pas toi ? » Si ça lui faisait drôle !... Une main invisible lui tordait le ventre. Il se mordait les joues avec une telle force que le goût du sang envahit sa bouche. Il se tourna vers Géli, qui en réalité n'avait rien dit, qui se bornait à être là, un petit sourire niais aux lèvres, et il eut envie de la gifler. Il se retint parce que ç'aurait été pire que tout, il aurait perdu la face de façon plus radicale encore. Les portières claquèrent en rafale, les quatre de la berline et les deux du cabriolet. Au volant de la Vorax, Onagre avait son habituel air conquérant. Les filles, les bagnoles, fallait que ça valse. Se poiler et s'en foutre, s'en foutre et se poiler ! La vie n'était pas compliquée. L'univers, c'était juste un truc bricolé par Dieu sait qui (par Dieu lui-même, tiens, petite tête !) pour permettre à Onagre Propinquor de prendre son pied. Si quelqu'un ne crachait pas sur le plaisir de vivre, c'était lui. Toujours content. De lui-même d'abord, mais aussi volontiers content des autres, du moment qu'ils ne lui sciaient pas les doigts avec les choses sérieuses, le Travail, les Responsabilités, et autres conneries à majuscules. Mais pour l'essentiel, oui, content, heureux, reconnaissant à Mina de s'être laissé sauter l'autre nuit, à son grand-père Superbe d'arranger sans coup férir les bidons sans cesse renversés, au moteur de la Vorax de tourner si rondement, à Cambouis de l'avoir si bien réglé, reconnaissant à la Vorax, à la corniche, à la nuit, et même à Krux, du plaisir qu'ils allaient s'unir pour lui donner. À côté de lui, Cambouis. Serein. Impénétrable, en tout cas. Paisiblement supérieur à tout le monde. Modeste malgré tout. Bienveillant. Bon zig de consentir à respirer le même air que l'espèce humaine, laquelle, preuve de son indignité, comptait en ses rangs ses cons-de-parents. Assis bien droit sur son siège, ses éternelles mitaines aux mains, sa ceinture de sécurité bouclée, il laissait flotter son regard sur les vrais. Au premier rang paradaient Alcyone et Bételgeuse. Il eut un petit rire amusé au souvenir de l'autre nuit. C'était vrai, au fait, il avait couché avec Alcyone Propinquor. Quelle drôle d'idée, d'avoir perdu son pucelage avec elle, et quelle imprudence, sans préservatif ! Il aurait de la chance si elle ne lui avait pas refilé quelque chose. Mais si ça n'était pas trop grave il ne lui en voudrait pas. Il se soignerait, voilà tout. La médecine était une spécialité Bussettin. Cambouis était apparenté à la moitié du corps médical d'Écorcheville. Alcyone avait été sa première conquête, même s'il eût été plus juste de dire qu'elle avait fondu sur lui comme la buse sur le souriceau. Maintenant qu'à travers elle il avait appris comment étaient les filles, combien c'était doux, chaud et humide, cet endroit en elles, il observait les autres d'un œil changé. Jusqu'alors il les avait considérées avec méfiance. Quelque chose en elles le déconcertait, l'inquiétait. Cette façon d'être toujours devant un miroir qui leur cachait tout ce qui n'était pas leur reflet, qui les réduisait à des mécaniques narcissiques animées par un ressort élémentaire. Mais à présent il savait qu'il y avait *ça* en elles, cette douceur, cette chaleur, cette humidité. Si cela existait chez Alcyone, à parler franc une des plus tristes idiotes du canton, il fallait que cela existât chez toutes, aussi fascinant, aussi délectable. Il se mit à rêver à des variantes, à des nuances. Elles devaient être infinies. Comment ces attributs merveilleux se déclinaient de l'une à l'autre, qu'en était-il chez Bételgeuse, chez Flavia Esteral, chez Mina, tiens ? Il avait failli demander à Onagre comment était sa cousine. Onagre n'aurait pas compris tout à fait sa question. Il aurait répondu à côté : « Elle est bonne ! » ou quelque chose comme ça. Cambouis ne l'ignorait pas, même si Onagre et lui utilisaient les mêmes mots, ceux-ci ne revêtaient pour chacun d'eux que des sens voisins. Là-dessus Cambouis se sentait plus proche de Benoît. C'était une idée, ça : lui demander comment était Géli. Mais si Benoît se révélait aussi primaire qu'Onagre, aussi clébard, ce serait gênant. Cambouis s'offusquait de peu, comme les chats. Il serait déçu, d'abord, et puis il aurait honte a posteriori de sa curiosité, il prendrait à son propre passif l'éventuelle trivialité de la réponse de Benoît. Il décida qu'il n'interviewerait personne. Il poursuivrait en solitaire l'exploration du territoire qui s'était dévoilé à lui lors de l'after chez Flavia.

Sur la banquette arrière, Mina contemplait la nuque d'Onagre. Elle avait remarqué dans sa chevelure, toujours taillée et coiffée à la perfection par Sérif, un flou inaccoutumé. Bien sûr, avec sa blessure et son bras bandé, Sérif était en arrêt de travail. Onagre s'était coiffé seul. Ces boucles un peu follettes sur sa nuque émurent la jeune fille. Elle se rappela les avoir caressées. Pourquoi avait-elle cédé ? Cela restait pour elle un mystère, et elle était persuadée qu'Onagre n'accordait pas la même importance qu'elle à ce qui s'était passé. Elle l'avait toujours tenu, et elle le tenait encore pour une sorte de crétin. Elle ne pouvait se dissimuler qu'elle était en train de tomber amoureuse d'un bellâtre sous-doué, d'une tête brûlée sans conversation, elle qui lisait des philosophes même pas inscrits au programme ! Deux jours auparavant cela aurait été pour elle inconcevable, mais elle devait se rendre à l'évidence, ces petits cheveux dans le cou d'Onagre étaient en voie de prendre dans sa vie une importance considérable. Il lui suffisait pour se sentir heureuse de savoir qu'elle n'avait qu'à tendre la main pour les toucher, et elle souriait malgré elle à l'arrière de la Vorax, elle souriait aux anges, bêtement.

Heureuse, Fille-de-Personne ne semblait pas l'être. Un pli barrait son front. La bouche serrée, les yeux dans le vague, elle attendait le départ de la course. Elle aussi le garçon qu'elle aimait, si ce mot correspondait à ce qu'elle ressentait pour lui, se trouvait à quelques centimètres d'elle, mais pour l'heure ce n'était pas à lui qu'elle pensait. Elle ne parvenait pas à écarter de son esprit la vision du corps de Ménélos, transpercé d'un carreau d'arbalète, gisant dans la poussière du mail.

Les coursiers impatients piaffaient et fumaient. L'assistance s'était reculée, connaissant la chanson des graviers qui, d'un instant à l'autre, allaient gicler en tous sens sous les roues des concurrents. À l'intérieur de la Thunderbolt, Josaphat n'avait toujours donné aucun signe de vie. Tatie Cindy avait allongé ses jambes gainées de cuir sur le capot du side-car pour les délasser.

Othon Esteral était en charge du drapeau à damiers, en réalité un essuie-mains à carreaux jaunes et blancs subtilisé à la cantine du lycée Mathieu-Chain et devenu l'accessoire obligé des rodéos. Le privilège de donner le départ était échu à Othon en souvenir de ses anciennes velléités sportives. Des quelques téméraires qui s'étaient affrontés à Onagre et à Krux sur la corniche, il avait été le plus persévérant. On lui en rendait acte en lui reconnaissant tacitement la qualité de commissaire de course. Il se détacha du groupe des spectateurs, et, la guenille au poing, vint se poster à la hauteur des partants. Il chancelait un peu, en raison des bières-vodka qu'il avait ingurgitées. On moqua sa démarche hésitante, on parla de chaussures à bascule et d'alcootest. Ignorant les lazzis, il consulta les pilotes du regard. Ils étaient prêts et le signifièrent, l'un d'un pouce levé, l'autre d'un cercle dessiné du pouce et de l'index. Onagre était guilleret, désinvolte, Krux concentré, tendu vers sa revanche. Othon brandit bien haut l'essuie-mains. Le silence se fit. On n'entendit plus rien d'autre, un instant, que le bruit des moteurs et le vent de l'autre rive qui sifflait de plus en plus fort dans les haubans de l'enseigne électrique. Othon se haussa un peu plus sur la pointe des pieds et, dans un grand geste théâtral, abaissa enfin le drapeau. Un double rugissement déchira la nuit. Comme on s'y attendait, les roues patinèrent un instant, projetant une pluie de graviers de part et d'autre des voitures. Une excitante odeur de gomme brûlée se répandit dans l'air. Les voitures bondirent. Une cinquantaine de mètres séparaient la ligne de départ des deux poteaux de bois surmontés d'un fronton orné d'une silhouette de lapin qui matérialisaient la sortie du parking. Dans la continuité d'un démarrage foudroyant, la Guattopardo y précéda sa rivale d'une demi-longueur. L'espace délimité par les poteaux étant trop étroit pour permettre à deux véhicules de passer de front, la Vorax évita la collision d'extrême justesse, au prix d'un coup de frein brutal. Les pneus crissèrent encore dans la courbe qui débouchait sur la corniche. On ne vit plus bientôt que les feux arrière des voitures qui se talonnaient, puis la nuit les engloutit. Sur le parking, le brouhaha des conversations reprit. Les pronostics péremptoires fusaient, aussitôt réfutés à coups d'arguments tout aussi catégoriques. Le démarrage de la Guattopardo avait impressionné. La fin du règne d'Onagre sur la corniche avait-elle sonné ? Cambouis avait beau lui régler ses soupapes et sa carburation au petit poil, qu'est-ce qu'on pouvait faire contre un moteur plus moderne, plus puissant, contre l'électronique triomphante ?

— Qui c'est qui va gagner, tu crois, Benoît ?

C'était Géli. Le vent achevait de sécher la sueur sur ses tempes. Benoît ne l'avait pas regardée depuis la crasse que lui avait faite Fille-de-Personne en l'empêchant de monter dans la Vorax.

— Je m'en fous !

Étonné de sa propre réponse, il y réfléchit et s'aperçut que c'était vrai, Onagre allait probablement gagner à la toute fin, comme toujours, mais au fond lui Benoît s'en foutait. Il était même plutôt content de n'être pas parti avec les autres. Il souffrait souvent de nausées, en voiture, sans doute à cause de la façon dont Onagre conduisait.

Géli s'étonna elle aussi :

— Tu t'en fous, que tes amis perdent ?

Il ne répondit pas. L'idée lui était venue que peut-être, Fille-de-Personne lui avait balancé cette vanne, « Toi, reste avec ta chérie ! », parce qu'elle était jalouse ? Il n'en était pas persuadé. Cette vanne pouvait fort bien être le fruit d'une toute simple et innocente antipathie à l'égard de Géli, sans qu'il faille y voir le signe d'un quelconque dépit vis-à-vis de Benoît. Il regretta d'avoir fusillé le Solex. S'il en avait disposé cette nuit, il aurait tout planté là, la course, Géli qui lui collait aux basques, Fille-de-Personne qui lui battait froid, Tatie qui lui faisait honte, pour aller se rencoquiller chez lui comme un bigorneau. Tandis que là, à moins de s'appuyer le chemin à pied, il allait devoir patienter jusqu'au retour de ses amis pour redescendre avec eux, si du moins F.-de-P. y consentait ! Il se souvint que Mina était venue avec son roadster et se rassura un peu. Il y aurait à coup sûr une place libre dans la Vorax. Restait à tuer le temps en attendant. Le bar était fermé. Les prévoyants s'étaient munis de canettes de bière dans lesquelles on injectait de généreuses seringuées d'alcool. Alcyone et Bételgeuse avaient acheté à l'avance plusieurs caisses de Smirnoff Ice dans lesquelles leur entourage puisait à discrétion. Benoît n'osait profiter de leur libéralité, tant il doutait qu'elle s'étendît à lui. Un refus l'aurait mortifié. Il claquait donc du bec, pendant qu'autour de lui on continuait à se poivrer. Il se demanda s'il n'irait pas se coucher sans poireauter jusqu'à la fin de la course. Il n'avait qu'un mot à dire à Géli. On réveillerait Josaphat, et on rallierait Écorcheville à la vitesse d'un char transportant la dépouille d'un chef d'État sous les drapeaux en berne. Peut-être même serait-on rattrapé en route, dépassé par la meute dans un concert de coups de klaxon... Benoît imagina les rires, les blagues échangés à l'intérieur des voitures quand on le reconnaîtrait trônant à l'arrière auprès de Géli : « Attention, convoi exceptionnel ! » ou bien « *Just married !* » Plutôt mourir. Et puis ç'aurait été donner un gage à Géli. Il lui vouait, de l'aimer ou de le croire, ou en tout cas d'en avoir l'air, une sourde rancune. C'était comme une guerre qu'elle menait contre lui, une guerre à rebours, à qui perd gagne, dans laquelle sa faiblesse constituait sa plus grande force. Elle se posait face à lui tel un pays qui n'eût aspiré qu'à voir ses frontières effacées, qu'à être envahi et annexé.

Elle feignit de frissonner et se rapprocha de lui.

— Il fait frais, tout d'un coup. Et pis il est tard. Finalement je rentrerais bien.

Elle esquissa en direction de la Thunderbolt un signe de tête qui était aussi une invite. Benoît sentit sa résolution fléchir. Pourquoi ne pas céder ? Dans dix minutes, non, vingt, ils seraient chez Louise. Il s'y ferait déposer et renverrait la voiture et la fille chez Tata Lenya. Ou bien il garderait Géli avec lui, et Josaphat rentrerait seul au bercail. Quel mal y aurait-il ? Ils escaladeraient l'escalier escarpé du donjon hanche contre hanche, ils se déshabilleraient dans la chambre de Benoît avec des gestes à la fois pressés et engourdis, en bâillant à s'en décrocher la mâchoire, et sèmeraient leurs vêtements autour d'eux à l'aveuglette. Ils ne voudraient que dormir, en principe, mais une fois entre les draps, à cause de la chaleur des peaux, du moelleux des chairs, le sommeil devrait attendre son tour.

Benoît faillit dire oui, allez, t'as raison, y en a marre, on se casse... Il l'aurait fait, si la voix de Fille-de-Personne n'avait à nouveau retenti dans sa mémoire. « Toi, reste avec ta chérie ! » Reste avec elle, pars avec elle... Partir maintenant avec Géli, c'était obéir à l'injonction moqueuse. Mais pourquoi pas, après tout ? Il aurait fallu être aveugle pour ne pas comparer l'absolue générosité de Géli à la dureté intraitable de Fille-de-Personne. De celle-ci, Benoît n'avait jamais reçu que des coups de dent ou de griffe. Géli était entrée deux jours plus tôt dans sa vie, et elle lui avait déjà prodigué tout ce qu'elle possédait, en même temps presque rien et presque tout ce qu'on pouvait attendre du monde : la corbeille de fruits et de fleurs d'un corps confiant. Il hésita quelques secondes, mais il aurait fallu marcher avec Géli jusqu'à la Thunderbolt, sous les yeux des vrais qui bavassaient en sifflant leurs canettes.

— Plus tard, peut-être, laissa-t-il tomber sans regarder Géli.

Elle s'en contenta. Il ne lui avait pas ordonné de rentrer toute seule. C'était déjà ça. Elle aurait pourtant obéi, cette fois, non qu'elle eût vraiment froid dans son tailleur, mais parce qu'elle n'aurait pas osé le défier à nouveau. Qu'il eût ou non le droit de lui donner des ordres, et corollairement celui de la revendre sans avoir besoin de l'aval de Mlle Orbison, rien ne l'obligeait à coucher avec elle. Elle craignait qu'il n'en perdît le goût si elle se montrait trop indocile.

À la vitesse où les bolides dévoraient les quelque huit kilomètres de chaque aller-retour, on pouvait compter que la durée de l'épreuve n'excéderait pas une demi-heure. Par le fait, Othon qui paradait, armé de son drapeau et d'un chronomètre qu'il prétendait réglementaire, annonça un premier tour en 3'42" pour Krux et en 3'54" pour Onagre. Il s'efforça d'en déduire des vitesses moyennes et s'empêtra dans ses calculs, mais on ne tira pas moins des performances respectives des adversaires deux conclusions irréfutables : premièrement ils roulaient vite, deuxièmement Krux avait conservé son avantage initial.

Onagre réservait-il son effort, ou la Vorax était-elle surclassée pour de bon ? Les trois tours suivants parurent confirmer la supériorité de la Guattopardo. Elle restait en tête et creusait l'écart. Othon, pénétré de son importance, habité par son rôle, bramait à chaque passage des chiffres sans équivoque. La foule aime le pathos. Victoires et défaites doivent être écrasantes. Onagre était en train de perdre sa couronne, voire sa culotte, glissaient certains. Ceux-là, en majorité Esteral, Bussettin et rejetons de familles alliées à ces clans, n'auraient pas détesté de voir la roue tourner une bonne fois, et l'héritier Propinquor mordre enfin la poussière. Le quatrième et le cinquième tours marquèrent un sursaut du champion menacé. La Vorax regrignotait son retard. Alcyone et Bételgeuse qui avaient un temps désespéré recommencèrent à y croire. Cependant, quand la Guattopardo s'engagea pour la sixième fois sur le parking, après avoir amorcé son virage elle pila à la hauteur d'Othon. Par la fenêtre dont il avait descendu la vitre, Gégé lança quelques phrases hachées que seul Othon put saisir. Krux redémarra et fonça vers la sortie. Mais après avoir parcouru la bretelle de raccordement à la corniche, au lieu de prendre à gauche pour couvrir le septième et dernier tour, il tourna à droite. Son avance théorique sur Onagre n'était plus que d'une quinzaine de secondes. Trente, quarante-cinq secondes, une minute s'étaient déjà écoulées, et les phares de la Vorax n'apparaissaient toujours pas.

On comprit qu'il était arrivé quelque chose, sortie de route ou moteur cassé, la routine ! À cela près que la direction prise par Krux ne cadrait pas avec cette hypothèse bénigne. Othon réclamait le silence à grands cris et à grands gestes. On finit par lui obéir. D'une voix presque purgée de ses intonations alcoolisées, il transmit à la foule le message que Gégé lui avait jeté au visage un instant plus tôt. Onagre s'était viandé, à trois bornes de là. La Vorax avait quitté la route du mauvais côté. Elle cramait en contrebas, à mi-pente. On saisit pourquoi Krux avait pris à droite. Il ne s'enfuyait pas, il redescendait vers Écorcheville pour rejoindre par la route qui longeait le fleuve l'endroit d'où il lui serait possible d'accéder à la Vorax en flammes.

Ce fut la ruée vers les voitures et les motos. Benoît chercha du regard où se caser. Il était arrivé avec Mina… Il esquissa un mouvement en direction de la Greluchette Sport, avant de se souvenir que sa propriétaire était montée à sa place à bord de la Vorax. Désemparé, il tenta sa chance du côté du 4 x 4 d'Othon. Les yeux hors de la tête, pressé par Alcyone et Bételgeuse hystériques, Othon faillit le renverser et poursuivit sa route sans ralentir. Les dernières voitures quittaient le parking. Il ne resta plus, sous le ciel qui commençait à pâlir, que le petit roadster abandonné, la Thunderbolt et le side-car fossile sur lequel, telle une créature elle-même antédiluvienne, était campée Tatie Cindy.

Benoît avait envisagé de se rabattre sur le side-car si nécessaire, mais contre toute attente Josaphat n'était pas mort. Quand Benoît eut tambouriné à sa vitre, le chauffeur émergea lentement du sommeil. Il mit pied à terre et se frotta les yeux de ses poings fermés, tel un enfant. Puis, le pli de son pantalon rectifié, le col de sa chemise réajusté, sa casquette époussetée d'un revers de manche, il tint la portière à ses passagers tandis qu'ils montaient en voiture. C'est à peine s'il haussa un sourcil en voyant Tatie Cindy passer devant lui dans son accoutrement de grue. Benoît l'avait convaincue, non sans mal, de laisser là le side-car. Il indiqua à Josaphat la route à suivre.

Dans un grondement formidable, à l'arrière-plan duquel, si l'on avait tendu l'oreille, on eût distingué d'inquiétants cliquetis, des chuintements et des enrouements cacochymes, la Thunderbolt s'ébranla avec une lenteur majestueuse mais exaspérante. Elle atteignit sa vitesse de croisière, qui n'excédait que de peu celle d'un char à bancs à vide ou d'un tracteur à pleine charge. Entre Géli et Tatie Cindy, Benoît se rongeait les ongles. Il intima au chauffeur d'aller plus vite. Josaphat hocha la tête et se carra mieux sur son siège, comme pour encaisser les effets d'une accélération brutale. Sans doute appuya-t-il sur le champignon, puisque le bruit du moteur, déjà considérable, s'enfla jusqu'à un paroxysme assourdissant, mais l'allure de la Thunderbolt n'en parut guère affectée. La déclivité avait beau être forte – c'était sur ce parcours que Benoît avait cassé le Solex de Cambouis deux nuits plus tôt, un frein moteur intraitable retenait le lourd véhicule et empêchait tout emballement.

On contourna un temps les faubourgs d'Écorcheville avant de trouver la route tracée au bord du Styx. L'épave incandescente fut bientôt visible, accrochée à la paroi abrupte tapissée de broussailles. De nombreux véhicules stationnaient sous le brasier. Il ne s'agissait pas seulement de la bande de jeunes accourus du Lapin Bleu. Les secours étaient déjà là. Des policiers rogues obligeaient à déguerpir les voitures mal garées qui gênaient les ambulances. Benoît sauta à terre et voulut s'approcher, mais il fut aussitôt refoulé. Des silhouettes bardées de bandes fluorescentes s'agitaient dans la lumière des gyrophares. On entendait des éclats de voix féminines. C'étaient Alcyone et Bételgeuse qui faisaient un esclandre, exigeaient Dieu sait quoi et menaçaient Dieu sait qui de révocation. Les spectateurs tenus à distance commentaient à perdre haleine le presque rien qu'ils voyaient. Deux groupes distincts de secouristes semblaient s'être formés, à peu de distance de la carcasse, et l'on croyait avoir vu redescendre un brancard, ou peut-être deux.

— Des brancards ? Et on sait qui…

On ne savait rien. Benoît scrutait à s'en crever les yeux la nuit qui grisaillait, à présent, mais qui s'obstinait à garder caché l'essentiel. Il pria pour qu'il n'y eût personne dans l'habitacle en flammes, nul gnome noirâtre, nulle statuette friable. Les corps brûlés rétrécissaient, on devenait tout petit, c'était peut-être le plus horrible. Il imagina ses amis, Fille-de-Personne, Cambouis, Onagre, et Mina aussi, bien sûr, Mina qui avait pris sa place, transformés en poupées charbonneuses, se dressant devant lui et tendant dans sa direction des moignons minuscules. Il eut honte de ces fantasmagories. Quoi qu'il fût arrivé, c'était *vrai*. La vie n'était pas un dessin animé, ni un film à effets spéciaux. Il frissonna. Le vent soufflait toujours en provenance de l'Érèbe. Benoît se détourna de ce qui avait été la Vorax et aperçut Othon Esteral. Peut-être à cause de ses origines, Othon n'était pas le plus hautain de ses condisciples. Ils se parlaient, quelquefois.

— Tu as vu Krux ? lui demanda Benoît. Il a dû être le premier sur les lieux. Il doit savoir quelque chose…

— Juste en arrivant, j'ai aperçu la Guattopardo qui repartait, répondit Othon.

— Qui partait ! s'exclama Benoît.

— Parfaitement, et sur les chapeaux de roues, encore.

Benoît examina cette information dans tous les sens, et peu à peu elle se chargea d'espoir. Krux avait peut-être trouvé Fille-de-Personne, certes un peu sonnée, mais indemne, ou légèrement, très légèrement blessée… Et il l'avait aussitôt prise en voiture, embarquée dans sa cavale. Il s'accrocha à cette idée. À l'heure qu'il était, le frère et la sœur, et Gégé, filaient à toute allure vers d'autres cieux, loin de la cage de feu qui rougeoyait là-haut.

LI

Comment admettre que l'univers nous ignore, que notre sort soit indifférent aux étoiles ? Il fallait à Benoît, pour qu'il eût le sentiment d'exister, l'illusion qu'un dieu l'épiait et ourdissait contre lui, ou pour lui, des complots mortels ou salvateurs. Il était prêt à croire que Mina avait endossé à sa place la tunique de flammes. Une puissance inconnaissable en avait décidé ainsi : c'était elle, et non lui qui mourrait. À sa décharge, on ne pouvait que reconnaître qu'il aurait dû être à l'intérieur de la Vorax à l'instant fatal. En apparence tout allait comme si, à travers Fille-de-Personne, le destin l'avait épargné de propos délibéré, en lui substituant Mina. Pour le préserver, en vue d'accomplissements ultérieurs, était-il tenté de penser. Aussi éprouva-t-il une sorte de déception, de frustration fugitive, en apprenant que Mina s'en était tirée vivante, et qu'il en eût sans doute été de même pour lui s'il s'était trouvé à bord. La cousine de Cambouis était à peu près indemne ; elle souffrait de divers hématomes et ecchymoses, ainsi que de quelques entailles au front et au cuir chevelu. Trois fois rien, comparé au sort des autres passagers de la Vorax. Alors que Mina et Fille-de-Personne avaient été projetées hors de la voiture avant que celle-ci ne s'immobilise et ne s'embrase, Onagre et Cambouis étaient morts carbonisés. Mina avait été éjectée dès le premier choc, qui avait ouvert sa portière, et Fille-de-Personne, par la même issue, lors d'un rebond de l'auto. La chute de Mina avait été arrêtée par les branches d'un arbuste. En revanche Fille-de-Personne avait roulé plus bas, presque jusqu'au fossé qui bordait la route du fleuve. Elles étaient soignées toutes deux à l'hôpital Bussettin où Mina était pour ainsi dire chez elle. Mais si son état ne suscitait aucune inquiétude, les médecins demeuraient évasifs au sujet de Fille-de-Personne. Depuis l'accident, retranchée derrière la porte close du coma, elle n'avait pas repris conscience. Les journaux locaux qui tous consacraient leur une au « rodéo tragique » n'en avaient que pour la disparition d'Onagre (« l'héritier turbulent d'un grand nom et d'une grosse fortune » sous la plume de Guido Guardicci) et de Cambouis (« le jeune Alexandre, petit prince de la jeunesse dorée » sous celle d'Homini Lupus), et pour la survie miraculeuse de Mina. Ils mentionnaient à peine Fille-de-Personne : « Une quatrième occupante du véhicule, pensionnaire aux Petits-Oiseaux, a été admise dans le service de réanimation de l'hôpital Bussettin dans un état critique. »

Le caractère inhabituel des circonstances de l'accident, telles que les relatait Mina dans une interview recueillie par Guido Guardicci, accentua encore l'émotion populaire. À la sortie du virage le plus serré du parcours, alors que la Vorax était enfin parvenue à doubler la Guattopardo, une silhouette s'était dressée en plein milieu de la route. Le coup de volant brutal qui avait précipité le bolide dans le vide n'avait pas d'autre cause. « Je le vois encore, déclarait Mina. Ses yeux brillaient dans la lumière des phares. On aurait dit des gouttes d'or. Il s'est figé, ébloui, tétanisé. J'ai distingué très nettement les petites cornes sur son front, sa barbiche… Onagre a poussé un juron, il a braqué brusquement… Ensuite, plus rien. Je suis revenue à moi dans l'ambulance. »

Le satyrion fugueur était donc responsable de la tragédie. L'opinion publique s'indigna qu'on ne l'eût pas encore capturé. En butte à de sévères critiques, les services de sécurité redoublèrent de zèle. On fouilla caves et cabanons, les bâtiments à l'abandon, les remises et entrepôts peu fréquentés, tous les endroits susceptibles de servir de cachette furent visités. On placarda des affiches promettant une forte récompense à qui permettrait à la police de retrouver la trace de la créature. Les médias prodiguèrent des conseils de prudence à l'usage des automobilistes, de crainte que ne se produisît un nouvel accident, ainsi qu'aux femmes, car on n'avait pas oublié la tentative de viol perpétrée, troublante coïncidence, chez « les pauvres parents de Sacha Bussettin, aujourd'hui écrasés de chagrin »… Des patrouilles motorisées sillonnèrent la ville et ses environs, armées de filets de rétiaires, de colliers étrangleurs, de fusils à fléchettes anesthésiantes… Sans succès. Le faune demeurait introuvable.

Il n'était pas loin, en vérité. De retour à la villa Jacaranda, Benoît avait été incapable de trouver le sommeil. Il s'était réfugié dans la serre-atelier. Marchant de long en large, soulevant un outil pour le reposer aussitôt avec lassitude, il avait songé aux heures passées là en compagnie de ses amis. Lui étaient revenues en mémoire les blagues incessantes d'Onagre, ses imitations drolatiques des profs du lycée Mathieu-Chain, la gaieté de pinson de Cambouis tandis qu'il tripatouillait un moteur, démontait ceci et remontait cela, les instants trop rares où Fille-de-Personne rentrait un peu les griffes et se montrait amicale, presque affectueuse à défaut d'autre chose. Ces évocations avaient été interrompues par un grattement à la porte vitrée de la serre. Pour gratter aussi fort, il fallait plus qu'un chat, ou alors un hercule de chat, au moins un puma ! Pour la seconde fois, Faunet avait retrouvé d'instinct le chemin de la villa. Benoît en fut touché. Se pouvait-il qu'une sorte d'amitié fût en train de se nouer entre eux ? Le chèvre-pied semblait épuisé, ou plutôt choqué, sous le coup d'une émotion, d'une espèce d'émotion, dont Benoît qui ignorait encore son rôle involontaire dans les événements de la nuit ne comprit la raison qu'à la lecture du récit de Mina. Le hérisson est-il coupable de vouloir traverser la route ? Il y laisse sa peau dont les piquants n'ont jamais crevé aucun pneu. Onagre n'aurait pas essayé d'éviter un hérisson, ni un renard... C'était un satyre, entre homme et bête, que le destin avait jeté sur sa route, comme un joueur madré lance un joker sur la table et rafle la mise.

Benoît puisa pour nourrir Faunet dans le compotier que Louise avait rempli. Comme Aranelle au musée Occlo, le premier jour, il prenait plaisir à lui peler des fruits, à les couper en quartiers pour les lui donner. Tout le temps de l'opération, le petit gardait les yeux sur ses mains, sur le fruit et sur le couteau, puis, quand Benoît lui tendait enfin le morceau de pomme ou de poire, il l'engloutissait en rejetant la tête en arrière et en fermant les yeux. Benoît rêva quelques instants de le dresser, mieux, de l'éduquer ! Mais il dut s'avouer qu'une telle entreprise serait au-dessus de ses forces. Toute cohabitation avec ce vagabond lubrique susciterait très vite des difficultés insurmontables. Par surcroît il était traqué, doublement recherché depuis la nuit dernière. Après sa capture prévisible, il ne s'agirait plus que de savoir entre quelles mains il échouerait : celles de policiers partisans de l'euthanasier comme n'importe quel animal dangereux, ou celles de zoologistes brûlant de l'étudier sous toutes les coutures avant d'en venir à la dissection finale. En attendant, Benoît ne voyait rien d'autre à faire que de lui laisser libre accès à la serre, puisqu'il l'avait élue pour tanière, et de l'approvisionner en fruits... Mais cela même ne pourrait durer indéfiniment. Louise finirait par s'étonner que son fils se soit soudain mis à en consommer autant, et Benoît verrait vite le bout de son argent de poche s'il les achetait lui-même.

Bien qu'elle eût rapidement repris conscience et qu'elle fût pour l'essentiel indemne, Mina aurait dû demeurer au moins un certain temps en observation au sein du service de réanimation du Pr Origan Propinquor. Il n'en fut rien. Elle fut transférée en chirurgie, dirigée par le Pr Romarin Bussettin, où elle occupa la plus vaste chambre du service. Une foule de parents et d'amis se pressait à son chevet. Corbeilles de fleurs et de fruits confits, coffrets de chocolats fins accompagnés d'une carte de visite s'entassaient à l'accueil. On ne les lui montait plus. Sa chambre avait l'air d'une boutique de fleuriste, et on ne savait plus où poser les cadeaux. « Qu'elle mange seulement la moitié de ces douceurs, grommelait Romarin Bussettin, et ça me la tuera ! » Chirurgien aux doigts de fée et chef de clinique, suprême sommité médicale d'Écorcheville, le parrain de Mina régnait en maître sur le CHU d'Écorcheville. La médecine constituait depuis toujours une chasse gardée Bussettin. C'était tout juste si les familles rivales parvenaient à pousser au rang de chefs de service tel ou tel des leurs, pour contrebalancer dans une certaine mesure cette prépondérance immémoriale. Ainsi le Pr Origan Propinquor dirigeait-il la réanimation, et le Pr Hysope Esteral les urgences. Bien entendu, dès l'instant où il avait été informé de l'accident et de l'hospitalisation de sa filleule, le Pr Bussettin était descendu de son bureau directorial tel un dieu prenant en main les affaires humaines. Passant par-dessus la tête de ses confrères ulcérés, il avait aussitôt accaparé la blessée, et l'avait d'autorité dirigée vers le service de chirurgie, contre toute nécessité.

Quand elle vit Benoît se présenter, un petit bouquet à la main, l'infirmière-chef de la réanimation, révoltée comme son patron par l'arbitraire mandarinal, et lasse d'aiguiller les nombreux visiteurs de Mina Bussettin vers la chirurgie, crut qu'il venait pour elle. Elle s'apprêtait à se montrer aussi revêche qu'elle savait l'être, mais elle s'attendrit à la vue du modeste bouquet, de toute évidence composé de fleurs du jardin enveloppées dans un vieux morceau de papier-cadeau récupéré derrière un buffet de cuisine. Cela changeait des gerbes somptueuses, toutes provenant de chez la même fleuriste, la plus chic d'Écorcheville, une Esteral par alliance, tiens ! Cependant il était tard. Benoît s'était décidé à venir sur une impulsion subite, sans se soucier des heures de visite.

— Elle est en chirurgie, Dieu sait pourquoi ! Quoi qu'il en soit, il faut la laisser se reposer, mon garçon. Reviens aux heures autorisées.

Une bouffée d'espoir souleva la poitrine de Benoît.

— Elle est sortie du coma, alors ?

L'infirmière comprit son erreur.

— Coma ? Attends... Aïe ! Tu venais pour l'autre, c'est ça ?

Benoît acquiesça.

— Oh, celle-là, reprit l'infirmière, elle est bien chez nous... Je peux te permettre de la voir. Ni toi ni personne ne l'empêchera de dormir, hélas !

La peur submergea Benoît.

— Elle n'est pas...

— Non, non, ça y ressemble mais ce n'est pas ça. Attends un instant !

Elle se pencha pour repêcher dans sa poubelle la dernière maxi-bouteille en plastique qu'elle avait vidée, la coupa aux deux tiers de sa hauteur à l'aide d'un scalpel déclassé, et la remplit au robinet.

— J'ai plus de vases, expliqua-t-elle. On en a fait une razzia : ils sont tous en chirurgie, chez Mlle Bussettin. Allons, viens avec moi.

Il la suivit jusqu'à la chambre la plus éloignée du bureau du service, tout au fond du couloir, comme si l'on y reléguait les comateux aventurés trop loin de la vie pour avoir une chance d'y revenir, songea Benoît.

— Tu peux rester près d'elle un petit moment. Je te laisse. Tu ne touches à rien, n'est-ce pas ? Préviens-moi en partant.

— Oui, madame. Merci, madame.

La chambre était toute petite. Une niche, un casier. Admis dans ce service, d'ordinaire on ne gambadait pas, on ne faisait pas d'entrechats ni de jetés battus. Les corps vacants y attendaient l'hypothétique retour de leur conscience en allée. Peut-être voltigeait-elle au-dessus de l'étroit lit de fer comme un moineau apeuré ? Peut-être s'était-elle perdue dans ses propres profondeurs, dédale d'images et de mots anciens où elle errait, désespérant de retrouver le fil du présent ? L'infirmière-chef posa le vase improvisé sur une minuscule table, et arrangea les fleurs d'un revers des phalangettes avant de quitter la pièce.

Benoît resté seul s'avança de quelques pas. L'espace libre autour du lit n'en comptait pas beaucoup plus. Fille-de-Personne reposait sur le dos, l'aiguille d'une perfusion fichée à la saignée du bras droit, le front ceint de patchs et d'électrodes maintenues par des ventouses qui lui faisaient comme une couronne de science-fiction. Des fils reliés à divers appareils dépassaient de sous le drap remonté haut sur sa poitrine. Benoît n'osa pas l'embrasser. Jamais elle ne le lui avait permis *de son vivant*. En pensée, il retira le mot. Elle était vivante, à un degré certes difficile à estimer, même pour les médecins, mais son sommeil n'était pas irrévocable, son tombeau n'était pas scellé. Il tira à lui un tabouret et s'assit, incliné en avant, les avant-bras appuyés sur les genoux. D'une certaine façon, qu'elle fût plongée dans le coma rendait la visite de Benoît plus facile. Que lui aurait-il dit, si elle avait été consciente ? Avec elle, les mots vous revenaient comme des balles de tennis renvoyées de volée, sèchement, vicieusement parfois. Même les regards s'avéraient périlleux. Elle pouvait très bien vous apostropher : « Qu'est-ce que t'as à me regarder avec des yeux de veau ? Tu veux ma photo ? » Vieilles réactions de gibier d'orphelinat. Aux Petits-Oiseaux, le regard qu'autrui posait sur vous n'était chaleureux qu'en de rares occasions. Là, Fille-de-Personne était sans défense, Benoît pouvait la contempler tout son soûl, sans crainte.

Tant elle semblait dormir, il fut tenté de nier le diagnostic et de lui taper sur l'épaule. On tape sur l'épaule des dormeurs et ils ouvrent les yeux, ils se réveillent, ils vous sourient ou vous engueulent. C'est comme s'ils étaient dans leur maison, on frappe à la porte et ils se montrent. Pas elle. Plus maintenant. Pourtant elle respirait d'un souffle égal, sa peau était lumineuse, elle était belle. Il essaya quand même. C'était absurde, mais il ne put s'en empêcher. Il claqua des mains et dit à haute voix : « Fille-de-Personne, réveille-toi ! » Il lui toucha l'épaule. Il s'étonna de la sentir si chaude. Pas brûlante, mais chaude, presque aussi chaude que d'habitude. C'est vrai, puisqu'elle n'était pas morte le sang coulait dans ses veines, ses organes accomplissaient leurs tâches respectives, l'usine de son corps tournait. Toute seule, sans personne dans la salle de contrôle. Alors forcément, si ça durait elle allait se dérégler et ça finirait mal. Benoît retira sa main, puis la reposa au même endroit. Il pensa à Géli. À tout Géli, à la chaleur qui se dégageait de tout son corps. C'était bien la même chaleur.

Il se demanda ce qui arriverait à Fille-de-Personne si elle ne se réveillait pas. Un Propinquor, une Bussettin dans le coma, on les gardait indéfiniment, en tout cas aussi longtemps qu'on pouvait, mais une Fille-de-Personne, une fille de rien, qui paierait pour elle ? Les soins, les médecins, les journées, les années d'hôpital ? Où est-ce qu'on allait la caser ? De nos jours un lit d'hôpital coûte aussi cher qu'une nuitée de palace. Ou bien on débrancherait la perfusion, ou on y ajouterait quelque chose qui réglerait le problème et libérerait la chambre ? Si Louise avait voulu, si elle avait pu… Il imagina Fille-de-Personne à la villa Jacaranda, endormie, comme ici, mais au moins elle ne risquerait pas qu'on la jetât comme une plante en pot anémiée, qui ne reprendra plus. Pourquoi pas ? Après tout, il y avait déjà l'angelot momifié dans sa châsse. D'ailleurs Louise était médecin, elle saurait s'occuper d'une comateuse, et lui il serait là, il aiderait, il veillerait sur son sommeil, il guetterait son réveil. Bien sûr, Louise, pour l'hygiène, ça n'était pas l'idéal. Mais Benoît se chargerait d'assainir, de repeindre une chambre exprès…

Cette idée l'exalta quelques instants, puis il se rendit compte que ce n'était là que chimères. Louise avait été rayée de l'ordre des médecins. Jamais on ne lui aurait confié Fille-de-Personne, dans l'hypothèse où elle aurait offert de la recueillir. On ne lui concédait que des humains ou des animaux morts, qui n'avaient plus rien à redouter. À ce moment, le ciel si souvent gris et bas d'Écorcheville se découvrit soudain. Le soleil apparut, et un rayon doré vint caresser la tête du lit de Fille-de-Personne, nimbant de lumière son visage et ses cheveux. Dans une foudroyante floraison, des épis de blé poussèrent entre ses boucles blondes. Quelques secondes plus tard, coquelicots, boutons-d'or et anémones y laissèrent éclater leurs couleurs, tandis qu'une délicate résille de lierre apparaissait sur son cou et montait à l'assaut de ses joues. Émerveillé, Benoît se leva et contourna le lit pour aller ouvrir la fenêtre afin de laisser le soleil entrer à flots dans la chambre. Comme s'il n'avait attendu que cela, un papillon, un *Polyommatus*

Eurydice que Benoît reconnut à ses ailes fauves glacées de bleu-violet marquées d'un trait noir, car il s'était un temps passionné pour les lépidoptères, s'y engouffra et se posa sur la bouche de la jeune fille. Un autre le suivit aussitôt, *Arge Lachésis*, paria Benoît, fauve pâle, à l'aile inférieure blanche à bordure brune, porteuse de cinq taches pupillées de bleu. Il voleta autour de son front avant d'élire domicile à l'angle de sa tempe et de son œil droit. Benoît retourna s'asseoir. La preuve était établie que la vie, en Fille-de-Personne, poursuivait ses germinations. L'Eurydice frémit quand les lèvres de l'adolescente s'entrouvrirent. Benoît crut qu'elle s'éveillait. Peut-être voulait-elle boire ? Les lèvres bougèrent faiblement, délivrant un murmure presque inaudible. Pour mieux l'entendre, Benoît se pencha et colla son oreille contre la bouche qui balbutiait. Le corps était inerte, les yeux restaient clos, rien ne dérangeait l'ordonnance des traits figés dans une sérénité de gisant. Fille-de-Personne ne vivait encore que par ce chuchotement. Benoît s'efforça de faire le vide en lui-même, de chasser toute pensée, pour fixer son attention sur ces mots inintelligibles. En vain, tout d'abord. Ils lui échappaient, tels ces petits poissons qu'on essaie d'attraper à la main dans les flaques, à la mer, et qui vous glissent entre les doigts. Benoît se rapprocha un peu plus, sans effaroucher l'Eurydice dont les ailes palpitaient au rythme que leur imprimait le mouvement des lèvres de Fille-de-Personne. À force de concentration, il parvint à saisir un mot, puis un deuxième, puis d'autres, sans pouvoir pour le moment les organiser en phrases cohérentes : *herbe... heure... vent... ossuaire... suaire... lambeaux et haillons*... Il fronça les sourcils. Qu'est-ce que c'était que cet amphigouri ? Ces vocables n'appartenaient pas au vocabulaire courant de Fille-de-Personne, à part les trois premiers, et encore, quand elle parlait d'*herbe* il fallait voir ce qu'elle entendait par là. Quant aux autres, *ossuaire*, *suaire*, *lambeaux et haillons*, si même elle les connaissait, elle ne les aurait employés, consciente, qu'en pinçant les lèvres. Mots d'un registre relevé, mots nobles, c'est-à-dire pour elle insolites et risibles, à l'usage exclusif de bouffons qui se la jouaient grave. Il n'y avait plus que les poètes, pour priser cette pacotille oxydée. Benoît en resta interdit. C'était bien ça, Fille-de-Personne disait un poème ! D'ailleurs, comme une fréquence se précise peu à peu sur un poste de radio, sa voix gagnait de seconde en seconde en force et en clarté, les mots formaient des phrases, les phrases prenaient sens et devenaient des vers :

... ton souffle nous tient, nous arrache et nous ronge !
Et nous étions la vie et nous sommes le songe !
Et voilà que tout fuit !
Et nous ne savons plus qui nous pousse et nous mène,
Et nous questionnons en vain notre âme pleine
De tonnerre et de nuit !

Ô vent, que feras-tu de ces tourbillons d'êtres,
Hommes, femmes, vieillards, enfants, esclaves, maîtres,
Souffrant, priant, aimant,
Doutant, peut-être cendre et peut-être semence,
Qui roulent, frémissants et pâles, vers l'immense
Évanouissement !

Sur *évanouissement*, dont elle avait articulé les six syllabes, é-va-nou-is-se-ment, avec une parfaite exactitude métrique, Fille-de-Personne se tut.

Où était-elle allée chercher ça ? Avait-elle appris ce poème en classe ? Peut-être. Et il remontait du fond de sa mémoire, ainsi qu'une bulle du fond d'un étang. Benoît tendit la main à nouveau, cette fois pour effleurer un des épis qui ornaient la chevelure de Fille-de-Personne. Comme les vrais épis qui poussent en pleine terre il était dur et rêche, et ses barbes scarieuses picotaient. Benoît s'enhardit jusqu'à toucher les fragiles pétales d'un coquelicot, qu'il sentit se friper sous ses doigts. Dire qu'il avait apporté des fleurs, des fleurs sans nom ! Il les avait cueillies chez lui, dans le parc en déshérence. Louise n'y cultivait rien depuis des lustres. Les plantes se débrouillaient toutes seules. Elles croissaient et s'hybridaient en liberté, échangeant leurs pollens et leurs caractères. Il aurait fallu un nouveau Linné pour s'y reconnaître dans leur généalogie et les baptiser. Il aurait trouvé là matière à couvrir des carnets d'observations, à emplir des herbiers entiers. Louise s'en fichait comme de tout et du reste. Mais déjà, des lèvres de Fille-de-Personne s'échappait un autre poème.

Nous entendons le bruit du rayon que Dieu lance,
La voix de ce que l'homme appelle le silence,
Et vos soupirs profonds, cailloux désespérés !
Nous voyons la pâleur de tous les fronts murés.
À travers la matière, affreux caveaux sans portes,
L'ange est pour nous visible avec ses ailes mortes.
Nous assistons aux deuils, au blasphème, aux regrets,
Aux fureurs ; et la nuit, nous voyons les forêts,
D'où cherchent à s'enfuir les larves enfermées,
S'écheveler dans l'ombre en lugubres fumées.
Partout, partout, partout ! Dans les flots, dans les bois...

Cette fois, elle en débitait trop long pour que Benoît pût croire qu'elle eût appris tout ça par cœur. Les vers venaient d'ailleurs, c'était comme une tempête de mots qui soufflait à travers elle. Sa diction s'était précipitée, sa voix s'enflait. À présent fiévreuse et véhémente, elle claironnait. Craignant que ses clameurs ne finissent par attirer quelqu'un, une aide soignante, un médecin en maraude qui verrait dans sa logorrhée un symptôme à juguler, Benoît supplia Fille-de-Personne de parler moins fort. Elle obéit, à sa surprise, ou bien était-ce le texte lui-même qui exigeait une sourdine ? Après chaque poème, elle restait un court moment silencieuse, puis elle enchaînait, entamant une autre songerie grandiose. Benoît avait fini par identifier l'Éole de cet ouragan : Hector Hugo à tous les coups ! aurait dit Onagre. Les cadences et l'emphase rappelaient *Booz endormi*, qu'on avait lu en classe un jour où Benoît s'y était aventuré. Les potaches avaient plébiscité la Moabite couchée au pied de Booz, le sein nu,

Espérant on ne sait quel rayon inconnu,
Quand viendrait du réveil la lumière subite.

Espérant à son tour le réveil de Fille-de-Personne, Benoît, sans rire, l'écouta longtemps. Puis, comme rien ne laissait présager qu'elle émergeât maintenant, il partit. Depuis le couloir, à travers la porte, il vérifia qu'elle continuait à déclamer. Était-il donc le seul à l'entendre ? Il faut dire que le service de réanimation n'était certes pas le plus animé… Un interne, blouse blanche, stéthoscope au cou, passa à pas lents devant la porte de Fille-de-Personne sans s'arrêter, sans marquer la moindre hésitation ni la moindre curiosité, comme plongé dans une rêverie dont rien n'aurait pu le tirer. Plus loin, l'infirmière-chef qui s'était montrée si bienveillante somnolait à son bureau. Benoît poursuivit son chemin, s'engagea dans un escalier aux odeurs vagues et effrayantes, longea un couloir, emprunta un autre escalier, un nouveau couloir… Tout hôpital est un dédale où guette le seul minotaure invincible. Enfin, le garçon déboucha sur le hall d'entrée, le traversa, émergea à l'air libre. Il se promit de revenir. Demain et tous les autres jours.

La salle de l'Empyrée éblouissait tout d'abord, avec ses lustres étincelants, son plafond peuplé de dieux et de déesses, ses rangées de fauteuils, ses baignoires et ses loges tendues de velours grenat. Sans doute pouvait-on fréquenter l'établissement durant des années et rester dupe des lumières et des dorures. Mais une fois qu'on avait remarqué l'usure du revêtement des accoudoirs, dont la trame blanchâtre transparaissait par endroits, et qu'on avait observé les fissures et lézardes qui crevaient le plafond en zigzaguant à travers le ciel peint, dessinant à Mars et à Vénus de vilaines varices, l'émerveillement se dissipait. Ce qui se lisait dans la misère encore discrète du théâtre, comme dans les poutrelles et les entretoises rongées par la rouille de la cathédrale de fer, c'était le déclin d'Écorcheville. L'anémie pernicieuse dont la cité était atteinte ne se manifestait pas uniquement par la baisse de son activité, qui laissait aux deux tiers vides les gratte-ciel édifiés par les grandes familles. Elle était discernable dans l'effritement du tuffeau des bâtiments, dans la lèpre qui défigurait les mascarons des vieux immeubles, dans la corrosion accélérée des grilles. Les bois se fendillaient, les stucs se craquelaient, les plâtres verdissaient, le mastic des fenêtres tombait en esquilles… Cette dégradation paraissait n'avoir aucune cause objective. Elle était inexplicable et sournoise. Cependant elle s'accélérait, bien que peu d'habitants en eussent encore pris conscience. Benoît, lui, l'avait perçue très jeune. Tout de suite, d'entrée de jeu lui semblait-il, quasiment en ouvrant les yeux. Au point qu'il s'était parfois demandé s'il n'en était pas la cause ou l'agent, si ce n'était pas lui qui en avait apporté le germe en naissant ! Enfantillage solipsiste, bien sûr. Le premier mouvement de la conscience à son apparition vise à organiser le monde autour d'elle, avant d'accepter, graduellement, de migrer du centre de l'univers à sa périphérie, puis de soupçonner qu'il n'a pas de centre, ou que celui-ci est partout… Reste que Benoît avait percé à jour les prestiges décatis de l'Empyrée dès le premier soir. C'était peu de temps après que Louise lui avait révélé qui était sa mère naturelle. Lola jouait à l'Empyrée à quelques jours de là. Depuis qu'il savait, le cœur de Benoît battait plus fort qu'auparavant. Il le sentait très bien. Il estimait l'augmentation à 10 % au moins. Son cœur battait 10 % plus fort, son pouls battait 10 % plus vite. Le cœur battant, il avait acheté son billet, le cœur battant il avait attendu le soir de la représentation, le cœur battant il s'était fait beau et avait revêtu ses meilleurs habits de l'époque, le cœur battant il s'était rendu au théâtre.

La salle était comble. Depuis quinze ans, chaque passage à Écorcheville de la troupe dont Lola était la vedette drainait un public de notables et d'élites. Il fallait y être, pour apporter sa quote-part de commentaires dans les dîners en ville des jours suivants. Elle avait été divine, elle avait été époustouflante, écrasante, bouleversante. Plus encore que dans le rôle de Chimène la fois dernière. Autant, c'est bien simple, que dans celui d'Athalie celle d'avant. Non, vraiment, cette année elle avait été une lady Macbeth insurpassable ! Qui voyait-on à lui opposer ? Allons, un nom ! Qui ? Personne ! Personne ! Les notaires et les fondés de pouvoir s'échauffaient, suffoqués à l'idée qu'on pût songer à comparer la Balbo à qui que ce fût, au demeurant nul n'y songeait, sinon pour disqualifier aussitôt la rivale. C'était comme Blandeuil : d'avoir été reconnus et consacrés ailleurs leur conférait la gloire suprême des expatriés vainqueurs. On s'exagérait leur célébrité. Peut-être pour s'excuser de les avoir à l'origine ignorés et plus ou moins contraints à l'exil, on faisait de Blandeuil un Paganini et de Lola une Sarah Bernhardt. Le soir de *Phèdre*, c'était la première fois que Benoît retournait à l'Empyrée depuis sa fuite lors de la représentation d'*Antigone*. De ce jour, il n'avait plus cessé de penser à Lola. Il sentait qu'il devait revenir, affronter son image. Il ne s'intéressait guère au théâtre, ni à Racine. Il n'était là que pour elle. Alors qu'il avait été naguère subjugué, au-delà de leur décrépitude, par l'escalier de marbre, la fresque et la colonnade du promenoir, par les ors, les lumières innombrables, les muses dans les médaillons, les bustes des grands auteurs toisant le public depuis leurs niches disposées autour de l'hémicycle, il se découvrit cette fois insensible à la magie du lieu. Il ne décelait plus que l'avilissement des tentures mitées et des fauteuils avachis. Toute émotion l'avait déserté. Les trois coups furent frappés. Le rideau rouge, d'un rouge placentaire, se leva sur deux bonshommes en toges. Le premier appelait le second « cher Théramène », et celui-ci lui donnait du « seigneur » long comme le bras. C'était bien le même charabia qu'en classe, en plus difficile à suivre, puisqu'on n'avait pas le texte sous les yeux. D'abord sourd à la musicalité racinienne, Benoît commença à regretter d'être venu. Si c'était comme ça jusqu'au bout... Pourtant deux vers produisirent en lui un déclic :

Qui sait même, qui sait si le Roi votre père,
Veut que de son absence on sache le mystère ?

Benoît fut confondu. C'était donc à lui, par-dessus la tête de son seigneur, que s'adressait le cher Théramène ? Dans ce torrent de grands mots et de noms inconnus, un message était caché. Dès lors Benoît écouta la pièce avec attention, et quand Phèdre-Lola entra en scène pour se plaindre, le cœur du garçon qui avait repris son train-train depuis son arrivée dans le théâtre se remit à battre à toute force.

Ni cette année-là, ni les autres, il n'avait eu le courage, après le spectacle, d'aller se présenter à Lola dans sa loge. Où l'aurait-il trouvé ? « Bonsoir, madame, je suis Benoît Brisé, votre fils ! » Puisqu'elle avait autrefois refusé le rôle de mère dans la réalité, Lola n'existait pour lui qu'au théâtre. Celui-ci la magnifiait en même temps qu'il l'enfermait. Dans l'espace exigu de la scène, comme le rejeton de Louise sous sa cloche, elle demeurait splendide et inoffensive. Une nuit, en rêve, Benoît l'avait vue s'en échapper, sauter dans la salle et s'avancer vers lui au milieu de l'allée. Il avait été saisi d'épouvante et s'était réveillé en sursaut. Lola n'était faite que des mots des dramaturges. Elle n'avait d'autre identité que ses rôles ni d'autre chair que leurs passions. Chaque fois qu'elle revenait jouer à Écorcheville, Benoît allait l'écouter à l'Empyrée. Puis il réintégrait l'antre poussiéreux de la villa Jacaranda, pour y décrypter les oracles tombés de sa bouche ou de celle de ses partenaires. Il ne décryptait rien, au vrai. Des sentences, des formules s'inscrivaient en lui, qui restaient des énigmes mais résonnaient durablement à l'arrière-plan de sa conscience.

Aujourd'hui Benoît était décidé. Quelque chose lui disait que les temps étaient révolus, qu'il devait affronter Lola. Elle seule était en mesure de lui révéler la vérité, s'il tenait à la connaître. Avait-il tant que ça besoin de la savoir ? Qu'en ferait-il ? C'est bien beau, la vérité, mais il y en a d'inutiles, de nuisibles, vérités fardeaux, vérités impasses… S'il apprenait que son père était un machino aujourd'hui décédé, un accessoiriste qui avait tapé dans l'œil de Lola, à qui elle s'était donnée à la va-vite derrière un décor ? La belle jambe que ça lui ferait ! Il aurait échangé un mystère flatteur contre une vérité humiliante. La lui dirait-elle seulement, la vérité ? Les femmes n'avouent pas comme ça qu'elles sont, ou qu'elles ont été faciles dans leur jeunesse. Et à qui en ferait-il la confidence, si elle lui livrait de sa conception une version plausible ? Onagre et Cambouis étaient morts. Fille-de-Personne, aveugle et sourde, perdue dans un profond sommeil dont elle ne sortirait peut-être jamais, scandait du Victor Hugo dans la pénombre de sa chambre d'hôpital. Géli ? Il n'était pas disposé à se confier à elle. C'était assez de s'abandonner dans ses bras de temps à autre… Louise ? Louise était presque aussi absente que Fille-de-Personne ! Depuis la mort du nourrisson, elle vivait une sorte de coma ambulatoire… Restait Bogue. Bogue pouvait tout entendre. Il compatirait ou applaudirait à tout. Cette pensée rendit à Benoît sa détermination initiale. Il verrait Lola. Ce qu'elle lui dévoilerait, il le rapporterait à Bogue, qu'une fois au moins quelqu'un d'autre que lui l'entende, puis il l'enfouirait au plus profond de sa mémoire, il coulerait par-dessus le béton de l'oubli, et il essaierait de vivre sans plus s'en soucier.

Le nom de Lola Balbo s'étalait au fronton du théâtre en lettres d'électricité flamboyantes, plus grosses que celles qui annonçaient *Médée*. Une foule bien mise se pressait au guichet. Benoît avait réendossé les habits qu'il portait lors du concert chez Cambouis. Il présenta au contrôle son billet acheté des mois à l'avance. Il avait repéré de longue date le chemin des loges. Si on ne le laissait pas accéder à celle de Lola, il avait son plan de rechange. Il irait l'attendre à la sortie des artistes. Si là encore on l'écartait, il tenterait sa chance au Grand Hôtel. Après avoir vu sa résolution fléchir quelques instants plus tôt, il se sentait prêt à soulever des montagnes. Il se jura que rien ne l'arrêterait. Il avait bien forcé la porte de Blandeuil… Il l'aperçut de loin, Blandeuil, en habit de soirée, l'air pas dans son assiette, sans doute préoccupé par la réparation de son instrument, qui gagnait la loge d'honneur en compagnie d'Aranelle, d'Estafier, le premier adjoint au maire, et de Lordurin. D'ordinaire, le maire assistait en personne, flanqué de son épouse Mauthilde, aux pièces dans lesquelles Lola tenait le rôle-titre. Ce soir, bien sûr, avec le deuil qui le frappait, le couple s'était fait représenter.

Après la *Phèdre* inaugurale, à l'occasion de laquelle il avait ressenti une vive frustration car, mal placé, il n'avait pu voir Lola d'aussi près qu'il l'aurait voulu, Benoît avait demandé à Louise de lui acheter des jumelles. Elle était loin de rouler sur l'or, avec ses travaux de naturalisation irréguliers, et elle avait renâclé devant cette dépense. Il l'avait alors harcelée pour qu'elle lui confiât la jumelle de théâtre qu'elle avait héritée du guanotier. Elle s'était fait prier. Tout ce qui venait du Péruvien était sacré. Elle avait quand même fini par céder, non sans assortir le prêt de l'instrument de recommandations anxieuses. Il ne fallait pas tourner trop fort sa petite mollette de réglage, ni bien entendu le laisser tomber par terre, ni – grands dieux ! – l'oublier au théâtre en partant… C'était, il est vrai, une magnifique jumelle « grand angle », à monture de métal doré, au corps garni de nacre fine rosée, protégée par un étui de peau souple. Dès lors, s'offrant en outre une place plus rapprochée et plus coûteuse, Benoît avait pu observer le visage de Lola avec la même avidité qu'un astronome retrouvant un astre périodique dans l'oculaire de son télescope. Troublante vision ! Benoît voyait le visage de sa mère de plus près que Cambouis, par exemple, n'avait jamais vu celui de la sienne. Avec ses parents, on s'embrasse sans se regarder. Il n'y a que le baiser amoureux, qui implique qu'on garde les yeux ouverts… Lola, toujours aussi étrangère et lointaine, était aussi plus proche de Benoît que personne ne l'avait été avant Géli. Le grain de sa peau sous le maquillage de scène, les rides qu'elle ne songeait pas à gommer, qu'elle accentuait même à dessein puisqu'elles contribuaient à l'expressivité de son jeu, les passions des personnages qu'elle incarnait et qui irradiaient d'elle, la peur, la fureur, la rancune, l'amour, la souffrance, Benoît les recevait en plein visage comme autant de gifles.

Il ne tirait pas la jumelle de son étui avant que les lumières ne fussent éteintes. Cette nacre rose !… Il jugeait ça d'un luxe tapageur bien dans le goût du rastaquouère, et susceptible d'attirer sur lui l'attention de ses voisins. Ce soir-là, il suivit la pièce avec plus de distance que les précédentes. Encore sous le coup du drame de l'autre nuit et de la mort de ses amis, il peinait à s'émouvoir des cris de Médée. Les vers d'Euripide n'éveillaient en lui que des échos intermittents. Ainsi, quand Lola-Médée déclara, s'adressant aux femmes de Corinthe : « Se séparer de son mari, c'est se déshonorer... », il se souvint qu'elle avait plaqué Antoine Brisé pour voler de ses propres ailes, qu'un autre homme l'avait probablement aidée à déployer. Et plus tard, quand Médée fit ses adieux à ses enfants qu'elle s'apprêtait à sacrifier à sa vengeance, et leur dit son amour, il s'étonna des accents que Lola avait su trouver pour prononcer ces mots :

Mes enfants, donnez votre main que votre mère l'embrasse.
Ô main chérie, bouche chérie,
Ô beauté, ô noblesse des traits de mes enfants...
Soyez heureux. Mais ce sera ailleurs...

Lui aussi, il avait été sacrifié. Avec moins de douleur ? Il soupçonna que derrière sa quête de la vérité, c'était cette question qui se cachait. Lola avait-elle payé son abandon assez cher, en regrets, en remords ? Il craignait de n'en avoir jamais la certitude, il avait même toutes les raisons d'en douter. Quel poids pesait-il, quel prix valait-il, dans la monnaie forte des larmes ? Voilà ce qu'il était venu demander à Lola, sous couvert d'apprendre de quels reins il était issu.

LIII

Il fut devant elle comme par enchantement. Des acteurs encore grimés, des habilleuses affairées l'avaient croisé sans lui prêter attention. Sur une porte un carton calligraphié indiquait la loge de Mlle Balbo. Benoît l'avait poussée, il était entré. Lola était là, assise en peignoir face à un grand miroir, un coton imbibé de lait démaquillant au bout des doigts. Il la trouva différente. Il avait du mal à reconnaître en elle Antigone, Phèdre ou Médée. Sortie de scène, elle n'était plus qu'une dame d'une quarantaine d'années, belle, mais mortelle.

— Eh bien ? Qu'est-ce que tu veux ? s'enquit-elle comme il restait bouche bée devant elle.

Il ne répondit pas. Toutes ces années n'avaient pas suffi à le préparer à cette entrevue ! Un siècle n'y aurait pas suffi non plus, pensa-t-il. Il hésita entre fondre en larmes, s'évanouir, et s'enfuir en courant. Le mieux était sans doute de s'enfuir. Intriguée, elle le dévisageait, maintenant. Elle devina qu'il était sur le point de tourner les talons. Elle le retint :

— Attends !...

Il obéit. Les mots ne lui venaient toujours pas. Elle en cherchait de son côté, ça se lisait sur ses traits. Le silence menaçait de durer. S'il durait trop, Benoît devrait quand même s'en aller.

— Attends. Tu es bien... celui que je crois ?

Il hocha la tête. Elle hocha la tête elle aussi.

— Je ne peux pas te parler maintenant, tu comprends ? Des gens vont venir. M. Aranelle sûrement, et d'autres, Lordurin, les journalistes... Tiens !

Elle piqua sur la coiffeuse un crayon à paupières et griffonna une adresse sur un programme qui traînait là.

— Prends ça, dit-elle en le lui tendant, et va m'attendre là-bas, tu veux bien ? C'est un restaurant. Tu diras au maître d'hôtel que tu as rendez-vous avec Mlle Balbo. Il t'installera... Je te rejoins d'ici une heure ; ça te va ?

Benoît bredouilla quelque chose, et s'enfuit avec le programme.

L'adresse était celle de Pécunieux, la meilleure table

d'Écorcheville. Quand Bogue avait dit Pécunieux, il avait tout dit. Benoît le soupçonnait de n'y être jamais allé. Sublimement cher, et donc sublimement bon, l'établissement appartenait à la nomenclature mythique du brocanteur. Comme il y avait Daum pour les pâtes de verre, Boulle pour les meubles, Bugatti pour les bronzes animaliers, il y avait Pécunieux pour la bouffe. Benoît était si intimidé à la perspective de pénétrer dans ce temple qu'il n'aurait pas eu le cran d'en pousser la porte à tambour si ce n'avait été pour retrouver Lola. Il ne se sentait pas fait pour fréquenter de tels endroits. En tout cas rien ne l'avait préparé à y évoluer avec naturel. D'une voix étranglée, il répéta au maître d'hôtel qui se dressa devant lui la phrase supposée lui éviter d'être éconduit : « J'ai rendez-vous avec Mlle Balbo... » Il s'attendait peu ou prou à ce qu'une expression d'incrédulité se peignît sur les traits de l'homme. Au contraire, loin de mettre sa parole en doute, celui-ci s'inclina avec déférence.

— Parfaitement, monsieur. Mlle Balbo nous a téléphoné. Si vous voulez bien me suivre...

Une bouffée de gratitude gonfla la poitrine de Benoît. Pour ce coup de téléphone charitable, il aurait presque pardonné à Lola de l'avoir abandonné en bas âge.

Le maître d'hôtel le précéda dans un escalier tendu de velours de Gênes. Il le conduisit à l'étage supérieur, jusqu'à un cabinet particulier. La pièce était petite, mais décorée dans le même goût cossu, ostentatoire, que la grande salle que Benoît avait traversée en arrivant. Une table dressée pour deux personnes en occupait le centre. Des lampes à abat-jour de parchemin dispensaient une lumière crémeuse, qui caressait la porcelaine des assiettes et l'argenterie des couverts.

— Mlle Balbo s'efforcera de ne pas vous faire patienter trop longtemps, reprit le maître d'hôtel. Désirez-vous un apéritif en l'attendant ?

Décontenancé, Benoît tarda un instant à répondre. Non que l'alcool l'effrayât, comme en témoignaient les bières-vodka qu'il sifflait au Lapin Bleu, mais il n'avait pas l'habitude d'être traité en adulte.

— Euh... Oui, oui...

— Qu'est-ce qui vous ferait plaisir ?

Benoît se dit qu'une bière-vodka marquerait mal. Le maître d'hôtel s'en contrefichait, bien entendu, mais le garçon n'avait pas idée de l'indifférence morale qui accompagne en principe la bienveillance commerciale. Le voyant indécis, le maître d'hôtel vint à son secours :

— Une flûte de champagne, un kir royal, peut-être ?

— C'est ça, du champagne ! s'écria Benoît soulagé.

— Champagne-framboise ? Champagne-pêche ?

— Oh oui, avec de la framboise !

— Kir royal framboise, bien monsieur.

L'homme s'éclipsa sur une courbette. Resté seul, Benoît regretta de s'être emballé comme ça sur la framboise. Cela faisait un peu enfantin, diabolo framboise, non ? Voire féminin, alcool sucré... Il aurait dû s'en tenir au champagne nature, sûrement plus viril... Bah ! il laissa errer son regard autour de lui. Tout, les boiseries, les vitres, le dossier des sièges, la nappe et les serviettes, lui parut d'une extrême propreté. Pas de toiles d'araignées à l'angle des murs et du plafond, pas de traces de doigts sur les verres. Il ne se releva pas pour vérifier, mais gagea qu'il n'aurait pas découvert de moutons de poussière sous la desserte et le vaisselier qui constituaient avec la table tout le mobilier de la pièce. Quoi de plus normal ? C'était aussi comme ça chez Onagre et chez Cambouis. La répulsion de Louise pour les soins du ménage, et la saleté dans laquelle elle vivait, avaient fait de Benoît une espèce de sauvage. Un serveur posa devant lui une flûte pleine de rubis effervescent et une coupelle d'amuse-gueules raffinés. Après le départ du serveur débuta une longue attente. Benoît vida la flûte, liquida les canapés, apprit la carte par cœur, au point de se promettre de la réciter à Bogue. Lola avait dit une heure. L'heure était largement dépassée. Lola l'avait-elle oublié ? Il se raisonna : ses obligations au théâtre, les admirateurs, la presse… Le maître d'hôtel réapparut. Mlle Balbo le priait de l'excuser. Elle allait arriver. Le mieux était qu'il commandât ce qui lui plairait et commençât sans elle. Il n'avait jamais mangé d'huîtres. Il était tenté, mais il renonça, de peur de ne pas aimer ça et de se retrouver avec une pleine assiettée d'huîtres intactes, ce qui ne manquerait pas de susciter des questions inquiètes :

— *Ces huîtres ne sont pas bonnes, monsieur ?*

— *Si, si sûrement, mais je n'aime pas ça…*

Pourquoi en avoir pris, alors ? Situation idiote, embarrassante ! Plutôt s'en tenir à des mets simples, qu'il connaissait. De la salade, du pâté… Il ne détestait pas le pâté de foie. La terrine de foie gras ferait l'affaire. Avec sa confiture d'oignons et sa gelée au xérès, pourquoi pas ? Ensuite, n'importe quoi, un steak. Ils devaient être excellents, ici. Le plus proche du steak, sur la carte, ça avait des chances d'être la côte de bœuf, mais elle était servie pour deux personnes. Ou alors un tournedos. Voilà, parfait, le tournedos Rossini ! Le maître d'hôtel attira l'attention de Benoît sur le fait que le tournedos Rossini s'accompagnait de foie gras. Zut, deux fois du foie gras ! Quoi alors ? La truite ? Non, les arêtes. La perdrix aux choux ? Non, le chou. Le lapin à la moutarde ancienne ? Non, les petits os. S'il n'en laissait rien voir, le maître d'hôtel devait s'impatienter. Le doigt de Benoît, qui parcourait la carte de haut en bas et de bas en haut comme l'aiguille d'un sismographe affolé sur un tambour de papier millimétré, s'arrêta sur de providentiels filets de sole. De la sole, en filets préparés. Sans os ni arêtes. Sans peau. Sans problème. Avec d'innocentes pommes vapeur persillées et une simplette purée de poireaux. Vendu. Le maître d'hôtel approuva le choix de Benoît. Et pour boire ? Charitable, il suggéra un verre de sauternes avec la terrine. Et de l'eau ? Gazeuse ? Gazeuse. On verrait ensuite pour les filets.

À la moitié des filets de sole (le maître d'hôtel avait conseillé une demi-bouteille de sancerre blanc), Lola arriva enfin. Remaquillée pour la ville. Vêtue de sportswears, chaussée de talons plats. Elle dit « Hello, me voici ! » et prit place à table.

— Je n'ai pas été trop longue ?

Si, bien sûr. Mais c'était tout de même très relatif, après toutes ces années. Benoît sourit pour l'excuser, montra son assiette, la bouteille de sancerre entamée.

— Tu as commencé sans moi, tu as bien fait ! Moi je n'ai pas vraiment faim. Je grignoterai une bricole plus tard ; c'est toujours comme ça après les représentations. Il y en a qui bâfrent en sortant de scène. Moi c'est avant, vers trois heures de l'après-midi, quatre heures, des fois.

Elle rit, puis sourit. Un sourire un peu chose, incertain.

— C'est bon ?

C'était bon. Il n'en croyait pas ses papilles accoutumées aux ragougnasses de Louise. Il y avait aussi, qui lui montaient à la tête, les vapeurs conjuguées du champagne, du sauternes et du sancerre. C'était autre chose que l'ivresse grossière que procuraient les bières-vodka du Lapin Bleu : un tournis léger, une espèce de valse lente, ou de pavane.

— Apportez-moi un manhattan, lança Lola au maître d'hôtel qui passait la tête dans l'encadrement de la porte.

Se retournant vers Benoît elle lui toucha timidement la main. Il la retira, malgré lui. Il ne voulait pas vexer Lola, ni lui signifier quoi que ce soit par ce geste. C'était un pur réflexe. Il se le reprocha, et rapprocha sa main. Elle avait commencé à retirer la sienne. Elle se ravisa. Leurs doigts se touchèrent à nouveau. Benoît trouva ce contact étrange. Comme si les doigts de sa mère avaient été faits de cire, ou d'une de ces matières modernes, de la silicone, ou Dieu sait quoi. Elle dut éprouver quelque chose de semblable, car elle récupéra bientôt sa main pour farfouiller dans son sac, et Benoît la sienne pour tremper un morceau de pain dans le beurre nantais de sa sole.

— Ça ne te dérange pas si je fume ?

Il dit que non. Elle alluma une cigarette à la flamme d'un beau briquet, en or, sûrement. Elle fuma un moment en silence, exhalant la fumée en direction du plafond, imprimant de l'ongle du pouce des pichenettes au bout filtre de sa cigarette. Il l'admirait, pendant ce temps. Elle était à la fois plus belle et moins belle que sur les affiches. Moins, parce que les affiches retouchées gommaient les rides et les imperfections de la peau. Plus belle, parce que dans cette proximité, dans cette réalité, c'était la femme et non l'actrice qui se donnait à voir, et Benoît comprenait quelle fascination elle devait exercer sur les hommes. Comment son visage pouvait-il exprimer en même temps une sorte de fièvre, et par brefs affleurements une tristesse distraite ou diffuse, deux émotions dont il doutait fort d'être la cause. Il songea que ce visage qu'il découvrait aurait dû lui être aussi familier que l'était celui de Louise, familier à la place de celui de Louise, sous tous les angles et sous tous les éclairages, empreint de toute la gamme des sentiments. Il avait du mal à croire que ce visage-là, celui de Lola, était le bon, le vrai, que celui de Louise s'y était indûment substitué. L'image de sa mère adoptive s'imposa à lui, soudain, avec ses cheveux gris, son teint d'Indienne encore assombri par la crasse, ses dents mal soignées, et cet air égaré qu'elle avait en permanence, les yeux tournés vers l'intérieur, vers ses profondeurs. Il se demanda ce que Louise aurait pensé, si elle avait su où il était, ce qu'il faisait en cet instant précis. Se serait-elle sentie trompée, mère trompée par son fils avec une autre mère, comme une femme trompée par son mari avec une autre femme ? Une voix, en lui, s'éleva pour lui dire qu'elle n'avait pas mérité cela. Tout bien pesé, oubliées la malpropreté et la dinguerie, Louise Jacaranda n'avait mérité que de la reconnaissance et de l'amour.

— Tu me regardes ? Tu sais, j'ai eu de tes nouvelles au fil du temps, enchaîna Lola sans attendre de réponse à sa question.

Dans l'esprit de Benoît chaque mot éclairait un instant le gouffre du passé comme une boule de papier enflammée jetée dans un puits. « Au fil du temps » : de loin en loin, pas souvent ; combien de fois ? « J'ai eu de tes nouvelles » : J'ai *eu*, et non j'ai *pris*... On les lui avait données sans qu'elle les demandât. Et qui ? Au nom du ciel, qui avait pu parler de lui à Lola ? Il s'apprêtait à l'interroger à ce sujet quand on apporta le manhattan. Lola en but une gorgée, reposa son verre, sourit, esquissa un mouvement du buste en direction de la sole et des légumes qui refroidissaient dans l'assiette de Benoît. « Mange donc ! » Il obéit, engloutit un morceau de filet de sole sans mâcher. Sa curiosité était la plus forte.

— Par qui, les nouvelles ?

C'était à peu près les premiers mots qu'il prononçait. Lola hésita à répondre.

— Quelqu'un qui s'intéresse à toi... M. Aranelle, lâcha-t-elle comme à regret.

— M. Aranelle ?

Que le secrétaire général s'intéressait à lui, Benoît l'avait appris l'autre jour. Mais que cet intérêt remontât loin... Et quelles nouvelles de lui Aranelle avait-il pu communiquer à Lola *au fil du temps*, c'est-à-dire de façon répétée, plus ou moins périodique ? Tout en réfléchissant à ça, il continuait à analyser les mots qu'elle avait employés. De la façon dont elle l'avait formulé, c'était Aranelle qui s'intéressait à lui, pas elle.

Elle semblait s'amuser de la surprise qu'il avait manifestée.

— Je sais que tu ne travailles pas beaucoup en classe. Ce n'est pas bien, ça, hein ?

Elle ne s'appesantit pas là-dessus. Probablement s'était-elle avisée qu'elle n'avait guère de titres à lui faire la leçon. Elle préféra changer de thème.

— Je sais que tu joues de la musique dans un groupe...

Si Aranelle l'avait bien renseignée, elle avait mal écouté. Benoît détesta que le peu qu'elle connaissait de lui fût inexact.

— Non. Je joue seul dans ma cave. Aucun groupe ne veut de moi... À cause de mon instrument, précisa-t-il.

— Ah oui, la lyre !

Elle savait cela, au moins, mais elle l'avait oublié alors que c'était l'essentiel, le signe de son élection. Sa lyre électrique le rendait unique, différent de tous les autres musiciens de son âge. Tout à coup la situation lui parut désespérée. Il s'était imaginé qu'il avait des choses à lui dire, et puis non, finalement. Il n'allait pas lui raconter son enfance, les petits miracles auxquels elle n'avait pas assisté. Elle se serait ennuyée à mourir. Elle avait tout manqué et rien ne lui manquait. D'ailleurs elle s'ennuyait déjà. Elle regardait le bout incandescent de sa cigarette, le niveau d'alcool dans son verre. Elle devait penser qu'elle perdait son temps. Il faillit se lever et partir, mais il était venu aussi dans le but d'apprendre qui était son père. Elle seule pouvait le lui révéler. Hormis les trois mots qu'ils avaient échangés, il n'avait jamais entendu de cette bouche que des tirades de théâtre, des défis, des plaintes, des malédictions adressés à des ombres… Il n'en attendait qu'un nom.

— Dites-moi…

Il l'avait vouvoyée. Elle s'abstint de le relever. Elle-même ne l'avait tutoyé qu'à cause de son âge. S'ils s'étaient rencontrés deux ans plus tard elle lui aurait dit vous.

— Oui ?

— Qui c'est ?

— Ah ! Tu veux vraiment le savoir ?

Il se mit en colère, en dedans. C'était bien naturel, non ? Elle vit que ses yeux brillaient. Elle pencha la tête de côté, à nouveau captivée par la braise de sa cigarette.

— Je suis bête. Oui, tu veux savoir, mais j'ai peur… Tu ne sais pas, vraiment, tu ne te doutes de rien ?

Qu'est-ce qu'elle voulait dire ? Il cria presque :
— Ce n'est pas Blandeuil !
Elle redressa la tête, surprise.
— Non, non, ça aurait pu, nous avons été… très proches. Mais non.
— Ce n'est pas mon parrain.
— Bogue ? Non plus. Il m'a couru après, pourtant, mais ça n'aurait pas été un service à lui rendre que de coucher avec lui. Il était trop amoureux, il ne s'en serait pas remis.
Elle étouffa un rire.
— Ce n'est pas Macassar.
Elle sourit, rêveuse.
— Il était déjà si élégant ! Il avait de la classe. Un fruit sec, à part ça. Mais non, ça n'est pas lui. Tu as d'autres candidats ?
Benoît secoua la tête.

LIV

Lola frappa sur la table, de sa main droite ouverte. Elle la referma aussitôt et la brandit sous le nez de Benoît.
— J'ai quelque chose dans mon poing. Tu ignores ce que c'est, mais tu le désires plus que tout. Je me trompe ?
— Non.
— Et si je te dis que ce n'est que du malheur ? Qu'est-ce que tu auras de plus, en le sachant ?
Benoît regarda autour de lui comme s'il cherchait la réponse sur la desserte, ou sur le mur.
— J'aurai… J'aurai de moins mon ignorance ! Vous ne pouvez pas tout me refuser. C'était bien assez de m'abandonner…

Ses yeux se fixèrent sur son couteau à poisson. Il envisagea fugitivement de l'en menacer. Ce nom qu'elle lui cachait était le sien. Il fallait qu'elle le comprenne, qu'elle arrête avec son cinéma et ses scrupules !

— C'est vrai, je t'ai abandonné. Mère, ça n'était pas ma vocation. Antoine a bien essayé de m'aider. Il t'a donné son nom. Il était gentil avec toi. Avec moi aussi, il était gentil. Pauvre Antoine ! Il donnait tout ce qu'il avait, mais ça n'était pas assez.

Benoît écoutait en s'agitant sur sa chaise. Quand Lola aurait fini de s'attendrir sur Antoine, elle lâcherait peut-être le morceau ? Elle avala une grande gorgée de manhattan. N'avait-elle pas le regard un peu flou ? Il la soupçonna d'avoir déjà bu avant de le rejoindre.

— Je vais te dire…

Oui, oui, qu'elle dise, qu'elle dise enfin !

— C'est bizarre à quel point nos destins se ressemblent. On n'a pas de chance, toi et moi. On n'aura pas connu nos pères respectifs… Et on les aura perdus en même temps !

Benoît fronça les sourcils. Mais si ce qu'il devinait déjà était juste, il ne s'agissait que d'une confirmation, on ne touchait pas encore au cœur du mystère.

— Mon père à moi, ton grand-père maternel, donc, c'était Aimé Propinquor, le débauché, le coq du village. Quand j'ai eu douze ans, on me l'a montré un jour dans la rue. « Tu vois ce monsieur là-bas ?… » Il déambulait en sifflotant et en faisant tourner sa canne, beau costume, escarpins cirés, œillet à la boutonnière. L'image même du plaisir d'être soi dans un monde aimable. Ma mère m'en a dit plus long par la suite, j'ai su qu'il n'avait pas d'autre occupation que d'arpenter la vie en sifflotant, en quête du ventre dans lequel il déverserait aujourd'hui sa semence. Un jour, ma mère était entrée dans son champ de vision. Entre eux ça n'avait pas duré ; rien ne durait jamais, avec lui. Mais les neuf mois fatidiques écoulés j'étais là, moi. Pas trop à plaindre, il y avait pire que de naître fille de Madeleine Esteral, mais quand même incomplète, quelque part défectueuse, un peu carencée dans mes tréfonds, comme toi vingt ans plus tard.

Benoît retint un instant sa respiration. Les racontars étaient vrais, même si la liaison entre Madeleine et Aimé n'avait été qu'une aventure.

— Au bout du compte, ça te fait un sacré pedigree : tu es à la fois Esteral et Propinquor par ta mère !

— Et par mon père ? demanda Benoît dans un souffle.

— Par ton père, tu n'es rien, ou à peu près rien. Ton père n'était qu'un oiseau de passage, c'est le cas de le dire, ah, ah, ah !

Elle vit que Benoît avait pâli, et cessa de rire.

— C'est lui. J'en suis à peu près sûre.

À peu près ? Il ne pouvait pas accepter cela. Elle le lut sur ses traits.

— J'en suis sûre à 99 %. J'étais jeune. Je plaisais. J'avais des amants. Moins qu'on ne l'a dit. Ménélos plaisait, lui aussi. Il avait un truc. Difficile de résister à un jeune homme qui vient gratter à votre fenêtre alors que vous habitez en haut d'un gratte-ciel... J'occupais le dernier étage de la tour Esteral. J'y donnais des fêtes. Il était présent à l'une d'elles, un peu par hasard. On n'appartenait pas au même monde, lui c'était un saltimbanque, et moi une fille de famille. Bâtarde, bohème, mais de famille. Bref, quand la fête s'est achevée il est parti par la porte avec les autres, et un peu plus tard il est revenu par la terrasse, au quarantième étage. À quelques jours de là, le cirque

Gorbius démontait son chapiteau et la caravane quittait Écorcheville. Il s'est envolé… Je te jure que les dates concordent ; je ne vois pas qui d'autre que lui ça pourrait être. Pauvret : te voilà orphelin de père.

Lola se tut. Face à elle, Benoît restait muet. Pâle et muet. En lui, le sang et les mots avaient reflué.

— Au fait, reprit Lola, pour ce qu'on en sait, son talent est peut-être héréditaire ? J'essaierais, si j'étais toi.

Benoît haussa les épaules. Il savait qu'il n'était pas un homme-oiseau. Il n'y avait rien d'aérien en lui. Non, c'était à autre chose qu'il pensait. Il ne venait pas seulement d'apprendre à la même seconde l'identité de son père et sa mort. Il se découvrait par-dessus le marché un demi-frère parricide en fuite, et une demi-sœur dans le coma, dont il était amoureux. Les mains tremblantes, il reposa de part et d'autre de son assiette les couverts avec lesquels, depuis un moment, il réduisait en charpie les restes de ses filets de sole. Que faire de telles révélations ? Elles excédaient sa capacité de les intégrer. Qu'allait-il devenir, à présent qu'il savait ça ? Son ignorance d'hier était cent fois préférable. Le monde qui lui paraissait quelques heures auparavant si confus et opaque était alors si simple et limpide, en réalité ! Il prenait maintenant la vraie mesure du chaos.

Lola l'observait, s'efforçant de lire sur son visage le cheminement de ses pensées, ou du moins leur tonalité. Ce qu'elle crut percevoir l'inquiéta.

— Allons, ne sois pas triste. Tu ne peux pas pleurer quelqu'un que tu n'as pas connu. On se fait une montagne de tout, je sais. Mais contente-toi de ton vrai drame ; il est bien suffisant en lui-même : tu n'auras pas eu de père du tout, bon ! Tu devrais t'estimer heureux. Tu ne perds aujourd'hui qu'un fantôme encombrant. Tu te figurais avoir un rendez-vous avec lui, un rendez-vous crucial. Tu l'attendais et tu le redoutais à la fois. Et puis voilà que, pfuit ! le rendez-vous est annulé, la rencontre fatidique n'aura jamais lieu, tu es libre, tu vas pouvoir vivre sans cette échéance indéterminée et obsédante. Ne regrette rien, tu aurais été déçu. Ménélos était un sauvage. Un homme sauvage comme il y a des canards sauvages. Pas méchant, juste étranger à tout, un migrateur dans l'âme. Ce pouvoir qu'il avait et l'orgueil qu'il en retirait le séparaient des autres. Il ne le disait pas, mais c'était évident, pour lui les gens normaux n'étaient qu'une espèce de vermine rampante. Cela ne l'empêchait certes pas de se frotter à la vermine féminine ! Il savait qu'un moment viendrait où il nous abandonnerait à notre pesanteur. Je l'ai vu plusieurs fois, moi, prendre son vol du haut de la tour Esteral au petit jour. On ne s'était rien promis, et je n'étais pas vraiment amoureuse, mais ça me faisait quelque chose de le voir s'envoler et me laisser plantée là sur ma terrasse en chemise de nuit. Toi, si tu l'avais connu, fatalement, ç'aurait été pareil.

De nouveau, elle tendit la main et la posa sur celle de Benoît. Il ne broncha pas, mais la sensation n'était guère différente de tout à l'heure.

— Tu n'es pas triste ?

Il ne savait pas. Peut-être. Peut-être pas. Une zone tampon, cotonneuse, s'interposait entre lui et lui. Il se pouvait qu'il fût triste, en dessous, ou même désespéré, ou en colère. Il n'aurait pu le dire. Il était interdit.

— Tu sais, poursuivit-elle comme il demeurait silencieux, je ne devrais pas t'en parler, mais les choses vont sûrement changer pour toi, avec tout ce qui s'est passé…

Il la regarda sans comprendre. Peu soucieuse de s'expliquer, elle lui donna une tape affectueuse sur le poignet.

— Oublie ça, n'y pense plus, tu verras bien ! Je t'ai coupé l'appétit, on dirait. Ce n'est plus très engageant, ce que tu as dans ton assiette ! Tu veux un dessert ? Ils ont des îles flottantes, des babas, des...

Il déclina toutes ses offres. Il lui semblait qu'il n'aurait plus jamais faim. Lola eut une toux gênée.

— Je vais devoir te laisser. Notre rencontre n'était pas prévue, et tu t'en doutes, on m'attend. Je t'en prie, salue pour moi Louise Jacaranda. J'ai honte, je ne me suis jamais manifestée. Mais je t'ai dit, j'avais de tes nouvelles par M. Aranelle, et puis je crois que du point de vue de Louise c'était mieux comme ça, qu'elle préférait rester en tête à tête avec toi, si je puis dire.

Benoît esquissa un mince sourire. Cette délicatesse, ce souci de ne pas troubler son tête-à-tête avec Louise, c'était une trouvaille.

Lola se leva, marqua un instant d'hésitation.

— On s'embrasse ?

— Oui, bien sûr...

Il se leva à son tour. Il nota qu'il était plus grand qu'elle. Ce fut un baiser embarrassé. Aucun des deux n'en avait vraiment envie. Chacun fut soulagé quand la formalité eut été expédiée.

— Pour le repas, tu ne t'occupes de rien, je règle en descendant. On se verra peut-être demain aux obsèques...

Il acquiesça. Onagre et Cambouis seraient incinérés demain après-midi. Il ne parvenait pas à y croire. Dans l'immédiat la terre continuait à tourner sans eux, mais elle allait sans doute s'arrêter d'un instant à l'autre.

— Allez, je t'aband… Je m'en vais. Fais-moi plaisir, prends un dessert, tu n'as pas beaucoup mangé.

— Oui, peut-être.

Il se rassit. Elle lui adressa un signe gentil de la main avant de quitter la pièce. Un serveur surgit presque aussitôt. Il constata d'un rapide coup d'œil la capilotade de la sole et enleva l'assiette et les couverts.

— Monsieur prendra un dessert ?

Monsieur se laissa tenter par un baba, afin de compléter le rapport qu'il ferait à Bogue. D'ailleurs, son impression de satiété s'était à peu près dissipée. Mais aussi, surtout, il éprouvait le besoin de rester seul un moment dans ce nid confortable, feutré, à l'abri de tout, et de boire encore. Il termina le sancerre, arrosa largement son baba de rhum et commanda en plus une chartreuse sur glace. Le serveur dut s'en penser quatre. Benoît décréta qu'il s'en battait l'œil. Onagre et Cambouis lui avaient fait découvrir la chartreuse, un soir de vadrouille. Il n'avait plus eu l'occasion d'y revenir depuis lors. Il but celle-là à leur mémoire. Il se dit que le temps était à jamais révolu, où il aurait pu se mettre à leur recherche n'importe quand, le jour, la nuit, et finir par les rejoindre ici ou là, égaux à eux-mêmes, de bon poil ou de mauvaise humeur, déconnants ou songeurs (mais songeurs, c'était rare…), leur taper sur l'épaule, leur donner des bourrades, leur balancer des vannes. Le Cambouis et l'Onagre qu'il aimait n'étaient plus nulle part sur la terre. Il dut chasser de son esprit l'image de deux statuettes noirâtres et craquelées rangées dans des cercueils-écrins de bois précieux et de satin trois fois trop grands qui cherchait à s'imposer à lui. Il se souvint de la silhouette du nocher qu'ils avaient quelquefois aperçue ensemble, lors de leurs vagabondages nocturnes. Adossé à un pan de mur ou à l'un de ces arbres au feuillage terne qui poussaient de loin en loin sur la berge du Styx, Charon attendait ses clients. Onagre et Cambouis avaient-ils déjà traversé le fleuve ? Peut-être, à cette seconde, les invitait-il à prendre place à bord de sa barque ? Benoît consulta sa montre. Il était encore trop tôt. Ces embarquements furtifs, qu'il lui était arrivé d'épier depuis un parapet en surplomb de la berge, avaient lieu plus tard, quand la ville entière était endormie. Ce n'était un secret pour personne, si l'on n'en parlait guère. Bien peu d'habitants d'Écorcheville avaient le cœur de hanter les abords du Styx aux petites heures dans l'espoir d'assister à ce spectacle. Tous, une nuit qui viendrait bien assez tôt, on aurait affaire à Charon. On paierait son obole et on emprunterait sa baille. C'était écrit. Fallait-il s'en préoccuper à l'avance ? On préférait dormir dans la chaleur des draps, étreindre qui l'on avait à étreindre, ou si l'on couchait seul, sentir entre deux assoupissements le chat peser sur l'édredon. Chaque nuit pourtant, le passeur attendait dans la pénombre. Jamais en vain : chaque nuit un passager ou plusieurs se présentaient pour effectuer la traversée sans retour.

Benoît avala les derniers glaçons parfumés en voie de liquéfaction au fond du verre. Il repoussa sa chaise et se leva. À présent il aurait été en mesure de répondre à la question de Lola. Il n'était pas triste. La tête lui tournait à peine mais l'ivresse était là. Il sentait sa chaleur, son confort. Elle lui rendait supportable la disparition de ses amis. Quant à la mort de « son père » en la personne inattendue de Ménélos, Lola avait raison, pour l'instant elle ne le touchait guère plus qu'avant. Il faudrait voir ce que donnerait dans les jours à venir le deuil du fantôme, mais l'acrobate n'avait jamais figuré sur sa liste de géniteurs éligibles.

C'était même curieux. Un père homme-oiseau, c'était au moins aussi romantique et gratifiant qu'un père dulceoliste ou gigolo.

Il embrassa d'un regard circulaire et déjà rétrospectif le cabinet particulier qui avait été le décor de sa métamorphose. Car il avait conscience de n'être plus le même. Une taie qui l'aveuglait à demi s'était déchirée, lui semblait-il. Il se promettait d'avancer désormais les yeux grands ouverts – même s'il devait tituber un peu, comme cela se vérifia dès ses premiers pas.

Au bas de l'escalier, il répondit en bredouillant au salut empressé, mais non dénué d'ironie du maître d'hôtel. Comme il traversait la salle bondée, il aperçut dans une des vastes glaces qui ornaient les murs le reflet de Lola assise au centre d'une tablée joyeuse. Il reconnut autour d'elle quelques-unes des notabilités qui avaient occupé la loge d'honneur de l'Empyrée. Guido Guardicci parlait à l'oreille d'Aranelle, Lordurin pérorait entre Estafier et Homini Lupus. Le poète vit Benoît et le suivit d'un regard chargé de haine tandis qu'il gagnait la sortie. Comme il s'apprêtait à franchir la porte à tambour, l'adolescent devina qu'il pleuvait aux iridescences que jetaient les enseignes sur les voitures garées devant le restaurant. Il se saisit d'un des parapluies déposés à l'entrée dans une haute poterie chinoise avec une audace qui devait tout à l'ivresse. Nul n'y prêta attention. Une fois dehors, il eut du mal à l'ouvrir. C'était un grand parapluie de femme à manche droit, de belle facture et d'un coloris qu'il estima très chic, mais selon lui d'un mécanisme mal conçu. Enfin, le parapluie ouvert, il s'élança. La pluie tombait drue, visqueuse. Ce n'était pas une image. La pluie, à Écorcheville, ne se bornait pas à charrier parfois diverses créatures. Sa fluidité même variait. Elle pouvait être légèrement gluante, visqueuse ou poisseuse, huileuse, voire mucilagineuse. Rien n'expliquait ces fluctuations. On les acceptait comme le reste, avec fatalisme. Cette nuit, après une journée plutôt ensoleillée par rapport aux moyennes locales, une pluie visqueuse balayait donc les façades de molles rafales. Benoît qui se disposait à marcher jusqu'au fleuve se félicita de son larcin.

Il fallait de bons yeux pour distinguer, dans l'ombre giflée, striée de pluie, le nautonier immobile. Un ample guenille noire l'enveloppait tout entier. Le rebord d'une capuche informe dissimulait son visage. Quand la petite bande d'adolescents en vadrouille tombait sur lui, elle se tenait à distance. Onagre pouvait bien parler d'aller lui demander un autographe, et Fille-de-Personne de lui proposer du shit, pour voir, nul n'avait jamais osé s'approcher de Charon, ni même se signaler à lui de loin. Sa barque, amarrée à l'unique bollard de fer rouillé connu sur cette berge, oscillait au gré des sautes de vent et laissait entendre par intermittence le grincement de sa chaîne.

Benoît attendit longtemps, caché dans l'angle que formaient le parapet et l'escalier permettant de descendre sur la rive. Il avait boutonné sa veste et en avait remonté le col, et, recroquevillé sous son pépin volé, il frissonnait. Il arrivait que les morts ne rallient l'embarcadère qu'aux premières lueurs du jour. Devrait-il faire le pied de grue jusque-là ? Il fut sur le point de renoncer. Il resta malgré tout, de crainte de les manquer à jamais s'ils émigraient cette nuit.

Sa patience fut récompensée. À l'approche de l'aube, alors que le ciel commençait à s'éclaircir, deux ombres se profilèrent. Dans l'instant il sut que c'était eux : Onagre et son élégance dégingandée, Cambouis avec sa démarche dansante. Tête basse, mains aux poches, ils allaient côte à côte sans hâte visible, du même pas nonchalant qu'ils se seraient rendus à quelque corvée lycéenne, une interro écrite ou une convocation du surgé pour absences injustifiées à répétition. Benoît avait eu peur qu'ils ne portent les stigmates de l'accident qui leur avait coûté la vie, mais dans le crépuscule du matin ils étaient tels qu'il les avait toujours connus, jeunes et beaux, exempts de toute trace de brûlure.

LV

Dans la clarté montante, le nocher s'avança de quelques pas à la rencontre de ses passagers. Quand ils furent face à lui, sans un mot, il tendit la main et prit dans la bouche de chacun l'obole qui paierait son passage, puis il leur fit signe de descendre dans la barque. Les garçons obéirent. Charon n'attendait plus personne, pour cette fois. Il largua l'amarre et sauta à bord à son tour. Il alla se poster à la barre. De sa cachette, Benoît vit ses amis se consulter du regard. Onagre jura à mi-voix, Cambouis haussa les épaules. Ils empoignèrent de mauvaise grâce de lourdes rames et les engagèrent tant bien que mal dans les dames de nage. D'une voix rude, le nautonier les exhorta à ramer ferme pour déhaler l'embarcation. Ils y consentirent, mais avec une répugnance et une maladresse manifestes. Benoît ne put réprimer un sourire malgré le caractère funèbre de la situation. La navigation s'annonçait périlleuse avec de tels rameurs. Au sein d'une chiourme plus nombreuse, sans doute seraient-ils passés à peu près inaperçus, mais seuls à la manœuvre leur incompétence et leur je-m'en-foutisme devenaient éclatants. À deux brasses de la rive, la barque de Charon faillit chavirer. Celui-ci rétablit son assiette d'un brusque coup de gouvernail. Hors de lui, éructant, sa barbe hirsute fouettant l'air, il déversa sur ses rameurs un torrent de reproches et d'insultes. Benoît était trop éloigné pour le vérifier, mais il était prêt à parier que Cambouis défiait le terrible vieillard de son fameux regard foutant qui avait de son vivant exaspéré le corps professoral d'Écorcheville. Onagre, quant à lui, avait lâché les rames et sifflotait en rigolant. Le passeur comprit qu'il avait affaire à de fortes têtes et qu'il devait composer. Comment s'y prit-il pour amener Onagre et Cambouis à souquer avec plus d'application ? Le bruit du vent qui continuait à balayer la rive empêcha Benoît d'entendre de quels arguments Charon usa pour les convaincre, mais le fait est qu'il y parvint. Les galériens récalcitrants se remirent à la tâche. Laborieusement, à coups de rames hésitants et pagailleux, ils réussirent à maintenir l'esquif dans la bonne direction, la proue tournée vers l'Érèbe invisible. Il était temps. Sur la voie rapide en surplomb du fleuve voitures et camions passaient de plus en plus souvent. Écorcheville sortait du sommeil, dans une rumeur encore indistincte mais qui se précisait d'instant en instant.

Ce serait beaucoup dire que la barque glissait sur les eaux, mais enfin, d'une nage zigzagante de bateau ivre, elle s'éloignait à faible allure. Charon se retournait de temps à autre pour juger de la distance parcourue. Il l'estimait à chaque fois insuffisante, et tâchait de fouetter l'ardeur de ses matelots en leur prodiguant encouragements et menaces.

Un jour terne avait fini par se lever. Quand la baille ne fut plus qu'un point minuscule, Benoît renonça à la suivre plus longtemps du regard. La pluie avait cessé. Il considéra son parapluie dégouttant. Quelle qu'elle fût, la substance qui donnait à la pluie sa viscosité se transformait en séchant en une poudre incolore et légère. Chimistes et inventeurs s'étaient lassés de lui chercher en vain des propriétés exploitables. Les petits enfants appelaient ça de la poudre de pluie et en remplissaient des boîtes et des bouteilles que leurs institutrices les menaient vider dans le Styx à la Saint-Médard. Benoît agita le parapluie pour l'essorer. Il pensa le ramener à la maison, mais se rappela à temps qu'il l'avait barboté et que sa propriétaire risquait de le reconnaître dans la rue. Le parapluie vola par-dessus le parapet. Benoît abandonna son poste d'observation et prit en grelottant le chemin de la villa Jacaranda.

Il y trouva la Thunderbolt et une voiture de police garées devant la grille, Tata Lenya en pleurs dans la cuisine, Géli désolée auprès d'elle, lui tenant les mains et lui parlant à voix basse. Josaphat était assis sur une chaise, dans un coin, les yeux vides, comme un mannequin de boutique remisé là… Benoît eut très peur : il était arrivé quelque chose à Louise ! Tata Lenya dégagea sa main droite de l'étreinte de Géli pour se moucher, et rassura Benoît d'une voix enchifrenée. Louise allait bien. Elle s'entretenait là-haut avec le commissaire Dupassé. C'était Tatie Cindy. Ses voisins avaient donné l'alerte en pleine nuit. Les crépitements du bois et la lueur du bungalow en feu les avaient réveillés. Ils avaient accouru, craignant le pire, mais Tatie Cindy avait réussi à se traîner au-dehors avant que la maisonnette ne s'embrasât tout à fait.

On l'avait enveloppée dans une couverture en attendant les secours. Une ambulance l'avait transportée à l'hôpital Bussettin. Benoît sentit son cœur se serrer. Tatie, brûlée elle aussi, c'était affreux ! Tata Lenya le détrompa. Les brûlures dont Tatie souffrait étaient superficielles. En réalité elle avait été battue sauvagement. Elle avait perdu connaissance. Selon toute apparence, son agresseur l'avait crue morte et avait incendié le bungalow dans le but de dissimuler son crime. Par chance, Tatie avait repris conscience et avait pu s'échapper à temps. Son agresseur ? Ses agresseurs plutôt. Gégé et Krux. On n'avait guère de doute là-dessus. Les voisins avaient failli appeler la police dès avant le drame, dans la soirée, pour tapage nocturne. « Bombe crapuleuse », comme ils disaient : de la musique à tout berzingue, des rires, des cris, des gueulements plutôt, des chansons obscènes, des bruits de vaisselle cassée, des portes claquées, et puis vers une heure du matin ça s'était calmé. Si les voisins avaient pris leur mal en patience, c'était par pitié pour Tatie. Elle n'était pas mauvaise voisine en temps ordinaire. Elle avait bon cœur. Elle vous dépannait volontiers d'une noix de beurre ou d'un verre d'huile. C'était ce voyou, cette petite ordure de Carmona qui lui avait fait perdre la tête. Ils regrettaient, maintenant, les voisins. S'ils avaient appelé la police pour qu'elle mette fin au chambard, il était probable qu'à l'heure actuelle Tatie Cindy ne serait pas à l'hôpital, le visage tuméfié, les membres bleus de coups, plusieurs côtes cassées.

Benoît tombait de sommeil. Après sa nuit blanche au bord du fleuve, la fatigue se lisait sur sa figure. Tata Lenya lui déconseilla pourtant de se coucher tout de suite. Dupassé avait demandé après lui. Il voulait lui poser des questions. Sur Gégé, sur Krux…

Ou sur Faunet ? s'interrogea Benoît *in petto*. Il pria le ciel que le petit ne hasardât pas un de ses pieds fourchus hors de la serre. Mais peut-être était-il déjà reparti ?

— Je reviens dans une minute, si Dupassé me réclame, dit-il à Tata Lenya.

Géli lui lança un regard appuyé auquel il ne répondit pas. Décidément leur relation l'embarrassait. Comment lui faire comprendre qu'elle devait garder ses distances dès qu'ils n'étaient plus enlacés au creux d'un lit ? Il fila en direction de la serre. Il frémit en croisant le chauffeur de Dupassé qui fumait une cigarette derrière la maison. L'homme contemplait d'un air réprobateur la pelouse envahie d'herbes folles et les arbres qu'on ne s'était plus soucié d'émonder depuis des lustres. S'il poussait jusqu'au tournant de l'allée, il découvrirait la retraite de Faunet. Benoît imaginait la suite. Le satyrion alerté par le bruit des pas sur le gravier pointerait son nez au carreau, l'homme l'apercevrait et crierait taïaut… Mais à son vif soulagement Faunet avait levé le camp. Benoît palpa sa couche. Bien qu'imprégnée du suint de son pelage, elle était froide.

Il rebroussa chemin. À la villa, Dupassé en avait fini avec Louise et l'attendait dans la cuisine.

— Ah, te voilà ! Content de te voir, mon garçon… La nuit a été courte, on dirait.

La remarque visait les cernes autour des yeux de Benoît. Celui-ci ne pipa mot. Comme Aranelle, Dupassé incarnait l'ordre établi, cet ordre dans lequel rien jusqu'alors n'avait laissé prévoir qu'il pût trouver un jour sa place. Aranelle, Dupassé, deux des têtes du Cerbère social qui l'effrayait tant… Quelle pouvait être la troisième ? Il n'en avait pas encore idée. Peut-être Superbe ?

Dupassé prit familièrement l'adolescent par le coude, et l'entraîna dehors. Les odeurs qui prévalaient dans le bâtiment, odeurs liées à l'activité de Louise, mais aussi à son absence d'hygiène et à sa négligence, avaient dû incommoder le commissaire principal. Quand ils furent sur le perron, il respira une grande goulée d'air frais, ou en tout cas moins fétide qu'à l'intérieur.

— Cela ne me regarde pas, bien entendu…

Il s'interrompit aussitôt après cette entrée en matière pour braquer un regard perçant sur son interlocuteur. Il avait la réputation de savoir presque tout sur presque tout le monde, mais de n'user qu'avec parcimonie de ce savoir inquiétant. Encore fallait-il mériter à ses yeux cette longanimité.

— Si c'était mes affaires, reprit-il, je te demanderais si c'est raisonnable de mener une vie de bâton de chaise à ton âge, de boire de l'alcool, de fumer des herbes exotiques, de traîner des nuits entières en des lieux mal fréquentés. Je sais que la police n'est là que pour vous empêcher de vivre, vous autres jeunes, mais vos bêtises, vos rodéos, voilà où ça mène : deux de tes amis morts, la troisième dans le coma. Joli score ! Tu as eu une sacrée chance, l'autre soir. Tu aurais dû être dans la voiture d'Onagre. Quand on m'a prévenu, je m'attendais à t'y trouver. Mais bon, cette affaire-là est close, ou à peu près. Restent une jeune fille entre la vie et la mort et un animal en divagation…

Benoît se garda de rétorquer que la police n'était pas sans tache ; les rodéos n'avaient duré si longtemps que parce qu'elle avait fermé les yeux. Dupassé fit le geste d'écarter du revers de la main un dossier bientôt bon à classer.

— J'ai tout de même du pain sur la planche. Le meurtre de Ménélos, la tentative de meurtre sur

Ginette…

Dupassé était une des rares personnes à appeler Tatie Cindy par son vrai prénom. Ils se connaissaient de longue date, se souvint Benoît. De vieux amis. D'anciens amants peut-être. Tatie se vantait d'avoir couché avec à peu près tout le monde à l'époque de sa splendeur.

— Elle va s'en sortir ?

Dupassé délivra un instant Benoît du poids de son regard, qu'il laissa flotter sur la ligne des arbres.

— Je l'espère. Ce ne sera pas la faute de Krux et de Gégé. Je ne te donne pas de détails, mais ils ne se sont pas bornés à cogner. Pour ce qu'ils lui ont fait, je m'accorderai peut-être la bavure de ma carrière. Krux et moi, c'est une vieille histoire. Je savais qu'il deviendrait un assassin. Je l'ai su la première fois que je l'ai vu, dans la cour des Petits-Oiseaux. Il y avait comme une lumière d'orage sur lui. En grandissant, il ne m'a pas déçu. Le molosse d'Honoré Bussettin, les graffiti injurieux, d'innombrables sales coups au fil des années, vols, déprédations, violences, c'était lui, il s'affûtait. Et voilà, la sale bête a achevé sa mue. Il a tué Ménélos, il a essayé de tuer Ginette. Carmona n'aurait pas fait ça tout seul. Bref ! Quand ils ont pris la fuite, dans leur esprit, Ginette était morte. L'incendie ne laisse planer aucun doute là-dessus. Krux tuera encore si on lui en laisse le temps. Si je lui en laisse le temps. On n'a pas retrouvé la Guattopardo Eccellenzia qu'il conduisait le soir du rodéo. On ne la retrouvera pas. Trop identifiable pour continuer à rouler avec. Krux sait que les routes sont surveillées. Ma tête à couper qu'elle est au fond du Styx. Les salopards ont peut-être déjà filé à travers bois et champs, mais je n'y crois pas trop. Si c'est Krux qui taguait les affiches électorales de Superbe Propinquor depuis des années, il n'a pas fini de régler ses comptes avec lui, qu'ils soient réels ou imaginaires.

Benoît s'abstint de confirmer l'hypothèse de Dupassé en lui racontant son équipée involontaire en compagnie de Krux. Sur l'identité du tagueur, le commissaire savait très bien à quoi s'en tenir.

— Il ne quittera pas Écorcheville sans sa sœur, ni avant de s'en être pris au maire, sa bête noire, poursuivit Dupassé. Si tu as la moindre idée de l'endroit où il se planque, tu dois me le dire. Lui et Gégé gardaient parfois les voitures durant plusieurs semaines, pour frimer, pour gonfler les moteurs… On ne se livre pas en pleine rue à de tels bricolages sur une voiture recherchée par la police. Ils avaient besoin pour ça d'un lieu propice… Comme celui dont Onagre et Cambouis disposaient ici même !

Benoît accusa le coup. Dupassé connaissait donc l'usage qui avait été fait de la serre. Depuis quand ? L'avait-il appris après l'accident, par Mina, ou l'avait-il toujours su ? Benoît pencha pour la seconde hypothèse. Les voitures volées avaient défilé ici pendant près de deux ans. Il était douteux que Dupassé n'en eût pas été informé. Pourtant, il ignorait l'emplacement du garage clandestin de Krux.

Benoît avoua son ignorance. Dupassé n'en fut pas étonné.

— Ç'aurait été trop beau, marmonna-t-il. Je me disais que peut-être, par Fille-de-Personne… Mais elle n'a jamais rien lâché là-dessus, n'est-ce pas ? Quoi qu'il en soit, si quelque chose parvient à tes oreilles, avertis-moi sans tarder. Tu ne dois rien à Krux, sinon un chien de ta chienne pour ce qu'il a infligé à celle que tu appelles Tatie Cindy, pas vrai ? D'autre part, il est dans ton intérêt de m'aider. Je ne suis pas sans influence auprès de certaines personnes, au sein de certains cercles. La mort d'Onagre ne manquera pas d'entraîner à bref ou moyen terme des conséquences en elles-mêmes encore imprévisibles, mais qui pourraient te concerner… Si tel était le cas, tu aurais besoin d'alliés dans les mois qui viennent. Inscris ça dans un coin de ton cerveau : le monde n'est pas immobile, figé une fois pour toutes dans une structure intangible. Il bouge sans cesse, même s'il donne l'impression du contraire. Il bouge tantôt par minuscules glissements, par décrochements infimes, que nul ne perçoit à moins de jouir, comme moi, d'un poste d'observation privilégié… Et tantôt il bascule, d'un bloc, d'une position qu'on croyait fermement assurée dans une autre qu'on croyait impossible…

Dupassé lut sur les traits de Benoît une perplexité, presque un effarement, qui l'amusa.

— Tu comprendras un jour de quoi je parle, dit-il en lui tapant sur l'épaule avec la même familiarité, la même bienveillance, qu'il lui avait témoignées en lui prenant le coude au début de leur entretien.

Benoît en fut touché. Certes, en dépit de son inexpérience, il soupçonnait que les êtres autour de lui pouvaient se diviser en deux catégories : les *siens*, ceux qui faisaient pour l'essentiel cause commune avec lui, et les autres, qui dans l'ensemble avaient vocation de l'exploiter, de le combattre ou de l'éviter. La première catégorie se raréfiait de façon dramatique. Il hésitait à y inclure Fille-de-Personne et Géli, pour des raisons différentes. Il n'aurait pas juré que Fille-de-Personne eût jamais considéré qu'elle était liée à lui de quelque façon que ce soit, et il soupçonnait Géli de faire surtout cause commune avec elle-même en prétendant l'aimer. Onagre et Cambouis morts, ne restaient que Louise, Bogue et les Vieilles Toupies. Encore la vie de Fille-de-Personne, comme d'ailleurs celle de

Tatie Cindy, ne semblait-elle tenir qu'à un fil !... La seconde catégorie englobait le restant de l'humanité, sous bénéfice d'inventaire. Il n'avait pas la naïveté de classer le commissaire dans la première catégorie pour quelques bonnes paroles et une tape dans le dos. Néanmoins il lui savait gré de lui avoir proposé une alliance. Il chercha comment lui signifier qu'il l'acceptait, même s'il en ignorait la vraie finalité. Il était conscient que son apport, dans ce pacte, ne saurait être que symbolique. À moins que... À la réflexion, il avait peut-être un gage concret à donner à Dupassé.

— Monsieur le commissaire...

— Oui ?

— L'arbalète... Est-ce qu'on l'a retrouvée ?

— Non. Elle est au fond de l'eau elle aussi, à tous les coups. Pourquoi ?

— Parce qu'il reste peut-être un carreau clipsé sur la crosse.

Une lueur d'intérêt s'alluma dans les yeux de Dupassé.

— Explique-moi ça.

— Quand Onagre l'a achetée, l'arbalète était vendue dans un beau coffret en métal, avec un carquois de cuir et quatre carreaux. On n'est pas forcé de se servir du carquois pour transporter les carreaux. On en met un en place dans l'arbrier, comme une balle dans le canon, et des logements, un de chaque côté de la crosse, peuvent en recevoir deux autres ; ça fait un peu comme un chargeur, sauf que bien sûr, la manœuvre n'est pas automatique... Il en restait un, en prévision d'une perte éventuelle. Sur les quatre carreaux, le premier a fini dans le front d'un masque africain chez Onagre. Il y est encore. Le second a transpercé le bras de Sérif, et le troisième...

— ... la poitrine de Ménélos ! Il en reste un dans la

nature, c'est ça ?

— Pas dans la nature. Dans la crosse, à moins que Krux n'ait raté une première fois Ménélos avant de le toucher. Mais je suis sûr que les deux logements étaient garnis quand Fille-de...

Benoît se tut brusquement. Il ne devait rien à Krux, mais il craignait de porter tort à Fille-de-Personne. Dupassé le rassura :

— Ne t'inquiète pas. Je sais tout ce qu'il y a à savoir sur la blessure de Sérif. Il m'a tout raconté, mais Superbe l'a dédommagé, et il n'a pas porté plainte. Pour le carreau, merci du renseignement, il peut m'être utile. Rien d'autre ?

Benoît secoua la tête. Dupassé hocha la sienne.

— Au fait, j'ai appris que tu étais propriétaire d'une jeune esclave... À ton âge, c'est une responsabilité.

— Ce n'est pas moi exactement, dit Benoît en rougissant, c'est Tata... C'est Mlle Orbison qui en a la garde.

— Je sais, je sais. Tu couches quand même avec elle.

Benoît rougit de plus belle. Il voulut nier, mais y renonça devant l'ironie qui se lisait sur le visage du commissaire.

— Tu aurais pu tomber plus mal, reprit celui-ci. C'est une bonne gosse. Avec Lordurin, elle fuguait sans cesse, mais on peut la comprendre. Si tu veux un conseil de bon sens, arrange-toi pour qu'elle ne tombe pas enceinte, ça t'évitera des soucis. Une esclave mineure enceinte d'un maître mineur, ces histoires-là sont assommantes ! Allez, on reste en contact.

Dupassé tendit à Benoît une carte de visite où étaient inscrits plusieurs numéros de téléphone.

— En cas de besoin, tu n'hésites pas, même la nuit.

Tournant brusquement les talons, il alla siffler son chauffeur, qui avait terminé sa cigarette et qui arpentait l'allée les bras dans le dos, l'air maussade.

LVI

Les obsèques étaient fixées en fin d'après-midi. Après le départ de Dupassé, Benoît monta se coucher. Les événements des deux derniers jours et le manque de sommeil l'avaient épuisé. Il lui semblait que le sol oscillait sous ses pieds comme le pont d'un navire. Il gagna en titubant sa chambre dans le donjon. Géli ne tarda pas à l'y rejoindre. Il voulut la chasser, mais l'énergie lui manqua. Elle se déshabilla à la hâte et se glissa près de lui. Il la laissa faire, déjà en partance, dans un demi-sommeil. Pourquoi refuser la tiédeur de ce corps lové contre le sien ? Bien plus tard, la voix de Louise les réveilla. Elle appelait Benoît d'en bas. Il était temps de se rendre au cimetière. La Thunderbolt attendait devant la grille.

— T'as dormi comme un bébé ! C'est dommage, on n'a rien eu le temps de faire, dit Géli tout en se dépêchant de s'habiller, mi-déçue, mi-attendrie.

Benoît ne répondit pas. Il flottait encore. Sa conscience ressemblait à certains ciels à peu près vides, quelques cirrus arachnéens à peine visibles s'étirant en haute altitude. Il s'habilla lui aussi. Ses gestes étaient lents, maladroits. Géli fut prête la première. Elle lui adressa un baiser du bout des doigts et s'éclipsa. Elle tenait à sauvegarder les apparences par égard pour Louise et Tata Lenya.

Ce qui subsistait du cimetière fluvial d'Écorcheville

occupait en bordure du Styx une superficie minuscule. L'essentiel de la nécropole, incluant ses parties les plus anciennes, s'était abîmé quelques années plus tôt dans les eaux par suite d'un glissement de terrain. En venant prendre leur service un matin, les fossoyeurs avaient découvert qu'il ne restait que quelques allées, les divisions les plus récentes, qui comptaient surtout des tombes modestes. La perte était irréparable. Certaines des divisions disparues remontaient à la plus haute Antiquité. Les grossiers cistes mégalithiques, les cippes graciles dont les intempéries avaient estompé les cannelures, les stèles dont elles avaient gommé les épitaphes, le tholos que des érudits du monde entier venaient étudier, le galgal herbu des Esteral, le mausolée Bussettin orné d'un obélisque, l'écrasant mastaba des Propinquor, les statues, les daguerréotypes incrustés dans le marbre des dalles, les serments d'éternelle mémoire, les couronnes et les gerbes de fleurs en faïence, les bouquets fanés dans les vases en régule, le Styx avait tout englouti, ne laissant du passé d'Écorcheville qu'une tombe accrochée de guingois à la berge effondrée, comme une ultime dent branlant dans la mâchoire d'un vieillard.

Les familles patriciennes soudain dépossédées de leurs ancêtres s'étaient disputé les concessions encore disponibles dans la partie épargnée. Superbe avait montré la couleur de son argent. Ainsi était-il parvenu à acquérir la superficie nécessaire au cénotaphe quasi babylonien qu'il entendait faire construire.

Les clans rivaux n'ayant pas voulu être en reste, trois monuments mangeaient à eux seuls une bonne moitié du cimetière. La pénurie d'espace avait été portée au paroxysme. On n'en était venu à bout qu'en généralisant les crémations et en bâtissant à la hâte un columbarium populaire, une sorte de HLM cinéraire où l'on entassait les cendres du commun des morts dans une promiscuité comparable à celle qu'ils avaient connue de leur vivant, mais sans doute moins dérangeante.

En ce grisailleux après-midi où l'on s'apprêtait à incinérer Onagre et Cambouis, il ne restait rien de l'amertume qui s'était un temps exhalée contre les gros qui marchent sur la tête des petits jusque dans la mort. Une foule nombreuse et recueillie se pressait devant le crématorium. Ce n'était pas par méchanceté qu'on voulait contempler les puissants écrasés par le malheur, mais pour vérifier qu'ils étaient pétris de la même argile que les humbles, et qu'on pouvait malgré tout voir en eux ses semblables.

On ne fut pas déçu. La réputation d'Onagre était si justement déplorable (petit noceur cynique, fin de race...) qu'on admira la profondeur du chagrin de son grand-père. Pour la première fois de sa vie Superbe Propinquor faisait pitié. Il avait naguère surmonté l'internement de son fils, puis sa mort et celle de sa belle-fille. Il était clair qu'il n'en irait pas de même aujourd'hui. *Un homme brisé*, songea Benoît à l'instant où il aperçut de loin le géant hébété, encadré, presque porté par Benito Guardicci et par Aranelle. De grosses lunettes noires dissimulaient ses yeux qu'on devinait liquéfiés, vieux glaçons fondus mêlant leur humeur à ses larmes. D'un trop faible gabarit pour apporter à son volumineux mari une aide efficace, Mauthilde avait cédé sa place à l'ingénieur-architecte, tandis que le secrétaire général le soutenait de l'autre côté. Mauthilde Propinquor ne s'était jamais signalée à l'attention qu'en épousant Superbe. On aimait sa distinction, sa discrétion. On la louait d'avoir figuré auprès de Superbe au long de quarante-cinq années de vie politique sans avoir fait entendre sa voix pour dire autre chose que « Bonjour, enchantée, quel plaisir, quelle belle journée, comme c'est gentil d'être venu… » Droite, le front haut, les yeux secs sous des lunettes aux verres à peine ombrés, elle encaissait mieux le choc que lui. Avait-elle déjà pleuré depuis longtemps ce petit-fils tête brûlée, versé d'avance son compte de larmes ? C'était triste à penser, mais peut-être avait-elle compris très tôt qu'Onagre traverserait la vie en coup de vent, « à toute vibrure » comme il disait, parce qu'il n'avait rien de particulier à y faire. Derrière les grands-parents s'avançaient Alcyone et Bételgeuse déguisées en jeunes filles respectables. On n'eût pas été surpris qu'elles assistent à l'incinération de leur frère en crête d'Iroquois parme électrique ou citron fluo, bas résille et guêpière par-dessus un bermuda siglé, mais Mauthilde avait dû les obliger à enfiler sous ses yeux des tailleurs feuille-morte, et à couvrir leurs cheveux de foulards de soie aux teintes assorties. Superbe terrassé laissait libre cours à son désespoir. Mauthilde prenait sur elle et n'affichait que sa dignité. Alcyone et Bételgeuse, c'était leur nullité qui l'emportait. Du chagrin, elles n'étaient pas foutues d'en ressentir vraiment. Alors elles parvenaient de temps en temps à s'arracher une larmichette qu'elles essuyaient avec un petit ricanement surpris, mais surtout elles papotaient à mi-voix, comme en classe. De loin en loin l'une d'elles reconnaissait quelqu'un dans la foule et le nommait à sa sœur : « Tiens, y a Machin qu'est venu… » Ou bien : « Toujours aussi mal habillée, cette pauvre Unetelle ! Regarde-moi cette dégaine ! »

L'ordonnancement des funérailles avait donné matière la veille à plusieurs réunions d'état-major. Les deux cortèges entreraient par deux accès différents et se rejoindraient devant le bâtiment, où les parents les plus proches de chacun des défunts pénétreraient mêlés, confondus dans une seule souffrance.

La cérémonie n'avait pu être répétée. Il apparut que le cortège d'Onagre avait pris un peu d'avance sur celui de Cambouis et risquait d'arriver avant lui au rendez-vous. Il fallut marquer le pas. Le patriarche éperdu ne se rendant compte de rien, ce fut Aranelle qui en donna le signal après avoir consulté Mauthilde du regard. Posté en bordure de l'allée entre Louise et Tata Lenya elle-même flanquée de Géli, Benoît contemplait la bière d'Onagre portée par quatre hommes vêtus, coiffés et gantés de gris. Il ne pouvait se défaire du sentiment d'étrangeté qu'il ressentait depuis son réveil. Il n'avait pas jusqu'alors tiré toutes les implications des révélations de Lola, et elles se pressaient tout à coup dans son esprit. Peu habitué aux acrobaties généalogiques, il avait du mal à s'y retrouver. S'agissant par exemple de la liaison de sa grand-mère Madeleine Esteral avec Aimé Propinquor, la parole de Lola authentifiait une filiation hier encore de l'ordre du fantasme. Le cadavre que Louise avait ouvert et vidé comme un poulet, et qui séchait pour l'heure sur un lit de natron en attendant d'être emmailloté dans des bandelettes de lin, était bien le père de Lola, et donc le grand-père de Benoît. L'adolescent en était sûr à présent, le sang des Propinquor mêlé à celui des Esteral coulait dans ses veines, battait à ses tempes. Par voie de conséquence, il était apparenté à toute la tribu qui piétinait derrière le vieillard soutenu par ses hommes liges. Il était le petit-neveu de Superbe et de Mauthilde, le petit-cousin de Bételgeuse et d'Alcyone comme du pauvre Onagre qu'on allait achever de réduire en cendres. Par rapport aux autres, Propinquor de second rang, il n'avait aucune idée de ce qu'il était, mais l'évidence s'imposait à lui, à la fois bouffonne et irrécusable, qu'ils faisaient partie eux et lui de la même famille, et même qu'il était beaucoup plus proche que la majorité d'entre eux du noyau central, de l'âme du clan incarnée en la personne de Superbe. Néanmoins, en raison de sa bâtardise, cette appartenance demeurait toute théorique ou virtuelle. Bâtard, il l'était doublement : bâtard abandonné par sa mère bâtarde, il était né comme une feuille tombe d'un arbre et tourbillonne au hasard. Un étranger lui avait donné son nom, une étrangère l'avait élevé. Le sort s'acharnait à bricoler sa destinée en combinant des péripéties improbables, comme des pièces de puzzle piochées dans plusieurs boîtes différentes. Si leurs formes découpées par la même matrice s'assemblaient de façon apparemment satisfaisante, elles ne composaient qu'une image absurde.

Mais au fond la révélation la plus bouleversante n'était pas celle qui faisait de lui le petit-neveu de l'homme le plus riche et le plus puissant d'Écorcheville. Elle ne provoquait en lui, dans l'immédiat, qu'une bouffée d'orgueil un peu bête, que polluait déjà la frustration de n'être qu'un Propinquor en pointillé. L'autre aveu de Lola l'ébranlait plus profondément. Il était devenu le demi-frère de Fille-de-Personne et de Krux. De Fille-de-Personne qu'il aimait et de Krux qu'il détestait. Fille-de-Personne qui mourrait peut-être, Krux qui avait à coup sûr tué leur père à tous les trois l'avant-veille, et qui avait martyrisé Tatie Cindy la nuit dernière.

Le cortège Bussettin apparut. S'était-on concerté là-dessus aussi, les essences, les teintes, les vernis ? Tandis que ce qu'on distinguait sous le poêle du cercueil d'Onagre était de couleur sombre, celui de

Cambouis était blond. Derrière ses porteurs, tout en gris eux aussi, venaient les ombres voûtées d'Erwin et de Bella. Qu'aurait dit Cambouis à la vue de son conde-père serrant les dents sur la douleur de sa double tendinite, et de sa conne-de-mère vieillie de vingt ans, l'un et l'autre décolorés et rétrécis à la lessive ravageuse du deuil. Le chagrin avait poché les yeux d'Erwin, bouffi ses traits, meurtri la peau de pêche dont Bella était si fière et imprimé à sa bouche un pli qui ne s'en irait plus. Sur les pas de ces spectres, Mina tout juste sortie de l'hôpital s'avançait au bras de son grand-père Honoré.

Le front bandé, le nez dans son mouchoir, la cousine de Cambouis sanglotait sans retenue. Benoît était le seul dans l'assistance à savoir qu'elle pleurait autant sinon plus la mort de son premier amant que celle de son cousin. Alcyone Propinquor avait certes couché avec Cambouis la même nuit, mais Benoît n'aurait pas mis sa main à couper qu'elle s'en souvenait. De même, s'agissant de son aventure avec Mina, il y avait de fortes chances pour qu'Onagre n'eût accordé qu'une importance minime à l'événement. Tout au plus sa concomitance et sa symétrie avec l'histoire entre Cambouis et Alcyone l'avaient-elles amusé. Il avait baisé la cousine de son pote pendant que celui-ci niquait sa sœur : c'était marrant, non ? Benoît se demanda si, à partir de cette affaire simplissime, Mina n'allait pas au contraire bâtir un roman sur lequel elle vivrait des années. La mort d'Onagre transfigurait un banal dépucelage en étreinte au bord du gouffre. Qui sait même si Mina n'était pas enceinte, si elle n'avait pas été le vase providentiel recevant la semence d'Onagre répandue *in extremis*? Un enfant en naîtrait, condamné à errer longtemps, toute sa vie peut-être, dans un brouillard de secrets. Benoît n'en aurait pas été étonné. Les choses allaient ainsi, à Écorcheville. Son propre destin en était l'illustration parfaite.

Il chercha Lola en vain parmi les Esteral. Ceux-ci s'étaient répartis de part et d'autre de l'entrée du crématorium, pour ne rien perdre, sous aucun angle, du malheur de leurs rivaux. Lola était déjà loin, songea Benoît. Onagre était en fait son neveu, mais qu'était-ce qu'un neveu officieux pour elle qui avait sacrifié sans sourciller son fils à sa carrière ? Une fois pour toutes, elle avait décidé qu'elle ne vivrait pas ici, qu'elle n'appartiendrait pas à Écorcheville. Benoît songea que les deux êtres qui s'étaient si brièvement appariés pour lui donner la vie avaient au moins en commun d'être des nomades que rien ne pouvait retenir. À la vie de comédienne de Lola, sans cesse en tournée à travers le monde, répondaient les ailes invisibles de Ménélos et ses migrations clandestines. Elle se posait un soir sur la scène de l'Empyrée comme lui sous le chapiteau du cirque Gorbius. Chacun avait besoin, entre Écorcheville et lui-même, de la muraille de lumière des projecteurs, de la distance périlleuse et salvatrice qui sépare la scène et la salle, les hauteurs du chapiteau des gradins.

Les fleuristes d'Écorcheville avaient dû tripler leur chiffre d'affaires annuel avec ce qu'ils avaient vendu de bouquets, de gerbes et de couronnes pour l'occasion. Dès les premières heures de la matinée, des fourgons entiers s'en étaient déversés devant le crématorium. Parents proches et lointains, alliés politiques, relations de commerce ou de banque, clients, mandataires, franchisés, employés, obligés, tout le monde s'était fait un devoir de témoigner sa sympathie aux notables affligés. L'addition des surfaces sociales et des popularités d'ordinaire concurrentes avait abouti à un afflux d'hommages jamais vu, à une masse florale qu'il avait fallu étayer, structurer, à l'aide d'un bâti improvisé. Ici encore, le talent universel de Benito Guardicci avait fait merveille. Il avait estimé les besoins et réuni les charpentiers municipaux. Distribuant croquis et cotes à la volée, il avait dessiné sous leurs yeux, en quelques coups de crayon, l'armature destinée à transformer ce tas de végétaux et de rubans semés de lettres d'or en une montagne de fleurs haute de plusieurs mètres. On s'y donna à fond, et tout fut prêt à temps ; quand les deux convois eurent convergé, c'est au pied de cette éminence qu'ils s'immobilisèrent. On déposa les bières sur des tréteaux. Un homme s'avança. C'était Lordurin.

LVII

Tout de noir vêtu, tête nue, ses longs cheveux blancs flottant de belle façon au vent du Styx tout proche, le poète vint se camper devant un micro installé sur le perron du crématorium. Là, il tira de sa poche quelques feuillets qu'il déplia avec le soin et l'onction d'un théologien déroulant un manuscrit de la mer Morte. Bien sûr, les familles avaient commandé au prince des poètes d'Écorcheville, à l'aède municipal, l'oraison funèbre de leurs enfants… Rude tâche ! Que dire d'édifiant sur eux ? En dépit de ses frasques, on avait fondé de grands espoirs sur Cambouis, une fois qu'il aurait jeté sa gourme. D'Onagre, on savait qu'il n'y avait rien de bon à attendre. Le surdoué et le fruit sec se confondaient aujourd'hui dans le même néant. Ils s'étaient bien poilés durant les quelques années que le sort leur avait accordées. S'il avait été soucieux de vérité, Lordurin n'aurait eu que ça de vrai à se mettre sous la dent. C'était un peu court pour faire son Bossuet. Lordurin ne prit pas ce risque. Il joua la déploration élégiaque, la jeunesse fauchée, l'avenir insulté, les fleurs en bouton écrasées par l'orage, tout ça. Le public écoutait, l'œil vague. Dans sa majorité il n'aime ni ne comprend la poésie, mais aux grandes douleurs le remède des grands mots. Ceux de Lordurin avaient au moins un effet cosmétique. Il n'y avait à Écorcheville que les poètes pour faire leur révérence à Lordurin, et encore ! On s'inclinait devant le caïd du Parnasse pour avoir son aval et figurer près de lui dans les revues dont il avait la clé, mais par-derrière on le traitait de raseur prétentieux et de poète à la mie de pain. Parfois l'envie et l'aigreur l'emportaient sur la soumission intéressée. S'élevait alors une polémique bien acerbe dont il sortait toujours vainqueur. Sur ce terrain nul n'était de taille à le battre, nul n'aiguisait ses mots mieux que lui, ne les enduisait de poisons plus subtils. Ses adversaires occis, la plupart du temps des petits jeunes qui voulaient se faire un nom sur son dos, il attendait de pied ferme la génération suivante.

Géli avait tressailli à la vue de son ancien maître et s'était effacée derrière Tata Lenya. Mais lui l'avait aperçue. À plusieurs reprises, comme il déclamait ses lamentations, il darda sur elle son œil chassieux de vieil urubu. Bien sûr, Lordurin se contrefichait de la mort de Cambouis et d'Onagre, cette poésie n'était que de commande, mais peut-être s'était-il aidé pour l'écrire de sa propre douleur d'avoir perdu Géli, et la lui dédiait-il ? Après tout, se dit Benoît, la peine était à tout le monde et Lordurin pouvait en ressentir. Il fit long dans son expression, en tout cas. Trop long, même au goût des parents réellement éprouvés, qui se demandèrent au bout d'un temps s'il allait jamais en finir. On regardait le ciel, on tassait les gravillons de l'allée sous la pointe de ses chaussures, on lançait des regards de côté à ses voisins et au-delà, on repérait un visage familier, ou quelqu'un qu'on avait croisé souvent, sans avoir eu l'occasion de lui parler. À l'arrière du cortège Propinquor, Benoît reconnut Mme Bernard, l'intendante des Petits-Oiseaux.

Un manteau pouvait bien être de n'importe quelle teinte de brun, puce, rouille, havane ou châtaigne, marron, voire marronnasse, sans pour autant évoquer quoi que ce soit d'excrémentiel, songea Benoît. Comme Lola l'autre soir, Alcyone et Bételgeuse étaient vêtues aujourd'hui même dans ces teintes, et rien dans leur aspect n'avait provoqué d'aussi triviales associations d'idées dans son esprit. Pourquoi fallait-il que le raglan de l'intendante produisît cet effet ? C'était certes une misérable chose, râpée, informe, dans laquelle sa propriétaire flottait. À moins d'être pauvre comme Job, on ne met pas de ces pelures en pareille circonstance. On les garde pour descendre au jardin, avec un galurin décoloré et des bottes de caoutchouc. Même Louise s'était débarbouillée, et avait passé une robe propre pour l'occasion. Si la fortune de Mme Bernard était à cent lieues de celle de la famille d'Onagre, il n'y avait pas de raison pour que le poste qu'elle occupait à l'orphelinat ne fût pas décemment rétribué. Benoît rumina durant quelques minutes ces considérations oiseuses, avant de hausser les épaules. Libre à cette femme d'endosser un manteau de mistouflarde pour assister aux obsèques du petit-fils du maire. Cela ne méritait pas plus d'une demi-minute d'intérêt. Plus troublante lui apparut la confirmation de la répulsion qu'elle lui avait toujours inspirée. C'était cela, en réalité, qui s'exprimait dans l'impression que lui causait la couleur du manteau de la dame. Le pardessus n'y entrait pas pour grand-chose. La vieille peur, la vieille haine de Benoît s'en emparaient pour abaisser Mme Bernard. À elle seule, dans son imagination, elle symbolisait les Petits-Oiseaux, le destin auquel il avait échappé de si peu, et qui ne cessait de béer dans sa mémoire comme un gouffre ouvert derrière lui. Son savoir tout neuf lui rendait plus vraisemblable que jamais cette enfance imaginaire. C'était là-haut qu'il aurait dû grandir, avec son frère et sa sœur, confondu avec eux, perdu dans la même déréliction sans espoir, dans la même fange cauchemardesque. Petits enfants, marmots, à l'âge où l'on s'oublie encore, morvaillons-merdaillons, Fille-de-Personne et Krux avaient été sous la coupe de Mme Bernard. Elle avait inspecté leur linge hebdomadaire marqué à leur numéro, elle en avait détaillé les accrocs, les boutons arrachés, les souillures, et elle les leur avait âprement reprochés... Mme Bernard, c'était le visage même du malheur. Benoît le contemplait à loisir pour la première fois. Il avait croisé l'intendante, ici ou là, alors qu'elle faisait des courses personnelles ou réglait en ville des problèmes de fournitures ou d'approvisionnement. Elle disposait à l'orphelinat d'un logement de fonction. Une petite femme laide, mal habillée, maigres mollets bandés de gris foncé dépassant de galoches réglementaires d'un autre siècle, un poireau à la joue droite, un nævus sur la paupière gauche, un soupçon de moustache, des cheveux gris tirés en chignon. Mais sous cette minable apparence, derrière les hauts murs de l'orphelinat, une puissance. Directeurs et préfets de discipline défilaient, Mme Bernard restait. À elle le vrai pouvoir, sur les corps en tout cas, ce qui les lave, ce qui les vêt, ce qui les nourrit. Sur les esprits aussi, par ce biais, en l'absence de tout autre magistère durable. Fille-de-Personne ne s'était jamais beaucoup étendue sur la vie là-haut. Le plus souvent elle éludait les questions de Benoît, mais le peu qu'elle lui avait livré laissait entrevoir un bagne sur lequel son frère avait dès l'origine fait régner sa loi au sein de leur tranche d'âge. La promiscuité et l'inconfort qui avaient constitué leur lot quotidien avaient été épargnés à Benoît. Il n'y avait que sur le terrain de la nourriture qu'il aurait pu revendiquer un sort approchant. La tambouille de Louise avait des chances d'égaler l'ordinaire des Petits-Oiseaux. Cependant, son imagination s'emparant des moindres confidences de Fille-de-Personne, il lui semblait avoir connu la nuit du dortoir sous l'astre violet de l'ampoule laissée allumée au-dessus de l'issue de sécurité, nuit peuplée comme une jungle, traversée de borborygmes et de supplications confuses, la sonnerie stridente appelant à la bousculade devant les lavabos de zinc, les retrouvailles sans joie avec soi-même et avec les autres, le désespoir chaque matin renouvelé des pisseurs au lit, les drames à propos d'une brosse à dents perdue, d'un gant de toilette chipé, d'un lacet de soulier cassé… Benoît s'ébroua. La voix de Lordurin résonnait dans le haut-parleur. On aurait dit qu'elle jaillissait d'une bande d'actualités d'avant-guerre : même timbre daté, même diction appliquée et emphatique. Le barde martelait les syllabes et détachait les doubles consonnes comme s'il dictait son poème à une classe de candidats au certificat d'études. Benoît pensa au fou rire qu'auraient piqué Cambouis et Onagre en entendant les grandiloquentes foutaises déclamées en leur mémoire. Infatigable, Lordurin badigeonna un long moment encore la douleur des parents de la pommade de ses mots. Enfin il se tut. La foule prit le soulagement qu'elle en conçut pour une émotion esthétique et faillit applaudir. Se rejetant en arrière, une main levée en un geste de pudeur théâtral, Lordurin l'en dissuada. Il retourna prendre sa place, tandis qu'on débarrassait le micro et le lutrin sur lequel il avait posé ses papiers. Les battants du haut portail de bronze du crématorium s'ouvrirent. Le maître de cérémonie, gravure de mode funèbre pétrie de componction et de solennité, apparut sur le seuil. Les croque-morts soulevèrent les deux bières à son signal. Des supplétifs ôtèrent les tréteaux, puis, au son d'une musique luxueusement triste, les deux cortèges s'ébranlèrent. Ils s'apprêtaient à gravir de front l'escalier sur lequel les porteurs étaient déjà engagés, quand on entendit un hurlement auquel répondirent des exclamations alarmées. « Là ! Là ! » criait une femme. Les yeux exorbités, le béret à plume et voilette en bataille, elle tendait la main en direction de la montagne de fleurs. Autour d'elle, entre peur et agacement, on la pressait : « Eh bien quoi, là, qu'est-ce qu'il y a ? » Mais elle s'étranglait de saisissement, les mots se bousculaient dans sa gorge. « Lui ! C'est lui ! Le… Le monstre, le satyre ! » lâcha-t-elle enfin. On se récria. On ne voyait rien. Le satyre ? Où donc ? « Là ! Là ! Dans les gerbes ! Je l'ai vu qui grimaçait ! »

Peut-être la dame était-elle connue pour une imaginative, voire pour une hystérique ? Son entourage ne semblait pas ajouter foi à sa parole. Un homme voulut en avoir le cœur net. Il s'approcha des gerbes et des couronnes qui recouvraient le châssis de bois et s'étageaient au-dessus de sa tête. Tapotant ceci, remuant cela, il se retournait de temps en temps pour prendre la foule à témoin : « Non, vraiment, y a rien, là-dedans ! » Soudain, la plus volumineuse couronne, par laquelle le conseil municipal avait tenu à exprimer la part qu'il prenait au deuil dont était frappé son seigneur et maître, bascula en avant et s'abattit sur lui. Cette fois, un cri d'effroi jaillit de dix, de vingt gorges en même temps. La dame n'était pas folle. Le satyre se tenait cramponné tant bien que mal à l'échafaudage, à l'endroit que la couronne offerte par les édiles dissimulait une seconde auparavant. Un mouvement de panique balaya l'assemblée. Ce n'était pas que l'attitude du chèvre-pied fût menaçante en elle-même. Il avait failli dégringoler avec la couronne, et il n'en menait pas beaucoup plus large que ceux qui décampaient, terrifiés à sa seule vue. La débandade gagnait de proche en proche. Les rangs du double cortège s'étaient disloqués, la foule refluait en désordre vers les issues du cimetière. La confusion n'était pourtant pas encore à son comble. Quelques intrépides avaient vite recouvré leur sang-froid et s'encourageaient mutuellement à maîtriser l'énergumène. Certains parmi eux avaient assisté au concert de Blandeuil chez Erwin Bussettin, et au chambard qu'y avait déjà provoqué Faunet. Celui-ci leur avait échappé l'autre soir, il ne fallait pas que cela devînt une habitude ! Ils étaient en passe d'encercler le chèvre-pied perché là-haut entre les fleurs. Peut-être seraient-ils parvenus à se saisir de lui, au prix de quelques griffures et coups de sabot, si une initiative intempestive n'avait fait diversion et apporté la dernière touche au chaos. Apercevant la créature tenue pour responsable de la mort d'Onagre, Superbe écarta d'un moulinet des deux bras Aranelle et Guardicci qui le soutenaient. Il plongea la main dans la poche de son manteau et en extirpa, non sans mal, un revolver de calibre eastwoodien dont il vida le barillet au jugé en direction du satyre. Il manqua sa cible. Toutes les balles se perdirent dans la verdure, mais les détonations eurent pour effet de décupler la panique, tout en fouettant l'instinct de conservation du faune. Il s'enleva d'un saut prodigieux, atterrit sur le couvercle d'une des bières pour rebondir aussitôt sur l'autre, dont les porteurs affolés, déséquilibrés par la défection d'un d'entre eux, titubaient dans l'escalier. Sous le choc, ils perdirent pied et lâchèrent prise. Le cercueil heurta le sol du perron avec violence et se retourna avant de dévaler sens dessus dessous les degrés de marbre. À l'intérieur de cette boîte sonore, était-ce Onagre ou Cambouis ? Benoît s'efforça de chasser de son esprit cette question triviale ; à l'intérieur ce n'était plus personne. Pourtant il n'avait jamais rien vu d'aussi inconvenant que ce cercueil sur le dos. Pour surmonter son malaise, il dut appeler à son aide le souvenir de l'irrespect radical et de l'humour noir cultivés par ses amis. Onagre et Cambouis se seraient sans doute fendu la pêche devant un tel spectacle.

Les porteurs de la première bière avaient évité le pire. Les genoux flageolants, ils parvinrent à poser leur fardeau avant de s'égailler. Faunet, quant à lui, s'était récupéré dans un roulé-boulé. Il profita du surcroît d'émoi causé par la chute de la bière pour prendre ses assaillants à contre-pied, feinta à droite et à gauche avec maestria, et réussit à rompre le cercle qui tentait de se refermer sur lui. Le maire jura. Il jeta son revolver dans les graviers, de rage impuissante. À côté de lui, l'air terrible, Dupassé jailli d'on ne savait où crachait des instructions dans un talkie-walkie. La meute des courageux se lança à la poursuite de Faunet. On entendait, en provenance des bosquets qu'on avait replantés en bordure du fleuve, sur la berge consolidée par des injections de béton dans le sol depuis le glissement de terrain, les appels et les cris de ralliement des chasseurs. Benoît s'avisa que l'endroit noir de monde quelques instants plus tôt était maintenant presque désert. Louise et Tata Lenya avaient suivi le mouvement général et s'étaient enfuies dès le début. Pour effrayer et éloigner Géli, déjà familiarisée avec Faunet, il avait fallu les coups de feu tirés par Superbe. Toutes trois devaient attendre Benoît à la voiture, mais il n'était pas pressé de les rejoindre. Il ne pouvait se résoudre à quitter le lieu de la catastrophe. Les croque-morts rameutés par l'ordonnateur aux cent coups avaient relevé le cercueil chaviré, tandis que Dupassé faisait collecter par un de ses hommes les sacs à main, souliers, chapeaux, gants et foulards qui jonchaient le sol. Les chefs de clan, les officiels et les représentants de la presse se concertaient devant le crématorium. L'incident avait tiré Superbe de son abattement. Il le ressentait comme un affront personnel. On tergiversait autour de lui. Devait-on remettre la cérémonie à plus tard ou procéder malgré tout sur-le-champ ? Il trancha : il fallait en finir. Aranelle attira les journalistes à part afin de leur dicter la teneur de leurs articles, on dissimula les éraflures de la bière renversée en tirant un peu plus sur les cordons du poêle, on reforma à la hâte un semblant de cortège unique, et le service funèbre se poursuivit, cette fois sans encombre. Un instant, Superbe tourna les yeux vers Benoît, et glissa quelques mots à l'oreille d'Aranelle. Benoît crut qu'il s'agissait de le convier, en sa qualité d'ami des défunts, à descendre dans la crypte et à assister avec les élus à la crémation, mais il n'en fut rien. Le secrétaire général hocha la tête sans se manifester autrement. Le bruit exact et comme définitif dont s'accompagna la fermeture des portes de bronze dissipa le vague espoir qui avait envahi Benoît. Pourtant très vite ses pensées suivirent un autre cours, il oublia sa déception. Onagre et Cambouis étaient morts, il avait vu de ses yeux leur âme, ou quelque chose comme ça, s'embarquer avec Charon pour le royaume des morts, mais il ne prit conscience qu'à cet instant du caractère irrévocable de leur disparition. Dans quelques minutes, les horribles statuettes emmaillotées dans des suaires informes qui bringuebalaient au fond des bières trop vastes s'en iraient en fumée à travers le ciel gris. Benoît leva les yeux et crut voir une fumerolle s'échapper de la cheminée qu'on apercevait en retrait, par-delà les statues dont s'ornait le fronton de l'édifice. Déjà ? Non, même si tout avait été préparé à l'avance, c'était sans doute encore trop tôt. Il se représenta des molécules de Cambouis, des molécules d'Onagre, se répandant en pluie invisible sur les alentours. Elles retomberaient sur ses épaules, sur son crâne, elles flotteraient dans l'air, il en respirerait... Ce n'était pas des élucubrations. C'était la simple, l'irrécusable réalité. Tout à l'heure, en sortant du crématoire, Erwin et Bella inhaleraient la poussière de leur fils chéri, mêlée à celle d'Onagre et à celle de quelques autres incinérés récents. Pareil pour Superbe et Mauthilde, pareil pour Honoré Bussettin, pour Mina... Benoît se dit qu'il n'attendrait pas. Cette poussière, ces cendres impalpables, le vent du Styx se chargerait de les disperser à travers la ville entière. Il en aurait sa part, elles l'atteindraient où qu'il aille.

LVIII

Benoît se détourna du bâtiment et s'éloigna. Sur le parking bondé régnait une pagaille considérable. Un pneu à plat, l'énorme Thunderbolt, longue comme deux ou trois limousines ordinaires, bloquait la circulation telle une baleine échouée au milieu d'un chenal. Benoît estima de loin la situation. Josaphat avait de la peine à tourner la tête et à plier les genoux. À coup sûr, il était incapable de changer la roue. Si Benoît avait le malheur de se montrer, la corvée serait pour lui. Sa sainte horreur de la mécanique écorcheuse de doigts et briseuse d'ongles le persuada d'abandonner la guimbarde et ses occupants à leur sort. Quelqu'un finirait bien par s'y coller, si c'était le seul moyen de dégager le passage.

Benoît prit à pied le chemin de l'hôpital Bussettin. Le soir commençait à tomber. Rendu enragé par l'irruption du satyre au beau milieu de la cérémonie, Dupassé avait jeté tout son monde sur le pavé d'Écorcheville. Dans la grisaille, fourgons et voitures de police sillonnaient les rues à grand renfort de gyrophares et de sirènes hurlantes. Les services municipaux, la voirie, les pompiers eux-mêmes n'étaient pas en reste. La cité semblait atteinte d'un insupportable prurit, qu'elle grattait de toutes ses forces. Benoît eut une pensée pour Faunet. C'était après lui qu'on courait, c'était lui qui infligeait au grand corps ces cruelles démangeaisons... Lui, et Krux, se corrigea-t-il. Gégé ne comptait guère. Un simple, un pâle voyou. Faunet et Krux, c'était autre chose : un sauvageon et un vrai sauvage. Un parfait innocent et un pur meurtrier. L'un et l'autre étaient au-delà, ou peut-être en deçà du bien et du mal. Il les envia, fugitivement. Bien sûr, leurs aventures respectives avaient toutes chances de finir mal, mais Benoît ne donnait pas cher non plus de la sienne, au bout du compte, et il n'aurait même pas connu, comme eux, l'immense confort de l'inconscience. Chacun à sa façon, ils étaient libres. Pour Faunet : je veux, je prends. Pour Krux : je hais, je tue. Pas un scrupule, pas un repentir, jamais la torture de l'incertitude, rien qu'une suite ininterrompue de pulsions et d'émotions violentes, un monde d'une limpidité de cristal qui éclatait pour se reconstituer sans cesse, toujours semblable, toujours neuf, tandis que Benoît hantait une réalité malade, le présent se réinfectant continuellement des germes du passé.

Il faisait nuit, maintenant. Une lumière plate, mate, éclairait le hall de l'hôpital, de même que les couloirs et les escaliers qu'il commandait. Derrière la vitre de l'accueil, les diodes du standard et des ordinateurs en stand-by luisaient de façon rassurante. L'heure des visites était passée, mais Benoît espéra que l'infirmière-chef du service réanimation lui témoignerait la même indulgence qu'hier. Dans les couloirs, les garçons de salle poussaient leurs chariots de chambre en chambre, dispensant aux patients une manne insipide et saine : bouillon léger, jambon-purée, compote et gaufrette. Après la distribution de bouteilles d'eau viendraient les soins et les médications du soir, les dernières piqûres, les potions, comprimés et gélules avalés sous l'œil de l'infirmière, l'ultime prise de température, l'éventuelle tisane. C'était la douleur qu'on endormait, dans cette ambiance de trêve, ce tintouin feutré qui donnait à la vie d'hôpital des airs de ruche au ralenti. Benoît se demanda si Tatie Cindy avait été admise en réanimation, elle aussi. Il se reprocha d'avoir mal écouté ce qu'on lui avait dit. Il se promit de s'enquérir d'elle en quittant Fille-de-Personne.

L'infirmière-chef n'était pas dans son bureau. Benoît s'autorisa de la permission qu'elle lui avait donnée la veille et continua jusqu'à la chambre de Fille-de-Personne, tout au bout du couloir, comme à l'extrême bord de la vie. Il poussa la porte. La pièce baignait dans l'obscurité. Benoît chercha le commutateur à tâtons et alluma. Le lit était vide. Benoît crut d'abord qu'il s'était trompé. Il ressortit, estima la distance parcourue depuis l'angle du couloir, s'assura qu'il était entré dans la dernière chambre. C'était bien celle-là, mais Fille-de-Personne n'y reposait plus. Le lit avait été refait, les appareils éteints. Le bouquet qu'il avait apporté hier avait été jeté, sans doute. Fille-de-Personne était morte, ou bien… Ou bien, sortie du coma, elle avait été transférée dans un autre service, ou peut-être en salle d'opération, si le Pr Romarin Bussettin l'avait jugé bon. La médecine était un vaste mystère, une forêt de mots dangereux. Vous mouriez ou vous viviez, selon qu'on prononçait à votre propos celui-ci ou celui-là… Benoît quitta la chambre. Il retourna au gourbi de l'infirmière-chef, toujours désert. Son cœur se serra quand il vit, posé sur le bureau, le vase improvisé contenant ses fleurs. Il aperçut, tout à côté, un bouton de sonnette électrique et l'actionna d'abord sans succès. Dans son anxiété il le pressa à nouveau, avec insistance. Un oui mécontent finit par se faire entendre en provenance d'un réduit attenant. Benoît s'excusa. Au bout d'une ou deux minutes, l'œil flou de quelqu'un qui s'éveille, l'infirmière-chef émergea du réduit en achevant de renouer la ceinture de sa blouse. Elle avait pris un peu de repos sur le pouce. Benoît réitéra ses excuses.

— Qu'est-ce que tu veux ? demanda la femme d'une voix rogue.

Elle reconnut son visiteur et se radoucit :

— Ah, c'est toi qui es venu hier soir pour la petite, c'est ça ? Elle n'est plus là, on l'a emmenée.

— Elle est morte ? parvint à articuler Benoît.

— Elle ne l'était pas à midi, répondit l'infirmière-chef. Ne me demande pas si elle est encore vivante à l'heure qu'il est, ni où, ni pourquoi on l'a transférée... Ce n'est pas dans un autre service, en tout cas. Les infirmiers qui sont venus la chercher n'étaient pas de chez nous. On a dû la conduire dans une clinique privée, ou la ramener chez elle...

Une clinique privée ? Qui paierait ? s'interrogea Benoît. Ou chez elle ? Fille-de-Personne n'avait pas de chez elle, sinon les Petits-Oiseaux.

— ... C'est aussi bien, du moment qu'elle est sous monitoring. Va, j'en ai vu, des comas, soupira l'infirmière. Ils peuvent s'éveiller ou mourir, des fois d'un instant à l'autre, ou rester des années comme ça, vieillir comme ça, mourir de vieillesse comme ça. Que ça se passe ici ou ailleurs n'y change rien, et nous, qu'on l'ait emmenée, ça nous libère une chambre. Tu comprends ?

Benoît hocha la tête. Il remercia l'infirmière. Il allait tourner les talons quand il repensa à Tatie Cindy. Il demanda si Mlle... Il se reprit à cause de l'âge de Tatie, si Mme Ginette Morcif avait été admise dans le service. Ce nom ne disait rien à l'infirmière. Bien que Benoît l'eût réveillée elle l'avait à la bonne. C'était l'effet petit bouquet de fleurs. Elle décrocha son téléphone et questionna les admissions.

— On me dit qu'elle est passée par les urgences, mais maintenant elle est tirée d'affaire et on l'a mise en observation en médecine générale. Troisième étage, chambre 7, dit-elle en raccrochant. C'est une personne de ta famille ?

— C'est ma tante, mentit Benoît.

— Alors on te permettra peut-être de la voir malgré l'heure tardive. Tu te rappelleras ? Troisième étage, chambre 7... Prends de ce côté, c'est plus court, acheva-t-elle.

De crainte de se voir refoulé, et fort du renseignement précis que lui avait fourni la responsable de la réanimation, Benoît se glissa dans la chambre de Tatie Cindy sans passer par le bureau. Au premier abord, il fut presque simultanément effrayé et rassuré. Il s'était attendu au pire : une vieillarde défigurée et quasi inconsciente. En réalité, si le visage de Tatie Cindy portait bien les marques des coups qui lui avaient été assenés, la Vieille Toupie semblait avoir recouvré toute sa lucidité. Elle accueillit son visiteur avec un plaisir manifeste :

— Mon Benoît ! Comme c'est gentil d'être venu me voir ! On t'a laissé entrer ? T'as eu de la chance, la chef est une vraie vache, dans ce service ! Des salopes dans son genre, j'en ai connu partout. En maison, en prison, à l'hosto... Mais approche-toi, viens m'embrasser !

Benoît s'exécuta, non sans quelque gêne. Outre qu'il craignait de lui faire mal, avec ses bandages autour du crâne, les cocards violacés qui cernaient ses yeux, ses ecchymoses, sa lèvre inférieure gonflée et sa lèvre supérieure fendue, le tampon de coton dont l'extrémité sortait de sa narine droite et qui lui donnait une voix nasillarde, Tatie Cindy n'avait rien d'attirant. D'ailleurs, en dépit de son enthousiasme, elle eut un rictus de douleur quand la joue de Benoît effleura la sienne.

— Aïe ! Doucement, mon chéri ! Ils m'ont cassé mon dentier, la mâchoire a trinqué, elle aussi... Qu'est-ce qu'ils m'ont mis, ces fumiers, Gégé et l'autre, là, son copain Krux. J'avais déjà pris des raclées, mais cette fois j'ai bien cru ma dernière heure arrivée !

— On t'avait prévenue, Tatie, souviens-toi, au marché.

— C'est vrai, mon chou, Lenya m'avait mise en garde. Mais Gégé m'avait tapé dans l'œil, avec ses belles épaules et sa petite gueule de frappe. J'ai jamais su résister, ça a toujours été mon drame. Et puis, celui-là, je me doutais que ce serait mon dernier homme. Vioque comme moi, on a l'impression de sentir déjà le sapin du cercueil. On se dit que ce serait trop bête de laisser passer l'occasion de revenir un peu à la vie. Alors pour déguster, j'ai dégusté ! J'ai eu quelques bons moments, avec Gégé, et même avec les deux, quand Krux est entré dans la danse, avant qu'il se mette à cogner. Ah, ah ! Comme au bon vieux temps ! Je me souviens, une fois, avec Aimé Propinquor et deux autres types… Qui c'était, ceux-là, déjà ? Ah, la mémoire, quelle plaie, ça s'effiloche, ça fout le camp !…

Une lueur de salacité rêveuse passa fugitivement dans les yeux pochés de Tatie Cindy. Benoît se rendit compte qu'elle n'était pas tout à fait dans son état normal. Embarrassé, il toussota.

— Pourquoi ils t'ont frappée ?

— Est-ce que je sais ? Ils étaient soûls. Moi aussi, faut dire. La vérité, c'est qu'on était torchés tous les trois. On s'était amusés sévère, tu vois ? J'avais du mal à garder les yeux ouverts. Eux, ils voulaient encore, mais ils n'étaient plus bons à grand-chose, et ça a dégénéré. C'est Krux qui s'est énervé le premier, je crois. Gégé s'y est mis aussi, ça a commencé par des crachats, des baffes, ça a continué par des coups de ceinture, des coups de poing, des coups de pied… Après ça, ils m'ont pissé dessus, ils m'ont enfoncé des trucs, ils ont cogné de plus en plus fort…

Le regard de Tatie croisa celui de Benoît. Elle vit qu'il était effaré. Elle eut un geste de la main pour pousser toutes ces choses vers le néant.

— J'abrège ! Tout ça, c'est la faute de Krux. Gégé a suivi. Il lui obéit comme un petit chien. Si Krux lui avait dit de me tuer il l'aurait fait, je suis sûre.

— Ils ont cru que c'était fait, Tatie. Ils ont flanqué le feu à ton bungalow. Tu t'en es sortie par miracle.

Tatie baissa les yeux.

— Je sais.

D'un index à l'ongle cassé, elle moucha une larme, la première, qui perlait au coin d'une paupière distendue.

— Je sais, répéta-t-elle. Oh, ça leur coûtera cher si Dupassé les attrape. N'empêche, c'est Krux. Gégé m'aurait pas fait ça de lui-même.

Elle se secoua.

— Allez, on zappe, on change de sujet de conversation !

Ils n'en avaient guère de plus gais à aborder. Si, malgré tout, l'irruption de Faunet au milieu des obsèques de Cambouis et d'Onagre. Benoît avait beau être triste, c'était drôle quand même. Il raconta l'affaire à Tatie. Elle s'efforçait de rire à tout petits coups, à cause de ses côtes cassées. « Arrête, tu me tues ! » Mais elle en redemandait : la mine ahurie de Faunet émergeant du monceau de couronnes mortuaires, sautant d'un cercueil à l'autre sous les balles de Superbe, les notables affolés, la panique… Quand Benoît se tut, Tatie essuya les larmes, de rire cette fois, qui coulaient sur ses joues. Benoît eut un peu honte. C'étaient les funérailles de ses meilleurs amis, qu'il venait de raconter comme une bonne blague. Pour s'excuser, il se rappela ce qu'il avait pensé au cimetière, qu'Onagre et Cambouis eux-mêmes en auraient rigolé.

— Et tu sais, dit-il, Mme Bernard, l'intendante des Petits-Oiseaux, elle était là, dans le cortège Propinquor. J'aurais pas cru qu'elle était aussi proche du maire ; ça m'étonnerait qu'elle ait beaucoup connu Onagre…

Tatie Cindy eut un sourire entendu.

— Onagre, non, sûrement pas. Mais Superbe, oui. Et Aimé aussi, en son temps, elle l'a *très bien* connu.

Benoît cilla. La façon dont Tatie avait dit « très bien connu » était lourde de sous-entendus, mais il ne parvenait pas à associer l'image de l'intendante, grise, laide, un parfait remède au désir, à celle d'Aimé Propinquor, le jouisseur qui, tout au long de sa vie, avait écumé indistinctement les salons et les bouges d'Écorcheville. Tatie lut sa perplexité sur ses traits.

— Ah, poursuivit-elle, à la voir maintenant, on ne peut pas deviner. À l'époque non plus, on ne pouvait pas, ça n'a jamais été une beauté. Je vais te dire, je l'ai assez vue à poil : les épaules en portemanteau, la fesse moche, le mollet maigriot, en guise de seins des gants de toilette… Elle n'avait même pas une jolie peau. La peau, la texture, ça fait beaucoup. Moi je l'avais soyeuse, des tas d'hommes me l'ont dit, c'était du satin. La sienne, j'exagère à peine, c'était de la toile de jute. Eh bien, ça ne décourageait pas la clientèle !

Benoît écarquilla les yeux.

— La clientèle ? Tu veux dire…

Tatie laissa fuser un éclat de rire vite réprimé.

— Aïe, malheureuse ! Dès que je rigole tout mon corps me fait mal. Mais oui, t'as bien compris, elle et moi on a tapiné ensemble. Elle se faisait appeler Zoé, à l'époque. C'était un sacré morceau de cochon, Zoé, tu peux me croire. Elle ne manquait pas de michés. Elle ne jouait pas sur son physique, tu t'en doutes.

Elle c'était autre chose, le vice à l'état pur. Tu es encore tout neuf, tout innocent, mon Benoît, même maintenant que tu fréquentes la petite Géli, tu ne peux pas imaginer !

— Mme Bernard ? L'intendante ?

— Si je te le dis ! Elle s'est rangée à la quarantaine, grâce à Aimé, justement. Il l'a pistonnée auprès de l'administration de l'orphelinat. Elle est entrée aux Petits-Oiseaux comme aide-lingère, et puis elle y a fait son trou, grâce à Superbe.

— Superbe aussi, était de ses…

Benoît hésita. Il devinait le sens du mot miché que Tatie avait employé, mais sa sonorité lui répugnait.

— De ses clients ? acheva la Vieille Toupie. Non, enfin, si… Mais pas comme ça, pas comme Aimé.

Elle se tut.

— Comment, alors ?

À l'évidence, Tatie rechignait à parler. Benoît sentit qu'il était au bord de quelque chose, comme si les premières confidences de Tatie l'avaient conduit au bord d'une mare ou d'un étang… Sous les nénuphars et les feuilles tombées des arbres nageaient de drôles de poissons, si proches qu'il lui semblait possible de les attraper à la main. Depuis des lustres, l'intendance des Petits-Oiseaux était assurée par une ancienne prostituée, un « sacré morceau de cochon » comme disait Tatie Cindy, qui s'y connaissait en la matière mieux que personne à Écorcheville. Et cette putain repentie – repentie, vraiment ? – avait mis le pied dans la porte de l'institution avec la bénédiction d'Aimé, elle y avait prospéré avec celle de Superbe. Rédemption ? Tatie n'avait pas l'air d'y croire. Quant à ses protecteurs, à la pureté de leurs intentions… La débauche d'Aimé ne s'était jamais démentie. Jusqu'à son dernier souffle, de l'aveu même de Tatie qui l'avait *très bien connu* elle aussi, il avait couru la gueuse, il était resté, comment disait-elle, déjà ? Ah oui, un « queutard ». « Un fieffé queutard. » Superbe n'avait pas cette réputation, pensa Benoît. Cependant les graffiti accusateurs de Krux lui revinrent en mémoire. La haine effrénée qu'ils exprimaient…

— Tatie, je suis passé en réa… Fille-de-Personne n'est plus dans sa chambre.

— Mais elle n'est pas morte ?

— On m'a dit que non.

— Alors c'est qu'elle est sortie du coma et qu'on va l'opérer.

— Non plus. On l'a emmenée ailleurs. Hors de l'hôpital !

— Il n'y a pas de quoi s'affoler. Elle doit être dans une clinique privée. Elle y sera aussi bien soignée qu'ici, sinon mieux !

— Mais les cliniques privées ça coûte cher. Qui va payer ?

Tatie Cindy resta silencieuse. Elle esquissa une grimace qui équivalait à un haussement d'épaules, en moins douloureux.

— Est-ce que je sais ? Mme Bernard, pourquoi pas ?

Pourquoi pas. Benoît n'était pas convaincu. Tatie non plus. Cela s'entendait dans sa voix.

— Pourquoi pas Superbe ? demanda Benoît.

Tatie lui lança un regard qu'on aurait pu qualifier d'aigu, n'eût été ses deux yeux au beurre noir. Benoît était suspendu à ses lèvres meurtries par les coups. Elle l'aimait bien. Comme un neveu, elle qui n'avait pas voulu d'enfants, qui avait fait passer sans la moindre hésitation ceux qu'elle avait failli avoir au début de sa carrière, parce qu'après, chat échaudé, elle prenait ses précautions pour ça comme pour le reste. Elle aimait bien Benoît, et elle ne pouvait rien d'autre pour lui que de lui apprendre ce qu'il voulait savoir. Ce serait son héritage, tiens ; même si elle réchappait de la dérouillée que lui avaient filée Krux et Gégé, elle savait qu'elle n'en avait plus pour très longtemps.

— Pourquoi pas, dit-elle, Mme Bernard avec l'argent de Superbe, comme toujours ?

LIX

Le poisson était là, tout près de la surface. Fallait-il tenter de le saisir, au risque de le manquer et de l'effaroucher ? Il pouvait replonger dans les profondeurs, d'où rien, peut-être, ne le délogerait plus jamais. Benoît resta coi, dans l'espoir que Tatie continuerait d'elle-même, sur la lancée de ces mots décisifs. Elle ferma les yeux et resta ainsi, paupières baissées, un si long moment que Benoît pensa qu'elle s'était endormie. Mais elle était seulement à la recherche de ses souvenirs, comme un commerçant farfouille dans son arrière-boutique pour retrouver l'article qu'on lui demande et qu'il sait détenir.

— On a fait tandem pendant presque un an, moi et Zoé, dit-elle en rouvrant enfin les yeux. On était complémentaires. Sans me vanter, j'étais belle, je fascinais les hommes. Zoé avait le don de la chiennerie. Avec elle il n'y avait pas de limites. Les types, elle leur arrachait tous leurs masques, elle les tirait devant un miroir, elle leur montrait les animaux qu'ils étaient. Pour beaucoup c'était une révélation. Avec elle ils allaient jusqu'au bout, jusqu'au fond. Au fond de quoi ? Pfut ! On ne sait pas. Au fond, c'est tout. Vrai, c'était quelqu'un, Zoé ! Mais à côté de ça il y avait en elle quelque chose de frileux, d'inquiet. Elle avait peur de l'avenir. Peut-être qu'elle était simplement plus intelligente que nous autres, honnêtes filles de joie qui brûlions la chandelle par les deux bouts sans nous soucier du lendemain, sans penser que nos seins tomberaient, qu'on attraperait des rides et des varices, et qu'un jour on ne trouverait plus preneur. Regarde-moi : si j'avais retenu un quart de l'argent qui m'est passé par les mains, je me serais fait une vieillesse ensoleillée, à cent lieues d'Écorcheville et de cette saleté de fleuve, dans une résidence chic où je m'offrirais des petits gigolos bronzés qui sentiraient bon l'eau de Cologne. Bah ! Je ne regrette pas vraiment d'avoir tout claqué. Je vous ai, toi, ta mère et Tata, et mes bons après-midi avec elles à boire du thé en papotant pendant que Louise naturalise un macchabée ou une bestiole bizarre venue de l'autre côté. Tu me diras, Zoé n'a pas l'air de rouler sur l'or elle non plus, mais ça n'était pas tant ce qu'elle voulait. Elle avait juste besoin de sécurité. Un salaire régulier, la sécurité sociale, plus tard une retraite. Elle voulait son nom sur des fiches de paye qu'elle rangerait dans un classeur à soufflets, avec des quittances de ceci et des attestations de cela. Marrant, hein, chez une pute ? Je l'ai fréquentée encore quelques années après son embauche aux Petits-Oiseaux. Je me disais qu'elle ne tiendrait pas le coup. Elle était habituée à l'argent facile, au champagne, aux fringues, au joli linge. Elle aurait vite marre de son salaire ridicule, des blouses réglementaires, des lessiveuses fumantes. Contre toute attente, elle ne s'en est pas dégoûtée. Pour arrondir ses fins de mois, elle a tout de même conservé longtemps une petite clientèle d'habitués. Elle se déplaçait à domicile, elle faisait des extras dans des fêtes privées. Elle avait des talents de société…

Enfin, bref! C'est comme ça qu'on a gardé des liens. On se croisait ici ou là, chez Aimé, chez d'autres. Presque du jour au lendemain, je ne l'ai plus vue. Elle avait même laissé choir ses clients fidèles. Je me suis interrogée. Est-ce qu'elle n'était pas tombée malade ? Et puis voilà que je la rencontre par hasard sur le cours Esteral. Normale. En forme, à ce qu'il semblait. On a bavardé. Je lui ai demandé pourquoi elle avait quitté le circuit. Elle m'a répondu que c'était fini pour elle, tout ça, que ça ne lui disait plus rien, elle avait tourné la page. Admettons, mais l'argent ? Son budget devait s'en ressentir. Lingère d'orphelinat, elle était même pas encore intendante en titre à l'époque, ça ne gagne pas lourd. Elle a éludé et elle m'a plantée là, devant la chambre de commerce. Connaissant l'oiseau, je ne croyais pas trop à son baratin. Je me suis demandé par quoi elle avait remplacé ses prestations dans les soirées spéciales où on se retrouvait de loin en loin. Malgré sa vicelardise, elle n'était ni assez jeune, ni assez belle pour décrocher le micheton qui vous met à l'abri de tout. La nuit est une confrérie. À l'époque, j'y connaissais tout le monde. J'ai essayé de me renseigner. Macache. Elle n'était plus d'aucune orgie ou partie fine. Après tout, elle m'avait peut-être dit la vérité. Marie-Madeleine s'était bien amendée. Pourquoi pas Zoé ? Et puis sur ces entrefaites le petit Dorizon, un travesti de ma connaissance, est tombé malade. Vraiment malade, tu vois. Dorizon était le seul béguin que j'aie jamais connu à Zoé, mais quand on a diagnostiqué sa maladie elle l'a salement laissé choir. Et moi, mauvais cœur mais bonne pomme quand même, je l'ai soigné jusqu'au bout. C'est par lui que j'ai su. Il m'a tout balancé avant de mourir...

Tatie Cindy s'interrompit et tendit la main pour effleurer la joue de Benoît.

— Je ne suis pas sûre de bien faire en te racontant ça, reprit-elle. Mais on t'a caché trop de choses depuis que tu es né. Autant que tu saches tout ce qu'il y a à savoir. Remarque, Zoé, je ne la juge pas. J'aurais un sacré culot de jouer les mères La Pudeur après avoir vécu comme j'ai vécu. J'ai vendu tout ce que j'avais à vendre, moi aussi. Zoé, ce qu'elle a eu à vendre à un certain moment, c'était Fille-de-Personne. Appelle ça comme tu veux. La petite était magnifique. À sept, huit ans, une lumière, un ange. Il s'est trouvé des hommes pour se porter acquéreur. Il ne serait sans doute rien arrivé, ou alors autre chose, si Zoé n'avait pas été là. Mais elle lisait dans les regards et allait au-devant des désirs. Et qui se portait acquéreur ? Je te le donne en mille…

Tatie scruta Benoît.

— Alors les graffiti… Krux avait raison ? murmura-t-il.

— Krux ne savait rien ! exulta Tatie. Presque rien, en réalité. Il a appris plus tard pour Superbe, mais il ignorait, il ignore encore le reste, le plus beau. Zoé n'avait pas exactement vendu la petite ; elle l'avait mise en société. Cette société des « parrains » ou des « tontons » avait quatre actionnaires. Chacun crachait au bassinet, détenait une part et touchait des dividendes sous la forme d'un droit de visite.

— Là-haut ? Aux Petits-Oiseaux ?

— Jamais de la vie ! Trop dangereux. Tu imagines, des notables défilant à l'orphelinat, une boîte de bonbons sous le bras, et Zoé – pardon, Mme Bernard – venant chercher la fillette dans sa classe pour la conduire au parloir ? Des bruits auraient couru très vite, le scandale aurait éclaté. Un séisme, comme on dit dans les journaux. Or ça a duré six ans, et mis à part les imprécations de Krux gribouillées sur les murs, qu'il était naturel d'attribuer à un déséquilibré, rien n'a jamais transpiré. Dorizon ignorait qui au juste avait mis la formule au point, si c'était Zoé elle-même, ou un des actionnaires. Elle était coûteuse, mais elle offrait à la fois la sécurité indispensable en pareil domaine, et un confort parfait. Avec l'argent des quatre, Zoé avait acheté une petite maison isolée, cachée tout au fond d'un jardin bien touffu. Un nid d'amour qu'elle avait meublé joliment, dans le genre bonbonnière, pour que ça n'ait pas l'air d'un repaire sordide, que la gosse s'y rende a priori sans répugnance deux ou trois fois par mois, pas plus. Zoé l'y conduisait en voiture, sur rendez-vous, toujours dans la journée, sous prétexte de visites chez le dentiste ou de séances de kiné. Pour s'assurer de son silence on usait alternativement de la carotte et du bâton. La carotte, c'était des cadeaux magnifiques, tout ce dont une petite fille peut rêver, poupées, habits, petits bijoux, friandises, un chat siamois... Bien sûr, tout restait à la bonbonnière. Pas question de rappliquer avec ça à l'orphelinat ! Dorizon passait nourrir le chat et le brosser tous les deux jours... Quant au bâton, Fille-de-Personne n'a jamais été battue, ç'aurait été maladroit. Il suffisait de la menacer de la séparer de son frère pour toujours. Elle adore Krux. Drôle d'idée, mais bon !... Zoé secondée par Dorizon gérait l'affaire. En six ans, pas une anicroche. Et depuis non plus, à dire vrai.

— Mais Krux ? Comment il a su ?

— C'est arrivé après... Après la dissolution de la société des parrains. Fille-de-Personne avait grandi. Elle était toujours belle, mais autrement. Peu à peu elle avait perdu son aura lumineuse, sa grâce de petite héroïne de conte de fées. Et puis c'était désormais une vraie personne. Elle comprenait. Elle jugeait. Ses actionnaires n'avaient plus l'impression de posséder une merveille cachée, une sorte de poupée vivante. D'ailleurs, dès l'origine, la fascination qu'elle avait exercée sur eux n'était pas de la même nature chez tous, et certains d'entre eux ne trouvaient plus en elle ce qu'ils cherchaient. Ils n'avaient que faire de sa féminité qui s'affirmait de mois en mois. Un autre commençait à prendre peur. Pour être orpheline, Fille-de-Personne n'était pas pour autant une esclave. En mûrissant, elle pouvait se révolter contre la condition qui lui était faite, et les dénoncer tous. Superbe avait changé lui aussi, mais il n'envisageait pas de renoncer à elle. Au contraire. Il n'a eu aucune peine à convaincre ses associés de lui céder leurs parts. Fille-de-Personne n'est plus qu'à lui. Il continue à rétribuer Zoé pour qu'elle entretienne la maison. Elle n'a plus besoin d'y amener Fille-de-Personne. La gosse a pris son indépendance, elle va y dormir seule quand elle veut, à l'occasion. Tu sais qu'elle et son frère ont découvert très tôt le moyen de sortir des Petits-Oiseaux quand ça leur chantait... Aujourd'hui la bonbonnière est comme son pied-à-terre en ville. Elle y retrouve parfois Superbe, mais d'après ce que m'a raconté Dorizon, il ne la touchait déjà plus quand il a lancé son OPA. Elle est en quelque sorte devenue sa fille. À vous, ses amis, elle n'a jamais soufflé mot de tout ça. Elle a pris le goût du secret au long de ces années clandestines. Mais un jour, elle en a parlé à Krux... Enfin, elle a commencé à lui en parler. Elle s'est arrêtée tout de suite, quand elle a vu quel effet ces confidences produisaient sur lui. Elles le rendaient fou. C'est à partir de ce moment-là qu'il s'est mis à couvrir les murs et les panneaux d'affichage d'Écorcheville d'accusations contre le maire, et à s'efforcer de lui nuire par tous les moyens... Il a même tué le chien d'Honoré Bussettin par erreur : il croyait qu'il appartenait à Superbe ! Tu sais, si on ne l'arrête pas bientôt ça finira mal ! Maintenant que Krux a commencé à tuer, je te parie qu'il va s'en prendre à Superbe, physiquement cette fois.

— On peut compter sur Dupassé pour veiller sur le maire, dit Benoît.

Tatie Cindy acquiesça avec conviction.

— Oui, Dupassé ! Heureusement, il y a Dupassé !...

Benoît se souvint des sous-entendus au sujet de ses rapports avec Dupassé dont Tatie émaillait volontiers ses conversations avec Louise et Tata Lenya.

— N'empêche que s'il avait coincé Krux, je ne serais pas dans l'état où je suis, déplora-t-elle, passant sans transition, vis-à-vis du commissaire, de la ferveur à la rancœur.

Un doute traversa l'esprit de Benoît. Et si Dupassé avait compté au nombre des actionnaires, des détenteurs de parts de cette « société discrète » constituée autour de Fille-de-Personne ? Ceux-ci étaient à coup sûr des notables de premier plan. Jamais Superbe ne se serait embringué dans une telle entreprise avec des hommes en qui il n'aurait pas eu une confiance absolue.

— Tatie, dis-moi... Dupassé en était ?

— Hein ? De quoi ? Ah, tu veux dire... Qu'est-ce qui te fait penser ça ?

— Rien de particulier, sinon que les trois coactionnaires de Superbe devaient être très proches de lui. La confiance était vitale, non ?

— Évidemment ! Si quelqu'un vendait la mèche, les quatre perdaient tout : honneur, position sociale, pouvoir politique. Ils auraient été renvoyés au néant. Chaque époque élit ses tabous, les crimes qu'elle juge vraiment impardonnables. Aujourd'hui, le vol, les détournements de fonds, la corruption, à la limite le meurtre, font figure de péchés véniels, mais on ne se relève pas d'une accusation de racisme ou de pédophilie. Pour répondre à ta question, Dupassé, je suis bien placée pour te dire ce qu'il aime… Aïe !

Tatie avait voulu souligner sa phrase d'un clin d'œil égrillard, et l'avait aussitôt payé d'un élancement douloureux.

— Nom de Dieu, soupira-t-elle, j'oublie toujours que je dois rester impassible. Pour moi qui suis grimacière, c'est un supplice ! Qu'est-ce que je disais ? Ah oui, Dupassé n'a pas le goût des fillettes. Si le mot normal signifie qu'un homme préfère des partenaires féminines adultes pourvues d'attributs sexuels primaires et secondaires évidents, il est normal. Et d'abord, même s'il avait été tenté, jamais il n'aurait pris un tel risque. Lui, sa fixation, c'est sur Krux qu'il l'a faite, et elle n'avait rien d'équivoque. Au premier regard, il avait reconnu en lui l'ennemi public en germe. Il faut avouer qu'il ne s'était pas trompé.

— Mais alors qui ? demanda Benoît. Il y avait Superbe, et qui d'autre ?

— Ah, ah ! Ça te travaille, hein ? Qui, à part Superbe, a été assez bouleversé par l'apparition de Fille-de-Personne un jour de Noël, sur une estrade installée dans le réfectoire des Petits-Oiseaux, pour se lancer avec lui dans cette folie ? C'est comme ça que tout a commencé, je le tiens de Dorizon, à qui Zoé avait tout raconté au temps de leur intimité. Superbe était monté comme chaque année distribuer les cadeaux offerts par la mairie. Il n'était pas venu seul. Réfléchis : par qui le maire pouvait-il s'être fait accompagner en pareille circonstance ?

— Je ne sais pas, moi… La presse, peut-être ?

— La presse, bien sûr. Journalistes et photographes, pour qu'ils rendent compte de l'attendrissant événement dans les quotidiens locaux et les divers bulletins municipaux. Superbe en bon papa, penché sur les orphelins bien coiffés, mouchés à blanc, récurés jusqu'aux oreilles pour l'occasion... Donc, il y avait des représentants de la presse, et pas des stagiaires, les premières plumes. Tu vois qui je veux dire ?

— Guido Guardicci ?

— Guido y était, c'est sûr, mais il est de la jaquette. Insoupçonnable en l'occurrence.

— Alors Homini Lupus.

— Tout juste. Pédophile confirmé, on pourrait dire officiel, mais protégé. Cela t'en fait un. Qui tu vois d'autre sur l'estrade, applaudissant au discours du maire et souriant aux mercis ânonnés des enfants ?

— Des... Des membres de l'équipe municipale, je suppose.

— Bien vu. Sûrement le plus proche d'entre eux, la cheville ouvrière, le...

— Le premier adjoint ?

— Estafier ? Peut-être bien qu'il était là, mais tout le monde sait qu'il compte pour du beurre à la mairie. Non, le vrai bras droit du maire, celui qui fait tourner la machine...

— Aranelle !

— Aranelle. Si ce n'avait pas été Dorizon qui le disait, je ne l'aurais jamais cru. L'austère Aranelle. L'homme au costume et à l'âme gris perle ! Mais je ne l'aurais pas cru de Superbe non plus. Tandis que des deux autres...

— Je n'en connais encore que trois, protesta Benoît.

— Le quatrième, dit Tatie, c'est notre Léonard de Vinci, notre Einstein. Architecte, ingénieur, inventeur... Le monde nous l'envierait s'il soupçonnait son existence, mais c'est chez nous qu'il a choisi de s'installer avec ses frères pour y exercer ses talents innombrables et œuvrer à notre bonheur. J'ai nommé Benito Guardicci ! Comme Lupus, mais plus éclectique, un vrai déviant pratiquant. Sur Lupus, Dupassé a des fiches. Sur Guardicci c'est tout un classeur.

— Dupassé est au courant, alors ?

— Il est au fait des penchants d'Homini Lupus et de Benito Guardicci. Mais il ne sait rien de la société, ni de l'implication de Superbe et d'Aranelle.

— Mais toi qui sais tout et qui connais Dupassé de longue date, tu ne lui as rien dit ?

Tatie Cindy prit un air offusqué.

— Pour qui tu me prends ? se rebiffa-t-elle. Je ne suis pas une donneuse. Je n'ai jamais trahi quelqu'un sans une bonne raison. La petite n'a pas été maltraitée. Au contraire, ils la gâtaient à qui mieux mieux. Et n'oublie pas que j'ai appris tout ça après coup, alors que trois des actionnaires s'étaient retirés et que le quatrième n'entretenait plus avec elle que des rapports innocents. Pourquoi je serais allée le dénoncer ? Je n'ai rien contre lui. C'est un bon maire. La preuve, je vote pour lui. Et puis va, je connais la chanson ; Dupassé n'aurait pas bougé tant que l'affaire n'aurait pas éclaté dans la presse. Or, entre Homini Lupus mouillé jusqu'aux yeux et Guido Guardicci, le propre frère de Benito, qui la tiennent, la presse ne se serait pas jetée sur mes révélations. En plus, déballer une histoire pareille sur la place publique, c'est dangereux. Je n'avais pas envie de voir de près le fond du Styx...

Sans doute Tatie crut-elle lire une lueur de reproche dans les yeux de Benoît. Sa voix se fit plaintive :

— Tu me vois, en redresseuse de torts ? Je ne suis

qu'une vieille putain à la retraite. J'ai gâché ma vie au bord de cette saloperie de fleuve, à faire quoi, tu crois ? Trois générations me sont passées sur le ventre. Ah, ils ont bien profité de moi, tous, en long, en large et en travers. Et maintenant je suis fourbue, rompue... Pour finir en beauté, il a fallu que deux petits salopards me tabassent à mort, ou tout comme. Ils ont brûlé mon bungalow, j'ai plus de toit, plus d'habits, plus rien ! Je vais crever cul nu dans la rue, tiens ! C'était écrit !

Benoît leva les yeux au plafond, aussi ému qu'exaspéré par les lamentations de la Vieille Toupie, terrifié à l'idée qu'elle fonde en sanglots devant lui.

— Tatie, allons ! Tu vas venir t'installer chez nous, à la villa. Il y a toute la place qu'il faut...

D'une seconde à l'autre, Tatie cessa de geindre.

— Oui, oui, je sais. Louise est passée me voir tout à l'heure avec Lenya et Géli. Elles ont déjà préparé ma chambre. Mais c'était pour dire, la vie, tu verras...

Benoît se souvint d'avoir déjà entendu cette antienne dans la bouche de Tatie comme dans celle de Bogue. Il ne lui permit pas de continuer dans ce goût-là, par une évocation de sa chienne de vie.

— Et si c'était dans cette fameuse bonbonnière qu'on a transporté Fille-de-Personne ?

Une moue dubitative s'esquissa sur le visage de Tatie.

— Peut-être... Je pencherais plutôt pour une clinique privée, mais va savoir ce qui peut se passer dans la tête de Superbe. Parce que c'est lui, forcément, qui a pris cette décision.

— La directrice des Petits-Oiseaux...

— Elle est aux ordres. Il est peu probable que Fille-de-Personne ait été ramenée à l'orphelinat. L'infirmerie de l'établissement, je vois ça d'ici : un thermomètre médical, un tube de lactéol et un flacon de mercurochrome dans une armoire bancale. Mais surtout, Superbe ne pourrait pas aller voir sa protégée comme il le voudrait.

— Dans une clinique, ce serait possible, mais le plus discret serait tout de même la bonbonnière. Les visites des actionnaires s'y sont succédé pendant six ans sans attirer l'attention de personne.

— Je te vois venir, Benoît ! Tu as de la veine, je n'y suis jamais allée mais je sais où c'est, dit Tatie.

Elle lui donna l'adresse.

LX

Pour une raison ou pour une autre, le jardin n'avait pas été nettoyé depuis les pluies successives de salamandres et de hannetons. De ce tapis de cadavres en décomposition s'élevait une odeur pestilentielle. On eût dit que c'était la maison elle-même qui pourrissait. Benoît avait franchi sans difficulté le mur de parpaings crépis qui ceignait la propriété, et tandis qu'il progressait en direction du bâtiment la puanteur qui montait jusqu'à ses narines lui soulevait le cœur. À deux reprises, il s'arrêta et vomit, plié en deux avant de se remettre en marche les larmes aux yeux, titubant de dégoût. Enfin, il atteignit la maison. Elle n'était pas très vaste. Un simple pavillon qui ne devait pas compter plus de trois pièces principales, dont la seule éclairée, à l'étage, s'ouvrait sur une terrasse de dimensions médiocres. L'adolescent escalada le mur de meulière tapissé d'une providentielle vigne vierge, enjamba la rambarde de fer forgé et se laissa tomber sans bruit sur la terrasse. Celle-ci n'ayant pas fait l'objet de plus de soins que le jardin, l'intrus fut contraint de s'accroupir et presque de s'allonger dans la pourriture pour observer ce qui se passait à l'intérieur sans être vu. Derrière les vitres de la porte-fenêtre, pourvues de rideaux de gaze qu'on avait négligé de fermer tout à fait, une suspension en pâte de verre éclairait la pièce. Une femme en qui Benoît reconnut Mme Bernard s'affairait au-dessus d'un grand lit sur lequel reposait le corps inanimé de Fille-de-Personne, dont seul le visage émergeait des draps. Fugitivement, Benoît s'étonna de la taille de ce lit, au sein d'une chambre de fillette. En retrait, assis sur une chaise, se tenait Superbe Propinquor.

Superbe était l'homme le plus grand d'Écorcheville, ou du moins, s'il s'en trouvait d'aussi haute taille que lui, l'exceptionnelle énergie que dégageait d'ordinaire sa personne les éclipsait et les renvoyait dans les cordes d'une humanité subalterne. On ne pouvait le regarder sans chercher malgré soi la couronne sur son front. Dès son jeune âge, tous ceux qui l'avaient approché avaient compris que le pouvoir serait son affaire. Il avait avec lui les mêmes affinités que le peintre avec la couleur, ou le tailleur avec l'étoffe. Quand il s'était senti assez mûr pour le briguer, la machine Propinquor s'était mise tout naturellement à son service. S'inclinant devant une sorte d'évidence, ses concitoyens n'avaient guère hésité à l'élire. Il avait été le plus jeune maire qu'eût jamais eu Écorcheville, et à partir de ce moment, immanquablement reconduit dans ses fonctions, il avait administré la cité sans discontinuer. Pragmatique, empirique, démagogue modéré, autocrate débonnaire, étranger à toute idéologie, il la gérait depuis un demi-siècle comme l'environnement qu'il lui incombait de rendre propice à la pérennité et à l'accroissement du patrimoine Propinquor. Les électeurs éclairés en avaient conscience, mais en dépit des attaques inlassables du clan Bussettin et de son vieux champion Honoré, la majorité d'entre eux lui accordaient leur confiance précisément pour cela.

Ce colosse, on l'avait vu quelques heures plus tôt devant le crématorium, terrassé, soutenu par ses lieutenants les plus proches, Aranelle et Guardicci, deux des actionnaires de la défunte société des parrains, songea Benoît… Ce n'était pas que le patriarche eût fondé de grands espoirs sur Onagre. La vie qui lui avait toujours souri s'était vengée sur sa descendance. Son fils aliéné et sa bru disparus dans un accident, déjà, avaient laissé derrière eux un trio fin de race : une tête de piaf et deux insensées. Superbe avait consulté des psychiatres et savait à quoi s'en tenir. Alcyone et Bételgeuse étaient irrécupérables. Leurs extravagances n'étaient que les signes avant-coureurs de désastres imminents. Restait Onagre, dont on estimait qu'il pourrait au moins faire illusion, placé sous tutelle, tenu en laisse par un Aranelle, gant de soie et main de fer. Cependant il n'y avait aucune chance que cet écervelé succédât un jour à Superbe à la tête de la municipalité. C'en serait terminé de l'incarnation du pouvoir dans la personne d'un héritier du sang, et donc de l'emprise du clan sur la ville. Quant au groupe, les hommes de loi, les managers monteraient à bord du grand navire Propinquor. Ils en prendraient la barre et ne la rendraient plus jamais. C'était cela que Superbe avait pleuré ce matin, autant ou plus que ce petit-fils ingouvernable, infréquentable, incapable de s'intéresser à autre chose qu'à un nuancier de carrosserie automobile ou à des vidéoclips de chanteurs à casquette entourés de pouffes en chaleur. Mais à présent, prostré sur sa chaise, les épaules rondes, les bras ballants, qui Superbe pleurait-il ? Sûrement pas Onagre. Il s'était acquitté de ce deuil-là. Or des larmes coulaient sur le visage du géant et tombaient sur ses mains qui pendaient entre ses larges cuisses. Au cœur de la bonbonnière, au chevet de ce lit qui ne pouvait être que celui de Fille-de-Personne, c'était elle que pleurait Superbe, pensa Benoît. Mme Bernard se détourna de la gisante et alla jeter dans une corbeille des tampons de coton. Elle revint se pencher sur le corps, face à la fenêtre cette fois. Déjà, électrocardiographe, encéphalographe, sondes et cathéters, tout l'appareillage médical installé quelques heures plus tôt avait été débranché et écarté du lit en attendant d'être remporté. Un à un, l'intendante retira de la chevelure de la jeune fille les épis de blé, les coquelicots et les bleuets fanés, ainsi que le *Polyommatus Eurydice* et l'*Arge Lachésis* aux ailes à présent refermées. Cherchant autour d'elle où s'en débarrasser, mais répugnant à les jeter avec les cotons, elle avisa une boîte à chaussures posée en haut d'une armoire. Elle se dressa sur la pointe des pieds pour s'en emparer, en ôta le couvercle et en retira les souliers qu'elle contenait pour y déposer fleurs, épis et papillons. Elle remit en place le couvercle de carton, puis, ne sachant trop que faire de la boîte, elle la tendit à Superbe. Le vieillard la prit sans mot dire et la garda sur ses genoux.

De retour au chevet de Fille-de-Personne, Mme Bernard entrouvrit les lèvres de la jeune fille et y fourra prestement quelque chose avant de rabattre le drap sur son visage comme on ferme un tiroir. Benoît comprit qu'il s'agissait de l'obole destinée à Charon. L'intendante quitta la chambre pour réapparaître presque aussitôt, vêtue du calamiteux raglan qu'elle portait aux obsèques. Elle embrassa la pièce d'un regard circulaire, et esquissa le geste de se frapper le front, comme quand on se souvient de quelque chose *in extremis*. Elle alla chercher sur la cheminée de marbre un haut vase chinois qu'elle revint vider sur le lit. La potiche dégorgea sur la couverture les billets de banque qu'elle renfermait. Il y avait là, en vrac, une somme difficile à estimer, mais relativement importante. Benoît se souvint de la potiche Ming qui trônait au troisième étage du palais Propinquor, et dans laquelle Onagre était toujours sûr de trouver de quoi payer ses menus plaisirs. Superbe était un homme d'habitudes... Voilà, en tout cas, d'où provenait l'argent dont Fille-de-Personne ne manquait jamais, se dit Benoît. Elle n'avait jamais eu besoin de se prostituer. Il lui suffisait de puiser dans la potiche que Superbe garnissait par intervalles, à moins qu'il n'en chargeât Mme Bernard. L'intendante rassembla les billets en une épaisse liasse qu'elle montra à Superbe. Le maire lui signifia d'un haussement d'épaules qu'elle pouvait la prendre. Sans se faire prier, elle enfouit la liasse dans une poche de son manteau. Elle adressa à Superbe quelques mots que Benoît n'entendit pas, mais dont il devina sans peine le sens : elle pressait le maire de quitter les lieux. Le vieil homme accablé opina et se leva, dépliant sa grande carcasse fatiguée, serrant contre lui le carton à chaussures qui renfermait les reliques de Fille-de-Personne. Il fit mine de se tourner vers le lit, de tendre la main pour écarter le drap et contempler le visage de l'adolescente, mais avec une autorité surprenante Mme Bernard l'en empêcha. Superbe se laissa pousser dans le couloir. Mme Bernard actionna le commutateur et referma la porte. L'obscurité se fit dans la chambre. Benoît se tint coi quelques minutes encore. Enfin, le bruit d'une auto qui démarrait puis s'éloignait lui parvint de la rue. Il se servit alors d'une jardinière de céramique pour briser un des carreaux de la porte-fenêtre et s'introduisit dans la pièce.

Il n'osa pas rallumer, tout d'abord, bien que la pièce donnât sur l'arrière de la maison. Il s'approcha du lit et tira le drap qui dissimulait Fille-de-Personne. Il la contempla, plus longuement qu'il n'en avait jamais eu l'occasion, au point même qu'il lui sembla la découvrir. C'était comme si le jeu des muscles de son visage, dans le feu de la vie, avait improvisé sans cesse de nouveaux masques derrière lesquels elle s'était cachée. À présent, enfin, elle était elle-même : une inconnue. Elle-même et une autre. Étaient-ce les révélations de Lola qui amenaient Benoît à percevoir différemment celle qu'il savait maintenant être sa demi-sœur, ou bien celles de Tatie Cindy, qui avaient jeté sur l'enfance de Fille-de-Personne une lumière inattendue. Il scrutait ses traits, sans retrouver en elle l'adolescente garçonnière dont les brusqueries l'avaient tenu à distance. Morte, Fille-de-Personne souriait, elle qui de son vivant souriait si rarement, qui ricanait plus souvent qu'elle ne riait. À qui s'était adressé ce sourire monté *in extremis* des profondeurs du coma ? Pas à Benoît, en tout cas. Lui, au long de leurs relations, n'avait fait que traverser son champ de conscience, à l'arrière-plan, en profil perdu : à peine plus qu'une silhouette, un figurant dans le court métrage de sa vie. En revanche il n'était pas exclu qu'elle eût souri à Cambouis, de qui elle était ou se croyait amoureuse… Ou peut-être était-ce à son frère, l'ennemi public, le chien enragé, pour lui dire qu'elle lui pardonnait d'avoir abattu Ménélos ? Ou à Superbe, ou à tel autre des actionnaires qui s'étaient partagé son innocence comme un gâteau ? Il en était peut-être un parmi eux qu'elle avait préféré, dont elle regrettait les caresses. Benoît sentit une boule grossir dans sa gorge. Il avait bien le droit de pleurer, non ? Et pourquoi pas sur lui-même au moins autant que sur elle ? Cet amour dont Fille-de-Personne n'avait pas voulu, et dont il avait pourtant espéré qu'elle finirait par l'agréer, qu'en faire désormais ? Il allait lui rester sur les bras, peser longtemps, au minimum l'encombrer, au pire l'écraser ! Du marbre, de la fonte d'acier, du plomb, qu'est-ce qui est le plus lourd ? Rien de tout ça : l'amour des morts. Leur statue en nous ne risque pas de s'effriter, de se grêler sous les intempéries du quotidien comme celle de nos amours vives. Elle est à l'abri, hors d'atteinte dans le sanctuaire de la mémoire. Si Fille-de-Personne s'était donnée à Benoît, au fil du temps d'autres étreintes seraient venues relativiser le souvenir qu'il aurait gardé d'elle. Mais il n'avait pas eu avec elle de contact plus intime qu'à travers le soutien-gorge chipé chez Onagre. Il le trimbalait partout depuis lors, il le tirait de temps en temps de sa poche pour le respirer, version moderne du mouchoir à initiales que les dames des romans courtois abandonnaient à leur chevalier servant. De Fille-de-Personne, il ne connaîtrait décidément rien de plus que le parfum de ses seins, traqué au creux de l'étoffe, à moitié inventé, déjà dissipé. Il lui en voulut et se le reprocha aussitôt. Comme si l'on était responsable, comme s'il fallait répondre des sentiments ou des désirs qu'on suscite ! Être aimé n'entraînait aucun devoir et donnait tous les droits, aimer ne conférait que le droit de souffrir. Heureusement, une justice capricieuse finissait par venger presque tout le monde un jour ou l'autre. Ainsi Cambouis avait-il préféré Alcyone à Fille-de-Personne… Mais que serait-il arrivé si Faunet n'avait pas soudain jailli dans le faisceau des phares de la Vorax ? Fille-de-Personne, Cambouis et Onagre encore vivants, le destin et le hasard poursuivraient leurs manigances autour d'eux. Qui sait si, un peu plus tard, ils n'auraient pas uni Fille-de-Personne à Onagre comme elle l'avait laissé croire l'autre matin pour exciter la jalousie de Cambouis, ou à Cambouis comme elle le souhaitait, ou Cambouis à Géli, Benoît à Mina ou à Bételgeuse, voire à Fille-de-Personne, s'il avait continué à ignorer qu'elle était sa sœur… Combinaisons, variations, permutations, chassés-croisés amoureux, trois jours plus tôt tout était encore possible… En les faisant naître à Écorcheville, le sort avait voué les enfants du Styx à se chercher les yeux bandés, à se toucher et à s'étreindre à l'aveuglette, avant de se désenlacer pour monter un jour à bord de la barque de Charon. Les vivants amputés de grands pans d'avenir allaient devoir se débrouiller sans les premiers partis, et pour certains se contenter d'aimer ou d'être aimés par défaut. Fatalement, d'autres noms, d'autres corps entreraient dans la danse, sur la piste où valseraient encore des ombres rivales qu'il leur faudrait pousser dans l'oubli. Une nuit, la prochaine ou une autre, comme Onagre et Cambouis, Fille-de-Personne irait à son tour à la rencontre du nocher. Benoît se jura de la guetter sur la berge, autant de nuits qu'il le faudrait. Il n'avait pas osé se dresser devant ses amis et les interpeller, mais pour Fille-de-Personne il en trouverait le courage. Non pour lui faire enfin l'aveu qu'elle avait toujours découragé, mais pour lui révéler qu'ils étaient frère et sœur. Il lui semblait important qu'elle l'apprît. Qu'il y eût au moins cela entre eux, puisqu'il n'y aurait rien d'autre. Il tendit la main et toucha la joue froide de Fille-de-Personne. Il se pencha sur elle. N'osant baiser sa bouche interdite, il effleura des lèvres son front de pierre avant de couvrir à nouveau son visage. Une fatigue sans nom l'envahit tout à coup. Ou bien était-ce le désir de mourir, d'accompagner Fille-de-Personne dans sa migration et de rejoindre avec elle Onagre et Cambouis, qui se manifestait ainsi ? Jamais il n'avait eu à ce point le sentiment de sa solitude. Ses amis l'avaient laissé en arrière, livré à lui-même dans un monde incompréhensible, où tout lui était obstacle et danger. Il les envia. Ils en avaient fini avec tout, ils étaient quittes de la corvée d'exister. Lui, pas encore ! Il se souvint des fusillettes de Guardicci. Géli avait failli y recourir l'autre nuit. Il se demanda si elle l'aurait vraiment fait, s'il lui avait donné la monnaie qu'elle quémandait. Sans se relever, il tâta ses poches. Il avait toujours les pièces de monnaie qu'il lui avait refusées. Aurait-il le cran de les glisser dans le monnayeur pour son propre usage ? À ce prix-là, il n'aurait droit qu'à trois fusils. Il se représenta les tireurs du peloton d'exécution mécanique, dans leur bel uniforme chromolithographié, avec leurs moustaches et leurs rouflaquettes individualisées et leur regard vide qui paraissait viser au-delà de leur cible humaine. Il crut sentir les cerceaux de fer se refermer sur lui, entendre les bruits de ferraille de la machine en train de se mettre en branle, les grincements des crémaillères et des roues dentées. Enfin l'officier de métal brandirait un sabre, une voix enregistrée ordonnerait le feu, trois balles déchireraient la poitrine de Benoît… On entrait gratuitement dans la vie, c'était à la sortie qu'on payait, en peur, en douleur, comme s'il s'agissait d'expier une coupable étourderie qui nous aurait conduits à y pénétrer. Il se redressa. D'un geste machinal, il caressa du plat de la main le dessus de ce lit trop vaste pour une fillette, et que Fille-de-Personne enfant avait dû partager tour à tour avec chacun de ses actionnaires. Il chassa les images déplaisantes que cette idée avait fait naître. Il était bien assez large, ce lit, pour qu'il eût la place de s'étendre auprès du corps de Fille-de-Personne, finalement si menu sous le drap. Ce fut à peine s'il hésita. Il s'allongea sur le dos, les bras le long du corps, ferma les yeux, et s'endormit presque aussitôt.

Le froid de l'aube pénétrant par la vitre cassée l'éveilla. Il se leva, et tout frissonnant encore, entreprit de visiter la maison. Il commença par inventorier le contenu des armoires et des placards... D'innombrables cadeaux s'y entassaient dans leurs cartons à peine ouverts, pas même entièrement débarrassés du papier fantaisie et du bolduc qui les emballaient. Joujoux, poupées, dînettes, panoplies, vêtements pour fillette, bijoux d'enfant... Les parrains avaient rivalisé de générosité dans le but de s'assurer les bonnes grâces de la gamine, mais tout était neuf, rien n'avait servi, rien n'avait été porté, sali ou cassé. Ces offrandes paraissaient avoir été déposées aux pieds d'une idole indifférente, qui ne leur accordait qu'un bref regard ennuyé. Les avait-elle boudées volontairement ? Fille-de-Personne n'avait pas vraiment vécu ici. Elle n'y avait passé que quelques heures de temps en temps, et elle ne pouvait emporter à l'orphelinat aucun de ces présents. Les jouets, il fallait les laisser là, les beaux habits elle ne les revêtait que le temps qu'on les lui ôtât, comme la lingerie érotique offerte par un amant à une maîtresse. Ils s'étaient accumulés sans qu'elle eût le temps de se les approprier pour de bon. Benoît poursuivit son exploration des lieux. Dans les placards de la cuisine, il découvrit de semblables amoncellements de friandises, bonbons, chocolats fins et fruits confits périmés depuis des années. Dans le frigidaire, une bouteille entamée du soda favori de Fille-de-Personne. Sur la gazinière, une petite casserole sous son couvercle en aluminium. Sur la paillasse de l'évier, un mazagran et une cuiller, à côté d'un pot de café lyophilisé et d'une boîte à sucre. Dans la salle de bains, sur la tablette du lavabo, une brosse à dents et un tube de dentifrice dans un verre, un gant de toilette et une serviette pliés sur un tabouret. Tout était impeccable. Qui y pourvoyait ? La question de la vaisselle ne se posait guère, mais qui faisait la poussière, les vitres, la lessive ? Sûrement pas Fille-de-Personne. Pour éviter les éventuelles indiscrétions d'une femme de ménage, Mme Bernard s'en chargeait sans doute, depuis la maladie et la répudiation de Dorizon.

Quand Fille-de-Personne avait pris son indépendance, Superbe lui avait donné les clés. Il voulait qu'elle eût un refuge en ville, qu'elle ne fût pas obligée, lors de ses fugues, de suivre n'importe qui pour trouver un toit, pour dormir dans un lit. Elle campait là. C'est là aussi que Superbe lui rendait des visites devenues chastes depuis qu'elle avait atteint la puberté et qu'il avait exigé l'exclusivité et dissous le club des parrains.

Tout en fouinant, Benoît s'interrogeait. Qu'est-ce qu'ils faisaient ensemble, maintenant qu'il ne la touchait plus ? Un vieux dégoûtant pouvait-il devenir un bon papa, comme ça, du jour au lendemain, ou peut-être graduellement ? Il y avait eu une dernière fois. Mais s'il ne la touchait plus, ils devaient parler. Qu'est-ce qu'ils se disaient ? Qu'est-ce qu'une Fille-de-Personne et un Superbe Propinquor pouvaient bien avoir à se dire ? Est-ce que Superbe parlait de ses affaires, de ses responsabilités, l'argent, la ville, la politique ? Rien de tout cela n'existait aux yeux de Fille-de-Personne ! Et de son côté, parlait-elle à Superbe de sa vie, de son frère, de ses amis, d'Onagre, de Cambouis, de lui, Benoît ? Ou bien se montrait-elle aussi évasive, aussi mystérieuse avec lui qu'avec eux ? Est-ce qu'ils avaient un jour fixe, ou bien se donnaient-ils des rendez-vous par l'intermédiaire de Mme Bernard ? Fille-de-Personne aurait pu s'installer là à demeure, mais ce n'était pas dans sa mentalité. Elle n'habitait nulle part, en réalité. Elle se posait ici ou là, quelques heures ou quelques jours, comme un oiseau de passage, comme Ménélos, son père, *leur* père, se corrigea Benoît.

LXI

La villa était petite. La chambre de Fille-de-Personne, une seconde chambre et une salle à manger, l'une et l'autre également impersonnelles, une cuisine, une salle de bains. Le club des parrains n'avait pas besoin d'un palais. Une maison de poupée suffisait, la poupée c'était Fille-de-Personne. Entre ces murs, les quatre notables étaient venus jouer à la poupée à tour de rôle durant plusieurs années. Qu'avait ressenti la poupée vivante durant toutes ces années ? De la souffrance ? Du dégoût ? De la honte ? Du plaisir ? D'autrui, on ne sait jamais rien de sûr. Elle avait grandi sans rien soupçonner d'anormal, peut-être, dans une innocence paradoxale, dans une inconscience protectrice. Un bruit de moteur dans la rue sur laquelle donnait la façade de la villa arracha Benoît à ses réflexions. Il s'attendait certes à ce qu'on vînt enlever les appareils et le corps, mais il n'avait pas envisagé qu'on s'y prît d'aussi bonne heure. Mme Bernard avait arrangé cela afin que l'opération fût aussi discrète que possible. Le grincement du portail qui fermait le jardin du côté de la rue confirma les craintes de Benoît. Écartant légèrement les rideaux de la salle à manger, il jeta un coup d'œil à l'extérieur. C'était bien ça. L'infirmier qui avait ouvert le portail guidait le chauffeur du fourgon. Benoît regagna la chambre en toute hâte. Comme il la traversait, en passant devant le lit, il remarqua à côté du corps de Fille-de-Personne l'empreinte laissée par le sien. Ce drap froissé et ce carreau cassé n'allaient pas manquer d'intriguer les infirmiers... Il sortit sur le balcon, enjamba la rambarde et se laissa glisser à terre. Il jura, en constatant qu'il s'était brisé un ongle sur la meulière qui se cachait sous la vigne vierge. Il haussa les épaules. Il touchait si peu à sa lyre ces temps-ci ! Il s'éloigna en courant, à demi courbé, et ne se redressa que sous le couvert des arbres. Il franchit le muret au fond de la propriété et cessa de courir. Il avait recommencé à pleuvoir. Pluie normale, banale, peut-être un peu spumeuse, semblable à de la salive.

Tandis qu'il regagnait à pied la villa Jacaranda, il vit qu'en dépit de l'heure matinale des véhicules de police sillonnaient la ville en tous sens. Il ne s'en étonna guère. Sans doute recherchait-on toujours Faunet d'une part, Krux et Gégé d'autre part. Un crissement de freins le fit se retourner en sursaut. Une voiture à gyrophare s'arrêta à sa hauteur. Estimant n'avoir rien à redouter, il se prêta de bon gré au contrôle. À sa surprise, en découvrant son identité, les policiers parurent tout à coup surexcités. Benoît dut patienter sous la surveillance de l'un d'eux, tandis que l'autre remontait en voiture pour un radiotéléphonage fiévreux. Du coup l'adolescent s'inquiéta, son vieux malaise face à toute autorité officielle le reprit. Il songea à s'enfuir. Le regard circulaire qu'il jeta autour de lui n'échappa pas à son cerbère, qui lui passa aussitôt les menottes.

— Bonne pioche ! lança à son collègue le policier qui téléphonait. On l'embarque.

Benoît supposait qu'il allait être conduit au commissariat, mais la voiture prit la direction de l'hôtel de ville. Elle pénétra dans la cour intérieure. L'énorme édifice était l'œuvre de Pourpre-le-Prince. Un prédécesseur de Superbe avait un siècle auparavant laissé la bride sur le cou à ce devancier de Benito Guardicci au poste d'architecte en chef. Épris d'un néogothique plus que flamboyant, outrancier, incandescent, presque incendiaire, Pourpre-le-Prince avait bâti en fait de mairie une extravagante bâtisse bardée d'arcs-boutants qui évoquaient les côtes d'une cage thoracique décharnée, hérissée de contreforts et d'arcs en tiers-point lancéolés, de pinacles à fleurons, de gargouilles fignolées, multipliées à plaisir. Une silhouette, sur le perron de l'édifice, semblait guetter quelqu'un avec impatience. À travers la vitre de la voiture de police, Benoît reconnut Aranelle. Le secrétaire général se rua vers la voiture, ouvrit la portière, et accueillit Benoît avec un soulagement aussi manifeste qu'inexplicable. Il s'indigna à la vue des menottes et réprimanda les policiers. Ceux-ci libérèrent le captif en marmonnant des excuses. Déjà, Aranelle entraînait Benoît à l'intérieur du bâtiment. Sacrifiant à sa marotte médiévale, l'architecte-ensemblier n'avait pas lésiné sur les colonnades et les voûtes en ogives, les fenêtres à meneaux, les vitraux et les carreaux de verre coloré découpés en losange, les lambris de bois sombre. Toute une brocantaille moyenâgeuse, statues, armures et panoplies, tapisseries à griffons et licornes, antiphonaires ouverts sur des lutrins de chêne, enseignes et gonfalons de fantaisie en montre sur les murs, complétait le décor.

Aranelle marchait vite, en silence. Le secrétaire général paraissait extrêmement préoccupé, inquiet, même. Pourtant, à mesure qu'ils avançaient, de temps à autre il effleurait d'un doigt la manche de Benoît. Ce contact avait l'air de le rasséréner, comme s'il trouvait dans la présence de l'adolescent des raisons d'apaiser des craintes indéterminées.

— Qu'est-ce qui se passe ? Où m'emmenez-vous ?

Aranelle lui montra l'extrémité de la galerie, fermée par une lourde porte sculptée.

— Patience ! Dans quelques instants vous le saurez. Ne vous étonnez de rien, ne prenez aucune initiative, laissez-moi faire et tout ira bien.

Il reprit sa marche. Benoît lui emboîta le pas. Au bout de la galerie, un homme au visage rougeaud, en qui Benoît reconnut le chauffeur et garde du corps personnel de Superbe, ouvrit la porte sculptée et s'effaça pour laisser entrer les nouveaux arrivants. Dans une antichambre se tenaient les proches du maire. Il y avait là son épouse Mauthilde, ses petites-filles Bételgeuse et Alcyone, mais aussi deux des trois frères Guardicci, Benito et Guido, ainsi qu'Homini Lupus. Étaient également présents Honoré Bussettin et Egmont Esteral, et, en retrait des autres, un petit homme insignifiant tenant contre lui, à la manière d'un bouclier, une mince serviette de cuir. Les physionomies, pour la plupart, étaient empreintes d'une gravité alarmante. On parlait à mi-voix, avec de petits hochements de tête et des moues soucieuses. Benoît sentit tous les regards braqués sur lui tandis qu'il traversait la pièce à la suite d'Aranelle. D'une simple inclinaison du chef, Aranelle entraîna le petit homme à la serviette de cuir dans leur sillage. Une surprise teintée de nuances diverses se peignit sur les visages au passage du trio. Les plus excités étaient les journalistes, Guido Guardicci et Homini Lupus. Sous couvert de passer un appel téléphonique, Homini Lupus prit des photos de Benoît, qui ne se savait pas si intéressant. Honoré Bussettin fronçait les sourcils d'un air de contrariété, les jumelles Alcyone et Bételgeuse affichaient la même incompréhension que devant un sujet de dissertation ou un problème de maths. En revanche, bien qu'intrigué, Egmont Esteral affectait à l'égard de Benoît une sorte de neutralité bonhomme. Benito Guardicci, comme s'il avait prévu l'arrivée de l'adolescent, ne manifesta aucune surprise. Benoît crut au contraire saisir dans ses yeux une lueur amicale, comme un discret signal de reconnaissance. Il est vrai que l'architecte était présent l'autre soir au bar du Grand Hôtel des Mânes... Mauthilde Propinquor, quant à elle, restait impénétrable. Benoît était si impressionné qu'il trébucha à deux reprises avant d'atteindre la double porte capitonnée de cuir rouge qui fermait l'antichambre à son autre extrémité. Une des jumelles salua d'un bref ricanement son second faux pas. Aranelle mit fin au supplice de Benoît en les introduisant, le petit homme et lui, dans la pièce suivante.

Les proportions de cette pièce, aux murs et au plafond entièrement lambrissés de chêne, étaient telles qu'on aurait pu y donner un bal à l'ancienne, au temps où les crinolines exigeaient autour de chaque couple un espace vital considérable. Si elle avait servi jadis à cet usage, ce n'était plus le cas aujourd'hui. Comme l'indiquait l'épaisse cordelière écarlate qui interdisait en temps normal l'accès du lit, mais qu'on avait décrochée d'un des deux piliers en inox qui la soutenaient, on en avait fait une chambre-musée dans le goût de Pourpre-le-Prince. Dans cette immensité, en dépit de leur taille imposante, les meubles sombres, presque noirs, semblaient des rochers épars sur une grève. Un lourd bahut, deux coffres cloutés et cerclés de fer, plusieurs prie-Dieu, l'inévitable lectrin supportant un manuscrit enluminé... Sur le lit à baldaquin reposait Superbe Propinquor, livide, les yeux clos. Sa chemise largement ouverte sur sa poitrine et sur son flanc, d'où dépassait l'empennage d'un carreau d'arbalète, était abondamment tachée de sang, tout comme le dessus-de-lit ancien sur lequel il était allongé. Le Pr Romarin Bussettin était penché sur lui, lui aussi en chemise, les manches retroussées. Assisté, ou plutôt surveillé par les Prs Origan Propinquor et Hysope Esteral, le mandarin achevait d'injecter dans le bras du blessé le contenu d'une seringue. Une volumineuse sacoche bourrée d'instruments médicaux était ouverte à portée de main sur un prie-Dieu. À ses pieds, à même le sol parqueté, du coton, des linges souillés de sang. Le secrétaire général fit signe à Benoît et au petit homme de l'attendre à quelque distance du lit et s'avança seul.

Aranelle échangea quelques mots en aparté avec les médecins, puis ceux-ci se retirèrent au fond de la pièce pendant qu'Aranelle et Superbe s'entretenaient à voix basse. Le maire semblait très faible. La scène parlait d'elle-même. Malgré la vigilance de Dupassé alerté par Benoît sur ce danger, Krux avait pu approcher son ennemi d'assez près pour lui décocher son dernier carreau. Benoît n'entendait pas ce que se disaient Aranelle et Superbe, cependant on aurait dit, à les voir, que Superbe formulait des objections ou exprimait des craintes qu'Aranelle s'employait à réfuter ou à apaiser les unes après les autres. Le blessé se tourna vers Benoît à plusieurs reprises. Enfin, il ferma les yeux et laissa retomber sa tête sur l'oreiller mouillé de sueur. Aranelle fit signe à l'adolescent de s'approcher. Il recula de deux pas pour lui laisser place auprès du lit.

De plus près, l'état de Superbe était effrayant. L'évidence de sa mort prochaine se lisait sur ses traits. Il rouvrit les yeux et dévisagea Benoît, non sans battre souvent des paupières, comme s'il avait du mal à les garder ouvertes. Enfin il parla, d'une voix altérée, entrecoupée.

— Benoît... Benoît Brisé, c'est bien toi ? Aranelle me dit que... que tu feras l'affaire...

Il s'interrompit. Sa langue sèche comme une vieille lanière de cuir s'embarrassait et claquait dans sa bouche. Aranelle se rapprocha un instant pour lui donner à boire une gorgée d'eau. Superbe le remercia d'un signe de tête. Le secrétaire général s'écarta à nouveau.

— Je sais qui tu es, Benoît Brisé, reprit Superbe. Depuis longtemps, depuis toujours ! J'ai souvent pensé t'appeler parmi nous, te faire une place – *ta* place... Mais c'était délicat, la ville aurait cancané, et puis en principe ça dépendait plutôt d'Aimé, ton grand-père... Il était contre. Sa rupture avec Madeleine Esteral, la mère de Lola, s'était mal passée... Et la fille avait épousé la querelle de sa mère. Quand il a été question d'aider à lancer la carrière de Lola, Aimé n'a pas levé le petit doigt. J'ai dû agir sans lui. Bon, ça n'a pas été trop difficile, l'Empyrée, la presse, tout ça m'appartient plus ou moins, et d'ailleurs Lola n'était pas sans talent et sa famille maternelle poussait à la roue... Pour ce qui est de la capitale et de l'étranger, ça a été une autre paire de manches, mais là encore je me suis entendu avec les Esteral. On a craché ensemble au bassinet. On a subventionné la troupe, loué les salles, embauché des attachées de presse, régalé les critiques ...

Le blessé grimaça. Malgré la morphine, la douleur se rappelait à lui par éclairs. Aranelle inquiet intervint :

— Monsieur, économisez vos forces, je vous en prie. Nous devrions procéder aux formalités sans tarder... Pour être sûrs ! Vous aurez le temps de raconter tout ça à Benoît plus tard, quand vous serez rétabli...

Une moue ironique tordit les lèvres de Superbe.

— Je n'aurai le temps de rien, et tu le sais bien ! lança-t-il à Aranelle. Je n'ai plus de plus tard. Fin de parcours, terminus. Intransportable, inopérable, condamné, je suis. Sinon je serais déjà sur le billard, dans la salle d'opération de Romarin. S'il est ici, avec les autres médicastres, c'est que je suis foutu... Mais tu as raison, il faut procéder. Les papiers sont prêts ?

— Ils le sont depuis longtemps. On n'a eu qu'à les tirer du coffre, répondit le secrétaire général. Souvenez-vous, il y a quelques années de ça, au détour d'une conversation, vous m'aviez dit...

Superbe réprima un rire douloureux :

— *Tu* m'avais dit ! C'était ton idée, et comme toujours elle était bonne. Impeccable Aranelle, merveilleux diplomate ! Au pacte que tu as signé avec le diable, et par lequel cet innocent croit te tenir, je suis sûr que tu as rajouté en tout petits caractères des clauses restrictives qui réduiront ses illusions à néant... Je vais donc mourir sans t'avoir pris en défaut ?

— Je vous ai servi de mon mieux, voilà tout. Mais pardonnez-moi d'insister : le garçon est là, les documents sont prêts, le notaire attend...

Aranelle claqua des doigts sans se retourner. Le petit homme accourut d'un pas de souriceau pressé. Superbe le reconnut. Il leva sa main droite tachée de sang et ébaucha un salut.

— Maître Gerbille, vous me voyez confus…

La main du blessé flotta un instant au-dessus du carreau fiché dans son flanc.

— Mon Dieu, monsieur le maire ! Souffrez-vous ?

— À peine, cher ami, à peine ! Ce bon Romarin m'a injecté ce qu'il fallait, mais hâtons-nous. M. le secrétaire général craint que je ne clabote avant d'avoir signé…

Aranelle esquissa un geste de protestation. Superbe voulut hausser les épaules, ce qui lui arracha un bref rictus.

— Aranelle a raison, reprit-il. Allons, vite, un stylo, une écritoire. Maître, montrez-moi où signer…

Tandis qu'Aranelle plaçait un stylo à plume dans la main de Superbe, le notaire ouvrit sa serviette et en tira une liasse de documents qu'il présenta à la signature du gisant sur l'appui d'une chemise de carton fort.

— Lisez, pour la bonne forme ! implora Gerbille en voyant Superbe griffonner, sans rien lire, son paraphe aux endroits qu'il lui indiquait de l'index.

— Vous ne me feriez pas signer des reconnaissances de dette en douce, n'est-ce pas ? souffla le moribond. D'ailleurs j'ai lu l'essentiel : le nom. Allez, tournez les pages, qu'on en finisse !

Quand ce fut terminé, l'homme de loi fit contresigner les documents par Aranelle en qualité de témoin, puis vérifia que tout était en règle avant de signer à son tour et d'apposer avec un soin méticuleux son tampon sur chaque page. Enfin, il rangea les documents dans la serviette.

— C'est bien, soupira Superbe. Je vous remercie, maître. Grâce à vous un grand poids m'est ôté... M. le secrétaire général va vous raccompagner...

Me Gerbille s'inclina et s'éloigna en compagnie d'Aranelle. Superbe tourna les yeux vers Benoît.

— C'est fait !

Benoît ignorait ce qui était fait, ou plutôt, s'il le soupçonnait, sa pensée répugnait à le formuler tant la seule hypothèse vraisemblable lui paraissait en même temps extravagante. De blême qu'il était, le teint de Superbe avait viré au gris. Était-il vraiment en train de mourir, comme il le prétendait ? Le garçon ne savait pas quelle contenance prendre. La situation avait quelque chose d'obscène. Il se dit que Superbe aurait dû avoir la décence de se voiler la face, comme faisaient les Romains, ou de se tourner vers le mur. Mais bien sûr, si l'hypothèse que Benoît se refusait à regarder en face était fondée, il était naturel, il était humain que Superbe s'attardât en scène...

— C'est fait, répéta le maire. Tu vois, au bout du compte tu n'auras pas subi d'injustice. C'est comme si on t'avait gardé en réserve ! J'aurais aimé mieux te connaître, te guider, au moins un temps. Cela ne sera pas possible. Bah ! Je te confie à Aranelle. Il te protégera, tu vas en avoir besoin. Ne crois pas que... Méfie-toi des autres, de tous les autres. Ils vont se jeter sur toi. Il faudra les tenir à distance. À compter de cet instant tu n'as plus que de faux amis. À toi de transformer certains d'entre eux en alliés. Tu apprendras. Aranelle t'aidera... Fais tout ce qu'il te dira. Jure-le-moi !

Benoît jura. Il ne comprenait pas au juste de quoi on lui parlait, mais il jura. Superbe hocha la tête.

— C'est bien, c'est bien… Il ne faut écouter que lui. Tous les autres, s'en méfier. Les laisser parler. Bla-bla-bla ! Tout ce qu'ils te diront, ce sera pour te tromper. Toi, tu devras parler le moins possible, te préparer en silence. Aux prochaines élections, municipales, forcément, les Bussettin l'emporteront. Ils attendent ça depuis un siècle ! Donc, Honoré sera élu maire, à moins qu'Aranelle ne parvienne à faire élire Egmont Esteral puisque nous n'aurons pas de candidat. Quel que soit le vainqueur, toi, dans dix ans, tu lui reprendras la mairie. Jure !

Le mourant perdait la tête. C'était le délire final, l'esprit qui s'en allait avant le corps. Benoît Brisé futur maire d'Écorcheville, et quoi encore ? Mais Superbe s'était redressé. Il s'accrochait à lui d'une main tachée de sang séché. Sa bouche bredouillante implorait : « La mairie ! Dans dix ans, quinze, au plus ! Jure ! » Benoît jura. Qu'est-ce que ça pouvait faire ? On n'était plus au Moyen Age, les serments n'avaient pas d'importance. Superbe le lâcha et se laissa retomber en arrière. Il haletait un peu, mais semblait rassuré, apaisé. Il murmura encore : « C'est bien, c'est bien… » Il ferma les yeux à nouveau, resta un instant comme ça, plongé en lui-même, à savourer les serments illusoires de Benoît.

— Cette ville est à nous, dit-il en rouvrant les yeux. Ne me demande pas pourquoi. Tant qu'il y aura un Propinquor vivant, il faudra qu'Écorcheville lui appartienne… S'il arrive que nous la perdions, nous devons la reprendre. Écorcheville, c'est nous ! Onagre est mort, et d'ailleurs, ç'aurait été un désastre, il n'avait rien dans le crâne… Alcyone et Bételgeuse en ont encore moins que lui. Il n'y a plus que toi. Écorcheville, c'est toi ! Tu as juré. C'est bien. Va, maintenant. Je suis fatigué, fatigué !

Aranelle était de retour. Superbe s'adressa à lui :

— Emmène-le. Je te le confie… Adieu, Benoît… Benoît Propinquor !

Une ombre de sourire passa sur les traits du vieil homme.

— Au revoir, monsieur…

Benoît se sentit bête, mais que dire d'autre ? Aranelle l'invita à le suivre. Il obéit, soulagé. Il ne serait pas là pour voir mourir Superbe. Comme ils traversaient la pièce, ils croisèrent les médecins qui revenaient à son chevet. Dans l'antichambre, Benoît dut à nouveau affronter les regards. Ils étaient encore plus curieux, plus avides que tout à l'heure, mais comme purgés de toute hostilité. Tous avaient compris, comme Benoît avait fini par comprendre : *c'était fait*. Il était adoubé, sanctifié, pour les dix années à venir. Tout changerait, bien sûr, s'il faisait mine de se lancer à la reconquête de la mairie, comme il l'avait juré à Superbe. D'ici là, on ne lui montrerait plus qu'amitié, estime, déférence. En présence d'Aranelle, cependant, personne n'osa se précipiter vers lui, mais on le caressait des yeux, on lui adressait de muets signaux de sympathie. Il crut entendre la voix éteinte de Superbe : « À compter de cet instant tu n'as plus que des faux amis. Tout ce qu'ils te diront, ce sera pour te tromper… » La peur l'envahit, comme si la dizaine de personnes réunies dans l'antichambre allaient se jeter sur lui pour de bon, et le démembrer, le dévorer. Il était toujours dans la peau du pauvre Benoît Brisé, Benoît fêlé, si vulnérable ! Il n'était pas prêt à tenir ces gens en respect. Heureusement, Aranelle poursuivait son chemin et entraînait Benoît dans son sillage d'un pas déterminé. Il ne le tenait pas par la main, mais c'était tout comme. Qui aurait eu l'audace de se dresser sur le chemin du secrétaire général de la mairie, le confident, l'homme à tout faire de Superbe ? En la circonstance, seule Mauthilde Propinquor aurait pu se le permettre, mais elle ne bougea pas. Benoît se rappela qu'elle était née Esteral, tout comme Lola. Benoît n'était pas tout à fait un étranger à ses yeux... Les journalistes, Guido et Homini ? Ils n'auraient pas hésité à interviewer Jeanne d'Arc montant sur le bûcher, ou même Jésus sur la croix, mais sous le regard glacé d'Aranelle ils préférèrent s'effacer.

Le secrétaire général reconduisit lui-même Benoît dans la cour de l'hôtel de ville, et l'accompagna jusqu'à sa propre voiture de fonction.

— Mon chauffeur va vous ramener...

Benoît protesta qu'il pouvait marcher, et même qu'il en avait envie, pour réfléchir à loisir, pour mettre de l'ordre dans ses idées tourneboulées par cette avalanche d'événements. Aranelle secoua la tête.

— Évidemment, vous pouvez marcher. Mais avez-vous bien interprété ce qui vient de se passer ? Vous n'êtes plus la même personne. Tout à l'heure encore, vous pouviez traîner par les rues, fagoté n'importe comment, coiffé avec un pétard, ça n'avait pas d'importance... Vous vous seriez fait agresser, ou écraser par une auto en traversant, ça n'en aurait pas eu beaucoup plus. Vous n'étiez personne, presque personne. Tout a changé : vous êtes quelqu'un de très important. À la vérité, nul n'est plus important que vous dans cette ville. Il faut que vous vous en persuadiez, ce que vous faites, vous le faites désormais sous le regard de tous...

— Qu'est-ce que vous racontez ? se rebiffa Benoît. Je suis le même que tout à l'heure, le même qu'hier...

— Pas du tout ! s'impatienta Aranelle. Gravez ça

très vite dans votre caboche : Superbe vous a adopté légalement, et il a fait de vous son légataire universel, sous ma tutelle ! À votre majorité, vous hériterez de sa fortune à égalité avec vos petites cousines Alcyone et Bételgeuse. Mais d'ici là il faudra m'obéir, et *changer*. Je n'ai pas le temps de vous en dire plus, je dois remonter assister Superbe dans ses derniers instants. Ensuite, j'aurai un million de choses à faire, vous imaginez ! Je dois avoir l'esprit tranquille à votre sujet, alors rentrez chez vous et n'en sortez plus dans l'immédiat. Votre maison sera protégée par la police tant que Krux et Gégé Carmona n'auront pas été capturés. On ne sait jamais, Krux pourrait s'en prendre à vous…

Benoît pensa à Faunet et se mordit les lèvres. Les alentours de la villa Jacaranda allaient grouiller de policiers. S'il y cherchait refuge, le satyrion risquait de se jeter dans la gueule du loup. Benoît se demanda si son nouveau statut ne lui permettrait pas d'intercéder en sa faveur auprès des autorités, d'obtenir au moins qu'on ne l'abatte pas comme un chien enragé. Mais Faunet avait d'ores et déjà provoqué la mort de trois jeunes gens, sans parler du reste. Il était peu probable qu'on lui fît quartier. Et d'ailleurs, que gagnerait cette créature farouche à être capturée vivante ? L'image du chèvre-pied derrière les barreaux d'une cage, devenu l'objet d'étude d'une équipe de zoologistes, répugnait à Benoît. Cependant, pressé de remonter auprès du moribond, Aranelle poussa Benoît dans la voiture et donna ses instructions au chauffeur.

— À très bientôt, Benoît ! dit-il avant de refermer la portière sur l'adolescent. Je vous conseille de tenir votre langue dans l'immédiat. Pas de confidences aux amis…

— Je n'ai plus d'amis, dit Benoît. Ils sont morts !

— Vous serez tenté de raconter ce qui vous arrive à Mme Jacaranda, reprit Aranelle. Je crains que vous ne parveniez qu'à l'affoler. Il serait de loin préférable que vous me laissiez le soin de tout lui expliquer, notamment les aspects juridiques de la chose. Je le ferai aussitôt que possible. Il conviendra aussi que je vous éclaire sur un certain nombre de changements qui vont intervenir dans votre existence... Mme Jacaranda lit la presse ?

— Rarement, répondit Benoît. Elle ne vit pas tout à fait sur cette planète...

— Tant mieux ! Homini Lupus et Guido Guardicci vont se répandre dans leurs journaux respectifs... Votre photo sera demain matin à la une. J'essaierai de passer la voir avant. D'ici là, gardez toute l'affaire pour vous. C'est d'accord ?

Benoît acquiesça. L'affaire en question lui semblait si irréelle, à vrai dire, qu'il ne ressentait pas le besoin de la raconter à quiconque.

— Alors allez ! dit Aranelle en claquant doucement la portière. L'auto démarra. Se retournant, Benoît vit que le secrétaire général la suivit des yeux quelques instants avant d'escalader quatre à quatre les marches du perron.

Le chauffeur d'Aranelle stoppa devant le portail rouillé de la villa Jacaranda.

— Un instant je vous prie, monsieur, dit-il alors que Benoît s'apprêtait à descendre.

Sous les yeux du garçon stupéfait, l'homme sortit de la voiture, la contourna en hâte, et lui ouvrit la portière. La scène lui parut bouffonne. Elle venait pourtant dans le droit fil de ce qui avait précédé, s'il appartenait à présent à l'humanité pour qui l'on a des égards, à qui l'on ouvre portières et portes et à qui l'on s'adresse avec respect… Il descendit gauchement, et piétina quelques secondes, se demandant s'il devait remercier le chauffeur et lui dire au revoir. Mais déjà, après avoir refermé la portière et s'être incliné sans un mot, l'homme contournait à nouveau son véhicule, reprenait place au volant et démarrait. Benoît tourna son regard vers la villa Jacaranda dont la silhouette, avec son donjon kitsch, lui parut plus saugrenue et plus prétentiarde que jamais. Il haussa les épaules, se glissa entre les battants de la grille, s'engagea sur l'allée de gravier mal tenue, parsemée de feuilles mortes et de petites charognes oubliées. Il soupira. Comme il restait le même, en dépit de tout ce que Superbe et Aranelle lui avaient fait miroiter ! Il n'était et ne serait jamais que Benoît Brisé. Il se sentait aujourd'hui au moins aussi nébuleux et irrésolu qu'hier. Plus, même ! Hier encore son existence était balisée, structurée par celle de ses amis. Au sein de la petite bande, il avait le sentiment de ne pas faire seul les frais de la vie. L'amitié, l'amour, il fallait en donner, en prodiguer si l'on pouvait, autant qu'on pouvait, et avec un peu de chance une part vous en était rétrocédée. C'était sur cette part-là qu'on vivait, en vertu d'une espèce d'économie vaguement aberrante, vaguement efficace.

Comme il le craignait et l'espérait à la fois, Benoît trouva Faunet endormi dans la serre-atelier, sur le canapé de Cambouis. Le chèvre-pied s'éveilla au bruit de ses pas sur le beau carrelage maculé de taches de graisse et d'huile de vidange. Il se dressa sur la défensive, mais reconnut Benoît et se précipita vers lui, les traits empreints de quelque chose qui ressemblait d'assez près à une grimace amicale, ingénument intéressée. *Poi, poi !* chevrota-t-il avec insistance. Benoît regretta de n'avoir pas pensé à faire un détour par la cuisine pour y rafler des fruits et les lui apporter. Il ouvrit ses mains pour lui montrer qu'elles étaient vides. Déçu, le satyrion retourna à sa couche et bâilla à s'en décrocher la mâchoire, dévoilant une denture d'une blancheur éblouissante et une langue charnue et rugueuse. Benoît songea aux policiers qui allaient bientôt prendre position aux alentours de la villa. Tôt ou tard, Faunet quitterait la serre pour s'en aller vadrouiller, et il risquait fort d'être repéré. Tout véloce qu'il était, il n'échapperait pas indéfiniment à ses poursuivants. Ce serait l'hallali. Comment avertir cet innocent du danger qui le guettait ?

— Tu dois partir, maintenant ! dit Benoît. Partir, tu comprends ? Partir !

— Pa-a-ati ! Poi ! Leu-eu-pin ! Voleu-eu-eu ! Gueueulass ! répondit Faunet, récapitulant avec ferveur, mais sans bouger d'un pouce, la totalité de son vocabulaire acquis.

Benoît se rappela qu'Aranelle s'était intéressé au sauvageon, le premier jour, avant son évasion du musée Occlo. C'était même le secrétaire général qui lui avait donné la première poire ! Décidément, il y avait peut-être quelque chose à tenter. Benoît se promit d'entreprendre Aranelle à ce sujet à la première occasion. Encore fallait-il que Faunet se tînt coi en attendant. L'enfermer ? La clé de la serre était perdue depuis longtemps, et de toute façon rien n'eût été plus facile pour le captif que de briser une vitre pour s'enfuir. Où alors ? Dans la maison ? Cette solution était envisageable, mais, outre la difficulté d'attirer Faunet dans une pièce ad hoc et de l'y claquemurer, son application rendrait indispensable de mettre au minimum Louise dans la confidence, voire tous les familiers des lieux, Tata Lenya, Géli, Bogue,

Tatie Cindy si la séquestration durait jusqu'à sa sortie de l'hôpital et son installation à la villa. D'autres inconvénients vinrent à l'esprit de Benoît. Faunet n'était pas tout à fait un animal de compagnie. S'il se sentait prisonnier, il pouvait tout détruire autour de lui, devenir enragé, agressif. Et puis, pour être originaire de l'autre bord, il n'en avait pas moins une physiologie aussi contraignante que n'importe quelle créature vivante. Il ne suffirait sûrement pas d'un bac à chat pour y répondre. Quant à le sortir en laisse dans le parc, deux fois par jour et à heures fixes… La conduite la plus raisonnable pour le moment consistait sans doute à lui donner à manger, afin d'éviter que la faim ne le pousse à quitter son refuge. Sans guère de logique puisqu'il venait de lui dire exactement le contraire, Benoît, accompagnant ses objurgations de force gestes et mimiques, tenta de faire comprendre à Faunet qu'il devait rester là :

— Pas bouger ! Pas bouger d'ici, tu comprends ? Si toi sortir, toi mort, pan-pan !

Y avait-il la moindre chance que *pan-pan* évoquât dans la mémoire du faune les coups de feu tirés sur lui par Superbe au cimetière ? Benoît mesura l'inanité de ses efforts en l'entendant répéter après lui comme un perroquet qui aurait l'accent chèvre : *pas-as bou-ouger mo-ort pan-an-pan-an*, en sautillant de joie sur le canapé défoncé. Il renonça à le chapitrer plus longtemps et partit en quête de nourriture, puisqu'il ne voyait rien de plus utile à faire dans l'instant.

Quand, à n'importe quelle heure du jour ou de la nuit, elle quittait l'antre sombre et malodorant de sa chambre, Louise avait toutes les apparences d'un Lazare femelle émergeant du tombeau. Avec son air égaré, ses cheveux teints trois fois l'an, sa peau jaune et flasque, sa maigreur çà et là démentie de rondeurs croulantes enveloppées dans un peignoir de pilou taché et froissé, elle offrait un spectacle qui frappait chaque fois Benoît au cœur. Plus tard, après quelques heures passées à l'air libre, elle s'améliorait un peu, mais l'impression qu'elle provoquait à son réveil, surtout quand nulle tâche précise ne l'attendait, dans les périodes où aucune dépouille à naturaliser ne lui avait été confiée, était celle d'un malheur sans fond, d'une déréliction sans pardon.

Ce jour-là était plutôt un bon jour, jugea Benoît dès qu'il l'aperçut. Debout dans la cuisine, devant la gazinière aux grilles noires d'un goudron de graisses recuites, elle faisait chauffer de l'eau pour le café, dans une casserole au cul brûlé, largement entartrée, dont le manche à demi fondu tenait par une vis branlant dans son logement. C'était ça, Louise : un prodigieux aquoibonisme, un refus des contingences, ou une impuissance presque absolue à les maîtriser. La réalité semblait lui opposer en toute circonstance une résistance obtuse, qu'elle avait renoncé une fois pour toutes à affronter. Sa défaite était ancienne. L'ennemi qui l'avait vaincue avait nom l'impermanence, la dégradation inéluctable de tout. Dans toute chair, aussi glorieuse fût-elle, la putréfaction attendait l'heure de son triomphe. Les germes que le Dr Louise Jacaranda n'avait pas su écarter lui avaient arraché le nourrisson du grand salon comme ils avaient emporté ses patients. Depuis, elle les laissait grouiller sur elle, sur ses mains, sous ses ongles, dans les plis de son cou et les rides de son visage. Était-ce sa façon de reconnaître sa défaite, de confirmer jour après jour sa reddition, ou au contraire de leur lancer un ultime défi ? Quand donc auraient-ils raison d'elle ? On pouvait vivre dans leur promiscuité, puisqu'elle vieillissait sans accroc notable… Elle prenait sa revanche sur eux à travers chaque créature qu'elle naturalisait, dans laquelle elle suspendait le processus de corruption. À l'entrée de Benoît, elle tourna les yeux vers lui et un sourire illumina son visage. Il comprit combien elle l'aimait de n'être pas mort, lui, d'avoir survécu à son périlleux amour, à ses tendresses empoisonnées, d'avoir résisté aux infections dont elle était la source.

LXIII

Louise aimait Benoît autant qu'elle pouvait aimer, d'un amour angoissé et négligent, distrait et farouche. C'était ainsi, une donnée de base de l'univers. S'ils étaient ensemble, si un incendie venait à éclater, si les flammes ne réclamaient qu'une proie, Benoît ne doutait pas que Louise s'y jetterait à sa place. Il n'avait pas d'autre certitude, ou d'autre illusion, pour l'aider à affronter la vie. Dans ces ténèbres désertes seul brillait l'amour de Louise. Il la regarda verser l'eau bouillante sur le café (deux fois sur trois c'était déjà du marc, elle s'en fichait, elle avalait n'importe quoi) et ce fut comme si une voix suspicieuse s'élevait en lui. Quel amour lui rendait-il ? Comment l'aimait-il ? Par quel ru rejoignait-il ce fleuve ? Jusqu'où irait-il, lui, pour elle ? Il en attendait tout. Qu'était-il prêt à offrir en retour ? Sans même y prendre garde, il venait de trahir sa mère adoptive en se laissant, d'une certaine façon, adopter une seconde fois. Elle ne lui avait pas donné la vie. Il n'était pas le fruit de ses entrailles, et d'ailleurs, à cette idée, l'idée des entrailles de Louise, il était pris de haut-le-cœur, ses tempes se mouillaient de sueur, comme si la mort dont Louise était si familière avait émané de son corps même. Pour la première fois, il entrevit quel amour teinté de dégoût et d'effroi elle lui inspirait. Mais il n'était pas moins puissant pour être ainsi mêlé. Lola, sa mère naturelle, et son père, ce mannequin sans visage sur lequel le masque de Ménélos venait tout juste de s'accrocher, n'avaient guère plus d'existence que des personnages de fiction, héros de roman ou créatures mythologiques. Louise seule était réelle. C'était d'elle, et non de Lola, que tout partait. Au-delà du sang et des gènes, Louise était sa terre natale, terre ingrate, infertile peut-être, mais à laquelle le liait un sentiment d'appartenance qu'il devinait soudain indestructible. Rien ne saurait l'abolir ni l'amoindrir. Il durerait autant que Benoît, il l'habiterait encore quand tout l'aurait quitté.

— Il reste de l'eau pour ta chicorée, si tu veux…

Louise replaça la casserole sur la grille, piqua dans l'évier une chope sale qu'elle posa sur la table après avoir vidé d'une torsion du poignet le reliquat de thé, semblait-il, qu'elle contenait. Benoît ne broncha pas. Tata Lenya, ou Louise elle-même, avait dû boire dans cette chope. Il n'en mourrait pas plus cette fois-ci que les précédentes. Il prit le pot de chicorée soluble sur une étagère, fourragea dans le tiroir de la table de cuisine comme toujours laissé entrouvert pour y chercher une petite cuiller qu'il essuya entre le pouce et l'index d'un geste machinal.

— La petite est là-haut, dit Louise en lui tendant le sucrier. Je l'ai gardée à dormir hier soir. Elle m'a aidée à préparer la chambre aux lys pour Tatie…

La chambre aux lys était ainsi dénommée en raison du papier peint dont ses murs étaient tendus. Sur la fin du guanotier, elle avait abrité sa gouvernante, une blonde que Louise n'avait pas aimée. Elle l'avait jetée dehors le lendemain même de la mort du vieil homme. Benoît était tombé sur une photo de cette femme, un sous-verre brisé, tout empoussiéré, oublié derrière un radiateur : une blonde potelée dont Benoît s'était dit qu'elle avait peut-être adouci les dernières années du Liménien d'une façon qui avait déplu à Louise.

— Elle est gentille, vraiment !

— Pardon ?

Ah oui, Géli... Alors que l'esprit de Benoît avait embrayé sur la gouvernante, Louise songeait toujours à Géli.

— Tu feras attention, hein ?

Benoît piqua un fard. Louise n'était donc pas aveugle. Il faillit nier. Il y renonça. Ses dénégations l'auraient contraint à formuler ouvertement ce qui pouvait demeurer en l'état, signifié presque sans mots, seulement évoqué par une éventuelle conséquence regrettable : *Tu feras attention...* Un temps, entre sa radiation de l'ordre des médecins et sa reconversion dans la taxidermie, Louise s'était faite avorteuse. Benoît le tenait de Tatie Cindy. L'espace d'un instant, la vision du corps blanc de Géli enceinte, livré aux mains noires et aux manœuvres abortives de Louise, assaillit Benoît, puis il se souvint que l'interruption volontaire de grossesse était désormais autorisée par la loi. Si la chose se révélait nécessaire, on n'aurait nul besoin de recourir aux services clandestins d'une faiseuse d'anges qui, une fois sur deux, envoyait à la fois le fœtus dans les limbes et la mère *ad patres.* Benoît hocha la tête. Il n'aurait pas juré qu'il avait assez fait attention. D'ailleurs, des deux, c'était sans conteste Géli qui avait le plus d'expérience. À lui bien des choses restaient mystérieuses, ou du moins imprécises. Il se retourna, autant pour attraper un paquet de gâteaux secs sur l'étagère que pour échapper au regard en biais que lui lançait Louise. Heureusement, il savait qu'elle n'irait guère plus loin sur ce terrain. Et en effet elle n'y revint pas. Elle versa de l'eau chaude dans la chope qu'il lui tendait.

— Au lycée, ça marche ?

La question l'intrigua. Louise ne s'inquiétait guère de ses études. Cette discrétion leur épargnait des disputes sans fin, de vaines colères, à elle des larmes et à lui des remords. Le lycée, les études ? Un lointain lieu-dit, un marécage insalubre aux marches de son territoire mental, où pataugeait la plus misérable part de lui-même. Il n'avait qu'un espoir, c'était que la musique l'en arrachât comme par miracle. Il se souvint à point nommé des révélations de la matinée et des promesses dont elles étaient grosses. Le miracle était en route. Il osait à peine y croire. À l'ancien Benoît rien n'était accessible, mais tout pouvait céder devant le nouveau si l'argent Propinquor l'ondoyait. Tous les cracheurs dans un micro, les gratteurs de cordes, les marteleurs de peaux tendues d'Écorcheville se foutaient de lui et de sa lyre ? Ils se battraient demain pour avoir l'honneur de l'accompagner. L'échine ployée, ils passeraient des auditions dans l'espoir d'entrer dans son groupe ! Dans un éclair, il assista à son triomphe, la salle de l'Empyrée pleine à craquer, lui entrant en scène sous les vivats, la lyre à l'épaule, et déchaînant le tonnerre d'un coup de plectre en écaille de tortue…

— Il y a longtemps que tu ne m'as pas montré ton carnet.

C'était Louise qui insistait. Stupéfait, il la dévisagea. Quelle lubie la prenait ? Elle ne lui avait plus rien demandé depuis l'année dernière. Il signait son carnet scolaire lui-même, tout comme il répondait aux billets ronéotés par lesquels le surveillant général s'informait des raisons de ses absences aux cours. Il réprima un mouvement d'humeur. Des notes, alors que Cambouis et Onagre étaient morts carbonisés ? Des moyennes, alors qu'à l'aube on avait débranché du corps de Fille-de-Personne les sondes, les électrodes et les cathéters désormais inutiles ? Des appréciations de profs à binocles et à parapluie, alors que le destin avait pointé sur lui, Benoît, son doigt impérieux ? Il fut tenté de manger le morceau, de tout dire à Louise, là, maintenant, tout de suite, l'assassinat de Superbe, ses dernières volontés, la protection d'Aranelle, le testament, l'héritage à venir... Il se retint. Les mots lui brûlaient les lèvres, bien sûr, mais en même temps parler l'effrayait. Tant qu'il n'ouvrait pas la bouche, tant qu'il gardait en lui ces mots de braise, il restait le même, il continuait d'appartenir à Louise, aux Vieilles Toupies, à Bogue, à ce petit monde de la villa Jacaranda qui lui paraissait tout à coup si précieux, si rassurant... Une fois ces mots prononcés, il serait autre aux yeux de tous comme aux siens. Il deviendrait ce que Superbe et Aranelle entendaient faire de lui. Devant cette métamorphose, pris de vertige, il reculait comme devant un gouffre. Il regrettait déjà son ancien moi, dont il désespérait quelques heures auparavant de tirer jamais rien de bon. Du moins se reconnaissait-il dans sa faiblesse et son irrésolution. Ces défauts, ce néant peut-être, c'était lui. Que serait-il demain, même pas demain, dans un instant s'il vendait la mèche, s'il dévoilait son assomption ?

— Des fois je me fais des reproches, dit Louise. Je devrais m'occuper de toi plus que ça, mieux suivre tes études, t'aider à travailler, à préparer ton avenir...

Elle vit Benoît se cabrer, et leva la main en signe

d'apaisement.

— Oui, je sais, il est tout tracé, la musique...

Elle se tut, renonçant à débiter sans profit le classique bla-bla parental, l'hymne à la prudence existentielle et les exhortations à assurer d'abord la matérielle, tout ça marqué au coin du bon sens, et parfaitement vain. Elle le savait, Benoît n'en ferait qu'à sa tête et il aurait raison. Elle s'excusa presque. Une angoisse soudaine l'avait saisie. Elle ne serait pas toujours là. Que deviendrait-il, elle disparue, si sa musique tardait à le nourrir ? Certes, il aurait toujours la ressource de travailler avec Bogue. Mais de la brocante honnête au trafic de marchandises de provenance douteuse et au recel d'objets volés, et donc de la liberté à la prison, avec Bogue il n'y avait qu'un pas. Benoît leva les yeux au ciel comme Louise s'y attendait. Cependant l'impatience de l'adolescent était à moitié feinte. Pourvoir tant bien que mal à la matérielle, vivoter en attendant la gloire et les royalties, se mettre en cheville avec Bogue sans se dissimuler les risques qu'une telle association impliquait, on n'en était plus là ! En quelques mots, Benoît aurait pu apaiser les inquiétudes de Louise, dissiper les nuages sombres qui plombaient son ciel. L'aurait-elle cru, d'abord ? Elle apprendrait tout bien assez tôt de la bouche d'Aranelle, pensa-t-il.

— T'en fais donc pas, tout ira bien, dit-il.

Il eut une grimace bouffonne.

— Une étoile brille pour moi, là-haut ! reprit-il.

Il montra le plafond écaillé de la cuisine.

— Tu ne me crois pas ? Tu verras, bientôt, très bientôt !

Il éclata de rire, enchanté de sa prédiction immanquable.

— Si tu le dis, soupira Louise.

Le café avait passé. Louise chercha en vain une petite cuiller dans le tiroir. Benoît s'était approprié la dernière. Louise haussa les épaules, s'empara d'une fourchette sale dans l'évier et la retourna pour en plonger le manche dans son café. Benoît sourit. Il l'avait vue, une fois, beurrer des biscottes à l'aide d'un scalpel dont elle venait de se servir pour ouvrir un chien.

— Le centaure avance bien, dit-elle avec un involontaire à-propos. Je crois qu'il aura belle allure.

— J'irai le voir dès que j'aurai déjeuné, promit Benoît.

— En revanche, Aimé me préoccupe. Des taches sont apparues sur sa poitrine... Je vais devoir le refrotter de natron, quelle plaie !

— Han-han ?

Benoît n'avait plus à en douter à présent, c'était de la momification problématique de son grand-père maternel que parlait Louise. Il y avait comme ça des corps plus enclins que d'autres à se corrompre, sans qu'on sût pourquoi.

La mention du centaure lui ayant rappelé Faunet, Benoît jeta un coup d'œil en direction du compotier. Celui-ci était vide, constata-t-il avec dépit.

— Il faudrait racheter des fruits...

Louise acquiesça.

— Prends ce qu'il faut dans mon porte-monnaie. Achète ce qui te plaira, des pommes, des...

— Des *poi !*

Il s'était essayé à prononcer le mot avec la voix et l'accent de Faunet. Louise secoua la tête devant cet enfantillage.

— Des poires ? Si tu veux. Mais tant que tu y seras, rapporte aussi du riz et des pommes de terre.

Le riz, les pommes de terre, le chou, les pâtes,

ingrédients majeurs des ratas de Louise. Benoît se souvint de son dîner chez Pécunieux. Avant cette expérience, il n'imaginait même pas qu'il pût être agréable de se nourrir, au-delà de l'élémentaire satisfaction de se caler le ventre. S'il héritait de Superbe, s'il devenait riche pour de bon, sans doute verrait-il la fin des tristes frichtis qui constituaient depuis toujours son ordinaire, pensa-t-il avec une gourmandise naïve. S'asseyant d'une fesse sur un tabouret, il broya en hâte ses biscuits dans la chicorée et engloutit la mixture.

— La petite dort chez toi, dit Louise. Comme tu n'étais pas là... Il faudra aller la réveiller. Tata Lenya l'attend pour onze heures. Elles ont projeté de descendre faire des achats en ville, pour Tatie. La pauvre n'a plus rien à se mettre... Toutes ses affaires ont brûlé dans l'incendie de son bungalow. Quand on pense que ces misérables ont failli la tuer !

— Je l'avais prévu.

Louise opina avec vigueur.

— C'est vrai, Tata me l'a dit, tu avais vu juste. Mais Tatie n'écoutait rien. Ce voyou la fascinait... Mon Dieu, quelle pitié, à son âge !

Elle se tut brusquement, gênée d'avoir pris Benoît à témoin de la lubricité opiniâtre de Tatie Cindy. Benoît se leva et alla chercher le cabas à provisions dans le vestibule. Il piocha au passage un billet dans le porte-monnaie que Louise laissait posé en permanence sur le buffet de la cuisine. Elle sortait le moins possible, même pour les courses. Le plus souvent Benoît s'en chargeait, ou bien c'était l'une ou l'autre des Vieilles Toupies, ou Bogue s'il passait par là.

— Je monterai réveiller Géli en revenant, lança Benoît.

Le plus urgent était de ravitailler Faunet, et il préférait ne pas avoir la jeune fille dans les jambes pour le moment. Après… Après, on verrait.

On se fournissait pour l'essentiel chez un vieux petit épicier, à moins de cinq cents mètres de la villa. Comme il s'y rendait, Benoît sentit certaines pensées, certaines images s'imposer à lui. Géli endormie là-haut, à demi nue entre les draps. Il savait maintenant qu'elle était toute chaude, au matin, et même bouillante, tandis qu'elle oscillait entre le sommeil et l'éveil. Mais son esprit n'était pas seul concerné. En ces instants sa chair aussi hésitait à la lisière de deux mondes, ou peut-être de deux règnes. L'adolescente à la fois gauche et délurée, tantôt godiche et tantôt insolente, s'effaçait au profit d'une créature inconnue. Les yeux clos, les lèvres gonflées, elle semblait émerger de profondeurs inconnues, pour enlacer Benoît et s'engloutir aussitôt avec lui. Bien sûr, il s'abandonnait aveuglément à cette étreinte. Confiant, reconnaissant, il se laissait couler. « Elle sonde ! » criaient naguère les harponneurs quand la baleine qu'ils chassaient cherchait refuge dans l'abîme. C'était un peu comme s'ils sondaient vers de tièdes abysses, Géli et lui, pour échapper à Dieu sait quels harponneurs. Si elle n'était pas morte, si elle n'avait pas été sa sœur, aurait-il connu entre les bras de Fille-de-Personne le même bienheureux oubli de tout ? C'était si lourd, d'être soi. Dans la nuit des draps et des corps, on n'était plus personne. Comme absous, déchargé du fardeau de l'identité, rendu à une innocence animale. Benoît se demandait si toute femme était plus ou moins susceptible de procurer la même délivrance. N'en ayant connu qu'une, il ne pouvait en être sûr. Il l'avait pourtant éprouvée si violemment auprès de Géli, dont il n'était pas amoureux… Mais même ça, qu'est-ce qu'il en savait ? L'amour pouvait bien s'attraper par contact, une maladie sexuellement transmissible comme une autre… D'avoir respiré l'haleine de la jeune fille, bu sa sueur et sa salive, il se l'était peut-être inoculée. Si ça se trouvait, en cet instant précis, déjà, l'amour couvait en lui. Il se déclarerait un jour ou l'autre, au bout d'un temps d'incubation indéterminé. L'héritier de Superbe, l'espoir des Propinquor, amoureux d'une petite esclave à deux sous. Que de complications, alors, que d'embarras en perspective ! Mais surtout, le ridicule ! Onagre et Cambouis s'étaient payé sa tête à cause de Géli. Qu'est-ce que ça serait avec Alcyone et Bételgeuse, et toute leur coterie branchée, les Mina, les Flavia et les autres rejetons légitimes des familles patriciennes, qui n'attendaient sans doute qu'un prétexte pour déchirer à belles dents le parvenu, l'usurpateur ! Jusqu'ici Benoît n'avait fait que les croiser sans les fréquenter. Dans la cour du lycée Mathieu-Chain, ou sous les lumières stroboscopiques du Lapin Bleu, ils le regardaient de haut, mais plus souvent encore ils l'ignoraient : un pauvre, et donc un blaireau. Et voilà que la volonté de Superbe allait leur imposer durablement sa présence. Pour la vie entière, il leur faudrait compter avec lui, non comme un comparse, mais comme un premier grand rôle s'il se montrait apte à assimiler les leçons d'Aranelle. Pour l'heure, il ne s'en sentait guère capable, et ses futurs interlocuteurs lui faisaient l'effet de crustacés vaguement anthropomorphes, dans le genre de ceux que les eaux du Styx rejetaient de temps en temps sur la berge, et que Mme Occlo exhibait sous les voûtes de fer de Sainte-Agathe. Bientôt pourtant, demain, voire aujourd'hui même, il lui faudrait les affronter. Mais d'ici là, avant que le secrétaire général ne l'arrachât à sa vie misérable et paisible, il ressentait le besoin de s'engloutir encore une fois dans les bras de Géli. Il pesta contre Faunet qu'il fallait nourrir, contre Louise qui n'était pas fichue de faire les courses, contre le vieux cabas que « l'homme le plus important d'Écorcheville », *dixit* Aranelle, allait devoir remplir de vulgaires féculents et rapporter à la villa, et il pressa le pas en direction de l'épicerie.

LXIV

Louise fourrageait à l'étage ; on entendait le bruit familier de ses savates traînées sur le plancher… En rentrant de l'épicerie, Benoît voulut voir où en était la naturalisation du centaure avant de retourner à la serre. De saisissement, comme il pénétrait dans le laboratoire, il faillit lâcher le pochon de papier contenant les fruits destinés à son protégé. Le chèvre-pied s'était aventuré dans la maison en son absence. Il était là, dans le laboratoire, interdit face au centaure qu'il contemplait les yeux écarquillés. Louise n'avait pas ménagé sa peine depuis que la dépouille lui avait été livrée. Le travail préparatoire était presque achevé. Outre que la manière traditionnelle, l'enveloppement à l'égyptienne, n'eût pas convenu pour une pièce à l'évidence destinée à devenir la vedette du grand musée souhaité par Superbe, la difficulté résidait dans sa dualité. C'était un homme et c'était un cheval, et chacun exigeait un traitement distinct. La partie équine ne posait pas de problème particulier. Louise faisait son affaire des animaux de tout poil. La conservation de la peau humaine était autrement difficile. Aux termes du cahier des charges que Louise s'était engagée à respecter, elle devait s'efforcer de donner à la créature les apparences de la vie, dans toute la mesure du possible. C'est dire qu'à la contrainte prophylactique s'en ajoutait une autre d'ordre esthétique. Louise comptait sur le secours de la chimie. Après un maquillage appliqué tant au pinceau et à la houppette qu'à l'aérographe, une cire transparente vaporisée sur le visage, le torse, les épaules et les bras du centaure l'enfermerait dans une vitrine invisible venant doubler celle, bien concrète, qui le mettrait à l'abri des atteintes du public. Imperméable à l'humidité de l'air comme à tout germe, dotée de propriétés filtrantes analogues à celles d'une crème solaire, cette pellicule le préserverait aussi des effets des rayons lumineux des projecteurs. Ainsi conditionné, le centaure serait installé au cœur d'un diorama censé le montrer dans son habitat naturel. Certes, on n'en était pas là ! Pour l'instant, l'énorme carcasse encore ouverte pendait, deux fois écartelée, à la potence bâtie exprès par Bogue. Dans sa face renversée au nez puissant, aux lèvres épaisses mais comme pincées de dégoût, béaient des orbites sans yeux. Les globes oculaires énucléés, aux prunelles d'un bleu très pâle, flottaient dans un bocal à cornichons empli de formol, posé sur une table à roulettes entre des instruments de chirurgie souillés, abandonnés pêle-mêle comme des tournevis et des percerettes sur un établi.

— Faunet…

Le petit ne se retourna pas au son de la voix de Benoît, fasciné qu'il était par la vision qui s'offrait à lui. Sa gorge émettait un faible chevrotement apeuré, affolé, que Benoît ne lui avait encore jamais entendu. Un tremblement spasmodique agitait ses épaules velues, comme tressautaient irrépressiblement les muscles de ses pattes – ou fallait-il dire maintenant de ses *jambes*, à la lumière de cette détresse si humaine ? Peut-être le centaure et le faune s'étaient-ils connus là-bas, de l'autre côté du fleuve. Peut-être avaient-ils été compagnons, ou amis… Mais était-ce nécessaire pour que Faunet s'effrayât ou s'apitoyât devant ce spectacle ?

— Faunet…

Le satyrion se retourna, cette fois. Dans ses yeux Benoît vit des larmes. Il lui tendit les fruits, ne sachant que faire d'autre, confondu par cette douleur inaccessible à la parole. Dans son égarement, le chèvre-pied regardait alternativement Benoît et le pochon, sans comprendre de quoi il s'agissait. «*Poi*, tu les aimes ! » dit Benoît en poussant le pochon contre sa poitrine. Soudain submergé par la peur, Faunet rejeta l'offrande d'un brusque mouvement du bras et s'enfuit hors de la pièce. Le pochon se déchira, poires et pommes s'en échappèrent et roulèrent sous les sabots du centaure. Par la fenêtre, Benoît vit le faune détaler et disparaître, non en direction de la serre, où il eût été en sécurité dans l'immédiat, mais à l'opposé, vers la rue où pouvait à tout moment déboucher une voiture de police. Consterné, il ramassa les fruits et les rapporta à la cuisine. Il tenta de se rassurer en pensant à l'agilité de Faunet, à l'adresse avec laquelle il était jusqu'ici parvenu à se glisser entre les mailles du filet tendu pour l'attraper. Il monta au donjon, dans l'espoir d'y surprendre Géli encore endormie, toute chaude et moite, telle qu'en chemin vers l'épicerie il se l'était représentée. Une déception l'attendait. Déjà réveillée, elle achevait de s'habiller. Elle était très excitée à l'idée d'accompagner Tata Lenya dans les magasins pour l'aider à constituer un trousseau à Tatie Cindy. Travaillée par cette incompréhensible passion des femmes pour les habits, les fringues, les frusques, elle tournait en rond dans la chambre, pestant contre une chaussette qu'elle ne retrouvait pas et qui la retardait. D'ordinaire si disposée à céder à Benoît, et même à le provoquer, elle écarta sans appel ses timides invites : « Laisse-moi donc tranquille, Mlle Orbison m'attend ! » Devant la perspective d'une vaine polémique juridique, il renonça à prétendre user d'un droit de propriété dont elle aurait eu beau jeu de lui rappeler les limites. Il préféra feindre l'indifférence, et haussa les épaules quand elle parla de revenir ce soir si Mlle Orbison le lui permettait.

— Ce soir, je n'habiterai peut-être déjà plus ici...

Du coup, Géli lui jeta un regard intrigué.

— Tu comptes déménager ? Pour aller où ?

Il ne répondit rien. C'était le bon choix, le plus confortable, jouer les mystérieux. D'ailleurs il en avait déjà trop dit. Son destin fabuleux ne regardait pas Géli. Il serait un jour le maître d'Écorcheville, tandis qu'elle resterait une esclave. Il se dit qu'il consentirait à la prendre de temps à autre, en passant, pour se changer les idées entre deux intrigues avec des femmes sophistiquées. Mais elle insistait, subitement alarmée :

— Tu ne veux pas me dire ? C'est où ?

Une idée lui vint, à laquelle elle se raccrocha.

— Je sais ! s'exclama-t-elle, c'est chez ton parrain ! Tu vas faire la brocante avec lui, alors ce sera plus pratique de loger chez lui, pour partir tôt le matin... Je me trompe ?

Il lui tourna le dos. Il avait parlé au hasard, il avait lancé ça en représailles, mais au fond il n'était pas inconcevable qu'il fût amené à s'installer ailleurs si Aranelle en décidait ainsi... Au palais Propinquor, par exemple ! Le hic, c'était que cette éventualité, au lieu de le réjouir, l'épouvantait.

— C'est ça, dis, c'est ça ?...

Il eut un mouvement d'impatience. Elle se tut. Il s'émerveilla, un instant. Il la tenait en respect. C'était bien le premier être humain qu'il devinait à sa merci. Il enregistra ce cas de figure inédit sans déplaisir. Si elle avait voulu, Fille-de-Personne l'aurait fait sauter dans un cerceau enflammé. Elle n'en avait même pas eu l'idée, hélas ! Aujourd'hui il était en mesure de torturer Géli. Non qu'il en eût envie, mais ça avait quelque chose de revigorant. Il se sentait un peu plus fort, face à cette faiblesse. Encore était-il conscient qu'il ne devait pas s'exagérer son pouvoir sur la jeune fille. Être aimé, dans son esprit, consistait à être autorisé à tirer des traites sur autrui ; il ne doutait pas de voir bientôt la fin de son crédit s'il s'avisait d'en user trop largement.

— T'occupe. File, sinon Tata Lenya va t'attendre.

Il estima avoir parlé en maître, ou à peu près. Il lui fallait s'entraîner. Un jour proche ou lointain, il n'aurait plus seulement cette petite esclave à mater. Il en aurait d'autres, des adultes, et des employés de tous rangs, des hommes, des femmes libres, dont la subordination ne serait pas obligatoire et automatique, face à qui il lui appartiendrait d'imposer son autorité. Son autorité ! Où irait-il la chercher ? Le ballon dirigeable gonflé à la jobardise qui l'avait brièvement arraché du sol creva avec un petit sifflement narquois. Benoît revint sur terre. Par chance, Géli n'y prit pas garde. Elle récupéra et enfila sa chaussette manquante, mit ses souliers, et se dirigea vers la porte. Au moment de sortir, elle se retourna vers Benoît.

— Comment je saurai ?

— Comment tu sauras quoi ?

— Si tu seras là ce soir.

Il hésita. Il serait là, c'était le plus probable, mais à

quoi bon la rassurer ?

— Tu verras bien.

— Alors peut-être à ce soir…

Il la congédia d'un signe de tête qui pouvait valoir assentiment.

Après le départ de Géli, Benoît tourna un moment en rond dans la chambre, sans trop savoir que faire de son corps. Il pensa un instant descendre à la cave, pour rallumer l'ampli et réveiller sa lyre négligée depuis la désastreuse audition de l'autre jour… Pourquoi pas ? Mais aussi bien pourquoi ? Il avait conscience de vivre les dernières heures de quelque chose. Son existence passée lui paraissait en sursis, un arbre marqué à la craie, désigné pour un abattage imminent. Ces heures d'avant un départ, d'avant une cérémonie ou un examen crucial sont inutilisables : on n'a l'esprit à rien, on est tout entier dans l'attente de l'échéance, du prochain cycle qu'elle va ouvrir. Il n'y a rien d'autre à faire que laisser le temps filer son train sans nous. Le mieux, si l'on pouvait, serait de dormir. Benoît n'était pas sûr d'y arriver. Il se contenta d'ôter ses chaussures et se coucha sans se déshabiller. Le visage dans l'oreiller, il y trouva sans l'avoir cherchée l'odeur de Géli. En elle-même elle n'était pas désagréable, loin de là, mais il répugnait à s'endormir dans cette odeur consolatrice. C'était comme si Géli l'avait laissée derrière elle à dessein, tel un charme, un philtre olfactif qui l'asservirait à elle. Il avait lu des histoires de ce genre… Comment Circé s'y était-elle prise avec Ulysse, déjà ? Bah ! Il n'était pas Ulysse, et Géli n'avait rien d'une magicienne. Quand même, il se savait vulnérable, capable de se laisser mettre le grappin dessus par une fillette un peu finaude. Il détourna son visage de l'oreiller odorant et se coula dans la ruelle entre le lit et le mur. C'était bête, mais le vieux sortilège opéra comme il l'avait toujours fait. Les pensées qui tournoyaient sous son crâne en criaillant comme des oiseaux excités s'apaisèrent. Il tira la couette sur lui en guise de couvercle à son sarcophage et ferma les yeux. Quelques instants plus tard, il dormait profondément.

— Benoît… Benoît…

Louise savait, pour la ruelle. La première fois, il était encore petit, elle s'était affolée. À l'époque il dormait dans le divan encastré dans un cosy-corner. Elle l'avait cherché partout, de la cave au grenier, dans la serre, dans le parc. Elle avait couru, elle avait crié son nom en se griffant les mains, le drame recommençait, la mort était venue chercher celui-là aussi, la maladie lui avait volé le premier, un accident emporterait le second, elle n'en garderait aucun… Et puis il avait fini par émerger du sommeil, les cheveux en bataille, les yeux vagues, mais vivant. Elle l'avait serré contre elle à l'étouffer, elle l'avait grondé et couvert de baisers, elle avait exigé de savoir où il s'était caché pendant tout ce temps. Il lui avait montré l'espace sous le cosy-corner. Elle avait ri et l'avait étreint à nouveau. Quelle bonne idée, quelle bonne cachette ! De cette tombe-là il ressortirait toujours. Depuis, elle savait où le chercher quand il disparaissait.

— Benoît…

Il s'éveilla, écarta le pan de couette qui couvrait son visage, et pointa son nez. Louise était penchée sur lui.

— Ah, tu es là… Lève-toi. M. Aranelle est en bas.

Benoît obéit en bâillant et en se grattant la tête.

— Débarbouille-toi un peu, et coiffe-toi : il t'emmène, poursuivit Louise.

— Il m'emmène ? Où ça ?

— Au palais Propinquor, je suppose.

— Superbe est mort ?

Louise acquiesça.

— Tu vas habiter là-bas. M. Aranelle m'a parlé. Il m'a bien expliqué. Les choses sont en ordre, tout s'est fait devant notaire, la famille n'attaquera pas le testament. La famille, pour l'essentiel, c'est Mauthilde, or c'est une Esteral, comme toi.

Louise, si souvent brouillonne et confuse, parlait clair pour une fois. Benoît vit là l'effet du discours qu'Aranelle avait dû lui tenir. Le secrétaire général avait le don de découper la réalité la plus informe en tronçons bien nets et calibrés, comme un maître boucher taille en un tournemain une pièce de viande et vous en tend les morceaux, parés et bardés, appétissants et prêts à cuire.

Benoît s'assit sur son lit.

— Au palais Propinquor… murmura-t-il.

C'était logique, et d'ailleurs il s'y attendait. Pour qu'à terme il changeât de peau, Aranelle commençait par le faire changer de murs. Comme un bernard-l'hermite, il devait abandonner le vieux buccin de la villa Jacaranda qui l'avait jusqu'alors abrité, pour se lover dans un strombe plus spacieux, plus luxueux.

Il dévisagea Louise. Elle avait son air de tous les jours. Il en conçut une pointe de dépit. Se rendait-elle vraiment compte qu'il allait quitter son toit ? Mais elle l'avait dit elle-même : « Tu vas habiter là-bas. »

— Tu n'es pas triste ? ne put-il s'empêcher de lui demander.

— Triste ? Si, bien sûr, mais c'est de ton avenir qu'il s'agit. Je te le disais pas plus tard que ce matin, je regrettais de t'avoir laissé grandir à la va-comme-je-tepousse, et je me faisais du souci pour toi. Depuis que M. Aranelle m'a parlé, je n'ai plus peur. Tu seras…

Elle s'interrompit, comme si le mot qu'elle s'apprêtait à prononcer était sale. Elle finit pourtant par le lâcher, pour le corriger aussitôt :

— Tu seras riche… Tu ne manqueras jamais de rien, je veux dire. Et puis tu reviendras nous voir.

Elle avait dit « nous ». Par pudeur, sûrement. Bien sûr, la vie à la villa Jacaranda allait continuer sans lui. Benoît n'avait aucune peine à l'imaginer. Au fond, c'était une chance que Tatie Cindy ait tout perdu, qu'elle vienne s'installer ici. Louise serait moins seule. Et avec Tata et Géli elles seraient désormais quatre à papoter. Bogue se joindrait à elles de temps en temps. On parlerait souvent de Benoît, il arriverait même qu'il passe, ce ne serait pas tout à fait comme s'il était mort… Et s'il refusait de suivre Aranelle ? On ne pouvait pas l'y obliger, après tout. Il n'avait qu'à dire non, je reste ici, c'est chez moi. Aranelle n'apprécierait pas, mais on ne le déshériterait pas pour ça. Il se représenta les yeux de Louise, brillants de larmes d'amour et de reconnaissance, quand elle l'entendrait dire qu'il n'irait pas.

— Je n'irai pas.

Elle fronça les sourcils.

— Bien sûr que si, tu vas y aller ! C'est ta chance d'échapper à… à tout ça !

Elle eut un geste large, qui englobait la propriété tout entière, au-delà de la chambre en désordre, au papier peint jauni dont les lés se décollaient en haut des murs et rebiquaient vers le sol, comme s'ils avaient entrepris de se refermer sur l'occupant des lieux à la façon des pétales d'une fleur carnivore, pour l'enserrer et le dissoudre dans un nectar acide. Il voulut protester. Qu'est-ce que ça changerait, qu'il reste ici au lieu d'aller vivre sous les lustres du palais Propinquor ? Rien n'empêcherait Aranelle de compléter son éducation, de lui donner des professeurs particuliers, ou de l'inscrire dans une boîte à bachot ; il rentrerait quand même ici le soir. Il y rentrerait même plus souvent que ces derniers temps, puisqu'il n'aurait plus de petite bande avec qui traîner toute la nuit... Louise balaya toutes ses objections d'une grimace agacée.

— Tu ne comprends donc pas ? Pour aujourd'hui, fuis cette maison à toutes jambes ! Rassure-toi, tu ne t'en éloigneras jamais assez pour l'oublier, si c'est ce que tu crains. Allons, assez d'enfantillages. Fais ce que je te dis : un gant mouillé sur la figure, un coup de peigne... Lave-toi les mains, brosse tes ongles. Que tu les portes longs pour la lyre, soit, mais au moins, qu'ils soient propres. Tu vas probablement rencontrer des gens. Ils te feront de grands sourires, mais ils remarqueront tout, ils ne te passeront rien...

Benoît n'en croyait pas ses oreilles. Louise qui se préoccupait de la netteté de ses ongles !

— ... Et dépêche-toi. Il ne faut pas faire attendre M. Aranelle, conclut-elle.

Il opina, dompté. Au bout du compte il valait mieux s'abandonner, obéir. À Louise, à Aranelle. C'était bon, d'abdiquer. Une volonté se substituait à la sienne, le fardeau de l'irrésolution tombait de ses épaules.

— J'emmène quoi ?

— Ta lyre, je suppose ! Autrement M. Aranelle a dit : rien. Tu viens comme tu es, juste un peu rafraîchi, ça ira. Il te fournira tout ce dont tu auras besoin. Cela va faire comme avec Tatie, tiens. Ils vont t'habiller de pied en cap. Tu en as, de la chance !

Benoît se vit entre les mains d'un tailleur à la fois obséquieux et impérieux, mètre ruban au cou et mains baladeuses, qui lui dirait en tordant sa bouche pleine d'épingles : « Tournez-vous comme ceci, je vous prie, tenez-vous comme cela... », et il frémit d'horreur. Mais son destin passait par là, et sans doute par beaucoup d'autres moments plus pénibles encore, et il était résigné à l'affronter.

LXV

C'était bien la grosse berline de fonction de ce matin, mais Aranelle avait donné congé au chauffeur et conduisait lui-même. Quand Benoît eut casé sa lyre dans le coffre, le secrétaire général l'invita à s'asseoir à côté de lui. Avec le chauffeur, Benoît était monté à l'arrière. Cela faisait VIP, ou souverain qu'on promène en carrosse. Prendre place à l'avant auprès d'Aranelle revêtait un autre sens. Benoît y vit le signe que le secrétaire général entendait instaurer avec lui des rapports familiers. D'ailleurs, il annonça presque tout de suite la couleur, en démarrant :

— Ouf, ça y est ! J'ai réglé l'organisation des obsèques de M. le maire avec Mme Propinquor et l'ordonnateur des pompes funèbres. Elles auront lieu demain matin. Je me suis dégagé de toutes mes obligations cet après-midi. Nous allons passer le restant de la journée ensemble. Nous nous verrons sans doute très souvent à l'avenir, alors tout sera plus facile, plus agréable, si nous laissons le protocole de côté...

Benoît fit oui de la tête. En réalité Aranelle l'intimidait toujours autant. Le secrétaire général en avait conscience, aussi s'efforça-t-il de détendre l'atmosphère. Il donna une petite tape amicale sur le genou de son voisin.

— Vous avez dormi, m'a dit Mme Jacaranda.

J'espère que vous avez récupéré des émotions de ces dernières heures, car votre programme est chargé… Notre programme, devrais-je dire ! Je ne vous lâcherai pas d'une semelle jusqu'à ce que le service funèbre de M. le maire soit terminé. Mais même si je vous laisse respirer un peu plus librement par la suite, je garderai l'œil sur vous. Au fait, avez-vous un téléphone portable ?

Benoît répondit que non. Aranelle ouvrit la boîte à gants et en retira un portable flambant neuf qu'il lui tendit.

— Tenez. Il est en service, et vous disposez d'un forfait illimité.

— Merci, mais je n'ai personne à appeler, dit Benoît.

— Il y a déjà moi, en cas de besoin. Les divers numéros où l'on peut me joindre sont enregistrés dans le répertoire, à la lettre A. Et pour le reste, ça viendra avec le temps. Il est naturel que vous éprouviez un sentiment de solitude, mais croyez-moi, d'ici quelques semaines vous aurez dépassé ce stade.

Aranelle lâcha le volant et frappa dans ses mains, à deux reprises, comme pour réveiller Benoît d'un mauvais rêve.

— Hop ! hop ! Allez, on se secoue ! dit-il en ressaisissant le volant. On est jeune, la vie ne fait que commencer, elle va être formidable ! Vous n'avez pas encore idée de ce qu'elle vous réserve. Jusqu'ici, c'est vrai, à votre égard elle s'est montrée plutôt regardante, mais je vais intercéder auprès d'elle en votre faveur, et elle va vite changer d'attitude. Vous allez découvrir le confort, la bonne chère, le luxe…

Benoît n'avait pas dix-sept ans pour rien. S'il n'était pas contre la bonne chère par principe, le luxe et le confort, en eux-mêmes, ne constituaient pas à ses yeux des valeurs très exaltantes. Il coupa son interlocuteur :

— Et si je m'en fous ?

— Vous aurez peut-être raison, mais ce sera désormais en connaissance de cause, ce qui vaut toujours mieux, lui rétorqua Aranelle sans se laisser décontenancer. Et même si vous décidiez de vous en passer, par ascétisme, par choix moral ou je ne sais quoi, vous y auriez goûté, ils resteraient à votre portée, on ne pourrait vous envoyer dans les dents la fable du renard et des raisins qu'il ne peut atteindre : « Ils sont trop verts, dit-il, et bons pour des goujats. »

Benoît se tint pour dit qu'Aranelle avait réponse à tout, au moins pour le moment.

— J'admets qu'à votre âge on ne s'intéresse guère au millésime des grands vins ni aux chemises taillées sur mesure, poursuivit le secrétaire général. Oublions cela ! Peut-être aimerez-vous apprendre à monter à cheval, à sauter en parachute, à piloter un quad ou un ULM, à faire du raft, de l'alpinisme, de la plongée... À compter d'aujourd'hui tout vous est permis. Avez-vous déjà voyagé ? Non ? On peut s'évader d'Écorcheville, vous savez ! Quand vos amis Onagre Propinquor et Alexandre Bussettin disparaissaient quelques jours et revenaient bronzés, ce n'était pas sur la berge du Styx qu'ils avaient pris des bains de soleil. Du monde, vous ne connaissez que cette cité qu'il faut bien dire sinistre, au bord d'un fleuve couleur de bran, face à un horizon éternellement brumeux. Ici, il nous est impossible d'oublier de quoi chaque jour nous rapproche. C'est notre lot, nous sommes riverains de l'au-delà ! Mais on ne vit pas partout dans cette proximité déprimante. Certains lieux ressemblent de très près à ce que nous imaginons du Jardin d'Éden, ou des Champs Élyséens, si l'on préfère. Il faut vous laver les yeux de nos brouillards, vous décrasser le front de nos pluies visqueuses. Il y a des îles… À Capri, il ne pleut jamais de vermine, ni de salamandres. À Lifou, chaque bouffée d'air qu'on respire sous les arbres est un nouveau bonheur. Il ne tiendra qu'à vous d'y faire des escapades. Vous aurez de l'argent plein les mains, vous n'aurez à vous soucier de rien, que vivre cet instant et encore le suivant. Vous vous sentirez léger et libre à un point que vous ne pouvez soupçonner aujourd'hui. Vous irez là-bas vous gorger d'odeurs, de saveurs, de couleurs, aussi souvent que vous voudrez.

— En quel honneur, tout ça ? demanda Benoît.

Aranelle le regarda, surpris, ou feignant la surprise.

— Eh bien, mais parce que vous êtes le petit-neveu de l'homme le plus riche d'Écorcheville, et qu'à l'instant de mourir il vous a institué son légataire universel pour réparer le sort injuste qui a été le vôtre depuis votre naissance, en raison de vos ascendances… désordonnées, disons.

— Je sais. Mais derrière ce conte de fées il y a autre chose, non ? À quoi je vais servir ? À qui ?

Benoît se tut. Aranelle demeura un instant silencieux.

— Je croyais vous l'avoir expliqué, dit-il enfin. Il manquait à cette famille un héritier présentable, responsable, un futur capitaine plausible à ce grand navire. On vous a sous la main, ça tombe bien, on vous embarque, vous apprendrez la navigation en mer. Méfiez-vous quand même : c'est à bord de la nef des fous que vous êtes monté !

— Attendez, dit Benoît, vous dites « présentable », « responsable »… Je ne suis ni l'un ni l'autre. Qu'est-ce qui vous fait croire que je m'en tirerai mieux qu'Onagre ?

— N'importe qui s'en tirerait mieux que lui. L'empire romain ou la municipalité d'Écorcheville, les biens de la famille Propinquor ou une petite épicerie de quartier, une échoppe de cordonnier, un parapluie de marchand de cravates à la sauvette, il était de taille à ruiner tout ce que le destin lui aurait mis entre les mains. Rien ne laisse supposer en vous l'étoffe d'un politique ni d'un homme d'affaires, mais on n'y discerne pas non plus le don du chaos si manifeste en lui. Ne vous inquiétez donc pas. L'avenir dira si vous serez une simple potiche ou un bâtisseur, si vous reprendrez le flambeau ou si vous vous contenterez de vous tourner les pouces pendant que des hommes de loi et des administrateurs travailleront pour vous. Ce qu'on attend de votre part, c'est de ne rien compromettre. Pour le reste, on vous formera au simulacre, on vous déguisera en chef d'entreprise dynamique, en édile compétent… La reconquête de la mairie fait partie de votre cahier des charges. N'oubliez pas le serment que vous avez fait à Superbe sur son lit de mort : dans dix ans, quinze au plus, vous êtes censé reprendre la mairie au successeur d'Honoré, ou à celui d'Egmont.

L'avenir que lui promettait le secrétaire général était loin de correspondre aux aspirations de Benoît. Aranelle le savait pertinemment. Il infléchit son discours, afin d'éluder un prévisible sursaut de révolte de l'adolescent.

— Nous nous comprenons, tout ceci n'est que paroles verbales et clauses de style. Ce qui vous habite, je ne l'ignore pas, c'est la musique. À partir du moment où la direction du groupe Propinquor sera confiée à des managers talentueux, où les membres de la famille siégeant au conseil d'administration de ses différentes sociétés seront rassurés, où le conseil municipal sera contrôlé par nous d'une façon ou d'une autre, vous aurez latitude de jouer toute la musique que vous voudrez, sur les scènes de votre choix, dans le monde entier si cela vous chante… Exactement comme Lola Balbo ! On veillera à ce que vous connaissiez le même succès.

En Benoît, l'idéalisme de la jeunesse plissait un peu le nez à cette promesse de triomphe arrangé, préparé en sous-main par l'influence et l'argent du clan. Cependant il ne broncha pas. Son instinct, peut-être, lui soufflait à l'oreille que ces adjuvants s'oublient vite, que les vivats du public, s'ils éclatent, les balaient comme une jonchée de feuilles mortes. S'il avait du succès, il décréterait qu'il ne le devrait qu'à son talent et à sa lyre. Restait que tout n'était pas limpide, dans les tenants et aboutissants du coup de théâtre qui venait illuminer son avenir. Certes, Bételgeuse et Alcyone étaient à demi folles en attendant mieux, leurs outrances forcenées les disqualifiaient… Certes, la veuve de Superbe, née Esteral, pouvait s'accommoder de l'intégration de Benoît au sein du clan Propinquor, qui, au moins officiellement, placerait à sa tête un sang-mêlé, à demi Esteral par sa mère… Mais il y avait d'autres Propinquor dans la coulisse, des oncles, des tantes, des cousins à divers degrés qui auraient pu protester, contester les dispositions testamentaires du patriarche, exiger que les deux piquées fussent placées sous une tutelle dont ils auraient été parties prenantes. Selon Aranelle, aucune action en justice n'était à craindre. D'où venait cette mansuétude ? Ces gens ne devaient rien à Benoît. Tout allait comme si Aranelle les tenait, et qu'il trouvait son intérêt dans l'élévation du bâtard. S'agissait-il seulement pour lui de conserver la main ? Qu'il y eût de cela, Benoît n'en doutait pas. En chapeautant l'héritier impromptu, Aranelle se maintenait au centre de tout, mais peut-être y avait-il encore autre chose, pour l'heure indiscernable ? L'innocent devinait autour de lui, entre les tas d'or du magot Propinquor qui luisaient dans la pénombre, des grouillements de crabes. Il était jusqu'ici demeuré étranger à toute convoitise. Longtemps il n'avait été que Benoît Brisé, le fils adoptif de l'embaumeuse d'Écorcheville. Quelle paix, malgré tout ! Il n'avait presque rien à perdre et peu à espérer. À sa majorité lui échoirait une villa de mauvais goût, aux murs par endroits lézardés, à la charpente infestée de termites. Nul n'aurait songé à lui disputer ça. En revanche, c'était le tiers d'un héritage colossal qu'il venait, la mine enfarinée, s'approprier au détriment des ayants droit. Il aurait compris qu'ils regimbent.

Il n'aurait servi à rien d'interroger Aranelle. Celui-ci ne lui livrait que ce qu'il jugeait nécessaire. Eh bien soit ! Puisque Benoît avait accepté de n'être qu'un pantin entre les mains du secrétaire général, le mieux encore était d'attendre et de voir venir.

— Que je vous dise un peu ce qui va vous arriver aujourd'hui, reprit Aranelle. Nous allons vous couper les cheveux, vous habiller, et enfin vous présenter à votre nouvelle famille…

Aranelle jeta un coup d'œil de biais en direction de Benoît, et eut une grimace amusée à la vue de sa mine soudain assombrie.

— Votre enthousiasme fait plaisir à voir ! Je vous comprends, remarquez, ça va être assommant, mais il faut y passer. Demain, lors des obsèques, vous figurerez au premier rang du cortège. Vous serez assis près de Mauthilde dans la crypte, durant l'incinération… Or vous n'avez jamais eu l'occasion de lui adresser la parole, pas plus qu'à la plupart de ses proches, à l'exception des jumelles. Il me paraît indispensable que vous fassiez au préalable la connaissance de personnes que vous êtes appelé à côtoyer en cette occasion solennelle et à fréquenter plus ou moins quotidiennement par la suite.

Benoît fit porter sa protestation sur un point qui en soi n'était pas capital, mais auquel il était sensible :

— Me couper les cheveux ? Jamais de la vie !

— Si vous ne deviez les couper qu'une fois dans votre vie, ce serait aujourd'hui qu'il le faudrait. Votre coupe de cheveux est grotesque... En pareille circonstance, j'entends.

Vexé, Benoît se haussa sur son siège pour examiner son reflet dans le rétroviseur central. Il était coiffé à peu près comme un briard. Ses cheveux lui tombaient dans les yeux, des épis hérissaient son crâne. D'autre part il savait fort bien qu'il avait dans le cou des boucles de cheveux emmêlés, agglomérés en guiches par l'écume savonneuse de ses bains épisodiques. Aranelle avait dû les remarquer, s'il voyait tout comme c'était probable.

— C'est juste pour la cérémonie, dit Aranelle. Vous les laisserez repousser par la suite. Il était trop tard pour qu'on vienne vous coiffer à domicile. Je vous ai donc pris un rendez-vous dans le meilleur salon de la ville. C'est par là que nous allons commencer. Après ça, nous courrons les boutiques de vêtements et les magasins de chaussures. Pas de sur-mesure pour cette fois, mais on va vous relooker entièrement.

À certain sursaut des genoux de Benoît, Aranelle perçut ses réticences devant cette perspective. Il se voulut rassurant.

— Passons un marché : vous me laissez choisir ce que vous porterez ce soir et demain, et en dehors de ça vous prenez ce qui vous plaît. Cela vous convient ?

La réponse allait si bien de soi que Benoît ne se donna pas la peine de la formuler, ni Aranelle celle de l'attendre. Ils roulèrent un moment en silence. Sur les trottoirs, aux carrefours, à proximité de tous les édifices publics, la police était omniprésente. Aranelle rompit le silence pour dire que les plantons devaient se sentir bien seuls dans les commissariats.

— Gesticulation classique ! poursuivit-il. Ce n'est pas de cette façon qu'on attrapera l'assassin du maire. Ce déploiement de forces ne sert qu'à rassurer la population. Elle n'a en réalité rien à craindre de Krux. Il n'en voulait qu'à Superbe… Je suppose qu'il a tué Morpho Ménélos un peu par hasard. Il traînait sur le mail en pleine nuit avec cette fichue arbalète. C'est sa sœur qui la lui a donnée, n'est-ce pas, ou bien il la lui a barbotée ? Il a aperçu Ménélos batifolant au-dessus de lui. Il a tiré. Un sale gosse aperçoit un oiseau… S'il a une carabine à plomb ou un lance-pierre à la main, il tire. Il ne faut s'attendre à rien d'autre !

Sauf que Ménélos n'était pas tout à fait un oiseau, sauf que Krux n'était plus un enfant, pensa Benoît. La qualité d'homme volant de Morpho Ménélos n'était qu'un secret de polichinelle. Néanmoins Aranelle ne savait pas tout. À l'évidence, il ignorait la véritable raison du meurtre de Ménélos.

— Il ne l'a pas aperçu par hasard, dit-il. Il le guettait. Il était à l'affût !

Benoît apprécia le haussement de sourcils par lequel Aranelle accueillit cette révélation. Comme lorsqu'il avait appris à Dupassé que Krux disposait encore d'un carreau d'arbalète, il eut l'impression de payer son écot et se sentit remonter d'un cran dans sa propre estime.

— Il savait donc qu'il avait une chance de le voir

passer ? Alors son geste était prémédité. Je n'y voyais qu'une manifestation d'agressivité, un réflexe meurtrier, animal : ça bouge, ça court ou ça vole, je tue... Mais au fond ça n'y change pas grand-chose. C'est le même mécanisme, différé.

— Non, dit Benoît. Krux avait une bonne raison d'abattre Ménélos : c'était son père.

Aranelle sursauta. Il détourna une seconde son regard de la rue et de la circulation, pour dévisager Benoît d'un air ironiquement estomaqué.

— Vous appelez ça une bonne raison !

Benoît se mordit la lèvre. Les mots étaient sortis de sa bouche malgré lui. « Une *bonne* raison de le tuer : c'était son père... » Mais après tout, cette proposition ne le choquait pas tant que ça. S'il avait possédé une *bonne* arbalète et un *bon* carreau, s'il avait su que Ménélos était son père, qui disait qu'il ne se serait pas planqué à l'affût dans l'ombre des arbres du mail, lui aussi, pour guetter Ménélos et le descendre, le jeter à bas de son trapèze invisible accroché à la voûte du ciel, lui faire payer une *bonne* fois la liberté à laquelle il l'avait sacrifié, son égoïsme sans remords, cet abandon que Benoît éprouvait depuis toujours dans chaque cellule de son corps, la déréliction et l'errance éternelles auxquelles Ménélos l'avait condamné, comme il avait condamné Krux et Fille-de-Personne, et sans doute d'autres encore, sur toute la surface du globe qu'il survolait et sillonnait à sa guise ?

— Comment savez-vous cela ? demanda Aranelle.

Benoît hésita. Déjà, il se reprochait d'avoir parlé. Trahir Krux, c'était trahir Fille-de-Personne. Mais elle était morte. Benoît avait baisé son front glacé. Elle était au-delà de toute trahison, hors de toute atteinte. Pour lui, Benoît, rien n'était terminé, l'absurde mélodrame de sa vie continuait à se jouer, il devait y tenir son rôle, ses partenaires attendaient ses répliques sous les yeux d'un public inventé, impitoyable.

— C'est Fille-de-Personne qui me l'a dit, lâcha-t-il.

Son attention requise par le trafic, Aranelle regardait à nouveau devant lui. Au nom de Fille-de-Personne, il cligna des yeux, et son front se plissa fugitivement, nota Benoît qui l'observait. Le secrétaire général avait appartenu à la société des parrains… Lui aussi avait eu les clés de la bonbonnière. Lui aussi avait eu ses jours de visite. L'adolescent avait relégué ce fait dans un coin de sa mémoire, mais ne l'avait pas oublié. Aranelle savait-il que la poupée de naguère était morte ? Sûrement. Il avait été l'éminence grise de Superbe, partageant tous ses secrets, tandis que Mme Bernard ne partageait que celui-là. C'était Aranelle, paria Benoît, qui avait organisé le transfert de Fille-de-Personne comateuse de l'hôpital Bussettin à la bonbonnière, puis l'enlèvement du corps au petit matin. Où l'avait-on transporté ensuite ? À la morgue de l'hôpital ? Avait-on programmé une crémation furtive, ou bien avait-on projeté de l'inhumer dans le parc d'une des propriétés de Superbe, où celui-ci aurait eu le loisir de venir se recueillir sur sa tombe s'il avait vécu ? Que ce fût par l'effet du hasard, ou par celui d'une subtilité qui lui permettait de suivre le cheminement des pensées de Benoît, Aranelle répondit à la question que l'adolescent se posait.

— La petite a été incinérée en fin de matinée, en toute intimité, c'est le moins qu'on puisse dire. Il n'y avait pour assister à la cérémonie qu'une dame qui représentait l'orphelinat…

Benoît mit un nom sur cette silhouette. Avec un pincement au cœur, il se représenta la scène. Les parrains gâteau n'étaient pas là. La bière bon marché de Fille-de-Personne avait été poussée dans la gueule du four sous le seul regard de sa maquerelle, représentant plus la société des parrains que les Petits-Oiseaux, en réalité. La brève existence de Fille-de-Personne lui apparut soudain d'une tristesse insoutenable, et pas uniquement celle-là, mais toutes les existences. Trois petits tours et puis s'en vont… Comme Onagre et Cambouis, F.-de-P. n'en avait pas fait trente-six ! Et lui, combien en effectuerait-il sans eux ? Il allait durer, peut-être. Avec un peu de chance ou de malchance il deviendrait un vieil homme, c'est-à-dire plus ou moins une épave. Il perdrait ses cheveux, il porterait un dentier, des lunettes, un stimulateur cardiaque, il marcherait avec une canne, il aurait des poches sous les yeux, des rides, des taches brunes sur les mains, des varices, des calculs rénaux ou hépatiques, des soucis de prostate et tutti quanti. Parfois il penserait à ses amis d'antan, Fille-de-Personne, Cambouis, Onagre, morts intacts, beaux comme des dieux soixante-dix ans, un siècle, un millénaire plus tôt ! Il se souviendrait des soirées passées ensemble au Lapin Bleu, de leurs beuveries et de leurs fumailleries, de leurs courses à travers Écorcheville endormie, de leurs bêtises et de leurs disputes, il les entendrait encore rire et s'appeler dans la nuit. Et alors il pleurerait.

Il s'en fallut de peu qu'il ne le fît là, d'avance. Pleurer devant Aranelle l'aurait mortifié. Il serra les dents et parvint à se contenir.

— Nous y voilà, dit le secrétaire général en s'arrêtant et en amorçant un créneau à proximité du salon de coiffure le plus chic de la ville.

Macassar y avait son fauteuil et sa coiffeuse attitrés. C'était là qu'Alcyone et Bételgeuse venaient faire teindre à tout bout de champ, en bleu électrique, en orangé, en roux, en mordoré, en nacarat, en smaragdin, leur crête à l'iroquoise ou leur tignasse à l'afro.

À l'intérieur du salon, une dame ronde et parfumée les accueillit avec déférence. Aranelle eut avec elle un bref conciliabule, à l'issue duquel il consulta sa montre et opina du chef, puis la dame conduisit Benoît vers un monumental fauteuil d'acajou verni tendu de cuir écarlate, équipé de diverses pédales, manettes et mollettes nickelées permettant des réglages en hauteur et en inclinaison d'une précision digne d'un télescope astronomique. La dame le débarrassa de son blouson et le fit asseoir sur ce trône compliqué. Souriant avec une exquise urbanité, elle l'informa qu'elle allait le confier aux soins de Mlle Ada et de Mlle Isa, lesquelles se présentèrent à point nommé. L'une et l'autre étaient jolies comme des cœurs, Ada la coiffeuse brune et longue, Isa la manucure petite et blonde : un bâton de réglisse, un berlingot au miel. Elles saluèrent Benoît avec enjouement, tandis qu'il se recroquevillait à la vue du pitoyable spectacle que lui renvoyait le vaste miroir entouré de bulbes lumineux devant lequel il était installé. C'était comme s'il ne s'était jamais vu, et cette rencontre inopinée avec soi se résumait à la découverte d'un inachèvement, d'un être en chantier. Il crut reconnaître dans le regard de l'inconnu qu'il scrutait la même lueur d'affolement que sur la face de Faunet au plus chaud des incidents chez Erwin Bussettin ou au columbarium. Par miracle, Mlle Ada actionna une des pédales du trône. Celui-ci pivotant sur lui-même à 180 degrés dans un discret cliquetis,

Benoît échappa à son désolant reflet. La jeune coiffeuse ôta l'appui-tête capitonné sur lequel reposait sa nuque, le remplaça par une cuvette de métal montée sur une tige qu'elle enclencha dans le dossier, et pria Benoît de pencher la tête en arrière. Simultanément, il sentit qu'on lui prenait la main droite. Dans la position où il se trouvait à présent, le visage tourné vers le plafond, il lui était impossible de rien voir, mais il lui sembla percevoir un infime claquement de lèvres tandis que la blonde Ida examinait ses ongles. Il se félicita de les avoir brossés avant de partir, comme l'y avait engagé Louise.

— On ne les coupe pas, on les polit seulement, n'est-ce pas ? demanda Mlle Isa.

— Oui, c'est pour la musique, répondit-il d'une voix étranglée.

Cela lui semblait tout à coup m'as-tu-vu, presque suspect chez un garçon, de garder des ongles aussi longs.

— Ils sont beaux, dit Mlle Isa d'un ton professionnel.

Il fit oui-oui, de là-haut, la face au ciel, la gorge tendue, tel un agneau renversé sur la pierre sacrificielle.

Mlle Ada, en revanche, ne portait sans doute pas sur ses guiches malpropres un jugement aussi favorable que celui de sa collègue sur ses ongles. Il s'exhorta à s'en foutre. La coiffeuse inclina un peu plus le siège, de façon à amener la tête renversée de Benoît à hauteur du bassinet. Il entendit de l'eau couler. Mlle Ada commença à mouiller les guiches et à les démêler avec une délicatesse qui le fit rougir. Mlle Isa, assise immobile auprès de lui, contre lui, limait et polissait ses ongles avec des gestes d'une légèreté miraculeuse… Comme si elles s'étaient réglées l'une sur l'autre, elles terminèrent en même temps. Il se leva presque à regret, agréablement cotonneux, régénéré par les manipulations dont il avait été l'objet. Aranelle surgit à ce moment pour glisser un billet dans la poche de chacune des deux jeunes filles.

« Bien, bien, la mue est amorcée, vous commencez à prendre figure humaine ! » dit-il tandis qu'il entraînait Benoît vers la sortie au pas de charge après avoir réglé la coupe à la patronne.

— Vous vous débarrasserez vite de cette timidité, reprit-il quand ils furent dans la rue. Ne le recevez pas mal, hein ? Je vous vois un peu tendu… Cela se comprend, tant qu'on ne sait pas où est sa place, ou pire, tant qu'on n'est pas certain d'en avoir une attitrée. Mais vous en avez une désormais, et c'est plutôt la première que la dernière. Personne n'a plus de droits que vous à arpenter les trottoirs de cette ville. Vous en possédez – vous en posséderez à court terme – de plus grands pans que quiconque, à l'exception de vos cousines Alcyone et Bételgeuse. Ces rues, ces immeubles, ce ciel, sont en partie à vous. Un pourcentage notable des gens que vous croisez sont directement ou non vos employés. Et même si ce n'est pas le cas, ils ont acquis leur voiture, leur appartement, leur réfrigérateur et leur télévision grâce à des prêts que tel ou tel des organismes de crédit que vous contrôlez leur a consentis. Cela se sait déjà dans certains milieux, cela se saura bientôt dans tous. Alors, sans pour autant plastronner, habituez-vous dès maintenant à peser votre juste poids, à occuper votre exacte surface. C'est d'ailleurs ce que tous attendent de vous. L'édifice social est sensible, sinon fragile. Comme une barque, il oscille fâcheusement si chacun ne se tient pas à sa place. Ce n'est pas vraiment dangereux, mais ça barbouille.

Ils ne reprirent pas la voiture pour se rendre dans les magasins. Ceux qu'ils écumèrent étaient tous situés dans le même quartier. Ils ne revenaient vers la berline qu'entre deux courses, pour y déposer leurs emplettes.

Tout ça prit du temps. En milieu d'après-midi, on commença seulement à en voir le bout. Outre la lyre dans son étui, le vaste coffre de la voiture était plein de paquets, de cartons et de sacs siglés, tout comme la banquette arrière en était recouverte. Benoît commençait à avoir faim. Aranelle n'autorisa qu'un chocolat chaud et une brioche dans un salon de thé du quartier.

— Vous dînez ce soir en famille. Repas funèbre, sans tralala particulier, mais quand même, inutile de vous alourdir. D'ici là, vous allez prendre possession de vos appartements. Vous les connaissez déjà...

Aranelle parti (il était entendu qu'il reviendrait chercher Benoît à vingt heures précises pour le dîner), l'adolescent se laissa tomber sur un des canapés. Un discret miaulement se fit entendre, et Médor, le persan anoure, apparut. D'abord réservé, après quelques hésitations de principe il se laissa caresser. Le chat sur les genoux, Benoît embrassa l'immense pièce d'un regard incrédule. Rien n'avait changé, ou presque, depuis le matin où Fille-de-Personne avait failli tuer Sérif, on avait juste remis de l'ordre, pourtant Benoît n'aurait pas éprouvé un sentiment d'étrangeté plus aigu s'il avait été transporté sur une autre planète par quelque procédé de télétranslation instantanée. Sous ses yeux, c'était la matière même des murs, des meubles, du moindre objet, qui semblait avoir changé de nature. Comme si une mutation s'était produite au sein des molécules dont ils se composaient. D'extérieurs et étrangers à lui, ils lui étaient devenus consubstantiels : ils était *à lui*, ils étaient lui. Il aperçut, à quelques mètres du canapé sur lequel il se tenait, le masque d'ébène où le premier carreau tiré par Onagre, le jour où il avait acheté l'arbalète, était encore fiché. Il fut saisi d'un vertige. Les émotions, la fatigue, sans doute... Mais cette soudaine prise de conscience de la folie des événements y avait aussi sa part. Il ferma les yeux, dans l'espoir qu'à la seconde où il les ouvrirait à nouveau tout serait rentré dans l'ordre, comme au sortir d'un rêve idiot. Onagre, Cambouis et Fille-de-Personne seraient là, bien vivants, les garçons désinvoltes, blagueurs, à la fois amicaux et légèrement condescendants à son égard, et Fille-de-Personne brusque et lointaine comme à son habitude. Il garda les paupières closes plusieurs minutes. C'était pour le coup qu'il risquait de s'endormir, pensa-t-il. Il rouvrit les yeux. Il n'avait pas dû attendre assez longtemps, hélas ! Autour de lui, la pièce était toujours déserte. La terne lumière de fin d'après-midi qui entrait par les œils-de-bœuf et les divers ajours ménagés dans la toiture ne suffisait plus à l'éclairer tout entière. Il fallait éviter d'allumer tous ensemble les innombrables spots disposés dans les nervures de l'antique charpente, blaguait Cambouis, sous peine de faire sauter la centrale électrique d'Écorcheville et de provoquer une panne géante. Pour l'heure, le grenier s'engloutissait peu à peu dans la grisaille. Une marée d'ombre montait, submergeant lentement les canapés, le lit entoilé de paravents d'où Fille-de-Personne avait jailli toute nue, le fortin carré de la cuisine américaine au pied de laquelle Sérif blessé s'était effondré. Rien n'était rentré, rien ne rentrerait jamais dans l'ordre préexistant. Benoît dut s'en convaincre, la mort de ses amis, et sa fortune subséquente, étaient irréversibles. Il essaya de se rappeler où se trouvaient les boutons commandant aux petits astres artificiels suspendus loin au-dessus de sa tête de s'allumer ou de s'éteindre, ou de briller avec plus ou moins d'intensité. Vu la surface considérable du grenier, il était improbable qu'on n'eût pas pensé à installer des panneaux de commutateurs en divers endroits. Comme il prenait appui sur le bras du canapé pour se lever, la main de Benoît se posa sur une plaque d'aluminium hérissée de petits boutons qui y était enchâssée. Il tâtonna un moment, alluma, éteignit, ralluma plusieurs spots, testa plusieurs combinaisons avant de s'estimer satisfait de l'éclairage. La lyre et les paquets contenant les habits neufs étaient amoncelés sur une grande table au plateau de verre fumé supporté par des tréteaux d'acier brossé, que le goût syncrétique de Bella Bussettin avait voulue à proximité de la porte d'entrée aux ferrures moyenâgeuses dignes d'une porte de couvent. Benoît marcha jusque-là, rangea d'abord son instrument dans le bas d'un placard, puis revint jeter un coup d'œil au contenu de tel carton, tel sac, sans trouver encore le courage de les déballer. Avant de partir, Aranelle avait ouvert devant lui les placards vidés de l'abondante garde-robe d'Onagre. Benoît aurait toute la place nécessaire pour y ranger ses propres affaires. De même, on avait fait disparaître les sous-vêtements des conquêtes d'Onagre accrochés dans le placard aux trophées. Benoît se demanda si son ami avait sacrifié au rite après son aventure avec Mina Bussettin… La place en tout cas était nette, les lieux prêts à accueillir un nouvel hôte, un nouveau maître. Seul l'empennage du carreau planté en plein front du masque africain rappelait la mémoire de l'ancien.

Que laisse-t-on derrière soi ? Onagre laissait ça. Et Cambouis, en dépit de ses dons, encore moins ! Et Fille-de-Personne ? Benoît fouilla dans sa poche et en retira le soutien-gorge roulé en boule. Rien d'autre, vraiment ? Il se souvint de la boîte à chaussures dans laquelle Mme Bernard avait recueilli ce matin même les papillons, les épis, les fleurs fanées éparses dans la chevelure de Fille-de-Personne. Superbe l'avait emportée. Benoît le revit, écrasé, sortir de la bonbonnière en serrant contre lui la méchante boîte en carton, tel un trésor. Qu'était-elle devenue ? La dépouille de Fille-de-Personne était déjà partie en fumée. Ne restait d'elle que ces reliques au fond d'une boîte. Quelqu'un l'ouvrirait un jour par hasard. Les fleurs séchées et racornies auraient perdu leurs couleurs comme le chiffon de tissu avait déjà perdu son odeur, les épis s'égrèneraient, les ailes cassées des papillons s'émietteraient et tomberaient en poussière. On flanquerait le tout aux ordures avec un haussement d'épaules. Cette fois il ne subsisterait rien d'elle, et rien ne manquerait au monde. Benoît se promit de tout faire pour retrouver la boîte. Il la réclamerait, il la volerait si nécessaire. Elle se trouvait ici même, peut-être, au palais Propinquor, ou dans le bureau du maire à l'hôtel de ville… Qu'avait fait Superbe, où était-il allé entre le moment où il avait quitté la bonbonnière en compagnie de Mme Bernard et celui où le trait de Krux l'avait frappé ? En un point de son itinéraire, il avait posé la boîte sur un meuble ou il l'avait rangée dans un placard, ou bien il l'avait confiée à quelqu'un…

Une sonnerie retentit. Le chat se coula sous un meuble. Benoît sursauta, un instant effrayé. Il se ressaisit. Il n'avait pas à craindre d'être traité en intrus. Combien de temps lui faudrait-il pour se convaincre qu'il était chez lui ? On sonna à nouveau. À la peur succéda l'embarras, tandis qu'il pianotait en vain sur le tableau de commande encastré dans le bras du canapé. Lequel de ces foutus boutons ouvrait la porte à distance ? Ses tentatives brouillonnes n'aboutirent qu'à modifier l'éclairage. Son visiteur devait être familier des lieux, car en désespoir de cause il prit sur lui d'entrer. Benoît reconnut Sérif. Le valet de chambre s'avança vers lui. Il ne portait pas la tenue de travail dans laquelle Benoît l'avait toujours rencontré, pantalon noir, gilet à rayures et plastron, mais un costume de ville. Benoît s'étonna qu'il n'eût pas le bras gauche en écharpe. Sans doute sa blessure était-elle moins grave qu'il n'avait paru au premier abord. Benoît ne le vit pas s'approcher sans un regain d'embarras. Sérif était un domestique, sinon même un esclave... Benoît n'avait jamais eu avec lui aucun échange tant soit peu personnel. Comment l'accueillir et se comporter avec lui ? Fallait-il lui serrer la main, ou se contenter de le saluer d'un mouvement de tête ? En fait d'esclaves, Benoît n'avait encore eu affaire qu'à Gégé – de façon très épisodique, par chance – et à Géli. Même si les rapports qu'il entretenait avec elle n'étaient rien moins que simples, leur intimité lui épargnait de se poser de telles questions à son propos.

Sérif coupa court aux hésitations de Benoît en s'immobilisant à quelques pas et en s'inclinant.

— Bonsoir, monsieur Benoît. Je suis venu vous présenter mes compliments...

Benoît tiqua. D'avoir perdu tous ses amis valait-il vraiment d'être complimenté ? Mais c'était plutôt à l'héritage que Sérif faisait allusion.

— ... Et vous informer que je suis d'ores et déjà en mesure de prendre mon service auprès de vous, poursuivit Sérif. Si tel est votre souhait, bien sûr…

Benoît comprit qu'il héritait de Sérif et de Médor comme du reste. De la cascade d'événements qui s'abattait sur lui depuis l'aube, celui-ci était peut-être le plus bluffant : Benoît Brisé avait désormais un valet de chambre.

LXVII

Sérif était là, bientôt guéri, anxieux de conserver sa place. Benoît n'avait jamais entendu Onagre se plaindre de lui. Pourquoi changer ? Il aurait fallu se faire à un autre visage. Benoît lui confirma son maintien. Radieux, Sérif lui proposa de réintégrer ses fonctions dès maintenant. Son congé médical pour ce drôle d'accident du travail courait encore une semaine, mais à moins que l'on n'exigeât des efforts physiques intenses il se sentait prêt à reprendre le collier sur-le-champ. Benoît n'y voyait pas d'inconvénient.

— Si vous êtes certain…

— Aucun problème ! lui assura Sérif.

Il lança un regard de convoitise en direction des paquets entassés à l'entrée.

— Avec votre permission, je pourrais déballer vos affaires… Pendant ce temps, hum…

Sérif se racla la gorge.

— Oui ?

— Vous pourriez vous rafraîchir pendant que je mettrai tout ça sur des cintres. Il convient d'être prêt pour vingt heures… En sortant de la salle de bains, vous choisirez commodément ce que vous porterez pour le dîner.

Le dévoué Sérif avait été l'honorable correspondant de Superbe auprès d'Onagre. Il serait dorénavant celui d'Aranelle auprès de Benoît. Était-ce gênant ? se demanda celui-ci. C'était rassurant, plutôt. Quelqu'un veillait sur lui.

Il était un point que Benoît aurait aimé tirer au clair. Il s'agissait de la condition de Sérif. Était-il un esclave ? De crainte de l'offenser et de se l'aliéner, il n'osait pas lui poser la question. Qu'Onagre ne l'eût jamais évoquée devant ses amis laissait entendre que non, se dit-il. Il y avait des chances que Sérif fût un homme libre. Un doute perturbant subsistait pourtant dans l'esprit de Benoît. Et ce n'était rien encore à côté des appréhensions qu'il nourrissait à propos du dîner de ce soir. Tous les gens qu'il allait y côtoyer, les jumelles infernales comme les autres, avaient reçu une parfaite éducation. Ils savaient se tenir à table, que faire de leurs coudes et de leurs genoux, quels couverts choisir en fonction des mets servis. Benoît se sentit rougir par avance à la perspective des impairs qu'il n'allait pas manquer de commettre. Il allait descendre dans l'arène sans arme ni cuirasse, sans même le petit bouclier rond du savoir-vivre minimal.

— Le temps de me changer, et je vous fais couler un bain, dit Sérif.

— Oui, oui, si vous voulez, répondit distraitement Benoît.

Sérif s'éclipsa pour réapparaître au bout de quelques minutes, impeccable dans sa tenue de travail. Tout au plus pouvait-on remarquer dans sa silhouette une légère dissymétrie, en raison du pansement qui épaississait son épaule gauche. Il disposait d'une chambre à l'étage en dessous. Il montra à Benoît, sur le panneau de commande du canapé, quel bouton permettait de l'appeler. Ce bouton figurait sur tous les dispositifs similaires répartis autour de l'appartement. Benoît ne devait pas hésiter à y recourir en cas de besoin, de nuit comme de jour, précisa-t-il. Puis, joyeux et tout à son affaire, il gagna la salle d'eau enclavée dans un angle pour y faire couler le bain de son maître.

C'était bien une arène. Comme il pénétrait accompagné d'Aranelle dans la grande salle à manger du palais Propinquor, Benoît eut l'illusion d'entendre feuler des fauves. Le brouhaha des conversations s'éteignit à l'instant où ils firent leur entrée, et ce fut encore pire. Tous les regards se tournèrent vers les nouveaux arrivants. Benoît se sentit dans la peau du belluaire à l'instant où les prunelles des félins qu'il va combattre ou nourrir se mettent à briller à sa vue. Était-il possible que la table comportât encore des rallonges qu'on n'eût pas dépliées pour cette fois ? Elle était dressée pour vingt personnes, au bas mot. Elle était loin, pourtant, d'occuper toute la pièce. Un vaste espace restait libre, où les futurs convives se tenaient debout, et en bordure duquel se trouvait le buffet supportant des plateaux de hors-d'œuvre variés, de chauds-froids de volaille et de viande, ainsi que deux saumons entiers présentés sur de grands plats d'argent. Derrière le buffet que flanquaient deux chariots, l'un de fromages et l'autre de pâtisseries, deux extras en habit, au maintien compassé, s'apprêtaient à faire office de cantinières, tandis qu'un sommelier fourbissait son tire-bouchon et lissait ses serviettes derrière une table chargée de bouteilles.

Benoît avait marqué un temps d'hésitation. Le secrétaire général lui effleura le coude avec un mélange de familiarité et de déférence d'un dosage subtil.

— Allons, garçon, il faut marcher ! lui glissa-t-il à mi-voix.

Benoît obéit avec le sentiment de s'aventurer sur un fil tendu au-dessus d'un abîme, s'étonnant presque de ne pas y tomber à chaque nouveau pas.

— Ne regardez pas vers le bas, vous allez attraper le vertige ! chuchota Aranelle.

Benoît releva la tête, qu'il avait d'abord gardée baissée, en effet. Écorcheville n'était pas une mégalopole où les êtres sont comme les grains de sable d'une plage, dont l'immense majorité ne se rencontreront jamais. Bien qu'il n'eût jamais fréquenté le gotha local qu'à travers Onagre et Cambouis, Benoît connaissait au moins de vue la plupart des personnes ici réunies. Il y avait d'abord, autour de Mauthilde, outre Alcyone et Bételgeuse et l'indispensable Benito Guardicci, Egmont Esteral, ainsi que deux des plus hautes sommités médicales de l'endroit, Origan Propinquor et Hysope Esteral… Benoît eut beau le chercher des yeux, il dut se rendre à l'évidence, leur supérieur à tous deux, le Pr Romarin Bussettin, n'était pas là. Était-ce parce qu'il n'avait pu sauver Superbe ? Mais, remarqua Benoît, l'assistance ne comprenait aucun membre du clan Bussettin. C'était tout Propinquor et Esteral. La trêve qui s'était esquissée à l'occasion du double service funèbre de Cambouis et d'Onagre n'était même plus un souvenir. Le corps de Superbe encore tiède, ou peu s'en fallait, la veillée sentait déjà le traité d'alliance dirigé contre son rival, à qui la mort du maire ouvrait en principe le chemin de la mairie. Benoît s'efforçait, sans y parvenir toujours, de mettre un nom sur chaque visage. Cet escogriffe, là, qui le regardait passer d'un œil protubérant d'hyperthyroïdien, c'était Énée Esteral, le frère d'Egmont. Il dirigeait le plus important garage d'Écorcheville. À côté de lui, ce pot à tabac enguirlandé de pierreries était une Propinquor par alliance. Elle tenait la limonade et les courses, et l'on murmurait qu'elle buvait son fonds aussi vite qu'elle usait ses jockeys. Sans cesser d'examiner Benoît, elle se haussa sur la pointe des pieds pour glisser un mot à l'oreille de sa voisine plus grande qu'elle de deux têtes, sorte de duchesse douairière, chignon strict, joues creuses, lèvres pincées, tailleur d'une draconienne élégance. Si l'on voulait savoir de quel calibre devaient être les perles d'un collier, ou la bonne hauteur des talons d'une paire de souliers en fonction de la longueur de la jupe avec laquelle on allait la porter, personne dans tout Écorcheville n'était plus à même de vous répondre, avait expliqué Cambouis à Benoît. Celui-ci s'était un temps intéressé à elle, non sans excuse. Cette incarnation du comme-il-faut, ce parangon du rien-de-trop, n'était autre que Madeleine Esteral, la maman de Lola, et par voie de conséquence la grand-mère maternelle de Benoît. Que lui chuchotait le pot à tabac dont Benoît avait oublié le prénom ? Il ne faisait guère de doute qu'elle parlait de lui, et pas pour louer sa démarche ou son port de tête ! Il marchait un peu en canard, il le savait, et Tatie Cindy l'exhortait avec insistance à se tenir droit et à déplier toute sa taille s'il voulait plaire aux filles. Sous le feu des regards auxquels il était exposé, il se sentait a priori plus enclin à rentrer la tête dans les épaules qu'à bomber le torse. Quand l'irréprochable douairière se pencha pour laisser tomber en retour un mot dans l'oreille de sa commère endiamantée, Benoît connut un instant de panique. C'était sa grand-mère, dont il n'avait jamais entendu la voix, qui le jugeait et le condamnait d'un seul mot mystérieux… Il s'en fallut de peu qu'il ne tournât les talons et ne plantât là famille et fortune, renonçant à un destin décidément inassumable. Aranelle devait avoir des antennes par lesquelles il perçut son affolement. De quelques mots jetés du coin des lèvres, il conjura ses velléités de fuite.

— Haut les cœurs, Benoît ! C'est vous qui êtes leur sphinx, et non le contraire…

Benoît n'était pas sûr d'avoir bien compris ce que le secrétaire général entendait par là, mais l'étrangeté de la phrase fit diversion dans son esprit. Son regard croisa celui de Madeleine Esteral, et miracle, il parvint à le soutenir quelques secondes avant de dériver plus loin, mais, ce qui lui parut essentiel, sans ciller ni baisser les yeux. Où avait-il trouvé ce courage, ou cet aplomb inattendu ? Au fond, tout au fond de lui-même peut-être, enfoui telle une arme cachée en attendant l'heure, sous l'humus des années d'anonymat et d'abandon, dans l'amertume et la rancune. Aranelle avait raison, et Benoît comprenait avec un instant de retard son histoire de sphinx. Madeleine Esteral était aujourd'hui forcée de croiser le regard du bâtard, et c'était lui, et non elle, qui sommait l'autre de répondre à une question informulée, qui se posait en énigme.

Si Madeleine était restée d'une impassibilité minérale durant cet échange, si ses prunelles ne s'étaient même pas fugitivement allumées, par réflexe, comme il est après tout naturel à la vue d'un être humain ou d'un animal à sang chaud, il n'en alla pas de même pour son fils Egmont. Actuel bey des Esteral, Egmont se porterait avec quelque chance de succès candidat à la succession de Superbe à la mairie si le rapprochement amorcé avec les Propinquor se concrétisait. Comme Aranelle conduisait Benoît vers le groupe qui entourait Mauthilde, et dans lequel, fait significatif, figurait Egmont, celui-ci arbora à leur intention un sourire d'une cordialité presque exubérante. Benoît en avait à peine conscience une minute auparavant, mais ce détail, qui n'était pas du tout un détail en réalité, lui revint en mémoire : fils de Madeleine et demi-frères de Lola, Énée et Egmont étaient ses oncles. Or Egmont savait pertinemment que la chance inespérée qui s'offrait à lui de souffler la mairie sous le nez d'Honoré Bussettin passait par l'aval et l'appui électoral des Propinquor. C'est-à-dire d'Aranelle, puisqu'il tenait la famille décapitée dans sa main de fer gantée d'agneau gris. Or il était patent qu'Aranelle, afin de conserver son pouvoir, s'était déjà accaparé l'héritier impromptu pour en faire sa créature et son joker.

Les premiers mots qu'il aurait à prononcer... C'était ce que Benoît appréhendait le plus. Parviendrait-il à articuler quoi que ce soit d'intelligible ? Sa langue n'allait-elle pas se souder à son palais, sa bouche refuser de s'ouvrir ? Pour la gestuelle, Aranelle l'avait succinctement chapitré dans l'escalier. Surtout, ne tenter aucun baisemain ! Devant les femmes, une courbette, d'autant plus marquée qu'elles étaient plus âgées ; avec les hommes, puisqu'il était le plus jeune de l'assemblée, attendre qu'ils lui tendent la main, répondre alors avec naturel et cordialité ; avec Alcyone et Bételgeuse qu'il connaissait déjà, *ad libitum !* La bise, non ? Sûrement pas, avait pensé Benoît. Les sœurs d'Onagre qui léchaient la pomme de tout le monde au bahut n'avaient jamais laissé transparaître la moindre envie de se laisser embrasser par lui... Autrement, avait conclu Aranelle, regarder les gens dans les yeux, sans s'attarder ; sourire à chacun, prendre garde que ce sourire ne devienne pas un rictus... Dans ses beaux vêtements neufs, les plus confortables qu'il eût jamais portés, Benoît suait d'angoisse. Il sentit qu'il avait les mains moites. La droite surtout, lui sembla-t-il. Il n'était plus temps de l'essuyer sur son pantalon. Il raccourcit son pas, d'instinct, comme aux abords d'un bassin à crocodiles. Avec une amicale fermeté, Aranelle le tira par la manche.

Mauthilde Propinquor n'avait pas l'espèce de distinction exacerbée, presque hystérique, de sa cousine issue de germain Madeleine Esteral. Elle n'avait pas dû, non plus, être aussi belle. À soixante-quinze ans passés, en tout cas, le temps avait accompli son œuvre. Il n'y avait rien de bien remarquable dans la personne physique de Mauthilde, et pourtant une aura la nimbait, qui n'était pas imputable seulement à sa qualité de compagne et veuve du lion. Très vite, à la côtoyer, on pressentait en elle des vertus dont on eût été en peine de préciser de prime abord la nature. Une certaine capacité de silence, de neutralité bienveillante, ou de longanimité ? Elle semblait être de ces femmes qui laissent le champ libre à la vie autour d'elles, au contraire de celles qui se dressent devant quiconque les approche comme des procureurs requérant sans cesse en d'obscurs procès. Louise aussi, laissait vivre, mais c'était par lassitude et abdication. Mauthilde Propinquor paraissait inlassable et souveraine.

Avec Benoît, elle fut parfaite. Mesurant son sourire, à la différence d'Egmont Esteral déjà en campagne alors que Benoît n'avait même pas encore le droit de vote, elle parvint néanmoins par la chaleur retenue de sa voix, par ses intonations rassurantes, à lui promettre ce dont il aurait le plus besoin dans les premiers temps de sa nouvelle vie : de l'indulgence. Du coup il se tira passablement de son épreuve de contenance, ne s'inclina ni trop ni trop peu, et prononça en chevrotant à peine les quelques mots qu'on escomptait de lui dans l'immédiat. Avec Benito Guardicci, le souvenir de leur récente rencontre au bar de l'Hôtel des Mânes lui simplifia les choses. Les esculapes, Hysope et Origan, l'accueillirent sobrement et l'observèrent à la dérobée, avec une curiosité toute professionnelle et ponctuelle. Alcyone et Bételgeuse commencèrent par se montrer odieuses, comme il s'y attendait. C'était en plein sur leurs plates-bandes qu'il marchait, en tant que légataire universel de Superbe. Sa part du fabuleux gâteau Propinquor serait prise sur la leur. Elles avaient beau être bêtes, elles avaient au moins compris cela. Il ne fallait donc pas s'étonner qu'elles lui battent froid. Elles maîtrisaient à la perfection l'art de se montrer désagréable. Un garçon plus sûr de lui en aurait peut-être souri. Benoît prit la bordée par le travers et faillit chavirer. Alcyone, qu'il reconnut à sa joue droite scarifiée, le dévisagea avec dans l'œil un mélange de répulsion et de mépris, avant de se détourner et de l'ignorer. Quant à Bételgeuse, qui portait sa cicatrice à gauche, plus perverse, elle fixa ostensiblement sa braguette, comme s'il avait oublié de la fermer et que quelque chose, pan de chemise ou pire, en dépassait. Qui ne connaîtrait en pareille circonstance un instant de doute, sinon d'affolement ? Benoît se retint d'extrême justesse de vérifier. S'il avait oublié de se boutonner, Aranelle qui avait procédé à une inspection de détail en venant le chercher dans son appartement-grenier n'aurait pas manqué de le remarquer, se dit-il pour se rassurer. N'empêche, l'alerte avait été chaude, et Benoît presque démâté tanguait sur une mer soudain redevenue hostile. Mauthilde avait tout vu. La scène confirmait ses craintes à propos de l'accueil que ses petites-filles réserveraient à l'usurpateur. Elle les éloigna sous le prétexte d'aller présenter leurs civilités à Madeleine Esteral. Point dupes, les deux garces obéirent, non sans couler par en dessous un coup d'œil menaçant à Benoît. Avec une étonnante habileté manœuvrière, tel un pilote de port qui parvient à se faufiler dans un bassin encombré, Mauthilde fit en sorte d'entraîner Benoît à l'écart, tandis qu'Aranelle engageait la conversation avec Benito Guardicci et les mandarins.

— Gardez vos distances avec vos cousines, dans un premier temps. Ce sera plus prudent, dit la veuve de Superbe avec un sourire empreint de malice. Tout à l'heure, quand vous vous serez fait servir au buffet, venez vous asseoir près de moi, à table. Je vous garderai la place à ma droite. Vous faites partie de la famille, il faut que nul n'en ignore ! Et d'ailleurs il ne serait pas inutile que nous nous connaissions mieux, vous et moi…

À la surprise de Benoît, Mauthilde s'enquit de la santé de Louise. Elle l'avait parfois croisée dans le temps, mais surtout Superbe ne tarissait pas sur ses talents de taxidermiste. Il lui en avait encore parlé quelques heures avant sa mort, à propos d'un spécimen exceptionnel qu'il avait confié aux soins de Louise, ce fameux centaure rejeté par le fleuve. Elle n'avait pas eu l'occasion de le voir, durant le bref laps de temps où il avait été exposé au musée Occlo. Il était très spectaculaire, disait-on. Ce devait être passionnant, d'assister à l'embaumement d'une telle créature…

Bientôt gagné par l'attention bienveillante que lui témoignait Mauthilde, Benoît se retrouva à lui décrire par le menu les phases du traitement appliqué par Louise au centaure. Il renonça *in extremis* à l'informer de l'avancement de la momification d'Aimé, de crainte de jeter un froid. Du centaure, ils passèrent au satyrion. Benoît résista au désir enfantin d'étonner son interlocutrice en lui dévoilant qu'il l'avait apprivoisé, ce qui d'ailleurs aurait été trop dire. Les méfaits du sauvageon – la tentative de viol, sa part dans l'accident, le scandale lors des obsèques des jeunes gens – étaient passés au second plan de l'actualité après la mort de Superbe... Un nuage assombrit les traits de Mauthilde. Elle se reprit aussitôt. Benoît ne sut s'il devait admirer le parfait contrôle qu'elle exerçait sur ses émotions, ou y voir un signe d'indifférence. Il se demanda tout à coup si Mauthilde avait su, pour Fille-de-Personne et la bonbonnière. Il hésita, pencha en faveur de l'ignorance, sans pourtant s'en tenir pour absolument certain. Jusqu'où pouvait aller l'indulgence de la grande dame vis-à-vis des faiblesses masculines ? Qui sait si elle ne confinait pas au simple mépris ?

LXVIII

— Voulez-vous le voir maintenant ? Il est là... dit Mauthilde en esquissant un geste en direction d'une porte à deux battants située à l'opposé de celle par laquelle Benoît et Aranelle étaient entrés.

Le secrétaire général avait bien parlé de veillée funèbre, mais en voyant tous ces gens réunis devant un buffet dressé comme pour une réception anodine, Benoît avait presque oublié le caractère particulier de la soirée. Il ne s'était même pas interrogé sur l'endroit où reposait le corps. Eh bien, il le savait à présent, il était là, tout près, derrière cette porte.

— Nous le veillerons ensemble cette nuit, mais avant cela, vous aimeriez peut-être vous recueillir auprès de lui quelques instants, dans la solitude ?

Mauthilde accompagna cette offre d'un regard appuyé. Certes, pensa-t-il, il serait bien venu, pour la galerie, de marquer ainsi quelque reconnaissance à l'homme qui, à l'instant de mourir, avait tendu la main pour l'arracher à sa médiocrité et faire de lui l'héritier le plus en vue et le plus envié d'Écorcheville. La *reconnaissance*, se dit pourtant Benoît, c'était à lui qu'elle était due, lui à qui on l'avait fait attendre si longtemps. Lui-même n'était pas sûr d'en éprouver, ou bien, s'il éprouvait quelque chose qui pouvait s'y apparenter, ce n'était pas exactement à Superbe qu'il le vouait. C'était aux astres, plutôt, sans qu'il accordât pour autant la moindre foi aux spéculations d'ordre astrologique. Et d'ailleurs, le ciel était si souvent plombé, sur Écorcheville, de si épais et sombres nuages roulaient si souvent au-dessus de ses toits, qu'il était très rare, même aux mois d'été, qu'on y aperçût des étoiles. C'était au point qu'on pouvait douter de leur existence. Réduites au statut de légendes, elles poursuivaient hors de vue leurs machinations supposées. L'idée d'aller contempler la dépouille de celui qui avait tant tardé à devenir son bienfaiteur, et qui n'avait au bout du compte obéi qu'à des motifs rationnels et pragmatiques, n'enchantait pas Benoît. Et puis, il avait eu ces derniers jours son content de cadavres… Il se résigna malgré tout à se conformer à la suggestion de Mauthilde. Ce serait le premier des gages qu'il serait sans doute amené à donner. À l'évidence, on comptait sur lui pour remplir au sein de la famille et de son empire certaine fonction à la fois décorative et indispensable, subalterne et cruciale. Sinon, pourquoi se serait-on embarrassé de lui ?

— Bien sûr, murmura-t-il en réponse à la question

de Mauthilde.

Celle-ci hocha la tête avec satisfaction. Se retournant vers Aranelle, elle lui adressa un petit signe de connivence.

— M. Aranelle va vous conduire, dit-elle à Benoît tandis que le secrétaire général les rejoignait après s'être excusé auprès de ses interlocuteurs.

Comme il se dirigeait vers la chambre mortuaire en compagnie d'Aranelle, tous les regards convergèrent à nouveau sur Benoît. Regards entendus, regards blasés, regards complices ou hostiles, il lui semblait les entendre crépiter sur lui comme une de ces pluies de bestioles vivantes qui constituaient une des particularités d'Écorcheville. Il se dit qu'il finirait par s'y accoutumer. Il le faudrait bien, en tout cas... Jusqu'alors il avait été invisible, ou du moins il l'avait cru. En fait, il n'était guère douteux qu'on l'observait depuis toujours. « On » : les initiés, dont plusieurs se trouvaient en cet instant dans cette pièce. Ceux-là savaient que les bruits au sujet des amours clandestines d'Aimé Propinquor et de Madeleine Esteral, et sur la naissance de Soizic, appelée à devenir Lola Balbo, n'étaient pas vains. Ceux-là, quand ils croisaient Benoît dans la rue, s'amusaient à repérer dans la stature et les traits du bâtardon abandonné par Lola les signes de sa double hérédité Propinquor-Esteral... C'était comme si, connaissant déjà la pièce, ils avaient guetté le coup de théâtre qui allait abasourdir les spectateurs ingénus, s'il s'en trouvait pour de bon dans l'assistance. Aranelle posa la main sur la poignée de verre taillé de la porte, et ouvrit celle-ci avec une gravité qui rappela à Benoît les représentations des tragédies dans lesquelles jouait Lola. Ici aussi, on était sur une scène, à incarner un autre que soi-même. Ce n'était pas le vrai Aranelle qui ouvrait la porte, ni le vrai Benoît qui s'apprêtait à la franchir, mais deux acteurs, sous les yeux d'un public lui-même composé de comédiens qui auraient à un moment ou à un autre de la soirée leur réplique à prononcer ou leur tirade à déclamer, selon leur emploi.

Sitôt la porte refermée, comme s'ils avaient quitté la scène pour la coulisse, Aranelle abandonna toute affectation. Il ne jouait plus. Il conduisit Benoît devant la bière encore ouverte dans laquelle reposait Superbe. Rejetant son rôle de ses épaules ainsi qu'une cape à présent inutile, il réendossa à la fois, dans l'instant, une affliction probablement sincère et une préoccupation légitimement égoïste : faire que la mort de Superbe n'entraînât pas la perte de son pouvoir et la fin de sa carrière.

— Voilà ! soupira-t-il en montrant la bière. Dans quelques heures, on brûlera dans un four tout ce bois verni et ce capitonnage de satin dispendieux, on flanquera au feu la dépouille de cet homme qui fut Écorcheville… Dans le feu, de son vivant, je l'y aurais suivi les yeux fermés, comme on dit. Et d'ailleurs je l'ai fait, à plusieurs reprises, tant j'étais persuadé qu'il saurait l'éteindre. C'est vrai qu'il y est toujours parvenu ; la politique, c'est ça, finalement ! À présent il est mort. Un siècle, ou peu s'en faut, de l'histoire d'Écorcheville va se consumer avec lui. Bien sûr, il en restera des traces. Les historiens locaux veilleront à les collecter et à les consigner dans leurs ouvrages, doctes monographies ou vastes synthèses, en fait des espèces de bocaux de conserve de mots, qui finissent toujours par pourrir. C'est fini, voilà la vérité nue. Pas celle qui sort du puits, pimpante et sexy, mais celle qu'on y précipite la tête la première, parce que sa vue est insoutenable.

Aranelle, d'un geste machinal, effleura du plat de la

main le rebord du cercueil.

— Auriez-vous une pièce de monnaie ? Je n'en ai pas sur moi, c'est bête…

Benoît fouilla ses poches et en sortit quelques pièce qu'il tendit, paume ouverte, au secrétaire général. Celui-ci désigna du doigt la plus grosse.

— Mettez-lui ça dans la bouche, dit-il au garçon. Vous ne voudriez pas que l'homme le plus riche d'Écorcheville se trouve démuni devant le nocher ? Et puis il n'est pas mauvais que ce soit vous qui vous acquittiez de cette tâche, je trouve.

Comme Benoît hésitait, il l'encouragea :

— Allons, n'ayez pas peur. Comme dans une tirelire !… Là, voilà qui est fait…

Ils demeurèrent quelques instants silencieux. Benoît n'osait s'essuyer après avoir écarté les lèvres du cadavre. Il le fit à la dérobée, sur le pan de sa veste.

— Quand on n'est pas soi-même de cette sorte d'homme, reprit Aranelle, il est bon d'en côtoyer un, ça met de l'ordre dans votre vie. On n'y perd rien. Les servir vous sert. Il n'y a pas de honte à s'inféoder si c'est au lion. Allons, celui-là est mort. Il va falloir faire sans lui. On va tenter de faire avec vous.

Benoît voulut protester. Vouloir le lancer à la reconquête de la mairie dans dix, quinze ou cinquante ans, c'était absurde… Le visage d'Aranelle se plissa entre grimace et sourire, tandis qu'il écartait d'un revers de la main les fantasmagories de Superbe à l'article de la mort – ou en tout cas leur déniait toute actualité :

— Bien entendu, vous avez raison, ça ne tient pas debout… Il est beaucoup trop tôt pour penser à cela ! En revanche, il est des tâches qui nous incombent dès aujourd'hui, et pour l'accomplissement desquelles nous avons besoin de vous.

Aranelle lança à Benoît un regard qui ressemblait à une mise en demeure, sans doute amicale, mais pressante. Il n'avait pas fait obstacle, au contraire il avait dû faciliter, encourager de façon décisive la désignation de Benoît comme légataire. Il allait de soi qu'il en escomptait quelque chose en retour. Cependant le moment de lui révéler de quoi il retournait n'était pas encore arrivé. Les paroles du secrétaire général ne constituaient qu'un premier avis, car la tension de son regard se relâcha, et il abandonna le sujet pour aborder des considérations pratiques. L'assiduité et le travail de Benoît au lycée, et le peu de considération subséquent dont il jouissait auprès de ses condisciples et de ses professeurs, ne justifiaient pas qu'il y restât inscrit. Terminé, Mathieu-Chain ! Il n'aurait plus désormais que des professeurs particuliers, qui viendraient l'enseigner à domicile et le remettraient à niveau en quelques mois. On n'éprouvait aucune inquiétude à ce propos. Il avait toutes les capacités nécessaires. S'il en avait usé jusqu'ici avec autant de parcimonie, c'était parce qu'il était livré à lui-même, et, ajouta Aranelle non sans ironie, parce que les amis qu'il s'était choisis ne lui avaient pas donné le meilleur exemple… Préparé par des pédagogues d'élite employant des méthodes modernes, il passerait sans difficulté ses examens.

Benoît broncha. Aranelle n'avait pas pris la mesure de sa volonté de ne se soucier que de sa vocation musicale, qui sanctifiait sa flemme. Il n'avait aucune intention de se réatteler aux maths, au latin, à l'histoire, à toutes ces foutaises sur lesquelles il avait déjà tracé un trait depuis longtemps. Un destin de cancre métamorphosé en élève passable à force d'assistance ne l'intéressait pas. Ce serait la musique ou rien. Il le dit sans circonlocutions. Aranelle ne se fâcha pas. Il se contenta de lui demander d'une voix douce ce qu'il avait à sacrifier à sa passion, et répondit aussitôt à sa place : sa paresse. S'il n'était pas disposé à ce sacrifice, cette passion ne valait rien, sa volonté n'était qu'une velléité, son rêve une rêvasserie.

— Donnant-donnant. Tenez : le bac contre un disque, l'année prochaine !

Benoît écarquilla les yeux. Un disque ? Un album à lui, avec ses compositions ? Aranelle acquiesça.

— On y mettra l'argent qu'il faudra. Instruments, musiciens, arrangeur, le studio d'enregistrement et les ingénieurs du son qui vont avec, vous aurez tout ce qui est nécessaire à l'élaboration d'une maquette. Quand elle est prête, on la démarche auprès d'un label, vous êtes signé… C'est comme si c'était fait. En contrepartie, vous passez le bachot. À l'économie, rassurez-vous. Pas besoin de mention. Le truc standard, basique, le coup de tampon sur le dos de la main. On vous préparera juste au poil, on vous mâchera l'examen. Six mois plus tard, votre album est dans les bacs. D'accord ?

Benoît s'entendit bredouiller qu'il était d'accord. Pour obtenir ça, il aurait volontiers sacrifié non pas une main, à cause de la lyre, mais un pied, ou peut-être un œil.

Aranelle lui tapota gentiment l'épaule.

— Ah, Benoît, soyons des alliés sincères et fidèles. Ayez confiance en moi, vous ne le regretterez pas. En revanche, si jamais vous me trahissez… Crac !

Le secrétaire général fit le geste de broyer une coquille de noix au creux de sa main et d'en jeter les fragments par terre.

— Je vous renvoie au néant d'où vous venez !

Benoît se demanda un instant si Aranelle disposait réellement d'un tel pouvoir. Les actes étaient signés, se répéta-t-il. Jusqu'à quel point pouvait-il les considérer comme des sceaux inviolables ? La loi était censée le protéger, mais pour Aranelle et ces gens-là, les lois n'étaient jamais que des barrières qu'ils déplaçaient à leur guise pour ordonner leur champ d'action en fonction de leurs besoins. Aranelle pouvait changer de cheval à n'importe quel moment, et pousser tel et tel membre du clan à attaquer le testament de Superbe. Conseillés par lui, les contestataires embaucheraient les meilleurs avocats, et le bon droit de Benoît ne pèserait pas plus qu'un fétu de paille.

— Mais j'ai toute confiance, je suis sûr que vous saurez où se trouve votre intérêt, reprit le secrétaire général en soufflant sur sa paume ouverte comme pour en chasser les dernières esquilles de la coque de noix imaginaire qu'il avait feint d'y briser.

Quand ils rejoignirent la compagnie, celle-ci pour partie se pressait devant le buffet dans une cohue courtoise, tandis que plusieurs convives déjà servis avaient pris place autour de la table. Le siège à la droite de Mauthilde était vide, comme elle l'avait annoncé à Benoît.

— Ne vous inquiétez pas, lui glissa Aranelle, je monterai la garde sur votre autre flanc ! Allons nous faire servir ; il faut nourrir le chagrin, sinon c'est lui qui nous dévore...

C'était dit avec une légèreté qui faillit choquer l'adolescent. Puis il s'avisa qu'il avait faim, même si le chagrin n'avait rien à y voir.

Tout lui était chausse-trappe ! Il céda trop volontiers à l'attrait des victuailles offertes sur les plateaux d'argent, et se retrouva bientôt avec une assiette de glouton, recouverte d'un monceau de nourriture fort peu distingué, en équilibre instable. Il venait de s'en apercevoir et il en rougissait déjà, quand Aranelle qui l'avait à l'œil intervint, lui prenant des mains son assiette et lui en tendant une beaucoup moins chargée. Ce tour de passe-passe sauva Benoît du ridicule. Il put gagner la table sans en renverser en chemin, et y poser son assiette sans susciter aucune ironie. Aranelle le suivait de près et s'assit à côté de lui.

Entre Mauthilde et Aranelle, Benoît s'estimait à peu près en sécurité. Aucun fauve, grâce à eux, ne lui arracherait une oreille ou la joue à la première bévue. À sa surprise, il en commit peu, ou bien il ne les repéra pas toutes. Il mangeait prudemment, en prenant garde à ne pas se tacher et en surveillant ses coudes. Les mets étaient si délicieux qu'il en regrettait sa platée. Il feignait d'écouter avec une attention ostensible la conversation qui filait sans lui, pour l'essentiel. Il aurait débarqué d'une autre planète qu'il ne serait pas senti plus étranger aux propos tenus autour de lui. Il était né ici, pourtant, au bord du fleuve, comme ses voisins de table, mais ils s'entretenaient d'affaires dont il n'avait pas idée, citaient des noms qui lui étaient inconnus, riaient à des allusions qui lui passaient au-dessus de la tête. Rien de ce qui les intéressait ne le concernait. Il douta de jamais parvenir à s'acclimater, à se fondre parmi ces gens. Nul ne jouait d'aucun instrument électrique. Ils n'écrivaient pas de chansons, ils n'ambitionnaient pas de monter sur une scène. À ses yeux, des martiens ! Des aliens uniquement préoccupés de comptes d'exploitation et de scores électoraux. Devrait-il vraiment devenir comme eux ? Allaient-ils déteindre sur lui à la longue ? Ou bien c'était eux qui avaient raison, il ne trouverait son salut qu'en les imitant, s'il était encore temps, s'il en était capable. Il eut peur, tout à coup. Une peur inédite, une frayeur nouvelle : celle d'avoir tort sans appel, d'avoir déjà perdu la partie, déjà gâché sa vie. Si la musique le trahissait, s'il n'avait pas l'étoffe, la baguette magique qui venait de l'effleurer ne changerait rien au fond des choses. Il ne serait jamais qu'un Onagre en moins fou, en plus docile et en plus terne. Cambouis ? Cambouis c'était autre chose. On n'avait rien attendu d'Onagre. On avait tout attendu de Cambouis. Le petit prince était mort alors qu'il jetait sa gourme. S'il avait vécu il se serait rangé et il aurait battu tout le monde sur le terrain qu'il aurait choisi.

— Eh bien, Benoît, vous voilà bien pensif...

C'était Benito Guardicci, le Léonard de Vinci d'Écorcheville, comme l'appelait le parrain de Benoît. Bogue n'avait pas tort. La diversité, presque l'universalité des talents de l'aîné des frères Guardicci, n'était pas sans évoquer le génie multicarte de Vinci. Benoît n'oubliait pas qu'il avait été, avec Superbe, Aranelle et Homini Lupus, un des actionnaires de Fille-de-Personne, un des habitués de la bonbonnière. Superbe n'était plus de ce monde, et Benoît avait trop besoin d'Aranelle pour le haïr. Ne restaient en principe, de bons à détester, que Lupus et Guardicci... Vis-à-vis de Lupus, cette détestation était sans nuance, et d'ailleurs instinctive : elle avait préexisté aux révélations de Tatie Cindy. Le cas de Guardicci était plus complexe. Benoît le connaissait un peu, et l'homme l'impressionnait. Il avait fait preuve, en concevant les fusillettes publiques notamment, d'une espèce de génie excentrique, d'un culot créateur qui frappait l'imagination. À eux trois, d'ailleurs, les frères Guardicci paraissaient décliner les cas de figure du talent. Si Benito, ingénieur et architecte, avait celui de modeler la réalité même, celui de Guido, l'échotier, n'était qu'aisance de bonimenteur, jactance facile et rhétorique vulgaire. Quant au troisième, Leonello, le verrier d'art, c'était un magicien furtif, qui réussissait à saisir ou à réinventer, en jetant des grains de poussière colorés dans une goutte de verre en fusion, la teinte exacte d'un iris.

Benoît avait laissé s'écouler de trop nombreuses secondes sans répondre. Il craignit de passer pour un crétin, mais il avait le sentiment que ses idées s'égaillaient en tous sens dans son esprit, telles les poules d'une basse-cour fuyant la fermière et son couteau. Guardicci vint à son secours.

— Quoi de plus normal ? Un tel bouleversement dans votre vie, en l'espace de quelques heures… Il y aurait de quoi avoir la tête tournée. Heureusement, la vôtre m'a l'air bien arrimée sur vos épaules.

Ses épaules, Benoît se retint de ne pas les hausser. On le félicitait de garder la tête froide, alors qu'il n'était que vertige. Mais l'attitude de l'architecte était bienveillante, et il convenait plutôt d'interpréter son compliment comme un conseil.

— Il ne faudrait pas qu'une tempête s'élève, dit Benoît en faisant mine de retendre autour de son crâne d'invisibles haubans.

Cela avait jailli de lui à l'improviste, sans qu'il eût rien prémédité, et il était le premier étonné de sa repartie. Un sourire se peignit sur le visage de Guardicci, tandis qu'Aranelle qui avait suivi l'échange appréciait d'un bref pétillement de prunelles le trait de l'adolescent.

— Mon cher Aranelle, lança Guardicci au secrétaire général, votre protégé ne manque pas d'esprit… Voilà qui va nous changer d'Onagre ! ajouta-t-il à mi-voix.

Il avait cru n'être pas entendu de Mauthilde, mais celle-ci avait l'ouïe fine.

— Ne vous excusez pas de le penser, Benito, de notoriété publique mon petit-fils n'avait pas inventé la poudre, intervint la vieille dame. Pourtant si vous saviez comme il était mignon, petit garçon ! Cet enfant a été ma joie jusqu'à sa dixième année. Plus tard, il a changé de camp, il est devenu un démon. Mais il fut longtemps un amour, un ange, positivement... Or les anges n'inventent pas la poudre, ni les fusillettes...

Mauthilde se tut, embarrassée d'avoir, ne fût-ce que durant quelques instants, laissé libre cours à son émotion. Guardicci confus de sa gaffe ouvrit la bouche pour dire quelque chose, mais se ravisa et resta muet, considérant d'un air contrit le morceau de blanc de volaille piqué au bout de sa fourchette. Benoît découvrit avec surprise qu'un personnage aussi important pouvait se trouver en difficulté et perdre contenance.

LXIX

Il était tard. La plupart des convives avaient pris congé. Les jumelles elles-mêmes s'étaient éclipsées, non sans lancer en direction de Benoît un dernier regard haineux. On avait ouvert la porte derrière laquelle le corps était exposé dans sa bière. Ne restaient plus pour le veiller que Mauthilde et quelques très proches : Benoît, Aranelle, Guardicci, Egmont, Me Gerbille... Dupassé était arrivé aux alentours de minuit, exténué, furieux contre sa propre police. Elle s'était montrée jusqu'ici infoutue de mettre la main sur personne. Krux, Gégé, le chèvre-pied, tout ce monde-là restait insaisissable. Dupassé accepta une assiette de chaud-froid et un verre de bordeaux, en maudissant sa bande de bras cassés tout juste bons à boire des canons et à taper le carton dans la tiédeur des commissariats.

— Vous êtes injuste avec vos bonshommes, commissaire. J'ai pu m'en assurer tout à l'heure en venant, la ville grouille de flics ! On croirait qu'il en est tombé une averse, comme des hannetons de l'autre jour, dit Guardicci.

Dupassé eut une moue désabusée.

— Voui-voui, je veux bien croire qu'ils brassent de l'air. Ils se montrent aux carrefours... Pendant ce temps les assassins du maire sont en liberté et le faune court toujours. Je m'attends à chaque instant à ce qu'on m'annonce qu'il a violé une fillette ou une aïeule ! Je trouve même que ça tarde un peu... Il est timide ou quoi, ce satyre ?

On rit. On était entre hommes. Mauthilde et quelques femmes s'étaient retirées dans la pièce voisine dont on avait atténué les lumières, et avaient pris place sur les chaises alignées de part et d'autre du catafalque. Veiller le sommeil des morts, comme celui des enfants malades, était tâche féminine. Les hommes se borneraient à faire là-bas de brèves apparitions, pour quelques minutes de recueillement vrai ou feint dans la pénombre, avant de revenir vers la lumière. Aranelle se leva et alla dire un mot à l'oreille du plus âgé des serveurs, puis rejoignit le petit groupe qui s'était resserré à l'un des bouts de la table. Une minute plus tard, le serveur poussa vers eux un chariot à roues dorées, supportant un assortiment d'alcools et un râtelier de verres ventrus, ainsi qu'une imposante cave à cigares en marqueterie. Chacun à son tour énonça sa préférence : haut ou bas armagnac, fine champagne, xérès, marc... On examina des étiquettes, on mira des robes ambrées, on fit craquer des cigares, on échangea de ces avis connaisseurs semblables aux répons d'un rituel, qui vérifient l'appartenance du récitant à la communauté des mâles adultes. Benoît n'avait été initié par son parrain qu'à une pauvre liturgie de buveur de pastis et de bibine, et s'il était capable de distinguer à l'odeur et au goût le shit afghan du libanais, en fait de cigares il n'avait jamais fumé que les cigarillos de Bogue, d'horribles bâtonnets noirâtres et tordus qui vous arrachaient la gorge et vous semaient la langue de verre pilé. Il chercha le regard d'Aranelle, qui, d'un hochement de tête, l'intronisa sans audition.

— Donnez un armagnac à ce jeune homme, dit le secrétaire général au serveur, à moins que ses choix en matière de vices ne soient déjà arrêtés ?

Benoît aurait préféré une chartreuse sur glace, mais il songea que cette liqueur risquait de paraître un peu efféminée aux amateurs d'eaux-de-vie qui l'entouraient. Il accepta l'armagnac et laissa de même Aranelle décider pour lui d'un petit panatella. Il y eut des reniflements discrets, de légers claquements de lèvres, de longues allumettes s'enflammèrent, de coûteux nuages de fumée montèrent au plafond.

— Laissez la citerne à proximité des assoiffés, dit Aranelle au serveur, comme celui-ci s'apprêtait à repartir avec le chariot. Et soyez gentil de fermer sans bruit la porte de la chambre mortuaire, afin que nos conversations ne gênent pas la veillée.

L'extra obéit. Aranelle dévisagea alors un à un les quatre hommes et l'adolescent assis à ses côtés.

— Voici, soupira-t-il, une journée que j'aurais préféré ne jamais vivre. Quelle perte l'a marquée, pour chacun de nous, bien sûr, et pour Écorcheville !… J'ai l'espoir, poursuivit-il après un temps, et avec une imperceptible inclinaison de tête en direction d'Egmont Esteral, que la plus haute charge élective de la cité soit bientôt assumée par une personnalité aussi compétente et dynamique que celle que nous pleurons ce soir.

— Je doute qu'il s'en trouve une qui puisse l'égaler avant longtemps ! dit Egmont. Si je finis par me résoudre, comme d'amicales instances m'y poussent, à briguer la succession de Superbe, ce sera en toute humilité, et surtout dans le but de ne pas laisser se refermer les portes qu'il aura ouvertes...

— Cher Egmont, ne soyez pas si modeste, reprit Aranelle. Vous parlez de portes... Il en est une que Superbe, hélas, n'a pu qu'entrouvrir. C'est la porte de l'avenir. C'est vous qui vous y engouffrerez, et qui nous y entraînerez. Si nos adversaires s'emparaient de la mairie, cette porte se refermerait pour longtemps, peut-être pour toujours ! Écorcheville se trouve à un moment crucial de son histoire... Un défi s'offre à nous. Il vous appartiendra de le relever.

— Pas tout seul, j'espère, car il est sans précédent ! D'ailleurs ma décision n'est pas encore prise. Je ne m'engagerai pas à la légère dans une lutte inégale. L'adversaire n'est pas négligeable. Qui peut savoir si l'heure des Bussettin n'est pas venue ? Il fallait tout le charisme de Superbe, sa popularité, ses réseaux, pour tenir la dragée haute à Honoré. Lui disparu...

— Les réseaux vous seront acquis. L'électorat de Superbe se tournera vers vous comme un seul homme ! plaida Aranelle.

— Peut-être.

— On fera ce qu'il faut pour ça. Voyons, cher ami, je comprends vos hésitations. Depuis longtemps, vous laissiez les autres se disputer le pouvoir. Superbe dominait de si haut la scène politique qu'il eût été vain d'entrer en lice. Vous n'auriez même pas fait figure de challenger, cette place était occupée par Honoré. La donne a changé. Les Propinquor n'ont plus de champion. Ils en cherchent un. Ce pourrait être vous. Pour vous, pour votre famille, c'est une chance historique qui ne se représentera pas avant longtemps. Mais surtout, pensez à l'enjeu. Au-delà du simple affrontement en vue du leadership local, il est *colossal !*

Un tel qualificatif avait quelque chose d'incongru dans la bouche d'Aranelle. Sans doute en lui-même l'estimait-il de mauvais goût, et avait-il eu le sentiment, en le prononçant, de recourir à un argument limite, afin d'emporter le morceau. Cependant l'adjectif devait être approprié, car il eut pour effet d'allumer des lueurs soudaines dans les yeux des auditeurs du secrétaire général. Du moins dans ceux de Guardicci et de Gerbille.

— Colossal, hum ? dit Egmont. C'est à ce fameux projet que vous faites allusion, je suppose ?

— Le mot est faible ! intervint Guardicci. Et c'est bien là qu'on voit la différence d'allonge intellectuelle qui a toujours existé entre Superbe et Honoré. Superbe avait saisi l'importance de ce projet, il y adhérait, il s'apprêtait à le mettre en œuvre. Honoré Bussettin n'y a jamais rien compris. C'est en dehors du champ de son entendement. C'est étrange, même, chez un financier de sa force. Car il y a de l'argent, un argent « colossal » à gagner là-dedans. Mais l'aspect poétique de l'entreprise le dépasse, le hérisse, peut-on penser. Oh, Superbe non plus, n'était pas un poète ni un rêveur… Avant de donner son feu vert il avait pris le temps de la réflexion. Nous avons passé des nuits entières avec lui, à étudier l'affaire sous tous ses angles, à peaufiner le montage financier. Aujourd'hui tout est prêt. Il ne manque plus que quelques signatures au bas de quelques documents, et le plus grand chantier de l'histoire du monde s'ouvrira !

Egmont fit mine de se tasser sur lui-même, comme écrasé par l'expression de Guardicci :

— Le plus grand chantier de l'histoire du monde… Houlà ! Comme vous y allez !

— C'est pourtant bien de cela qu'il s'agit, dit Aranelle de sa voix froide et posée, plus convaincante en l'occurrence que les intonations quelque peu exaltées de Guardicci.

Cependant l'architecte qui n'entendait pas laisser l'ironie d'Egmont sans réponse reprit la parole :

— Songez à Gizeh, à Baalbek, à la Grande Muraille, ou plus près de nous à la tour Eiffel, au Golden Gate… Et oubliez aussitôt ces taupinières, ces cicatrices minuscules sur la peau de la terre, ces ridules sur l'océan. Ce que nous allons réaliser ici, à Écorcheville, est d'un autre ordre, voire d'une autre essence. Mon projet s'apparente plus à la tour de Babel qu'à aucun autre ouvrage d'art…

— Voulez-vous dire qu'il est et restera imaginaire ? s'enquit Egmont dont l'esprit cartésien s'accordait mal au lyrisme de l'architecte.

— Imaginaire, non, mais idéal…

— Et cependant bien tangible et concret ! intervint Aranelle qui ne voyait pas sans inquiétude Egmont se refroidir à mesure que Guardicci s'échauffait. Les sacro-saintes études de faisabilité commandées en secret à plusieurs cabinets d'expertise réputés sont toutes positives. Les réponses aux appels d'offres examinées et comparées… Le dossier est bouclé, bordé, blindé ! Vous verrez tout cela en détail, Egmont, bien entendu, puisque la décision finale vous reviendra. Ce sera même la première que vous aurez à rendre, au lendemain de votre élection.

Egmont Esteral leva les yeux au ciel, comme pour implorer son aide.

— Si Dieu veut… murmura-t-il.

— Dieu voudra, si on lui explique bien tout, plaisanta Aranelle. Mais avant de vous plonger dans l'aridité des rapports d'experts et des chiffres, il serait bon que vous ayez une idée de ce qu'ils recouvrent, et du projet dans sa matérialité. Venez, mes amis, je veux vous montrer ce que bien peu de personnes ont eu l'occasion de voir avant vous. Emplissez vos verres à nouveau, et emportez-les avec vous. Prenez aussi vos cigares. Nous n'allons pas loin. Superbe, il me l'a confié, quittait parfois son lit en pleine nuit pour contempler ce que vous allez voir…

Aranelle se leva et invita ses interlocuteurs à l'imiter. Benoît suivit le mouvement.

L'enfant amoureux des maquettes, qui inversent son rapport au monde en faisant de lui un géant, était encore proche en Benoît. Ce qu'il découvrit dans la pièce, située un étage plus bas, où les avait entraînés Aranelle, lui coupa le souffle. On ne pouvait s'y tromper, la cité représentée était Écorcheville. Tous en étaient assez familiers pour en être sûrs au premier coup d'œil. Rien n'y manquait, de l'hôtel de ville pseudo-médiéval au palais Propinquor dardant sur les quatre points cardinaux ses œils-de-bœuf cyclopéens, des présomptueuses tours du quartier des affaires à Sainte-Agathe, la cathédrale de ferraille dont le maquettiste avait fignolé les rouillures, de l'hôpital Bussettin à l'orphelinat des Petits-Oiseaux accroché à la pente, projetant sur la ville l'ombre de ses hauts murs aveugles, des briques rouges du lycée Mathieu-Chain au dôme bardé de zinc de l'Empyrée, aux cent fenêtres à cantonnières du Grand Hôtel des Mânes…

Le mail était là, avec sa grille, ses arbres, sa fontaine, sa terrasse, et la laide bâtisse du Lapin Bleu là-haut sur la corniche. Jusques aux kiosques des guardicciennes, les fusillettes de Benito, qui étaient à leur place. Un coup d'œil suffit à Benoît pour vérifier que la villa Jacaranda y était elle aussi, au cœur de son parc aux arbres visiblement malades ! Devant cette précision, cette exactitude absolue, il sentit un vertige l'envahir. Est-ce que cette cité miniature n'était pas la vraie, et s'il se penchait encore un peu plus, n'allait-il pas s'apercevoir lui-même, arpentant ces rues comme si souvent, en compagnie de ses amis disparus ? Scrutant les figurines de plastique disséminées ici et là, sur les trottoirs, devant tel et tel édifice, attendant aux arrêts de bus ou traversant sur les passages cloutés, il eut l'illusion, un instant, de reconnaître Fille-de-Personne ou Cambouis, Lola, Louise ou Bogue… La voix d'Aranelle, comme assourdie à travers un brouillard épais, le tira d'un état quasi hallucinatoire :

— Voici la chose, le Projet, le rêve qui sera demain réalité !

Alors seulement, Benoît prit conscience de la différence, pourtant aveuglante, entre la maquette et la cité réelle, telle qu'elle existait en cet instant précis par-delà les murs qui les entouraient. Partant à quelque distance du palais Propinquor, non loin de l'embarcadère de Charon, un pont d'un dessin élégant, d'une blancheur immaculée, franchissait les eaux brunâtres du Styx et reliait la rive des vivants à l'Érèbe indistinct dans la distance.

— Eh bien, qu'en pensez-vous ?

Ceux qui n'avaient encore jamais vu la maquette, même s'ils avaient eu connaissance du projet, en restaient sans voix. Un effet de perspective ménagé avec adresse permettait de prendre la mesure de l'ouvrage, ou plutôt de se faire une idée enthousiasmante de sa démesure, du défi qu'elle sous-entendait. Nul n'avait jamais tenté d'estimer la largeur du Styx... Était-elle seulement concevable, exprimable en unités homologuées par notre entendement, compatibles avec l'étroitesse des perceptions et des représentations humaines ? Guardicci prévint l'objection qui ne pouvait manquer de naître sur les lèvres d'hommes à l'esprit aussi rationnel qu'Egmont et Dupassé :

— La question de la distance... ne se pose pas en réalité. L'éloignement n'est qu'une succession de proximités ! Nous ajouterons un mètre de tablier à chaque mètre déjà posé, et de mètre en mètre, pas à pas, inéluctablement, nous finirons par toucher l'autre bord !

On entendait, dans la voix de Guardicci, les accents d'une totale conviction. Egmont Esteral et le commissaire Dupassé s'entre-regardèrent. Le commerce dans le cas du premier, l'investigation criminelle dans le cas du second, constituaient des domaines où la foi n'intervenait guère, où toute hypothèse devait affronter l'épreuve des faits pour être validée.

— Monsieur Guardicci, dit Esteral, pardonnez au profane que je suis... N'existe-t-il pas en matière de ponts quelque chose qu'on appelle la portée ?

— Si fait ! Mais comme vous le voyez sur la maquette, mon pont est un pont suspendu. Songez que la partie la plus spectaculaire de l'ensemble du Grand Belt, au Danemark, est l'*østbroen*, qui consiste en un pont routier suspendu sur 1 624 mètres entre ses deux pylônes, plus 535 mètres de part et d'autre desdits pylônes. Eh bien, ce qui a déjà été accompli une fois peut l'être à nouveau autant de fois que nécessaire... Mettons bout à bout autant d'*østbroen* qu'il faudra !

— Mais les massifs d'ancrage ? s'enquit Egmont qui s'y connaissait plus qu'il n'y paraissait. Êtes-vous sûr de leur trouver des fonds assez stables pour les y couler ?

L'architecte eut un sourire en coin.

— Des *fonds ?* S'ils n'y sont pas nous les y mettrons. Ce n'est qu'une affaire de cubage de béton, donc d'argent ! Il est clair que tout ceci coûtera terriblement cher… et sera terriblement profitable, car en atteignant la rive adverse jusqu'ici inaccessible, nous désenclaverons l'Érèbe !

— Et pour y quoi faire, s'il vous plaît ?

— Nous y installer, voyons ! Y croître, y prospérer ! Comme naguère le Far West, la Sibérie ou le Mato Grosso, cette contrée sans doute immense, préservée depuis toujours par l'impossibilité d'y accéder, attend d'être fécondée par l'activité humaine. Nous nous marchons sur les pieds, de ce côté-ci du fleuve. Je ne parle pas d'Écorcheville, agglomération médiocre, à vrai dire somnolente, cul-de-sac dans lequel nous prenons le mal de la vie en patience… Mais partout ailleurs, la fourmilière humaine déborde et tourne en rond, dégorgeant ses bataillons d'ouvrières désœuvrées, ses classes laborieuses que le marasme transforme si aisément en classes dangereuses. Quel coup de fouet ce sera pour l'économie mondiale, ces espaces vierges à explorer, ces immensités à défricher, à ensemencer, à bâtir, à lotir ! Et Dieu sait ce qu'on y trouvera, matières premières, pierres et métaux précieux, terres rares, hydrocarbures, uranium… Une vague d'émigration sans précédent lancera là-bas des millions d'êtres, qui emprunteront notre pont et empliront nos caisses en s'acquittant d'un péage pour se lancer à la conquête de leur terre promise, enfin accordée. Et qui seront les mieux placés pour leur vendre tout ce dont ils auront besoin, et pour leur acheter tout ce qu'ils en auront arraché ? Les habitants d'Écorcheville, bien sûr ! La cité du sommeil, réveillée en sursaut, connaîtra une expansion inouïe... Elle s'étendra en tous sens, elle débordera sur l'autre rive, elle deviendra une des plus vastes et des plus opulentes cités de la terre... Et vous, Egmont Esteral, qui aurez été l'artisan de ce bouleversement, vous inscrirez votre nom dans l'histoire de l'humanité !

Guardicci se tut. Depuis un moment déjà, Dupassé, en l'écoutant, semblait balancer entre ironie et admiration, entre incrédulité et adhésion.

— Tout de même, objecta-t-il à mi-voix, ce sont les Enfers, que vous vous proposez d'ouvrir à la colonisation...

LXX

— *Les hon-on-fers !* bouffonna Guardicci d'une voix de prédicateur s'efforçant de terroriser ses ouailles agenouillées au pied de la chaire. Ignorez-vous, commissaire, que les grands mots de cet acabit sont aujourd'hui vides de sens ? Démonétisés, démagnétisés, hop, hop, au rancart ! On n'en a plus l'usage. L'humanité n'est plus l'enfant impressionnable qu'elle a été. Bazardons tout ce fatras mythologique, ces vieilleries qui s'empoussièrent au fond de nos cerveaux et les encombrent... Comment veut-on penser la modernité, si l'on se prend sans cesse les pieds dans un bric-à-brac de concepts fossiles ?

— Monsieur l'architecte, ce discours, si vous le teniez n'importe où ailleurs qu'ici, ne susciterait guère d'objections, mais n'avons-nous pas la preuve, nous autres riverains du Styx, que ce fatras n'est pas si vain ? dit Egmont. Vous semblez oublier les créatures qui nous arrivent d'en face, mortes ou vives… Quid de la sirène du musée Occlo, du centaure à la naturalisation duquel travaille Louise Jacaranda en ce moment même, du faune qui a provoqué voilà peu le grand malheur que vous savez ? On peut parier que leurs pareils, et sans doute aussi d'autres… faut-il dire d'autres « espèces » ? peuplent les étendues que vous prétendez envahir. Qu'en ferez-vous quand vous débarquerez sur leurs terres ?

— Pour ma part, je n'en ferai rien, se défendit l'architecte, la main sur le cœur. Mon rôle se bornera à superviser la construction du pont après l'avoir conçu et dessiné. Ce qui en résultera ne sera pas de mon ressort, mais de celui des politiques – du vôtre, donc. Qui songerait à demander raison du destin des Amériques aux charpentiers ou aux calfats de la *Santa Maria ?* Bien entendu, en humaniste, je souhaite que vous trouviez avec ces créatures un *modus vivendi*, un… un *gentlemen's agreement*, si elles se montrent douées de raison. Dans ce cas vous auriez à cœur, je suppose, de passer avec elles des traités qui garantiraient leur identité, leur culture, leur religion. Mais rien ne dit pour l'instant qu'il s'agisse d'êtres pensants. Il faut voir. Après tout, ce ne sont peut-être que des sortes d'animaux. À ma connaissance, depuis le temps qu'elle tourne dans son bassin, Ligée n'a pas appris un mot de notre langue.

Benoît se souvint que Faunet en avait appris plusieurs en quelques jours. Il n'en dit rien, car cette information l'aurait amené à dévoiler ses accointances avec le satyrion.

— En tout cas, intervint Dupassé, il conviendra de nous épargner une nouvelle controverse de Valladolid… Mais excusez-moi : ces téléphones cellulaires sont le salut et le tourment de l'homme moderne !

Une sonnerie s'élevait du veston du commissaire. Il fouilla dans sa poche, se détourna et s'éloigna de quelques pas, l'oreille rivée à son portable. Benoît se tenait non loin de lui. Il vit un éclair de joie briller dans ses yeux, et l'entendit exulter : « Formidable ! Bouclez le périmètre… J'arrive ! »

— On les tient ! triompha le policier en refermant son téléphone. Krux et Carmona. Pour échapper à une patrouille, ils ont escaladé Sainte-Agathe. Deux andouilles en haut d'un mât de cocagne. Si le cœur vous dit d'assister au décrochage, je vous emmène. Prenons des parapluies, on me dit qu'il pleut à nouveau…

Le petit groupe franchit sous la conduite de Dupassé le cordon de police interdisant l'accès du parvis à la foule d'ores et déjà massée autour de Sainte-Agathe. Dans le faisceau des projecteurs, les tôles et les poutrelles rongées de rouille de l'édifice semblaient emperlées de gouttes de sang. Les hurlements des sirènes avaient réveillé le quartier, les lumières affolées des gyrophares avaient attiré tout le monde dans la rue. On avait enfilé à la hâte un trench-coat sur son pyjama, un imper sur sa douillette en pilou, et on était descendu voir. Les parapluies emportés du palais Propinquor allaient être utiles. On avait imaginé, un temps, que les hôtes du cabinet de curiosités avaient tenté de prendre le large. Mais d'ingambe là-dedans, il n'y avait guère que la sirène, et encore ! La cathédrale-musée était sans doute trop éloignée du fleuve pour qu'elle eût la force de regagner la berge en se traînant sur le pavé des rues et le macadam des trottoirs, comme ces poissons oubliés par la mer qui s'épuisent en reptations et en sauts désespérés. Quant à ses compagnons de misère, chimères moribondes, hybrides vaguement humanoïdes de crustacés ou de chéloniens non viables hors des bassins où on les gardait, nulle révolte, nulle évasion n'était à craindre de leur part. À force de scruter les reliefs de la flèche de Sainte-Agathe éclairés par les projecteurs de la police, on avait repéré une silhouette, dans laquelle on avait cru apercevoir le satyre, mais un gradé interrogé avait démenti : c'était le meurtrier du maire, qui baguenaudait là-haut avec son complice, et il allait bien falloir qu'ils en redescendent d'une façon ou d'une autre. Le renseignement avait volé de bouche en bouche. Un grand frisson avait parcouru la foule. Les faits divers inouïs qui agitaient les esprits depuis bientôt une semaine, les plus récents au moins, car même si l'on s'emparait de Krux et de Gégé le chèvre-pied continuerait à courir les rues, allaient trouver leur dénouement cette nuit. Cela valait de se mouiller les pieds et de grelotter un peu… On serait même retourné chercher les enfants pour leur permettre d'assister à ces événements mémorables, si l'on n'avait craint de perdre sa place.

L'arrivée du commissaire fut accueillie par un bourdonnement excité, semblable à celui qui s'élève du parterre, à l'opéra, quand le chef apparaît et monte au pupitre. Après qu'il eut installé ses invités à l'endroit le plus approprié pour qu'ils ne manquent rien du spectacle, le premier souci de Dupassé fut de s'assurer que les oiseaux – mais un seul comptait surtout pour lui – étaient encore au nid. Son adjoint le lui confirma. Les deux crapules étaient toujours perchées sur Sainte-Agathe parfaitement encerclée. En fait de nid, jamais rapaces ni charognards n'en avaient eu de moins confortable. La pluie, huileuse et glissante, rendait leurs moindres mouvements sur les surfaces métalliques de plus en plus périlleux. « Mais l'intérieur ? » s'enquit Dupassé. L'adjoint le rassura. Les forces de police avaient aussi investi l'intérieur de la cathédrale, où ils auraient pu s'introduire. Une batterie de projecteurs éclairait mieux qu'*a giorno* voûtes, colonnes et encorbellements, et des tireurs, le doigt sur la gâchette, se tenaient prêts à intervenir si les fugitifs tentaient de regagner le sol par là. Ils avaient espéré un instant y parvenir, mais avaient constaté que cette voie de salut leur était interdite.

— Ils n'ont pas d'armes ? demanda Dupassé.

L'adjoint secoua la tête.

— Sans doute pas. Ils ont détalé sans répondre à nos tirs de sommation, avant de se réfugier là-haut...

Benoît aperçut, qui rôdaillaient sur le parvis, les journalistes Homini Lupus et Guido Guardicci. Chacun était flanqué de son photographe. Le visage tourné vers la cathédrale, les photographes grimaçaient et clignaient des yeux en pestant contre cette satanée pluie qui poissait les appareils et brouillait les optiques. Benoît ne put s'empêcher de frissonner en imaginant ce que ça devait être pour Krux et Gégé, cramponnés à cette hauteur, les doigts crispés sur l'acier glacé, les muscles tétanisés qui n'obéissaient plus qu'imparfaitement, le pavé luisant loin sous les pieds qui ripaient, les yeux hostiles qui les guettaient, la marée de haine qui montait vers eux. Comme s'il était accroché lui aussi au-dessus du vide, au lieu de se trouver en sécurité ici-bas, la tête lui tourna, il chancela. Il dut s'adosser à la paroi d'un panier à salade. Son regard croisa celui d'Aranelle. Le secrétaire général ne partageait pas la jubilation qui habitait Dupassé. Pourvu qu'on les mît hors d'état de nuire, le sort des meurtriers et les péripéties de leur arrestation l'intéressaient peu. Me Gerbille, en revanche, ne boudait pas son plaisir. Le havane aux lèvres, dansant d'un pied sur l'autre, il exposait à Benito Guardicci sa façon de penser. Selon lui, ces sombres petites frappes ne méritaient pas la peine qu'on prenait pour les capturer vivantes. Si cela n'avait dépendu que de lui, on les aurait tirées comme des bouquetins acculés sur un piton, et voilà tout ! Egmont Esteral, pour sa part, se savait observé par ses futurs électeurs. Il affichait l'air digne et sévère de qui ambitionne d'incarner un jour la légalité.

L'adjoint de Dupassé lui avait tendu une jumelle à infrarouge. Le commissaire laissa échapper un petit cri de chiot retrouvant sa balle. Benoît se crevait les yeux à essayer d'apercevoir quelque chose. Le commissaire se retourna, un air de triomphe peint sur le visage, et tendit l'instrument à Egmont.

— Juste en dessous de la flèche, recroquevillés sous les ouïes de l'abat-son du beffroi comme des fruits cachés dans le feuillage… Vous les voyez ? Non ? Sur la droite, en retrait ! Une tête dépasse… C'est Krux, je reconnais son mufle d'ici !

— Je les vois ! s'écria Egmont Esteral. On devine Carmona tapi derrière, dans l'ombre. Ils sont en mauvaise posture… Qu'allez-vous faire ?

Dupassé esquissa un petit pas de danse guilleret, tout en frottant ses mains l'une contre l'autre.

— Je pourrais attendre qu'ils soient mûrs, et qu'ils tombent d'eux-mêmes…

Egmont eut un signe de tête en direction des spectateurs contenus derrière les barrières.

— Ce ne serait pas du meilleur effet sur l'opinion publique.

— En êtes-vous certain ? Bien sûr, si je les faisais

dégommer par mes tireurs d'élite, après coup il y aurait des critiques, mais sur le moment je parie que la foule applaudirait. C'est si versatile, l'opinion publique ! Une seconde ça vous brûlerait vif un voleur de lacets, et la seconde d'après ça plaint un assassin de s'être fait pincer. Mais bon, je comprends votre souci...

Comme à regret, le commissaire prit un mégaphone des mains de son adjoint et s'avança sur le parvis.

— Krux ! Tu m'entends, canaille ?

La voix de Dupassé, amplifiée par le micro, se répercutait sur les façades des immeubles avoisinants et roulait comme le tonnerre dans l'enceinte d'un cirque montagneux.

— Tu es coincé, tu t'en rends compte ? Il faut être raisonnable, et descendre de là. Le plus sûr est de passer par l'intérieur du clocher. On va dresser une échelle dans le beffroi... Si vous ne faites pas les zouaves, dans cinq minutes vous êtes en sécurité... au chaud !

La réponse fusa dans la nuit :

— Va chier, tête-de-mort !

Un sourire éclaira un bref instant les traits du commissaire. Il se tourna vers Egmont et le prit à témoin.

— Vous comprenez à qui nous avons affaire ! Cela risque de traîner en longueur. Je m'en veux de vous avoir attiré dans cette galère. Peut-être préférez-vous rentrer ? Je vous tiendrai informé.

Egmont pesa le pour et le contre. On ne sait jamais à l'avance comment de telles histoires vont finir. D'un autre côté, comment serait-il jugé s'il quittait les lieux maintenant ? Il préféra rester. Il n'avait pour l'heure aucune autorité, aucune responsabilité. Il n'était qu'un simple citoyen encore libre de badauder. Quoi qu'il arrivât, on ne saurait lui demander compte de rien. Déjà, Dupassé réembouchait son mégaphone. Il sembla à Benoît que ses mains tremblaient. De froid ? De fébrilité ? La présence d'Egmont le gênait-elle aux entournures ? Egmont avait passé la jumelle à Aranelle, qui s'était contenté d'y jeter un rapide coup d'œil avant de l'abandonner à Benito. L'architecte déclina l'offre et se désista en faveur de Gerbille. Par chance, car Benoît brûlait de l'essayer, le notaire se montra incapable de régler les oculaires de l'instrument à sa vue. Dépité, il renonça bientôt et l'échangea à Benoît contre son parapluie. Benoît visa le clocher, et manipula les molettes. D'abord floue, comme noyée de lumière diffuse, la partie basse du clocher gagna en précision. Sur le fond froid de la carapace de métal, le sang qui bouillait dans leurs veines trahit Krux et Gégé. Par un effet de relief soudain, comme dans ces petits livres à tirettes où un lion de cartoline jaillit de la page et se jette au visage du lecteur, Krux apparut, moins humain que jamais, signifié par la seule chaleur qu'il irradiait. De nouveau, Benoît fut pris de vertige. Bien qu'il fût à peu près impossible que Krux, d'où il épiait la place, pût isoler et nommer quelqu'un parmi les quelques centaines de visages levés vers lui, il eut l'impression que leurs regards se croisaient, et que celui de Krux se chargeait d'une animosité personnelle, au-delà de celle qu'il n'avait jamais cessé de manifester à tout un chacun. Benoît frissonna. La brute qui paraissait l'observer de là-haut était son frère, son demi-frère ! Ménélos mort, Fille-de-Personne disparue, Lola repartie à l'autre bout du monde vers sa vie de galas et de palaces, personne sur terre n'était plus proche de Benoît que ce meurtrier bientôt alpagué, jugé et puni ! Benoît haussa les épaules. Qu'est-ce qu'il allait chercher ? Il n'avait de commun avec Krux qu'un peu de sang, quelques maillons de chromosomes hérités de Ménélos – autant qu'avec Fille-de-Personne, songea-t-il avec surprise, comme on se heurte à l'improviste à une porte fermée...

— Gégé ! Gégé Carmona ! Tu auras peut-être la tête moins dure que ton maître, une meilleure conscience de tes intérêts... Tu n'as tué personne, toi ! Ce n'est pas toi qui tenais l'arbalète. Alors descends, va, sauve ta peau ! Ce qu'on peut te reprocher n'est pas bien grave. Mme Morcif n'est pas morte... Tu m'entends, elle se remet ! Et puis, la responsabilité d'un esclave est limitée. Tu n'as fait qu'obéir à Krux, j'en suis persuadé, le juge en tiendra compte...

Dupassé arpentait le pavé gras de long en large. Son bras libre ponctuait ses phrases, tandis qu'il beuglait ses arguments à l'adresse de Gégé. De l'autre côté des barrières, on suspendait son souffle. Là-haut, on avait bougé, aurait juré Benoît. Il se demanda jusqu'où irait la loyauté de Gégé vis-à-vis de Krux. Celui-ci le dominait de toutes les façons possibles, mais ce qui s'ouvrait sous leurs pieds ressemblait à la mort. Face à elle, Gégé pouvait canner, choisir de se récupérer. Peut-être aurait-il la naïveté d'ajouter foi aux promesses de Dupassé. Gégé n'avait tué personne, mais ce n'était pas sa faute. Les coups portés à Tatie Cindy auraient dû la tuer. Par chance, ce n'était pas les premiers qu'elle recevait. D'autres trempes, avoinées de souteneurs, tannées de clients à l'alcool mauvais, lui avaient endurci la couenne au long de sa carrière.

— Laisse choir, Gégé, tu ne fais pas d'histoires, tu te rends, et sitôt que tu es en bas, juré, je te paye un vin chaud !

On rit, dans la foule. La gouaille du commissaire valait bien celle des policiers de téléfilms.

— Eh bien, Gégé, poursuivit-il, tu as attrapé une extinction de voix, là-haut ? C'est pourtant le moment ou jamais de te faire entendre, de décider par toi-même, pour toi-même. Tu as suivi Krux, et regarde où ça t'a mené. Allons, ne t'occupe pas de lui, il est cuit, rousti, cramé…

Benoît comprit que Dupassé poussait au drame, sciemment, en dressant Krux et Gégé l'un contre l'autre. Avec de petits cerveaux comme les leurs, ça ne devait pas être trop difficile. On entendit, venant du beffroi, des paroles indistinctes puis un cri de rage, et un choc sonore sur l'abat-son de métal.

Sur un signe de Dupassé, un policier reprit la jumelle à Benoît et la braqua sur le beffroi.

— Qu'est-ce qu'ils font ? Ils se battent ? lui demanda le commissaire en masquant le micro du mégaphone.

— On dirait bien, commissaire ! En tout cas, ça gesticule… D'ici qu'il y en ait un qui dégringole, ou les deux…

Frustré d'avoir dû rendre la jumelle, à demi aveuglé par la pluie mais n'osant réclamer son parapluie à Gerbille, Benoît tentait en vain de discerner ce qui se passait dans cette brouillasse d'eau et de lumière. Il prit le parti de se rapprocher du policier en charge des jumelles, afin de bénéficier des informations que celui-ci communiquait au commissaire embarrassé du mégaphone.

— Eh bien, s'impatienta Dupassé, qu'est-ce qu'ils foutent ?

— On dirait… On dirait qu'ils quittent l'abri de l'abat-son pour escalader le toit du beffroi !

— Tous les deux ? Alors Gégé s'est dégonflé…

Le commissaire porta le mégaphone à ses lèvres :

— Où est-ce que vous croyez aller comme ça ? Au-dessus de vous, il n'y a plus que la flèche, et le ciel où vous n'avez rien à faire ! cria-t-il.

D'une voix essoufflée par l'effort, Krux déversa sur lui un flot d'injures dont l'essentiel se perdit dans les rafales de vent et de pluie. La mise en service d'un projecteur plus puissant, autour duquel des techniciens s'affairaient depuis un moment, introduisit une diversion bien venue. Dupassé ordonna qu'on éteignît les autres, qui ne produisaient qu'un halo désormais gênant. Tel un ballon immatériel, la tache lumineuse frappa le porche de la cathédrale à la hauteur du tympan, hésita, frôla au passage une rosace abstraite aux airs de kaléidoscope cassé, puis fila droit vers le haut, dépassa le beffroi et s'arrêta au milieu de la flèche avant de redescendre. Plaçant ses mains en visière pour protéger de la pluie ses yeux écarquillés, Benoît distingua deux formes humaines debout sur l'étroite corniche qui bordait le beffroi. Même à cette distance, il était aisé grâce à ce nouveau projecteur de reconnaître Krux à son assurance, au défi rageur dont témoignait son attitude. Crâne, ne s'appuyant que du bout des doigts et presque négligemment à la paroi du clocher, il déployait toute sa taille. Où trouva-t-il la salive qu'il cracha en direction de Dupassé ? À côté de lui, cherchant des deux mains à quoi s'accrocher, sur ces tôles dont les seules aspérités devaient être les grosses têtes des rivets qui les assemblaient, d'évidence Gégé avait la bouche trop sèche pour l'imiter. Benoît se souvint du mélange de perplexité et d'admiration qu'exprimait Fille-de-Personne au sujet de son frère, quand elle disait qu'il n'était pas comme tout le monde, comme s'il lui avait manqué quelque chose pour appartenir vraiment à l'espèce humaine... Il ouvrit sa braguette, et, posément, cambré, les jambes à demi fléchies, les épaules rejetées en arrière, il lâcha dans l'abîme un long jet d'urine étincelant.

— Tiens, Dupassé, ton vin chaud le v'là ! C'est ma tournée !

LXXI

Krux agita son sexe pour en faire tomber les dernières gouttes, puis il se reboutonna avec soin, avant d'adresser un baiser du bout des doigts à la foule. On le hua, ce qui le mit en joie. À quarante mètres du sol, sur son étroite corniche glissante, il esquissa des courbettes et des ronds de jambe. En même temps qu'il le haïssait, Benoît lui trouva quelque chose d'impérial, à la façon de ces empereurs pervers, les Néron, les Caligula, qui s'ingéniaient à s'abstraire de l'humanité, dans quelque but énigmatique. Il devenait de plus en plus probable que Krux allait mourir, mais la proximité de la mort ne l'empêchait pas de faire le clown... Ou bien attendait-il depuis toujours l'instant où il se tiendrait là, au-dessus de tous, au cœur de la ville, à la verticale du parvis où Bénigno, le garçon de piste du cirque Gorbius, les avait déposés Fille-de-Personne et lui quand Fauvine avait décidé de les abandonner ? C'était son heure et son lieu, pensa Benoît. Toute sa courte vie l'avait reconduit là, comme une balle de jokari attachée à son poids de fonte par un élastique revient inéluctablement en arrière. Et lui, Benoît, sur quelle scène devrait-il monter un jour, pour connaître l'exaltation de cette défaite triomphale ? Krux dansait, à présent. Radieux, hilare, il imitait le balancement des chanteurs de rap et leur curieuse gestuelle façon handicapé moteur, deux coups à gauche, deux coups à droite, l'index et le majeur des deux mains pointés alternativement vers le sol.

En bas, on criait à mort. Les tireurs de la police caressaient leur arme et se tournaient vers Dupassé. Ignorant leurs regards implorants, le commissaire ne bronchait pas. Avec un peu de chance, il n'aurait pas besoin de leur donner l'ordre qu'ils espéraient et que les bonnes âmes ne manqueraient pas de lui reprocher par la suite. Il suffisait d'un peu de patience. Krux tomberait bien tout seul. Ou il sauterait de lui-même, à bout d'exhibitionnisme, comme les stars du rock en pleine hystérie fusionnelle plongent dans la foule du haut du podium, pour se baigner en elle... À la différence que ce n'était pas la chaleur amniotique d'un public en extase prêt à s'ouvrir et à se refermer sur lui qui l'attendait, mais les pavés de granit de l'esplanade. Krux aplati, il serait aisé de convaincre Gégé de se rendre... Une masse indistincte se détacha soudain de la corniche et rebondit à deux reprises sur des ressauts de la façade avant de s'écraser sur le parvis avec un bruit écœurant. Saisi, Dupassé bondit en arrière. Depuis quelques minutes l'assistance outrée par les singeries de Krux ne prêtait plus attention à Gégé. Le vertige l'avait submergé tandis que son maître paradait. De l'autre côté des barrières, un frémissement d'horreur courut les échines. Benoît ferma les yeux. Il n'était pas bouleversé, seulement dégoûté. Du corps éclaté, liquides et boues avaient jailli, éclaboussant les pavés. On n'était guère plus que ça, une poche de viscères et d'humeurs prête à se déchirer au premier heurt un peu violent. Benoît rouvrit les yeux. Déjà on emportait sur un brancard le sac crevé qui avait été Gégé Carmona. Il avait tenu son bout de rôle, boulé ses répliques, raté son entrée et sa sortie, sali la scène. Sur la flèche, Krux avait cessé de faire le pitre, mais rien dans son attitude ne laissait supposer que le sort de Gégé lui inspirât la moindre inquiétude pour lui-même. À présent immobile, les bras croisés sur la poitrine, bien campé sur son rebord de ferraille huileuse, il ne montrait aucune émotion. Ce qui lui manquait de conscience le rendait invulnérable. Les huées qui clapotaient à ses pieds se turent. Qu'elle fût surhumaine ou subhumaine, son impavidité impressionnait. On ne savait plus quoi penser ni ressentir. Même Dupassé laissait transparaître quelque chose comme du désarroi. Il brandissait le mégaphone puis le rabaissait aussitôt sans rien trouver d'approprié à dire. L'affaire ne tournait pas comme il aurait voulu. L'inconscience imbécile de Krux avait trop les apparences du courage. Et s'il finissait par dévisser à son tour comme il fallait s'y attendre, le bilan la ficherait mal. À peine quelques pas en arrière, les photographes mitraillaient à qui mieux mieux tandis qu'Homini Lupus et Guido Guardicci essayaient en pensée des titres de une parlant de jeunesse perdue et de défi suicidaire. Comment les rédac' chefs choisiraient-ils de présenter les choses ? Nul n'était disposé à s'attendrir beaucoup sur le destin de deux salopards, mais en termes de tirage un beau fiasco policier serait d'un bon rapport. Cependant le commissaire ne pouvait demeurer plus longtemps passif. Ne fût-ce que pour la galerie il devait avoir l'air d'agir, de maîtriser une situation sur laquelle il n'avait plus aucune prise.

— Krux ! Sois raisonnable ! tonna-t-il dans le porte-voix. Regagne l'abat-son, glisse-toi entre les lames… Rends-toi. Tu iras en prison, la belle affaire ! Ce n'est jamais qu'un orphelinat un peu sévère…

Krux ne se donna même pas la peine de répondre. Penché, concentré, il ressemblait à ces casse-cou d'Acapulco qui prennent leurs marques entre les roches à fleur d'eau et les fonds trop hauts repérables à d'infimes nuances de couleur, avant un plongeon qui pourrait les tuer. Et puis, sans crier gare, sans un geste ni un mot de bravade, il se précipita dans le vide. Benoît ferma les yeux, s'attendant au même bruit affreux qui avait accompagné l'écrasement au sol du corps de Gégé. Mais rien de tel ne se produisit. Quelques secondes s'écoulèrent. Benoît rouvrit les yeux. Krux oscillait dans la lumière quelques mètres sous la corniche d'où il avait sauté. Un murmure de stupéfaction et d'émerveillement incrédule salua ce spectacle. L'assassin flottait dans l'air à quelque quarante mètres du sol, ou plutôt il barbotait comme un petit chien qui vient de se jeter à l'eau pour la première fois. Aranelle poussa un juron. « Il vole, comme Ménélos ! » s'écria Benoît. « Oui, il vole, le fumier ! » cracha Dupassé. Il dégagea un pistolet de l'étui qu'il portait sous l'aisselle, le pointa en direction du ludion humain qui montait et descendait le long de la carcasse métallique de Sainte-Agathe au gré de ses mouvements désordonnés. Le commissaire tira plusieurs fois, mais la pluie l'aveuglait à demi. Krux alerté par les détonations reprit de l'altitude, ébauchant d'instinct quelques brasses dans l'eau noire de la nuit, comme un nageur qui voudrait regagner la surface, mais en fait de surface il n'y avait que les sombres profondeurs du ciel, au-delà de la moire diffuse qui nimbait la flèche de la cathédrale. Bientôt, Krux dépassa cet opercule de lumière. Il s'éleva encore et disparut, poursuivi par les flashes des photo-reporters et par les derniers coups de feu impuissants de Dupassé qui achevait de vider son chargeur vers la nue.

Dupassé resta un long moment le visage levé vers le ciel, à contempler la poix impénétrable où s'était englouti son ennemi. Benoît imaginait Krux, là-haut, désormais insaisissable, s'éloignant à tire-d'aile d'Écorcheville. De quel côté le parricide s'était-il dirigé ? Le savait-il seulement ? En cet instant, il se pouvait aussi bien qu'il survolât le Styx, s'éloignant du monde des vivants pour se perdre sans retour. À l'aube, s'il atteignait l'Érèbe, des monstres ailés prendraient leur envol et le déchireraient en plein ciel… Ou si par hasard ou à l'instinct il avait cinglé au sud, il toucherait d'ici quelques jours les rivages ensoleillés vers lesquels son père émigrait chaque hiver. Ménélos avait feint de n'être qu'un simple acrobate et de braver au péril de sa vie cette pesanteur dont il était en réalité affranchi. Sa fin l'avait démontré, l'homme-oiseau démasqué ne pouvait devenir qu'une cible. Sans doute, en se dissimulant sous le collant du trapéziste, avait-il pris le parti le plus sage et éludé longtemps la pierre, la flèche, la balle, le carreau d'arbalète inéluctable.

Après que le fourgon emportant Gégé eut disparu, les journalistes regagnèrent leurs voitures et rentrèrent au bercail pour écrire les articles relatant le prodige dont la ville s'ébahirait demain. Les électriciens remballèrent leur matériel, un à un les véhicules de police quittèrent les lieux. Les spectateurs se dispersèrent. Quelques-uns s'attardèrent à humer les vapeurs du drame, à contempler la flaque de sang laissée sur le parvis par le corps de Gégé. Tout à coup, tel un crabe minuscule au pied d'une falaise, Mme Occlo apparut sous le porche de la cathédrale, tenant contre son ventre un gros sac en papier. Elle écarta les badauds en maugréant, et saupoudra sur la flaque le contenu du sac, qui n'était autre que la sciure de bois qu'elle utilisait pour la litière de certains de ses pensionnaires. Là-bas, derrière les barrières, Aranelle rameutait son monde et cherchait Benoît du regard. Celui-ci se défila. Il n'avait aucune envie de retourner veiller Superbe au palais Propinquor, en compagnie de ces gens avec qui il n'avait rien de commun. Ils lui faisaient peur, tout à coup, avec leur intelligence toujours aux aguets, leurs arrière-pensées et leurs calculs. Il n'était qu'un atout dans leur jeu, il risquait de n'être plus désormais qu'un pantin entre leurs mains. Pourquoi pas, si c'était le prix à payer pour réaliser ses ambitions ? Mais ils les relativisaient, ils les polluaient en les rendant si aisément réalisables. Que vaut ce qui s'achète ? Qu'aurait été la carrière de Lola, si les Esteral et les Propinquor ne l'avaient pas financée en sous-main ? Elle interpréterait les confidentes au lieu des premiers rôles, la nourrice plutôt que Médée, Œnone plutôt que Phèdre. Ou bien elle aurait renoncé au théâtre. Qui sait si elle se serait jamais éloignée d'Écorcheville, si elle aurait abandonné Benoît ? Il rêva un instant à cette vie alternative qui aurait été la sienne. Il n'aurait pas connu Louise, ni les Vieilles Toupies. Il n'aurait pas grandi à la villa Jacaranda, dans l'ombre du portrait du Liménien huileux, à côté du poupon dans sa châsse, mais en ville, dans un grand appartement, bon quartier, bel immeuble… Il aurait eu à coup sûr un beau-père dont il aurait dû s'accommoder. N'ayant pas brocanté avec Bogue, il n'aurait pas trouvé de lyre sur son chemin ! Il n'était pas sûr qu'il se fût mis en tête de jouer de la musique, si, comme il en venait à le soupçonner, la découverte au fond d'une cave de cet instrument mystérieux n'avait joué un rôle déterminant dans sa vocation. Blandeuil, déjà, en son temps… Tout, même ce que l'on croyait de l'ordre du destin, n'était peut-être qu'accidentel et contingent. Il imagina Lola en bourgeoise rangée, Blandeuil en épicier, Tatie Cindy en dame d'œuvres, Aranelle en chauffeur-livreur à mégot sur l'oreille... La vie, en fourrier désinvolte, vous jetait dans les bras un fourniment qu'on se persuaderait plus tard d'avoir choisi. Elle venait de lui changer son pauvre barda de deuxième pompe pour un paquetage somptueux de général d'armée. Après avoir tant souffert d'être Benoît Brisé il se révoltait à l'idée de devenir un autre. Un gouffre s'ouvrait devant lui, aussi effrayant que celui qui avait happé Gégé Carmona. Il regrettait maintenant ce moi humilié qu'il ensevelissait quelques heures plus tôt dans la ruelle de son lit. Être soi, n'être que soi, rien d'autre que cette torture n'était souhaitable ni même concevable. Pour un peu, pris de panique, il aurait couru vers Aranelle pour lui dire qu'il avait changé d'avis, qu'il refusait l'héritage... Il n'en fit rien. Malgré lui, la métamorphose était engagée. Semblable à un âne trop chargé sur un chemin de montagne escarpé, il n'osait plus avancer ni reculer. Alors soit, demain, il capitulerait, il livrerait son âme déjà vendue. Il réintégrerait le palais Propinquor et se glisserait dans sa nouvelle peau de fils de famille, il se conformerait aux attentes d'Aranelle et de sa clique, il signerait tout ce qu'on lui demanderait de signer. Mais pas ce soir. Pour quelques heures encore il resterait le même.

Pour s'éloigner sans être vu d'Aranelle, il se mêla à un groupe quittant le parvis du côté opposé à celui où le secrétaire général s'impatientait. On ne lui accorda aucune attention. Il s'en félicita. Il vivait ses dernières heures de quidam. Il était encore invisible, à l'abri dans le cercle magique de son insignifiance. Cela ne durerait pas. Demain matin, la presse n'en aurait que pour la mort de Superbe et les péripéties de la nuit, la stupéfiante assomption du meurtrier et la fin tragique de son complice, mais bientôt, Homini ou Guido, quelqu'un vendrait la mèche dans les pages people ou dans les pages économie. Les journaux publieraient la photo de l'héritier-surprise. S'il entrait dans leur jeu, s'il se laissait interviewer, on ferait de lui une vedette, il appartiendrait très vite au Tout-Écorcheville. Il n'aurait pas besoin d'enregistrer un disque pour ça.

Il descendit vers le fleuve, vers l'embarcadère de Charon où il espérait apercevoir l'ombre de Fille-de-Personne. Il était tard. À l'agitation de l'hallali avait succédé un calme déconcertant. La police paraissait même avoir renoncé, pour cette nuit du moins, à traquer le chèvre-pied. La ville dormait plus profondément que jamais, sembla-t-il à Benoît qui savait à quel état de surnaturel engourdissement elle pouvait atteindre. La pluie avait cessé, mais les trottoirs et la chaussée en étaient visqueux, et les pas de l'adolescent chuintaient plus qu'ils ne résonnaient dans le silence. Soudain, comme il traversait le mail, il entendit qu'on marchait vite, derrière lui. Il hâta lui-même l'allure. L'endroit était connu pour les mauvaises rencontres auxquelles on s'y exposait passé une certaine heure. Son poursuivant, s'il méritait ce nom, accéléra encore. L'homme courait, à présent. Le cœur de Benoît s'emballa. Sans ralentir, il se retourna à demi pour scruter la pénombre qui baignait l'allée. Fluette et voûtée, la silhouette qu'il distingua à quelque dix mètres de lui n'avait rien de très menaçant. Il poussa un soupir où se mêlaient soulagement et ennui. C'était, ce n'était que Lordurin ! Benoît s'immobilisa, décidé à éconduire le vieux si celui-ci l'entreprenait comme il y paraissait disposé. Le poète s'arrêta à sa hauteur. À bout de souffle, il avait du mal à parler et pressait en grimaçant le point de côté qui lui vrillait le flanc.

— Sapristoche... Comme on trotte à votre âge ! Je vous cours après depuis Sainte-Agathe... Quelle histoire, hein ? Ce voyou s'envolant à travers ciel, comme emporté par les anges !...

Lordurin s'interrompit pour reprendre son souffle. Benoît qui n'entendait pas se montrer courtois se remit en marche. L'autre lui emboîta le pas sans protester, en boitillant.

— Je vous ai vu arriver avec ces messieurs...

En prononçant ces mots, Lordurin esquissa une révérence inconsciente. La fortune inopinée de l'adolescent et sa familiarité toute neuve avec les hommes les plus en vue de la cité allaient lui valoir de ces attitudes de courtisans.

— Et alors ?

— Et alors je voulais vous dire... Nous avons eu, non pas des mots, mais...

Ils en avaient eu, et plus encore ! Lordurin avait insulté Louise et les Vieilles Toupies, et Benoît l'avait bousculé, jeté à terre.

— Combien de fois il faudra vous le répéter ? Géli ne veut plus entendre parler de vous, dit-il en détachant les syllabes.

— C'est ce qu'elle dit, et elle le pense sans doute pour le moment, je veux bien le croire ! protesta le vieillard. Cela dit, je ne serais pas étonné qu'elle change d'avis et qu'elle revienne vers papa Lordurin quand vous vous serez lassé d'elle, ce qui ne devrait guère tarder... C'est que vous pouvez prétendre à bien autre chose que cette gamine, désormais. Demain, vous serez le roi d'Écorcheville ! Vous n'aurez qu'un mot à dire, et les plus jolies femmes se disputeront le privilège de parfaire votre éducation. Je ne parle pas de professionnelles, mais de personnes de la meilleure société, saines, propres, sûres sous tous rapports… Des femmes convenables. Plusieurs vous prendront successivement sous leur aile. Elles vous apprendront à vous tenir, à vous habiller, à choisir les tissus et leur coupe, les alliances de couleurs, les camaïeux, les cravates, les eaux de toilette… Elles vous empêcheront de porter des chaussures claires avec un costume sombre. Elles vous dégrossiront. Vous en avez besoin, soit dit sans vous offenser.

Benoît s'arrêta et se tourna vers le vieillard.

— J'en ai conscience, mais de quoi vous vous mêlez ?

— Eh ! J'aime être utile, s'écria son interlocuteur. Et je connais mon beau monde. Des femmes comme ça, riches, raffinées, belles encore, que vous n'ayez pas à vous forcer, je peux vous en présenter dix. Grâce à ces bonnes fées, très vite, je parie, vous serez capable d'assumer votre position sociale, vous serez devenu un *gentleman*.

Benoît faillit s'esclaffer. Lordurin n'imaginait pas à quel point il se foutait de devenir un *gentleman*.

— Et vous, qu'est-ce que vous aurez gagné à jouer les entremetteurs ?

— Oh, moi… si l'on tenait à me remercier, on n'aurait qu'à me rendre ma petite souillon dont on n'aurait plus l'usage. Alors ? Qu'en pensez-vous ?

Pour toute réponse, Benoît haussa les épaules, ce que Lordurin choisit d'interpréter de la façon la moins pessimiste :

— Vous avez raison, chaque chose en son temps ! Ah, Benoît… Vous permettez que je vous appelle Benoît ? Je connais Lola Balbo de longue date, vous savez ? Je puis même dire que j'ai été un des premiers artisans de sa gloire. À l'époque, je tenais la chronique théâtrale dans *La Tribune*. J'y ai renoncé. Le niveau a beaucoup baissé depuis l'arrivée de ce Lupus à la tête de la rédaction… Je ne crois pas me vanter en disant que j'ai contribué à lancer la carrière de la Balbo, par un article plus que chaleureux à propos de son premier rôle, encore modeste, sur la scène de l'Empyrée. C'était dans *Andromaque*. Elle faisait Cléone. Parlez-lui-en à l'occasion, je suis sûr qu'elle s'en souvient.

Benoît considéra le vieil homme avec plus d'intérêt. Bien sûr, Lordurin avait connu Lola à ses débuts. La différence d'âge n'excluait même pas qu'elle eût couché avec lui. Cette hypothèse n'avait rien pour plaire à Benoît. Il se réjouit qu'elle ne se présentât à son esprit qu'après qu'il eût appris l'identité de son père naturel. Par chance, l'idée que le poète pût être son géniteur ne l'avait jamais effleuré du temps où il dévisageait les passants dans la rue en leur cherchant à tout hasard un air de ressemblance avec lui-même.

— Je la suivais depuis un moment déjà. Comment vous dire ? À mes yeux il était évident qu'elle réussirait ; elle avait l'étoile au front ! Enfin bref, j'ai été convié à plusieurs reprises aux soirées qu'elle donnait dans son penthouse, au quarantième étage de la tour Esteral…

Lordurin se tut un instant, pour décocher à Benoît un regard narquois, surprenant, après ses aplatissements.

— À l'occasion d'une de ces fêtes, reprit-il, j'ai même assisté à un incident qui n'est peut-être pas étranger à votre présence sur la terre !

— La soirée avait été joyeuse, poursuivit Lordurin. Il y avait un monde fou. L'appartement était immense et pourtant on n'était pas loin de se marcher dessus. Soizic – elle ne s'appelait encore Lola que sur les programmes de théâtre – invitait avec libéralité tout ce qui se piquait de jouer, de danser, de musiquer, de peindre ou d'écrire à Écorcheville. Un certain nombre d'intrus arrivent toujours à s'immiscer dans ces fêtes privées. Parmi ces squatteurs, il y avait ce soir-là un type un peu étrange, dont on savait tout juste qu'il travaillait comme trapéziste au sein du cirque Gorbius. Il buvait peu, parlait encore moins, et regardait les gens autour de lui avec un air de se demander s'il avait mis les pieds dans une surprise-partie ou au milieu d'une basse-cour…

— Morpho Ménélos, mon père ! laissa tomber Benoît.

Après l'avoir un instant intrigué, Lordurin l'ennuyait à nouveau. Il le retardait. À cause de lui, il risquait de manquer l'embarquement de Fille-de-Personne pour l'Érèbe, s'il devait avoir lieu cette nuit. Lordurin accusa le coup :

— On dirait que mon anecdote tombe à plat, comme les révélations qu'elle était supposée amorcer ! murmura-t-il d'une voix contrariée.

— Les révélations, c'est sûr, mais racontez toujours l'anecdote, si elle n'est pas trop longue.

Lordurin avala cette couleuvre comme les autres.

— Elle ne tiendrait pas en trois mots, mais elle me semble valoir que vous l'écoutiez. En fin de soirée, Ménélos s'était éclipsé un des premiers. Pour ma part, je pris congé en même temps que les derniers à partir. Alors que j'allais monter dans ma voiture, je m'avisai que j'avais oublié mon cache-col, et je retournai chez Soizic…

Lordurin marqua une pause intentionnelle. Même pour un ingénu comme Benoît, il était clair que le cache-col oublié n'était qu'un prétexte. Lordurin avait-il l'habitude que les jeunes comédiennes le remercient à leur façon de ses dithyrambes dans la presse ? Voulait-il laisser entendre à Benoît que Soizic avait déjà eu des bontés pour lui ?

— Et donc ?

— Et donc, j'empruntai à nouveau l'ascenseur qui menait à son aire – quarante étages, ça n'est pas rien, hein ? Arrivé sur le palier, je sonnai et me fis connaître par l'interphone. Soizic vint m'ouvrir avec une mauvaise grâce que je m'expliquai mal. Mon article sur son interprétation de Cléone était paru, et elle m'avait manifesté un peu plus tôt sa gratitude. Mais pour l'heure, à l'évidence, je la dérangeais. Elle me conduisit à la pièce qui avait servi de vestiaire. Cette pièce donnait sur une vaste terrasse aménagée en jardin suspendu et éclairée par des spots. Je récupérai mon écharpe et m'apprêtai à partir, sentant que mon hôtesse ne souhaitait pas que je m'attarde… C'est alors qu'une forme humaine jaillie de la nuit se posa, je ne vois pas d'autre mot, elle se posa sur la terrasse comme un oiseau ! Je dois dire que, sur le moment, je ne m'arrêtai pas sérieusement à cette impression. Les rumeurs touchant aux capacités de Ménélos, et à son double jeu, n'avaient pas commencé à circuler. Je me dis qu'il avait fait une fausse sortie un peu plus tôt. Il s'était caché sur le toit, d'où il venait de sauter, croyant la voie libre… D'ailleurs, la réaction de Soizic corroborait cette explication et me prouvait que ces deux-là étaient de mèche. Sans s'étonner de la présence sur sa terrasse d'un quasi-inconnu censé s'être retiré une demi-heure auparavant, elle me poussa vers la porte. J'ai compris beaucoup plus tard qu'il n'y avait pas eu de fausse sortie. Ménélos était vraiment descendu, par l'ascenseur… Et il était remonté par des moyens qui n'appartenaient qu'à lui ! Songez à cela, il n'est pas impossible que vous ayez été conçu cette nuit-là.

En tout cas, pensa Benoît, cela cadrait avec le récit que lui avait fait Lola chez Pécunieux, même si elle n'avait pas mentionné le retour inopiné de Lordurin.

— Je ne voudrais pas vous importuner plus longtemps, d'autant que me voilà presque rendu, dit Lordurin. J'habite tout près d'ici.

Une carte de visite apparut entre ses doigts comme une carte à jouer entre ceux d'un prestidigitateur.

— Je pense que nous sommes appelés à nous revoir ici ou là dans les semaines qui viennent. Mais si le cœur vous en dit passez-moi un coup de fil et venez prendre le thé, le thé ou ce qu'il vous plaira. Avec votre permission expresse, je convierai telle ou telle des amies dont je vous ai parlé… Mais nous pourrions aussi nous entretenir, sans tiers, de certaines choses auxquelles je présume que vous n'avez pas encore réfléchi, conclut Lordurin avec un sourire qui se voulait profond.

Benoît n'eut pas le temps de lui demander d'en dire plus sur-le-champ. Déjà, sur une petite révérence clownesque, le poète tournait les talons et s'éloignait, satisfait de rompre pour cette nuit sur un léger avantage en fin de partie.

Benoît poursuivit sa route. Tout en marchant, il s'interrogeait sur l'allusion de Lordurin à ces choses « auxquelles il n'avait pas encore réfléchi ». De quoi pouvait-il s'agir ? Il lui resterait donc, après chaque mystère éclairci, une nouvelle énigme à percer ? Il se souvint d'avoir fait, encore enfant, un rêve de cet ordre. Il errait dans une maison immense – la villa Jacaranda en cent fois, en mille fois plus vaste – et dont il cherchait en vain la sortie. Derrière chaque porte qu'il franchissait se profilaient, éclairés par des appliques en bronze doré aux formes tarabiscotées, les mêmes longs couloirs tendus de cretonne écarlate, poussiéreuse, desservant les mêmes pièces au mobilier et à la décoration surchargés. Comme il désespérait de déboucher jamais au jour, une porte que rien ne distinguait de celles qu'il avait poussées auparavant s'ouvrit sur un minuscule jardin carré, sorte de cellule à ciel ouvert au sol planté d'un gazon verdoyant, et dont un arbre en fleur occupait le centre. Le soleil brillait, une brise venue de nulle part éventait doucement cette oasis enclavée. Benoît y pénétra et s'assit à l'ombre de l'arbre… Ses souvenirs n'allaient pas plus loin. Souvent, dans les mois et les années qui avaient suivi, il avait tenté de se remémorer la suite. Elle s'était toujours dérobée. Il n'aurait même pas juré que le rêve eût une suite, mais il ne pouvait s'empêcher de penser qu'il en avait une, et qu'il aurait été important pour lui de se la rappeler. Il haussa les épaules. Le jour n'était déjà qu'un tissu de mystères, s'il fallait encore s'obséder de ceux de la nuit ! Comme par un fait exprès, les bouches se fermaient toujours avant d'avoir tout dit. La vérité était-elle donc indicible parce qu'inépuisable ? Benoît avait très bien compris que Lordurin, en l'appâtant avec « les choses auxquelles il n'avait pas encore réfléchi », songeait d'abord à rétablir un contact aussi cordial que possible avec le propriétaire de Géli. Sans doute aussi s'efforçait-il de susciter l'intérêt d'un jeune homme soudain promis à un brillant avenir. Le prince des poètes est toujours peu ou prou le poète des princes. Lordurin n'avait pas encore sa statue, aucun édifice public ne portait son nom, et il crevait d'envie chaque fois qu'il passait devant le lycée Mathieu-Chain... Cependant il faudrait bien qu'à un moment donné il vidât son sac, sous peine d'obtenir un effet contraire à celui qu'il recherchait, et de s'aliéner encore plus Benoît. Pour l'heure celui-ci avait beau se creuser la cervelle, il demeurait incapable de deviner de quoi le vieux voulait parler.

Il aperçut loin devant lui, à la lueur des réverbères, deux silhouettes dissemblables. L'une aussi menue que l'autre était imposante, elles marchaient côte à côte. Le couple descendait vers le fleuve du même pas tranquille qu'Onagre et Cambouis la nuit précédente. Son instinct lui dit que c'était Superbe et Fille-de-Personne qui se rendaient ensemble à l'embarcadère. Il força l'allure, et quand il s'estima à portée de voix, il appela : « Fille-de-Personne ! Monsieur Propinquor !... » Sa voix se répercuta entre les façades obscures. Un petit chien se mit à aboyer avec rage quelque part derrière l'une d'elles. Les silhouettes s'étaient arrêtées net. Elles se retournèrent. Benoît recommença à courir vers elles. Les derniers doutes qu'il aurait pu nourrir quant à leur identité s'évanouirent. C'était bien Superbe et Fille-de-Personne, qui le regardaient s'approcher sans montrer aucune émotion. Comme Onagre et Cambouis avant eux, ils semblaient désinvestis de tout, dépassionnés d'eux-mêmes et de ce qui les entourait. Le son de la voix de Benoît avait pourtant dû éveiller quelque chose en eux, puisqu'ils l'attendaient, immobiles et sereins dans la lumière d'un réverbère. En les rejoignant, il lut sur leurs traits une sorte de bienveillance distraite.

Il comprit qu'ils étaient loin, déjà, beaucoup plus loin que leur apparente proximité ne pouvait le laisser croire. Il devait garder à l'esprit qu'il n'avait plus affaire qu'à leur ombre. Lui-même, désormais, n'était pour eux qu'un écho bientôt dissipé, un reflet prêt à s'éteindre. À l'instant de leur parler il ne sut que dire. D'ailleurs la monnaie des mots ne valait plus rien. C'était avant, qu'il aurait fallu les échanger, tant qu'ils avaient cours, mots sonnants et trébuchants qui payaient la dépense des vivants, achetaient les tendresses et remboursaient les cruautés… S'il avait mis tous ses mots sur la table, s'il en avait fait tapis comme un joueur, peut-être aurait-il gagné l'amour de Fille-de-Personne ? Mais il n'avait pas osé, et il n'était plus temps de rien. Benoît n'avait été pour elle qu'un visage dans la foule. Il ne devait s'en prendre qu'à lui-même, puisqu'on a toujours tort de n'être pas aimé. Fille-de-Personne n'avait aimé sur terre que Krux et Cambouis… Eux seuls, vraiment ? Benoît découvrit qu'elle s'accrochait à la main de Superbe, comme une fillette tient la main de son père sur le chemin de l'école. Celui-là avait tout d'un père indigne. La bonbonnière, bon… Mais pour apprécier la réalité des choses il fallait les remettre dans l'ordre : Superbe avait débuté par l'indignité et fini par la paternité. L'amour avait plus de visages qu'il n'existait de mots pour nommer ses métamorphoses. Nul ne savait la vraie nature de ce qui liait Superbe et Fille-de-Personne et leur faisait se tenir la main en route vers le Styx et l'Érèbe.

Le silence durait. Superbe éleva sa main libre à sa bouche pour signifier qu'il était dans l'incapacité de s'exprimer. Fille-de-Personne l'imita. Benoît se souvint des oboles qu'on leur avait introduites à l'un et l'autre entre les lèvres pour acquitter auprès du nocher le prix de leur traversée. C'était lui-même, à l'invitation d'Aranelle, qui avait ainsi défrayé Superbe. Celui-ci l'encouragea à parler d'un hochement de tête.

— Je voulais… commença Benoît, mais il se tut aussitôt.

Un poids plus lourd que celui de la pièce qu'ils avaient dans la bouche pesait sur sa propre langue.

— Je voulais simplement vous accompagner, parvint-il à articuler d'une voix étranglée.

Superbe hocha la tête à nouveau en signe d'assentiment. Se tournant vers le fleuve, il entraîna Fille-de-Personne. Benoît leur emboîta le pas.

Sur la berge, pensif, les épaules voûtées, Charon attendait devant sa barque amarrée à l'endroit habituel. Il se redressa à l'approche du trio et s'avança à sa rencontre. Sa laideur glaça Benoît. Combien de vivants l'avaient vu d'aussi près ? Le long manteau informe qui enveloppait le passeur grouillait de vermine. Il s'en promenait jusque dans ses sourcils et sur les mèches de cheveux blancs qui encadraient sa face blême sous sa capuche. Le nez bourgeonnait de verrues, un rictus permanent tordait la bouche sans lèvres. La langue blanchâtre, dans ce gouffre, se tordait entre chicots et gencives comme un lamantin obscène échoué sur une plage semée de rocs déchiquetés. Dans les yeux, nulle lueur. La nuit elle-même semblait issue de ses prunelles. Il se dressa devant Fille-de-Personne, et tendit la main vers le visage de l'adolescente. Forçant ses lèvres de deux doigts pareils à des serres, il retira de sa bouche la pièce qu'y avait glissée Mme Bernard. Puis il procéda de même avec Superbe, fouillant la bouche du vieil homme sans que celui-ci se révoltât. D'abord perplexe devant Benoît, après un instant d'hésitation Charon esquissa le même geste. Le garçon se déroba avec effroi et dégoût. De toute façon, sa bouche était vide. Outré, le nocher leva la main pour le frapper. Benoît recula en toute hâte. Alors, sans plus se soucier de lui, Charon lui tourna le dos. D'un geste impérieux, il engagea ses passagers à monter à bord. L'autocrate qui avait régné si longtemps sur Écorcheville et la petite rebelle que les hautes murailles de l'orphelinat n'avaient pu retenir obéirent sans broncher, sans même lancer un dernier regard à Benoît. Ils descendirent dans la barque et prirent place sur les bancs de rame. Charon largua l'amarre et les rejoignit. Ils se mirent à souquer à son signal, avec plus de docilité et d'application qu'Onagre et Cambouis en leur temps. Benoît, immobile, assistait la gorge nouée à ce départ sans adieux. Serait-ce tout ? La barque allait disparaître, emportant vers l'autre monde celle qu'il aimait et l'homme qui venait d'effacer sa bâtardise, et lui resterait là, sur la rive, plus démuni et moins sûr de lui que jamais, riche à millions et privé de toute raison de vivre. Au dernier instant, alors que le bachot avait déjà tourné sa proue vers le milieu du fleuve et commençait à s'éloigner de la berge, une forme indistincte jaillit de l'obscurité et sauta à bord de l'embarcation d'un bond prodigieux qui manqua de la faire chavirer. Reconnaissant l'intrus, Charon retint de justesse le coup de rame par lequel il s'apprêtait à l'assommer. Au contraire, comme heureux de le revoir, il le gratifia d'une tape amicale sur son crâne bouclé. Il lui fit signe de prendre place auprès des autres passagers, mais avant de s'asseoir Faunet se retourna, et, avec force grimaces et grands signes des deux mains, héla Benoît resté sur la rive :

— Poi, poi ! Leu-eu-pin ! Vo-leu-eu-eu ! Gueu-eulass ! Moort pan-pan ! Ah-ah-ah !

Benoît s'attarda sur la berge un moment après que la barque eut disparu dans la nuit. Enfin, sentant le froid et l'humidité percer le trois-quarts trop léger qu'il avait enfilé pour suivre Dupassé et les autres, il se résigna à remonter vers la cité. D'ailleurs, le vent du Styx s'était levé. Il ne soufflait pas encore très fort, mais tout natif d'Écorcheville savait avec quelle violence, une fois lancé, il pouvait se déchaîner à l'improviste, par sautes rageuses. On l'avait vu abattre des arbres, tordre des lampadaires, arracher des enseignes et les jeter à travers les rues, renverser des passants. En pleine nuit, la ville claquemurée laissait Benoît sans recours, à la merci du grand faucheur aveugle. Il n'aurait pas eu loin à marcher, s'il avait décidé de regagner le palais Propinquor. Celui-ci se dressait à quelques centaines de mètres à peine, de l'autre côté du boulevard qui longeait la rive. Cependant l'idée lui répugnait d'aller dormir là, dans cet appartement luxueux, entre ces draps qui étaient encore hier ceux d'Onagre. Demain peut-être, demain sans doute, il consentirait à se glisser dans sa nouvelle identité. Demain, comme lui, la ville aurait changé. Jusqu'alors elle l'avait ignoré, désormais il devrait l'affronter. Benoît Brisé avait existé jusqu'à présent pour une douzaine de personnes, et encore ! L'héritier Propinquor allait exister dans la conscience de tous ses concitoyens, aucun ne se gênerait pour le juger. L'anonymat dans laquelle il avait vécu jusque-là lui parut le bien le plus précieux. Pour un peu il se serait mordu les poings de s'en être laissé déposséder. Il s'était pourtant mis en tête de devenir un musicien célèbre !

S'il ne réintégrait pas le palais, il ne lui restait qu'à s'appuyer de traverser la ville entière pour retourner chez Louise, pour rentrer chez lui. Chez lui ? Hier symbole de son malheur, de la brume d'incertitude qui entourait sa naissance, la villa Jacaranda faisait maintenant figure à ses yeux de sanctuaire. Il pensa à Louise, et il eut honte d'avoir eu honte, toute son enfance, de ses ongles noirs et de ses airs égarés, de ses cheveux gris emmêlés sous le bibi d'une autre époque qu'elle plantait sur sa tête les rares fois où elle s'aventurait hors de chez elle. De la chirurgienne déchue à l'embaumeuse, en passant par la faiseuse d'anges, dans chacune de ses images successives la mort avait eu sa place. Benoît comprit tout à coup pour quelle part Louise entrait dans le malaise qui pesait sur lui depuis toujours. Alors qu'il lui devait tout – par quel miracle avait-il survécu à ses soins mortifères ? – il était également incapable de l'aimer et de ne pas l'aimer.

Comme il passait sous la statue de Mathieu Chain, face au lycée du même nom où il aurait au moins la satisfaction de ne plus remettre les pieds, s'il en croyait les promesses d'Aranelle, un coup de vent brutal le poussa aux épaules et lui donna l'impression qu'il s'envolait.

LXXIII

Ce fut la vue de la terrasse du mail qui donna l'idée à Benoît, ou plutôt qui l'aida à la formuler de façon précise, car il tournait autour depuis la bourrasque qui l'avait presque soulevé de terre devant le lycée. Il y en avait eu d'autres depuis. Ce serait une de ces nuits sombres où le vent prenait possession de la ville. Ce trait constituait même une singularité du régime des turbulences atmosphériques locales. Le vent ne soufflait jamais autant dans la journée, et atteignait un paroxysme par les nuits les plus noires. Les services météorologiques avaient tenté d'expliquer scientifiquement la corrélation entre l'épaisseur de la nuit et la force du vent. Sans succès. Sorti de cette concomitance, le phénomène ne semblait associé ni à la saison, ni à la température, ni aux phases de la lune, ni à rien de significatif. Il demeurait inintelligible, comme tant d'autres choses dans la cité lovée au bord du Styx.

Dans la cervelle de Benoît trottait par ailleurs la petite phrase de Lordurin à propos des choses auxquelles il n'avait pas encore réfléchi... Maintenant qu'il y repensait, avec le recul, il estimait légitime de la rapprocher du contexte dans lequel elle avait été prononcée. Dans cette hypothèse, c'était au don de Ménélos, dont Krux avait par ailleurs hérité, que Lordurin avait fait allusion. Quoi d'étonnant, au fond, à ce que le fils de l'homme volant jouît de la même capacité que son géniteur ? Les petits des oiseaux prennent leur envol un jour ou l'autre, c'est dans l'ordre. Mais Benoît était lui aussi le fils de Ménélos. Et soudain, devant la terrasse du mail d'où il avait eu si peur de tomber, une nuit, en chahutant avec ses amis, l'idée le traversa, le transperça : pourquoi, *si c'était de famille*, n'aurait-il pas possédé la même aptitude sidérante que son père et son demi-frère ? Il se souvint du conseil ironique que lui avait donné Lola chez Pécunieux : « J'essaierais, si j'étais toi... » Son cœur se mit à battre la chamade. Bien sûr, dix objections lui vinrent aussitôt à l'esprit, auxquelles il trouva tout aussi vite à objecter. Fille-de-Personne n'avait jamais laissé entendre rien de tel. Au contraire, la nuit où ils avaient épié Ménélos ensemble, elle n'avait revendiqué d'autre héritage qu'une agilité de chat. Cependant elle n'était nullement portée aux confidences, témoin le secret absolu qu'elle avait gardé sur la bonbonnière, et d'ailleurs rien n'excluait qu'elle eût ignoré le caractère héréditaire du privilège de l'homme-oiseau. Cette nuit, Krux avait paru surpris, là-haut, à l'instant suprême. Il était malaisé après coup de décider s'il s'était précipité dans le vide dans l'intention de mourir ou dans celle de se sauver, s'il avait usé de son pouvoir en connaissance de cause ou s'il l'avait découvert à cet instant précis. La transmission du don n'était peut-être pas liée à la seule ascendance paternelle. Fauvine appartenait elle aussi au monde des forains... Qui sait si elle n'en était pas dotée elle-même, ou s'il ne se trouvait pas dans ses chromosomes quelque gène complémentaire de ceux de Ménélos ? Benoît réfutait à la volée les arguments contraires à l'espoir fou qui l'avait envahi. En quel honneur Krux aurait seul hérité de Ménélos ? Ou bien était-ce le parricide qu'il avait commis qui avait fait de lui l'élu ? Rien n'était impossible et tout était absurde, sur cette étroite bande de terre à l'extrême bord du réel où se dressait Écorcheville, face à la côte invisible de l'autre monde. Après tout, raisonnait Benoît, tant qu'il n'avait pas essayé de voler rien ne prouvait qu'il en fût incapable. Ne serait-ce pas terrible, de végéter à la surface du globe, de gâcher son existence dans la promiscuité d'une humanité de plomb, pour la simple raison qu'on n'aurait pas pensé à tenter de s'arracher de l'une et de se distinguer de l'autre ? Il se vit dans la situation d'un prisonnier dans sa cellule, ressassant des rêves d'évasion face à une porte massive, hérissée de serrures formidables, mais qu'un geôlier pervers aurait sciemment omis de verrouiller. Une poussée suffirait à ouvrir cette porte, cependant le prisonnier persuadé du contraire ne songera jamais à l'appliquer. Enfermé dans la fiction de sa captivité, il finira par mourir de désespoir à trois pas de la liberté.

La terrasse ne surplombait pas directement le trottoir de la rue Esteral, mais donnait sur un terre-plein en butte, très pentu, adossé à la maçonnerie. Les jardiniers municipaux étaient fiers de la mosaïque de fleurs, cosmos, pétunias, cannas, œillets d'Inde, dont ils l'ornaient chaque année. Cette butte escarpée s'élevait jusqu'à mi-hauteur du mur en son centre, pour, de chaque côté, s'abaisser presque au niveau du trottoir à l'endroit d'où partaient les deux escaliers tournants qui conduisaient au mail. S'il était tombé, la fameuse nuit où, ivre, il avait dansé sur le garde-fou de pierre à l'une des ailes de la terrasse, Benoît aurait fait une chute de cinq mètres. En revanche, au centre de la balustrade, la hauteur du vide au-dessus du faîte de la butte n'était que d'un peu plus de trois mètres.

Oubliant les fatigues de la journée, Benoît gravit d'un pas soudain léger les degrés de l'escalier de gauche. C'était son chemin, de toute façon, mais déjà son projet s'était imposé à lui. Il ne serait pas ce captif pusillanime qui n'osait mettre en doute la matérialité de sa prison. Au demeurant il ne risquait dans l'affaire qu'une culbute sans grand danger, un gadin qui s'achèverait en roulé-boulé dans les fleurs, sur la terre gorgée d'eau de la butte. Et si au contraire l'expérience s'avérait positive... Le sang lui battait les tempes à la pensée que le miracle eût lieu, et qu'il pût prendre son envol, lui aussi ! Le mail, comme la rue Esteral en dessous, et plus loin le boulevard Bussettin qui dévalait vers le fleuve, tout était désert à souhait. Comme il s'apprêtait à abandonner son perchoir, malgré l'espérance qui l'habitait, Benoît ressentit avec plus d'acuité que jamais, dans ses entrailles et dans ses membres, la densité familière et sournoise qui n'avait cessé d'accompagner chacun de ses gestes depuis la première seconde de son existence. Il pesait. Il pesait quoi ? Soixante kilos, par là. Ces cent vingt livres de chair se rappelaient à lui avec insistance, au moment où il allait en éprouver la réalité.

Parvenu sur la terrasse, il longea la balustrade jusqu'à son milieu, se hissa dessus et se mit debout, le dos tourné au mail, face à la longue et large tranchée du boulevard Bussettin. Il dut s'arc-bouter contre le vent pour n'être pas rejeté en arrière. Il s'aperçut qu'il tremblait d'excitation et aussi de peur. La première fois, avec les autres, il n'avait pas eu peur d'emblée, bien qu'il se fût juché sur la balustrade à l'une des ailes, où le vide qui s'ouvrait sous vos pieds était beaucoup plus impressionnant. Il avait bu. Les œillères de l'alcool avaient rempli leur office. Il n'avait pris conscience du danger qu'au moment où Fille-de-Personne avait agrippé ses chevilles et feint de vouloir le pousser. Mais cette nuit il n'était pas ivre. Il ferma les yeux, les ouvrit, les ferma à nouveau. Qu'est-ce qui valait mieux ? Sauter les yeux ouverts, c'était assister au prodige… ou se voir tomber. Il les garda fermés. Donnant tout juste un petit coup de pied d'appel, il se jeta timidement dans l'abîme. Il sut tout de suite qu'il tombait. Pas de passe-droit ! La loi de la pesanteur s'appliquait à lui sans restriction aucune. Il tomba bel et bien, de tout son poids, de toute sa masse, sans en oublier un gramme ni un atome. Ses pieds s'enfoncèrent dans la terre meuble, pas assez profond cependant pour qu'il y restât fiché. Une douleur fulgurante à la cheville droite lui arracha un cri. Il battit en vain des bras, bascula en avant, piqua du nez dans les plants de fleurs décoratives. Il dévala la pente glissante à plat ventre jusqu'au bas du terre-plein et alla donner du front contre le muret de béton qui le bordait.

Il resta immobile quelques instants, tassé contre le muret, sans plus de ressort qu'un ballot de linge humide. Puis le fourmillement de ses neurones affolés par le choc s'apaisa, il recommença à penser par séquences à peu près cohérentes et se ramassa en gémissant. Le bilan de sa tentative de décollage n'était pas brillant. Il s'était ouvert le front, et foulé, ou luxé, voire brisé une cheville... À côté de ces dégâts, il comptait pour rien diverses écorchures, la boue grasse et le sang qui maculaient ses habits neufs. Mais le pire, c'était la confirmation de sa condition humaine. Il s'était bercé de l'espoir d'échapper au joug de la pesanteur. Il devait déchanter. On ne part pas. Il ne serait pas un oiseau.

Il se leva avec peine, tenta un premier pas, comprit aussitôt sa douleur. Foulée, la cheville ! Il profita de sa solitude pour s'autoriser à pleurer. Moins de douleur que de rage, contre lui-même et contre tout. Contre sa naïveté ! Contre Lola et Ménélos qui lui avaient fait le cadeau empoisonné de la vie. Contre la chance qui ne jouait jamais en sa faveur, même quand elle s'en donnait l'apparence. Il n'en avait rien à foutre, de l'argent des Propinquor qui se déversait sur lui à l'improviste. Au contraire, il le haïssait, puisqu'il allait fausser le jeu, piper tous les dés qu'il lancerait désormais... Riche, on ignore toujours qui l'on est, ce que l'on vaut vraiment. Il palpa sa cheville, lui imprima de prudents mouvements, supposa une simple entorse encore bien suffisante pour lui interdire de remonter sur la terrasse et de rentrer à la villa en passant par le mail. Le détour qui lui éviterait les escaliers n'était pas loin de doubler le trajet. Benoît regretta le parapluie qu'il avait abandonné au notaire, et qui aurait pu lui tenir lieu de canne. Pour contourner l'éperon sur lequel était établi le mail, il lui faudrait d'abord revenir sur ses pas jusqu'à la place Cornélius-Farouk. Il se mit en route en boitant bas. Cette fois, la tempête ne le poussait plus aux épaules mais le prenait de face, de plein fouet. Il ne pleurait plus seulement de douleur et de rage, mais aussi des gifles que le vent lui assenait.

Sur la place, le kiosque au toit en pagode de la fusillette offrait un abri relatif. À quoi avait pensé l'ingénieur, en dessinant le banc de tôle galvanisée adossé à la paroi de verre parallèle à la machine elle-même ? Au confort d'éventuels spectateurs, peut-être… Le banc était assez long pour accueillir côte à côte dix ou douze personnes, si elles se serraient un peu. Ou bien Benito Guardicci avait-il envisagé que son invention pût avoir assez de succès pour qu'on fît la queue aux heures de pointe, en attendant son tour ? Benoît se laissa tomber sur le banc et plia la jambe pour tâter sa cheville. Les voyants de la fusillette luisaient dans la pénombre. De discrets cliquetis, des ronronnements, des sortes de soupirs en émanaient de temps à autre, comme si un programme achevait de s'accomplir à l'intérieur. Si ça se trouve, pensa Benoît, le dispositif avait servi quelques instants plus tôt. C'était surtout de nuit qu'on y recourait, dans le grand vide qui bée parfois devant nous, quand on garde les yeux ouverts dans l'obscurité… Mais quelques instants c'était peu probable, estima Benoît, car dans ce cas il se serait trouvé à proximité, et il aurait entendu la salve. Avant la mise en service des guardicciennes, les médias avaient débattu en long et en large de divers problèmes liés à leur utilisation, et notamment des nuisances sonores qu'elles risquaient d'occasionner pour les riverains. La solution qui aurait consisté à munir chaque bouche à feu d'un silencieux n'avait pas été retenue. Le client avait le droit de s'entendre mourir. On s'était rabattu sur un dosage étudié de la charge de poudre des munitions. Groupées en une seule décharge, si l'on exceptait le coup de grâce en option, les détonations produites étaient sèches et d'un volume sonore convenable, mais ne s'entendaient guère au-delà d'un périmètre limité. Tandis qu'il contemplait les soldats du peloton, sur les uniformes lithographiés desquels le réverbère tout proche accrochait des reflets, Benoît fut saisi d'un vertige. C'était le destin qui l'avait conduit ici cette nuit ! La machine de Guardicci était à même, non de répondre à sa place aux questions que la vie lui posait et qui le laissaient sans voix, mais de les balayer toutes en une fraction de seconde. Il avait le sentiment de s'être déplacé pour rien en naissant. Sous des airs de conte de fées, l'ultime péripétie qui faisait de lui la marionnette cousue d'or d'Aranelle ne rachetait pas le passé et compromettait l'avenir qu'il s'était inventé. Soudain fébrile, il fouilla ses poches. Il avait bien dix euros sur lui ? Dix euros, quoi ! Dix euros, le prix plancher, la mini-décharge de trois balles, sans le coup de grâce. Cela ne le gênerait pas de mourir comme un pauvre. Il ne plaçait pas là son orgueil. D'ailleurs il ne le plaçait nulle part. Tout à l'heure son orgueil s'était envolé à sa place et l'avait planté là. Il n'était plus qu'humilité. Il maudit son imprévoyance. Plus tôt dans la soirée, il aurait pu puiser dans la potiche pleine de billets et de pièces qui trônait, à sa disposition désormais, sur le palier du troisième étage du palais. Au lieu de quoi il s'était contenté, en s'habillant au sortir du bain, de transférer la pincée de petite monnaie et le soutif de Fille-de-Personne des poches de ses vieux habits à celles des nouveaux. Il extirpa le soutien-gorge roulé en boule de sa poche et le posa près de lui, puis fit la chasse aux pièces qu'il aligna sur le banc. Six euros, six euros cinquante, sept, huit… huit euros cinquante, soixante-dix, quatre-vingts… Neuf euros ! Il sentit sous ses doigts, au fond de sa poche, le relief de la dernière pièce. Il la sortit et l'éleva devant ses yeux. C'était bien une pièce de un euro. Il recompta. Les dix euros y étaient. Manquait l'obole sacramentelle, mais il se trouverait bien quelqu'un pour la lui mettre dans la bouche… Il se leva, grimaça, pesta contre sa patte folle. Il était pressé, maintenant. Dans quelques instants tout serait fini, tout serait parfait.

Le mode d'emploi était inscrit en grosses lettres noires sur le fond orange d'une plaque métallique rivetée au-dessus du monnayeur, mais Benoît n'avait nul besoin de se rafraîchir la mémoire. Il aurait pu le réciter d'une traite, sans la moindre hésitation. Ses amis et lui étaient familiers de ces édicules qui les attiraient irrésistiblement. Ils finissaient toujours par tomber sur l'une ou l'autre des fusillettes lors de leurs virées nocturnes à travers la ville. Ils s'y attardaient volontiers, pour déconner. On tripotait les boutons, on taguait les troupiers de ferraille, on ornait leurs mâles visages de cicatrices, d'yeux pochés ou de lunettes à double foyer dessinés au feutre, de graffiti, sigles et emblèmes divers, cœurs fléchés, pénis, croix gammées à l'envers le plus souvent, tout en psalmodiant le mode d'emploi de la façon la plus bouffonne possible. À force, on le savait par cœur, on en avait fait une espèce d'hymne ou d'antienne burlesque qu'on entonnait à tout propos, ou plutôt, surtout en classe, le plus hors de propos possible.

Guardicci avait apporté à l'ergonomie de son invention autant de soin qu'à sa conception elle-même. Le principe d'un gardiennage permanent ayant été écarté d'emblée pour des raisons d'ordre psychologique aussi bien qu'économique, la sécurité avait été au centre de ses préoccupations. Il y avait pourvu en subordonnant le fonctionnement du dispositif à une stricte observation du *modus operandi*, d'ailleurs très simple en lui-même. On s'acquittait d'abord du prix de la prestation tarifée selon les options choisies, grâce à un écran tactile encastré dans le mur du côté du peloton, puis on franchissait les six mètres qui séparaient celui-ci du poteau d'exécution. Ce trajet, si court fût-il, accordait au consommateur un sursis de quelques instants qu'il lui était loisible, le cas échéant, de mettre à profit pour changer d'avis. S'il persistait dans son intention, il lui fallait encore attendre l'ouverture des arceaux d'acier, s'y glisser, régler à la hauteur de la salve son petit piédestal, puis fermer les arceaux au moyen d'une pédale, la même qui lui servirait enfin, par trois pressions du pied, « régulièrement espacées et déterminées », à confirmer sa volonté de voir le processus s'exécuter jusqu'à son terme. Avant cette validation ultime, rien n'était irréversible, on pouvait tout annuler, simplement en s'abstenant d'actionner par trois fois la pédale. Au bout de trente secondes les arceaux s'ouvraient et délivraient le désespéré repenti, presque aussi mort que vif, en tout cas délesté du prix non remboursable de la prestation inaccomplie. Mais après qu'il avait appuyé à trois reprises sur la pédale avec la fermeté requise, rien au monde ne pouvait plus le sauver. Les six (ou les trois) fusiliers impassibles s'ébranlaient sur leur crémaillère et gagnaient en grinçant la position de tir flanqués de leur officier. Au commandement, ils mettaient en joue et lâchaient la salve.

Benoît introduisit une à une les pièces dans le monnayeur. Il détenait tout juste la somme requise. Il ne put s'empêcher de penser que s'il en laissait tomber une au sol, si elle roulait hors de vue dans la pénombre, il devrait se résigner à mourir un autre jour. Demain ou dans soixante ans. Ou trente et un. Ou quarante-deux. De quoi ces années seraient-elles faites ? Il ne voulait pas le savoir. Aucune pièce ne lui échappa. Toutes disparurent dans la fente. L'écran jusqu'alors en attente s'éclaira. Benoît cocha d'un doigt ses options. C'était un jeu d'enfant. D'ailleurs, Cambouis avait déjà essayé, par bravade. Il avait mis des pièces dans le bastringue, le grand jeu, six bouches à feu plus le coup de grâce, et il s'était conformé en tous points aux instructions que ses acolytes, depuis le banc, lui chantaient sur l'air du *De profundis morpionibus*. Prisonnier des arceaux, il avait lancé : « Adios muchachos », et il avait appuyé trois fois sur la pédale. Deux fois, en réalité. La troisième fois il avait fait semblant, mais dans la semi-obscurité qui baignait l'endroit, on aurait cru… La preuve en était que Fille-de-Personne avait poussé un grand cri et s'était jetée entre lui et le peloton encore immobile. Benoît avait compris cette nuit-là que Cambouis était l'élu ; c'était lui qu'elle aimait. En dehors de ça, il ne s'était rien passé. Trente secondes plus tard les arceaux s'étaient rouverts avec un joli sifflement de métal bien huilé, libérant un Cambouis tout faraud. « Je vous ai bien eus, avouez ! » Fille-de-Personne était toute blanche, Onagre rigolait, Benoît riait lui aussi, mais jaune. Très vite, après ça, il avait faussé compagnie à la bande sous prétexte qu'il avait froid. Il ne mentait pas. Il avait froid en dedans. Il avait regagné la villa Jacaranda, et il était resté enfoui jusqu'au lendemain soir dans la ruelle-sarcophage.

L'écran enregistra la commande de Benoît. Derrière lui, les entraves coulissèrent dans leurs logements. Il se retourna et se dirigea en claudiquant vers le poteau. Le client précédent devait mesurer à peu de chose près la même taille que lui, car il n'eut que quelques tours à donner pour régler le piédestal. La pédale fatidique se trouvait à droite. Il grimaça de douleur en pressant dessus de son pied blessé. Il s'aperçut qu'il grelottait, à présent. Une caverne glacée se creusait dans son ventre et dans sa poitrine, comme cette fameuse nuit. Son pied trembla sur la pédale. Mais s'il n'appuyait pas, ou s'il n'appuyait que deux fois, qui pourrait-il se vanter d'avoir « bien eu » ? Il était inutile de chercher autour de lui un public. Onagre et Cambouis, Fille-de-Personne, ses amis étaient morts tous les trois. Fille-de-Personne rejoindrait bientôt les garçons déjà rendus sur l'autre rive. Il n'avait rien à faire ici sans eux. Ce monde était trop craignos, trop grave, et trop de ses ressortissants, les Aranelle, les Lordurin, les Homini Lupus, les Egmont, les Gerbille, au bout du compte infréquentables. Il serra les dents, ferma les yeux, et appuya à trois reprises sur la pédale, à intervalles nettement espacés, aussi fort que le lui permettait sa cheville.

ÉPILOGUE

Bien que la conférence de presse eût été fixée en début d'après-midi au Grand Hôtel des Mânes, Aranelle les avait entraînés à toute force dans le salon VIP de l'aéroport flambant neuf. On n'était pas allé chercher loin pour le baptiser : *Aéroport international Superbe Propinquor !* Sans doute, si Honoré Bussettin avait gagné les élections six ans plus tôt, se serait-il débrouillé pour éviter de donner le nom de son vieil ennemi à cet équipement ultramoderne, surdimensionné en prévision de l'accroissement des besoins à venir. Cependant Egmont Esteral l'avait emporté contre lui, grâce à l'apport des voix Propinquor. Le nouveau maire eût été mal venu, dès lors, de rechigner à rendre cet hommage à son prédécesseur. Pour le moment le trafic entre Écorcheville et le reste du monde était encore modeste, et l'aérogare, en dépit de ses dimensions pharaoniques, parut bien provinciale aux arrivants habitués à la cohue fourmillante des grands terminaux de la planète.

Les formalités avaient été vite expédiées, tant en raison de la faible affluence – une dizaine de passagers, tout au plus, avaient emprunté le vol San Francisco-Écorcheville – que du statut quasi princier du couple. Le secrétaire général excusa le maire et l'architecte retenus à l'hôtel de ville par une réunion. On les prendrait en chemin. Dupassé n'avait pu se libérer. Bien entendu, il serait présent ce soir à la réception qui suivrait le concert. À l'Empyrée, tout était prêt. Le matériel et les musiciens étaient sur place depuis deux jours déjà. Il suffirait d'y passer dans l'après-midi pour établir la balance. La salle affichait complet. Les petits malins revendaient des billets aux retardataires le triple du prix qu'ils les avaient payés au guichet. Assommé par le jetlag, Benoît bâillait devant l'aménagement du salon VIP. Géli était en meilleure condition, peut-être parce qu'elle n'était pas accro comme lui à la cocaïne, et qu'elle n'avait pas bu pour tromper le manque pendant le voyage. Benoît écoutait à peine Aranelle lui faire les honneurs de ce foutu salon, ni plus ni moins impersonnel que tous ceux, interchangeables, dans lesquels il avait désormais l'impression d'habiter. Géli le regardait avec inquiétude. Depuis l'atterrissage, il n'avait qu'une chose en tête, s'offrir un rail. Si le secrétaire général continuait à l'en empêcher, le moment n'était pas éloigné où il enverrait tout balader. Géli prit Aranelle à part et lui expliqua ça en deux mots.

— Il a recommencé ! pesta Aranelle. Il m'avait pourtant promis... Il va se détruire.

Géli eut un petit geste rassurant.

— Pensez-vous ! Ce n'est que de la coke, ça va, ça vient. Il s'accroche, il décroche... Il en a besoin pour les grandes salles ou les stades, mais ne vous inquiétez pas, je suis là.

— C'est heureux pour lui, acquiesça Aranelle.

Elle était là, en effet. Le secrétaire général la connaissait bien à présent, et il l'appréciait. Il n'ignorait pas qu'elle était l'ange gardien de Benoît, sa maîtresse en titre, sa roadie en chef, son assistante, sa secrétaire, son attachée de presse, son infirmière. Il se souvint qu'elle était aussi son esclave, à moins qu'il ne l'eût affranchie ? Depuis qu'il avait atteint sa majorité il pouvait disposer d'elle comme il l'entendait, mais qui aurait été assez fou pour rendre la liberté à une créature aussi précieuse ? Aranelle consulta sa montre. On avait assez perdu-gagné de temps, la réunion du maire devait toucher à sa fin. Restait la question du rail.

— Vous avez ce qu'il faut ? demanda Aranelle à Géli.

— Jamais quand on passe la douane américaine ! se récria Géli. Souvenez-vous, Keith Richards, Boy George, les... Enfin, tout le monde. On n'aura qu'à s'arrêter un moment à la maison. Il doit en rester un petit peu là-haut, au fond d'un sucrier, dit-elle avec un rire de fillette.

Le trio abandonna le salon. S'il n'avait pas touché aux biscuits roses, Benoît avait mis un doigt à la bouteille de champagne. Il empoigna l'étui thermoformé qui abritait sa lyre. Un sellier parisien l'avait tendu de peau de lézard. Il ne s'en séparait jamais. Fétichisme. C'était l'authentique, la vieille lyre découverte par Bogue dans une cave à charbon, mais revernie, sertie d'abalone par le luthier Loewen. Une grande marque d'instruments de musique en commercialisait par milliers d'exemplaires une coûteuse réplique à l'identique, lyre *signature* qui portait le nom du lyre-héros. La police d'assurance de l'original engloutissait les royalties qu'il touchait sur les copies, mais les chiffres faramineux étaient bons pour la publicité, ils faisaient rêver les fans.

Aranelle avait peu changé. Son visage s'était imperceptiblement creusé derrière les lunettes cerclées d'or, ses cheveux un peu plus gris le rendaient encore plus distingué. Il conduisait lui-même, sinon il aurait fallu deux voitures pour les cinq personnes qu'on était après avoir récupéré Egmont et Benito devant l'hôtel de ville. Aranelle avait de belles mains manucurées, dont il jouait sur le volant avec une coquetterie surprenante chez un tel homme. Était-ce à Mlle Ada ou à Mlle Isa qu'il les confiait ? Benoît se revit, six ans auparavant, livré aux soins des deux demoiselles. Aujourd'hui, c'était Géli qui se chargeait de ses ongles. Elle s'acquittait de cette tâche aussi bien qu'une manucure professionnelle. Elle avait appris cela comme le reste. Indispensable Géli ! Elle avait très vite renoncé à chanter, pour se dévouer à la carrière de Benoît, se fondre en lui jusqu'à devenir un second lui-même, plus rationnel et pragmatique.

Si Aranelle paraissait égal à lui-même, il en allait tout autrement d'Egmont Esteral et de Benito Guardicci. Le maire avait beaucoup grossi. Il enflait, telle une baudruche gonflée à l'air chaud du pouvoir. S'efforçait-il d'occuper de la seule façon à sa portée le même volume que Superbe en son temps ? Superbe avait été un colosse, Egmont ne serait qu'obèse. Guardicci… Guardicci devait être malade. Benoît osait à peine le regarder. Il avait fondu. Une ombre. Un masque aux yeux cernés de bistre, à la sclérotique jaunâtre et résillée de sang. En lui le futur cadavre était en train de déloger le vif.

Comme on descendait vers le palais Propinquor, où Aranelle avait promis de s'arrêter pour complaire à Benoît, Egmont désigna une petite rue adjacente au boulevard Bussettin.

— Ralentissez, Aranelle, qu'on puisse lire la plaque !

— *Impasse Lordurin, voie privée*, lut à haute voix Benoît.

Le poète était mort l'autre hiver. Depuis l'envol de

sa carrière internationale et son installation en Californie, Benoît l'avait croisé deux ou trois fois à l'occasion de retours ponctuels à Écorcheville. Pour tenter de remplacer Géli, Lordurin s'était acheté chez Vipérini une petite esclave qui lui ressemblait de loin. Il était tombé sur une rouée qui l'avait fait tourner en bourrique, bradant ses éditions originales au marché aux puces et aguichant les jeunes poètes venus faire leur cour au vieux maître.

— Elle s'appelait anciennement *Impasse des Pêcherettes*, précisa Egmont. Le mot pêcherette ne dit plus rien à personne, de nos jours. C'était un petit filet à écrevisses. J'étais sûr au moins que personne ne s'opposerait à ce qu'on la débaptise pour lui donner le nom de Lordurin...

S'il apprenait, là-bas dans l'autre monde, qu'on n'avait rien trouvé de mieux qu'une impasse privée à lui dédier, à lui, l'égal des plus grands, alors que ce scribouillard de Mathieu Chain avait son boulevard, sa place publique avec sa statue et son lycée, l'amertume et l'aigreur de Lordurin dureraient plus longtemps que toute postérité !

Tatie Cindy était morte, elle aussi. Louise s'était occupée d'elle jusqu'au bout. Ce n'était pourtant pas à une septicémie qu'avait succombé la Vieille Toupie, mais aux suites classiques d'une fracture du col du fémur. Surpris en pleine tournée mondiale, Benoît s'était tout de même arrangé pour venir assister à ses obsèques. Tata Lenya allait bien. Elle ne sortait plus guère que pour aller prendre le thé à la villa Jacaranda. On lui livrait ses provisions. Depuis la disparition de Josaphat, les vitres de la Thunderbolt remisée au garage s'empoussiéraient, la monstrueuse automobile s'affaissait lentement sur ses hauts pneus à flancs blancs dégonflés.

Quant à Louise, Benoît n'avait eu qu'un mot à dire à Aranelle pour qu'elle fût engagée en qualité de directrice adjointe du Conservatoire municipal de Tératologie. Egmont avait réalisé le rêve de Superbe. La mairie avait racheté les collections du vieux cabinet Occlo et on les avait ordonnées autour de la pièce maîtresse que constituait le centaure naturalisé par Louise, dans un bâtiment aux murs de verre où elle avait son bureau et son laboratoire. Au sous-sol, sous un faisceau de spots lumineux, Ligée vieillissante continuait à nager en rond dans un aquarium deux fois plus vaste que l'ancien. On projetait de transformer la cathédrale rouillée, à présent vide, en musée d'art moderne.

Bogue avait failli retourner en prison à plusieurs reprises. Chaque fois qu'une belle affaire se présentait à lui, il n'avait pas le réflexe de réclamer des factures. Une justice vétilleuse avait beau jeu, ensuite, de l'accuser de recel.

Après une brève halte au palais Propinquor, où Benoît disposa de quelques instants d'intimité pour s'administrer le fortifiant dont il avait besoin, on remonta en voiture. L'entrée du pont n'était pas loin. On y fut en cinq minutes, et on passa sans vraiment s'en apercevoir la barrière de péage inachevée. Le chantier s'était ouvert quatre ans plus tôt. Benoît ne s'était pas encore exilé avec l'accord d'Aranelle et de Mauthilde pour se lancer à la conquête du monde comme Lola avant lui. Il avait vu les premiers ouvriers dresser les premières palissades, les premiers semi-remorques amener à pied d'œuvre les premiers bulldozers, les premières excavatrices attaquer l'argile spongieuse de la rive, les premières toupies couler le béton de la culée de départ. Quand il avait quitté

Écorcheville, Guardicci supervisait la pose des premiers éléments du tablier au-dessus des eaux brunes du fleuve. Depuis lors, la carrière et les succès de Benoît l'avaient si bien accaparé qu'il s'était soucié comme d'une guigne de l'avancement des travaux. D'ailleurs, en dehors des feuilles locales où officiaient toujours Homini Lupus et Guido Guardicci, les médias ne faisaient pas tout un plat du pont d'Écorcheville. Certes, sans Benoît, sans les paraphes qu'il avait apposés, la main d'Aranelle guidant la sienne, au bas des protocoles de financement, rien n'eût été possible, mais il n'avait aucune peine à l'oublier dans le tourbillon de lumière et de musique qu'était devenue sa vie. Il n'avait même aucune idée de la date prévue pour l'inauguration. Ses petites-cousines (toutes deux aujourd'hui internées et placées sous tutelle) et lui avaient mis tant d'argent dans l'affaire qu'il pouvait être sûr de ne pas y couper le jour venu. Il fronça les sourcils. Et si c'était aujourd'hui ? Pourquoi l'aurait-on traîné jusqu'ici, sinon ? Peut-être le lui avait-on dit, et puis il avait oublié. Avec l'alcool et la dope, l'excitation des concerts, il avait parfois le sentiment de perdre un peu le fil. Les autres lui avaient laissé la place d'honneur – ce que c'était que l'argent, quand même ! Il se reprit et préféra le mot succès : ce que c'était que le succès, quand même ! Il dut se retourner pour dévisager Egmont Esteral et Benito Guardicci, qui encadraient Géli à l'arrière de la voiture. Les deux hommes n'avaient pas l'air auquel on aurait pu s'attendre s'il s'était agi d'inaugurer le pont. Benito, bon, il était mourant, admettons. Mais Egmont… Benoît n'y avait pas trop pris garde jusqu'ici, cependant malgré son teint rose et ses joues rebondies le maire était aussi sinistre que l'architecte. Cela n'avait pas échappé à Géli. Elle eut une moue discrète, et un éclair rieur luisit un instant dans ses yeux. Il se rassura. Inauguration ou pas, tout se passerait bien puisque Géli était là. Il avait conscience de vivre, vis-à-vis d'elle, dans une dépendance constante. Il s'en était inquiété, au début. D'accord, elle lui avait sauvé la vie, la nuit de la fusillette. À l'instant où les fusiliers de métal s'étaient ébranlés, Benoît soudain dégrisé avait pris conscience qu'il allait mourir dans les trente secondes qui suivaient. Une peur affreuse lui avait mordu les entrailles. Il n'avait rien vu au monde de plus laid, de plus sale, de plus féroce que cette peur. Ce qui se cachait derrière toutes les laideurs, les saletés, les férocités imaginables, c'était elle. Un plafonnier s'était allumé. Trois assassins mécaniques se détachaient en oscillant de ceux gardés en réserve pour une victime plus fortunée et s'avançaient dans la lumière. Benoît distinguait les détails de leur uniforme, les pattes d'épaule d'une teinte plus soutenue que la capote, les boutons dorés, la buffleterie brune, leurs traits individualisés, les lèvres minces et l'œil froid de celui-ci, les paupières tombantes et la grosse moustache de celui-là... Il les connaissait. Un jour ou un autre il les avait tagués, il leur avait collé un chewing-gum mâchouillé sur le nez, ou dessiné un bandeau de pirate sur l'œil. En position d'attente, les fusils demeuraient encastrés dans la niche qui abritait chaque troupier, hors d'atteinte des mauvais plaisants qui auraient eu l'idée d'en boucher les canons – la bande ne s'en serait pas privée, par exemple. À présent ils brillaient, bien en vue. Benoît voulut crier. Ne sortit de sa bouche qu'un bêlement d'agnelet. À cet instant Géli surgit de la nuit et comprit tout en un éclair. Elle ôta de ses épaules le beau manteau que Tata Lenya avait porté dans *Le Marbre et la Brume* et le jeta sur les rails devant le peloton. Les roues dentées mordirent en vain l'épais tissu. La machine entière se bloqua. Les arceaux programmés pour s'ouvrir en cas d'incident libérèrent Benoît.

Il s'aperçut plus tard qu'il avait oublié le soutien-gorge chiffonné de Fille-de-Personne sur le banc de la fusillette. Quelqu'un avait dû le trouver et se dire qu'il s'en passait de belles, la nuit, dans les fusillettes.

Benoît était remonté à la villa en s'appuyant sur l'épaule de Géli. Il boitait bas, mais cette douleur, c'était la vie même. Chaque pas qu'il faisait, chaque bouffée d'air qu'il respirait, c'était à Géli qu'il les devait. Ce qu'elle fichait place Cornélius-Farouk à cette heure-là, pourquoi lui s'était mis dans cette situation, ils ne s'étaient expliqués sur rien. Ils ne voulaient pas trop de mots entre eux : des mauvaises herbes, de la ronce. On pouvait s'en passer. Au moins essayer. Depuis six ans ils s'en passaient presque.

L'auto avait franchi les barrières et roulait au-dessus du fleuve depuis un moment. Benoît fut frappé de l'air d'abandon du chantier. Rien ne donnait à penser que les travaux étaient terminés, ni même qu'ils se poursuivaient. Des bidons rouillés, des chutes de fers à béton, des tronçons de rambarde traînaient partout. Des engins semblables à de gros insectes endormis et des roues de bois pareilles à des bobines de fil tombées des mains de couturières géantes encombraient les bas-côtés du tablier. Malgré tout, c'était beau, d'une beauté presque surnaturelle, ce pont tout blanc filant à l'infini, semblait-il, entre les eaux limoneuses et le ciel comme toujours sombre, mais traversé par endroits de rais de lumière, tel un vieux toit crevé. Même au-dessus du Styx, par-delà les sempiternels nuages, le soleil brillait. On l'oubliait trop aisément, à Écorcheville ; on s'estimait déjà heureux qu'il fît jour chaque jour. Benoît se souvint de l'excitation qui les avait saisis, Géli et lui, lors de leur premier bain de soleil, en Californie. Tout le monde était pâle, à Écorcheville. Les femmes avaient la peau blanche. Il n'y avait que de riches coquettes pour s'offrir des séances de rayons UV ou même une cabine personnelle à domicile, comme Bella Bussettin, et arborer une peau bronzée. Sur la plage de Santa Barbara, ils s'étaient roulés dans le soleil, ils s'en étaient barbouillés, ils avaient attrapé des insolations, leur épiderme laiteux avait tourné au rouge brique et il avait pelé. Depuis ils s'exposaient avec plus de mesure. Benoît surtout, bien décidé à ne jamais éprouver à nouveau l'impression que sa peau s'était muée en une tunique de flammes.

Dans le ciel, les diaprures dorées s'éteignirent soudain. Benoît eut un petit rire silencieux. Si l'Érèbe bientôt colonisé n'était pas plus ensoleillé que ça, ce ne seraient pas les marchands de glaces et de parasols qui y feraient les premiers fortune.

On roulait à bonne allure depuis une heure au moins. En dépit de la majesté du site, les piliers vertigineux soutenant les innombrables haubans d'acier aux brins épais chacun comme un buste d'homme se succédaient à présent avec une monotonie lassante. Benoît avait des fourmis dans les jambes. Avec lui, entre cocaïne et amphétamines, il fallait que tout aille vite, sinon il ne tardait pas à s'ennuyer et devenait désagréable. Quelqu'un qui lui parlait trop lentement, il lui tournait le dos. Un musicien qui ne saisissait pas son idée, ses intentions, il l'éjectait du studio ou de la tournée. Il était la vedette, tout reposait sur ses épaules, il fallait suivre son rythme ou gicler. Là, cette espèce d'excursion qui n'en finissait pas, ça commençait à bien faire.

— Il y en a encore pour longtemps ? demanda-t-il à Aranelle.

— Non, plus très longtemps, hélas, laissa tomber le secrétaire général.

Qu'est-ce qu'il voulait dire, avec cet « hélas » ? Benoît n'eut pas le loisir de s'interroger longuement à ce sujet. À l'approche d'un pilier, Aranelle ralentit et se gara sur une des aires de stationnement d'urgence qui s'échelonnaient à intervalles réguliers le long de la chaussée.

— Boutonnez vos manteaux, conseilla Aranelle. Il y a du vent…

Les jeunes gens s'en étaient à peine aperçus, tant l'habitacle de la berline était confortable et insonorisé, mais en effet, comme ils mettaient pied à terre, ils découvrirent qu'un vent sévère soufflait de là-bas et balayait le pont. Sans qu'on pût parler d'ouragan, sans être vraiment glacial, il vous rougissait le nez et les joues et vous tirait des larmes en quelques instants. Ils se mirent en marche tous les cinq, enjambant des outils et des parpaings épars, sautant par-dessus des flaques d'eau. Géli avait passé son bras sous celui de Benoît. Il boitillait légèrement, ayant gardé d'une certaine chute une cheville fragile. Aranelle, très mince dans son imperméable gris clair, concentré, avançait penché en avant. Egmont retenait de la main un magnifique feutre noir que le vent menaçait d'emporter comme il menaçait de balayer le frêle Guardicci, décomposé, les bras ballants, les pans de son parka qu'il n'avait pas zippé battant autour de lui comme une voile déchirée. Ils passèrent entre les pieds monumentaux du pylône et débouchèrent sur l'ultime voussoir, face à l'horizon, face à rien. Le vent que rien n'abattait désormais les frappa de plein fouet cette fois, avec rage. Aranelle s'arrêta et s'adressa à Benoît.

— Nous étions persuadés d'accomplir un exploit. Parvenir jusqu'ici en était déjà un, surhumain ! Pour enfoncer les piliers, nous sommes allés chercher le fond à des profondeurs jamais atteintes pour un ouvrage d'art !

Il parlait fort, il criait presque pour se faire entendre.

— À partir d'ici, poursuivit-il, on a beau immerger des kilomètres de câbles, employer des sondes perfectionnées, des bathyscaphes téléguidés, on ne trouve plus de fond : il n'y en a pas.

Il avait recommencé à marcher tout en parlant et les autres l'avaient suivi jusqu'à l'extrême bord du voussoir hérissé de ferrailles recourbées comme d'énormes pointes de harpons rouillés. Il montra du doigt les flots, loin sous leurs pieds.

— Sous la surface, ce n'est pas un abîme, dit-il, c'est le néant.

Benoît se tourna vers le large.

— Et alors ? L'Érèbe ?

Aranelle haussa les épaules.

— L'affolement, l'aveuglement des instruments de bord des avions, qui interdit de l'atteindre par les airs, n'est pas un phénomène d'ordre électromagnétique… La rive adverse recule *vraiment* à mesure qu'on avance. Elle est inaccessible, sinon par la barque de Charon. Nous y toucherons tous un jour, mais il faudra attendre de mourir.

— Le pont ?

— Condamné. Inutile. Il restera à jamais inachevé. La société d'économie mixte va être déclarée en faillite. La ville est ruinée. Vous aussi, bien sûr, en tant qu'actionnaire majoritaire !

Benoît ne cilla pas. Géli l'avait poussé à investir tous ses droits d'auteur et tous les gains de ses concerts dans une maison de production indépendante du consortium Propinquor.

— Écorcheville a cru s'éveiller de sa léthargie séculaire, soupira Aranelle. L'activité relancée par le chantier et les perspectives qui semblaient s'ouvrir va retomber à son niveau antérieur. Pire, même, il faut s'attendre à un marasme sans précédent. Les trois gratte-ciel où s'étaient installées des sociétés champignons en prévision de l'ouverture de l'au-delà au commerce et à la spéculation vont se vider à nouveau…

Aranelle s'interrompit pour saisir le poignet de l'architecte hébété qui s'approchait trop près du bord.

— Nous avons cru bien faire, reprit-il sans lâcher Benito Guardicci. Nous ne pouvions pas savoir. Bah ! Écorcheville est éternelle. Elle en a vu et en verra d'autres. Gardez tout ceci pour vous. Pas un mot lors de la conférence de presse, n'est-ce pas ? Ce soir l'Empyrée vous fera un triomphe, et la réception offerte en votre honneur par la veuve de Superbe au palais Propinquor restera dans les annales comme la dernière fête avant le krach, comme le plus beau souvenir d'un temps révolu.

Ils restèrent encore un moment à l'extrémité du pont, à scruter en vain l'horizon brouillé, puis, frissonnants, Benoît et Géli enlacés, Aranelle et Egmont encadrant Guardicci, ils regagnèrent la berline.

Palaiseau, janvier 2003-février 2007.
Révisé en 2016.

DU MÊME AUTEUR

ROMANS

Les Messagers
Mathieu Chain
La Faculté des songes
(Prix Renaudot 1982)
Le Congrès de fantomologie
Le Château de verre
Le Démon à la crécelle
Au fond du paradis
Le Corps de l'autre
Aucun été n'est éternel

NOUVELLES

Nouvelles 1972-1988
Le Héros blessé au bras
Le Jardin dans l'île
Le Kiosque et le Tilleul
Les Amants sous verre
Singe savant tabassé par deux clowns
(Goncourt de la Nouvelle 2005)
Mécomptes cruels
Les Intermittences d'Icare
Le Verger et autres nouvelles
Résidence dernière
Jeune vieillard assis sur une pierre en bois
C'était écrit
Le Goût de l'ombre
Ego, Ariel et moi

AUTRES

La Fortune
Une petite histoire de la SGDL
La Conquête du Pérou
L'Ange et les Démons
La vie nous regarde passer

la collection de poche des éditions Zulma

1. DAVID TOSCANA, *El último lector*
traduit de l'espagnol (Mexique) par F.-M. Durazzo
2. ANJANA APPACHANA, *Mes seuls dieux*
traduit de l'anglais (Inde) par Alain Porte
3. ZOYÂ PIRZÂD, *C'est moi qui éteins les lumières*
traduit du persan (Iran) par Christophe Balaÿ
4. GERT LEDIG, *Sous les bombes*
traduit de l'allemand par Cécile Wajsbrot
5. FERENC KARINTHY, *Épépé*
traduit du hongrois par Judith et Pierre Karinthy
6. GEORGES-OLIVIER CHÂTEAUREYNAUD,
Singe savant tabassé par deux clowns
7. ENRIQUE SERPA, *Contrebande*
traduit de l'espagnol (Cuba) par Claude Fell
8. JACQUES ROUMAIN, *Gouverneurs de la rosée*
9. CHANTAL CREUSOT, *Mai en automne*
10. BOUBACAR BORIS DIOP, *Murambi, le livre des ossements*
11. GEORGES PEREC, *Perec/rinations*
12. FRÉDÉRICK TRISTAN, *le Singe égal du ciel*
13. GEORGES PEREC, *Nouveaux jeux intéressants*
14. R. K. NARAYAN, *Dans la chambre obscure*
traduit de l'anglais (Inde) par Anne-Cécile Padoux
15. HUBERT HADDAD, *la Condition magique*
16. LEO PERUTZ, *le Maître du Jugement dernier*
traduit de l'allemand par Jean-Claude Capèle
17. ZOYÂ PIRZÂD, *Comme tous les après-midi*
traduit du persan (Iran) par Christophe Balaÿ

18. LEO PERUTZ, *la Troisième Balle*
traduit de l'allemand par Jean-Claude Capèle

19. MARIE VIEUX-CHAUVET, *Amour, Colère et Folie*

20. AUÐUR AVA ÓLAFSDÓTTIR, *Rosa candida*
traduit de l'islandais par Catherine Eyjólfsson

21. WILLIAM SAROYAN, *Papa, tu es fou*
traduit de l'anglais (États-Unis) par Danièle Clément

22. R. K. NARAYAN, *le Guide et la Danseuse*
traduit de l'anglais (Inde) par Anne-Cécile Padoux

23. DANY LAFERRIÈRE, *le Cri des oiseaux fous*

24. PASCAL GARNIER, *Comment va la douleur ?*

25. JEAN-MARIE BLAS DE ROBLÈS, *Là où les tigres sont chez eux*

26. NII AYIKWEI PARKES, *Notre quelque part*
traduit de l'anglais (Ghana) par Sika Fakambi

27. WILLIAM SAROYAN, *Maman, je t'adore*
traduit de l'anglais (États-Unis) par Annie Blanchet

28. DANY LAFERRIÈRE, *l'Odeur du café*

29. DANY LAFERRIÈRE, *le Charme des après-midi sans fin*

30. LEO PERUTZ, *la Neige de saint Pierre*
traduit de l'allemand par Jean-Claude Capèle

31. PASCAL GARNIER, *les Hauts du Bas*

32. BENNY BARBASH, *My First Sony*
traduit de l'hébreu par Dominique Rotermund

33. HWANG SOK-YONG, *Monsieur Han*
traduit du coréen par Choi Mikyung et Jean-Noël Juttet

34. ABDOURAHMAN A. WABERI, *Aux États-Unis d'Afrique*

35. HUBERT HADDAD, *Mā*

36. VANESSA BARBARA, *les Nuits de laitue*
traduit du portugais (Brésil) par Dominique Nédellec

37. AUÐUR AVA ÓLAFSDÓTTIR, *l'Embellie*
traduit de l'islandais par Catherine Eyjólfsson

38. KEI MILLER, *l'Authentique Pearline Portious*
traduit de l'anglais (Jamaïque) par Nathalie Carré

39. GEORGES-OLIVIER CHÂTEAUREYNAUD, *l'Autre Rive*
40. DANY LAFERRIÈRE, *le Goût des jeunes filles*

DAVID TOSCANA

El último lector

Roman traduit de l'espagnol (Mexique)
par François-Michel Durazzo

Dans le petit village d'Icamole, au nord du Mexique, Remigio découvre au fond d'un puits le corps d'une fillette inconnue. Ce qui pourrait rester un simple fait divers devient matière à un océan de fictions et d'imbrications romanesques : car c'est à la lumière des romans qu'il lit avec autant de fureur que de délectation que Lucio, le bibliothécaire du village, mène l'enquête. Laquelle le conduit sur les traces d'Herlinda, sa femme disparue, qu'aucune lecture n'aura pu lui restituer.

Un roman jubilatoire et virtuose, qui emporte magistralement le lecteur.

« De page en page, on voit double, on voit triple, on voit magique. Certains ont l'alcool gai. Toscana a l'imagination heureuse. »

Frédéric Vitoux, *Le Nouvel Observateur*

FERENC KARINTHY

Épépé

Roman traduit du hongrois
par Judith et Pierre Karinthy
Présenté par Emmanuel Carrère

« Les étranges divagations d'un polyglotte érudit, Budaï, qui quitte les rives du Danube et croit s'envoler pour Helsinki afin de participer à un congrès de linguistique. Hélas ! à la suite d'une erreur d'aiguillage, son avion atterrit dans une ville peuplée d'allumés qui parlent un jargon incohérent, parfaitement inintelligible. Sommes-nous aux portes de Babel ? Sans doute. Quant au malheureux Budaï, il en perdra son latin : on dirait un petit frère de Zazie égaré au pays des Houyhnhnms chers à Jonathan Swift. Épatant. »

André Clavel, *L'Express*

« Ce qui me paraît absolument certain, c'est que Perec aurait adoré *Épépé*. »

Emmanuel Carrère

GEORGES-OLIVIER CHÂTEAUREYNAUD

Singe savant tabassé par deux clowns

Nouvelles

« Une infime mésaventure, une bizarrerie, un incident, et voici notre vie qui dérape ou qui s'emballe. Du côté du fantastique, d'un absurde mortifère. Une clé cassée dans la serrure, la rencontre brutale avec une jeune fille lancée sur une patinette, et vous voilà à la merci des sœurs Ténèbre. [...] L'imagination de G.-O. Châteaureynaud est flamboyante et glacée comme l'enfer. »

Bernard Pivot, *Le Journal du dimanche*

Ces onze récits ouvrent les portes d'un monde cruel, inouï, qui se joue de nous... un monde qui ressemble étrangement au nôtre.

Goncourt de la nouvelle 2005.

JACQUES ROUMAIN

Gouverneurs de la rosée

Roman

« Tout le monde a été touché par les amours de Manuel et d'Annaïse. Aux citadins haïtiens et aux lecteurs étrangers, le roman a révélé la vie paysanne, qu'ils ignoraient autant les uns que les autres. Les évocations du paysage haïtien ont enchanté ; la vieille Délira a éveillé la compassion ; les ronchonnements de Bienaimé ont amusé ; les trouvailles linguistiques de Roumain ont suscité l'admiration. On pourrait presque dire que la critique a été unanime, d'un côté comme de l'autre de l'Atlantique, à élever *Gouverneurs de la rosée* au rang de chef-d'œuvre. »

Léon-François Hoffmann

« *Gouverneurs de la rosée* est le plus roman d'amour que j'ai lu. On n'a qu'à l'ouvrir pour se retrouver immédiatement happé dans le cercle de feu qui entoure Annaïse et Manuel. »

Dany Laferrière

Ce volume contient également :
Jacques Roumain vivant
par Jacques Stephen Alexis

BOUBACAR BORIS DIOP

Murambi, le livre des ossements

Roman

Construit comme une enquête, avec une extraordinaire lucidité, le roman de Boubacar Boris Diop nous éclaire sur l'ultime génocide du XXe siècle. Avant, pendant et après, ses personnages se croisent et se racontent. Jessica, la miraculée qui sait et répond du fond de son engagement de résistante ; Faustin Gasana, membre des milices du Hutu Power ; le lumineux Siméon Habineza et son frère, le docteur Karekezi ; le colonel Perrin, officier de l'armée française ; Cornelius enfin qui, de retour au Rwanda après de longues années d'exil, plonge aux racines d'une histoire personnelle tragiquement liée à celle de son peuple.

« Ce roman est un miracle. »

Toni Morrison

LEO PERUTZ

Le Maître du Jugement dernier

Roman traduit de l'allemand
par Jean-Claude Capèle

Vienne, 1909. Au cours d'un récital dans un petit cercle de la bonne société, on découvre le corps sans vie du célèbre acteur Eugen Bischoff. Suicide ou meurtre maquillé ?

Et nous voilà pris dans un jeu diabolique, une enquête en forme de roman halluciné où sont abordés, avec une intuition aiguë des ressorts de l'inconscient et de la logique, les thèmes du dédoublement et de la violence autodestructrice. Un roman qui nous hante bien longtemps après l'avoir lu.

« Perutz nous prend par la main et nous conduit où il veut, sans nous laisser le temps de réfléchir, par la force de son talent. Après coup, seulement, on découvre, qui enveloppe tout le récit, l'ombre menaçante du Sphinx. »

Dominique Fernandez, *Le Nouvel Observateur*

MARIE VIEUX-CHAUVET

Amour, Colère et Folie

Roman

« Poussez de hauts cris si jamais ce manuscrit vous tombe sous les yeux ; traitez-moi d'impudique, d'immorale. Assaisonnez-moi d'épithètes injurieuses si cela peut vous soulager, mais vous ne m'intimiderez plus. » Voici donné le ton du récit. Brûlant, âpre, acéré. Claire, l'aînée des sœurs Clamont, orchestre en sourdine une tragédie qui se joue entre elle et ses sœurs. Tandis que dehors, partout, la fureur gronde…

« Parler de la romancière Marie Chauvet c'est parler d'un seul livre, mais quel livre ! Son roman *Amour, Colère et Folie* est devenu avec le temps le grand roman des années noires de la dictature de Duvalier, communément appelé Papa Doc…

Voilà que quarante-six ans après qu'on l'a réduite au silence (l'horreur absolue pour un écrivain), la voix claire et pure de cette romancière lucide et indomptable refait surface. Une dernière chance pour entendre son chant. »

Dany Laferrière
de l'Académie française

AUÐUR AVA ÓLAFSDÓTTIR

Rosa candida

Roman traduit de l'islandais
par Catherine Eyjólfsson

En route pour une ancienne roseraie du continent, avec dans ses bagages deux ou trois boutures de Rosa candida, Arnljótur part sans le savoir à la rencontre d'Anna et de sa petite fille, là-bas, dans un autre éden, oublié du monde et gardé par un moine cinéphile.

« Un humour baroque et léger irradie tout au long de cette histoire où rien décidément ne se passe comme il faut, ni comme on s'y attend. »

Anne Crignon, *L'Obs*

« Tant de délicatesse à chaque page confine au miracle de cette *Rosa candida,* qu'on effeuille en croyant rêver, mais non. Ce livre existe, Auður Ava Ólafsdóttir l'a écrit et il faut le lire. »

Valérie Marin La Meslée, *Le Point*

R. K. NARAYAN

Le Guide et la Danseuse

Roman traduit de l'anglais (Inde)
par Anne-Cécile Padoux

Fraîchement libéré de prison, Raju s'installe pour la nuit dans un vieux temple au bord de la rivière, le cadre idéal pour faire le point sur les errements de son karma. Mais le voilà bientôt sorti de ses rêveries par le naïf Velan – « taillé dans l'étoffe dont on fait les disciples » – qui croit voir en lui un saint homme et lui demande audience.

Tout en revisitant par le menu son passé aventureux, sa rencontre avec Rosie, affolante beauté à la gestualité de déesse, et les péripéties qui s'ensuivent, Raju endosse bientôt le rôle de guide spirituel que tout le village veut lui faire jouer…

Avec un humour caustique et tendre, *le Guide et la Danseuse* interroge l'imposture d'un faux gourou devenu sa propre dupe.

« *Le Guide et la Danseuse*, petit bijou de 1958, n'a rien perdu de son éclat et de sa fraîcheur. »

Françoise Dargent, *Le Figaro littéraire*

DANY LAFERRIÈRE

Le Cri des oiseaux fous

Roman

« Droite, fière, sans un sourire, ma mère me regarde partir. Les hommes de sa maison partent en exil avant la trentaine pour ne pas mourir en prison. Les femmes restent. Ma mère a été poignardée deux fois en vingt ans. Papa Doc a chassé mon père du pays. Baby Doc me chasse à son tour. Père et fils, présidents. Père et fils, exilés. Et ma mère qui ne bouge pas. Toujours ce sourire infiniment triste au coin des lèvres. Je me retourne une dernière fois, mais elle n'est plus là. »

Vieux Os a vingt-trois ans. Son ami Gasner, journaliste comme lui, vient d'être assassiné par les tontons macoutes. La mécanique de l'exil est enclenchée. De courses effrénées en déambulations rêveuses, Vieux Os parcourt son monde en accéléré : les amis de toujours, les belles de nuit du Brise-de-Mer, les souvenirs d'enfance à Petit-Goâve, Sandra et Lisa – « l'une pour le corps, l'autre pour le cœur » –, les tueurs qui rôdent dans la nuit de Port-au-Prince, un ange gardien aux allures de dieu vaudou…

« Cette nuit, je saurai tout de la vie. »

JEAN-MARIE BLAS DE ROBLÈS

Là où les tigres sont chez eux

Roman

Nous sommes au Brésil. Nous sommes aussi dans la *terra incognita* d'un roman monstre. *Là où les tigres sont chez eux* est un monde à lui seul – et un chef-d'œuvre. Prix Médicis 2008.

« Ce roman encyclopédique et mystificateur, truffé d'élucubrations farfelues et savantes, de tribulations picaresques, réjouit et fascine. C'est l'érudition au service du feuilleton universel. Umberto Eco revu par Indiana Jones chez Malcolm Lowry, avec un zeste d'*African Queen* et de Lévi-Strauss chez les Nambikwara. »

Patrick Grainville, *Le Figaro littéraire*

« Le roman-jungle est né. C'est un pic (de la Mirandole), c'est un cap (tenu magistralement), c'est une péninsule sur la carte littéraire. »

Valérie Marin La Meslée, *Le Point*

NII AYIKWEI PARKES

Notre quelque part

Roman traduit de l'anglais (Ghana)
par Sika Fakambi

C'est Yao Poku, vieux chasseur à l'ironie décapante et grand amateur de vin de palme, qui nous parle. Un jour récent, une jeune femme de passage au village aperçoit un magnifique oiseau à tête bleue et le poursuit jusque dans la case d'un certain Kofi Atta. Ce qu'elle y découvre entraîne l'arrivée tonitruante de la police criminelle d'Accra, et bientôt celle de Kayo, jeune médecin légiste tout juste rentré d'Angleterre. Renouant avec ses racines, ce *quelque part* longtemps refoulé, Kayo se met peu à peu à l'écoute de Yao Poku et de ses légendes étrangement éclairantes…

« Jonglant avec les codes du polar à l'anglo-saxonne et du conte traditionnel, le jeune romancier poète confronte remarquablement les cultures africaine et occidentale, urbaine et villageoise. »

Baptiste Liger, *L'Express*

Couverture créée par David Pearson et imprimée chez Floch à Mayenne ¶ Texte composé et mis en page par les Ateliers Graphiques de l'Ardoisière à Bègles ¶ Reproduit et achevé d'imprimer en septembre 2017 par Normandie Roto Impression S.A.S. à Lonrai pour le compte des éditions Zulma à Veules-les-Roses ¶ ISBN : 978-2-84304-808-1 ¶ ISSN : 2267-1803 ¶ Dépôt légal : octobre 2017 ¶ N° d'imprimeur : 1703380 ¶ Imprimé en France ¶